Das Böse liegt so nah

Andrea Kane

Andrea Kane ist in den USA eine sehr erfolgreiche Autorin. Sie lebt mit ihrem Mann und ihrer Tochter in New Jersey. Im Internet ist sie unter www.andreakane.com zu finden.

Andrea Kane

Das Böse liegt so nah

Thriller

Aus dem Englischen von
Karin Meddekis

Weltbild

Die englische Originalausgabe erschien 2008 unter dem Titel *Twisted*
bei Rainbow Connection Enterprises, Inc.

Besuchen Sie uns im Internet:
www.weltbild.de

Genehmigte Lizenzausgabe für Verlagsgruppe Weltbild GmbH,
Steinerne Furt, 86167 Augsburg

Published by Arrangement with Rainbow Connection Enterprises Inc.
This Work was on behalf of Jane Rotrosen LLC negotiated through Literary Agency
Thomas Schlück GmbH, 30827 Garbsen

Übersetzung: Karin Meddekis
Umschlaggestaltung: *zeichenpool, München
Umschlagmotiv: www.shutterstock.com
Gesamtherstellung: CPI Moravia Books s.r.o., Pohorelice
Printed in the EU
ISBN 978-3-86365-604-1

2017 2016 2015 2014
Die letzte Jahreszahl gibt die aktuelle Lizenzausgabe an.

Für Rascal, mit all meiner Liebe.

Und für Rhonda, der ich danke, dass sie in einer Zeit unerträglicher Trauer da war und mir tiefes Verständnis, Ehrlichkeit und Mitgefühl entgegengebracht hat. Ich bin dankbar, dass ich in ihr einen verwandten Geist gefunden habe, und ich bin stolz, dass ich sie meine Freundin nennen darf.

Danksagungen

Die Arbeit an dem Roman *Twisted* war für mich mit einem intensiven Lernprozess verbunden. Bevor ich mit einem Roman beginne und während ich daran schreibe, verbringe ich stets mehrere Monate mit Recherchen, aber dieses Mal habe ich eine weitaus umfangreichere »Grundlagenforschung« betrieben, als es sonst der Fall ist. Und nie zuvor war meine Faszination größer. Dieser Roman führte mich in die Welt des FBI, wo ich von besonders engagierten und motivierten Leuten beraten wurde. Ohne die Zusammenarbeit mit ihnen und ohne ihre Großzügigkeit, mit der sie ihre Zeit und ihre Fachkenntnisse mit mir teilten, hätte der Roman *Twisted* niemals diese Tiefe und diesen Realismus erreicht. Es wäre mir auch niemals gelungen, meinen Charakteren und den einzelnen Szenen diese Lebendigkeit einzuhauchen. Ich bin allen beim FBI, die mir geholfen haben, unendlich dankbar. Ich hoffe, ich habe Ihnen allen die Ehre erwiesen, die Ihnen zukommt.

Folgende Personen möchte ich hervorheben, ihnen gebührt mein besonderer Dank:

Angela Bell, Mitarbeiterin der Pressestelle der FBI-Zentrale und eine Expertin auf ihrem Gebiet. Die Zusammenarbeit mit Ihnen war für mich wirklich ein Privileg, Angela. Sie haben mich bei allen Recherchen, die das FBI betrafen, gründlich, mit großer Intuition und in Rekordzeit unterstützt. Und *immer* Sie haben für mich die Kontakte zu den richtigen Leuten hergestellt. Sie sind einfach fantastisch!

Special Agent Steve Siegel und das FBI-Büro Newark, besonders der Leitende Special Agent Bill Evanina und Special Agent

Laura Robinson. Ein ganz großes Dankeschön an Special Agent Sherri Evanina, die so vieles möglich gemacht hat. Sherri, Sie kannten entweder die Antworten auf meine unzähligen Fragen, oder Sie haben jemanden gefunden, der sie beantworten konnte. Sie vollbringen wahre Wunder.

Special Agent James Margolin aus dem FBI-Büro New York, der für mich Kontakte zu den richtigen Leuten hergestellt hat und der dafür gesorgt hat, dass die notwendigen Gespräche zustande kamen, auch wenn das größte FBI-Büro des Landes damals in Arbeit erstickte. Zu diesen hervorragenden Kontakten gehörten Special Agent Rich DeFilippo, Special Agent Leslie Berens, Special Agent des Bombenräumkommandos Pete Licata und der Leitende Special Agent Konrad Motyka, der Leiter von C-6. Von ihm wie auch von den Mitarbeitern seiner Abteilung erfuhr ich, was ich über die »Sondereinheit im Kampf gegen Verbrechen asiatischer Einwanderer« wissen musste, um die Arbeit dieser Sondereinheit in *Twisted* authentisch schildern zu können. Special Agent Konrad Motyka hat mir auch einen Einblick in verschiedene chinesische Dialekte verschafft (und er hat mir beigebracht, wie man in diesen Dialekten flucht, was in diesem Roman nicht fehlen durfte). Ihm verdanke ich zudem meine Einblicke in die Arbeit der SWAT-Elite-Spezialeinheit. Konrad, Ihr breit gefächertes Wissen hat mir sehr geholfen, und ich danke Ihnen, dass Sie sich so viel Zeit genommen haben, um mich umfassend zu informieren.

Die beiden wichtigsten Schusswaffenausbilder in Fort Dix: Special Agent Jody Roberson und Special Agent Mike Adams, die mir die Gelegenheit boten, einen Eignungstest im Pistolenschießen zu verfolgen. Mike brachte mir mit Geschick und Geduld bei, wie man eine Glock 22 lädt und wie man damit schießt. Er hat die richtige Handhabung der Waffe, das Zielen und die Schussgenauigkeit so lange mit mir geübt, bis ich jedes Ziel getroffen habe. Ich war sehr stolz, doch mir taten hinterher alle Muskeln weh. Glauben Sie mir, es ist nicht so einfach, wie es im Fernsehen aussieht.

Kurt Crawford, der mich durch die FBI-Akademie in Quantico geführt und mir gezeigt hat, wo qualifizierte Männer und Frauen zu Special Agents ausgebildet werden.

Ein ganz besonderer Dank geht an die Mitarbeiter der Kriseninterventionseinheit des FBI. Sie haben mir geholfen, das Herz und die Seele dieses Buches zu erschaffen:

Chief John Flood, Chef der Abteilung CNU, die sich besonders mit den Verhandlungen in Geiseldramen befasst. Er hat mir ermöglicht, einen ganzen Tag lang das Training seiner Special Agents und seiner Auszubildenden zu beobachten. Dadurch lernte ich die unglaublichen Fähigkeiten und Strategien kennen, die wirkliche FBI-Agenten bei Verhandlungen in Krisensituationen anwenden. Das Engagement und die Solidarität der Agenten in dieser Abteilung beweisen, über welche Fähigkeiten Chief John Flood verfügt und wie sehr es ihm gelungen ist, ein echtes Team aufzubauen. Er ist eine wahre Führungspersönlichkeit, und meine Bewunderung und mein Respekt vor ihm und vor seinem Team sowie vor dem, was sie für unser Land leisten, ist grenzenlos.

Ich danke auch dem Leitenden Special Agent James McNamara aus der Abteilung für Profiling, der sein Metier wie kein anderer beherrscht, was seine zahlreichen Publikationen beweisen. Er hat mir viel über Psychologie und Verhaltensmuster beigebracht und wie die Profiler arbeiten, um zu verstehen, wie ein Mensch tickt – auch ein Serienkiller.

Dank auch an Special Agent Al Tribble, an den Leitenden Special Agent Russ Atanasio und an den Leitenden Special Agent Bob Holley, die sich die Zeit genommen haben, mir eine Menge Insiderwissen über das FBI zu vermitteln. Dabei ging es vor allem um die einzelnen Abteilungen und ihre speziellen Arbeitsbereiche sowie um die Zusatzausbildungen, die für bestimmte Aufgabengebiete erforderlich sind. Von ihnen habe ich auch erfahren, wie es ist, wenn ein ehemaliger Army Ranger als FBI-Agent arbeitet.

Falls ich versehentlich jemanden vergessen habe, möchte ich mich dafür entschuldigen. Ich habe mit so vielen Experten vom FBI gesprochen, und durch jedes einzelne Gespräch habe ich unendlich viel gelernt. Jeder Besuch in einem FBI-Büro, jede Fahrt nach Quantico und nach Fort Dix führten zu Begegnungen mit hervorragenden Agenten, Technikern und Medienspezialisten. Alle haben bereitwillig meine Fragen beantwortet und mir die zahlreichen Aufgaben des FBI erläutert.

Viele der Special Agents, die ich namentlich aufgeführt habe, waren auch so freundlich, das fertige Manuskript von *Twisted* gründlich zu lesen, um die Darstellung der entsprechenden Szenen zu überprüfen und mir ihr Feedback zu geben. Ich danke Ihnen allen sehr herzlich.

Natürlich übernehme ich die volle Verantwortung für alle Fehler, die ich übersehen haben könnte, und für alle literarischen Freiheiten, die ich mir erlaubt habe, wenn es unbedingt notwendig war.

Da das New York Police Department eine entscheidende Rolle in *Twisted* spielt, möchte ich meinem ständigen Berater, dem hervorragenden Detective Mike Oliver, danken, der das NYPD wie seine Westentasche kennt und der mir wie immer viele Stunden lang geholfen hat. Diesmal hat er mich über die bundesstaatlichen und örtlichen Zuständigkeiten der Polizeibehörden informiert, sodass ich korrekt darstellen konnte, wo die Zuständigkeiten des FBI und des NYPD beginnen und wo sie enden.

Jetzt, wo ich mit zwei der besten Polizeibehörden der Welt zusammengearbeitet habe – dem FBI und dem New York Police Department –, weiß ich zum ersten Mal richtig zu schätzen, was sie alles für uns leisten.

Meine Recherchen bezogen sich nicht nur auf die Arbeit der Polizeibehörden, sondern verlangten auch die Beratung durch einen ausgewiesenen Experten für orthopädische Hand- und Armchirurgie sowie durch eine ebenso kompetente Handtherapeutin. Dank ihrer Hilfe konnte ich Sloanes Verletzungen, ihre Operationen und die Stadien der Genesung anschaulich darstellen. Ich hatte das Glück, Dr. Daniel Mass vorgestellt zu werden, einem Experten auf diesem Gebiet. Er ist Professor an der University of Chicago Pritzker School of Medicine. Dr. Mass hat sich viel Zeit genommen, um mich mithilfe von Texten und Abbildungen sowie in langen Telefonaten ausführlich über sein Fachgebiet zu informieren und meine zahlreichen laienhaften Fragen zu beantworten, bis ich die Operationen und die Komplikationen beschreiben konnte, die Sloane erleiden muss.

Durch den Kontakt zu Dr. Mass und durch den medizinischen Unterricht, den er mir erteilt hat, habe ich Candice Brattstrom kennengelernt. Sie ist eine erfahrene, kompetente Handtherapeutin und eine enge Mitarbeiterin von Dr. Mass. Candice hat mir die komplizierten physiotherapeutischen Maßnahmen erklärt, denen Sloane sich in *Twisted* unterziehen muss, darüber hinaus die Übungsgeräte, die sie benutzen muss, um die Mobilität und den vollen Einsatz ihrer Hände zurückzuerlangen. Candice, Sie waren eine ausgezeichnete und geduldige Lehrerin. Ich habe mich sehr gefreut, Sie kennenzulernen.

Außerdem möchte ich Saurabh Agarwal, einem angehenden Doktor der Medizin der University of Chicago Pritzker School of Medicine, danken, dass er einen so hervorragenden Chirurgen wie Dr. Mass ausfindig gemacht und den ersten Kontakt zu ihm hergestellt hat.

Wenn ich den medizinischen Beratern danke, dann geht mein Dank wie immer auch an M. D. Hillel Ben-Asher, der alle Szenen in *Twisted*, in denen es um medizinische Aspekte, Medikamente und Drogen geht, mit mir durchgesprochen hat und der mir geholfen hat, die Details so authentisch wie möglich zu schildern.

Als Letzter steht Dr. Paul Sedlacek auf meiner Liste der medizinischen Berater (was nicht heißen soll, dass er unwichtiger wäre als die anderen). Er ist ein großartiger Veterinärmediziner. Er hat mich über die Wirkungsweise und die Dosierung von Ketamin aufgeklärt. Er hat einen Großteil seines Urlaubs damit verbracht, meine verzweifelten E-Mails zu beantworten und mir den Unterschied zwischen der Betäubung eines Menschen und der eines Tiers zu erklären.

Dank auch an Adam Cuddyer, den Cheftrainer der ATA Black Belt Academy in Hillsborough, New Jersey. Er hat mir die komplizierten Krav-Maga-Techniken beigebracht, die für Sloane eine große Bedeutung haben und die das tragende Element einiger spannender Szenen in *Twisted* bilden.

Ich möchte allen bei HarperCollins danken, die an mich glauben und die unermüdlich daran arbeiten, das zu beweisen. Insbesondere seien hier genannt: Brian Grogan, Rhonda Rose, Donna Waitkus, Lisa Gallagher, Lynn Grady, Tavia Kowalchek, Liate Stehlik, Adrienne DiPietro, Pamela Spengler-Jaffee, Tom Egner und Rich Aquan.

Ein großes Dankeschön geht an Lucia Marco, meine Lektorin bei HarperCollins, die diesen Roman als »besonders gelungen« bezeichnet und die intensiv dafür geworben hat. Zusätzlich danke ich Lucias Assistentin Esi Sogah für all das, was sie tut, um uns das mühevolle Streben nach Perfektion zu erleichtern.

Auf meiner Liste der Danksagungen darf Andrea Cirillo nicht fehlen, deren Fürsorge und Engagement keine Grenzen kennen.

Und ein ganz herzliches Dankeschön richte ich an meine Familie für eure Liebe und Unterstützung. Ich bin stolz auf euch und dankbar für euer nie nachlassendes Interesse und für eure wertvollen Tipps – trotz des großen Kummers über den schweren Verlust. Wir sind immer noch das beste Team, das es gibt, und ich weiß den Wert des einzigartigen Bandes, das uns zusammenhält, sehr zu schätzen. Ohne euch hätte ich es niemals geschafft.

1. Kapitel

Datum: 19. März
Zeit: 21.00 Uhr
Objekt: Athene

Sie war wirklich eine Kämpferin.

Ich hatte es nur meiner Geschicklichkeit und meiner guten Form zu verdanken, dass es mir gelang, sie zu unterwerfen. Sogar die Waffe hatte nicht ausgereicht, um sie zu zähmen. Es war nicht so wie bei den anderen. Erst als sie die Klinge und die Tropfen ihres eigenen Blutes auf ihrem Nacken spürte, gab sie auf. Zuerst zitterte sie, dann bewegte sie sich nicht mehr. Sie war zu clever, um sich zu wehren. Sie wollte kämpfen. Ich sah es in ihren Augen. Aber sie tat es nicht. Am Ende hatte ich gewonnen. Ich spritzte ihr das Nembutal, und fünf Minuten später erschlaffte ihr Körper.

Ich hatte sie.

Ihr warmer betäubter Körper sackte gegen meine Schulter. Es war ein gutes Gefühl. Mein Timing und meine Ausführung waren perfekt. Es waren Frühjahrsferien, und daher würde niemand sie in den nächsten Tagen vermissen.

Und dann wäre es zu spät.

John Jay College für Strafrechtspflege
New York City
20. März, 16.00 Uhr

Im Hörsaal knisterte es vor Spannung.

Es war der letzte Vortrag der zweitägigen Tagung: »Gewalt gegen Frauen: Wie man es vermeidet, Teil einer Statistik zu werden«. Zu den vortragenden Experten gehörten unter anderen Jimmy O'Donnelly, ein Detective des New York Police Department NYPD aus dem Dezernat für Sexualverbrechen, Sharon McNally, Psychologin, spezialisiert auf die Beratung von Opfern von Gewaltverbrechen, Dr. Charles Hewitt, Professor für Statistik und Mathematik, der hier am John Jay College lehrte, Dr. Lillian Doyle, Professorin am John Jay College, allerdings im Fachbereich Soziologie, und Lawrence Clark, ehemaliger Leitender Special Agent aus der FBI-Abteilung für Profiling.

Und Sloane Burbank, der letzte Name auf dieser beeindruckenden Liste von Experten.

Alle anderen hatten schon referiert. Jetzt war sie an der Reihe.

Der Moderator beschrieb Sloanes eindrucksvollen Werdegang, wozu auch ein Jahr bei der Bezirksstaatsanwaltschaft Manhattan gehörte, bevor sie FBI-Agentin wurde. In der FBI-Abteilung für Krisenintervention wurde sie speziell für Verhandlungen bei Geiselnahmen ausgebildet. Derzeit war sie als private Ermittlerin tätig. In dieser Funktion arbeitete sie mit Polizeibehörden, Unternehmen und Bildungseinrichtungen zusammen und führte Schulungen in Krisenbewältigung und Konfliktlösung durch. Sie war außerdem ausgebildete Krav-Maga-Trainerin. Und dabei war sie gerade mal dreißig Jahre alt.

Der Moderator nickte Sloane anerkennend zu, trat vom Mikrofon zurück und erteilte ihr das Wort.

Begeisterter Applaus brandete auf. Als Sloane sich erhob, dachte sie – wie schon so oft –, wie gut sich alles, was sie zu sagen hatte, in der Theorie anhörte. Und sie *war* gut, aber nicht so gut wie noch vor einem Jahr. Andererseits hatte dieses Wissen nichts mit der Realität zu tun. Sie war die Einzige, die den Unterschied kannte.

Wie immer strahlte Sloane Energie und Selbstvertrauen aus. Sie knöpfte ihren Blazer auf, zog ihn aus und warf ihn über die Stuhllehne. Die Skepsis, die sie im Gesicht einiger Zuhörer sah, überraschte sie nicht. Die Reaktion kannte sie nur zu gut. Und sie hatte sie schon oft zu ihrem Vorteil genutzt.

Trotz ihres beeindruckenden Lebenslaufs war sie recht zierlich und hatte das jugendliche Aussehen einer Studentin. Aus diesem Grund zweifelten einige an ihren Fähigkeiten und trauten ihr von vornherein nichts zu.

Sollten sie doch. Dadurch war sie im Vorteil. Und dieser Vorteil verlieh ihr Macht.

Sloane wusste, dass Macht viele Gesichter hatte.

Sie zog ihre Schutzhandschuhe an und stellte sich mitten auf die Bühne, sodass der Mittelgang des Hörsaals genau vor ihr lag.

»Sie haben heute Abend schon Vorträge über das Thema gehört, wie man mit den Folgen eines Angriffs umgeht und wie man ihn vermeidet. Es wurden einige Profile typischer Opfer und Angreifer vorgestellt«, begann sie. »Alles, was Sie bisher gelernt haben, ist richtig. Doch es gibt noch eine andere Wahrheit. Wir können die Lebenssituationen, in denen wir uns befinden, nicht immer kontrollieren. Was passiert, wenn Sie nachts allein in einer Tiefgarage stehen, Ihren Wagen ganz hinten geparkt haben und dort ein gruseliger Typ auf der Lauer liegt, der gebaut ist wie ein Kleiderschrank?«

Sloane hielt ihre Hände hoch, um zu zeigen, dass sie unbewaffnet war. Dann zeigte sie auf ihren schwarzen Rollkragenpullover und ihre schwarze Hose. Ihre Kleidung hatte keine Taschen, und sie trug kein Waffenholster. »Ich bin ähnlich angezogen wie vielleicht Sie in einer solchen Situation. Ich trage keine

Waffe, und ich habe nichts, was ich als solche benutzen könnte. Ich habe auch keine Handtasche bei mir. Selbst wenn ich eine bei mir hätte, würde mir die Zeit fehlen, um mein Handy oder mein Pfefferspray herauszuholen. Darum habe ich Krav Maga gelernt.«

In den Augen der Zuhörer flackerte Interesse auf, und das sogar bei denen, die am Anfang noch gezweifelt hatten.

»Kurz zur Einführung«, fuhr sie fort. »Krav Maga ist eine ganz besondere Art der Selbstverteidigung. Die Anfänge reichen zurück in die Tschechoslowakei während des Aufstiegs des Nazi-Regimes. Der Begründer ist Imi Lichtenfeld, der seine Fähigkeiten im Straßenkampf weiterentwickelte, um sich und andere jüdische Familien vor Angriffen zu schützen. Später emigrierte Lichtenfeld nach Israel. Dort entwickelte er diese Techniken weiter und unterrichtete sie dann als Nahkampfausbilder bei der israelischen Armee. *Krav Maga* ist Hebräisch und heißt ›Kontaktkampf‹. Es ist eine Ausbildung, die auf unvorhersehbare Straßenkämpfe abzielt. Es gibt keine Regeln. Und es gibt auch keine Trophäen für einen guten Kampfstil. Es geht allein ums Überleben.«

Während Sloane sprach, trat ein kräftiger Mann mit einer Skimaske hinter ihrem Rücken leise vor den Vorhang, sodass die Zuhörer ihn sehen konnten, Sloane jedoch nicht.

Er zog ein Messer aus der Tasche und stürzte sich blitzschnell auf Sloane. Sie hatte keine Zeit, sich auf den Angriff vorzubereiten, und das Publikum hielt den Atem an.

Er packte Sloane an der linken Schulter und presste ihr das Messer in ihren Rücken. »Steig in den Wagen«, befahl er mit krächzender Stimme.

Doch dann änderte sich die Situation schlagartig.

Sloane fuhr blitzschnell herum. Ihr linker Unterarm schoss nach vorn und blockierte sein rechtes Handgelenk, damit sie das Messer abwehren konnte. Es folgte ein Offensivschlag, indem sie ihm mit dem rechten Ellbogen einen direkten Schlag gegen die Kehle verpasste. Als der Angreifer nach Luft rang und vor dem angedeuteten Schlag auf seine Kehle zurückwich, schoss Sloanes linke Hand hoch und nahm seinen rechten Arm zwischen ihrem Oberarm, ihrem Unterarm und ihrer Brust in die Zange. Durch den ungeheuren Druck fiel ihm das Messer aus der Hand.

Sie hatte die Bedrohung abgewehrt.

Daraufhin nahm sie den Kopf ihres Angreifers mit dem rechten Arm in den Schwitzkasten, packte mit der linken Hand seine Schulter, riss seinen Oberkörper nach unten und versetzte ihm mit dem Knie einen Stoß in den Unterleib.

Sloane unterdrückte ein Lächeln, als sie spürte, dass er sich instinktiv versteifte und zurückwich, obwohl er sich – wie es die Demonstration verlangte –, zusammenkrümmte und aufschrie, als wäre er kastriert worden. Zum Schluss verpasste sie ihm noch einen Stoß mit dem Ellbogen auf den Nacken und stieß ihn dann zur Seite, worauf er zusammenbrach und sich scheinbar vor Schmerzen wand.

Die ganze Demonstration hatte keine zehn Sekunden gedauert.

»Dein mangelndes Vertrauen enttäuscht mich«, flüsterte Sloane, während sie ihm aufhalf. Das Publikum applaudierte. »Ich habe deine Luftröhre kaum berührt. Hast du wirklich geglaubt, ich würde dir in die Eier treten?«

»Niemals.« Seine Antwort wurde von dem Applaus übertönt. »Ich weiß, dass du ein Profi bist. Das war nur ein Reflex.«

»Ich versuche, es nicht persönlich zu nehmen.« Mit ernster Miene drehte Sloane sich zu den Zuschauern um. »Das war nur ein Beispiel, wie man Krav Maga bei der Selbstverteidigung einsetzen kann«, erklärte sie. »Es gibt Dutzende von Techniken – je nachdem, wie bedrohlich die Situation ist, in der Sie sich befinden. Auf dem Flyer, den ich verteilt habe, finden Sie alle Informationen zu Krav-Maga-Kursen vor Ort. Ich kann gar nicht genug betonen, wie wichtig das Training ist. Es ist effektiv, und es funktioniert.« Sie drehte sich zu ihrem Angreifer um und gab ihm ein Zeichen, seine Skimaske abzustreifen. »Ich bitte um Applaus für Dr. Elliot Lyman vom John Jay College. Er war ein großartiger Partner bei dieser Demonstration, und er ist ein guter Freund.«

Als Elliot seine Maske abnahm, brandete wieder Applaus auf.

»Auch wenn du immer noch ein Feigling bist«, flüsterte Sloane. »Damals in der Highschool hast du dich jedes Mal geduckt, wenn ich dir einen deiner Bälle zurückgeworfen habe, obwohl du zwei Jahre älter und einen Kopf größer warst als ich. Es hat sich nichts geändert.«

»Damals war ich ein Computerfreak«, erwiderte er. »Jetzt bin ich Informatik-Professor. Ein Trottel, der mit Algorithmen spielt. Nicht so eine fantastische FBI-Agentin wie du.«

»*Ex*-FBI-Agentin«, korrigierte sie ihn.

»Das wird sich wieder ändern.«

»Vielleicht. Vielleicht auch nicht. Wir werden sehen.« Sloane presste die Lippen zusammen und signalisierte auf diese Weise, dass sie das Thema nicht vertiefen wollte.

Sie schloss ihre Präsentation ab, beantwortete eine Menge Fragen und plauderte nach dem Ende der Tagung noch eine Weile mit ein paar anderen Referenten. Die vom John Jay College kannte sie von früheren Tagungen, die hier stattgefunden hatten, und von ihren Besuchen bei Elliot. Ihn kannte sie schon seit Beginn der Highschool. Damals hatte sie ihm Nachhilfe in Spanisch gegeben, und er hatte sie in die Geheimnisse des Computers eingeweiht. Ihr Kontakt war nie abgerissen, und als Sloane das FBI verlassen hatte und zurück in den Osten gezogen war, hatten sie ihre Freundschaft wieder aufleben lassen.

Eine Stunde später ging Sloane zu ihrem Wagen und dachte daran, wie kontrovers die Meinungen von Polizisten und Akademikern sein konnten. Sie dachte an Lillian Doyle mit den silbergrauen Haaren, die die Wurzeln der Gewalt in der modernen

Zivilisation sah, und an Jimmy O'Donnelly, einen pensionierten Detective des New York Police Department, der es mit allen Gräueltaten zu tun gehabt hatte, die man sich nur vorstellen konnte. Wenn man ihnen zuhörte, hatte man manchmal das Gefühl, sie würden verschiedene Sprachen sprechen. Und je lauter sie sprachen, desto weniger verstanden sie einander.

Für die Teilnehmer war es jedoch gut, dass unterschiedliche Referenten zu Wort kamen. Dadurch wurde ihnen das Thema »Gewalt gegen Frauen« aus unterschiedlichen Perspektiven präsentiert. Das war auch für die Referenten gut. Weder Jimmy O'Donnelly noch Larry Clark gehörten zu denen, die sich zur Ruhe setzen wollten. Und die Professoren liebten angeregte Diskussionen. Besonders Lillian Doyle brauchte laut Elliot die geistige Ablenkung. Ihr Tumor bildete sich nicht weiter zurück, und das letzte Semester war sehr hart für sie gewesen.

Sloane nahm gerne an solchen Tagungen teil. Für sie war das aus mehreren Gründen eine gute Sache.

Sie schlug den Kragen ihres Mantels hoch, als eine steife Brise über ihr Gesicht fuhr und sie daran erinnerte, dass der Winter noch nicht vorbei war. Ein stechender Schmerz schoss durch ihre Handfläche und löste wie immer lebhafte Erinnerungen aus. An das Messer, wie es in ihr Fleisch drang. An das Blut. An den Schmerz. Es war ein Bild, das sie nicht abschütteln konnte. Es hatte ihr Leben verändert.

Auch sie hatte sich dadurch verändert.

Sloane zuckte zusammen, als sie erkannte, dass sie ihre Handschuhe hätte anziehen sollen, bevor sie ins Freie gegangen war. Ihre Handtherapeutin würde stinksauer sein, wenn sie es erfahren würde. Jetzt lohnte es sich nicht mehr, die Handschuhe anzuziehen. Sie hatte ihren Wagen fast schon erreicht.

Wenig später stieg sie in ihren Sabura Outback. Sloane hatte Mühe, den Schlüssel ins Zündschloss zu stecken, und sie biss die Zähne zusammen, weil der Schmerz immer noch da war.

Der Motor war gerade angesprungen, als ihr Handy klingelte.

Auf dem Display stand *Unbekannt*. Das war nicht ungewöhnlich. Die meisten ihrer Kunden schützten ihre Privatsphäre.

»Sloane Burbank«, meldete sie sich.

»Sloane?«, erwiderte eine Frau zögernd. »Hier ist Hope Truman. Pennys Mutter. Ich weiß nicht, ob du dich noch an mich erinnerst.«

»Mrs Truman! Hallo! Natürlich erinnere ich mich an Sie.« Sloane runzelte verwundert die Stirn. Es war über zehn Jahre her, seit sie mit den Trumans gesprochen hatte, obwohl sie und Penny während der Schulzeit unzertrennliche Freundinnen gewesen waren. Sogar als Penny später eine private Highschool besuchte, hatten sie sich immer noch zu ausgedehnten Shoppingtouren getroffen. Oder sie hatten sich gegenseitig zu Hause besucht und nach einem gemütlichen Abend bei der Freundin übernachtet. Als dann die Collegezeit begann, hatten sich ihre Wege jedoch getrennt. Sie schlossen neue Freundschaften und verloren sich schließlich aus den Augen. Aber die Erinnerung an ihren jugendlichen Übermut, an ihre Geheimsprache und an die gemeinsam verbrachte Jugend würden wie ihre geliebten Tagebücher immer ein Teil ihres Lebens bleiben.

»Wie geht es Ihnen?«, fragte Sloane. »Und wie geht es Penny? Ich habe ewig nichts von ihr gehört. Ich weiß nur, dass sie bei *Harper's Bazaar* Karriere macht.«

»Dann weißt du es also nicht?«

»*Was* weiß ich nicht?«

»Darum rufe ich an.« Mrs Truman holte tief Luft. »Penny ist seit fast einem Jahr verschwunden.«

Sloane spürte, wie ihr ein kalter Schauer über den Rücken lief. »Wie meinen Sie das – *verschwunden*?«

»Ich meine, sie hat sich in Luft aufgelöst. Es gibt keine einzige Spur. Und sie hat Ronald und mir kein Wort gesagt. Seither haben wir nichts mehr von ihr gehört.«

»Sie haben also nichts mehr von Penny gehört. Auch sonst niemand?«, hakte Sloane nach, die nicht nur Pennys ehemalige Schulfreundin, sondern auch ausgebildete FBI-Agentin war. Die Trumans waren wohlhabend und weithin bekannt. Ronald Truman war ein renommierter Kardiologe am Mount Sinai. Immer wieder sorgte er für Schlagzeilen. Und seine Selbsthilfebücher zum Thema *Wie halte ich mein Herz fit?* eroberten regelmäßig die Bestsellerlisten.

Die Trumans waren also ideale Opfer für Erpresser.

»Auch sonst niemand«, erwiderte Mrs Truman.

»Sie haben nie eine Lösegeldforderung oder einen Brief erhalten?«

»Nie. Und wir haben weiß Gott darauf gewartet. Glaub mir, Sloane, wir haben nichts außer Acht gelassen und uns sogar mit der furchtbaren Möglichkeit auseinandergesetzt, dass es sich um eine Entführung handelt, bei der etwas schiefgegangen ist. Aber Pennys Leichnam wurde nie gefunden.« Mrs Truman seufzte resigniert. »Ich bin mir durchaus bewusst, wie gering die Chancen noch sind. Es ist elf Monate her. Aber sie ist meine Tochter. Ich kann nicht einfach zur Tagesordnung übergehen.«

»Das kann ich gut verstehen.«

Sloane wusste viel besser als Mrs Truman, wie gut oder wie schlecht die Chancen standen. Und ihr wurde übel, als sie daran dachte.

»Ich habe gerade in der Zeitung den Artikel über dich und die Tagung gelesen, auf der du einen Vortrag gehalten hast«, fuhr Mrs Truman fort. »Ich wusste nicht, dass du FBI-Agentin warst, und ich wusste auch nicht, dass du beim FBI aufgehört hast, um als private Ermittlerin zu arbeiten. Als ich den Artikel las, habe ich zum ersten Mal seit Monaten wieder ein wenig Hoffnung geschöpft. Wir haben nichts unversucht gelassen. Ihr beide wart damals unzertrennlich. Ich bitte dich, nein, ich flehe dich an, bei uns vorbeizukommen, bevor du Manhattan wieder verlässt. Ich weiß, dass ich dich damit überfalle und dass ich viel von dir verlange. Ich bezahle jede Summe, die du verlangst, auch das Doppelte oder das Dreifache deines normalen Honorars. Unser Fahrer kann dich an der Universität abholen und dich später dort wieder absetzen. Ich würde alles tun, damit du …«

»Das ist nicht nötig«, unterbrach Sloane sie. Hunderte von Fragen schossen ihr durch den Kopf. Doch ihr war klar, dass sie in dieser Situation ein persönliches Gespräch führen musste. »Penny ist untrennbar mit meinem Leben verbunden. Wenn ich irgendetwas tun kann, werde ich es tun. Die Tagung ist gerade zu Ende gegangen. Mein Auto steht auf dem Parkplatz, und der Motor läuft. Ich komme jetzt gleich vorbei, bevor ich nach Hause fahre.«

»Gott segne dich.« Tränen der Dankbarkeit mischten sich in die Stimme der älteren Frau.

»Wo wohnen Sie jetzt?«

»125 East Seventy-Eighth, zwischen Park und Lexington Avenue. Apartment 640.«

»Bin schon unterwegs.«

2. Kapitel

Datum: 20. März
Uhrzeit: 18.00 Uhr
Objekt: Athene

Endlich. Sie ist aufgewacht.

Diesmal erkenne ich an ihrem Blick, dass sie ihre Umgebung wahrnimmt. Es ist nicht wie sonst, wenn sie zu sich kam und dann erschöpft und desorientiert war. Diesmal sieht sie nicht durch mich hindurch, sondern sie sieht mich *tatsächlich*. Sie zittert. Sie hat Angst.

Das sollte sie auch. Sie weiß, sie gehört mir.

Ich spüre, wie das Adrenalin durch ihre Adern strömt. Mittlerweile habe ich mich daran gewöhnt, aber beim ersten Mal hat es mich überrascht. Jetzt nicht mehr. Jetzt warte ich schon darauf. Es ist ein gutes Gefühl. Macht. Kontrolle. Sie leistet Widerstand, aber sie zappelt vergebens. Wegen ihrer Kraft und ihrer Intelligenz habe ich dieses Mal besondere Vorkehrungen getroffen. Ihre Hand- und Fußgelenke sind mit dickeren Tauen gefesselt. Die Taue sind mit Klebeband umwickelt. Die Tür ihres Zimmers ist zwei Mal verschlossen.

Ich habe sie nicht geknebelt. Das werde ich tun, wenn ich hinausgehe. Aber niemand kann sie hören. Hier nicht.

Es wird schwieriger sein, ihren Willen zu brechen, schwieriger als bei der letzten Frau. Aber ich werde tun, was ich tun muss.

Sie verlangen es von mir.

125 East Seventy-Eighth Street, Apartment 640

Sloane saß bei den Trumans in der Ecke eines eleganten alten Sofas aus Mahagoni mit Damastbezug und trank den Tee, den Pennys Mutter unbedingt hatte zubereiten wollen. Sie stellte die Tasse auf den Tisch, nahm den Stift auf diese besondere Art in die Hand, die sie sich seit ihrer Handverletzung angewöhnt hatte, und klappte ihr Notizheft auf.

Sloane wartete geduldig, denn Hope Truman lief aufgeregt hin und her und legte Löffelbiskuits auf einen Teller.

Löffelbiskuits. Das weckte viele Erinnerungen. Nachdem sie zu Hause bei Penny stundenlang mit ihren Barbiepuppen gespielt hatten, bot Mrs Truman ihnen immer Löffelbiskuits an. Penny stylte ihre Barbie, kleidete sie nach der neuesten Mode und stimmte dann alle Accessoires genau darauf ab. Sloane behauptete, ihre Barbie sei She-Ra, die Prinzessin der Macht, und ließ sie durchs Zimmer fliegen. Gegen She-Ra katte Ken keine Chance.

Damals waren sie ganz verrückt gewesen nach Löffelbiskuits. Jetzt boten sie Hope Truman die Möglichkeit, ihre Nervosität zu bekämpfen. Sie war verzweifelt, und sie versuchte, das Thema, das zu diesem Treffen geführt hatte, hinauszuzögern. Sloane konnte das gut verstehen. Eine liebende Mutter, die Ermittlungserfolge sehen wollte, die aber gleichzeitig wahnsinnige Angst davor hatte. Und nach fast einem Jahr? Sie konnte nur noch beten und auf ein Wunder hoffen.

Sloane sollte ihr dieses Wunder bescheren.

Verstohlen musterte sie Pennys Mutter. Selbst mit siebenundfünfzig war sie immer noch eine elegante, sehr attraktive Frau. Schlank wie früher. Die Frisur saß perfekt, und sie war makellos geschminkt. Sie trug einen braunen Rollkragenpullover aus Cashmere und eine ockerfarbene Hose, in der sie aussah, als würde sie Werbung machen für Mode von Bergdorf. Doch man sah auch, dass diese Katastrophe ihren Tribut gefordert hatte.

Tiefe Falten hatten sich in ihr Gesicht gegraben, und die hatten nichts mit dem Alter zu tun. In ihren Augen sah Sloane diesen gehetzten Blick, den sie viel zu gut kannte, um ihn noch falsch zu deuten.

»Und wie geht es deinen Eltern?«, fragte Mrs Truman, die sich trotz der schwierigen Situation bemühte, ihrer Rolle als Gastgeberin gerecht zu werden.

»Es geht ihnen gut«, erwiderte Sloane. »Sie sind nach Florida gezogen, nachdem sie jetzt beide im Ruhestand sind. Allerdings stimmt das mit dem Ruhestand nicht so ganz. Meine Mutter arbeitet immer noch mit einigen ihrer Lieblingsautoren, die sie früher in ihrer Literaturagentur betreut hat. Und mein Dad handelt noch ab und zu mit Kunst, falls er irgendein Objekt besonders interessant findet.«

»Ich erinnere mich, dass er früher ständig im Ausland war und dass du ihn oft begleitet hast.«

»Ich habe diese Reisen genossen. Darum spreche ich heute so viele Sprachen. Das ist wohl einer der Hauptgründe, warum das FBI so großes Interesse an mir hatte.« Sloane räusperte sich und schnitt vorsichtig das Thema an, das sie hierhergeführt hatte. »Möchten Sie mit mir über Penny sprechen?«

Mrs Truman nickte unsicher. Sie hörte auf, sich an den Löffelbiskuits und dem Tee zu schaffen zu machen, und sank in einen Ohrensessel. Bevor sie etwas erwiderte, verschränkte sie die Finger ineinander. »Tut mir leid, dass ich dir nicht gleich alles erzählt habe.«

»Das macht doch nichts. Sie haben Angst. Es ist in einer solchen Situation ganz normal, wenn man auf andere Themen ausweicht.«

»Danke. Vielen Dank auch, dass du gekommen bist. Ich kann dir gar nicht sagen, wie viel mir das bedeutet.«

»Das müssen Sie auch nicht.« Sloane beugte sich vor. »Mrs Truman …«

»Hope«, korrigierte die ältere Frau und lächelte verhalten. »Du bist kein Kind mehr. Darum sollten wir auf diese förmliche Anrede verzichten.«

Sloane erwiderte das verhaltene Lächeln. »Okay, Hope. Ich kann mir wahrscheinlich kaum vorstellen, was das für Sie und Ihren Gatten bedeutet. Sie haben gesagt, Penny sei vor einem Jahr verschwunden?«

»Ja, am vierzehnten April ist es ein Jahr her. Allerdings haben wir es erst ein paar Tage später festgestellt.«

»Erzählen Sie mir alles, was Sie wissen.«

Hope nickte und leierte wie ein Roboter die Einzelheiten herunter, die sie vermutlich schon unzählige Male erzählt hatte. »Am sechzehnten und siebzehnten erschien sie nicht zur Arbeit. Sie rief auch an beiden Tagen dort nicht an. Ihre Assistentin bei der Zeitung versuchte, sie zu Hause und auf ihrem Handy zu erreichen. Penny meldete sich nicht. Am siebzehnten war sie morgens mit ihrer Freundin Amy zum Frühstück verabredet. Amy und Penny haben nach dem College zwei oder drei Jahre zusammengewohnt. Ronald und ich haben Amy kennengelernt. Sie ist reizend. Als Penny nicht zur Verabredung erschien und Amy sie nicht im Büro und bei Freunden erreichen konnte, rief sie uns an.«

»Und Sie haben dann die Polizei informiert.«

Hope nickte. »Sie haben jede Spur verfolgt. Schließlich fanden sie heraus, dass eine Frau, auf die Pennys Beschreibung zutraf, am vierzehnten April ein Busticket nach Atlantic City gekauft hatte. Daraufhin informierten sie das FBI.«

»Welches Büro hat in dem Fall ermittelt? New York oder Newark?«

»New York, aber sie haben eng mit Newark zusammengearbeitet. Es führte aber zu nichts. Beide Büros fanden keine Spur. Entweder kam die Frau, die sie für Penny hielten, niemals in Atlantic City an, oder es gab keine Zeugen, die sich an sie erinnern konnten.«

»Wurde das Ticket mit einer Kreditkarte bezahlt?«

»Wieder eine Sackgasse. Es wurde bar bezahlt.«

Sloane runzelte die Stirn. »Das ist seltsam. Ich erinnere mich, dass sie schon als Elfjährige für ein Modemagazin arbeiten wollte. Und sie war immer sehr zuverlässig. Wenn sie sich nicht um hundertachtzig Grad gedreht hat ...«

»Das hat sie nicht.«

»Hat denn die Tatsache, dass sie seit zwei Tagen auf der Arbeit fehlte, ohne anzurufen, bei *Harper's Bazaar* nicht alle Alarmglocken schrillen lassen?«

»Ja und nein.« Mit zittriger Hand trank Hope einen Schluck Tee. »Offenbar lief es damals für Penny in der Redaktion nicht sehr gut. Sie wurde wohl übergangen bei einer Beförderung. Es war eine harte Zeit für sie, und das nicht nur beruflich, sondern auch privat. Von Rosalinda, Pennys Assistentin, erfuhren wir, dass Penny einen Freund hatte und dass die Beziehung gerade in die Brüche gegangen war. Deshalb erfand Rosalinda eine Ausrede, als Penny nicht zur Arbeit erschien. Sie erzählte allen bei der Zeitung, Penny würde zu Hause arbeiten. Als das FBI sie befragte, gab sie zu, Penny habe die Redaktion am Tag vorher weinend verlassen und gesagt, ihr Leben sei die reinste Katastrophe und sie würde am liebsten alles hinschmeißen.«

»Hat Penny sich nicht bei Ihnen gemeldet?«, fragte Sloane zögernd.

»Nein, an jenem Tag nicht. Wir haben eine Woche vorher miteinander gesprochen.« Hope Truman räusperte sich. »Wenn du mich jetzt fragst, ob wir uns nahestanden, würde ich sagen, ja. Wir hatten ein gutes Verhältnis, wie das eben so ist zwischen Mutter und Tochter. Wir waren keine Freundinnen. Sie hatte ihr eigenes Leben. Über Privates hat sie mir nicht viel erzählt. Sie hat weder ihren Freund noch die Trennung erwähnt. Aber wenn man sich von seinem Freund trennt und wenn man spurlos verschwindet, das hat doch nichts miteinander zu tun. Falls Penny weggehen wollte, hätte sie das niemals getan, ohne ihrem Vater und mir ein Wort zu sagen. Sie hätte es auch nicht getan, ohne ihre persönlichen Dinge mitzunehmen oder ohne vorher alles mit ihrem Vermieter, mit ihrer Bank und mit den Stadtwerken zu regeln. Außerdem wurde keine ihrer Kreditkarten benutzt, seit sie verschwunden ist.«

»Welche Theorie hatte das FBI?«

»Dass die Probleme in ihrem Leben zu viel für sie gewesen sein könnten. Dass sie Depressionen bekommen haben könnte. Und dass starke Depressionen oft dazu führen, dass Menschen Dinge tun, die gar nicht zu ihrer Persönlichkeit passen.«

Sloane verbarg ihre Skepsis. Die Ermittler hatten im Grunde nichts anderes gesagt, als dass Penny entweder die Nerven verloren hatte und abgehauen war, um irgendwo ein neues Leben zu beginnen, nachdem sie alle Verbindungen zu ihrem alten Leben abgebrochen hatte, oder aber dass sie Selbstmord begangen hatte. Nun, bei einem Selbstmord hätte man die Leiche und vielleicht einen Abschiedsbrief finden müssen. Und die Theorie, dass sie vor ihren Problemen davongelaufen sei, um ganz neu zu beginnen? Das wäre ziemlich weit hergeholt. Vor allem, weil schon ein Jahr vergangen war. Mittlerweile hätte Penny ihre Familie benachrichtigt und ihr mitgeteilt, dass alles in Ordnung sei.

Keine dieser Schlussfolgerungen machte Sloane glücklich, und die Alternativen waren noch viel schrecklicher.

»Ich weiß, was für furchtbare Gedanken dir jetzt durch den Kopf gehen«, sagte Hope. »Ich habe mich mit all diesen Gedanken fast ein Jahr herumgequält. Irgendwie passt das alles nicht zusammen. Aber ich konnte mich an niemanden wenden. Ab und zu erkundige ich mich beim FBI nach dem Stand der Ermittlungen. Der Mitarbeiter im FBI-Büro hier in New York ist immer sehr höflich und erklärt sich jedes Mal bereit, alles zu überprüfen, wenn Ronald und mir noch irgendetwas einfällt. Aber ich bin nicht dumm. Der Fall liegt auf Eis. Solange es keine neuen Spuren gibt …«

»Ich spreche mit denen«, bot Sloane an. »Ich habe gute Kontakte zum FBI-Büro in New York. Ich erkläre ihnen die Situation und sage ihnen, dass Sie mich engagiert haben. Dann arrangieren sie ein Treffen zwischen dem verantwortlichen Special Agent und mir. Der wird mich dann über den neuesten Stand der Ermittlungen informieren. Das hilft mir, die richtigen Schritte einzuleiten. Wie heißt der verantwortliche Special Agent?«

»Parker.«

Sloane wollte sich den Namen aufschreiben, doch dann hob sie den Kopf. »Derek Parker?«

Hope nickte. »Warum? Kennst du ihn?«

»Ja, ich kenne ihn.« Sloane machte sich wieder Notizen. »Wir haben im FBI-Büro Cleveland zusammengearbeitet.« Sie klappte ihr Notizheft zu und schob die Teetasse zur Seite. »Ich rufe gleich morgen früh im FBI-Büro an und vereinbare ein Treffen mit ihm. Anschließend rufe ich Sie an und informiere Sie. Dann überlegen wir, wie es weitergehen soll.«

Mrs Trumans Lippen zitterten. »Danke, Sloane.«

»Bedanken Sie sich bei mir, wenn ich Antworten gefunden habe.« *Und beten Sie, dass es nicht die Antworten sind, vor denen ich mich am meisten fürchte.*

Sloane stand auf. Sie freute sich nicht auf diesen Fall. Es war eine Scheißsituation. Und es würde eine große Herausforderung sein, objektiv an den Fall heranzugehen. Die Chancen, dass Penny noch lebte, waren sehr gering. Und wenn Sloane daran dachte, wer die Ermittlungen leitete, konnte sie kaum auf eine fruchtbare Zusammenarbeit hoffen.

Sloane musste ein paar Leute um einen Gefallen bitten, um dieses Treffen zu vereinbaren, und Derek durfte nicht im Voraus wissen, mit wem er sich treffen sollte. Dann hätte er keinen Heimvorteil, und dadurch hätte sie die Chance, dass es überhaupt zu dem Treffen kam.

Wie es danach weiterging, stand in den Sternen.

3. Kapitel

Wo bin ich?

O mein Gott. Wo ist er?

Es ist Stunden her, seit er weggegangen ist. Oder bilde ich mir das nur ein? Er hat mich geknebelt. Ich habe ihn angefleht, es nicht zu tun. Ich habe versprochen, nicht zu schreien. Ich könnte es gar nicht, selbst wenn ich es versuchen würde. Mein Mund ist ganz trocken. Meine Kehle ist rau. Er hat gesagt, der Knebel sei ein Test. Ein Test *wofür*?

Ich kann kaum noch klar denken. Ich erinnere mich nicht, wie ich hierhergekommen bin und wie lange es her ist. Ab und zu habe ich bruchstückhafte Erinnerungen, die sich sofort in nichts auflösen. Das muss an den Drogen liegen.

Was will er von mir?

Er will es mir nicht sagen. Er sagt nur, dass ich es erfahren werde, wenn die Zeit reif ist, und dass er den Knebel und die Fesseln entfernt, wenn ich mich anständig benehme.

Die Matratze, auf der ich liege, riecht muffig. Die Wolldecke auch. Sie kratzt, aber immerhin kann ich mich darin einwickeln, um die Kälte zu vertreiben. Ich habe mich bei ihm bedankt, als er sie mir gegeben hat. Das schien ihm zu gefallen.

Trotzdem friere ich, und ich habe Schmerzen am ganzen Körper. Unter der kratzigen Wolldecke und der muffigen Matratze spüre ich den harten, nackten Boden. Ich habe das Gefühl, direkt auf Beton zu liegen. Der Raum ist so klein wie ein Kinderzimmer. Ich kann nicht viel sehen. Das Licht ist gedämpft. Es gibt nur ein winziges Fenster, aber die Vorhänge sind zugezogen. Es ist fast so, als wäre ich ganz allein in einer

Art Käfig eingesperrt. Heute Morgen habe ich durch die Wand eine Stimme gehört. Die Stimme einer Frau. Zumindest glaube ich das. Vielleicht habe ich es mir aber auch nur eingebildet. Ich kann mich einfach nicht konzentrieren.

Was wird er mir antun?

Ich weiß nicht, was schlimmer ist: wenn ich sein Plan herausfinde oder wenn ich hier hilflos liege und warte.

Schritte. Sie nähern sich diesem Raum. Ein Schlüssel dreht sich im Schloss.

Lieber Gott, bitte schick mir Hilfe. Mach diesem Albtraum ein Ende.

Nein. O nein. Er ist es. Er ist zurück.

Er kommt zu mir.

FBI-Büro New York
26 Federal Plaza, New York City
24. März

Es hatte viel Arbeit gemacht, aber endlich hatte die Sondereinheit im Kampf gegen Verbrechen asiatischer Einwanderer – C-6, wie die Abteilung hier im FBI-Büro New York hieß – einen richterlichen Beschluss erwirkt, um das Telefon von Chen Long Hua abzuhören. Eine verdammt gute Sache, wenn man bedachte, was sie während des rätselhaften Telefonats Freitagnacht aufgeschnappt und entschlüsselt hatten. Eine dritte Prostituierte war ermordet worden. Dieselbe Methode, aber ein anderer Ort, hatte das FBI von der New Yorker Polizei erfahren. Die zweite Prostituierte war in Manhattan ermordet worden, die erste und dritte in Queens. Es gab keine Verbindung zwischen den Morden, außer dass alle drei Prostituierte und Asiatinnen waren. Und alle wurden in ein leer stehendes Gebäude gebracht, unter Drogen gesetzt, mehrmals auf brutalste Weise vergewaltigt und dann ermordet. Allen dreien wurde mit einem Kampfmesser die Kehle durchgeschnitten. In allen drei Fällen wurde eine Kupfermünze mit einer Python auf der einen Seite und einer griechischen Göttin auf der anderen am Tatort zurückgelassen. Vielleicht wollte dieser Psychopath andeuten, dass er für geleistete Dienste auch bezahlte.

Andere Verbindungen zwischen den Morden gab es nicht. Alle drei Frauen arbeiteten in einem der drei Bordelle, die – wie das FBI herausgefunden hatte – von Chen betrieben wurden. Dieser war auf den Straßen auch als Xiao Long, als »Little Dragon«, bekannt oder als Dai Lo, der Anführer der Red Dragons.

Chen war während seines Telefonats Freitagnacht mit einem seiner Schläger total ausgerastet. Er war davon überzeugt, dass Lo Ma alias »Old Horse« und seine Gang, die Black Tigers, für den Tod der Mädchen verantwortlich waren, weil sie versuchen wollten, ihn aus dem Geschäft zu drängen. Er wollte Rache. Und zwar sofort.

Special Agent Derek Parker trank einen Schluck lauwarmen Kaffee und drehte sich zu seinem Computer um. Seine Mannschaft hatte die Red Dragons das ganze Wochenende lang beschattet. Die Gang hatte sich seltsam ruhig verhalten. Das bedeutete, dass sie etwas planten. Wenn C-6 die Situation nicht genau beobachtete, könnte vielleicht ein großer Bandenkrieg ausbrechen. Längst waren Maßnahmen ergriffen worden, die das verhindern sollten. Derek hatte das fünfte Revier des New York Police Department in Chinatown und das einhundertneunte Revier in Flushing aufgefordert, in den Bezirken verstärkt Streife zu fahren. Eine Einsatztruppe stand bereit, die sofort aktiv werden sollten, falls Chens Bande auftauchte.

Derek sah auf den Monitor und tippte das Formular FD-302 ab, das die Beschattung von Freitagnacht protokollierte. Er achtete nicht auf das Signal, dass eine neue E-Mail angekommen war. Er hatte sich vorgenommen, alle eingehenden Mails zu ignorieren, denn sein Posteingang lief wie jeden Montagmorgen über. Diese Sache hier hatte absolute Priorität. Er arbeitete an einem brisanten Fall, der Verbindungen zum internationalen Verbrechen aufwies. Dieses beschissene Kräftemessen zwischen Xiao Long und Lo Ma konnte die jahrelange Arbeit zunichte machen.

Das FBI hatte viel Energie in diese Ermittlungen gesteckt. Derek war eigens nach Quantico geschickt worden, um eine zweiwöchige Spezialausbildung zu absolvieren. Als er in das FBI-Büro in New York zurückgekehrt war, wurde er wieder der Sondereinheit C-6 zugewiesen. Da eine Agentin Mutterschaftsurlaub hatte und zwei Agenten in die Abteilung für Terrorismusbekämpfung versetzt worden waren, fehlte es in der Sondereinheit ausgerechnet jetzt an Leuten.

Es war logisch, dass Derek in dieser Sondereinheit mitarbeitete. Er hatte in fast allen Fällen von Gewaltverbrechen ermittelt, von Kidnapping über Erpressung bis hin zu Raubüberfällen und Auftragsmorden. Bei früheren Ermittlungen hatte er mit den wichtigsten Bandenmitgliedern zu tun gehabt, die jetzt unter Beobachtung standen. Er kannte die Drahtzieher. Er kannte ihre Reviere.

Und jetzt wusste er auch, wie die Dinge abliefen.

Derek warf einen Blick auf die Uhr. Alles verlief genau nach Plan. Halb neun. Früh für die Mannschaft, die die ganze Nacht die Straßen überwacht hatte, aber nicht für ihn. Das hatte er seiner Ranger-Ausbildung zu verdanken. Die Armee hatte ihm beigebracht, was Führungsqualitäten, Respekt, Loyalität und Disziplin bedeuteten. All das hatte er sich zu eigen gemacht, nicht zu vergessen Selbstdisziplin. Um halb sieben stand er auf. Von sieben bis acht Sport. Duschen und Anziehen. Ein schnelles, proteinhaltiges Frühstück, dann trat er seinen Dienst an.

»Derek, gut, dass du an deinem Schreibtisch sitzt.«

Derek drehte sich auf dem Stuhl um und sah den Leitenden

Special Agent Antonio Sanchez an, der neben seinem Arbeitsplatz stand und einen Ellbogen auf der Trennwand aufstützte.

»Hallo, Tony«, begrüßte Derek ihn. »Ich wusste gar nicht, dass du schon da bist.«

»Geht mir genauso. Ich dachte, du kommst heute vielleicht etwas später, weil du das halbe Wochenende gearbeitet hast. Übrigens, deine Zielpersonen gehen jetzt erst mal schlafen.«

»Ja, aber trotzdem habe ich nach dem, was wir Freitagnacht gehört haben, und nach diesem seltsam ruhigen Wochenende das Gefühl, dass wir auf einem Pulverfass sitzen. Wir können uns keinen großen Bandenkrieg leisten. Ich bereite die Unterlagen für die Staatsanwaltschaft vor. Gleich heute Nachmittag führe ich ein paar Gespräche mit unseren Informanten. Sie werden verkabelt, bevor sie sich in dem Viertel herumtreiben und sich umhören, was in der Szene läuft. Auch die New Yorker Polizei ist im Einsatz. Und die Kollegen der Sondereinheit und ich wechseln uns in dem Lieferwagen ab und hören zu.«

Tony nickte. Er war fünfundvierzig und seit sechzehn Jahren beim FBI. Er hatte ein gutes Verhältnis zu seinen Leuten, trotzdem stellten sie seine Position als ihr Vorgesetzter niemals infrage. Ein cleverer, engagierter Mann, der sein Team gut kannte. Und zu diesem Team gehörte jetzt auch Derek Parker.

»Es steht fest, dass eine Konfrontation unmittelbar bevorsteht. Tu, was du tun musst. Aber plane eine kurze Unterbrechung gegen zehn Uhr ein. Ich möchte dich bitten, mit jemandem zu sprechen.«

Derek runzelte die Stirn. »Wann hast du den Termin vereinbart?«

»Am Wochenende. Es dauert höchstens eine halbe Stunde.«

»Um was geht es, und mit wem soll ich sprechen?«

»Es geht um den Fall Penelope Truman. Die Trumans bitten dich, mit jemandem zu sprechen, den sie engagiert haben.«

Der Truman-Fall? Damit hatte Derek gar nicht gerechnet. In

diesem Fall bewegte sich schon seit fast einem Jahr nichts mehr. Außerdem ging es um einen Vermisstenfall, und der hatte nichts mit den Ermittlungen bei C-6 zu tun. Warum schaltete Tony sich da überhaupt ein? Es war eigentlich nicht seine Art, einen seiner Leute ohne Vorwarnung für andere Aufgaben abzustellen.

»Verstehe ich nicht«, sagte Derek trocken. »Gibt es eine neue Spur, von der ich nichts weiß? Haben die Trumans was von ihrer Tochter gehört?«

»Genaueres weiß ich nicht.« Tony richtete sich auf und drehte sich um. »Ruf einfach die Datei auf, druck die entsprechenden Unterlagen aus und übernimm das Gespräch. Beantworte alle Fragen so kooperativ wie möglich.« Er zögerte kurz. »Betrachte es als persönlichen Gefallen.«

»Als persönlichen Gefallen?«, wiederholte Derek langsam. »Für wen?«

»Für mich. Für die Trumans. Und für ein paar unserer Kollegen bei der Sondereinheit für Krisenintervention.«

Gleich war es so weit.

Sloane ging um den kleinen Tisch in dem Besprechungszimmer im zweiundzwanzigsten Stock herum. Sie rollte die Flasche Mineralwasser zwischen den Händen, während sie sich innerlich auf das Gespräch vorbereitete.

Sie wusste, was in der nächsten halben Stunde auf sie zukam. Ein Vergnügen würde es nicht werden. Immerhin wusste sie, wer durch diese Tür kommen würde, wohingegen Derek nicht die geringste Ahnung hatte, wer in dem Zimmer auf ihn wartete. Sloane sah auf die Uhr. Noch genau drei Minuten. Derek war für seine Pünktlichkeit bekannt.

Sie hatte Tony Sanchez um einen Gefallen gebeten. Er war ihr Ausbilder gewesen, als sie in Quantico die Verhandlungsführung bei Geiselnahmen gelernt hatte. Er war so freundlich, das

Treffen zu arrangieren und keine Fragen zu stellen, auch nicht, als sie ihn bat, ihren Namen nicht zu erwähnen.

Vielleicht kannte er die Geschichte zwischen ihr und Derek. Vielleicht auch nicht.

Als die Wasserflasche über die empfindliche Stelle zwischen Daumen und Zeigefinger rollte, zuckte Sloane zusammen. Mit der linken Hand stellte sie die Flasche auf den Tisch und drehte den Verschluss zu. Sie verzog das Gesicht, denn das Klopfen in ihrer rechten Hand ließ nicht nach. Nicht nur die Wunde machte ihr heute zu schaffen, auch die Narben schmerzten. Die Sitzung heute Nachmittag bei ihrer Physiotherapeutin würde höllisch wehtun.

Sloane machte ein paar einfache schmerzlindernde Übungen, indem sie die Finger krümmte und wieder streckte, um die Muskeln zu entspannen.

Die Tür des Besprechungszimmers wurde aufgerissen, und Derek betrat den Raum. Er hatte eine Akte unter dem Arm. An sein großspuriges Auftreten konnte sich Sloane nur allzu gut erinnern. Es war dreizehn Monate her, aber ein schneller Blick bestätigte, dass er sich nicht verändert hatte. Vielleicht äußerlich, aber das war auch alles. Seine dunklen Haare waren etwas länger als früher, und er war anders gekleidet. Früher hatte Derek immer Anzug und Krawatte getragen. Jetzt hatte er eine Jeans und ein blaues T-Shirt an. Irritiert warf Sloane ihm einen zweiten Blick zu.

Auch wenn Derek nicht wusste, wen er hier treffen würde, sah man ihm an, dass er nicht hier sein wollte. Das drückte seine Körpersprache unmissverständlich aus.

Und es wurde noch schlimmer. Zuerst starrte er sie mit einem nachdenklichen Ausdruck in seinen blauen Augen an, dann wurde sein Blick regelrecht frostig.

»Sloane.« Er sprach ihren Namen aus, als suchte er nach einer Bestätigung, dass ein Irrtum vorlag.

»Hallo, Derek.« Sloane hatte sich genau überlegt, wie sie sich verhalten würde. Kein Körperkontakt. Nicht einmal ein Händeschütteln. Keine Nähe. Sie bewegte sich nicht, sodass der Tisch wie eine Barriere zwischen ihnen stand. »Pünktlich wie immer. Ausgezeichnet. Ich danke dir, dass du diesem Treffen zugestimmt hast. Wie ich sehe, hast du die Ermittlungsunterlagen ausgedruckt. Dann können wir gleich starten, nicht wahr?« Sie gab ihm ein Zeichen, Platz zu nehmen.

»Du bist die private Ermittlerin der Trumans?«, fragte er.

»Stimmt genau.«

»Und du hast Tony gebeten, es nicht zu erwähnen.«

Er würde es ihr nicht leicht machen.

»Stimmt auch. Ich wollte nicht, dass du ablehnst. Darum habe ich Tony gebeten, meinen Namen nicht zu erwähnen.«

»Es hat sich offenbar nichts geändert. Du bist immer noch ein Feigling.«

»Und du sagst nach wie vor genau das, was du denkst. Wie ich sehe, ziehst du dich jetzt anders an. Aber sonst bist du ganz der Alte.«

»Die Bekleidungsvorschriften sind Teil des Jobs. In einem Anzug kann man sich wohl kaum unter Gangster mischen.«

»Verstehe. Aber die Jeans und das T-Shirt sind so glatt und so faltenfrei wie deine Anzüge. Eine andere Uniform, derselbe Army Ranger.«

»Dasselbe gilt für die ehemalige Mitarbeiterin der Bezirksstaatsanwaltschaft Manhattan«, konterte Derek. Er bezog sich auf ihre Zeit als Anklägerin der Stadt New York City, bevor sie FBI-Agentin wurde.

»Genau«, erwiderte Sloane mit einem kurzen Nicken. »Jetzt haben wir genug spitze Bemerkungen gewechselt. Können wir endlich über Penny Truman sprechen?«

»Warum? Hast du eine neue Spur?«

»Das weiß ich erst, wenn du die Aktenlage mit mir durchgesprochen hast.«

»Ich bin sicher, du bist über alle Fakten im Bilde. Und wenn du nicht inzwischen die Kunst des Hellsehens beherrschst, wirst du nichts finden. Ich kann mir gut vorstellen, dass die Trumans verzweifelt nach Antworten suchen und dass sie genug Geld haben, um eine private Ermittlerin zu engagieren, die ihre Tochter finden soll. Aber du verschwendest deine Zeit. Ich bin allen Spuren nachgegangen. Wirklich allen.«

Sloane umklammerte die Stuhllehne und sah Derek ungerührt an. »Deine Selbstgefälligkeit bringt uns nicht weiter, Derek. Es geht hier nicht um deine Fähigkeiten als Ermittler. Ja, die Trumans sind verzweifelt. Aber sie haben mich nicht nur aus dem Grunde angerufen, weil ich gut bin und weil ich mehr Zeit und Energie in ihren Fall investieren kann als das FBI. Sie haben mich aus persönlichen Gründen angerufen. Ich war früher eng mit Penny befreundet. Wir sind zusammen zur Schule gegangen. Ich habe erst erfahren, dass Penny vermisst wird, als ihre Mutter mich letzte Woche angerufen hat. Das ist doch wohl Begründung genug, warum ich mich für den Fall interessiere. Du kannst es darstellen, wie du willst. Mir ist alles recht, Hauptsache, ich finde Penny.«

Dereks angespannte Gesichtszüge lockerten sich ein wenig. »Das wusste ich nicht. Okay. Nimm Platz.«

Sie setzten sich gleichzeitig und sahen sich über den Tisch hinweg an.

»Warum haben die Trumans dich nicht erwähnt, als ich sie befragt habe?«, fragte Derek.

»Weil Penny und ich in den letzten Jahren keinen Kontakt mehr hatten.« Sloane klärte Derek in groben Zügen über ihre frühere Freundschaft mit Penny auf. »Aber ich kannte sie sehr gut. Und ich bin ganz sicher, dass sie nicht einfach abgehauen ist, nicht wegen Schwierigkeiten im Job und auch nicht wegen eines Typen. Entweder wird sie gegen ihren Willen festgehalten, oder sie ist tot.«

Derek runzelte die Stirn.

»Ich gebe zu, dass die Fakten eher für Letzteres sprechen«, fuhr Sloane fort. »Das heißt aber nicht, dass ich aufgebe, bevor ich nicht alles versucht habe.«

»Ich glaube, es gibt Dinge, die sind es wert, dass man dafür kämpft.«

Sloane biss die Zähne zusammen, denn sie wusste genau, was Derek meinte. Sie hätte ihm gerne eine passende Antwort gegeben, aber er hatte natürlich nicht ganz unrecht. Außerdem war sie nicht hier, um sich mit ihm zu streiten. Es ging einzig und allein um Penny.

Dieser Gedanke führte sie zum Thema zurück. »Als du Pennys Freunde, Kollegen und Exfreunde verhört hast, hattest du da das Gefühl, auf irgendwelche Ungereimtheiten zu stoßen?«

»Nein«, erwiderte Derek nüchtern. »Keine Aussage hat mein Misstrauen geweckt. Die üblichen Reaktionen. Angst, dass Penelope etwas Schlimmes zugestoßen sein könnte, und Nervosität, weil sie vom FBI befragt wurden. Alle Alibis wurden überprüft.«

»Auch das von Pennys Exfreund?«

»Ja. Er war die ganze Woche in Honolulu, und zwar mit der Kollegin, wegen der er deine Freundin verlassen hat.« Derek schob die Akte über den Tisch. »Du kannst alles nachlesen. Hier hast du Kopien von allen Unterlagen, dazu eine Liste aller Leute, die Penelope kannte, meine Verhöre, Einzelheiten über Penelopes Leben in den Monaten, bevor sie verschwand. Außerdem die Namen und die Telefonnummern der Mitarbeiter des FBI-Büros Newark, mit denen ich zusammengearbeitet habe. Nimm die Akte mit und arbeite dich gründlich ein. Aber nach elf Monaten würde ich mich an deiner Stelle auf das Schlimmste gefasst machen.«

»Das ist mein Motto. Man kann nur überleben, wenn man sich auf das Schlimmste gefasst macht.« Sloane nahm die Akte in die Hand und schwieg, während sie einen Blick daraufwarf. »Wie lange bist du schon in New York?«, fragte sie schließlich.

»Ein Jahr.«

»Du hast dich also gleich danach versetzen lassen?«

»Wir wussten beide, dass ich es tun würde. Dieses FBI-Büro war meine erste Station nach der Ausbildung in Quantico. Vor Cleveland habe ich sieben Jahre hier gearbeitet. Und seit dem 11. September sind viele Kollegen zur Terrorbekämpfung versetzt worden, und die meisten Neuen wollen lieber in den sonnigen Süden als nach New York. Darum ist ein erfahrener Agent genau der Richtige, wenn es um Gewaltverbrechen und Kidnapping geht.«

»Bist du immer noch beim SWAT-Sondereinsatzkommando?«

»Beim SWAT-Elite-Sondereinsatzkommando«, korrigierte er. »Ein größeres Team. Eine bessere Ausrüstung. New York ist nicht Cleveland. Zehn Prozent vom FBI arbeiten hier.«

»Und du gehörst dazu. Seit deiner Rückkehr bist du innerhalb von New York schon mehrmals versetzt worden. Zuerst Gewaltverbrechen und dann C-6.«

»Mein Schwerpunkt hat sich verlagert. Es ging um Drogen und Bandenkriminalität. Daher war mein Wechsel zu C-6 ein logischer Schritt.«

»Tony sprach in den höchsten Tönen von dir. Er hat auch erwähnt, dass du gerade von einem CE-Training aus Quantico zurückgekommen bist. Du hast ganz schön was vorzuweisen.«

»Es ist gut, wenn man in allen Bereichen Erfahrungen sammelt. Man steht immer vor neuen Herausforderungen und bleibt im Gespräch.» Derek beugte sich vor, und Sloane spürte seinen harten Blick, ohne dass sie ihn ansah. »Und was ist mit dir? Du genießt das Leben einer privaten Ermittlerin mit fetten Honoraren?«

»Man steht immer vor neuen Herausforderungen und bleibt im Gespräch«, wiederholte sie und hob den Kopf. »Und es zahlt sich aus, wenn man sein eigener Chef ist. Ich muss mich nicht immer an die Vorschriften halten.« Ohne es zu bemerken, umklammerte Sloane die Akte so fest, dass eine Ecke gegen ihre vernarbte Hand stieß. Sie zuckte zusammen und versuchte, sich zu entspannen.

Dereks Blick wanderte von ihrer Hand zu ihrem Gesicht. Seine Miene veränderte sich nicht. »Immer noch Schmerzen?«

»Das ist wohl kaum zu vermeiden, wenn dir jemand mit einem Messer die Hand halb aufschlitzt. Dann drei Operationen und dreizehn Monate Physiotherapie.« Sloane war nicht auf Mitleid aus, und darauf brauchte sie bei Derek auch nicht zu hoffen. »Das ist einer der Gründe, warum es gut für mich ist, selbstständig zu sein. Ich brauche flexible Arbeitszeiten. Ich muss ständig zu meiner Handtherapeutin.«

»*Drei* Operationen?« Derek kniff verwundert die Augen zusammen. Sie hatten nur während der ersten Operation Kontakt gehabt. Es war die Not-OP, damit sie nicht verblutete. »Warum?«

»Komplikationen«, erwiderte Sloane knapp. »Starke Narbenbildung, eine gerissene Sehne, ein Nerv war beschädigt ... Es war ein anstrengendes Jahr.« Sloane nahm Pennys Akte in die Hand und stand auf. Ihre Körpersprache verriet, dass das Thema für sie beendet war. »Jetzt habe ich dich lange genug aufgehalten. Falls ich auch nur den kleinsten Hinweis finde, wo Penny sich aufhalten könnte, informierte ich dich auf der Stelle.«

»Hier sind meine Telefonnummern«, sagte Derek, der sie immer noch musterte. Er stand auf und gab ihr die vertraute Visitenkarte des FBI mit dem offiziellen Logo, auf der auch seine Privatnummer und seine Handynummer standen.

»Danke«, sagte Sloane freundlich. Sie zog eine Visitenkarte aus der Tasche und gab sie ihm über den Tisch hinweg. »Da ist meine. Ich glaube nicht, dass du mich kontaktieren musst, aber für den Fall der Fälle hast du hier alle Nummern, die du brauchst.«

Derek sah auf die Karte, auf der ihre Büro- und Handynummer standen, allerdings keine Adresse, sondern nur ein Postfach in Hunterdon County, New Jersey. »Hast du dir in dem Ferienhaus deiner Eltern ein Büro eingerichtet?«, fragte er.

»Ja, ich wohne auch dort. Meine Eltern sind nach Florida gezogen. Ich habe ihnen das Haus abgekauft. Es ist perfekt für meine Bedürfnisse. Klein, unaufwändig und ein Zimmer, das ich als Büro nutzen kann. Drum herum anderthalb Hektar Land, das wir erkunden können. Meine Jagdhunde sind begeistert. Und es ist auch ideal fürs Bogenschießen.«

»Schießt du wieder?«

»Seit Kurzem. Aber nur mit Pfeil und Bogen.«

»Warum nicht? Es geht darum, das Ziel zu treffen. Ein Bogen, eine Waffe – wo ist da der Unterschied?«

»Ungefähr vier Pfund Druck auf dem Zeigefinger, wenn man den Schuss auslöst, und eine ganze Menge Geschicklichkeit und Kontrolle. Im Augenblick fehlt mir beides. Vielleicht für immer.« Sloane ging um den Tisch herum, ohne Derek einen Blick zuzuwerfen, und direkt auf die Tür zu. »Wie schon gesagt, schön, dass du dich nicht verändert hast. Immer noch so einfühlsam. Immer bereit, Nachsicht mit anderen zu üben. Ich melde mich.«

4. Kapitel

Datum: 24. März
Uhrzeit: 22.00 Uhr

Ich genieße die Zeit in diesem Raum.

Frieden, Einsamkeit, Erfüllung. Es gibt nur mich, meine Gedanken und sie. Wenn ich hier bin, sammle ich neue Konzentration und Kraft. Und es hält die Dämonen fern.

Aber nur, wenn ich hinter diesen Türen bin.

Heute Nacht habe ich viele Stunden mit Athene verbracht. Wie ich vermutet habe, ist es schwieriger bei ihr, sie vorzubereiten, als bei den anderen. Sie ist jung. Sie ist intelligent. Ein unerwünschtes Hindernis. Vor allem jetzt. Ich muss es zu Ende bringen. Aber es erschöpft mich.

Sobald ich sie verlassen habe, muss ich hierherkommen. Ich brauche die Unterbrechung – und die Erinnerung. Meine Entschlossenheit muss siegen über meine Müdigkeit. *Sie* erinnert mich daran. Sie erinnert mich daran, dass ich meine Energie bündeln muss, auch wenn *sie* nach Gerechtigkeit schreien. Gerechtigkeit, für die ich sorgen muss. Und sie wird meine Muse sein.

Ich will sie nicht verlassen. Ich möchte meine Augen schließen und atmen, ihren Duft einatmen und mir ihre Schönheit vor Augen führen. Dann werde ich schlafen, vielleicht eine oder zwei Stunden. Es ist die einzige Zeit, in der ich es tue, der einzige Ort, an dem ich es kann. Draußen liegen die Dämonen auf der Lauer. Sobald ich die Tür öffne und den Zufluchtsort verlasse, fallen sie wieder über mich her.

Und ich werde genau das tun, was sie verlangen.

Hunterdon County, New Jersey
25. März, 10.15 Uhr

Es war einer dieser kalten, verregneten Morgen, an dem man sich am liebsten die Decke über den Kopf zieht und weiterschlafen möchte.

Leider konnte Sloane das nicht. Sie erstickte in Arbeit, und ihre Jagdhunde, wie sie sie liebevoll nannte, hatten keine Lust mehr zu schlafen oder ihr zu erlauben, genau das zu tun.

Die Bezeichnung *Jagdhund* schien, auch wenn sie korrekt war, trotzdem falsch zu sein, wenn es um Sloanes drei Unruhestifter ging. Moe, Larry und Curly waren drei kleine Dackel, die Sloane vor zwei Jahren als Welpen aus dem Tierheim geholt hatte. Moe, die Abkürzung von Mona, war ein Langhaardackel und das einzige Weibchen. Larry war ein Rauhaardackel, Curly dagegen ein Kurzhaardackel mit dichtem glattem Fell; damit gehörte er zur traditionellen Dackelrasse. Alle drei Hunde sprühten vor Energie. Sie waren starke Persönlichkeiten und liebevolle, loyale Gefährten – allerdings nicht, wenn sie miteinander rauften.

Wie jeden Tag waren die Dackel auch heute bei Tagesanbruch aufgesprungen und hatten Sloane so lange geplagt, bis sie sie rausließ, damit sie ihr »Geschäft« machen konnten. Das ging heute sehr schnell, weil sie nicht lange im Regen bleiben wollten. Danach stürmten sie durchs Haus, sprangen auf dem Bett herum, ärgerten Sloane und rissen ihr das Bettzeug weg, bis sie schließlich aufstand.

Auch gut. Pennys Fall ließ ihr ohnehin keine Ruhe. Sie musste binnen kurzer Zeit viel erledigen. Ihr blieben genau zwei Tage. Anschließend würde sie nach Boston fliegen, wo sie in der Zentrale einer international operierenden Bank ein zweitägiges Seminar über Krisenintervention und Konfliktlösungen leiten sollte. Am Donnerstag um sechs Uhr morgens würde ihre Maschine vom Logan Airport starten. Ihr blieben daher nur heute und morgen, um bei dem Fall voranzukommen.

Sloane saß auf dem gemütlichen Sofa in ihrem Büro, und Moe, Larry und Curly lagen ausgestreckt neben ihr auf dem Boden. Noch einmal las sie Dereks Bericht über Pennys angebliche Fahrt nach Atlantic City durch. Dann schob sie die Unterlagen zur Seite und sank zurück in die Kissen. Sloane hatte die ganze Akte schon drei Mal von vorne bis hinten durchgelesen. Ihr war nichts Ungewöhnliches aufgefallen. Doch diese Fahrt nach Atlantic City ging ihr nicht mehr aus dem Kopf. Es ergab keinen Sinn. Warum sollte Penny dorthin fahren? Sie kam aus einem wohlhabenden Elternhaus, trotzdem war sie ein praktisch denkender Mensch geworden, gerade auch wenn es ums Geldausgeben ging. Man konnte es ausgeben, aber nur für Dinge, die wirklich wichtig waren. Für Penny waren das ihr Äußeres, ihre Ausbildung und alles, was mit der Karriere als Redakteurin einer Modezeitschrift zu tun hatte.

Sloane erinnerte sich noch gut daran, wie sie als Kinder immer vor Weihnachten zum Spielwarengeschäft FAO Schwarz gegangen waren. Damals liebte sie Plüschtiere über alles. Sie, Sloane, lief von einem Schaufenster zum anderen und konnte sich nicht entscheiden, weil sie am liebsten alles gekauft hätte. Penny dagegen stand einfach nur da, betrachtete das Angebot und wählte schließlich das Plüschtier aus, das besonders hübsch aussah und das gut in ihr Zimmer passte.

Spielsucht? Niemals. Jedenfalls nicht bei der Penny, die Sloane gekannt hatte. Spielsucht hätte sie als Verschwendung und Dummheit angesehen.

Um zu überprüfen, ob sich die Gewohnheiten ihrer Freundin geändert haben könnten, hatte Sloane Pennys Kreditkartenabrechnungen überprüft. Nein, da war nichts Ungewöhnliches zu erkennen. Immer noch die alte Penny. Sloane fand Abrechnungen für Designer-Garderobe und Accessoires, die zu jemandem passten, der auf der Karriereleiter bei *Harper's Bazaar* weiter nach oben wollte. Darüber hinaus gab es Abrechnungen für verschiedene Kurse von moderner Kunst bis hin zu antiker Philosophie. Auch hier fand Sloane keine Überraschungen. Penny war immer stolz darauf, kultiviert und vielseitig interessiert zu sein. Sie erweiterte gerne ihren Horizont.

Keine dieser Ausgaben überstieg ihre finanziellen Möglichkeiten. Und auf eine Spielleidenschaft gab es nicht den geringsten Hinweis. Weder Pennys Kontoauszüge noch das, was ihre Freunde und Kollegen über ihr Verhalten ausgesagt hatten, deuteten darauf hin. In ihrer Wohnung hatte man kein einziges Lotterielos gefunden.

Vielleicht wollte Penny in Atlantic City jemanden treffen? Aber hätte derjenige nicht angerufen, wenn sie nicht angekommen wäre? Sloane hatte Pennys Handyverbindungen überprüft. Die Polizei hatte sie auf richterlichen Beschluss hin von der Telefongesellschaft bekommen. Die Überprüfung ergab, dass seit dem 14. April, dem Tag ihres Verschwindens, keine Anrufe getätigt oder empfangen worden waren.

Eine Sackgasse nach der anderen. Derek hatte nicht gelogen. Er hatte so gründlich ermittelt, wie er behauptet hatte, und keine einzige Spur ausgelassen.

Sloane musste sich auf das verlassen, was sie über Penny wusste. Nur so würde sie vielleicht eine winzige Spur entdecken, die übersehen worden war und die sie weiterbrachte.

Sie nahm einen Block und einen Stift und machte eine Liste der Personen, mit denen Penny zum Zeitpunkt ihres Verschwindens in engem Kontakt stand. Es wurde Zeit, sie noch einmal zu verhören, und zuallererst ihren Exfreund. Wenn Sloane die richtigen Fragen stellte, würde sie ihn vielleicht zu einer Antwort provozieren, die einen winzigen Hinweis enthielt.

Sie machte sich immer noch Notizen, als ihr Handy klingelte.

Mit den Gedanken war Sloane noch bei Penny, als sie das Handy in die Hand nahm, auf die Sprechtaste drückte und es mit der Schulter ans Ohr presste. »Sloane Burbank.«

»Hallo, Sloane. Hier ist Bob Erwin.«

»Bob ... Hallo.« Sloane legte ihren Stift auf den Tisch. Bob war Sergeant beim New York Police Department in Midtown North. Er hatte Sloane früher schon mehrmals um Rat gefragt und zwei ihrer ganztägigen Workshops zum Thema »Gewalt am Arbeitsplatz« besucht. »Was gibt's?«

»Ich bin mir nicht sicher.« Bob räusperte sich. »Es geht um eine vermisste Studentin. Ihr Name ist Cynthia Alexander. Zwanzig Jahre alt. Sonntag vor einer Woche wurde sie zum letzten Mal auf dem Uni-Campus gesehen. Das muss aber nicht der Tag sein, an dem sie verschwunden ist. An der Uni waren gerade ein paar Tage Ferien, und deswegen war dort nichts los. Am vergangenen Donnerstag wollte sie für ein verlängertes Wochenende nach Hause fliegen. Sie hat ein Rückflugticket gekauft. Aber sie ist nie zu Hause angekommen. Ihre Eltern haben die Polizei verständigt. Vielleicht ist sie einfach nur abgehauen. Könnte sein, dass sie das Opfer einer Entführung wurde. Oder sie ist eine freiheitsliebende Studentin, die einfach mal raus wollte und die jeden Augenblick wieder auftaucht. Wer zum Teufel weiß das schon? Ich habe mehrere Detectives auf den Fall angesetzt.«

Sloane runzelte die Stirn. Das Szenario, das Bob gerade beschrieben hatte, kam öfter vor. Studenten verschwanden aus einer Laune heraus und tauchten dann plötzlich wieder auf. Aber auch wenn das NYPD ein Verbrechen vermutete, bestand kein Grund, Sloane anzurufen. Es sei denn, es steckte mehr dahinter als das, was Bob ihr erzählt hatte.

»Okay, Bob, was haben Sie mir *nicht* erzählt?«, fragte Sloane offen heraus. »Stammt diese junge Frau aus einer Politikerfamilie, oder sind die Eltern sonst irgendwie bekannt? Hat sie jemanden mitgenommen, als sie spurlos verschwunden ist, möglicherweise gegen dessen Willen? Übt der Präsident der Universität Druck auf Sie aus, und würde er sich beruhigen, wenn Sie ihm sagen könnten, dass Sie mit einer privaten Ermittlerin zusammenarbeiten? Versucht das Revier, seine Aufklärungsrate zu erhöhen? Oder sieht es sich genötigt, den Fall zu lösen, bevor er der Vermisstenabteilung übergeben wird?« Sloane zögerte kurz. »Habe ich etwas ausgelassen?«

Bob lachte verkrampft. »Ich vergesse immer, dass Sie eine hervorragende Staatsanwältin waren. Erinnern Sie mich daran, dass ich Ihnen niemals auf die Füße trete. Nein, nichts von dem, was Sie aufgezählt haben, trifft zu. Ganz normales Mädchen aus einer ganz normalen Familie. Es ist allein verschwunden, ohne Geisel, und es gibt keinen internen Druck. Es stimmt jedoch, dass die Vermisstenabteilung in Arbeit erstickt und dass ich den Fall gerne innerhalb einer Woche lösen würde, damit ich ihn nicht an die Kollegen weitergeben muss. Wenn Cynthia Alexander allerdings unterwegs gekidnappt wurde, dann sind mehrere Bundesstaaten betroffen, da sie aus Ohio stammt. Dann müssten wir das FBI einschalten.«

»Und warum rufen Sie mich an? Ich bin nicht mehr beim FBI.«

»Cynthia stammt aus Cleveland. Der Fall könnte also in die Zuständigkeit Ihres ehemaligen FBI-Büros fallen. Wenn Sie mir sagen würden, wer dort für was zuständig ist, könnte ich den Fall an die richtige Stelle weiterleiten. Aber zunächst einmal hoffe ich, dass Sie mir helfen können, den Zeitraum von Cynthias Verschwinden einzugrenzen. Sie ist von dem Gelände des John Jay College verschwunden. Cynthia hatte sich für das zweitägige Seminar angemeldet, auf dem Sie einen Vortrag gehalten haben. Aus diesem Grund ist sie nicht früher zu ihren Eltern gefahren. Ich möchte überprüfen, ob Cynthia diese Tagung besucht hat oder nicht. Wir werden mit allen Referenten sprechen. Wie gut, dass ich Ihren Namen auf der Liste gesehen habe! Ich weiß, dass bei Ihrem Vortrag der Hörsaal voll war, aber ich weiß auch, dass Sie ein unglaublich gutes Gedächtnis haben. Ich erwarte nicht, dass Sie sich an ihren Namen erinnern. Ich würde Ihnen aber gerne ein paar Fotos zeigen. Vielleicht fällt Ihnen ja irgendetwas ein.«

Sloane seufzte. »Wann soll ich mir die Fotos ansehen?«

»Möglichst heute noch. Je früher, desto besser. Hätten Sie denn Zeit?«

»Eigentlich nicht, aber ich mache Ihnen einen Vorschlag. Ich erledige ein paar Telefonate und vereinbare Termine mit Leuten, die ich in einem Fall, an dem ich arbeite, befragen muss. Dann fahre ich nach Manhattan. Wir können uns am John Jay College treffen. Zwei meiner Co-Referenten, die auch bei dem Seminar gesprochen haben, sind dort Professor. Da die Ferien vorbei sind, müssten sie da sein. Inzwischen kontaktieren Sie die anderen Referenten. Je mehr von denen sich die Fotos ansehen, desto größer ist die Chance, dass jemand Cynthia Alexander wiedererkennt.«

»Ich habe die anderen Referenten schon verständigt. Wie wäre es mit zwei Uhr? Wir könnten uns in dem Hörsaal treffen, in dem die Veranstaltung stattfand. Dort beginnt erst um halb fünf eine Vorlesung.«

»Hört sich gut an. Ich bin um zwei Uhr da.«

John Jay College für Strafrechtspflege
New York City
14.00 Uhr

Perfektes Timing, dachte Sloane, als sie mit schnellen Schritten das Gebäude betrat. Es war ihr gelungen, mit mehreren Zeugen in Pennys Vermisstenfall Termine zu vereinbaren. Um Viertel nach vier hatte sie sich mit ein paar Kollegen von Penny bei *Har-*

per's Bazaar verabredet. Um halb sechs würde sie mit Pennys alter WG-Freundin Amy kurz etwas trinken gehen. Und um sieben Uhr war ein Treffen mit Doug Waters, Pennys Ex, in der Wall Street geplant. Sie hatte also etwas mehr als eine Stunde Zeit, um der Polizei bei dem Fall der vermissten Studentin zu helfen. Danach würde sie herauszufinden versuchen, in welcher Verfassung Penny war, als sie verschwand.

Morgen würde sie sich mit den Ergebnissen beschäftigen und jeder Spur nachgehen, die sie vielleicht entdeckte, dann würde sie Hope Truman anrufen und sie über den neuesten Stand der Dinge informieren. Anschließend war ihre Handtherapiesitzung, und danach würde sie sich etwas Zeit nehmen, um mit den Hunden herumzutollen, bevor sie sie zur Nachbarin brachte. Den Abend würde sie nutzen, um ihrer Präsentation bei der Bank den letzten Schliff zu verleihen, bevor sie ihre Tasche packen und ins Bett fallen würde.

Der Bankvorstand verlangte das volle Programm, einschließlich einer simulierten Geiselnahme. Das würden sie bekommen. Wenn Sloane den Rückflug antrat, würden die Mitarbeiter mit jeder kritischen Situation fertig werden.

Sloane sprühte vor Energie, als sie die Treppe im John Jay College im Laufschritt nahm, gleichzeitig Handschuhe und Schal auszog und ihren Mantel aufknöpfte, und schließlich durch die Tür des Hörsaals stürmte.

Sofort entdeckte sie Sergeant Erwin. Er war Anfang vierzig, groß und dünn und hatte grau melierte Haare. Seine Miene war immer so freundlich, dass Täter sich oft in Sicherheit wähnten und offen über Dinge sprachen, die sie ohne ihren Anwalt nicht hätten sagen sollen. Und ehe sie sich versahen, saßen sie schon hinter Gittern.

Erwin saß auf der Kante des Tisches, hinter dem Sloane in der letzten Woche gestanden hatte, und sah sich zusammen mit ihren Co-Referenten der Tagung »Gewalt gegen Frauen« Bilder an.

»Hallo, Bob.«

»Sloane, schön, dass Sie da sind«, erwiderte er. »Werfen Sie doch bitte einen Blick auf diese Bilder. Vielleicht erinnern Sie sich an irgendetwas.«

Sloane winkte den anderen zu und nickte. »Schon etwas rausgekriegt?«

»Von mir nicht.« Detective Jimmy O'Donnelly aus dem Dezernat für Sexualstraftaten betrachtete das letzte Foto, überflog den Polizeibericht und schob beides zur Seite.

»Ich kann mich auch nicht an sie erinnern«, entschuldigte sich Sharon McNally.

Die beiden standen auf und verabschiedeten sich.

»Trotzdem vielen Dank.« Bob drehte sich wieder zu Sloane um, die sich inzwischen die Fotos ansah. »Ich bin Ihnen sehr dankbar, dass Sie sich die Zeit genommen haben. Eigentlich hatte ich gehofft, dass, wenn Sie sich die Fotos zusammen ansehen, bei dem einen oder anderen von Ihnen vielleicht Erinnerungen geweckt werden.«

Sloane hörte nur mit halbem Ohr hin. Sie kaute auf der Unterlippe und betrachtete aufmerksam die Fotos von Cynthia Alexander. Eine typische amerikanische junge Frau. Hübsch, groß, mit langen dunklen Haaren, grünen Augen und einer sportlichen Figur. Das war nicht überraschend, denn im Polizeibericht stand, dass sie Kapitän der Schwimmmannschaft war. Auf zwei Fotos trug sie eine Jacke mit dem Logo des College. Auf einem anderen Foto war sie noch im nassen Schwimmanzug und hielt stolz einen Pokal ihrer Mannschaft in die Höhe. Sloane konnte sich die Situation gut vorstellen. Sie war damals an der Penn State University selbst Kapitän der Schwimmmannschaft und der Tennismannschaft gewesen. Das Hochgefühl nach einem Sieg, der Nervenkitzel des Wettkampfs – all das war wie ein Rausch. Sloane sah das Leuchten in Cynthias Augen.

»Erkennen Sie sie wieder?«, fragte Bob.

»Leider nicht. Haben Sie schon mit ihrem Schwimmtrainer gesprochen?«

»Ja, Cynthia hat nie eine Trainingsstunde versäumt. Sie kann gut mit Druck umgehen. Sie trinkt nicht, nicht einmal ein Bier. Und es gibt keine Hinweise, dass sie Drogen nimmt.«

»Das überrascht mich nicht.« Sloane runzelte die Stirn. »Das widerspricht der Theorie, dass sie abgehauen ist, um irgendwo eine Woche lang einen draufzumachen. Mangelnde Disziplin und Collegesport, das passt nicht zusammen.«

»Ich weiß. Auch die Informationen, die wir über Cynthia Alexander erhalten haben, passen nicht zu dem Bild, dass sie in den Ferien verreist, um einen draufzumachen. Nach Aussage aller Personen, die wir befragt haben, ist sie eine Einzelgängerin, die sich für die Schule, für Sport und Musik interessiert. Sie stammt aus einer intakten Familie. Keine emotionalen Altlasten. Kein Freund, keine Mädchenclique, kein Auto. Entweder sitzt sie in der Bibliothek, oder sie ist mit ihren Schwimmkollegen zusammen. Verantwortungsbewusst, pünktlich und sparsam. So jemand wird sich nicht für eine Tagung anmelden, Tickets für einen Flug nach Hause kaufen und dann beides verfallen lassen.«

Sloane legte den Kopf schräg. »Was ist mit Cynthias Eltern? Wo sind sie jetzt?«

»Ihr Vater steht die ganze Zeit vor dem Polizeirevier in Cleveland und ihre Mutter vor unserem.«

»Okay.« Sloane konnte das gut nachvollziehen. Die Eltern hofften, dass ihre Tochter zurückkehrte. Sie mussten daran glauben, dass Cynthia lebte und wie durch ein Wunder wieder auftauchte, unversehrt und mit einer logischen Erklärung. Gleichzeitig waren sie realistisch genug, um zu begreifen, dass ihre Tochter, falls sie ein traumatisches Erlebnis gehabt hatte, den Trost und die Unterstützung eines liebenden Menschen brauchte.

»Die Alexanders sind clever«, sagte Sloane. »Indem sie sich aufteilen und jeder vor einem Polizeirevier Posten bezieht, stellen sie sicher, dass Cynthia nicht allein ist, wenn sie hier oder dort wieder auftaucht. Auf diese Weise können sie den Behörden und ihrer Tochter die größtmögliche Hilfe anbieten.« Sloane seufzte. »Ich habe kein gutes Gefühl. Wenn Sie und die Polizei in Cleveland beschließen, das FBI einzuschalten, könnte ich mein altes FBI-Büro kontaktieren. Sie haben gesagt, dass *Mrs* Alexander hier in New York ist. Ich würde gerne mit ihr sprechen. Ich weiß, dass Sie viele kompetente weibliche Detectives in Ihren Reihen haben, und ich will niemandem auf die Füße treten, aber ...«

»Aber Sie finden schnell Zugang zu den Leuten«, beendete Bob den Satz für sie. »Ich war schon mal dabei, als Sie mit Betroffenen gesprochen haben. Wenn unsere Ermittlungen zu nichts führen und Cynthia in den nächsten Tagen nicht zurückkehrt, nehme ich Ihr Angebot gern an.« Er sah sie besorgt an. »Mein Gefühl sagt mir, dass es so kommen wird.«

»Es ist immer wieder eine Katastrophe.« Sloane nahm die Unterlagen in die Hand, die Bob mitgebracht hatte, und blätterte das Polizeiprotokoll durch. Dabei fand sie Cynthias Stundenplan. »Cynthia hat die meisten Kurse in den Fächern Literatur und Sozialwissenschaften belegt.«

»Darum kannte Dr. Hewitt sie auch nicht. Er gibt Mathematik- und Statistikseminare. Bei Dr. Doyle sind die Chancen größer, denn sie lehrt Soziologie. Cynthia hat zwei Seminare bei ihr belegt, eins im letzten Jahr und eins im letzten Semester. Dr. Doyle müsste jeden Moment kommen. Ihr Sohn bringt sie her.«

Sloane sah Bob fragend an. »Sie ist nicht hier?«

»Sie hat einen Termin beim Arzt«, erwiderte Bob.

»Ah.« Sloane nickte mitfühlend. »Elliot hat mir erzählt, dass sich ihr Tumor nicht mehr zurückbildet und dass die Aussichten nicht gut sind. Das ist schrecklich. Lillian ist eine intelligente, sehr engagierte Frau.« Als Sloane sich Cynthias Stundenplan genauer anschaute, fiel ihr noch etwas auf. »Apropos Elliot, haben Sie mit ihm gesprochen? Cynthia hat im letzten Semester einen Computerkurs belegt. Könnte sein, dass er ihn geleitet hat.«

»Elliot?« Bob hob fragend die Hände.

»Dr. Lyman. Er ist Computerexperte und lehrt hier. In der Regel gibt er Kurse für Fortgeschrittene, aber er bietet auch einen oder zwei Kurse für Anfänger an.«

»Er stand nicht auf der Liste der Referenten der Tagung.«

»Er gehörte auch nicht zu den Referenten. Er hat mir bei einer Demonstration geholfen. Er war aber während meiner Präsentation anwesend.«

»Großartig. Ich rufe ihn an.«

Während Bob im Fachbereich Computerwissenschaften anrief, öffnete sich die Tür zum Hörsaal, und Lillian Doyle kam herein. Sie sah aus, als hätte sie einen schweren Tag hinter sich. Ihr Gang war ein wenig unsicher, und sie hatte sich bei ihrem Sohn eingehakt. Anscheinend ging es ihr heute schlechter als während der Tagung am vergangenen Donnerstag.

»Hallo, Sloane.« Auch wenn Lilian erschöpft wirkte, hatte sie sich wohl vorgenommen, ihre Schwäche so gut es ging zu verbergen. Sie lächelte, als sie auf Sloane zukam. »Hoffentlich haben jetzt nicht alle extra auf mich gewartet. Die Polizei sagt, es geht um eine vermisste Studentin.«

»Ja.« Sloane spürte Traurigkeit in sich aufsteigen. Man brauchte kein Arzt zu sein, um zu sehen, dass es mit Lillian schnell bergab ging. »Ich bin sicher, Sergeant Erwin wird sich kurzfassen.« Sloane sah den Mann, der neben Lillian stand, mitfühlend an. »Hallo, Luke.«

»Tut mir leid. Wo bleibt mein gutes Benehmen?«, murmelte Lillian. »Ihr beide kennt euch, nicht wahr?«

»Ja, Mutter.« Luke lächelte verhalten. »Sloane ist seit einem Jahr wieder in New York. Trotz ihres vollen Terminkalenders haben wir es geschafft, uns ab und auf einen Kaffee zu treffen. Wie geht es dir, Sloane?«

»Im Stress, aber sonst ganz gut«, erwiderte sie lächelnd. Sie stellte fest, dass Luke, seit sie ihn zum letzten Mal gesehen hatte, gealtert war. Er sah genauso erschöpft aus wie seine Mutter. Es setzte ihm offenbar sehr zu, mit ansehen zu müssen, wie sich ihr Zustand immer mehr verschlechterte. »Und wie geht es dir?«

»Kann nicht klagen. Bellevue kommt mir mit den Schichtdiensten sehr entgegen. So hatte ich Zeit, meine Fähigkeiten beim Schach und bei anderen Brettspielen zu verbessern, damit ich es gegen meine Mutter aufnehmen kann. Aber sie ist immer noch die unangefochtene Meisterin. Wenn es um die Sondereditionen von Trivial Pursuit oder Age of Mythology geht, komme ich nicht an sie heran.«

Lillian verzog das Gesicht, aber Sloane sah, dass sie durch Lukes Lob neuen Auftrieb bekam. Er war immer noch der zurückhaltende, freundliche Mann, den Sloane vor sieben Jahren kennengelernt hatte. Seine gepflegte Erscheinung, die kräftige Statur und seiner beruhigende Art strahlten Zuverlässigkeit, Trost und Stärke aus, auch in Zeiten persönlicher Krisen. Er kümmerte sich um Lillians Sachen. Keiner würde diesen Job besser machen. Das wusste Sloane seit dem Tag, als sie ihn zum ersten Mal gesehen hatte. Es war der 11. September, der Tag, an dem sich die Welt für immer verändert hatte.

Als Bezirksstaatsanwältin war sie damals im Bellevue Hospital gewesen und hatte einen Zeugen der Anklage verhört. Luke arbeitete dort als Krankenpfleger. Es war ein Job, für den er bestens qualifiziert war. Er hatte in der Armee als Sanitäter gearbeitet und war in Südkorea, im Camp Casey, stationiert gewesen.

Als nach dem Terroranschlag das Chaos ausbrach, war Sloane auf den Korridor gelaufen, um zu sehen, was los war. Dort war sie mit Luke zusammengestoßen. Das Namensschild und der

Dienstausweis an seiner weißen Arbeitskleidung hatten Sloane seinen Namen und seinen Beruf verraten.

Er hatte unermüdlich gearbeitet. Sie hatte ihm nach Kräften geholfen. Und gemeinsam hatten sie die Folgen dieses verheerenden Ereignisses ertragen. Durch dieses Erlebnis war ein Band zwischen ihnen entstanden, das man schlecht erklären konnte.

Jedenfalls wollten beide in Kontakt bleiben.

»Was macht deine Hand?«, fragte Luke.

»Es gibt gute Tage, und es gib schlechte Tage«, erwiderte Sloane, die mit ihren Gedanken in die Gegenwart zurückkehrte. »Ich muss geduldig sein. So etwas dauert seine Zeit.«

Sloane bemerkte, dass Lillian sich an Lukes Arm festhielt. Es wurde höchste Zeit, die arme Frau zu fragen, was sie über Cynthia Alexander wusste, damit sie schnell nach Hause zurück konnte. »Sergeant Erwin steht dort drüben«, sagte Sloane und zeigte auf den Polizisten. »Setzen Sie sich doch auf einen Stuhl, dann kann er mit Ihnen sprechen.«

»Danke.« In Begleitung von Luke und Sloane ging Lillian auf die Stühle und den Tisch zu, auf dem die Fotos ausgebreitet lagen. Sergeant Erwin stand daneben. Er klappte gerade sein Handy zu und sah ihnen entgegen.

»Wer ist die vermisste Studentin?«, fragte Lillian.

»Cynthia Alexander. Ich weiß nicht, ob Sie sich an sie erinnern. Sie hat ein paar Ihrer Seminare besucht«, antwortete Sloane.

»Cynthia?«, fragte Lillian verwundert. »Natürlich erinnere ich mich an sie. Ein gescheites Mädchen. Sehr gewissenhaft. Selbst als sie während der Schwimmsaison ständig zum Training musste, lieferte sie sehr gute Seminararbeiten ab.«

»Dr. Doyle.« Bob Erwin hatte ihr zugehört und meldete sich zu Wort. »Danke, dass Sie gekommen sind. Nehmen Sie doch bitte Platz.« Er schob einen Stuhl heran und wartete, bis sie sich gesetzt hatte. »Sie kennen Cynthia Alexander also. Würden Sie sich bitte diese Fotos ansehen, damit wir alle Missverständnisse ausschließen können?« Er zeigte ihr zwei Nahaufnahmen der Vermissten.

»Ja, Sergeant.« Lillian betrachtete die Fotos und gab sie ihm zurück. »Das ist Cynthia.« Sie sah Bobs zweifelnden Blick. »Mein Verstand ist durch meine Krankheit nicht beeinträchtigt. Das ist hundertprozentig die junge Frau, die ich meine.«

»Ich wollte auf keinen Fall andeuten …«

»Sie brauchen sich nicht zu entschuldigen. Ich verstehe Sie. Sie müssen ganz sicher sein.« Lillian zog besorgt die Stirn in Falten. »Sie sagen, sie wird vermisst. Heißt das, sie wurde entführt?«

»Das versuchen wir herauszufinden.« Bob zog sich einen Stuhl heran und nahm Lillian gegenüber Platz. »Professor Doyle, erinnern Sie sich, dass Sie Cynthia auf der Tagung gesehen haben, an der Sie letzten Donnerstag teilgenommen haben?«

»Ich …« Lillian dachte angestrengt nach. »Nein, ich glaube, nicht. Das heißt aber nicht, dass sie nicht anwesend war. Das Thema hätte sie jedenfalls interessiert. Erstens studiert sie Sozialwissenschaften, und zweitens ist sie eine Einzelgängerin. Aber es waren so viele Teilnehmer, und ich war nicht hundertprozentig auf dem Damm. Ich erinnere mich nur an tausend Gesichter in dem vollen Hörsaal.«

»Verstehe«, sagte Bob mitfühlend. Doch er war auch ein wenig enttäuscht, weil er wieder nichts erfahren hatte. Zudem hatte er gehofft, hier am John Jay College vor allem von Lillian etwas zu erfahren. Sie war sichtlich enttäuscht, dass sie keine konkreten Hinweise liefern konnte und dass sie so schwach war. »Würde es Ihnen etwas ausmachen, noch ein paar Minuten zu bleiben und mir alles zu erzählen, was Sie über Cynthia wissen?«, fragte Bob.

»Natürlich nicht. Ich würde Ihnen wirklich gerne helfen.«

»Danke.« Bob zog einen Block aus der Tasche.

In diesem Augenblick betrat Elliot den Hörsaal und kam auf

sie zu. »Hallo«, begrüßte er Sloane. »Ich wurde gebeten, herzukommen, um die Polizei zu unterstützen. Was ist los?«

Sloane zog ihn zur Seite und informierte ihn. »Ich habe Sergeant Erwin vorgeschlagen, dich anzurufen. Du warst auch auf der Tagung. Und wir haben Cynthias Stundenplan entnommen, dass sie möglicherweise ein Seminar bei dir besucht hat.«

Elliot dachte kurz nach und nickte dann. »Ja, das hat sie. Sie hat den Computerkurs 201 bei mir besucht. Ich erinnere mich vage an sie. Es war eine große Einführungsveranstaltung. Ich glaube nicht, dass ich irgendwelche Hinweise liefern kann.«

»Weißt du noch, wie sie aussieht? Der Sergeant möchte dir ein paar Fotos zeigen.«

»Ich sehe sie mir an. Wenn ich mich nicht irre, ist sie groß und dunkelhaarig, und sie hat eine sportliche Figur.«

»Das ist Cynthia. Erinnerst du dich, ob du sie am letzten Donnerstag bei unserer Veranstaltung oder während der zweitägigen Tagung irgendwann einmal gesehen hast? Die Polizei versucht, den Zeitpunkt ihres Verschwindens einzugrenzen.«

Elliot schüttelte den Kopf. »Ich habe sie hier nicht gesehen. Glaubst du, sie wurde entführt?«

»Die Möglichkeit besteht.«

»Gibt es eine Lösegeldforderung?«

»Nein. Sie kommt aus einer gut bürgerlichen Familie. Wenn sie entführt wurde, müsste mehr dahinterstecken als nur Geld.«

Elliot sah ziemlich blass aus. »Ich kann nur bestätigen, dass sie eine meiner Veranstaltungen besucht hat. Wie kann ich der Polizei sonst noch helfen?«

»Sergeant Erwin spricht gerade mit Lillian. Sie kennt Cynthia besser als alle anderen, die Vorträge auf der Tagung gehalten haben. Danach möchte er mit dir sprechen. Alles, was dir einfällt, könnte ihm helfen, auch wenn es dir noch so unbedeutend vorkommt. Ihre Arbeitsmoral, Studienkollegen, zu denen sie Kontakt hatte … Vielleicht wecken die Fragen des Sergeants auch irgendeine Erinnerung bei dir. Und wenn das der Fall ist, erzähl ihm alles, was du weißt. Vielleicht bringt ihn das auf eine Spur.« Sloane warf einen Blick auf die Uhr. »Verdammt. Zehn vor vier. Ich muss los. Ich muss drei Leute in Zusammenhang mit einem anderen Fall befragen.«

Sie ging zu Bob, der Lillian immer noch Fragen stellte. »Entschuldigen Sie, wenn ich Sie unterbreche, aber mein nächster Termin wartet. Mein Angebot steht, Bob. Donnerstag und Freitag bin ich nicht in der Stadt, aber Sie haben ja meine Handynummer. Sagen Sie mir Bescheid, wenn ich mich mit dem FBI-Büro in Cleveland in Verbindung setzen soll. Und wenn ich wieder zurück bin, spreche ich mit Mrs Alexander.« Sloane kreuzte die Finger und hielt sie hoch. »Hoffen wir, Cynthia ist bis dahin wieder da, und die Sache hat sich erledigt.«

»Ja, hoffen wir. Danke, Sloane.«

»Kein Problem. Alles Gute, Lillian.« Sie winkte Luke zu und ging. Doch bevor sie die Tür erreicht hatte, hielt Elliot sie auf.

»Kannst du wirklich nicht bleiben?«, fragte er. Er rieb sich nervös die Hände. »Ich bin noch nie verhört worden.«

»Das ist kein Verhör, sondern nur eine Befragung. Ganz einfach. Du musst nur alles sagen, was du weißt.« Sloanes Gedanken wanderten längst zurück zu Pennys Verschwinden und den tausend Dingen, die sie noch erledigen musste, bevor sie nach Boston flog. »Ich würde dich gerne moralisch unterstützen, Elliot, aber das geht nicht. Ich rufe dich später an, dann kannst du mir erzählen, wie es gelaufen ist.«

»Was hältst du davon, wenn wir stattdessen eine Kleinigkeit essen gehen?«

»Wenn es dir nichts ausmacht, so spät zu essen. Um sieben Uhr habe ich in der Wall Street meinen letzten Termin. Wir könnten uns gegen acht Uhr treffen. Wenn wir uns in der Stadtmitte treffen, erst um halb neun.«

»Okay, halb neun. Wir gehen zu Jake's. Ich lade dich ein.«

Sloane blinzelte Elliot zu, als er Jake's Saloon erwähnte. Es war sein Lieblingslokal, nur wenige Minuten vom John Jay College entfernt. »Burger oder Steak?«, fragte sie.

Er kicherte. »Steak. Ist doch wohl klar, wenn du extra wegen mir Überstunden machst. Dann kann ich dich wenigstens zu deinem Lieblingsgericht einladen. Filet Mignon.«

»Okay. Dann bis heute Abend.«

5. Kapitel

Datum: 25. März
Zeit: 23.00 Uhr

Ich habe mir meine übliche Tasse Earl Grey und mein Stück Zitronenkuchen gegönnt, bevor ich mich zur Nachtruhe zurückgezogen habe. Doch statt mich damit an den Kaffeetisch zu setzen, was ich normalerweise tue, habe ich mein Ritual vor dem Schlafengehen heute Abend in Aphrodites ergebener Anwesenheit genossen.

Das war eine weise Entscheidung.

Es ist nicht so, dass ich die Gesellschaft gebraucht hätte. Eigentlich nehme ich meinen spätabendlichen Imbiss lieber allein zu mir. Aber nach den letzten Tagen mit Athene und der unerwarteten Aufregung heute brauchte ich etwas Beruhigendes. Aphrodites Gelassenheit war der perfekte Balsam für meine Nervosität. Ich brachte ihr frische Rosenblüten und verteilte sie im ganzen Raum. Dann gab ich ihr die Bürste und den Kamm aus Silber, die ich zusammen mit dem passenden Handspiegel eigens für sie gekauft hatte, und sah erfreut zu, wie sie meiner Aufforderung nachkam und ihr Haar bürstete.

Sie war wunderschön – eine vollkommene Kopie der Abbildung und der Geschichte, die auf ihrer Matratze lagen. Sie war die perfekte Bestätigung dafür, dass sich die Mühe und die harte Arbeit ausgezahlt haben. So wird es auch in Zukunft sein.

Ich bin erfolgreich.

Bald beginnen ihre letzten Rituale.
Wie ich sie um ihren Frieden beneide.

Canal Street, New York City
26. März, 1.15 Uhr

Lower Manhattan bei Nacht glich einem Flohmarkt, allerdings mit dem Unterschied, dass an den Ständen Waren verkauft wurden, die entweder gestohlen waren oder gefälscht oder beides zusammen.

Derek, der eine abgetragene Jeans, ein schwarzes T-Shirt und eine billige Jacke anhatte, stand vor einem der zahlreichen Verkaufsstände und hielt einen Samsung MP3-Player in der Hand. Er sah ihn sich von allen Seiten an, als dächte er angestrengt nach, ob er ihn kaufen sollte oder nicht.

»Sieht aus wie das Original. Ein richtiges Schnäppchen«, murmelte er. »Zu schade, dass es in Wirklichkeit nur ein Stück Schrott ist. Das Ding ist keine zwei Dollar wert.«

Der Verkäufer, ein junger Mann, Amerikaner asiatischer Herkunft, Anfang zwanzig und mit Namen John Lee, dessen dürrer Oberkörper in der blauen Skijacke versank, starrte Derek mit seinen mandelförmigen schwarzen Augen an, ohne eine Miene zu verziehen.

»Wenn Sie meinen«, erwiderte er in akzentfreiem Englisch. »Das würde ich nicht sagen. Und ich habe den Garantieschein und das Benutzerhandbuch, um es zu beweisen.«

»Hm, ich bin trotzdem skeptisch.«

»Dann ist es gut, dass Sie nichts kaufen. Ich reserviere meine Schnäppchen gerne für kaufwillige Kunden.«

»Leichtgläubige Kunden, meinst du wohl.«

»Das sehen Sie vielleicht so, ich nicht. Geld stinkt nicht.«

Derek beugte sich vor und zeigte auf den MP3-Player, als

würde er irgendeine Frage zum Gerät stellen. »Was gibt's Neues in der Szene?« Er sprach leise, obwohl kaum jemand in der Nähe war.

Lee warf verstohlene Blicke in alle Richtungen, erst dann antwortete er. »Das Treffen ist morgen Nacht.«

»Wo und wann?«

»Nom Wo Club. Zwei Uhr.«

Keine Überraschung. Der Nom Wo Club war eins von Lo Mas einträglichsten Etablissements, in denen illegales Glücksspiel betrieben wurde. »Und was steht auf dem Programm? Sachbeschädigung oder Blutvergießen?«

»Kommt drauf an, wie es läuft. Entweder das eine oder das andere. Oder auch beides.«

»Wer taucht auf?«

»Schlägertrupps aus beiden Lagern, Red Dragons und Black Tigers. Plus Verstärkung. Wie viele kommen, weiß ich nicht. Aber ich weiß, dass auch welche von den Anführern dabei sind.«

»Und du bist sicher, du kommst da rein?«

»Kein Problem. Ich bin Stammkunde da. Ich spiele da drei Mal pro Woche.«

»Nur dass du diesmal verkabelt bist, wenn du am Spieltisch sitzt.« Derek griff in seine Tasche. »Komm morgen Nachmittag um zwei Uhr in mein Büro. Ich verkable dich und weise dich ein.«

Lee strich mit der Zunge über seine Lippen. »Und wenn mich einer sieht?«

»Ich bitte dich, Lee.« Derek nahm zwei Zehner und einen Fünfer in die Hand. »Deine Leute treiben sich doch nicht an der Federal Plaza herum. Außerdem liegen die um zwei Uhr nachmittags noch im Bett. Wenn die aufstehen, bis du längst wieder weg.«

»Und dieser Sender?«

»Winzig. Und so gut versteckt, dass keiner ihn sehen kann. Du schaffst das.«

Lee dachte darüber nach. »Okay«, sagte er dann. Sein Blick wanderte von den Geldscheinen in Dereks Hand zu dem MP3-Player. »Kaufen Sie den?«

»Also gut«, erwiderte Derek leicht sarkastisch und warf das Geld auf den Tisch. »Ein Samsung MP3-Player mit OLED-Display für fünfundzwanzig Dollar? Das ist geschenkt.«

Lee steckte das Geld in seine Jackentasche.

»Vergiss nicht den Garantieschein und das Benutzerhandbuch«, erinnerte Derek ihn. »Man kann heutzutage gar nicht vorsichtig genug sein. Jeder versucht, dich zu bescheißen.«

Knurrend gab Lee ihm die gefälschten Papiere. »Echt 'ne Sauerei, was?«

85 West Cocktail Bar
Marriott Hotel World Financial Center
Vesey Street, New York City
01.30 Uhr

Sloane rutschte auf dem ledernen Barhocker ein Stück nach vorn und trank noch einen kleinen Schluck von ihrem Himbeercocktail. Sie hielt sich schon eine halbe Stunde lang daran fest, denn sie musste einen klaren Kopf behalten. Den brauchte sie erstens für die Rückfahrt und zweitens für das Gespräch, das sie gleich führen würde.

Doug Waters hatte ihr in letzter Sekunde wegen wichtiger geschäftlicher Verhandlungen abgesagt, doch Sloane hatte nicht lockergelassen. Sie war fest entschlossen, heute mit ihm zu sprechen, solange sie noch in Manhattan war. Ihre Gespräche mit Pennys Freundin Amy und ihren Kollegen bei *Harper's Bazaar* hatten keine neuen Erkenntnisse gebracht. Alle hatten aber Doug erwähnt und betont, dass Penny die Trennung sehr schwer genommen hätte. Darum konnte Sloane es kaum erwarten, Dougs

Version der Geschichte zu hören, und zwar heute noch, bevor er Zeit hatte, sich genau zu überlegen, was er ihr erzählte und was nicht.

Sie hatte beschlossen, auf ihn zu warten. Auch Investmentbanker hatten irgendwann einmal Feierabend. Nachdem sie erfahren hatte, wie lange seine Verhandlungen dauern würden, schlug sie ein Treffen zwischen ein und zwei Uhr nachts hier im Marriott vor. Es lag nur wenige Gehminuten von der Zentrale der Merrill Lynch Investmentbank entfernt. Doug schien überrascht zu sein, dass sie solche Unannehmlichkeiten in Kauf nahm, um mit ihm zu sprechen. Er wurde unsicher, stolperte über einen Versuch, sich rauszureden, und bemerkte schließlich selbst, dass sich das alles anhören musste, als hätte er etwas zu verbergen. Schließlich stimmte er dem Treffen in dieser Bar zu.

Sloane hatte schnell ihre Nachbarin Elsa Wagner angerufen und ihr Bescheid gesagt. Elsa war schon seit vielen Jahren Witwe und lebte allein in ihrem Haus, bis auf ihren Spitz, Princess Di, und ihren Sohn Burt, der nach seiner Scheidung quasi wieder bei ihr eingezogen war. Elsa und Burt waren immer bereit, sich um Sloanes geliebte Dackel zu kümmern, wenn sie verreist war oder Überstunden machen musste.

Danach hatte sie ihren Restaurantbesuch mit Elliot in die Länge gezogen. Da sie erschöpft war und ihr tausend Dinge durch den Kopf gingen, war sie allerdings keine angenehme Gesprächspartnerin. Sie trank drei Tassen starken Kaffee, um wieder munter zu werden, denn das musste sie bei dem Treffen mit Doug unbedingt sein. Ihre Zeit beim FBI war ein gutes Training gewesen für lange Tage und verrückte Arbeitszeiten, die jetzt bei Ermittlungen an der Tagesordnung waren.

Sie trank einen großen Schluck Wasser, um den Alkohol zu verdünnen, und rührte dann mit dem Strohhalm in ihrem Drink herum. In der Cocktailbar hielten sich nur wenige Gäste auf. Die meisten bereiteten sich auf frühmorgendliche Besprechungen vor.

Sloane beneidete sie nicht.

Keine zehn Minuten später näherte sich ein gut aussehender Mann Mitte dreißig in einem dunkelblauen Anzug von Zegna und mit einer schicken Aktentasche von Ferragamo der Theke. Er sah müde aus. »Verzeihung«, sagte er zu dem Barkeeper, der gerade die Theke abwischte. »Ich bin hier verabredet. Mein Name ist Doug Waters. Hat jemand – eine Frau – nach mir gefragt?«

»Sie sind mit mir verabredet!«, rief Sloane ihm von der ruhigen Ecke aus zu, wo sie saß.

Er drehte sich um und riss die Augen auf. »*Sie* sind Sloane Burbank?«

»Genau die.«

»Möchten Sie etwas trinken?«, fragte der Barkeeper dazwischen.

»Einen Scotch bitte. Pur.« Doug wartete auf seinen Drink, ging dann zu Sloane hinüber und setzte sich auf den Barhocker neben ihrem.

»Sie scheinen überrascht zu sein«, stellte Sloane fest. »Wen haben Sie denn erwartet?«

Doug stellte seine Aktentasche auf den Boden. »Sagen wir mal so: In dieser Bar sitzen fünf Frauen. Drei kamen in die engere Wahl, aber Sie gehörten nicht dazu.«

Sloane verzog spöttisch den Mund. »Und warum nicht?«

»Machen Sie Scherze? Sie haben gesagt, Sie wären eine Ex-FBI-Agentin. Ich habe mir eine korpulente, muskulöse, einschüchternde Frau vorgestellt.«

»Bin ich.«

»Okay, wie groß sind Sie? Eins achtundsechzig? Fünfzig Kilo?«

»Eins siebzig, fünfundfünfzig Kilo. Und wenn Sie einen Beweis dafür haben wollen, dass ich Sie einschüchtern kann, dann kommen Sie mal mit.« Sloane zeigte auf eine leere Ecke in der Bar, die im Halbdunkel lag. »Dann können Sie sich die Peinlichkeit ersparen, dass die Leute sehen, wie ich Sie zu Boden werfe. Oder dass noch was Schlimmeres passiert, wenn Sie dann immer noch nicht überzeugt sein sollten.«

Doug hob die Augenbrauen und kicherte leise. »Nicht nötig. Ich glaube Ihnen auch so. Außerdem wäre ich auch keine große Herausforderung für Sie. Ich falle vor Müdigkeit sowieso fast tot um. Ich habe vierzig Stunden ununterbrochen gearbeitet.«

Das war nicht gelogen. Sloane sah ihm an, wie erschöpft er war. Er sah abgespannt aus und hatte dunkle Ringe unter den Augen. Die winzigen Bartstoppeln bewiesen, dass er sich seit gestern nicht mehr rasiert hatte. Er hatte also gar nicht versucht, sie abzuwimmeln, sondern tatsächlich an einem großen Deal gearbeitet.

»Ich bin froh, dass Sie gekommen sind«, sagte sie. »Ich mache es kurz, damit Sie schnell nach Hause gehen und sich ins Bett legen können.«

»Schlafen? Toll.« Doug verzog das Gesicht. »Höchstens drei Stunden. Um sieben Uhr muss ich wieder an meinem Schreibtisch sitzen.« Er trank einen Schluck von seinem Scotch. »Sie haben gesagt, Sie wären eine Freundin von Penny, und ihre Eltern hätten Sie engagiert, damit Sie Ermittlungen aufnehmen, um ihr Verschwinden doch noch aufzuklären. Sie haben aber auch gesagt, es gäbe keine neuen Spuren. Penny wird schon seit einem Jahr vermisst. Wie kann ich Ihnen bei Ihren Ermittlungen helfen? Ich habe der Polizei und dem FBI schon alles gesagt, was ich weiß.«

Sloane nickte und nippte lässig an ihrem Drink. Dann schlug sie die Beine übereinander und stützte sich mit einem Ellbogen auf der Theke auf, um eine entspannte Atmosphäre zu schaffen. »Das hier ist kein Verhör, Doug. Es geht um eine Überprüfung der Fakten. Sie und Penny hatten bis kurz vor ihrem Verschwinden eine Beziehung. Ich will nur sicherstellen, dass es nicht doch noch irgendeine Kleinigkeit gibt – etwas, das sie gesagt oder getan haben könnte –, die Sie der Polizei gegenüber nur am Rande erwähnt haben. Ich könnte darüber stolpern, weil ich Penny sehr gut kannte. Keine Hintergedanken. Keine Beschuldigungen. Sie haben ein Alibi. Das stelle ich nicht infrage, auch nicht Ihre Motive. Ich hoffe auf ein Wunder, damit ich Pennys Eltern irgendetwas sagen kann.«

Ihr versöhnlicher Ton zahlte sich aus.

Doug entspannte sich und trank noch einen Schluck Scotch. »Penny ist eine toller Mensch. Unsere Beziehung hat lange funktioniert. Aber zwei ehrgeizige Workaholics zusammen – das geht nur dann gut, wenn einer zurücksteckt und der Karriere des anderen den Vorrang lässt. Keiner von uns war dazu bereit. Daher haben wir uns getrennt. In gegenseitigem Einvernehmen und als Freunde. Wir haben uns nicht gestritten, wir haben uns nicht angeschrien, und wir haben uns nicht gegenseitig mit Gegenständen beworfen. Eine Trennung zwischen zwei erwachsenen Menschen.«

»Ihr Alibi, die Frau, mit der Sie auf Hawaii waren. War das Ihre neue Freundin?«

Dougs Gesichtsmuskeln zuckten. »Wenn Sie wissen wollen, ob ich Penny betrogen habe, dann lautet die Antwort Ja. Ich bin nicht stolz darauf. Es ging dann auch nicht mehr lange gut. Penny und ich hatten uns auseinandergelebt. Ich arbeitete rund um die Uhr und meine neue Freundin Sandy auch. Wir waren beide bei Merrill Lynch und sahen uns daher ständig. Es ist einfach so passiert. Und um Ihre nächste Frage vorwegzunehmen, ja, Penny wusste es. Ich habe es ihr erzählt, ungefähr einen Monat, bevor wir uns getrennt haben.«

»Wie nahm sie es auf?«

»Sie war nicht überrascht, aber sie war verletzt und wütend.

Wir waren ein Paar. Sie fühlte sich betrogen. Ich glaube, das ist ganz normal.«

Falls Doug darauf wartete, dass Sloane ihre Meinung dazu sagte, wurde er enttäuscht. Jede Kritik an seinem Verhalten hätte das Ende des Gesprächs bedeutet.

Stattdessen hielt Sloane sich an die Fakten. »Sie sagen, sie war wütend und fühlte sich betrogen. Aber sie hat die Beziehung nicht sofort beendet.«

»Nicht offiziell. Wie ich schon sagte, war es keine abrupte Trennung. Es lief einfach immer schlechter. Wir waren schon so weit, dass wir ständig über unsere Beziehung diskutiert haben. Durch meine Affäre mit Sandy ging es nur schneller. Ein paar Wochen später haben wir uns dann getrennt.«

»An dem Tag, bevor sie verschwand, hat Penny Sie angerufen, nicht wahr?«

»Ja, gegen vier Uhr«, bestätigte Doug. »Und bevor Sie mich jetzt fragen, warum, erzähle ich Ihnen dasselbe wie dem FBI, denn es ist die Wahrheit. Penny wollte sich mit mir verabreden, damit wir organisieren, wie wir unsere Sachen aufteilen.«

»Sie wollte sich also mit Ihnen verabreden.« Sloane trank einen Schluck und runzelte scheinbar verwundert die Stirn. »Hört sich für mich nicht nach jemandem an, der vorhat, spurlos zu verschwinden.«

»Für mich auch nicht. Sie hörte sich am Telefon ein bisschen bedrückt an, oder nachdenklich. Vielleicht trifft es das besser. Jedenfalls hörte sie sich nicht so an, als wäre sie völlig am Ende. Außerdem ist Penny kein impulsiver Mensch. Ich kann mir überhaupt nicht vorstellen, dass sie einfach abhaut und ihr ganzes Leben hinter sich lässt.«

»Haben Sie das auch dem FBI gesagt?«

»Zwei Mal. Special Agent Parker hat mich richtig in die Mangel genommen. Glauben Sie mir, wenn ich die leiseste Ahnung gehabt hätte, dass dieser Anruf von Penny ein Hinweis darauf sein könnte, dass so etwas passiert, hätte ich etwas gesagt oder getan. Ich hätte mit Sicherheit nicht einfach aufgelegt und wäre am selben Abend nach Hawaii geflogen.«

»Wollten Penny und Sie sich nach Ihrer Rückkehr treffen?«

»Ich wusste nicht genau, welche Termine anstanden. Ich versprach ihr, sie eine Woche später anzurufen und dann ein Treffen mit ihr zu vereinbaren.«

»Penny war für klare Verhältnisse«, murmelte Sloane. »Sie konnte es nicht ausstehen, wenn irgendetwas nicht richtig geklärt war.«

Doug lächelte verhalten. »Sie kennen sie gut. Stimmt, das konnte sie nicht ausstehen. Sie war entschlossen und energisch. Wenn es meinen Kurzurlaub und ihre Pläne fürs Wochenende nicht gegeben hätte, hätte sie bestimmt darauf bestanden, dass wir unsere Sachen sofort aufteilen.«

Sloane horchte auf. »Woher wissen Sie, dass Penny etwas fürs Wochenende geplant hatte? Hat sie das erwähnt?«

Doug sah sie verwundert an, als hätte das Gespräch längst vergessene Erinnerungen geweckt. »Während unseres Telefonats hat sie nichts davon gesagt. Das brauchte sie auch nicht. Ich wusste von dieser Vorlesung, seit sie sich ein paar Monate vorher dafür angemeldet hatte.«

»Was für eine Vorlesung?«

»Ich erinnere mich nicht an das Thema. Es handelte sich um eine Vortragsreihe über klassische Literatur. Einmal im Monat, immer samstagnachmittags, gab es eine Vorlesung. Penny hatte schon mehrere besucht. Ab und zu schnupperte sie gerne mal Universitätsluft.«

»Haben Sie Special Agent Parker das gesagt?«

»Ich glaube, nicht. Ehrlich gesagt, das war mir vollkommen entfallen. Diese Vortragsreihe war Pennys Sache und nicht meine. Ich habe sie nie begleitet. Samstags arbeite ich meistens. Bei der Vernehmung durch Special Agent Parker ging es hauptsächlich um mein Alibi und um Pennys psychische Verfassung. Auf diese Fragen habe ich mich konzentriert. Ein Vortrag, zu dem sie ging oder auch nicht, schien mir nicht wichtig zu sein.« Doug musterte Sloane. »Warum? Hat das etwas zu bedeuten?«

»Das kommt drauf an. Wo fand der Vortrag statt?«

»Am Richard Stockton College.«

Sloane fiel beinahe das Glas aus der Hand. Ob das etwas zu bedeuten hatte? Und ob!

6. Kapitel

Er ist verrückt.

Ich erkenne den Wahnsinn in seinen Augen.

Mein Gott, ich habe entsetzliche Angst. Ich habe gebettelt und gefleht und gekämpft, um mich aus seiner Umklammerung zu befreien. Vergebens. Wenn dieser Wahnsinn in seinen dunklen Augen schimmert, hört er mich nicht. Wenn ich nicht aufhöre, mich zu wehren, schlägt er mich.

Ich weiß, was als Nächstes kommt. Womit er meinen Kampfgeist endgültig brechen wird.

Der Einstich der Spritze. Ich spüre, dass sie in meine Haut eindringt. Dann dreht sich alles vor meinen Augen. Ich hasse das Gefühl, wegzusacken, den Bezug zur Realität zu verlieren. Ich hasse diese Orientierungslosigkeit, diese Erschöpfung und auch diese Übelkeit, die ich spüre, wenn ich wieder zu mir komme und nicht weiß, wie viel Zeit verstrichen ist.

Er besucht mich, kurz nachdem ich wieder zu mir gekommen bin. Während dieser Besuche ist er ganz anders.

Die Wut in seinen Augen ist erloschen. Er sieht fast normal aus. Er ist höflich, beinahe rücksichtsvoll. Er bringt mir etwas zu essen, sitzt ruhig da und liest, während ich esse. Es sind anspruchsvolle Bücher – Klassiker, Philosophie und Mythologie. Ich sehe mich um, während ich das Essen in mich hineinzwinge. Ich verstehe nichts von dem, was ich sehe. Dort an der Wand ist ein goldener Schild angebracht und links daneben eine Eule aus Porzellan. Rechts daneben steht ein Olivenbaum. Und am unteren Ende meiner Matratze liegt eine Kopie der Geschichte von Athene mit Abbildungen – wie ein Kapitel aus einem Kinderbuch. Ich verstehe das alles nicht, aber ich wage es nicht, Fragen zu stellen.

Wenn ich mit dem Essen fertig bin, bringt er mich ins Badezimmer. Dabei verhält er sich seltsam widersprüchlich. Er hält mir ein Kampfmesser an die Kehle, um seine Macht zu demonstrieren, und gleichzeitig umfasst er meinen Arm, weil ich unsicher auf den Beinen bin. Sonst berührt er mich nie. Und er verletzt nie meine Privatsphäre. Er wartet immer vor dem Badezimmer, bis ich wieder herauskomme.

Fliehen kann ich nicht.

Hinter den Vorhängen sehe ich die Gitterstäbe vor dem Fenster, und die Fensterscheibe ist so stark getönt, dass ich keinen Blick aus meinem Gefängnis hinauswerfen kann.

Heute habe ich ihn um frische Luft gebeten. Er hat abgelehnt. Dann habe ich ihn darum gebeten, dass ich ein Bad nehmen darf. Ich war überrascht, als er zugestimmt hat. Er hat auch eingewilligt, ein paar Pflegeprodukte zu besorgen und sie mir heute Abend mitzubringen.

Ich freue mich auf diesen Luxus.

Ich würde gerne die anderen Frauen kennenlernen. Ich höre ihre Stimmen, ihr Weinen. Vielleicht können sie mir erklären, warum wir hier sind.

Aber vielleicht will ich es auch gar nicht wissen.

26. März
12.05 Uhr

Von Atlantic City würde man mit dem Auto ungefähr zwanzig Minuten bis zum Richard Stockton College brauchen und von Sloanes Haus aus ungefähr zwei Stunden. Sie hatte keine Zeit, dorthin zu fahren. Heute nicht.

Sie tat es trotzdem.

Sloane hatte in den vergangenen Jahren gelernt, dass man viel mehr von den Leuten erfuhr, wenn man persönlich mit ihnen sprach, als wenn man mit ihnen telefonierte.

Gegen elf Uhr erreichte sie das College. Sie wurde ins Sekretariat für Literaturwissenschaften geführt. Dort wartete sie auf Doris Hayden, sie die Vortragsreihe organisiert hatte. Ihr Instinkt sagte ihr, dass die schon bald die erste brauchbare neue Spur in diesem Fall finden würde.

Das würde bedeuten, dass es mit den Ermittlungen voranging. Es bedeutete allerdings nicht zwangsläufig, dass die Sache einen glücklichen Ausgang nahm.

Sloane war realistisch. Wenn ihre Theorie stimmte, würde sie diesen Ort mit einer neuen Spur verlassen, der sie nachgehen konnte. Sie hoffte, dass sie dann auch mehr Beweise in Händen hatte, die ihre Vermutung unterstützten, dass Pennys Verschwinden einen kriminellen Hintergrund hatte und dass sie nicht freiwillig verschwunden war.

Dann wäre sie einen Schritt weiter, und sie konnte Hope Truman die Antworten geben, die diese hören wollte. Auch wenn diese Antworten bedeuteten, dass sie dem Verlust ihrer Tochter ins Auge sehen musste.

Mit diesem ernüchternden Gedanken machte Sloane sich an die Arbeit. Nachdem sie sich ausgewiesen und erklärt hatte, warum sie hierhergekommen war, tat Doris alles, um ihr zu helfen. Sie druckte die Online-Anmeldungen aller fünfundzwanzig Teilnehmer aus. Nur vier stammten aus Manhattan, einschließlich Penny; die anderen studierten hier an diesem College.

Doris schickte sofort allen Teilnehmern auf der Liste eine Mail mit einer kurzen Erklärung und einem Digitalfoto von Penny, das Sloane auf ihrem Laptop gespeichert hatte.

Sloane bedankte sich herzlich bei Doris Hayden. Da die Zeit drängte, begann sie gleich hier am Richard Stockton College mit ihren Nachforschungen. Sie spürte fünf Studenten auf, die die

Vortragsreihe besucht hatten. Alle hatten Doris' E-Mail erhalten. Keiner von ihnen erkannte Penny wieder oder erinnerte sich, an jenem Tag jemanden gesehen zu haben, auf den ihre Beschreibung zutraf.

Das war kein gutes Zeichen.

Als Nächstes hinterließ Sloane eine dringende Nachricht auf der Mailbox der Handys von sechs weiteren Stockton-Studenten, die auf der Anmeldeliste standen. Sie bat sie, ihre E-Mails abzurufen und sich sofort bei ihr zu melden, möglichst innerhalb einer Stunde. Da die Studenten ihr Handy ohnehin ständig ans Ohr pressten, hoffte Sloane, dass sie sich meldeten, bevor sie zurückfahren musste.

In der Zwischenzeit rief sie die anderen drei Teilnehmer aus New York an. Zwei von ihnen teilten sich ein Zimmer an der New York University, und eine meldete sich am Telefon. Als Sloane die Vorlesung im vergangenen April am Richard Stockton College erwähnte, erfuhr sie, dass die beiden Freundinnen sich zwar angemeldet, aber die Vorlesung dann doch nicht besucht hatten.

Die dritte Teilnehmerin aus New York, Deanna Frost, arbeitete in der New Yorker Stadtbibliothek in Manhattan, in der Abteilung für Öffentlichkeitsarbeit. Sloane sprach eine Nachricht auf die Mailbox und bat dringend um Rückruf.

Frustriert legte sie auf. Ihr knurrender Magen erinnerte sie daran, dass vermutlich alle Leute, die sie zu erreichen versuchte, beim Mittagessen waren. Sie kaufte sich ein Panini mit gegrilltem Hähnchenfleisch und eine Cola light und setzte sich damit in ihren Wagen. Draußen war es noch zu kalt, und ihre Hand reagierte sehr empfindlich auf Kälte.

Das erinnerte sie an den Termin bei ihrer Handtherapeutin um halb fünf. Es war schon nach eins. Wenn sie nicht bald etwas erfuhr, musste sie die Ermittlungen hier vor Ort abbrechen und von zu Hause aus weiterermitteln.

In der nächsten halben Stunde meldeten sich noch zwei Studenten vom Richard Stockton College. Beide hatten Sloanes Mitteilung erhalten und ihre E-Mails abgerufen, doch die Frau auf dem Foto kannten sie nicht.

Sloane war enttäuscht, und der Zeitdruck machte ihr zu schaffen. Sie bedankte sich gerade bei dem letzten Anrufer für seinen prompten Rückruf und für seine Mitarbeit, als das Piepen noch einen weiteren ankündigte.

Es war Deanna Frost.

»In Ihrer Nachricht steht, dass Sie Informationen über eine bestimmte Frau brauchen, die die Vorlesung im letzten April am Richard Stockton College besucht hat und die möglicherweise in Gefahr ist«, fasste Deanna kurz zusammen. »Wie kann ich Ihnen helfen?«

»Sie hatten sich auch für die Vorlesung angemeldet«, erwiderte Sloane. »Haben Sie daran teilgenommen?«

»Ja. Ich habe den Schnellbus genommen.«

Von New York City fuhren regelmäßig Schnellbusse nach Atlantic City. Vielleicht hatte Sloane Glück. Sie musste es versuchen. »Ich sehe, dass Sie sich über Ihren Yahoo-Account angemeldet hatten. Sind Sie jetzt zu Hause oder in der Bibliothek?«

»In der Bibliothek. Warum?«

»Doris Hayden hat Ihnen eine E-Mail und ein Foto geschickt. Können Sie Ihre privaten E-Mails von dort aus abrufen?«

»Klar. Einen Moment bitte.« Penny hörte, wie ein paar Tasten klickten, dann herrschte sekundenlang Stille. »Hier ist eine Mail vom Richard Stockton College. Ich öffne sie rasch.«

Wieder klickten ein paar Tasten. »Sie wird vermisst?«, murmelte Deanna betrübt. Offenbar las sie gerade Doris' E-Mail. »Wie schrecklich. Wurde sie gekidnappt?«

»Das versuchen wir herauszufinden. Würden Sie bitte den Anhang öffnen und sich das Foto ansehen?«

»Sofort.« Es vergingen ein paar Sekunden, und dann rief Deanna: »Was? Penny?«

Sloane hob erstaunt den Kopf. »Sie kennen sie?«

»Nur ihren Namen. Und ich weiß, dass ihr Job irgendwas mit Mode zu tun hat. Wir haben uns an dem Tag der Vorlesung an der Bushaltestelle in Atlantic City kennengelernt. Es stellte sich heraus, dass wir denselben Bus genommen hatten. Als wir feststellten, dass wir beide zum Richard Stockton College fahren wollten, nahmen wir ein Taxi und teilten uns den Fahrpreis.«

»Penny hat die Vorlesung also auch besucht?«

»Nein, hat sie nicht. Das war seltsam. Während der Taxifahrt freute sie sich noch darauf, aber dann ist sie nicht aufgetaucht.«

»Jetzt verstehe ich gar nichts mehr. Sie sind doch gemeinsam zum College gefahren ...«

»Wir waren eine Stunde früher da. Ich wollte schnell noch einen Kaffee trinken. Penny wollte ein bisschen spazieren gehen. Wir wollten uns eine Dreiviertelstunde später im Hörsaal treffen. Sie kam aber nicht. Ich nahm an, dass sich ihre Pläne plötzlich geändert hatten. Obwohl wir uns kaum kannten, war ich sehr verwundert. Ich hätte gerne Kontakt zu ihr aufgenommen, um mich zu überzeugen, dass alles in Ordnung war. Aber ich wusste nicht, wie ich sie erreichen konnte. Ich kannte nicht mal ihren Familiennamen.«

»Truman«, murmelte Sloane tonlos. »Ihr Nachname ist Truman. Es ist möglich, dass Sie die letzte Person sind, die Penny vor ihrem Verschwinden gesehen hat.«

»Ich verstehe nicht«, erwiderte Deanna fassungslos. »Diese Vorlesung war vor fast einem Jahr. Wollen Sie damit sagen, dass sie schon so lange vermisst wird?«

»Ja, das will ich damit sagen. Die Polizei und das FBI haben versucht, herauszufinden, wo sie sich aufhält. Ich bin ausgebildete FBI-Agentin und eine enge Schuldfreundin von Penny. Ihre Eltern haben mich engagiert, damit ich Nachforschungen anstelle. Dank Ihrer Hilfe wissen wir jetzt ungefähr, wo Penny sich aufhielt, bevor sie verschwand.«

»Aber Sie wissen nicht, warum Sie verschwunden ist und wer dahintersteckt.«

»Nein, das wissen wir noch nicht, Deanna. Ich informiere das FBI über die neue Entwicklung. Das FBI hat ganz andere Möglichkeiten als ich. Ich bin sicher, dass der Beamte, der Pennys Fall bearbeitet, gerne mit Ihnen sprechen möchte. Sagen Sie ihm bitte alles, woran Sie sich erinnern. Auch die kleinsten Details sind wichtig. Sein Name ist Special Agent Derek Parker.«

»Selbstverständlich. Ich werde alles tun, um dem FBI zu helfen.«

»Meine Telefonnummern stehen in der E-Mail, die Doris Hayden Ihnen geschickt hat. Scheuen Sie sich nicht, mich jederzeit – auch nachts – anzurufen. Wenn Sie eine Frage haben oder wenn Sie sich an ein winziges Detail erinnern, rufen Sie mich bitte an. Penny liegt mir sehr am Herzen. Ich will herausfinden, was mit ihr passiert ist.«

FBI-Büro New York
15.45 Uhr

Derek hatte schlechte Laune.

Er hatte John Lee gründlich auf die Überwachungsaktion heute Nacht vorbereitet. Das Abhörgerät, mit dem er Lee ausgestattet hatte, war in einem Kugelschreiber versteckt und so winzig und unauffällig, dass niemand es entdecken würde. Lee war zwar nervös, aber er hatte sich im Griff. Er würde das tun, was er tun musste, denn die Alternative war der Knast. Das ganze Team bereitete sich auf eine lange Nacht vor. Tony hatte ihnen den Einsatzplan für die Überwachungsaktion vorgelegt.

Mit etwas Glück würden sie nicht nur erfahren, ob Lo Ma wirklich für die brutalen Morde an Xiao Longs Mädchen verantwortlich war. Sie hofften darüber hinaus auf konkrete Beweise gegen beide Gangsterbosse, die sie dann dem Staatsanwalt vorlegen konnten.

Alle Vorbereitungen waren getroffen, und Derek war voller Tatendrang.

In seiner Zeit als Ranger hatte er gelernt, immer dann zu essen, wenn die Zeit es erlaubte. Die nächste Gelegenheit würde sich vielleicht nicht so schnell bieten. Mit diesem Gedanken verschlang er ein Sandwich, nahm eine Flasche Wasser und eine Tüte Chips mit und ging an seinen Schreibtisch zurück, um seine Verhöre in den Computer einzugeben und seine E-Mails zu beantworten.

Genau das war der Moment, als sich seine Laune mit einem Schlag verschlechterte.

In seiner Mailbox fand er eine Nachricht von Sloane vor.

Sie klang ziemlich rätselhaft. Sloane schrieb nur, dass sie eine Spur in Penny Trumans Fall hätte und dass sie so schnell wie möglich mit ihm sprechen müsste.

Derek ärgerte sich über ihre vagen Hinweise.

Aber dass ihre Stimme immer noch die Macht hatte, ihn völlig aus dem Konzept zu bringen, *das* fand er wirklich zum Kotzen.

Er lehnte sich auf seinem Stuhl zurück und verschränkte die Arme hinter dem Kopf. Nur widerwillig ließ er seine Gedanken in die Vergangenheit schweifen. Seit Montag hatte er sich bemüht, genau das tunlichst zu vermeiden.

Als er den Besprechungsraum betreten und sie dort hatte stehen sehen, hatte er das Gefühl gehabt, er würde einen Schlag in die Magengrube verpasst bekommen. Er hatte sich gesagt, dass es daran lag, weil er nicht darauf vorbereitet gewesen war. Mit ihr hatte er nämlich überhaupt nicht gerechnet, als er durch diese Tür gegangen war.

Aber jetzt gab es keine Entschuldigung mehr. Er wusste, dass sie für die Trumans arbeitete, und er wusste auch, dass der Fall sie persönlich betraf, weil sie eine enge Schulfreundin von Penelope

Truman gewesen war. Er war der ermittelnde Beamte. Es war selbstverständlich, dass sie ihn anrief und ihn über alles informierte, worüber sie stolperte.

Derek war Realist. Er machte sich nichts vor – damals nicht und heute auch nicht. Er hatte die Sache mit Sloane noch nicht verwunden. Was zwischen ihnen gewesen war, war viel mehr als eine Affäre. Alles war intensiv gewesen – die gegenseitige Anziehung, die Beziehung, der Sex. Es hatte begonnen wie eine Explosion, und genauso hatte es auch geendet.

Es hatte kein offizielles Ende gegeben. Noch nicht mal einen Abschiedsgruß.

Sie war starrköpfig gewesen und feige. Als es Probleme gab, hatte sie ihn aus ihrem Leben ausgeschlossen und war weggegangen.

Und er? Hitzköpfig wie er war, hatte er geglaubt, alles besser zu wissen. Er war so verärgert gewesen über ihre Entscheidung, dass er nicht mehr vernünftig denken konnte.

Knall auf Fall war es vorbei gewesen.

Das hatte ihn jedoch nicht daran gehindert, weiterhin an sie zu denken. Er dachte an sie, und das viel öfter, als ihm lieb war. Das allein war schon schlimm genug. Aber seine Reaktion, als er sie plötzlich wiedersah und ihre Stimme hörte, das war nicht nur die Erinnerung gewesen. Er fühlte sich verletzt. Und das war etwas, das konnte er nicht akzeptieren.

Er nahm den Hörer ab und wählte ihre Nummer, so als wollte er diese Schwäche auf der Stelle in Zweifel ziehen.

Sie meldete sich nach dem zweiten Klingeln. »Sloane Burbank.« Die Verkehrsgeräusche verrieten ihm, dass sie im Auto saß.

»Derek hier.«

»Ah, gut.« Sie schien tatsächlich erleichtert zu sein. »Danke, dass du so schnell zurückrufst. Ich hatte schon Angst, dass ich dich nicht erreiche. In den nächsten beiden Tagen bin ich nicht in der Stadt und arbeite rund um die Uhr. Es wäre blöd, wenn wir ständig hintereinander her telefonieren. Wir müssen dieser Spur sofort nachgehen.«

»Welcher Spur müssen wir sofort nachgehen?«, fragte Derek gelassen.

Sloane informierte ihn darüber, was Doug Waters ihr erzählt hatte, über ihre Fahrt zum Richard Stockton College und über ihr Gespräch mit Deanna Frost.

»Penelope hat sich also ein Ticket nach Atlantic City gekauft. Das war aber nicht ihr endgültiges Ziel.« Derek machte sich Notizen.

»Sie wollte diese Vorlesung besuchen. Wir wissen, dass sie auf dem Campus angekommen ist. Sie ist also dort oder ganz in der Nähe verschwunden, und zwar zwischen Viertel nach elf und zwölf Uhr. Wir müssen herausfinden, mit wem sie noch gesprochen haben könnte, wo die Leute dort spazieren gehen und ob es noch weitere sonderbare Vorfälle zu diesem Zeitpunkt gab. Wir müssen mit dem Sicherheitsdienst des College und mit der Polizei vor Ort sprechen ...«

»He, nun mal langsam«, unterbrach Derek sie. »Mir brauchst du nicht zu erklären, wie man in einem Vermisstenfall ermittelt. Wir müssen erst mal ein paar Dinge klarstellen. Ich vermute, du meinst *mich*, wenn du sagst wir. Aber daraus wird nichts.«

»Jetzt sag nicht, du glaubst immer noch, dass Penny freiwillig verschwunden ist«, erwiderte Sloane aufgebracht.

»Das habe ich nie geglaubt. Aber du bist nicht die Einzige, die rund um die Uhr arbeitet. Ich stecke mitten in einem Fall, der im Augenblick meine ganze Aufmerksamkeit verlangt. Ich könnte höchstens ...«

»Übergib den Fall an keinen anderen«, unterbrach Sloane ihn sofort. »Es würde viel zu viel Zeit kosten, einen deiner Kollegen auf den Stand der Dinge zu bringen, dann kann ich es besser selbst machen.« Sloane schwieg kurz, als müsste sie sich zwingen, die nächsten Worte auszusprechen. »Du bist der Beste, Derek. Tu es bitte für Penny.«

»Ich wollte gar nicht vorschlagen, den Fall abzugeben. Ich wollte vorschlagen, Newark anzurufen und Anderson einzuweihen. Er hat den Fall deiner Freundin im FBI-Büro Newark bearbeitet. Richard Stockton fällt in seinen Zuständigkeitsbereich und nicht in meinen. Er kann die Kollegen im FBI-Büro in Atlantic City anrufen. Als wir damals der Spur nach Atlantic City nachgegangen sind, hat er dort mit Tom McGraw zusammengearbeitet. Ein guter Mann. Er ist clever und gründlich. Ich rufe Anderson sofort an und frage ihn, ob McGraw die Sache vor Ort übernehmen kann.«

»Hört sich gut an.« Sloane war jedoch noch nicht zufrieden. »Ich hätte trotzdem eine Bitte. Ich habe Deanna Frost gesagt, du würdest mit ihr sprechen. Ich wäre dir dankbar, wenn du dich auf einen Kaffee mit ihr treffen würdest. Sie arbeitet in der Stadtbibliothek. Also fällt das in deinen Zuständigkeitsbereich. Die Sache kostet dich höchstens eine Stunde. Ich glaube, du wärst genau der Richtige, um Ihrer Erinnerung auf die Sprünge zu helfen.«

Derek runzelte die Stirn. »Du meinst, ich könnte das besser als du? Ich hätte nie gedacht, dass ich mal so was von dir höre.«

»Das ist eine Frage der Chemie und nicht des Talents. Ich habe nur kurz mit Deanna gesprochen. Sie wirkt unheimlich nett und hilfsbereit. Mein Gefühl sagt mir, dass sie auch zurückhaltend und intelligent ist. Sie wird bestimmt total auf dich abfahren. Mit deiner FBI-Marke, deinem Ex-Army-Ranger-Macho-Gehabe und deinem klassischen Charme – glaub mir, die wird nichts lieber tun, als dir zu helfen.«

»Könntest du das wiederholen?« Derek musste grinsen.

»Nein. Sag einfach Ja.«

»Einverstanden.«

Sloane seufzte erleichtert. »Danke.«

»Man tut, was man kann.«

Es folgte eine angespannte Stille. Schließlich ergriff Derek wieder das Wort.

»Du hast gesagt, du bist zwei Tage weg. Kann ich dich über Handy erreichen?«

»Ich sorge dafür. Ich bin in Boston und leite eine zweitägige Tagung. Morgen früh geht's los, Freitagabend komme ich zurück. Mit Sicherheit bin ich jede Minute beschäftigt, aber ich schaue regelmäßig auf mein Handy, ob neue Nachrichten da sind. Heute Nacht bin ich zu Hause. Im Augenblick bin ich unterwegs nach Manhattan. Ich habe eine Sitzung bei meiner Handtherapeutin, und ich bin spät dran. Ich stelle mein Handy auf Vibrationsalarm.«

»Okay. Mir bleiben noch eine oder zwei Stunden, bevor die Leute nach Hause gehen. Ich erledige ein paar Anrufe, und sobald ich etwas weiß, bekommst du einen Zwischenbericht.«

»Weil ich hier im Verkehr feststecke, rufe ich jetzt Hope Truman an und informiere sie über die neuesten Erkenntnisse.«

»Hört sich gut an. Bis später.«

»Derek?«, sagte Sloane, bevor er auflegen konnte. »Ich weiß, du hast keine Lust, mit mir zusammenzuarbeiten. Ich bin auch nicht glücklich darüber. Wirklich eine blöde Situation. Aber trotz meiner persönlichen Gefühle oder auch deiner – oder vielleicht gerade deshalb – möchte ich dir sagen, dass ich deine Mitarbeit zu schätzen weiß. Penny ist ein Teil meiner Kindheit.«

Derek starrte auf seinen Schreibtisch und dachte über ihre Worte nach. Er wusste, wie viel Überwindung es sie gekostet hatte, das zu sagen. Sie löste zwiespältige Gefühle in ihm aus, aber er hatte keine Lust, länger darüber nachzudenken.

»Kein Problem. Ich tue nur meinen Job.«

7. Kapitel

Zehn Minuten nach vier. 16 Uhr 10.

Wer hätte gedacht, dass es mir so viel bedeuten könnte, wenn ich die Uhrzeit weiß?

Und doch tröstet mich dieses Wissen. In meiner gegenwärtigen Welt spielen Tag und Nacht keine Rolle mehr. Auch die Zeit hat keine Bedeutung. Ich habe jedes Gefühl dafür verloren. Als er vor der Badezimmertür stehen blieb, den Korb mit den Pflegesachen auf den Boden stellte und den Schlüssel in die Hand nahm, um mich einzuschließen, schaute ich mich um und sah zum ersten Mal die Wanduhr.

Große Erleichterung stieg in mir auf. Der kleinste Hinweis auf irgendetwas, das sich auf das Leben bezog, wie ich es kannte, war ein Geschenk für mich.

Wie dumm bin ich gewesen, dass ich diese Geschenke als Selbstverständlichkeit angesehen habe.

Das tue ich jetzt nicht mehr.

Als er in mein Zimmer kam und mir sagte, dass ich nun mein Bad nehmen könne, weinte ich beinahe vor Freude. Als ich das Kampfmesser in seiner Hand erblickte, zuckte ich nicht zusammen, auch nicht, als er es mir auf dem Weg ins Badezimmer an die Kehle presste. Ich konzentrierte mich auf die Dinge in dem Korb, den er in der Hand hielt.

Seife. Shampoo. Körperlotion. Ganz normale, alltägliche Dinge, die so vertraut waren und doch so wertvoll.

Als ich im Badezimmer war, nahm er das Messer weg. Zwanzig Minuten, sagte er. Mehr Zeit hatte ich nicht.

Das war genug.

Als die Tür hinter mir geschlossen war, beugte ich mich zu der alten Keramikwanne hinunter, drehte das Wasser auf und wartete, bis es warm wurde. Ich hatte beschlossen, zu duschen statt zu baden. Ich wollte keine Sekunde meiner Freiheit vergeuden, indem ich wartete, bis die Wanne voll war, und ich wollte mich ganz von dem Schmutz befreien und nicht darin baden.

Bevor ich die Brause anstellte und in die Wanne stieg, schaute ich in den Spiegel. Mein Gott, ich erkenne mich kaum wieder. Mein Gesicht ist ausgemergelt. Unter meinen großen Augen sind dunkle Ringe, und meine Pupillen sind geweitet. Das liegt an den Drogen. Meine Haare sind zerzaust und schweißverklebt. Ich habe mein Stirnband verloren, als ich auf dem Uni-Gelände mit ihm gekämpft habe. In Strähnen fiel es auf meine Schultern. Ich hob die Hand und berührte die Wunde an meiner Kehle, die von seinem Kampfmesser stammte. Sie wurde nicht behandelt und heilte daher schlecht. Und es war bei Weitem nicht die einzige Spur auf meinem Körper.

Mein Blick wanderte über meine Arme. Einstiche. Viele Einstiche. Und überall blaue Flecken. Erinnerungen an den Tag, als er mich überwältigt hat. Erinnerungen an die Besuche, als der Wahnsinn seinen Blick trübte.

Fröstelnd wandte ich mich ab. Dann stellte ich mich unter die Dusche und stellte mir vor, mir bliebe noch eine Gnadenfrist.

Chirurgische Fachklinik
New York Weill Cornell Medical Center
East Seventieth Street, New York City
16.50 Uhr

Constance Griggs war einundvierzig, geschieden und steckte bis zum Hals in Schulden. Ihr Ex-Ehemann war so zuverlässig wie die Verhütung nach der Kalendermethode. Jetzt war sie alleinerziehende Mutter von zwei kleinen Kindern. Mit ihren blonden Haaren und der sportlichen Figur bot Constance dem starken Geschlecht einen hübschen Anblick, doch ihr fehlte die Zeit für ein Privatleben. Sie war die geborene Optimistin, die an ihr Glück glaubte und die von Natur aus sehr hilfsbereit war. Die orthopädische Medizin faszinierte sie genauso wie der komplexe Aufbau der menschlichen Hand mit den feinen Knochen und den zahlreichen Blutgefäßen.

Vielleicht war sie deshalb die beste Handtherapeutin in ganz Manhattan.

Sloane war bei Constance in Behandlung, seit Dr. Charles Houghton sie nach der zweiten Operation vor acht Monaten an sie überwiesen hatte. Dr. Houghton war ein Genie. Er hatte Sloane zwei Mal operiert. Das erste Mal, um den Schaden zu beheben, der bei der Not-Operation in einem Krankenhaus irgendwo in Ohio entstanden war. Den Chirurgen dort war es in erster Line darum gegangen, die Blutung zu stoppen.

Sie hatten Sloane zwar wieder zusammengeflickt, aber ihre mangelnde Erfahrung bei einer so komplizierten Verletzung hatte zu einer starken Narbenbildung an den Sehnen des Zeigefingers geführt. Schließlich war er so steif, dass Sloane ihn kaum noch bewegen konnte. Zum Glück war sie schon wieder in den Osten gezogen. Dort wurde sie von Dr. Houghton behandelt. Er stellte sofort fest, dass die Sehnen des Zeigefingers in einer bestimmten Stellung blockiert waren. Er operierte sie und entfernte das Narbengewebe, sodass die Sehnen heilen konnte. Dann überwies er sie an Constance. Das war einerseits gut, andererseits schlecht, weil der Heilungsprozess nun wieder von vorne beginnen musste. Und Sloane war eine ungeduldige Patientin.

Als die Schiene schließlich entfernt wurde, fing sie sofort mit dem Krafttraining an, und trotz der Warnungen von Constance, es ruhig angehen zu lassen, trainierte Sloane zu viel und zu hart. Die Folge war, dass die Sehnen im Zeigefinger rissen und sie wieder in den Operationssaal musste. Dr. Houghton leistete großartige Arbeit, als er ihr eine neue Sehne transplantierte. Die Kehrseite der Medaille war, dass eine leichte Nervenschädigung zurückblieb und dass Sloane die physikalische Therapie fortsetzen musste.

Es war ein anstrengender, schmerzvoller und frustrierender Prozess. Aber dank Constance fehlten jetzt nur noch wenige Zentimeter, dann würde Sloane ihren Finger endlich wieder ganz bewegen konnte. Das war gut, aber nicht gut genug.

Wenn ihr Zeigefinger nicht irgendwann wieder hundertprozentig funktionierte und sie dadurch nicht zum Qualifikationstest im Pistolenschießen antreten konnte, würde sie nie mehr zum FBI zurückkehren können.

Sloane würde nicht aufgeben. Und das würde Constance auch nicht zulassen, denn ihre Therapeutin war ein wahrer Glücksfall. So hatte dieser Albtraum, der ihr ganzes Leben verändert hatte, auch eine positive Seite. Und im Laufe der Zeit hatten Sloane und Constance sich angefreundet.

Constance arbeitete direkt mit Dr. Houghton von der chirurgischen Fachklinik zusammen. Sie hatte auch eine eigene kleine Praxis in der Nähe ihrer Wohnung in Morristown, New Jersey, wo sie zwei Tage in der Woche arbeitete. Dadurch konnte sie die Kosten für die Kinderbetreuung senken und Patienten aus New York und aus New Jersey behandeln. Auch für Sloane war das ideal, denn sie brauchte mit dem Wagen nur fünfundvierzig

Minuten bis Morristown. Zweimal pro Woche fuhr sie hierher und ein Mal pro Woche in die Klinik.

Heute fand die Behandlung in der Klinik statt.

»Hallo, Connie«, begrüßte Sloane die Therapeutin, als sie den Therapieraum betrat. »Entschuldige bitte die Verspätung.«

»Das kann vorkommen. Danke, dass du angerufen hast. In der Zwischenzeit habe ich mit Patienten telefoniert, die um Rückruf gebeten hatten.« Connie sah von den Übungsgeräten auf, die sie für Sloanes Sitzung bereitgelegt hatte. Als sie die Miene ihrer Freundin sah, runzelte sie die Stirn. »Schlechter Tag?«

»Eher ein verrückter Tag.« Sloane setzte sich auf den gepolsterten Patientenstuhl und beugte die Finger. Bei dieser Übung zuckte sie nicht mehr zusammen, wie es anfangs der Fall gewesen war, doch sie hatte noch Schmerzen, und sie spürte deutlich, dass sie im Zeigefinger noch kein richtiges Gefühl hatte.

»Du siehst gestresst aus«, meinte Connie. »Wie geht es deiner Hand?«

»Kommt drauf an, *wann* du fragst. Manchmal gut und manchmal nicht so gut. Kommt auch drauf an, *wen* du fragst.«

»Ich frage dich.«

»Okay, das Pochen hält mich nachts oft wach. Damit kann ich leben. Aber jetzt kommt das, was mir zu schaffen macht. Ich habe nach wie vor kein richtiges Gefühl im Zeigefinger. Auch die Feinmotorik ist eingeschränkt, obwohl ich jeden Tag meine Übungen mache. Und beim Bogenschießen treffe ich immer noch nicht ins gelbe Mittelfeld, obwohl ich mir angewöhnt habe, den Bogen mit dem Ringfinger und dem Mittelfinger zu spannen.«

Connie verdrehte die Augen. »Übers Wasser gehen kannst du aber noch nicht, oder?«

»Das hab ich noch nicht versucht.« Sloane seufzte. »Okay, ich hab's kapiert. Du meinst, ich würde Wunder erwarten. Das tue ich aber nicht. Aber es kommt mir vor wie eine Ewigkeit, Connie. Ich will mein altes Leben zurück.«

»Das weiß ich.« Connie zog sich auf der anderen Seite des Untersuchungstisches einen Hocker heran und setzte sich. Sie nahm Sloanes Hand und drehte sie, sodass die Handfläche nach oben zeigte. »Ich könnte dir jetzt einen Vortrag darüber halten, wie groß die Fortschritte sind, die du schon gemacht hast. Ich könnte ständig wiederholen, dass die Nerven im Finger sich unter *idealen* Bedingungen, die bei dir nicht gegeben sind, innerhalb von sechs Monaten regenerieren können. Ich könnte dich daran erinnern, dass es bei komplizierten Handverletzungen keine Garantie gibt. Und vor allem dann nicht, wenn wir über die feinmotorischen Fähigkeiten sprechen, die du brauchst, um einen Schuss abzufeuern und zum FBI zurückzukehren. Ich könnte noch viel mehr sagen. Aber du weißt das alles schon, und dadurch wird es für dich nicht leichter. Darum sollten wir jetzt als Erstes ein paar leichte Beugeübungen machen und das Narbengewebe massieren. Ich mache die Arbeit, und du erzählst mir was. Dann wechseln wir. Du machst aktive Dehn- und Greifübungen, und ich erzähle dir was von mir. Fang an. Erzähl mir, was in deinem aufregenden Leben so alles passiert.«

»Nichts Erfreuliches.« Sloane beobachtete, wie Connie Lotion auf dem kleinen Massageball verteilte und dann sanfte Rollbewegungen über den Zeigefinger durchführte, damit Sloanes Haut und das Gewebe an den Operationsnarben weicher wurden. »Ich bin mitten drin in die Ermittlungen von zwei Vermisstenfällen. Bei dem einen Fall handelt es sich um eine alte Schulfreundin und bei dem anderen um eine Studentin. In beiden Fällen sind die Aussichten auf ein positives Ende nicht besonders gut.«

»Wie schrecklich. Kein Wunder, dass du so mitgenommen aussiehst.« Connie arbeitete weiter. »Gibt es Lösegeldforderungen?«

»Nein.«

»Kann es sein, dass eine von beiden oder alle beide einfach abgehauen sind?«

»Möglich, aber unwahrscheinlich.«

»Man weiß nie, was sich im Leben anderer Leute wirklich abspielt. Erinnerst du dich an Lydia Halas?«

»Hm?« Sloane war mit den Gedanken bei ihrer Freundin Penny und fragte sich gerade, ob sie wohl noch lebte. Connies Frage holte sie in die Gegenwart zurück. »Du meinst Lydia Halas, die Krankenschwester?«

»Ja, die.«

»Natürlich erinnere ich mich an sie. Sie hat sich nach den beiden Operationen um mich gekümmert. Eine ungeheuer tüchtige und einfühlsame Frau. Jeden Tag hat sie mir versichert, dass ich wieder ganz gesund werden würde. Einmal hat sie mir sogar ein großes Eis ins Krankenhaus geschmuggelt, als ich das Essen dort nicht mehr ertragen konnte.«

»Typisch Lydia.« Connie lächelte und beugte sich über Sloanes Finger, um deren Beweglichkeit zu überprüfen. »Jedenfalls ist sie seit kurz vor Weihnachten nicht mehr da.«

»Arbeitet sie jetzt in einem anderen Krankenhaus?«, fragte Sloane erstaunt.

Connie zuckte mit den Schultern. »Keine Ahnung. Eines Tages kam sie einfach nicht zur Arbeit. Es stellte sich heraus, dass sie nicht nur das Krankenhaus, sondern auch Manhattan verlassen hatte. Die Polizei fand heraus, dass sie sich ein paar Monate vorher von ihrem Ehemann getrennt hatte. Es gab Gerüchte über Gewalt in der Ehe, aber ich habe nie blaue Flecken bei ihr gesehen. Ich weiß, dass die Trennung schwer war für sie. Offenbar wollte sie noch einmal ganz von vorne beginnen. Ich hab keine Ahnung, wo. Vielleicht wollte deine Freundin auch einfach ein neues Leben beginnen. Und eine Studentin? Die lieben doch alle die Freiheit. Vielleicht hat die junge Frau sich gelangweilt und ist abgehauen, um irgendwo was Aufregendes zu erleben. Ich kann das nachvollziehen. Geh also nicht vom Schlimmsten aus. Du könntest eine Überraschung erleben.«

Sloane lächelte freundlich. »Connie, selbst wenn ich dir erzählen würde, dass man mir ohne Betäubung einen Zahn gezogen hat, würden dir noch irgendwelche positiven Kommentare einfallen. Ich wünschte, ich könnte so denken wie du.«

»Nicht jeder kann so glücklich sein.« Connie zwinkerte ihr zu und legte eine Kugel aus mittelfester Knetmasse Stärke in Sloanes Hand. »Drück das mit der ganzen Hand zusammen. Dann schieb es zu der Stelle zwischen Zeige- und Mittelfinger und drück es noch mal zusammen. Und währenddessen erzählst du mir etwas von dem Typen.«

»Von welchem Typen?« Sloane schloss ihre Finger um die Knetmasse und drückte zu, so fest sie konnte. Dann schob sie die Knetmasse zwischen Zeige- und Mittelfinger und wiederholte die Übung. »Wen meinst du?«

»Den, an den du schon die ganze Woche denkst. Meinst du, ich hab das nicht bemerkt? Obwohl ich zugeben muss, dass das eine ganz neue Seite an dir ist. Ich kann mich nicht erinnern, dass dich schon mal ein Mann so aus der Bahn geworfen hat.«

Sloane verzog das Gesicht. Sie hatte Connie vor ein paar Monaten in einem Augenblick der Schwäche von Derek erzählt.

»Tut das weh?«, fragte Connie.

»Was?«

»Hast du Schmerzen? Du verziehst das Gesicht. Ist der Druck zu stark für deinen Finger?«

»Nein.« Sloane sah auf die Knetmasse hinunter. »Das ist okay. Die ist nicht das Problem.«

»Der Typ also. Wer ist es?«

»*Er* ist es«, erwiderte Sloane seufzend. »Leibhaftig.«

»Derek?« Connie runzelte die Stirn. »Wie meinst du das, leibhaftig? Er ist hier in New York?«

»Ja.«

»Woher weißt du das? Hat er dich angerufen?«

»Schlimmer. Ich hab ihn gesehen. Er ist ins FBI-Büro New York versetzt worden. Und um mein Glück perfekt zu machen, ermittelt er auch noch in dem Fall meiner vermissten Freundin. Jetzt rate mal, wer zusammenarbeiten muss?«

»Du machst Scherze.« Connie starrte sie an, holte tief Luft und wandte sich wieder Sloanes Hand zu. Sie nahm die Knetmasse weg und gab ihr eine Fingerhantel, die aus zwei mit einer Feder verbundenen Plastikgriffen bestand. »Das entspricht einem Widerstand von eineinhalb Pfund. Ich hoffe, wir können den Widerstand noch in diesem Monat bis auf drei Pfund steigern. Jetzt nimm die Fingerhantel und drück sie zusammen.« Connie beobachtete, wie Sloane die Übung durchführte. »Hast du von seiner Versetzung nach New York gewusst?«

»Ich wusste, dass er einen Antrag gestellt hatte, aber ich habe seine berufliche Laufbahn nicht verfolgt. Das ist nicht gerade die beste Methode, wenn man jemanden vergessen will.«

»Das hättest du doch sowieso nicht geschafft. Wann hast du ihn gesehen?«

»Montag.« Sloanes Unterarm ruhte auf dem Tisch, während sie die Fingerhantel zusammendrückte. Sie runzelte verärgert die Stirn, als sie realisierte, wie wenig Kraft sie im Zeigefinger hatte im Gegensatz zu den anderen Fingern. »Und bevor du mich fragst, er sieht gut aus. Besser als gut. Ich hab kaum Luft gekriegt, als er in den Raum kam. Schmetterlinge im Bauch. Rauschen in den Ohren. Das volle Programm. Genau wie damals, als wir zusammen waren. Nur die Wut fehlte. Die kam erst am Ende, als unsere Beziehung zerbrach. Aber genau das spüre ich jetzt, und alles ist so stark wie damals. Auch die Wut. Ich kann diese Gefühle nicht hinter mir lassen. Ich glaub, ich schaff das nie.«

»*Nie* ist eine lange Zeit«, warf Connie ein. »Außerdem hat jede Geschichte zwei Seiten. Und oft ist es nicht immer so, wie es scheint.«

Sloane knurrte leise und legte das Übungsgerät seufzend auf

den Tisch. »Ist das jetzt die Stunde der schlauen Sprüche? Das zieht bei mir nicht.«

»Okay. Dann sag ich dir jetzt mal was. Kann sein, du kommst über deine Wut nicht hinweg, über ihn kommst du jedenfalls ganz bestimmt nicht hinweg. Ich würde sagen, du hast ein großes Problem, und du bist in einer blöden Situation.«

»Vielleicht. Vielleicht auch nicht. Vielleicht komme ich schneller über ihn hinweg, wenn ich mit ihm zusammenarbeite. Vielleicht werden meine Fantasien verdrängt durch die lebhafte Erinnerung an diesen unsensiblen Scheißkerl, der alles besser weiß.«

In diesem Augenblick klopfte es an die Tür.

Connie sah überrascht aus. »Ja?«, rief sie.

Die Tür öffnete sich, und Dr. Houghton kam herein. Er war groß und schlaksig, hatte grau melierte Haare, markante Gesichtszüge, dunkle Augen und einen durchdringenden Blick. Er trat so selbstbewusst auf, dass er fast schon arrogant wirkte.

»Constance, bevor Sie nach Hause gehen, brauche ich die Akte von ...« Er brach erstaunt ab, als er Sloane entdeckte, und sah auf die Uhr. »Ich wollte nicht stören. Ich dachte, Constance hätte den letzten Termin um vier Uhr gehabt.«

»Hatte sie auch«, erwiderte Sloane schnell. »Ich habe sie leider aufgehalten. Ich war ohnehin spät dran, und dann habe ich im Verkehr festgesteckt.« Sie setzte ihre Übung mit der Fingerhantel fort. Sie war entschlossen, ihre feinmotorischen Fähigkeiten zurückzuerlangen. »Wie geht es Ihnen, Dr. Houghton?«

Der Arzt sah sie kurz an, dann wanderte sein Blick zu ihrer Hand. Er verfolgte die Übung, die sie durchführte, wobei er die Augen zusammenkniff und einzuschätzen versuchte, welche Fortschritte sie machte. Er hätte genauso gut sagen können, ihre Frage sei überflüssig und erfordere keine Antwort. Sein Interesse galt einzig und allein ihrer Hand.

Sloane war nicht gekränkt. Bei einer der Nachuntersuchungen hatte Dr. Houghton zugegeben, dass er zwar oft das Gesicht eines Patienten vergesse, aber niemals eine Hand. Das hatte nichts mit Ignoranz zu tun, sondern nur mit beruflichem Engagement.

Sloane sagte ihm genau das, was er wissen wollte. »Es wird immer besser. Connie vollbringt wahre Wunder. Ich spüre eine deutliche Verbesserung beim Greifen, und ich habe auch mehr Kraft im Zeigefinger. Ich warte nur noch, dass der Speichennerv das auch mitbekommt und aufholt.«

»Das wird er mit der Zeit.« Connie wandte sich Dr. Houghton zu. »Sloane ist entschlossen, wieder zum FBI zu gehen.«

Connies freundliche Erinnerung veranlasste Dr. Houghton, seine Aufmerksamkeit von der Hand weg auf die ganze Person zu richten. »Sie brauchen die Koordination und die feinmotorischen Fähigkeiten, um den Qualifikationstest im Schießen zu bestehen. Das ist eine große Herausforderung. Außerdem müssen die Narben von den drei Operationen so gut verheilt sein, dass Sie wieder richtig zupacken und genügend Druck ausüben können, um auf den Abzug zu drücken. Wann haben Sie die nächste Nachuntersuchung?«

»In drei Wochen.«

»Gut. Dann werden wir sehen, wie weit sich Ihr Finger erholt hat«, sagte Dr. Houghton und wandte sich dann wieder Connie zu. »Rufen Sie bitte in meinem Büro an, wenn Sie hier fertig sind. Ich muss Ihnen noch schnell ein paar Informationen zu den Patienten durchgeben, die morgen zur Therapie zu Ihnen kommen. Ich habe heute Abend eine Verabredung, daher bin ich in einer Stunde weg.«

»Ich auch«, sagte Connie. »Mein Babysitter ist verabredet, deshalb muss ich um sieben Uhr zu Hause sein. Meine Sitzung mit Sloane ist gleich zu Ende. Ich rufe Sie an, bevor ich zum Bahnhof gehe.«

»Gut. Ich erwarte dann gleich Ihren Anruf.« Dr. Houghton blickte Sloane an. »Auf Wiedersehen.«

»Auf Wiedersehen, Dr. Houghton.« Als er die Tür hinter sich

geschlossen hatte, legte Sloane das Übungsgerät aus der Hand und ruhte sich aus. »Ein hartnäckiger Kerl.«

»Stimmt«, pflichtete Connie ihr bei. »Aber er ist der Beste.«

»Jedenfalls hat er heute Abend was vor«, sagte Sloane seufzend. »Mein Chirurg geht aus, dein Babysitter geht aus, alle gehen aus – und ich?«

»Ich auch nicht. Ich muss mich um meine Kinder kümmern.«

»Ja, aber am Samstag bist du mit Ken verabredet. Die Beziehung zu diesem Anwalt scheint enger zu werden.« Sloane zwinkerte ihr zu. »Vielleicht werden bei diesem Date die Weichen für eine himmlische Beziehung gestellt.« Sie seufzte, als würde sie die Last der ganzen Welt auf ihren Schultern tragen. »Vielleicht denkst du mal an mich. Während du dich köstlich amüsierst, erhole ich mich von einer zweitägigen Tagung, auf der ich rund um die Uhr gearbeitet habe.«

»Wenn du jetzt Mitleid erwartest, hast du dich getäuscht«, erwiderte Connie. »Du hast mehr Verabredungen ausgeschlagen, als ich zählen kann. Du bist mit deinem Job verheiratet.« Sie schwieg. »Und vielleicht auch mit deiner Vergangenheit.«

»Vielleicht habe ich tatsächlich viele Einladungen ausgeschlagen, aber ich bin nicht mit meinem Job verheiratet. Wenn überhaupt, dann ist Derek daran schuld, dass ich keine Lust mehr auf Beziehungen habe. Sie machen mehr Ärger, als sie wert sind.«

Connie musterte sie mit zweifelndem Blick. »Wenn du meinst.«

»Ja, das meine ich.«

Sloanes Handy vibrierte.

»Geh ruhig ran«, sagte Connie. »Es fehlen nur noch die Übungen zur Reizstimulierung. Ich baue inzwischen alles auf.«

»Ich mach's kurz.« Sloane meldete sich. »Sloane Burbank.«

»Ich bin's.« Dereks vertraute tiefe Stimme drang an ihr Ohr. »Ich wollte dich nur schnell auf den neuesten Stand bringen. Die beiden FBI-Büros in Newark und Atlantic City arbeiten mit uns zusammen. Sie ermitteln am Stockton College, während du weg bist. Und morgen früh treffe ich mich mit Deanna Frost auf einen Kaffee. Ich versuche, dich in Boston zu erreichen, falls unsere Ermittlungen auf eine neue Spur führen.«

»Ruf mich auf jeden Fall an«, bat Sloane.

»Okay. Ich muss los. Meine Kollegen warten.«

»Verstehe.« Sloane schluckte. Sie war dankbar für den Anruf, aber sie hatte jetzt das Gefühl, dass sie ihm etwas schuldig war, und das gefiel ihr ganz und gar nicht. »Danke für deine Mühe. Ich hoffe, das bringt uns weiter.«

»Das hoffe ich auch. Bis bald.«

»Ja, bis bald.« Sloane hatte gerade aufgelegt, da vibrierte ihr Handy schon wieder. »Sloane Burbank.«

»Sloane, hier ist Bob Erwin. Ich wollte Ihnen nur sagen, dass wir auf dem Campus des John Jay College ein blaues Haarband gefunden haben. Es lag hinter dem Gebäude, das direkt ans Schwimmbecken grenzt. Zwei Mitglieder der Schwimmmannschaft haben bestätigt, dass Cynthia Alexander genau so ein Haarband besitzt.«

»Sah es aus, als hätte sie es verloren?«

»Nein, auf keinen Fall. An den Sträuchern dort erkennt man, dass ein Kampf stattgefunden hat. Außerdem haben wir auf der Erde und auf dem Haarband Blutspritzer gefunden. Alles wird auf DNA-Spuren untersucht. Wenn der Bericht tatsächlich so ausfällt, wie ich vermute, dann haben wir endlich einen Tatort.«

8. Kapitel

Datum: 27. März
Uhrzeit: 01.00 Uhr

Ich habe sie heute gesehen. Sie ist eine Göttin, der Inbegriff all dessen, was das Wort bedeutet. Ich wünschte, es wäre so weit. Ist es aber noch nicht.

***Sie* sind am Zug. Ich spüre ihre starke Wut. Heute Nacht sind sie unerbittlich. Ich habe keine andere Wahl, als auf ihren Aufruf zu reagieren.**

Nom Wo Club
1.55 Uhr

Der verbeulte weiße Lieferwagen parkte in der Mott Street, einen halben Block vom Club entfernt. Das elektronische Überwachungsgerät im Lieferwagen nahm jedes Wort auf, das an dem Tisch gesprochen wurde, an dem John Lee saß. Bisher hatten sie ein interessantes Gespräch aufgeschnappt. Es ging um eine Lieferung, die am nächsten Donnerstagabend an der kanadischen Küste ankommen würde. Bei dieser »Lieferung« handelte es sich um Nachschub für Lo Mas Menschenhandel. Das waren wichtige Informationen für C-6. Mithilfe der Immigrations- und der Zollbehörde müsste es dem FBI gelingen, ein Verfahren gegen Lo Ma und seine Verbrecherorganisation einzuleiten.

Davon abgesehen war es eine typische Nacht in einem Club, in dem illegales Glücksspiel betrieben wurde. Aber wenn die

Information, die Lee aufgeschnappt hatte, richtig war, würde sich das alles ändern, und zwar schob bald.

Derek saß mit ausgestreckten Beinen hinten im Lieferwagen und hörte aufmerksam zu, während er seine letzten Shrimps aß.

»Das Zeug schmeckt großartig, sogar kalt«, sagte er.

»Das gehört zu den positiven Seiten in diesem Job«, erwiderte Dereks Partner, Jeff Chiu, trocken. »Gutes Essen und ein Bandenkrieg, der jeden Moment losgeht. Was will man mehr?«

»Weiß ich auch nicht.« Als der Ton im Club sich plötzlich änderte und irgendwie nervös klang, richtete er sich auf. »Was sagen sie?«

»Sie treffen Vorbereitungen.« Jeff war einer der wenigen Kollegen, der den komplizierten fukienesischen Dialekt fließend sprach. »Sie bringen ihre Waffen in Position. Das Ganze hört sich aber eher nach Verteidigung als nach Angriff an. Sie warten ab, bis sie wissen, was Xiao Longs Schläger vorhaben.«

»Entweder schlagen sie im Club alles kurz und klein oder sie verprügeln die Leute«, murmelte Derek. Er starrte aus dem Fenster und sah zwei dunkle Limousinen, die direkt vor dem Club anhielten. »Es geht los. Mal sehen, was passiert, bevor die Polizei einschreiten muss und den Streit beendet.«

»Was haben sie gesagt, als du sie eingeweiht hast?«

»Sie haben ein paar Polizisten in Zivilfahrzeugen hierhergeschickt. Sie parken gleich um die Ecke. Sie wollen unsere Aktion geheim halten, damit wir so viel Zeit wie möglich haben, Beweismaterial gegen die Gangsterbosse zu sammeln. Sobald es allerdings zu Gewalttätigkeiten oder zu einer Schießerei kommt, gehen die Cops rein und zeigen beiden Gangs, wo's langgeht. Vielleicht denken sie dann noch mal nach, bevor sie einen richtigen Bandenkrieg anfangen.«

»Das hoffe ich.«

Schweigend beobachteten sie, wie aus jeder Limousine drei Männer stiegen und entschlossen den Club betraten. Einer der

Männer, ein dicker, stämmiger Typ, war höchstwahrscheinlich Jin Huang, Xiao Longs ständiger Begleiter.

Gleich darauf hörte man wütende Stimmen, dann ging etwas zu Bruch.

»Was ist jetzt los?«, fragte Derek.

»Die Red Dragons demolieren den Club und stoßen Drohungen aus. *Lasst unsere Mädchen in Ruhe … Unser Revier … Hände weg* … Mehr kann ich in diesem Krach nicht hören.« Jeff schwieg kurz. »Die Black Tigers streiten jede Verwicklung ab. Sie beschuldigen die Red Dragons, Ärger zu provozieren, damit es einen Bandenkrieg gibt.«

»Wird der Dai Los erwähnt? Reden sie über Geschäfte? Über den illegalen Import von elektronischen Geräten oder von Frauen?«

»Nein. Nur Andeutungen und aggressive Drohungen. Tische werden umgeworfen, Geschirr geht zu Bruch.«

Mitten im Lärm konnte man einen dumpfen Schlag hören, dann einen Schmerzensschrei und gleich darauf noch einen.

»Okay, die Lage spitzt sich zu. Sie gehen mit Fäusten aufeinander los«, sagte Jeff.

»Das habe ich auch mitbekommen.« Derek runzelte die Stirn, als er einen grellen Schrei hörte. Plötzlich gingen im ersten Stock Lichter an. Wieder gab es einen zornigen Wortwechsel, dann fiel ein Schuss. »Was zum Teufel …?«

»Ein Warnschuss in die Decke«, sagte Jeff. »Und ein paar brennende Gardinen. Jin Huang droht, dass sie beim nächsten Mal den ganzen Club abfackeln.«

Während Jeff berichtete, stürmten die sechs Männer von Xiao Long aus dem Club, sprangen in die beiden Wagen und verschwanden in der dunklen Nacht. Nur Augenblicke später kamen ein paar Männer, die in dem Club gespielt hatten und zu denen auch John Lee gehörte, durch die Tür, gefolgt von ein paar Mädchen, die sie bedient hatten, und das vermutlich auf ganz besondere Art.

Derek klappte sein Handy auf und rief einen Polizisten in einem der Zivilfahrzeuge des New York Police Department an. »Gleason? Das war ein Warnschuss. Keiner ist getötet worden. Und es brennen nur ein paar Gardinen. Jetzt seid ihr am Zug. Heizt denen mal ordentlich ein. Viel Spaß dabei. Halten Sie mich auf dem Laufenden.«

Er klappte das Handy zu. »Was ist passiert?«

»Lee ist abgehauen. Darum kann ich nicht mehr hören, was im Club gesprochen wird«, berichtete Jeff. »Ich habe nur noch gehört, dass die Gang von Lo Ma die Red Dragons verflucht und das Feuer löscht.« Er lehnte sich zurück. »Weißt du, was ich denke? Wenn einer der Black Tigers Xiao Longs Mädchen tötet, dann macht er das auf eigene Faust. Die Männer von Lo Ma sind stinksauer. Sie scheinen aber tatsächlich nichts zu wissen.«

»Vielleicht ist es eine dritte Bande, die Streit zwischen den Red Dragons und den Black Tigers provozieren will, um ihre eigene Machtposition zu stärken.«

»Daran habe ich auch schon gedacht.« Jeff beobachtete, wie die Polizisten den Club mit erhobenen Waffen stürmten. »Wir überprüfen das morgen im Büro.«

»Einverstanden.« Derek sah auf die Uhr. »Es ist schon drei. Ich glaube nicht, dass heute Nacht noch was passiert. Was hältst du davon, wenn wir jetzt alles aufessen, was ich gekauft habe?«

Jeff runzelte die Stirn. »Das ist doch bestimmt schon längst kalt.«

»Na und? Trotzdem ist es das beste Essen, das man in ganz Chinatown kriegt. Und bevor ich verhungere, esse ich lieber etwas Kaltes.«

»Da hast du auch wieder recht.«

Ein paar Blocks weiter, in einer Ecke, wo es keine Straßenlaternen gab, wartete er in seinem Wagen und schärfte die Klinge seines Kampfmessers. Er sah sich die Mädchen, die sich trennten und in verschiedene Richtungen davongingen, genau an.

Er brauchte nur eine Minute, um sich zu entscheiden.

Als sie sich weit genug von den anderen entfernt hatte, zog er den Reißverschluss seiner Jacke zu, setzte die dicke Daunenkapuze auf und zog sie so tief in die Stirn, dass sein Gesicht verdeckt war. Er griff in seine Hosentasche und überzeugte sich davon, dass er die Münze bei sich hatte. Dann nahm er sein Kampfmesser und stieg aus.

9. Kapitel

Datum: 2. März
Uhrzeit: 09.00 Uhr

Frieden. Den habe ich nach der letzten Nacht auch verdient.

Bei der Neuen war es schwieriger als bei den anderen. Die Drogen haben erst spät gewirkt. Und sie war stärker, als ich von einer so zarten Person erwartet hatte. Sie hat es geschafft, sich kurz aus meinem Würgegriff zu befreien. Sie hat mich gebissen und laut geschrien.

Dann habe ich meine Klinge drei Mal quer über ihre Kehle gezogen und ihr schmerzhafte tiefe Schnitte zugefügt, die aber nicht tödlich waren. Ich habe darauf geachtet, dass ich die Hauptschlagader nicht verletze. Das soll ja erst später kommen. Am Anfang sollte sie nur wissen, dass ich es ernst meine.

Sie begriff schnell. Erst krümmte sie ihren Körper, dann versteifte sie sich und öffnete den Mund, um loszuschreien. Damit hatte ich gerechnet, und ich wusste es zu verhindern. Ich presste eine Hand auf ihren Mund und befahl ihr, still zu sein, sonst würde ich sie in kleine Stücke schneiden. Und das war mein Ernst. Ich hätte es getan.

Sie wusste es. Ich sah es in ihren Augen.

Sie unterdrückte ihren Schrei, doch sie musste mehrmals würgen. Dann liefen dicke Tränen über ihre Wangen.

Das spielte keine Rolle. *Sie* spielte keine Rolle. Ärgerlich war nur, dass Blut über ihren Hals bis in ihre Jacke rann. Es wurde immer mehr. Bald würde sich eine Blutlache auf dem Pflaster bilden.

Ich war gezwungen, meinen Plan zu ändern. Das machte mich wütend. Ich hasse es, wenn ich meine Pläne ändern muss. Und ich hasste sie dafür, dass ich mich damit auseinandersetzen musste.

Ich brauchte ein anderes Haus. Die verlassene Lagerhalle, die ich ausgewählt hatte, lag zwei Straßen entfernt. Bis dahin konnte ich sie nicht tragen. Ich würde eine Blutspur hinterlassen. Und noch schlimmer war, dass auch ich voll Blut sein würde. Ich vermeide es immer, dass ich mit ihrem Blut in Berührung komme. Sie sind Dreck. Krankheitsüberträger. Natürlich hatte ich meine Reinigungs- und Desinfektionsmittel mitgebracht, doch die waren zusammen mit den anderen Sachen in der Lagerhalle.

Ich handelte schnell und effektiv. Ein Stück die Straße hinunter fand ich ein leeres Haus. Die Eingangstür war offen, das Schloss war aufgebrochen. Im Haus gab es ein paar Ratten und einen verrosteten Boiler. Genau der richtige Ort.

Ich zerrte sie ins Haus und band sie an einem Pfeiler fest. Dann klebte ich ihren Mund mit Klebeband zu und spritzte ihr genug Nembutal, damit sie so lange bewusstlos blieb, bis ich meine Ausrüstung aus der Lagerhalle geholt hatte. Als ich zurückkam, war sie immer noch bewusstlos. Ich hatte Mühe, sie aufzuwecken. Sie machte mir wirklich mehr Ärger, als sie wert war. Wieder wurde ich wütend. Ich war müde und ungeduldig, daher stellte ich schnell das Stativ und die Videokamera auf und nahm alles ohne die Genauigkeit und die Feineinstellungen auf, auf die ich normalerweise achte. Sie hatte diese Mühe sowieso nicht verdient.

Mit einem Brüllen erwachten die Dämonen zum Leben. Ich richtete meine ganze Aufmerksamkeit darauf, sie zum Schweigen zu bringen. Es dauerte lange, bis sie zufriedengestellt waren. Das war mir egal. Es machte mir Spaß, sie zu schlagen. Das dämpfte meine Wut. Und ich fühlte mich gut

dabei. Zu gut. Das war falsch und schmutzig. Ich schämte mich.

Es war ihre Schuld. Ihre und die der anderen. Sie waren der Grund, warum die Dämonen keine Ruhe gaben.

Sie musste bestraft werden. Sie sollte jeden einzelnen Schmerz spüren, den ich ihr zufügte, bevor ich sie sterben ließ.

Ich wartete einen Augenblick, bis meine Scham sich legte und ich Freude über meinen Sieg spürte. Dann arrangierte ich alles wie üblich, legte die Münze neben sie auf den Boden und scheuerte die Spuren weg.

Ich konnte es kaum erwarten, nach Hause zu gehen. Ich musste sie von meinem Körper schrubben. Ich musste mich von dieser Nacht reinigen und die Dämonen aus meinem Kopf vertreiben. Und ich brauchte Schlaf.

20.36 Uhr

Sloanes Maschine landete mit zwanzig Minuten Verspätung auf dem Newark Airport. Dann würde noch der endlose Transfer bis zum Ausgang folgen. Die meisten Passagiere waren wie Sloane beruflich unterwegs. Sie waren Verspätungen gewohnt. Sie hoben den Blick, setzten dann ihre Zeitungslektüre fort oder lehnten den Kopf zurück, um sich auszuruhen.

Sloane konnte jedoch nicht abschalten.

Nachdem sie die letzten beiden Tage pausenlos gearbeitet hatte, war sie viel zu aufgedreht, um sich zu entspannen. Tausend Dinge gingen ihr durch den Kopf. Die anstrengende zweitägige Tagung, das sie geleitet hatte, lag hinter ihr. Gestern hatte Derek angerufen und sie über die neuen Hinweise von Deanna in Pennys Fall informiert. Und von Bob Erwin hatte sie erfahren, dass die DNA-Analyse des Haarbandes, das am John Jay College gefunden worden war, mit Cynthias DNA übereinstimmte.

Am liebsten wäre sie gleich losgesprintet.

Sloane hatte Bob Erwin versprochen, am nächsten Tag zu dem Hotel zu fahren, in dem Mrs Alexander ein Zimmer genommen hatte. Sie wollte mit Cynthias Mutter sprechen, ein Vertrauensverhältnis zu ihr aufbauen und ihr dann vielleicht irgendeine winzige Information entlocken, von der sie selbst gar nichts wusste.

Sloane hatte auch vor, Hope Truman zu besuchen, um sie persönlich über die neuesten Erkenntnisse zu informieren. Auf diese Weise konnte sie sie vor zu hohen Erwartungen warnen und ihr gleichzeitig Trost spenden.

Sloane runzelte die Stirn, als ihr klar wurde, dass sie heute Nacht wieder nicht würde schlafen können. Sie würde die Dackel abholen und sich intensiv mit ihnen beschäftigen, da sie sie die ganze Woche vernachlässigt hatte. Anschließend hatte sie vor, sich an den Computer zu setzen und Nachforschungen über die letztjährigen Seminare am Richard Stockton College und über die Dozenten anzustellen, die inzwischen weggegangen waren. Sie würde ihre Ermittlungen mit denen von Derek und denen des FBI-Büros Newark koordinieren. Es gab mehr Arbeit als genug für sie alle. Hunderte von Leuten, die im vergangenen Jahr im Stockton College gewohnt oder dort gearbeitet hatten, waren jetzt irgendwo anders. Jeder von ihnen könnte ein Zeuge sein.

All diese Dinge gingen Sloane durch den Kopf, während die Boeing 737 langsam zum Terminal rollte und stehen blieb. Eine Minute später erlosch die Anzeige »Bitte anschnallen«. Sloane hatte schon ungeduldig darauf gewartet. Sie nahm ihren Handkoffer aus der Gepäckablage über dem Sitz, und als sich die Kabinentür öffnete, war sie schon im vorderen Teil der Maschine.

Bevor die anderen Passagiere ihre Beine ausgestreckt und ihr Gepäck in die Hand genommen hatten, hatte Sloane das Flugzeug schon verlassen, war die Gangway hinuntergestiegen und eilte durch den Newark Airport.

21.15 Uhr

Derek hoffte auf eine ruhige Nacht.

Nach der anstrengenden Woche war er total erledigt. Er konnte die Stunden, die er seit Montag geschlafen hatte, an den Fingern beider Hände abzählen. Und da er heute Nacht nicht zur Überwachung eingeteilt war, hatte er den ganzen Tag damit verbracht, Informationen über rivalisierende Banden zu sammeln, die möglicherweise Ärger zwischen den Red Dragons und den Black Tigers schüren wollten. Er fand, es war sein gutes Recht, Tonys Angebot anzunehmen, nach Hause zu gehen und das Wochenende freizumachen.

Gegen sieben Uhr hatte Derek das Büro verlassen, schnell ein paar Lebensmittel eingekauft und war dann zu seiner Wohnung in Midtown East gefahren. Das Hochhaus, in dem er wohnte, lag in der Second Avenue, und die Miete war bezahlbar, weil der Lärm des Midtown Tunnels noch zu hören war. Für Derek war das kein Problem. Er schaffte es immer und überall, entweder zu schlafen oder wach zu bleiben. Die Wohnung war winzig, gerade mal fünfundvierzig Quadratmeter. Sie bestand aus zwei Zimmern mit einer Kochnische und einem Bad.

Die kleine Wohnung hatte aber auch ihre Vorteile. Sie war frisch renoviert, meistens war ein Portier im Hause, und Derek hatte einen Stellplatz in der Tiefgarage. Da er jeden Tag mit dem Wagen zur Arbeit fuhr, hatte er dadurch ein Problem weniger. Parkplätze in Manhattan standen auf der Roten Liste der bedrohten Arten. Im Augenblick war er mit seiner Wohnsituation ganz zufrieden.

Derek betrat die Wohnung, zog sich um und machte sich etwas zu essen. Er saß am Küchentisch, ließ sich sein Pfeffersteak schmecken und überflog den lokalen Sportteil, um nachzusehen, wann das Eröffnungsspiel der Yankees begann. Plötzlich klingelte das Telefon.

Derek nahm sein schnurloses Telefon in die Hand und meldete sich. »Hallo.«

»Hi«, erwiderte Jeff.

Derek knurrte. »Hast du immer noch nicht genug von mir? Wir haben mehr Nächte zusammen verbracht als ein Ehepaar.«

»Ja, ich hab genug von dir. Meine Frau übrigens auch. Sie funkelt mich gerade wütend an, weil ich schon wieder mit dir telefoniere. Aber Gleason hat mich noch angerufen, bevor ich gegangen bin. Ich wollte dir sofort Bescheid geben.«

»Ich kann es kaum erwarten.«

»Das New York Police Department hat noch eins von Xiao Longs Mädchen gefunden, diesmal in einem leer stehenden Haus in Chinatown, nur ein paar Blocks vom Nom Wo Club entfernt. Dieselbe Methode. Sie ist betäubt und vergewaltigt worden, danach wurde ihr die Kehle durchgeschnitten. Am Tatort lag wieder diese Münze mit der Python auf der einen Seite. Fest steht, dass der Mörder bei der Vergewaltigung und bei der Ermordung viel brutaler vorgegangen ist. Über alle Details bin ich nicht informiert. Aber das, was Gleason gesagt hat, war nicht schön.«

»Wann wurde sie ermordet?«

»Genau das ist das Problem. Nach Aussage des Gerichtsmediziners war sie seit fünfzehn oder sechzehn Stunden tot. Der Tod muss zwischen fünf und sechs Uhr heute Morgen eingetreten sein.«

»Heute?« Derek fiel die Gabel aus der Hand. Er hatte angenommen, dass die Leiche schon länger dort gelegen hatte und erst jetzt entdeckt worden war. »Dann sprechen wir über die Zeit unmittelbar nach unserer Observierung des Clubs.«

»Gleason sagt, sie hätte in der Nähe des Nom Wo Clubs gewohnt. Er nimmt an, dass sie auf dem Weg zu Xiao Longs Bordell war, um dort ungefähr zu der Zeit, als im Club die Schlägerei losging, mit ihrer Arbeit anzufangen. Gleason glaubt, sie hat die Cops gesehen und ist dann abgehauen.«

»Offenbar nicht weit genug.« Derek runzelte die Stirn. »Entweder ist jemand aus Lo Mas Gang lebensmüde, oder der Killer gehört nicht zu seiner Gang. Denn keiner mit 'n bisschen Grips in der Birne würde Xiao Long provozieren, nachdem er ihnen seine Schläger auf den Hals gehetzt und ihr Leben bedroht hat.«

»Da stimme ich dir hundertprozentig zu. Ich hatte damit gerechnet, dass Lo Mas Jungs sich rächen, indem sie in einer von Xiao Longs Spielhöllen alles kurz und klein schlagen. Aber ihm quasi ins Gesicht zu spucken, indem sie noch eins seiner Mädchen umbringen – es buchstäblich abschlachten –, und das auch noch unmittelbar nach der Schlägerei in dem Club? Das bezweifle ich.«

»Ich werde den Gedanken nicht los, dass eine dritte Gang versucht, einen Bandenkrieg zu provozieren, um sich eigene Vorteile zu verschaffen.«

»Das hat Gleason auch gesagt. Seine Leute ermitteln auch schon in diese Richtung.«

»Werden sie es allein schaffen, oder müssen wir auch ran?«

Jeff seufzte. »Das ist noch nicht klar. Die Polizei ist vollauf mit den Morden beschäftigt. Könnte sein, dass wir sie unterstützen müssen, damit Xiao Long nicht irgendeinen Rachemord verüben lässt. Ich an deiner Stelle würde mir fürs Wochenende nichts vornehmen.«

»Kein Problem. Ich hab nichts vor. Ich will nur duschen und dann ab ins Bett. Ich bin das ganze Wochenende erreichbar.«

»Ich auch. Das heißt, ich komm aus dieser Hundehütte sowieso nicht raus.«

Derek schmunzelte. »In solchen Zeiten bin ich froh, dass ich Single bin. Vielleicht kannst du ja doch mal abhauen. Viel Glück.«

Hunterdon County, New Jersey
21.40 Uhr

Sloane stellte zu Hause ihr Gepäck ab und fuhr dann sofort zu den Wagners, um ihre drei quirligen Dackel bei Elsa und Burt abzuholen. Sie rief sicherheitshalber vorher an, obwohl sie wusste, dass Elsa noch auf war. Ihre Nachbarin hatte sich angewöhnt, jeden Abend um zehn Uhr noch gemütlich eine Tasse Tee zu trinken.

Sloane musste immer wieder darüber schmunzeln, dass sie bis zum »Nachbarhaus« der Wagners ein paar Minuten mit dem Auto unterwegs war. Die Wagners waren in der Tat ihre nächsten Nachbarn, aber die beiden Häuser lagen ein großes Stück von der Straße entfernt und waren durch ein Waldstück voneinander getrennt.

Elsa begrüßte Sloane an der Tür und trocknete sich schnell die Hände an einem Küchenhandtuch ab. Sie war eine rundliche Frau mit ergrauten Haaren, dunklen Augen und einer spitzen Nase, die an einen Schneemann erinnerte, aber nur, wenn sie nicht lachte. Sie hatte ein warmes Lächeln und ein gutes Herz. Elsa war schon seit Jahrzehnten verwitwet, und die Last, sich allein um das Haus zu kümmern, und die Einsamkeit machten ihr allmählich zu schaffen. Sie wurde alt. Sie sah erschöpft aus; die Falten um Augen und Mund hatten sich tiefer in die Haut gegraben, und ihre Schritte wurden unsicherer. Deshalb war Elsa glücklich, dass ihr Sohn jetzt oft bei ihr war, auch wenn sie dessen gescheiterte Ehe bedauerte.

Sie bat Sloane herein. »Sie hätten heute wirklich nicht mehr zu kommen brauchen«, schimpfte sie. »Ich habe Ihnen doch am Telefon gesagt, dass die Dackel mit Princess Di und Burt im Spielzimmer sind und Tauziehen spielen. Sie hätten sich erst einmal ausschlafen sollen, und dann hätten Sie die Hunde morgen früh abgeholt.«

»Ich weiß, aber ich habe meine kleinen Unruhestifter vermisst«, erwiderte Sloane, während sie lächelnd das Haus betrat. »Und da Sie noch wach sind …«

»Ich habe gerade unseren Tee gekocht. Trinken Sie eine Tasse mit uns.« Elsa zitterte, als ein Windzug durch die Eingangshalle fegte. Sie schloss schnell die Tür und rieb sich über die Arme. »Brr. Ich werde alt. Dem Kalender nach haben wir Frühling, aber ich habe das Gefühl, wir hätten noch Winter.«

»Mit dem Alter hat das nichts zu tun«, versicherte Sloane ihr. Als sie ihre Handschuhe auszog, zuckte sie zusammen. »Meine Hand bringt mich noch um. Wenn der März sich noch von seiner schönen Seite zeigen will, muss er sich wirklich beeilen.«

In diesem Augenblick ertönte lautes Bellen, und dann hörte man auch schon die Hunde durchs Haus laufen.

»Ich glaube, Ihr Trio weiß, dass Sie hier sind«, sagte Elsa lachend. »Sagen Sie Ihren Dackeln Guten Tag. Ich kümmere mich um den Tee und die Plätzchen für uns und um den Hundekuchen für die Hunde. Sie bekommen auch etwas Leckeres. Mein Tee um zehn Uhr abends ist ein richtiges Ritual geworden.« Mit diesen Worten ging sie in die Küche.

Kurz darauf stürzten Moe, Larry und Curly ins Wohnzimmer und schubsten sich gegenseitig weg, um als Erster bei Sloane zu sein. Sie hockte sich auf den Boden, nahm alle drei in die Arme und begrüßte dann jeden einzeln. Die Dackel leckten ihr so oft übers Gesicht, dass ihre kalten Wangen ganz warm wurden.

»Hallo, Jungs, ja, ich hab euch auch vermisst«, sagte sie liebevoll.

Moe protestierte jaulend.

Sloane kannte den Ton und streichelte über Moes seidiges Fell. »Ich hab dir schon oft gesagt, dass ich euch alle meine, wenn ich *Jungs* sage«, murmelte sie. »Das ist ein Kosewort und hat nichts mit dem Geschlecht zu tun.« Sie gab Moe einen Kuss auf den Kopf. »Mädchen sind eingeschlossen. Versprochen. Du weißt, dass ich euch alle gleich stark liebe. Aber du schaffst es besser als die andern, mir ein schlechtes Gewissen zu machen.«

»Moe ist ein Weibchen. Was haben Sie erwartet?« Burt kam mit Princess Di auf dem Arm ins Wohnzimmer. »Sie brauchen sich übrigens über Moes Ego keine Sorgen zu machen. Sie und Di haben die letzten drei Runden Tauziehen gewonnen. Larry und Curly kommen ganz schön unter Druck.«

Sloane lachte. »Was soll ich dazu sagen? Wenn es um Wettkämpfe geht, kennen Frauen kein Pardon.«

»Stimmt.« Burt senkte plötzlich den Blick.

Sloane nahm es ihm nicht übel. Burt war ein launischer Mann. Man konnte freundlich mit ihm plaudern, und plötzlich sagte er keinen Ton mehr. Die Scheidung hatte ihn schwer getroffen, und das erklärte wohl auch, warum er in Sloanes Gegenwart so angespannt war. Im Grunde war es bei allen Frauen so, hatte Elsa ihr irgendwann mal anvertraut. Sloane hatte gehört, dass Burts Frau ein Verhältnis mit einem anderen Mann gehabt hatte. Burt hatte die beiden in seinem Haus und in seinem Bett in flagranti erwischt. Und dann war alles ans Licht gekommen.

Nach der hässlichen Scheidung waren Burt nur Classic Pages, die literarische Buchhandlung, die ihm gehörte und die er leitete, die Hütte in den Catskills, wo er wohnte, und ein bitterer Nachgeschmack geblieben.

Er war ein gut aussehender Mann Anfang fünfzig – schlank mit kurzen braunen Haaren, einem intelligenten Gesicht und dunklen, durchdringenden Augen. Jetzt verbrachte er die meiste Zeit in seiner Buchhandlung oder bei seiner Mutter. Einerseits wollte er sie unterstützen, andererseits war es für beide gut, dass jeder für den anderen da war.

»Ich glaube, Di ist eifersüchtig«, sagte er jetzt, als sich der lebhafte Spitz aus seinen Armen wand. Burt ließ sie auf den Boden hinunter, und schnell lief sie zu den Dackeln, um die herzliche Begrüßung nicht zu verpassen.

»Dazu besteht kein Grund.« Sloane beugte sich vor, kraulte Princess Di hinter den Ohren und gab ihr einen Kuss auf den Kopf. »Danke, dass du dein Heim mit Moe, Larry und Curly geteilt hast«, sagte sie zu Di. »Du bist eine fantastische Gastgeberin.«

»Und eine sehr aktive«, fügte Burt hinzu. »Glauben Sie mir, sie kann gut mit Ihren dreien mithalten.«

»Das heißt schon was.«

Elsa streckte ihren Kopf durch die Küchentür. »Unser Tee ist fertig«, sagte sie. »Kommt alle zu mir in die Küche.«

Die Wagners hatten eine gemütliche, einladende Küche aus Kirschholzmöbeln. Der Tisch war hübsch gedeckt – Porzellan, Silberbesteck und eine Platte mit Teegebäck. Auf dem Boden neben dem Tisch war die Hundeecke – vier Wassernäpfe und ein Plastikteller mit vier Hundekuchen.

»Das sieht toll aus, Elsa«, sagte Sloane. »Eine wahre Freude nach der Woche, die ich hinter mir habe.« Sie drehte sich zu den Hunden um, die ihr folgten. »Falls wir überhaupt die nötige Ruhe haben, um es zu genießen.«

»Meistens sind sie artig«, sagte Elsa. Sie beobachtete die vier Hunde, die sofort auf den Teller mit den Hundekuchen lossteuerten. »Für jeden einen«, sagte sie mahnend. »Wenn ihr brav teilt, bekommt ihr noch einen.«

Sofort schnappten sich die Hunde ihren Hundekuchen und suchten sich ein Plätzchen, wo sie ihn hinunterschlingen konnten.

Sloane staunte nicht schlecht. » Ich glaube, ich könnte noch was dazulernen, wie man sich richtig benimmt.«

Elsa lächelte. »Sie sind wie Kinder. Sie benehmen sich bei anderen Leuten viel besser und freuen sich viel mehr über die Leckereien, die sie dort bekommen. Als Burt zur Grundschule ging, kam er oft nach Hause und erzählte mir von den leckeren Sachen, die er bei seinen Freunden zu Hause gegessen hatte. Ich rief die Mütter an und fragte sie, was für Köstlichkeiten sie den Kindern angeboten hatten, und ich erfuhr, dass es so etwas auch bei uns zu Hause gab. Und die Mutter seines Freundes schwärmte, was für ein gut erzogener, ordentlicher und höflicher Junge er sei. Ich fragte mich, ob das derselbe Junge war, der mit schwarzer Kreide auf die Wände kritzelte und auf unserem Grundstück Eichhörnchen jagte ...«

»Mutter, so genau will Sloane das bestimmt gar nicht wissen«, unterbrach Burt sie. »Du brauchst nicht meine ganze Kindheit vor ihr auszubreiten.«

»Natürlich nicht, mein Junge«, erwiderte Elsa ein wenig kleinlaut. »Lasst uns den Tee trinken, solange die Hunde beschäftigt sind.«

Sie setzten sich an den Tisch. Elsa goss den Tee ein und reichte den Teller mit dem Gebäck herum. »Erzählen Sie uns von Ihrer Reise«, bat sie. »War sie erfolgreich?«

»Ja«, erwiderte Sloane. »Anstrengend, aber sehr erfolgreich.«

Elsa schüttelte sich. »Diese Welt ist so Furcht erregend geworden. Kein Wunder, dass die Unternehmen sich gegen Gewalt am Arbeitsplatz schützen müssen.«

»Ging es in Ihrem Seminar darum?«, fragte Burt ein wenig erstaunt. »Ich dachte, Sie führen Schulungen zum Thema Krisenbewältigung durch.«

»Genau das mache ich auch. Das schließt Unternehmen mit ein. Ihre Mutter hat recht. Durch den Druck, der heutzutage herrscht, hat die Gewalt am Arbeitsplatz zugenommen. Mitarbeiter müssen auf solche Situationen vorbereitet sein.«

»Verstehe.« Burt dachte darüber nach. »Wie erkennt man denn eine tickende Zeitbombe? Gibt es Anzeichen dafür?«

»Normalerweise schon. Emotionaler Rückzug, Launenhaftigkeit, ungewöhnliche Anspannung, Wutausbrüche. Schwierig ist es, dass die richtigen Leute diese Anzeichen richtig deuten und dass sie den Ernst der Lage erkennen, bevor es zu spät ist.« Sloane stellte ihre Tasse ab. »Diejenigen, die dieser Person am nächsten stehen, erkennen oft nicht, wie ernst die Situation ist, und dann ist es zu spät. Auf der anderen Seite kennen Kollegen den Betreffenden oft nicht gut genug, um die verräterischen Anzeichen zu erkennen.«

»Deshalb bleiben die Psychopathen unentdeckt.«

»Ja, das passiert oft. Aber der Ausdruck *Psychopath* ist oft übertrieben. Nicht jeder, der eine Geisel nimmt, ist ein Psychopath. Bei jedem Menschen gibt es eine Grenze der Belastbarkeit. Die Herausforderung für die Mitarbeiter besteht darin, rechtzeitig zu erkennen, wann jemand diesen Punkt erreicht hat.«

»Das klingt sehr nachsichtig.« Burt stand auf und gab den Hunden ihren zweiten Hundekuchen.

»Nicht nachsichtig, sondern objektiv«, erwiderte Sloane sachlich. »Das soll natürlich nicht heißen, dass ein Mensch, der andere als Geisel nimmt, charakterlich gefestigt ist. Das ist er nicht. Doch dieser Punkt ist strittig. Experten erstellen umfassende psychologische Gutachten, aber erst *nachdem* die Krisensituation vorbei ist. Während der Krisensituation ist es sehr wichtig, die psychische Verfassung eines Geiselnehmers richtig einzuschätzen, damit das Ganze schnell und gewaltlos beendet werden kann.«

»Und wie schaffen Sie das? Wenn ein Mann sich mit Geiseln und Waffen in seinem Büro verbarrikadiert, wie versuchen Sie dann, ihn zur Aufgabe zu bewegen?«

»Indem ich zuhöre und meine Antworten darauf abstimme, was ich höre. Der Geiselnehmer hat Gefühle, und er hat Enttäuschungen erlebt. Und normalerweise stellt er Forderungen. Meine Aufgabe ist es, ihm zuzuhören und mit ihm ins Gespräch zu kommen.«

»Wie?«, fragte Elsa und hob ratlos die Hände. »Wenn Sie ihm sagen, Sie würden verstehen, was er getan hat, glaubt er dann nicht, Sie wollten ihn nur hinhalten?«

»Darum tue ich das auch nicht. Statt ihm emotionalen Beistand anzubieten, sage ich ihm, wie ich seine Verfassung einschätze. Ich sage nicht: *Ich verstehe*, sondern ich sage, *Sie klingen frustriert*. Dadurch gebe ich ihm zu verstehen, dass ich im Bilde bin über seine schwierige Situation, aber ich sage ihm nicht, dass das, was er tut, richtig ist. Das nennt man emotionale Kennzeichnung. Die Kriseninterventionsabteilung des FBI nennt das *aktive Zuhörtechniken*. Das habe ich während meiner Ausbildung gelernt.«

»Und das bringen Sie Laien bei?«, fragte Burt.

»Sowohl in der Theorie als auch in der Praxis«, bekräftigte Sloane. »Es ist eine Art Anschauungsunterricht. Ich halte einen Vortrag, und dann wird mit den Beteiligten eine Geiselnahme simuliert. Es wird also quasi der Ernstfall geprobt. Wenn ich danach nach Hause fahre, bin ich sicher, dass meine Kunden ab jetzt wissen, wie sie reagieren müssen, wenn es in ihrer Firma zu einer Geiselnahme kommt. Sie wissen, wie sie sich zu verhalten haben, bevor die Polizei eintrifft, und auch danach, falls ihre Unterstützung erforderlich sein sollte. Sie werden tun, was sie können, damit die Situation nicht eskaliert. Und wenn die Profis eintreffen, arbeiten sie mit denen zusammen, damit die Sache gut ausgeht.«

»Das klingt alles sehr beeindruckend.« Elsa hatte großes Interesse an Sloanes Erklärungen, aber auch sie war erschöpft. Allmählich fielen ihr die Augen zu, und ihre Stimme wurde immer leiser. Sie sah aus, als würde sie jeden Augenblick im Sitzen einschlafen.

Sloane gähnte, um zu zeigen, dass auch sie erschöpft war. »Das FBI hat mich gut trainiert. Trotzdem fordern solche anstrengenden Tagungen ihren Preis. Ich bin total kaputt.«

Ein verhaltenes Lächeln umspielte Elsas Lippen. Sie hatte Sloane durchschaut. »Das bezweifle ich.«

»Es stimmt aber. Immerhin habe ich seit gestern Morgen rund

um die Uhr gearbeitet, und dann kommen noch die beiden Flüge hinzu. Jetzt bin ich nicht nur erschlagen, sondern ich sehne mich nach einer heißen Dusche.« Sloane hoffte, dass sie überzeugend klang.

Curly kam ihr zu Hilfe.

Nachdem er seinen zweiten Hundekuchen verschlungen hatte, kam er zu ihr, biss in ihr Hosenbein und zog mit aller Kraft daran.

Das perfekte Signal zum Aufbruch.

»Ich glaube, mein Typ wird verlangt«, sagte Sloane. Sie zog ihr Hosenbein aus Curlys Maul und stand auf. »Die Hunde haben ihre Leckerbissen verschlungen, und jetzt werden sie ungeduldig. Ich räume den Tisch ab und spüle das Geschirr. Anschließend bringe ich die drei nach Hause.«

»Unsinn.« Elsa stand auf und winkte ab. »Ich brauche nur zehn Minuten, dann ist die Küche fertig. Sie können die Sachen von den Hunden einsammeln. Sie stehen im Spielzimmer.«

»Nein, ich spüle das Geschirr.« Sloane trug das Porzellangeschirr zur Spüle. »Sie sind eine wunderbare Gastgeberin. Aber Sie haben mehr als genug getan. Bitte gehen Sie jetzt schlafen. Ich kümmere mich um alles, und in zwanzig Minuten bin ich weg.«

»Sie haben das ganze Wochenende gearbeitet«, protestierte Elsa. »Sie haben gerade noch gesagt, Sie sind total erschöpft. Es wird höchste Zeit, dass Sie ins Bett kommen.«

»Ja, das stimmt, aber da wird nichts draus.« Sloane spülte schnell das Geschirr und trocknete es ab. »Auf meinem Schreibtisch wartet ein Haufen Arbeit auf mich. Ich gönne mir eine heiße Dusche, aber zum Schlafen werde ich heute Nacht wohl nicht kommen.«

»Hm, wenn Sie meinen …« Elsa fielen fast die Augen zu, als sie Princess Di hochnahm.

»Ja, das meine ich. Vielen, vielen Dank, dass Sie sich um meine drei Quälgeister gekümmert haben.« Sloane beugte sich vor und kraulte Princess Di hinter den Ohren. »Und Euch auch vielen Dank, Eure Hoheit.«

»Das haben wir doch gerne gemacht.« Elsa lächelte erschöpft. »Die Hunde sind immer willkommen. Burt?« Sie drehte sich zu ihrem Sohn um und sah ihn fragend an.

»Ich gehe jetzt auch«, sagte er und trug das leere Tablett zur Spüle. »Morgen öffne ich die Buchhandlung eine Stunde früher, weil ich Inventur machen will. Ich schließe ab, bringe Sloane zum Wagen und fahre nach Hause. Morgen sehe ich dann wieder nach dir.«

»In Ordnung, mein Junge.« Elsa ging langsam aus der Küche. »Gute Nacht.«

»Gute Nacht, Elsa.« Sloane sah hinter Elsa her, bis die alte Frau um die Ecke verschwand. »Ihre Mutter ist nicht auf dem Damm«, sagte sie dann leise.

»Das stimmt. Ich war mit ihr beim Arzt. Er hat ihr ein paar Vitamine verschrieben. Und er möchte, dass sie jeden Tag so einen Powerdrink zu sich nimmt.« Burt presste kurz die Lippen aufeinander. »Das scheint jedoch nicht zu viel zu helfen. Ich glaube, Sie hat einfach keine Kraft mehr.«

»Es müsste ihr doch guttun, dass Sie so oft herkommen und so viel Zeit mit ihr verbringen. So hat sie immer etwas, worauf sie sich freuen kann.«

»Ja und nein. Sie hätte so gerne Enkelkinder gehabt. Das hat leider nicht geklappt.« Burt räusperte sich. »Jedenfalls noch nicht.«

Die Richtung, die das Gespräch nahm, war Sloane ein wenig unangenehm. Sie wandte sich wieder dem Geschirr zu.

Burt rührte sich nicht vom Fleck und beobachtete Sloane nachdenklich. »Sie sind ein richtiges Energiebündel«, sagte er schließlich.

»Nicht immer«, erwiderte sie, ohne den Blick zu heben. »Wenn mein Adrenalinspiegel sinkt, breche ich regelrecht zusammen.«

»Schön, zu hören, dass Sie keine übermenschlichen Kräfte

haben«, meinte Burt und drehte sich um. »Ich schließe ab und hole die Sachen von Moe, Larry und Curly.«

»Danke. Bis Sie alles eingepackt haben, bin ich hier fertig.«

Zehn Minuten später brachte Burt Sloane zu ihrem Wagen. Er wartete, bis die Dackel auf der Rückbank saßen, Sloane angeschnallt war und den Schlüssel ins Zündschloss gesteckt hatte.

»Es war schön, mit Ihnen zu plaudern«, sagte er. »Vielleicht können wir unsere Unterhaltung einmal bei einem gemeinsamen Abendessen fortsetzen.«

Jetzt wurde das Gespräch *richtig* unangenehm. »Im Augenblick habe ich furchtbar viel Arbeit. Ich weiß nicht mehr, wo mir der Kopf steht. Mein Abendessen besteht zurzeit aus einer Dose Thunfisch.«

»Vielleicht, wenn Sie wieder mehr Zeit haben.«

»Vielleicht.«

Mit undurchdringlicher Miene, die Hände in den Taschen vergraben, blieb Burt schweigend neben dem Wagen stehen.

»Danke, dass Sie mich zum Wagen begleitet haben«, stieß Sloane hervor, um irgendetwas zu sagen und das Gespräch endlich zu beenden. »Ich bin Ihnen sehr dankbar, dass Sie sich um Moe, Larry und Curly gekümmert haben.« Sie warf einen Blick in den Rückspiegel. »Jetzt muss ich aber los. Die drei frieren.«

»Stimmt.« Burt nickte und trat vom Wagen zurück. »Gute Nacht.«

»Gute Nacht.« Sloane legte den ersten Gang ein, fuhr los und wendete am oberen Ende der Einfahrt, sodass sie die endlos lange Zufahrt zu den Wagners mit den vielen Kurven nicht rückwärts hinunterfahren musste.

Sie winkte Burt kurz zu und war erleichtert, als er zurückwinkte und dann zu seinem Wagen ging. Im Augenblick wirkte er sehr verletzlich, und sie wollte auf keinen Fall, dass er ihr gutes nachbarschaftliches Verhältnis falsch interpretierte.

Die Hunde auf der Rückbank jaulten und pressten ihre Vorderpfoten gegen die Fenster. Sloane schaltete die Scheinwerfer ein und steuerte auf die Hauptstraße zu.

Ihr Blick fiel auf die Digitalanzeige der Uhr.

Zehn nach elf. Zu spät, um jemanden anzurufen.

Sie hätte zu gerne gewusst, ob die Beamten aus Atlantic City am Richard Stockton College etwas herausgefunden hatten.

Sie kannte eine Person, die noch wach war.

Derek ging nie vor ein Uhr ins Bett.

Doch das war egal. Sie würde ihn auf keinen Fall anrufen. Nicht zu Hause. Und nicht am Freitagabend. Wahrscheinlich arbeitete er. Oder er war mit einer Frau unterwegs. So ein toller Mann wie Derek verbrachte seine Wochenenden garantiert nicht allein.

Sie spürte immer noch einen Stich ins Herz, wenn sie sich Derek mit einer anderen Frau vorstellte.

Sie hasste sich dafür, obwohl er sich so beschissen benommen hatte und obwohl schon dreizehn Monate vergangen waren, seit sie ihre Beziehung beendet hatten.

10. Kapitel

Datum: 31. März
Uhrzeit: 05.00 Uhr

Alles entgleitet mir.

Zeit. Kontrolle. Der Höhepunkt all dessen, was ich geplant habe.

Alles ist bedroht.

Die Dämonen schreien. Sie werden nicht verstummen. Jeden Tag kostet es mich mehr Zeit und mehr Energie, um sie zufriedenzustellen. Ich muss sie abwehren und meine Anstrengungen auf die Vorbereitungen konzentrieren – für diejenigen, die schon hier sind, und für diejenigen, die noch kommen werden.

Es geht vor allem um *sie*. Wenn ihre Zeit gekommen ist, muss alles perfekt sein. Sie ist mein Gegenstück, meine andere Hälfte.

Die Verkörperung aller Göttinnen.

Die meisten Göttinnen sind schon da – Aphrodite, Hera, Astraea, Hestia – in den Flügeln untergebracht, während sie auf ihre letzte Reise warten.

Gaia folgt nicht meinem Zeitplan. Das darf ich nicht zulassen. Ich muss etwas unternehmen, bis ich alle anderen in meine Gewalt gebracht habe und alles vorbereitet ist. Alles andere ist unvorstellbar.

Ich muss meine Pläne schnell Wirklichkeit werden lassen. Ein paar Dinge streichen. Ich hasse das. Zu große Eile ruft Bedauern hervor. Aber ich habe keine andere Wahl.

Und Gaia ist nicht das einzige Hindernis. Es gibt noch ein anderes.

Athene.

Sie ist immer noch eine Kriegerin mit eisernem Willen. Sie weigert sich, sich dem Unvermeidlichen zu unterwerfen und ihr Schicksal zu akzeptieren. Bei den anderen ging es schneller. Wenn sie sich doch einmal widersetzt haben, habe ich sie mit Drogen ruhiggestellt. Das funktioniert bei Athene nicht. Sie verträgt keins der Beruhigungsmittel. Jedes Mal, wenn ich ihr eins verabreiche, erbricht sie sich. Sie hat so stark abgenommen, und sie sieht so krank aus, dass ich mir Sorgen mache. Ich habe ihre Essensrationen vergrößert und ihr keine Drogen mehr injiziert. Gleichzeitig passe ich höllisch auf, dass ich nicht vergesse, sie einzuschließen. Es könnte ja sein, dass sie mit dem Gedanken spielt, zu fliehen.

Sie isst immer noch nichts. Als ich in ihr Zimmer kam, saß sie auf dem Bett und starrte in die Ferne. Sie sah benommen und geschwächt aus. Ich ging zu ihr und fragte sie, ob sie etwas brauche. Sie bat um ein nasses Handtuch. Ich war froh, ihr den Wunsch erfüllen zu können.

Ich hätte bemerken müssen, dass sie nur versuchte, mich in Sicherheit zu wiegen. Als ich mit dem nassen Handtuch zurückkam, stürzte sie sich auf mich und versuchte, mich zu Boden zu werfen und wegzulaufen. Natürlich hinderte ich sie daran. Aber das allein reichte nicht aus. Sie musste bestraft werden. Ich musste sicherstellen, dass sie so etwas nicht noch einmal versuchte. Darum hatte ich keine andere Wahl, als sie zu schlagen. Und sie hatte die Schläge verdient. Dennoch brachte mich ihr Schluchzen völlig aus der Fassung. Das wurde noch schlimmer, als ich sah, wie sie blutete.

Ich habe ihre Wunden verbunden. Doch ich musste wiedergutmachen, dass ich sie geschlagen hatte. Wie um mich zu entschuldigen, brachte ich ihr zum Abendessen ein Stück von

meinem Zitronenkuchen. Sie warf mir furchtbare Schimpfwörter an den Kopf und schmiss mir den Zitronenkuchen ins Gesicht. Während ich mein Taschentuch aus der Hosentasche zog und mein Gesicht abwischte, kippte sie das Tablett um, sodass Teller, Plastikbesteck, Tasse und Essen auf den Boden fielen. Dann holte sie wütend mit dem Tablett aus und versuchte, mir einen kräftigen Schlag zu verpassen. Ich konnte es gerade noch rechtzeitig verhindern. Dann spritzte ich ihr ein Beruhigungsmittel und ließ sie in ihrem Erbrochenen liegen. Selbst ein freundlicher Mensch kann sich nicht alles bieten lassen.

Ich kann sie nicht töten. Nicht jetzt. Nicht in meiner Wut. Das wäre Gotteslästerung. Alles muss einem höheren Ziel dienen.

Ich musste an dieses höhere Ziel erinnert werden.

Ich musste *sie* sehen.

Hunterdon County, New Jersey
05.00 Uhr

Für die meisten Menschen war die Nacht noch nicht zu Ende, aber für Sloane hatte der Tag schon begonnen. Sie war eingenickt und hatte eine oder zwei Stunden geschlafen, nachdem sie einen Plan für die nächste Phase der Ermittlungen in Pennys Fall gemacht hatte. Um halb fünf war sie aufgestanden und hatte die Details ausgearbeitet.

Möglicherweise hatte das FBI schon einiges in die Wege geleitet. Sloane musste den Stand der Lage kennen, bevor sie aktiv wurde. Sie wollte den ermittelnden Beamten auf keinen Fall auf die Füße treten oder sich in deren Vorgehensweise einmischen, indem sie eine Befragung durchführte, die längst stattgefunden hatte.

Sloane musste unbedingt mit Derek sprechen. Um halb acht würde sie ihn anrufen. Dann saß er mit Sicherheit an seinem Schreibtisch. Vorher würde sie drei Meilen joggen, um einen klaren Kopf zu bekommen.

06.15 Uhr

Nachdem sie vom Joggen zurück war, hatte sie die Dackel in den Garten gelassen und mit ihnen herumgetobt, bis sie erschöpft waren. Anschließend gingen sie ins Haus zurück und tranken literweise Wasser – die Dackel und sie selbst auch. Dann legten sich die Dackel aufs Sofa und schliefen ein.

Mit einem zärtlichen Lächeln betrachtete Sloane die schlafende Bande. Dann nahm sie Pfeil und Bogen, verließ das Haus und ging bis ans Ende des Grundstücks, wo der Bogenschießstand war.

Sloane liebte das Schießen mit Pfeil und Bogen. Schon als Kind hatte sie das Bogenschießen gelernt. Die Schießübungen schärften ihre Konzentration, kräftigten ihre Finger, und sie bekam einen klaren Kopf. Sie glaubte ganz fest daran, dass ihr intensives Schießtraining eines Tages eine entscheidende Rolle spielen würde, wenn es darum ging, zum FBI zurückzukehren.

Vorläufig spannte sie den Bogen mit Mittel- und Ringfinger. Doch das würde sich eines Tages ändern. Ihr Zeigefinger und die Wunden auf ihrer Hand würden vollständig heilen, sodass sie wieder mit einer Glock 22 schießen konnte.

Es lag an ihr, dass dieser Wunsch Wirklichkeit wurde.

Nachdem sie den Schießstand erreicht hatte, legte sie die Ausrüstung aus der Hand und zog den Lederhandschuh an. Ein verstärkter Fingerpolster sollte ihre verletzte Hand schützen. Sie überprüfte, ob der Bogen genau die richtige Spannung hatte, zog dann den ersten Pfeil aus dem Köcher und legte ihn in den Bogen ein. Dann nahm sie die richtige Position ein, spannte die Sehne und peilte die Zielscheibe an. Sie knirschte mit den Zähnen, als sie Schmerzen im Handgelenk und im Finger spürte, trotzdem hielt sie den Arm so ruhig wie möglich.

Sloane konzentrierte sich auf das Ziel, hielt den Atem an und schoss den Pfeil ab.

Er sauste durch die Luft und traf die Zielscheibe zwar innerhalb des roten Ringes, aber etwa drei Zentimeter vom gelben Zentrum entfernt.

»Verdammt.« Sloane ließ den Bogen sinken, wischte sich mit dem Arm über die Stirn und kreiste ein paarmal mit den Schultern, um die Verspannungen im Oberkörper zu lösen. Sie musste geduldig sein. Immerhin traf sie jetzt wieder in den roten und in den blauen Ring. Es hatte Zeiten gegeben, da war sie schon mit dem schwarzen Ring zufrieden gewesen. Damals waren die meisten Pfeile im äußeren weißen Ring gelandet, und ein paar waren sogar danebengegangen.

Sie wünschte sich so sehr, endlich die Mitte zu treffen.

Im Köcher waren noch neun Pfeile, und sie schoss alle ab. Nur ein Schuss war besser als der erste und landete direkt neben dem gelben Zentrum.

Knapp daneben ist auch vorbei, dachte sie.

Sloane legte alles auf die Erde und ging zur Zielscheibe, um die Pfeile herauszuziehen.

Ihr Handy klingelte.

Sie zuckte zusammen und zog es aus der Tasche. Es war erst kurz vor sieben. Da auf dem Display *Unbekannt* stand, wusste sie nicht, wer es war. Sie meldete sich.

»Hallo?«

Sie hörte nur ein Rauschen, und dann war es still.

»Wer ist da?«, fragte sie.

Wieder dieses Rauschen, dann kam das Freizeichen. Die Verbindung war unterbrochen worden.

Bevor Sloane das Handy zuklappte, überprüfte sie den Empfang. Bei ihr war er sehr gut.

Also musste der Anrufer einen schlechten Empfang haben, und er hatte sich zweifellos verwählt, dachte Sloane und sammelte die letzten Pfeile ein.

Wieder klingelte das Handy.

Sloane seufzte genervt und zog ihr Handy wieder aus der Tasche. »Ja?«

Wieder dieses verdammte Rauschen, und wieder war es zwischendurch still.

»Wer ist da?«, fragte Sloane schroff.

Sie hörte jemanden atmen, dann war es wieder still, und schließlich brach die Verbindung ab.

Seltsam.

Spaßeshalber öffnete Sloane die Liste empfangener Anrufe, sah sich den letzten Eintrag an und versuchte einen Rückruf. Wie sie vermutet hatte, kam keine Verbindung zustande. Die Nummer war blockiert.

Sie konnte nichts weiter tun.

Sloane versuchte, nicht mehr daran zu denken, während sie die letzten Pfeile aus der Zielscheibe herauszog. Sie packte alles ein, nahm ihre Ausrüstung und ging zum Haus zurück.

Kaum war sie losgegangen, klingelte das Handy wieder.

Diesmal war das Rauschen sehr leise, dafür war das Atmen deutlich zu hören.

»Wer ist da?«, fragte sie wieder.

Nichts. Jemand war am anderen Ende der Leitung und hatte offenbar keine Lust, aufzulegen.

Plötzlich begriff Sloane, welche Bedeutung die Anrufe hatten. Jemand drang in ihre Privatsphäre ein.

Immer noch hörte sie das langsame, raue Atmen. Es hörte sich fast so an, als würde jemand mit Kreide über eine Tafel kratzen.

Sloane blieb stehen. Instinktiv hob sie den Kopf und ließ ihren Blick schweifen, obwohl sie nicht wusste, wonach sie Ausschau hielt. Im Wald herrschte Stille. Auf den Bäumen lag ein wenig Schnee. Im Osten ging langsam die Sonne auf. Hier war niemand – nur ein paar Rehe. Warum hatte sie dann plötzlich das Gefühl, beobachtet zu werden?

Der Anrufer war immer noch da.

»Sagen Sie, wer Sie sind, oder ich lege auf«, forderte Sloane in harschem Ton.

Schweigen.

Sie beendete das Gespräch und schaltete ihr Handy aus.

Während ihr Blick über das Grundstück wanderte, spürte sie das quälende Gefühl, dass dieser anonyme Anrufer nicht nur am Telefon war. Er war ganz in der Nähe.

Ihre Nackenhaare sträubten sich. Sie hatte keine Angst. Notfalls würde sie sich zu wehren wissen. Derek hatte immer gesagt, so gewandt, so gut trainiert und so wachsam, wie sie war, ähnelte sie einer Katze. Und wie eine Katze hatte sie auch ausgeprägte Instinkte.

Dieser Eindringling wollte nicht gesehen werden – jedenfalls nicht jetzt.

Sloane wusste instinktiv, wie sie sich in einer solchen Situation am besten verhielt. Keine Angst zeigen. Nicht weglaufen. Ohne langsamer zu werden, ging sie aufs Haus zu, trat ein und schloss die Tür hinter sich ab. Das war eine reine Vorsichtsmaßnahme, denn sie glaubte nicht, dass sie in unmittelbarer Gefahr schwebte. Der Anrufer hatte einen Plan, und der sah nicht vor, sie jetzt anzugreifen. Wenn er das überhaupt vorhatte. Er hätte genügend Gelegenheiten gehabt, sie aber nicht genutzt. Er wollte sie also entweder einschüchtern oder mit ihr spielen.

Sloane wusste nicht, wer er war, warum er es tat und was für ein Spiel er mit ihr spielte.

Aber sie hatte vor, es herauszufinden.

FBI-Büro New York
26 Federal Plaza, New York City
07.24 Uhr

Derek saß mit einer Tasse Kaffee an seinem Schreibtisch und las alles noch einmal durch, was er und Jeff gemeinsam mit den Cops am Wochenende herausgebracht hatten. Es war eher unwahrscheinlich, dass der Killer, der die Prostituierten folterte und dann tötete, zu Lo Mas Gang gehörte. Es sei denn, einer der Jungs war lebensmüde. Es musste ein Verrückter aus irgendeiner rivalisierenden Bande sein, der unbedingt einen Krieg zwischen den Red Dragons und den Black Tigers auslösen wollte. Entweder das, oder es war ein Psychopath, der Kunde in Xiao Longs Bordellen war und wie besessen mit dessen Prostituierten vögelte und sie anschließend tötete. Jedenfalls war es keiner von den Black Tigers.

Das glaubte C-6, und das glaubte auch das New York Police Department. Jetzt mussten sie versuchen, Xiao Long davon zu überzeugen.

Derek hatte sich gestern am späten Abend noch mit John Lee getroffen. Sein Informant versprach, diese Version in der Szene zu verbreiten. Es gab allerdings ein Problem. Lee hatte nur Verbindungen zu Lo Mas Gang, darüber hinaus war er alles andere als glaubwürdig. Es wäre daher ein Fehler, ihm die Sache allein zu überlassen. Darum hatte Derek Eric Chang kontaktiert, einen anderen Informanten, der Verbindungen zu den Red Dragons hatte und der es gut mit jemanden konnte, der es gut mit Jin Huang konnte. Chang versprach, die Information an Xiao Longs Schläger weiterzugeben, dass sie sich vor Angreifern, die nicht zu Lo Mas Jungs gehörten, in Acht nehmen sollten. Außerdem sollten sie die Kunden ihrer Bordelle nach potenziellen Verdächtigen überprüfen. Und sie sollten auf keinen Fall einen Bandenkrieg beginnen, wenn kein Grund dazu bestand.

Jetzt wartete Derek auf Ergebnisse, mehr konnte er im Augenblick nicht tun.

Sein Telefon klingelte. Er hob ab. »Parker.«

»Hi, Derek, ich bin's.«

»Sloane.« Derek lehnte sich zurück. »Was kann ich für dich tun?«

»Ich wünsche dir auch einen Guten Morgen«, erwiderte sie trocken. »Ich wollte dich fragen, ob die neuen Hinweise dich weitergebracht haben.«

»Welche Hinweise?«, fragte Derek barsch.

Eisige Stille. »Die Hinweise, die du von Deanna Frost bekommen hast, als ihr euch getroffen habt. Zum Beispiel, dass Penny einen knallroten Hosenanzug mit einem rot-schwarz gemusterten Oberteil getragen hat. Und dass sie am Alton Auditorium vorbeigegangen ist Richtung Lake Fred. Ganz zu schweigen von ihrer guten Laune und der Vorfreude auf die bevorstehende Vorlesung. Alles weist darauf hin, dass sie *entführt* wurde, und nicht, dass sie Selbstmord begangen hat oder abgehauen ist. *Diese* Hinweise meine ich. Hat das FBI-Büro in Newark etwas herausgefunden?«

»Meines Wissens nicht.«

Wieder schwieg Sloane einen Moment lang, und Derek spürte, dass sie ihre Wut zügeln musste. »Hat seit unserem letzten Gespräch irgendjemand irgendetwas unternommen, verdammt?«, stieß sie schließlich hervor. »Hat das FBI-Büro in Atlantic City jemanden zum Stockton Campus geschickt oder nicht?«

»Die Antwort auf beide Fragen lautet Ja. Ich habe mit Anderson gesprochen, und das Büro in Atlantic City hat Tom McGraw und einen Kollegen zum Richard Stockton College geschickt und ...«

»Gut«, unterbrach Sloane ihn. »Hat jemand dort Penny auf dem Foto wiedererkannt? Haben sie Zeugen gefunden, die Penny am Tag ihres Verschwindens am Lake Fred gesehen haben?«

»Es ist erst zwei Arbeitstage her, seit wir die Informationen von Deanna Frost weitergegeben haben. Selbst du müsstest wissen, dass wir jetzt noch keine konkreten Ergebnisse erwarten können.«

»Könnte doch sein, dass sie am Wochenende gearbeitet haben.«

Derek verdrehte die Augen. »Ich bitte dich, Sloane. Es ist Montagmorgen halb acht, und die meisten sitzen noch nicht einmal an ihrem Schreibtisch.«

»Aber du.«

»Bei mir ist das was anderes. Nicht alle sind so verrückt wie ich. Und selbst wenn ich die Beamten, die diese Sache übernehmen sollen, drängen würde, dass sie sofort zum Stockton College fahren, würden sie nichts erreichen. Die College-Verwaltung öffnet erst um halb neun oder um neun. Und die Studenten schlafen bis mittags. Es gäbe also nicht viele Leute, mit denen sie sprechen könnten.«

»Auf dem Campus ist eine Polizeiwache. Meines Wissens ist die rund um die Uhr besetzt. Den Mitarbeitern liegen die Berichte über Vorfälle im vergangenen April vor. Vielleicht hat sich genau zum Zeitpunkt von Pennys Verschwinden noch etwas anderes ereignet. Sie müssten auch Videobänder der Überwachungskameras haben ...«

»Ich habe alle Möglichkeiten berücksichtigt. Das hat McGraw auch getan. Die Kollegen kümmern sich darum. Gib ihnen ein bisschen Zeit.«

»*Zeit?* Penny ist seit einem Jahr verschwunden. Ihre Eltern wissen nicht, was ihr angetan wurde und ob sie überhaupt noch lebt. Sie haben keine Leiche, und sie haben keine Antworten. Daher können sie nicht um sie trauern und zur Ruhe kommen. Ich glaube, das rechtfertigt verstärkte Maßnahmen.« Sloane schwieg kurz. »Oder bin ich auf dem Holzweg? Geht es mehr um dein Ego als um den Stellenwert, den du dieser Sache einräumst? Willst du mich mit deiner seltsamen Tour von den

Ermittlungen ausschließen? Falls du das vorhast, sage ich dir gleich, da wird nichts draus.«

»Warum überrascht mich das nicht?«

»Das ist keine Antwort.« Sloane seufzte ungeduldig. »Egal. Ich fahre jetzt in die Stadt, unter anderem auch zum Mount Sinai. Wie du weißt, arbeitet Pennys Vater dort als Kardiologe. Ich treffe mich mit ihm und mit Pennys Mutter, um sie über den aktuellen Stand der Ermittlungen zu informieren. Leider habe ich den Rest des Tages schon verplant. Aber morgen fahre ich zum Richard Stockton College. Dann setze ich die Ermittlungen an Ort und Stelle fort und mache denen mal richtig Feuer unterm Arsch.«

»Sloane …«

»Bis dann, Derek.«

John Jay College für Strafrechtspflege
Büro von Professor Elliot Lyman
08.45 Uhr

Elliot versuchte zum dritten Mal, sich auf die Daten zu konzentrieren, die er in seinen »geliehenen« Computer eingeben wollte, aber es klappte nicht. Man hatte ihm ein uraltes, billiges Modell zur Verfügung gestellt.

Verärgert rollte er auf seinem Stuhl ein Stück vom Schreibtisch weg, lehnte sich zurück und strich sich mit beiden Händen durch die Haare.

Er hatte nicht damit gerechnet, dass der Fall so weite Kreise ziehen würde.

Die Cops waren hier gewesen und hatten alles mitgenommen. Sein ganzes Berufsleben war so gleichgültig durch diese Tür getragen worden, als hätten sie Müll rausgebracht.

Und immer wieder hatten sie ihm Fragen gestellt.

Jede Nacht dachte er über seine Antworten nach und überlegte, welche Fragen sie ihm noch stellen könnten. Ihnen schienen immer wieder neue Fragen einzufallen, mit denen er nicht gerechnet hatte. Das machte ihn so nervös, dass er beim Sprechen ins Stottern geriet und dass er den Cops, die ihm die Fragen stellten, fast nicht in die Augen sehen konnte. Sie mussten natürlich glauben, er würde ihnen etwas verheimlichen. Es gehörte nicht zu seinen Stärken, unbefangen mit Fremden zu reden.

Und es wurde immer schlimmer. Seitdem Cynthias Eltern ihre Tochter als vermisst gemeldet hatten, kam es ihm so vor, als wäre sein Leben ein einziger Albtraum. Den neuesten Gerüchten zufolge hatte das New York Police Department Cynthias blutbeflecktes Haarband in einem Waldstück hinter der Schwimmhalle gefunden. Es war ins kriminaltechnische Labor geschickt worden, weil es auf DNA-Spuren untersucht werden sollte.

Überall wimmelte es von Journalisten. Er konnte sich noch nicht einmal ein Sandwich kaufen, ohne dass sie wie die Geier über ihn herfielen.

Elliot bekam kaum Luft. Er war kurz vor einem Zusammenbruch.

Jemand klopfte an seine Tür, die halb geöffnet war. Elliot drehte sich auf seinem Stuhl zur Tür um und fragte sich, wer ihn jetzt schon wieder belästigte.

»Hallo, Fremder.« Sloane kam herein und vergewisserte sich mit einem schnellen Blick, dass er keinen Besuch hatte. »Hast du ein paar Minuten Zeit für eine alte Freundin? Dein nächster Kurs beginnt erst in einer Stunde, nicht wahr?« Sie schwenkte eine braune Papiertüte. »Frische Bagels mit Frischkäse.«

Elliot war erleichtert. »Sloane. Gott sei Dank.« Er bat sie herein, stand auf und schloss die Tür hinter ihr. »Ich hätte mich auch gefreut, dich zu sehen, wenn du keine Bagels mitgebracht hättest. Ich habe keinen Hunger.«

»Du musst etwas essen.« Sloane sah sich in dem Büro um und entdeckte die staubfreien Stellen auf den Tischen, wo Computer gestanden hatten. Selbst seinen Laptop sah sie nirgendwo. Der einzige Computer im Raum war ein uraltes Modell. Die Tür des Aktenschranks war ein Stück geöffnet, sodass man die Unordnung darin sehen konnte. Einige Akten ragten vor, als hätte jemand darin gewühlt.

Offenbar waren die Cops hier gewesen.

Elliot zeigte aufgeregt auf den Computer, der wohl ein Ersatz für seine High-Tech-Arbeitsstation sein sollte. »Sieh dir dieses uralte Schätzchen an. Kein Wunder, dass ich nicht weiterkomme. Keines meiner Programme funktioniert. Darum kann ich nicht an meinen Sachen arbeiten. Und meine geheimen Forschungen sind nun öffentliches Eigentum.«

»Sie sind kein öffentliches Eigentum«, versicherte Sloane ihm. »Die Polizei hat sie beschlagnahmt. Sobald sie alles auf Spuren untersucht haben, die den Fall Cynthia Alexander lösen helfen könnten, bekommst du die Computer zurück.«

»Nachdem ihre Experten sich meine Arbeit entweder unter den Nagel gerissen oder sie vernichtet haben. Was ist mit meinen Persönlichkeitsrechten? Sie haben alles mitgenommen, auch meine Server, und sie haben behauptet, sie müssten nach Spuren von Cynthias E-Mails suchen, außerdem in den Foren und Chats, in denen sie aktiv war, und in ihren Ausarbeitungen für den Computerkurs 201.«

»Die Polizei hat nicht vor, deine Rechte zu verletzen. Sie wollen einen Kidnapper schnappen. Und Cynthias elektronischer Austausch mit anderen Studenten und Dozenten könnte ihnen wertvolle Hinweise liefern. Die New Yorker Polizei hat einen Durchsuchungsbeschluss. Das heißt, sie haben einen Richter überzeugt, dass die Beschlagnahmung deiner Computer gerechtfertigt ist. Außerdem berechtigt sie dieser Durchsuchungsbeschluss nur, Material zu sichten, das mit Cynthia oder dem Computerkurs 201 zu tun hat. Sie können nicht machen, was sie wollen.«

»Verstehe. Aber ich hätte ihnen das, was sie brauchen, auch kopieren können. Dann hätte ich mein Lebenswerk und meine High-Tech-Computer nicht irgendwelchen Dummköpfen überlassen müssen, die sich Computerexperten nennen. Oder ich hätte sie nicht jemandem überlassen müssen, der genug Grips hat, um die riesigen Möglichkeiten meiner Software zu begreifen und sie sich unter den Nagel zu reißen. Du vertraust den Polizeibehörden. *Ich* nicht. Es handelt sich um hochbrisante Forschungen, die kurz vor dem Abschluss stehen. Ich habe mit niemandem darüber gesprochen. Jetzt kann ich sie genauso gut bei eBay anbieten.«

Elliots heftige Reaktion war übertrieben, aber Sloane konnte ihn verstehen. Soweit sie mitbekommen hatte, handelte es sich tatsächlich um ein ungeheuer bedeutsames Programm. Darum finanzierte die kriminaltechnische Computerabteilung des John Jay College seine Forschungen sehr großzügig. Im Vergleich zu großen Universitäten waren die Mittel, die ihm zur Verfügung gestellt wurden, vielleicht nur bescheiden, aber für ein City-College waren sie es nicht. Der Rest, so vermutete Sloane, wurde von Polizeibehörden, privaten Sicherheitsdiensten und vielleicht sogar von der NSA beigesteuert. Elliots Software-Programm hatte das Potenzial, frühzeitig vor Internetverbrechen zu warnen, indem es ungewöhnliche Muster in den Finanzdaten erkannte. Dabei ging es um alle Bereiche, angefangen bei Einkäufen mit Kreditkarte über Banktransaktionen bis hin zu raffinierter Geldwäsche, wie sie vom organisierten Verbrechen und von Terroristen praktiziert wurde. Seine Forschungen waren von großer Bedeutung, und sie waren streng geheim.

Elliot sah die Aktion des New York Police Department daher als einen ungeheuerlichen Eingriff in seine Forschungsarbeiten an.

Seufzend legte Sloane die Tüte mit den Bagels auf Elliots Schreibtisch und zog ihren Mantel aus. »Ich tue Sergeant Erwin heute einen Gefallen. Mal sehen, ob er im Gegenzug die Durchsuchung deiner Computer beschleunigen und sie dir schnellstens zurückgeben kann.« Sie strich Elliot über den Arm. »Vertrau mir. Bob Erwin ist in Ordnung. Er ist nur daran interessiert, Informationen über Cynthia, ihre Freunde und ihre potenziellen Feinde zu finden.«

Sloane öffnete die Tüte und gab Elliot einen in Wachspapier eingewickelten Bagel mit Frischkäse. »Setz dich jetzt hin und iss den Bagel.«

Elliot starrte auf den Bagel und sank dann auf seinen Stuhl. »Was bin ich nur für ein Idiot. Ich rede, als hätte ich kein Herz«, murmelte er. »Das arme Mädchen ist entführt worden. Gott allein weiß, was der Irre vorhat, der sie gekidnappt hat. Und ich sorge mich um meine Forschungsarbeit. Du musst mich für durch und durch oberflächlich halten.«

»Ich kann dich gut verstehen.« Sloane setzte sich auf den Rand eines anderen Stuhls, packte ihren Bagel aus und biss hinein. »Du solltest deinen Bagel essen, sonst esse ich ihn. Ich habe die ganze Nacht gearbeitet, bin dann drei Meilen mit den Hunden gejoggt, und anschließend war ich auf dem Bogenschießstand und habe trainiert. Und seit zwei Tagen habe ich nichts Vernünftiges gegessen. Ich habe dich gewarnt.«

Elliot schmunzelte. »Ja, Ma'am.« Er wickelte sein Frühstück aus und biss hinein. »Ich danke dir für den Bagel, aber auch für die aufmunternden Worte und für dein Verständnis. Ich weiß, dass du extra hierhergefahren bist, um mich zu besuchen. Auf dich kann man sich verlassen.«

»Manchmal kann ich richtig nett sein.« Sloane ging zu dem kleinen Kühlschrank an der Wand und nahm eine Flasche Wasser heraus. »Ich nehme an, du hast gehört, dass Cynthias Haarband gefunden wurde.«

»Ja, und auf dem Haarband und am Fundort sind Blutspuren sichergestellt worden. Stimmt das?«

Sloane nickte. »Das Ergebnis der DNA-Analyse liegt vor. Das Blut auf dem Haarband und im Gras, wo es gefunden wurde, stammt von Cynthia.«

Elliot beugte sich vor. »Was ist mit Fingerabdrücken? Gab es noch andere außer denen von Cynthia?«

»Nur unvollständige, und die waren verschmiert. Das Labor versucht alles, um trotzdem etwas herauszubekommen. Sie haben aber keine allzu großen Hoffnungen.«

»Das arme Mädchen.«

»Und die armen Eltern.« Sloane wischte sich mit einer Papierserviette über den Mund. »Ich spreche heute mit Mrs Alexander. Ich hoffe, sie kann mir irgendetwas sagen, was Bob weiterhilft.«

»Sie hat ihm doch bestimmt schon alles gesagt, was sie weiß, oder?«

»Alles, was sie zu wissen *glaubt*«, korrigierte Sloane ihn. »Du würdest dich wundern, wie viele Details wir in unserem Gehirn speichern, die nicht in unser Bewusstsein vordringen, wenn es keinen Auslöser dafür gibt.«

»Ja, das würde ich wohl.« Elliot fummelte an der Ecke des Wachspapiers herum. »Es ist also deine Aufgabe, ihr diese Details zu entlocken?«

»Eine meiner Aufgaben.« Sloane biss wieder in ihren Bagel und überlegte sich sehr genau, was sie als Nächstes sagen würde. »Du musst die nächsten Tage überstehen, Elliot. Alle arbeiten schnell und effizient. Aber solange die Ermittlungen nicht abgeschlossen sind, wird am John Jay College keine Normalität einkehren. Ich habe die Reporter gesehen, die auf dem Campus herumlungern.«

»Die sind wie die Geier«, stieß Elliot verbittert hervor.

»Du brauchst nicht mit ihnen zu sprechen. Wenn dich ein Reporter anspricht, geh einfach weiter und sag nichts. Verkriech dich hier, so oft du kannst. Mach deine Tagungen. Setz deine Forschungen fort, soweit es dir möglich ist. Ich sorge dafür, dass du deine Computer schnell zurückbekommst und wieder normal arbeiten kannst. Bis dahin musst du durchhalten.«

Elliot starrte auf seinen Schreibtisch. »Glaubst du wirklich, sie lebt noch?«

»Ich weiß es nicht. Die Zeit spricht dagegen. Sie wird seit neun Tagen vermisst. Das ist, statistisch gesehen, viel zu lange. Andererseits haben wir bis jetzt keine Leiche gefunden. Deshalb muss ich davon ausgehen, dass sie noch lebt.«

»So kenne ich dich, Sloane. Entschlossen und optimistisch.« In Elliots Miene spiegelten sich Zweifel und Zorn. »Du bist wirklich klasse. Aber irgendwie zweifle ich daran, dass die Cops deine Meinung teilen.«

11. Kapitel

Datum: 31. März
Uhrzeit: 11.30 Uhr

Ich musste meinen Arbeitsplatz verlassen, um nach ihr zu sehen.

Sie lag in ihrem Erbrochenen auf dem Boden und bewegte sich kaum. Sie war leichenblass. So konnte es nicht weitergehen.

Ich half ihr auf, gab ihr Wasser und schleifte sie ins Badezimmer. Sie fragte, ob sie duschen dürfe, und ich willigte ein. Ich bin nicht grausam. Ein wenig Würde musste ich ihr zugestehen. Ich gab ihr einen sauberen Chiton und überzeugte mich als Erstes davon, dass sie genug Kraft hatte, um allein zu stehen. Dann gab ich ihr ein paar Pflegeprodukte und verließ das Badezimmer. Ich verschloss die Tür und blieb wie immer davor stehen.

Als sie wieder herauskam, sah sie immer noch kränklich aus. Ihre Augen waren weit aufgerissen, und ihr Blick war verschwommen. Ihre Haut war zwar sauber, aber kalkweiß.

Ich brachte sie zurück in ihr Zimmer und gab ihr etwas zu essen. Sie aß alles auf, ohne Zwischenfälle. Als Belohnung wischte ich den Boden in ihrem Zimmer auf und desinfizierte es. Ich legte eine frische Decke auf ihr Bett und dazu eine neu ausgedruckte Kopie des Kapitels über Athene. In diesem Gestank konnte niemand leben.

Sie murmelte leise Danke und fragte dann, ob sie sich hinlegen dürfe. Sie rollte sich zusammen wie ein Kind, deckte sich zu und schlief schnell ein.

Als ich den Raum verließ, hörte ich, wie sie nach ihrer Mutter rief.

Da sagten die Stimmen mir, was ich tun musste.

Mount Sinai Hospital
Ecke 100th Street und Madison Avenue
New York City

Das Gespräch mit Carole Alexander lag hinter ihr, und Sloane fragte sich, ob das Treffen mit Pennys Eltern genauso schwierig werden würde.

Während sie aus dem Parkhaus auf die East Ninety-Ninth Street trat und auf die Madison Avenue und das Mount Sinai zuging, dachte sie über das Gespräch mit Cynthias Mutter nach. Es hatte mit den Worten begonnen: »Ich wünsche mir nur, dass sie meine Kleine finden«, und endete mit: »Ich will nur, dass Cynthia gesund und unversehrt nach Hause zurückkommt.«

Zwischen diesen beiden Sätzen hatte Sloane die Geschichte einer Studentin gehört, die sich gern draußen aufhielt und sich für Sport, für Bücher, für ihr Studium und für die Familie interessierte. Im Wohnzimmer im Haus der Alexanders stand eine ganze Reihe von Siegerpokalen, die Cynthia auf der Highschool und auf dem College gewonnen hatte. Sie war ruhig, aber willensstark, und sie gab nicht auf, wenn sie ein Ziel vor Augen hatte. Ab und zu hatte sie ein Date, aber sie hatte keinen festen Freund. Neben dem Studium und dem Sport blieb ihr ohnehin kaum Zeit für eine feste Beziehung, auch wenn sie mit vielen netten jungen Männern befreundet war.

Dann erzählte ihr Carole, Cynthia hätte hart an sich gearbeitet, um ihre Fähigkeiten zu verbessern. Aber die einzige Person, die sie besiegen wollte, sei sie selbst.

Sloane konnte das gut nachvollziehen. Während sie Carole

Alexander zuhörte, kam es ihr so vor, als hätte sie das alles schon einmal gehört. Es war fast so, als hörte sie ihrer eigenen Mutter zu, die über *ihre* Zeit auf der Highschool und auf dem College sprach, und nicht Cynthias Mutter. An dem guten Verhältnis zwischen Carole und Cynthia bestand kein Zweifel. Auch Sloane hatte eine enge Beziehung zu ihrer Mutter.

Sie lächelte zerknirscht. Sloane hatte diese Woche so hart gearbeitet, dass sie keine Zeit gehabt hatte, ihre Eltern anzurufen. Im Augenblick war das vielleicht gar nicht so schlecht. Selbst am Telefon konnte ihre Mutter in ihr lesen wie in einem offenen Buch, und sie wusste mitunter besser als Sloane selbst, was in ihrer Tochter vorging. Daher hielt Sloane es für besser, erst dann in Florida anzurufen, wenn sie ihre Gefühle wieder im Griff hatte. Denn das Wiedersehen mit Derek hatte sie völlig aus der Bahn geworfen, und damit wollte sie sich weder selbst auseinandersetzen, noch wollte sie mit ihrer Mutter darüber sprechen.

Sie wurde aus ihren Gedanken gerissen, als sie die Eingangshalle des Lehrkrankenhauses betrat und ein Sicherheitsbeamter sie fragte, wohin sie wolle.

Sie sagte, sie wolle zu Dr. Truman, ging dann auf die Aufzüge zu. Nach dem Treffen mit Cynthias Mutter bereitete sie sich innerlich auf Pennys Fall vor.

Dr. Ronald Truman war sichtlich gealtert, seit Sloane ihn zum letzten Mal gesehen hatte. Sie nahm an, dass das vor allem mit Pennys Verschwinden zusammenhing.

»Sloane.« Hope Truman stand aus ihrem Sessel auf und bat Sloane, sich neben sie zu setzen. »Vielen Dank, dass du ins Krankenhaus gekommen bist. Ronald konnte sich nicht freinehmen, und er wollte bei dem Gespräch gerne dabei sein.«

»Natürlich.« Sloane setzte sich in den Ledersessel, den Dr. Truman ihr anbot, und wartete, bis er und seine Frau Platz genommen hatten.

Sloane erzählte den Trumans alles, was sie noch nicht wussten. Dabei ging es vor allem um die Hinweise, die Derek von Deanna bekommen hatte, und darum, dass sie nicht wusste, welche Fortschritte es bei den Ermittlungen des FBI gab. Und sie betonte, dass Penny an dem Tag ihres Verschwindens gute Laune gehabt hatte.

»Wir wissen jetzt ziemlich genau, wo auf dem College-Gelände Penny sich aufgehalten hat, bevor sie spurlos verschwand.«

Hope Truman setzte sich gerade hin und umklammerte ihre Handtasche. Hoffnung stieg in ihr auf. »Diese Hinweise müssten doch einen neuen Ermittlungsansatz bieten.«

»Ja«, sagte Sloane. »Ich habe heute Morgen mit Special Agent Parker gesprochen. Aufgrund der neuen Informationen fahren zwei Kollegen zum Richard Stockton College, um zu ermitteln. Und ...«

»Warum gibt es keine konkreteren Ermittlungsansätze?«, unterbrach Ronald sie. »Wer wird befragt? Und wann?«

»Das weiß ich nicht.«

»Das weißt du nicht?« Ronald beugte sich vor und starrte sie mit funkelnden Augen an. »Mit anderen Worten wird das FBI selbst gar nicht aktiv.«

»Nein, das wollte ich damit nicht sagen, Dr. Truman.« Sloane wählte ihre Worte sorgfältig aus. »Wenn das FBI nicht jedes Detail seines Vorgehens mit mir bespricht, heißt das nicht, dass die ermittelnden Beamten keinen Plan haben. Den haben sie mit Sicherheit.«

»Es ist nicht die Entscheidung des FBI, dich über alles in Kenntnis zu setzen, sondern unsere. *Wir* haben dich engagiert.«

»Ich verstehe Sie ja. Aber leider läuft das so nicht.« Sloane musste sich zwingen, dass sie Dr. Truman nicht ausführlich berichtete, wie wütend sie über Dereks Vorgehensweise war.

Es war ein seltsames Gefühl, sich in dieser Lage zu befinden. Derek war immer der Cowboy, der schnell eine Einschätzung der Lage vornahm und sich dann in den Kampf stürzte. Er war derjenige, dem es wichtiger war, Ergebnisse zu erzielen, als sich an die Vorschriften zu halten. Sie war die Diplomatin, die auf Psychologie und sorgfältige Planungen setzte, bevor sie handelte. Er war der Draufgänger, der sofort zuschlug, sie war die Strategin und Vermittlerin.

Doch diesmal waren die Rollen vertauscht. Noch schlimmer war, dass sie sich korrekt verhalten musste und ihre Wut nicht zeigen durfte, denn Kritik an Derek bedeutete auch Kritik am FBI. Daher musste sie Dereks zögerliche Wiederaufnahme der Ermittlungen verteidigen, und sie musste hinnehmen, dass er ihr dadurch vielleicht nur eins auswischen wollte.

Vielleicht war sie auch einfach nicht objektiv genug. Das spielte aber im Grunde keine Rolle. Sie würde weder das FBI noch Derek schlechtmachen. Dem FBI, bei dem sie hervorragend ausgebildet worden war, schuldete sie Loyalität, und Derek schuldete sie Respekt. Man konnte über Derek sagen, was man wollte – er war zweifellos ein hervorragender Ermittler.

Sloane musste also geschickt taktieren.

»Während ich mit Special Agent Parker gesprochen habe, habe ich verschiedene Vorschläge gemacht«, sagte sie zu den Trumans. »Wie schnell und wie gründlich sie in diese Richtung ermitteln, weiß ich nicht. Special Agent Parker arbeitet jetzt in einer anderen Abteilung, und er muss seinen neuen Fällen oberste Priorität einräumen. Er muss also versuchen, allen Ermittlungen gerecht zu werden. Hinzu kommt das Problem, dass viele Ermittler für die Terrorbekämpfung abgestellt wurden.«

»Mit anderen Worten hat das FBI keine Kapazitäten, um in einem Fall zu ermitteln, den sie bestenfalls als aussichtslos einstufen oder schlimmstenfalls als einen alten Fall, der nie mehr gelöst werden wird«, unterbrach Ronald sie.

»So krass würde ich das nicht ausdrücken. Die Wahrheit liegt irgendwo dazwischen, aber ich weiß nicht genau, wo.« Sloane schwieg kurz. Ihre nächsten Worte musste sie so geschickt wie möglich wählen, um das zu erreichen, was sie erreichen wollte. »Offiziell hat das FBI das letzte Wort, wie die Ermittlungen geführt werden. Als private Ermittlerin habe ich nur die Möglichkeit, Bitten zu äußern. Ich kann ihnen nicht befehlen, dass sie mich über alles in Kenntnis setzen oder mich in ihre Planungen einbeziehen.«

»Ich schon«, sagte Ronald Truman, und genau auf diese Reaktion hatte Sloane gehofft. »Der stellvertretende Direktor des FBI-Büros in New York ist ein alter Freund von mir. Wir haben zusammen an der Hopkins University studiert. Außerdem arbeitet ein früherer Golffreund von mir jetzt in der FBI-Zentrale in D. C. Er ist Leiter der Abteilung für Gewaltverbrechen. Sein Vater ist einer meiner Patienten. Als Penelope damals spurlos verschwand, habe ich die beiden FBI-Büros in New York und in D. C. kontaktiert. Das hat dazu geführt, dass Penelopes Fall nicht in Vergessenheit geriet und dass er an Special Agent Parker übergeben wurde. Mir wurde gesagt, er sei der Beste.«

»Das ist er auch.« Das konnte Sloane, ohne zu zögern, bestätigen.

»Dann interessiert es mich nicht, in welcher Abteilung er jetzt arbeitet. Er leitet die Ermittlungen in Penelopes Fall. Wir haben neue Spuren, die verfolgt werden müssen. Ich will, dass er seine Energie in diese Ermittlungen steckt, dich in alles einbezieht und dich immer auf dem neuesten Stand hält. Ich kümmere mich darum, dass es genau so läuft.«

»Dafür bin ich sehr dankbar.« Dr. Trumans Kontakte zum FBI waren noch besser, als Sloane vermutet hatte. »Eine solche Unterstützung wird sicherlich einiges bewirken.«

»Darauf kannst du dich verlassen.« Ronald Truman griff schon zum Hörer. »Du kannst damit rechnen, dass du noch im

Laufe des Tages vom FBI-Büro in New York hörst«, sagte er, während er eine Nummer wählte. »Wenn ich mit den richtigen Leuten gesprochen habe, wird Special Agent Parker dich sofort anrufen.«

Sloane presste die Lippen zusammen, als sie an diesen Anruf dachte. »Das wird er mit Sicherheit tun.«

FBI-Büro New York
26 Federal Plaza, New York City

»Du machst wohl Scherze.«

Dereks Gesichtsmuskeln zuckten wütend, während er über den Schreibtisch hinweg auf seinen Vorgesetzten starrte und allmählich begriff, was Tony soeben gesagt hatte. Als er das Eckbüro seines Chefs betreten und sich gesetzt hatte, hatte er vermutet, Tony wolle neue Informationen von ihm haben, ob die Bemühungen von C-6, einen Bandenkrieg zu verhindern, erfolgreich waren. Oder ob die Cops den Irren geschnappt hatten, der Xiao Longs Mädchen ermordete.

Aber das? Niemals.

»Nein, Derek, ich mache keine Scherze. Ich meine das todernst.« Tony beugte sich vor, verschränkte die Finger und zeigte die typische Miene von Special Agent Antonio Sanchez, die signalisierte, dass er sich auf keine Diskussion einlassen würde. »Bis auf Weiteres hat der Truman-Fall für dich oberste Priorität. Alles andere musst du zurückstellen. Der Befehl kommt von ganz oben. Mir sind die Hände gebunden. Und dir auch.«

Derek hieb mit der Faust auf die Armlehne seines Stuhls. »Das ist doch verrückt. Penelope Truman wird seit einem Jahr vermisst. Wir haben ein paar neue Spuren, und die rechtfertigen, dass unsere Kollegen in Atlantic City der Sache nachgehen. Mehr könnte ich auch nicht tun. Mit Sicherheit besteht kein

Grund, mich aus den Ermittlungen der Sonderkommission herauszureißen, wo wir auf einer tickenden Bombe sitzen.«

Tony wich Dereks Blick nicht aus. »Die Bombe wurde entschärft«, sagte er. »Deine Informanten haben gute Arbeit geleistet. Xiao Long wendet seine Aufmerksamkeit von Lo Ma ab und kümmert sich stattdessen um andere rivalisierende Banden und die Stammkunden seiner Bordelle.«

»Vorerst. Wir wissen beide, dass die Lage nicht lange entspannt bleibt, wenn Xiao Long diesen Irren nicht schnell findet.«

»Falls das passiert, sorge ich dafür, dass du sofort zu uns zurückkommst.« Tony dachte kurz nach. »Hör zu, Derek. Wenn es nur um Trumans gute Verbindungen ginge und seine Bitte unbegründet wäre, würde ich gegen diese Entscheidung angehen. Aber wenn du deine Wut einen Moment außen vor lässt und den Fall objektiv betrachtest, musst du zugeben, dass die Trumans recht haben. Wir sprechen hier nicht nur über eine neue Spur. Wir sprechen darüber, dass Penelope nicht freiwillig abgehauen ist. Sie hat sich am helllichten Tag auf einem College-Gelände aufgehalten, dann ist sie spurlos verschwunden. Das weist nicht nur auf ein Verbrechen hin, sondern wir kennen auch den Ort, an dem dieses Verbrechen verübt worden sein muss. Du warst und du bist der ermittelnde Beamte. Du wurdest auf Bitten der Trumans auf den Fall angesetzt, weil ihnen gesagt wurde, du wärest der Beste. Monatelang warst du für sie ein Rettungsanker. Willst du ihnen jetzt Vorwürfe machen, weil sie darauf bestehen, dass du weiterhin in dem Fall ermittelst?«

»Nein. Das hatte ich ohnehin vor – von hier aus. Aber nach Atlantic City gehen? Was meinst du wohl, was Tom McGraw davon hält, wenn ich ihm ständig im Nacken sitze?«

»Der kommt damit klar. Ich habe vor zehn Minuten mit ihm telefoniert. Er versteht, dass es den Trumans ein Gefühl der Sicherheit gibt, wenn du die Leitung der Ermittlungen übernimmst. Er schlägt vor, dass du morgen früh im Best Western eincheckst und ihr euch dann um halb zehn am Richard Stockton College trefft. Ach ja, und Abendessen gibt es dann in dem teuren Fischrestaurant, wo es dir beim letzten Mal so gut geschmeckt hat. Du zahlst.«

»Großartig.« Derek war verärgert, aber McGraw war nicht der Grund dafür. »Ich komme mir vor wie eine Marionette.«

»Das haben die Trumans bestimmt nicht beabsichtigt.«

Derek runzelte die Stirn. »Ich meinte auch nicht die Trumans. Es gibt hier jemanden, der genau weiß, wie man die richtigen Fäden zieht.«

Tony verzog die Lippen. »Ich glaube auch, dass Sloane ihre Hände im Spiel hat. Willst du meine Meinung hören? Wenn ihr beide euch gerade einen Schlagabtausch liefert, würde ich sagen, diese Runde geht an sie. Du musst sie ganz schön verärgert haben.«

»Das ist so meine Art.«

»Irgendwann musst du mir mal erzählen, was zwischen euch gelaufen ist.«

»Vielleicht. Aber zuerst muss ich es selbst verstehen.« Derek stand auf.

»Fährst du nach Hause und packst deine Tasche?«

»Nein. Jetzt muss ich erst mal telefonieren.«

Sloane zuckte zusammen, als ihr Handy klingelte. Seit sie zu Hause war, hatte ihr Handy noch zwei Mal geklingelt, doch wieder hatte sich niemand gemeldet. Allmählich zerrten diese anonymen Anrufe an ihren Nerven.

Als sie auf das Display sah, war sie erleichtert, aber nicht entspannt. Mit diesem Anruf hatte sie gerechnet. Und dieses Gespräch würde eine Herausforderung ganz anderer Art sein.

Sloane hörte auf, Larry hinter den Ohren zu kraulen, und

bereitete sich auf das Gespräch vor. Sie lehnte sich auf dem Sofa zurück, stopfte sich ein Kissen in den Rücken und drückte auf die Sprechtaste.

»Hallo, Special Agent Parker«, begrüßte sie Derek und legte dabei die Beine auf die Couch. »Was kann ich für dich tun?«

»Ganz schön clever«, erwiderte Derek trocken. »Und schnell. Aber nicht clever genug, um damit eine gute Zusammenarbeit zwischen uns zu erreichen. Aber darum ging es dir wohl kaum. Hauptsache, du hast erreicht, was du erreichen wolltest.«

»Man tut, was man kann.«

»Das ist ja normal bei uns, oder? Außer im Bett. Warum sollte sich jetzt was daran ändern?«

Dieser Seitenhieb saß. Sloane hatte damit gerechnet, dass Derek sich in seiner Ehre gekränkt fühlte, aber diese offenkundige Feindseligkeit überraschte sie doch.

»Du hast dich wie ein Idiot benommen«, hielt sie ihm entgegen.

»Kein Wunder, wenn ich manipuliert werde.«

»Ich habe dich nicht manipuliert. Ich habe die Hindernisse beseitigt, die du mir in den Weg gestellt hast.«

»Und wo ist da der Unterschied?«

»Das war kein Machtkampf und auch kein Angriff. Du bist meinen Fragen ausgewichen. Ich wusste nicht, warum. Entweder wolltest du mir Informationen vorenthalten, oder du wolltest möglichst wenig in Pennys Fall verwickelt werden. Beides konnte ich nicht akzeptieren. Ich habe eine Möglichkeit gefunden, dafür zu sorgen, dass du die Ermittlungen leitest und mich auf dem Laufenden hältst.«

»Du hast noch mehr getan als das. Ich leite den Fall nicht nur, ich ermittle auch noch in unserem Büro in Atlantic City. Ich reise noch vor Tagesanbruch ab und checke um acht im Best Western ein. Jetzt fahre ich nach Hause und packe meine Sachen. Willst du sie für mich aussuchen? Ich möchte nicht, dass du dich ausgeschlossen fühlst.«

Sloane richtete sich auf. »Die schicken dich nach Atlantic City? Was wird aus deinen anderen Fällen? Du hast doch gerade deinen Lehrgang für C-6 absolviert.«

»Das Leben ist beschissen. Mir bleibt nichts anderes übrig, als von Atlantic City aus an den laufenden Fällen der Sondereinheit zu arbeiten. Es sei denn, in Chinatown bricht plötzlich ein Bandenkrieg aus, oder ich löse diesen Fall hier.«

»Das geht nicht auf mein Konto. Ich hatte nicht vor ...«

»Bilde dir bloß nichts ein. Ich hatte auch nicht angenommen, dass dein Einfluss so groß ist, auch auf Tony nicht. Aber du hast die Sache ins Rollen gebracht. Den Rest habe ich einem der höchsten Bosse zu verdanken, der Ronald Truman schon seit Ewigkeiten kennt. Was meinst du? Der blaue Brioni-Anzug mit der gestreiften Gucci-Krawatte, die du mir zum Geburtstag geschenkt hast? Oder der anthrazitfarbene Lauren-Anzug und die braune Armani-Krawatte, die noch in deiner Wohnung in Cleveland lag und die du mir zugeschickt hast, als es zwischen uns zu Ende war?«

Sloane konnte ihre Wut kaum zügeln. »Erst bist du gemein, und jetzt bist du kindisch. Hör auf mit dem Scheiß, Derek. Es tut mir leid, dass du ans Jersey-Ufer versetzt wirst. Das war nicht meine Idee. Ehrlich gesagt bin ich nicht begeistert, dass ich dich bei den Ermittlungen ständig im Nacken habe. Aber man muss es nehmen, wie es kommt. Beruhige dich. Mir geht es nicht darum, deine Ermittlungen zu kontrollieren. Ich bin nur entschlossen, Pennys Fall zu lösen. Wir beide müssen einen Weg finden, wie wir miteinander klarkommen, ob es dir nun gefällt oder nicht.«

»Stimmt.« Derek klappte seine Aktentasche zu. »Ich bin morgen früh um halb zehn am Richard Stockton College. McGraw wird auch da ein.«

»Dann treffen wir uns dort.«

»Dachte ich mir.« Er schwieg kurz, weil er angespannt war. »Sloane, komm bloß nicht auf die Idee, dass wir sofort loslegen, wenn du da bist. Wenn wir möglichst viele Informationen über Penelopes Verschwinden sammeln wollen, müssen wir mit vereinten Kräften ermitteln und entscheiden, wer was übernimmt. Erst entscheiden wir das, *dann* fangen wir an.«

»Einverstanden. Ich hatte auch nicht vor, mich sofort in die Ermittlungen zu stürzen. Ich wollte auf dich warten und dann gemeinsam mit dir eine Strategie erarbeiten. Ich bin mir bewusst, dass ich als private Ermittlerin bei einer Polizeibehörde weniger erreiche als ein Special Agent des FBI. Jedenfalls wenn es um die Polizeibehörden geht, die nie mit mir zusammengearbeitet haben. Andererseits ist es von Vorteil, wenn ich mit Zeugen spreche, die sich eingeschüchtert fühlen, wenn sie vom FBI befragt werden, und die offener reagieren, wenn man einfühlsam mit ihnen umgeht. Und falls du es noch nicht bemerkt haben solltest, ist *das* nicht gerade deine Stärke.«

»Das hast du aber nicht gesagt, als du mich gebeten hast, mit Deanna Frost zu sprechen.«

»Ich habe gesagt, du hättest einen gewissen Macho-Charme. Das ist etwas völlig anderes als die Fähigkeit, mithilfe von Psychologie und Feingefühl Zugang zu Menschen zu gewinnen.«

»Ach ja? Für mich ist das dasselbe.«

»Ist es aber nicht. Und mach dir keine Sorgen, ich könnte deine leitende Position infrage stellen. Ich bin zwar nicht mehr beim FBI, aber ich erinnere mich noch sehr gut an die Vorschriften. Du leitest die Ermittlungen.«

»Du akzeptierst also, dass ich die Leitung übernehme? Das glaube ich erst, wenn ich es erlebt habe.«

»Das wirst du – morgen. Derek?«

»Was ist?«

»Nimm die Gucci-Krawatte. Bei Krawatten habe ich einen guten Geschmack. Viel besser als bei Männern.«

12. Kapitel

Datum: 1. April
Uhrzeit: 05.00 Uhr

Die Götter werden stolz sein auf meinen Plan.

Hera. Sie könnte das vollbringen, was ich nicht vollbringen kann. Sie könnte es schaffen, ohne meinen Zeitplan zu gefährden. Und sie könnte es auf eine Weise tun, die ideal wäre für Athene.

Hera wird belohnt werden. Athene wird besänftigt sein.

Und ich habe ein Problem weniger.

Ich hätte früher darauf kommen können. Von dem Augenblick an, als ich Hera im letzten Juni entführt habe, hat sie sich als ideale Errungenschaft erwiesen. Sie hat sich nur kurz gewehrt, als ich sie überwältigt habe, dann hat sie ihr Schicksal schnell akzeptiert. Und in all den Monaten hat sie ohne einen einzigen Zwischenfall kooperiert.

Vielleicht, weil sie älter ist und ihre Grenzen kennt. Vielleicht, weil sie in ihrem Alter das Leben mehr schätzt, als es junge Leute sich vorstellen können. Oder vielleicht hat es auch gar nichts mit dem Alter zu tun, sondern nur mit ihrem Charakter. Das spielt auch keine Rolle. Sie war die perfekte Wahl.

Als ich die Tür aufschloss und in ihr Zimmer trat, sah sie mich erstaunt an. Normalerweise besuche ich die Göttinnen nicht zu so früher Stunde. Doch ich musste meinen Plan vor Tagesanbruch realisieren, um mich meiner Sorgen zu entledigen. Später wäre das Risiko zu groß. Vorsicht war immer meine Verbündete. Leichtsinn war immer mein Feind. Ich vertraue auf Ordnung. Ohne Ordnung bricht das Chaos aus.

Ich schloss die Tür hinter mir. Am Fußende von Heras Bett blieb ich in respektvollem Abstand stehen. Ich setze mich nie auf das Bett einer Göttin. Wenn ich mich setze, dann immer in angemessenem Abstand auf einen Stuhl. Ich nähere mich den Göttinnen nur, um ihnen das Essen zu bringen oder sie ins Badezimmer zu begleiten. Ich achte darauf, dass ich sie niemals berühre, außer mit der Klinge meines Messers, oder wenn ich sie bestrafen muss. Dadurch reinige ich mich von ihnen. Es wäre Gotteslästerung, würde ich sie aus irgendeinem anderen Grund berühren.

Zuerst bekam Hera einen Schreck, doch als ich sie fragte, ob sie Lust auf ein wenig frische Luft hätte, freute sie sich sehr. Ich war stolz, dass ich sie glücklich machen konnte. Das versuche ich bei allen Göttinnen, und ich orientiere mich dabei an ihren unterschiedlichen Charakteren. In Heras Fall hatte ich das Zimmer im Voraus mit einem vornehmen Samtsessel ausgestattet, der so königlich war wie ein Thron. Und auf den Tisch daneben hatte ich eine Krone mit einem Schleier gelegt. Natürlich hatte ich auch daran gedacht, das Kapitel über Hera auf den Rand ihrer Matratze zu legen. Ich habe sie mehrmals in dem Kapitel lesen und die Abbildungen betrachten sehen. Das hat mir außerordentlich gut gefallen.

Als Götterkönigin verdiente Hera besondere Rücksichtnahme. Allein schon ihr zu gefallen war eine Ehre. Um sicherzustellen, dass sie zufrieden war, kaufte ich einen Heimtrainer und stellte ihn in ihr Zimmer. So konnte sie sich körperlich ertüchtigen. Damit sie geistig fit blieb, brachte ich ihr Exemplare des *New York Law Journal* mit – eine kleine Verbindung zu ihrem früheren Leben. Und ich führte regelmäßig Gespräche mit ihr über aktuelle Ereignisse. Um ihre Stimmung zu heben, brachte ich ihr Schalen mit frischem Obst, was sie immer sehr erfreute.

Ich lüge sie nie an, auch jetzt nicht, wo sie sich so sehr auf die frische Luft freute. Ich erklärte ihr, dass ich für den kurzen Spaziergang eine Gegenleistung von ihr erwarten würde. Daraufhin runzelte sie besorgt die Stirn, bis sie meine Bitte hörte und den Grund erfuhr. Wie erwartet, stimmte sie mir mit all dem Mitgefühl zu, das der Göttin der Hochzeit und Geburt innewohnt.

Sogar kurz vor der Morgendämmerung, als die Luft noch kalt war und das Gras mit Reif überzogen, war es ein wunderschönes Grundstück. Ich spazierte mit Hera durch den Garten hinter dem Haus. Ich wählte diesen speziellen Ort aus, weil er von Nadelbäumen umgeben war. Ausschlaggebend war aber auch hier meine Vorsicht. Die holprige Landstraße war meilenweit entfernt, und bis zur Hauptstraße war es sogar noch weiter. Auf diese Weise war es praktisch unmöglich, uns zu entdecken. Das Herrenhaus liegt so tief im Wald und so hoch in den Bergen, dass es quasi unsichtbar ist. Dem Olymp ebenbürtig.

Hera atmete die kalte Morgenluft tief ein, als wäre sie das wertvollste Geschenk auf Erden. Ihre Reaktion rührte mich. Ich bot ihr an, irgendwann wieder einmal mit ihr spazieren zu gehen. Zum einen war es reine Freundlichkeit, und zum anderen war es ein Anreiz für sie, mir den Gefallen zu tun, den sie mir schuldete. Natürlich hoffte ich, dass es ihr auch gelang.

Sie dankte mir mit der Anmut, die sich für sie geziemte. Und als ich sie zurück ins Haus führte, war sie bereit, Athene gut zuzureden.

Ich brachte sie sofort zu Athene und schloss die Tür ihres Zimmers auf. Mir war unwohl bei dem Gedanken, in welchem Zustand ich sie vorfinden würde.

Sie lag auf dem Rücken, ihr Gesicht war mit einem Arm bedeckt. Ihr Haar war so zerzaust, als hätte sie sich die ganze Nacht hin und her gewälzt. Nicht nur ihr Chiton war sauber, sondern auch sie selbst, was mich unglaublich erleichterte. Nachdem ich darauf verzichtet hatte, ihr ein Beruhigungsmittel zu spritzen, hatte sie sich nicht mehr erbrochen. Sie hatte sich jedoch in ihr Schneckenhaus zurückgezogen. Ich spürte ihre Anspannung, als ich das Zimmer betrat, aber sie zeigte keine Reaktion auf meine Anwesenheit.

Das änderte sich sofort, als ich Hera drängte, zu ihr zu gehen.

»Athene?«, sagte sie leise.

Athene riss den Arm von ihrem Gesicht und wandte den Kopf der Frau zu.

»Es ist alles in Ordnung«, versicherte Hera ihr in besänftigendem Ton. »Ich bin … Hera. Ich bin ebenso wie du eine Besucherin hier. Ich dachte, du würdest dich vielleicht über Gesellschaft freuen. Ich freue mich jedenfalls.«

»O mein Gott.« Athene richtete sich auf, und ihr verwirrter Blick glitt über die ältere Frau. »Bekomme ich tatsächlich Besuch, oder leide ich unter Halluzinationen?«

An dieser Stelle beschloss ich, mich einzuschalten. Ich versicherte Athene, dass sie nicht unter Halluzinationen leide und dass ich Hera als eine Quelle des Trostes zu ihr gebracht hätte. Ich erinnerte sie daran, dass sie gestern Abend nach ihrer Mutter gerufen hätte. Offenbar erinnerte sie sich nicht daran, doch sie war sehr betrübt, als sie es hörte.

Hera ging zögernd einen Schritt in ihre Richtung. »Darf ich näher kommen?«

Athene sah aus wie ein verstörtes Kind. »Bist du die Frau, die ich durch die Wand gehört habe? Hält er dich auch gefangen?«

»Ja, mein Zimmer ist nebenan.«

»Und du bist nicht die Einzige. Es sind noch andere hier, nicht wahr?«

Hera sah mich fragend an, worauf ich nickte. Es war nicht

nötig, ein Geheimnis daraus zu machen. Bald würden sich alle Göttinnen an der Opferstätte versammeln, und jede Einzelne würde eine Gabe repräsentieren, die erst im zukünftigen Leben zur vollen Entfaltung gelangen würde.

»Ja, es sind noch andere hier«, bestätigte Hera.

»Wie viele? Wie lange bist du schon hier? Wo sind wir? Warum sperrt er uns ein wie Gefangene? Was hat er mit uns vor?«

Mir gefielen weder Athenes viele Fragen noch die Richtung, die sie nahmen. Hera musste es gespürt haben, denn sie legte einen Finger auf die Lippen, damit Athene schwieg.

»Atme tief durch und beruhige dich«, riet sie ihr. »Ich möchte dir helfen und dir den Trost einer Mutter spenden. Das kann ich aber nicht, wenn du es nicht zulässt. Wenn du dich so aufregst, erreichst du nichts.«

Athene sah sie mit glasigen Augen an, und ihr Körper bebte, während sie versuchte, ihre Gefühle zu unterdrücken. Zuerst glaubte ich, mein Plan sei gescheitert und auch Hera könne nicht zu ihr durchdringen.

Doch plötzlich änderte sich alles. Athene reagierte auf Heras besänftigenden Blick und verstummte. Wie Hera ihr geraten hatte, atmete sie tief ein und aus. Schließlich nickte sie.

»Es tut mir leid«, sagte sie mit leiser, bebender Stimme. »Ich habe Angst, und ich fühle mich schrecklich allein. Bitte, bitte bleib hier. Ich reiße mich zusammen.«

Ich hatte recht gehabt. Das war genau das, was Athene gebraucht hatte.

Ich war so erfreut und erleichtert, dass ich mir vornahm, heute noch zum Markt zu fahren und ein paar Mangos und Kiwis für Hera zu kaufen. Diese Früchte aß sie am liebsten.

»Delphi?«

Im ersten Augenblick hörte ich nicht, dass Hera mich ansprach, denn sie hatte sehr leise gesprochen. Doch als sie den

Namen wiederholte, wandte ich mich ihr zu und antwortete ihr. »Ja?«

»Athene muss frei sprechen und meinen Trost annehmen können, ohne Angst zu haben, dass sie getadelt wird. Das ist von größter Bedeutung, wenn Sie wollen, dass ich eine Beziehung zu ihr aufbaue, ähnlich der einer Mutter zu ihrer Tochter. Ich weiß, es ist eine unerhörte Bitte, aber darf ich allein mit ihr sprechen? Sie können uns einschließen und vor der Tür Wache stehen. Ich gebe Ihnen mein Wort, dass ich dafür sorge, dass sie nicht die Kontrolle verliert. Wenn Ihr Plan gelingen soll, muss ich ihr Vertrauen gewinnen. Und nur dann ist es wahrscheinlich, dass auch Sie ihr Vertrauen gewinnen.«

Sie hatte recht. Athene wirkte schon ruhiger, und sie zitterte fast gar nicht mehr. Sie saß mitten auf dem Bett und beobachtete uns.

Der Raum war ausbruchsicher. Auf Hera konnte ich mich verlassen. Und ich hatte ein Ziel vor Augen.

»Einverstanden.« Ich gab Hera ein Zeichen, dass sich zu Athene setzte. »Ich erlaube dir, allein mit ihr zu sprechen. Ich gebe dir eine halbe Stunde Zeit.«

Ich wartete, bis Hera sich zu Athene aufs Bett gesetzt hatte und ging zur Tür.

Ich hatte die richtige Entscheidung getroffen. Das wusste ich, als ich Heras besänftigende Stimme hörte und beobachtete, dass sie Athene in die Arme nahm.

Während ich die Tür schloss, sah ich noch, wie Athene sich an Hera klammerte und schluchzend ihren Kopf an deren Schulter legte.

Sobald er gegangen war und sie hörte, wie sich der Schlüssel im Schloss drehte, vergeudete Eve Calhoun keine Sekunde mehr.

Sanft umfasste sie die Arme der jungen Frau und löste sich aus der Umklammerung.

»Pst«, flüsterte sie. »Wir müssen leise sprechen. Und wir müssen uns beeilen. Er wird uns nicht lange allein lassen. Seine Vorsicht grenzt schon an Verfolgungswahn. Ich sage dir alles, was ich weiß, und du stellst mir deine Fragen. Achte dabei auf deine Stimme. Er muss glauben, ich tröste dich.«

Die junge Frau nickte.

»Wie heißt du?«

»Cynthia. Cynthia Alexander.«

»Ich heiße Eve Calhoun.« Eve bemühte sich um einen leisen, sanften Ton, der einen starken Kontrast zu ihren Worten bildete. »Erzähl mir, wer du bist, und sag mir alles, was passiert ist seit deiner Entführung.«

»Er glaubt, ich wäre Athene. Die griechische Göttin«, murmelte Cynthia.

»Ich weiß. Er glaubt, ich wäre Hera. Bleib ganz ruhig und sprich mit mir. Vielleicht finden wir gemeinsam einen Weg, wie wir fliehen können.«

Dieser Gedanke verlieh Cynthia neuen Auftrieb. Schnell erzählte sie Eve, wer sie war, wo er sie entführt hatte und dass sie sich seitdem ständig zur Wehr setzte.

»Das solltest du nicht tun«, riet Eve ihr. »Wehre dich nicht. Dadurch wird alles nur noch schlimmer. Obwohl ich glaube, dass er es von dir erwartet hat. Athene ist die Göttin des Krieges und der Weisheit. Du bist intelligent und sportlich und hast einen starken Willen. Daher ergibt der Bezug zu Athene einen Sinn. Genauso wie in meinem Fall.«

»Warum?«

»Hera ist die Göttin der Ehe und der Geburt. Ich bin Familienanwältin. Der Rest meiner Geschichte ähnelt deiner. Ich bin im Schwimmbad der New York University meine Bahnen geschwommen. Anschließend ging ich Richtung Washington

Square Park. Er überfiel mich, presste mir ein Kampfmesser an die Kehle und gab mir eine Spritze, worauf ich die Besinnung verlor. Als ich zu mir kam, war ich hier.«

»Wann war das?«

Eve schluckte. »Am zweiten Juni.«

Cynthia wurde kalkweiß und unterdrückte einen Aufschrei. »Das ist zehn Monate her.«

Eve nickte. »Ich bin nicht sein erstes Opfer. Im vergangenen April hat er eine andere Frau gekidnappt. Sie ist seine ›Aphrodite‹. Und danach hat er noch zwei Frauen entführt. Ich hab kein richtiges Zeitgefühl mehr, aber ich glaube, die eine kam im September und die andere Anfang Dezember. Ich weiß nichts über sie, und ich habe keine von denen jemals gesehen. Dann vergingen viele Monate. Die Ferien begannen und endeten. Er schien ruhiger und gefasster zu sein. Er hörte auf, seltsame Dinge über die Ehre der Opfergaben, über die Wut der Dämonen und die Herrlichkeit der Götter zu murmeln. Er redete fast wie ein normaler Mensch. Er wirkte zufrieden, fast ruhig. Und es kamen keine neuen Gefangenen mehr. Ich nahm an, und ich hoffte inständig, dass das Opfer vom Dezember das letzte war.«

»Du hast dich getäuscht.«

Eve nickte wieder. »In der Woche, bevor du hier ankamst, änderte sich alles. Er drehte sich um hundertachtzig Grad und geriet völlig aus dem Gleichgewicht. Ich weiß nicht, warum er plötzlich so seltsam wurde. Aber aus irgendeinem Grund war er plötzlich wütender, verbitterter und hektischer. Der Wahnsinn trübte seinen Blick. Er war auf einmal furchtbar brutal, und ich wusste nicht, warum. Ich konnte ihn nicht überreden, sich zu öffnen und darüber zu sprechen.

Er schwärmte davon, noch mehr Göttinnen zu entführen und sie hierherzubringen, um den Kreis so schnell wie möglich zu vervollständigen. Manchmal spricht er von drei und manchmal von vier Frauen. Und immer wieder erwähnte er zwei ganz bestimmte Frauen, nannte aber niemals Namen. Entweder gehörten diese beiden zu den Frauen, die er noch entführen und in Göttinnen verwandeln wollte, oder es waren nur Stimmen in seinem Kopf. Das wusste ich nicht. Ich wusste aber, das es noch andere Opfer geben würde.«

»Es war also keine Überraschung für dich, dass er mich gekidnappt und in dem Raum neben deinen eingeschlossen hat.«

»Nein, es war leider keine Überraschung.«

Cynthia strich sich mit beiden Händen durch die Haare. »Ich habe so viele Fragen.«

»Frag, aber beeil dich. Aber du musst wissen, dass ich genauso wenig über seine Pläne weiß wie du und warum er gerade uns ausgewählt hat.«

»Schlägt er dich?«

»Anfangs ja. Er nannte es eine disziplinarische Maßnahme. Ich begriff schnell und gab meinen Widerstand auf. Von dem Moment an beendete er seine Maßnahmen. Du musst keine Angst haben, dass er dich vergewaltigt. Nie hat er mich in einer Weise berührt, die auch nur im Entferntesten etwas mit Sex zu tun hat. Ganz im Gegenteil, er ist so höflich wie ein gut erzogener junger Mann bei seinem ersten Rendezvous. In seinen Augen sind wir Göttinnen und keine Gefangenen.«

»Du hast ihn Delphi genannt. Warum?«

»Mit diesem Namen hat er sich mir vorgestellt. Ich weiß nur noch wenig über die griechische Mythologie. Delphi ist, soweit ich weiß, eine Kultstätte und keine Person. Im Altertum war es der Sitz des griechischen Orakels.« Eve zuckte mit den Schultern und zeigte auf Cynthias Matratze. »Ich sehe, dass du das Kapitel über Athene hast. Ich habe eins über Hera. Ich habe es hundert Mal gelesen. Nichts in der Geschichte erklärt, warum er sich Delphi nennt. Ich weiß also auch nicht mehr als du.«

»Darfst du dein Zimmer auch nur zum Baden verlassen?«

»Ja, aber manchmal auch zu anderen Gelegenheiten. Heute

war ich zum ersten Mal an der frischen Luft. Bisher durfte ich das Zimmer nur verlassen, um mit ihm in einem unbewohnten Raum am Ende des Ganges, den er wie einen Salon eingerichtet hat, Tee zu trinken. Er bringt mich dorthin, wenn er eine Gesprächspartnerin oder eine Zuhörerin braucht. Wenn er über Philosophie oder den Verfall der heutigen Gesellschaft sprechen will. Aber meistens braucht er jemanden, der ihm mütterlichen Rat und mütterliche Unterstützung bieten kann. Das ist ihm sehr wichtig.«

»Warum?«

»Er erzählt nie etwas über sich persönlich, und er gerät in Wut, wenn ich versuche, das Gespräch in diese Richtung zu lenken. Darum tue ich es nicht mehr. Ich kann nur spekulieren, aber ich schätze, er ist nicht nur verrückt, sondern in gewisser Weise noch ein Kind. Man könnte glauben, man hätte es mit drei verschiedenen Menschen zu tun: mit einem Kind, mit einem Gentleman und mit einem Verrückten.«

»Wenn er verrückt ist, bekomme ich richtig Angst.«

»Ich auch«, gestand Eve mit grimmiger Miene. »Wenn diese Seite die Oberhand gewinnt, verhalte ich mich ruhig. Entweder redet er dann irgendeinen Schwachsinn, oder er rennt mit diesem leeren, nach innen gerichteten Blick herum. Wenn er anfängt, diesen Schwachsinn vor sich hin zu murmeln, bete ich, dass er das Haus verlässt. Und das tut er in der Regel auch, nachdem er gebrüllt, geflucht und irgendwelche Sachen zertrümmert hat. Ich habe immer Angst, dass er dann in mein Zimmer stürzt und seine Wut an mir auslässt. Aber, ob du es glaubst oder nicht, am schlimmsten finde ich es, wenn er diesen leeren, nach innen gekehrten Blick hat. Dann ist er undurchschaubar, und es läuft mir kalt den Rücken runter. Er zittert vor unterdrückter Wut. Er bringt mir mein Essen, bringt mich zum Badezimmer und sagt dabei kein Wort. Er starrt durch mich hindurch. Das macht mir noch mehr Angst als seine unkontrollierte Wut.«

»Was machst du dann?«

»Ich bleibe ganz ruhig. Ich achte auf jedes Wort und auf jede Bewegung, damit ich ihn nicht provoziere. Und ich warte darauf, dass der ›Gentleman‹ wieder zum Vorschein kommt. Wenn das passiert, ist er so normal, dass es schon unheimlich ist – höflich, gastfreundlich und liebenswürdig. Wie ein Gentleman im neunzehnten Jahrhundert, der eine Dame besucht, um mit ihr zu plaudern und Höflichkeiten auszutauschen.«

»O mein Gott.« Cynthia schlug die Hände vors Gesicht. »Wie schaffst du das, ohne den Verstand zu verlieren?«

»Erstens nutze ich die Gelegenheiten, wenn er ein vernünftiges Gespräch mit mir führen will. Dann kann ich mich ablenken. Er ist verrückt, aber er ist auch hochintelligent. Ich nutze diese Intelligenz, um nicht selbst verrückt zu werden. Außerdem halte ich meine Gehirnzellen fit, indem ich ständig Fluchtpläne schmiede. Jetzt habe ich eine Verbündete – dich. Du darfst dich nicht mehr wehren, Cynthia. Wir müssen dafür sorgen, dass er ruhig und vertrauensvoll ist und dass er seine Wachsamkeit dann hoffentlich aufgibt. Bedank dich überschwänglich bei ihm, dass er mich zu dir gebracht hat. Sei dankbar und demütig. Wenn du ihn dann bittest, ob du mich wiedersehen darfst, wird er es erlauben. Diese Besuche nutzen wir dann, um mit vereinten Kräften unsere Flucht zu planen.« Eve rieb sich die Stirn. »Mein Gefühl sagt mir, dass uns nicht mehr viel Zeit bleibt.«

Richard Stockton College
Pomona, New Jersey
09.20 Uhr

Sloane war um kurz nach neun angekommen. Sie parkte ihren Outback auf dem ersten Parkplatz am College Drive. Sie hatten von Deanna erfahren, dass der Taxifahrer sie und Penny dort abgesetzt hatte. Sloane blickte die Straße hinunter. Der College Drive war eine der Hauptstraßen und schlängelte sich quer über den gesamten College-Campus.

Sloane stieg aus und streckte sich. Vor ihr breitete sich das Richard Stockton College aus – sechshundertfünfzig Hektar Land, das größtenteils bewaldet war. Selbst wenn die Polizei jeden Quadratzentimeter des Geländes absuchen würde, war es unwahrscheinlich, dass sie nach einem Jahr noch etwas finden würde. Sie musste Zeugen finden, Menschen, die etwas gesehen hatten, auch wenn sie sich dessen nicht bewusst waren. Der Lake Fred war groß. Er erstreckte sich in der Mitte des Geländes. Und an einem Frühlingstag trieben sich dort viele Studenten herum, die joggten oder zu ihren Seminaren gingen. *Irgendjemand* musste *irgendetwas* gesehen haben.

Eine leichte Brise kam auf, und Sloane strich sich eine Haarsträhne aus dem Gesicht. Es war ein sonniger Morgen, und die Temperatur war auf zehn Grad gestiegen. Endlich lag ein Hauch von Frühling in der Luft. Das war gut für ihre Hand. Und gut für die Ermittlungen. Sie würde nicht mehr so oft Schmerzen haben, und es hielten sich mehr Menschen im Freien auf.

Sloane konnte es kaum erwarten, endlich loszulegen. Doch sie hielt sich an ihr Versprechen und wartete. Sie lehnte sich an ihren Wagen, las in ihren Notizen und bekämpfte den Wunsch, sofort zum Lake Fred zu gehen und Leute zu befragen.

Schon nach kurzer Zeit wurde Sloane ungeduldig. Sie schaute auf die Uhr: 9.23. Sie war furchtbar nervös und gereizt. Und daran waren nicht nur die Ermittlungen im Fall von Pennys Verschwinden schuld.

Heute Morgen hatte sich der anonyme Anrufer noch drei Mal gemeldet. Ein Mal, als sie mit den Hunden unterwegs war, ein Mal, als sie gerade ihre Aktentasche in den Wagen legte, und ein Mal zehn Minuten, bevor sie am Stockton College ankam. Die Vorgehensweise war immer gleich – ein Anruf mit unterdrückter

Nummer, dann folgte dreißig Sekunden lang ein langsames, heiseres Atmen, und schließlich legte er auf. Allmählich gingen ihr diese Anrufe auf die Nerven. Wenn das noch einen Tag so weiterging, würde Sloane ihre Beziehungen spielen lassen, damit die Anrufe zurückverfolgt wurden.

Als sie quietschende Reifen hörte, drehte sie sich um. Derek fuhr in seinem dunkelblauen Buick LaCrosse auf den Parkplatz. Er stellte sich neben ihren Outback, sprang aus dem Wagen, warf seinen Mantel auf den Rücksitz und nahm seine Aktentasche heraus.

Typisch Derek. Immer voller Energie – wie Sprengstoff, der jede Sekunde explodieren konnte. Er brauchte nie einen Mantel, selbst in Cleveland mitten im Winter nicht. Derek erzeugte seine eigene Hitze. Immer und überall.

Sloane verdrängte diesen Gedanken. Es war schlimm genug, dass schon sein Anblick ihren Körper in Aufruhr versetzte. Wenn sie jetzt in Erinnerungen schwelgte, wurde es nur noch schlimmer.

»Guten Morgen.« Derek kam entschlossen auf sie zu und begrüßte sie in forschem Ton. »Du hast dich zurückgehalten. Ich bin beeindruckt.«

Sloane blinzelte mit den Augen. »Wie bitte?«

»Du hast auf mich gewartet. Kluge Entscheidung.«

»Und du trägst die Gucci-Krawatte. Kluge Entscheidung.«

Derek verzog den Mund. »Hm, ich habe keine große Auswahl. Neuerdings trage ich meistens Jeans und T-Shirts. Einer der Vorteile, wenn man in den Straßen von Chinatown arbeitet.«

»Was redest du denn da?«, erwiderte Sloane trocken. »Du trägst doch am liebsten klassische Anzüge mit Krawatten.«

»Mein Budget lässt das nicht zu. Die Mieten in Manhattan sind ganz schön gepfeffert.«

»Stimmt. Und da T-Shirts nicht in die Wäscherei müssen, sparst du eine Menge Geld. Andererseits kostet es viel Zeit, die

T-Shirts zu bügeln und ordentlich zusammenzulegen.« Sloane zwinkerte ihm zu, als sie Dereks verkniffene Miene sah. Offenbar hatte sie genau ins Schwarze getroffen. »Einmal Army Ranger, immer Army Ranger. Sorgfältig gebügelte T-Shirts, gefaltete Socken und Schuhe in Reih und Glied.«

»Ist ja gut.«

»Keine Sorge. Ich sag es keinem. Ich möchte deinen Kollegen nicht den Zündstoff liefern, damit sie Löcher in dein Macho-Selbstbewusstsein schießen können.«

»Keine Sorge. Ich hab ein gesundes Selbstbewusstsein.«

»Klar. Bloß keine Schwächen zeigen.«

Mist! Zu spät. Am liebsten hätte sie sich auf die Zunge gebissen. Sie wollte eigentlich auf Dereks unnachgiebiges Naturell anspielen. Aber es kam irgendwie anders raus. Sloane spürte, dass sie rot wurde vor lauter Verlegenheit. »Ich wollte damit sagen …«

»Ich weiß, was du sagen wolltest.« Derek ließ nicht so schnell locker. »Aber das, was du *nicht* sagen wolltest, stimmt auch.«

»Mein Gott, du und deine Arroganz!« Sloane strich sich mit den Fingern durch die Haare. »Nur du …«

»Ja. Nur ich.« Er brach ab, und sofort baute sich eine Spannung zwischen ihnen auf.

Die Luft knisterte fast, als Derek sie nun von Kopf bis Fuß musterte. Sein Blick wanderte von ihren dunklen Haaren, in denen goldene Lichtreflexe schimmerten, zu ihrem hübschen Gesicht und weiter bis zu ihrem genauso hübschen Körper. Dann glitt er über ihren geöffneten Trenchcoat, verharrte auf dem schwarzen Hosenanzug, der wie angegossen saß, vor allem dort, wo sich ihre Brust unter der Jacke abzeichnete.

Er hob abrupt den Kopf und sah ihr ins Gesicht. »Trotz allem, was du durchgemacht hast, siehst du großartig aus. Ich hatte keine Gelegenheit, es dir bei unserem letzten Treffen zu sagen. Deine neue Frisur gefällt mir.«

Sloane lächelte verkrampft. »Neuer Schnitt und Strähnchen. Ich hatte keine Lust mehr, wie eine Pfadfinderin auszusehen.«

»Komisch. An eine Pfadfinderin hast du mich nie erinnert.«

Das Gespräch lief endgültig aus dem Ruder. Sloane war so angespannt, dass sie Mühe hatte, nach außen hin ruhig zu wirken.

»Warum erzählst du mir nicht, was für heute geplant ist?«, fragte sie ihn. »Ich nehme an, wir treffen uns mit dem Rektor vom College und mit der Campus-Polizei.«

»Ja, ich habe beides vor. Ich habe eine Karte vom College-Gelände ausgedruckt, damit wir uns besser orientieren können.«

»Ich hab auch eine.«

Sie breiteten ihre Karten aus.

»Penelope hat den kürzesten Weg zum Lake Fred genommen. Auf dem Weg dorthin ist sie am Alton Auditorium vorbeigekommen. Das liegt hier.« Derek zeigte auf das Gebäude. »An den beiden Längsseiten des Sees stehen Universitätsgebäude und Studentenheime. Das ist gut.«

»Schlecht ist, dass die beiden Schmalseiten stark bewaldet sind und dass an einer Seite zwei kleinere Seen liegen. Das Gelände ist also größer und noch abgeschiedener.« Sloane seufzte. »Wir müssen positiv denken. Es war warm, und es herrschte viel Betrieb. Penny müsste auf jeden Fall aufgefallen sein. Aufgrund ihrer Kleidung und ihres Auftretens kann niemand sie für eine Studentin gehalten haben.«

»Stimmt.« Derek sah sich um. »Ich möchte wissen, wo McGraw bleibt.«

Genau in diesem Augenblick bog McGraw in seinem schwarzen Pontiac G6 um die Ecke und fuhr auf den Parkplatz.

»Entschuldigen Sie bitte meine Verspätung«, sagte er, während er ausstieg und seine Akte aus dem Wagen nahm. »Ich war genau hinter einem Müllwagen und kam nicht weiter.«

»Kein Problem. Es ist gerade mal fünf Minuten nach halb

zehn.« Derek zeigte auf Sloane und auf Tom McGraw. »Sloane Burbank, Tom McGraw.«

»Ich freue mich, Sie kennenzulernen.« Sloane schüttelte Tom die Hand und drückte sie, ohne ihre Handfläche und ihren Zeigefinger zu belasten, so wie Connie es ihr beigebracht hatte.

»Ich freue mich auch. Ich hab viel Gutes über Sie gehört. Sie haben viele Freunde beim FBI in Newark.«

Sloane lächelte freundlich. »Gary Lake und Lucy Mullen. Wir sind zusammen in Quantico ausgebildet worden.«

Tom sah auf ihre Hand. »Ich habe gehört, was passiert ist. Das tut mir leid. Wie geht es Ihnen?«

»Jeden Tag ein bisschen besser. Und jeden Tag mehr Arbeit.« Wie immer lenkte Sloane das Gespräch sofort auf ein anderes Thema, wenn jemand ihre Verletzung ansprach. Sie hasste Mitleid, und genauso hasste sie Gespräche über ihr Ausscheiden beim FBI. »Ich nehme an, Derek hat Ihnen gesagt, welche Rolle ich bei diesen Ermittlungen spiele und welche Verbindung ich zu dem Opfer habe.«

»Ja.«

Sloane entspannte sich. Special Agent McGraw schien ein netter Kerl zu sein. Das war gut so, denn so würden sie sich schnell einigen, wer welche Aufgaben übernahm.

Trotzdem war es ihr lieber, gleich für klare Verhältnisse zu sorgen, um Missverständnisse zu vermeiden.

»Ich bin froh, dass Sie diesem Fall so kurzfristig oberste Priorität eingeräumt haben«, sagte sie zu Tom. »Ich verspreche, dass ich mich immer mit Ihnen und mit Derek abstimme. Ich arbeite mit Ihnen zusammen und halte mich an Ihre Anweisungen. Ich wurde engagiert, um gemeinsam mit Ihnen und mit Derek zu ermitteln, und nicht, um die Ermittlungen zu leiten.«

Tom verzog das Gesicht zu einem schiefen Grinsen. »Alles klar. Eine Bitte: Könnten Sie das meiner Frau beibringen?«

»Leider nicht«, erwiderte Sloane und grinste zurück. »Das

betrifft nur den Job. Für persönliche Angelegenheiten bin ich nicht zuständig.«

Tom seufzte, als wäre er enttäuscht. »Diese Antwort hatte ich befürchtet«, sagte er und wurde wieder ernst. »Sie sind sehr diplomatisch, aber Sie brauchen keine Angst zu haben, dass sie mir auf die Füße treten. Wenn wir dank Ihrer neuen Spuren herausfinden können, was mit Ihrer Freundin passiert ist und wer sie entführt hat, dann sollten wir diesen Spuren unverzüglich nachgehen.«

»Okay, das ist für heute geplant«, mischte Derek sich ein. »Wie wir wissen, gibt es hier auf dem Campus eine richtige Polizeiwache und nicht nur einen Sicherheitsdienst. Das macht es einfacher, weil wir es mit Profis zu tun haben – okay, mit halben Profis, wenn man bedenkt, dass wir hier in Pomona, New Jersey, sind. Ich habe gestern den Revierleiter angerufen und für zehn Uhr heute Morgen ein Treffen vereinbart. Er will versuchen, bis dahin alle Parkscheine, Polizeiberichte und Tagespassierscheine vom vierzehnten April letzten Jahres herauszusuchen. Hier in Stockton gibt es auch ein sehr gutes Überwachungssystem. Rund um den Lake Fred sind mehrere Kameras installiert. Das wird den Beamten in den dichter bewaldeten Gebieten helfen.«

»Hat die Polizei die Filme der Überwachungskameras vom letzten Jahr aufbewahrt?«, fragte Sloane.

»Das werden wir gleich erfahren. Wir sollten alle an dieser Besprechung teilnehmen, damit wir alle auf dem neuesten Stand sind. Anschließend teilen wir uns auf und widmen uns unseren jeweiligen Aufgaben.«

»In unserem Fall müssen wir dem Rektor und der Polizei Honig um den Bart schmieren«, meinte Tom. »Dem Rektor wird es nicht gefallen, dass wir hier herumlaufen und sein College in die Schlagzeilen bringen.«

»Stimmt. Andererseits wird er bestimmt kooperativ sein, wenn es möglicherweise darum geht, ein Gewaltverbrechen aufzuklären.« Dereks Ton signalisierte, dass ihm schon etwas einfallen würde, wenn die Verwaltung sich querstellte. »Wir sorgen dafür, dass er und die Polizei eine positive Presse für ihre Unterstützung bekommen. Dann klappt das schon.«

Er wandte sich Sloane zu. »Während des Gesprächs heute Morgen müssen wir herausfinden, von welchen Wohnungen, Wohnheimen und Hörsälen man zum Lake Fred sehen kann, wo Penelope verschwunden ist. Dann lassen wir uns – wie du neulich vorgeschlagen hast –, Listen aller Bewohner dieser Wohnungen und Wohnheime geben und außerdem von allen Studenten und Dozenten, die in den Hörsälen Seminare hatten. Du könntest als Erstes alle befragen, die schon im letzten Jahr hier waren. Wir fangen mit der Suche nach denjenigen an, die inzwischen das College verlassen haben.«

»Großartig.« Sloane war angenehm überrascht, dass Derek so intensiv darüber nachgedacht hatte. »Ich mache erst mal einen Spaziergang rund um den See. Genau um diese Jahreszeit ist Penny verschwunden. Ich spreche mit den Studenten, die dort spazieren gehen, die Frisbee spielen oder joggen – mit allen, die sich oft am späten Vormittag und am frühen Nachmittag am Lake Fred herumtreiben. Vielleicht waren einige von denen, die sich regelmäßig dort aufhalten, schon im letzten Jahr oft am See. Vielleicht finde ich jemanden, der mir einen Hinweis geben kann.«

»Gute Idee.« Derek nickte. »Dann lasst uns jetzt zum Hauptgebäude gehen. Mal sehen, was die Polizei zu unseren Ermittlungen beitragen kann.«

Als sie sich auf den Weg machten, schaltete Sloane automatisch ihr Handy ein und überprüfte die neuen Nachrichten.

Drei Anrufe waren gekommen, und alle mit unterdrückter Nummer. Das waren bestimmt keine Kunden. Die hinterließen Nachrichten.

Sloane runzelte die Stirn und nahm sich vor, noch heute ihre Beziehungen spielen zu lassen, damit das ein Ende hatte.

Gerade als sie das Handy ausschalten wollte, klingelte es. Schon bevor sie aufs Display sah, wusste sie, dass dort wieder *Unbekannt* stehen würde.

»Was Wichtiges?«, fragte Derek und musterte sie. Das Handy klingelte immer noch.

»Nein. Nichts Wichtiges.« Sloane schaltete das Handy aus, klappte es zu und steckte es in ihre Handtasche. »Ich weiß, worum es geht. Ich kümmere mich später darum.«

13. Kapitel

Datum: 1. April
Uhrzeit: 12.30 Uhr

Ich war begeistert, dass Hera bei Athene einen Durchbruch geschafft hatte. Ich brachte ihr Essen und bot ihr an, sich während des Essens auf ihren Thron zu setzen. Dann präsentierte ich ihr die Überraschung – eine große Schale mit frischen Früchten und ein Exemplar der heutigen Tageszeitung. Die hatte ich ihr noch nie zu lesen gegeben. Es war ein Zeichen meines Vertrauens und die größte Belohnung, die sie bisher von mir bekommen hatte.

Die hatte sie verdient.

Richard Stockton College
16.20 Uhr

Der Wind war stärker geworden, und kalter Regen fiel, während Sloane zurück zu ihrem Wagen ging. Frühlingswetter! Die Sonne und der wolkenlose Himmel hatten sich im Laufe des Tages verabschiedet.

Es war ein langer, anstrengender Tag gewesen. Zuerst das Treffen mit der Polizei hier vor Ort. Dann hatte sie stundenlang Leute am Lake Fred befragt, bis alle vor dem Regen geflüchtet waren. Zum Schluss hatte sie mit Dozenten und Studenten gesprochen. Ein paar vage Spuren. Aber nichts Handfestes.

Das war nur die Spitze des Eisbergs.

Derek und Tom war es gelungen, sich einen Weg durch die Verwaltung der Universität zu bahnen. Mit den richtigen Worten hatten sie den Rektor des College überzeugt, dass es in seinem eigenen Interesse war, mit ihnen zu kooperieren und Druck auf die Campus-Polizei auszuüben, damit diese sofort alles tat, worum das FBI sie bat. Daraufhin hatte die Polizei versprochen, die Berichte und Filme der Überwachungskameras herauszusuchen und ihnen zur Verfügung zu stellen. Auf dem gesamten Gelände sollten Flugblätter mit Pennys Foto verteilt werden. Außerdem sollte eine E-Mail an alle verschickt werden, die im letzten April in einem der Studentenheime mit Blick auf den Lake Fred gewohnt hatten. Man wollte sie bitten, die Polizei hier auf dem Campus oder das FBI zu kontaktieren. Dasselbe galt für diejenigen, die Seminare in Hörsälen mit Blick auf den Lake Fred besucht hatten.

Sloane verlor nicht den Mut. Sie hatte gewusst, was auf sie zukam, aber das schreckte sie nicht ab. Sie würde alles tun, um herauszufinden, was mit Penny passiert war.

Sie konnte es kaum erwarten, in ihren Wagen zu steigen und die Heizung einzuschalten. Sie fröstelte, aber noch schlimmer war das Pochen in ihrer Hand. So ein Wetter war Gift für ihre Verletzung.

Doch da wurde nichts draus. Das Glück war nicht auf ihrer Seite. Als Sloane den Parkplatz erreicht hatte, sah sie, dass ihr Auto Schlagseite hatte. Sie hatte einen Platten. Sie erkannte es schon von Weitem. Das rechte Vorderrad sah aus wie ein Pfannkuchen.

Großartig. Das hatte ihr gerade noch gefehlt.

Sie hockte sich neben den Wagen und sah sich das Malheur an. Es dauerte drei Sekunden, dann hatte sie den Nagel gefunden, der den Reifen durchbohrt hatte.

Okay, dachte sie, und warf Aktentasche und Handtasche in den Wagen. Dann ging zum sie Kofferraum, um das Werkzeug herauszuholen, das sie brauchte. Ihr Tahari-Hosenanzug war völlig durchnässt, dreckig *und* zerrissen.

Aber ihr ruinierter Hosenanzug war das geringste Problem. Sie hatte vergessen, dass es ein paar Jahre her war, seit sie einen Reifen gewechselt hatte. Es war vor ihrer Verletzung gewesen.

Den Wagen aufzubocken, das konnte nicht so schwierig sein. Sie hatte sich einen hydraulischen Wagenheber gekauft. Aber es war die Hölle, den Reifen abzumontieren. Wegen des kalten Winters spielten die Radmuttern nicht mit. Die zweite saß fest, sehr fest. Sloane brauchte ihre ganze Kraft, um den Kreuzschlüssel zu drehen. Und die dritte Radmutter war richtig festgefroren und bewegte sich nicht. Nachdem Sloane es zehn Minuten lang versucht hatte, schwitzte sie, und die starken Schmerzen trieben ihr Tränen in die Augen. Die Narben pochten, sie hatte kein Gefühl mehr im Zeigefinger und die Nervenschmerzen schossen bis hinauf in den Arm.

Fluchend warf sie den Kreuzschlüssel auf die Erde und klappte ihr Handy auf. Entweder musste sie eine Tankstelle anrufen oder irgendeinen Studenten um Hilfe bitten, doch es war keiner zu sehen. Alle waren vor dem Regen geflüchtet. Und Derek und Tom wollte sie nicht stören, die saßen noch in einer Besprechung.

Also musste sie eine Tankstelle anrufen.

Sloane schaltete ihr Handy ein. Elf Anrufe hatte sie in der Zwischenzeit bekommen, alle mit unterdrückter Nummer.

Fluchend starrte sie auf die Liste der Anrufe. Plötzlich hatte sie wieder das Gefühl, beobachtet zu werden. Langsam hob sie den Kopf, sah sich um und tat so, als würde sie nach jemandem Ausschau halten, der ihr beim Reifenwechseln helfen könnte.

Niemand war zu sehen. Das hatte nichts zu bedeuten, denn derjenige, der sie beobachtete, wollte selbst nicht gesehen werden. Aber er war hier. Sie spürte es.

Aber wo war er, und warum verfolgte er sie?

In diesem Augenblick klingelte ihr Handy. Auf dem Display stand wieder *Unbekannt*.

Vor lauter Wut, dass jemand in ihre Privatsphäre eindrang, weigerte Sloane sich, auf den Anruf dieses Idioten zu reagieren. Sie würde ihm nicht die Freude machen, seinen Anruf entgegenzunehmen oder ihm zu zeigen, dass sie allmählich in Panik geriet. Sie würde so tun, als würde ihr das Ganze nichts ausmachen.

Um das nach außen zu zeigen, seufzte sie genervt, schaltete das Handy aus und klappte es zu. Jetzt konnte sie zwar niemanden mehr anrufen, der ihr beim Reifenwechseln half, aber dafür bekam sie auch keine anonymen Anrufe mehr. Sie verweigerte diesem Irren mit der unterdrückten Nummer die Reaktion, auf die er hoffte. Sollte er sich doch die Finger wund wählen.

Sloane täuschte zwar Gelassenheit vor, aber sie war nicht dumm. Sie wusste, dass dieser Anrufer nicht nur ein unangenehmer Typ war, der sie am Telefon belästigte. Diesem Typen ging es um sie persönlich. Er beobachtete sie und versuchte, ihr mit seinen ständigen Anrufen Angst zu machen. Schlimmstenfalls war es einer, der sich an ihr rächen wollte und der vielleicht sogar so weit ging, dass er ihren Reifen mit einem Nagel zerstach.

Genauso wie gestern Morgen in ihrem Garten näherte er sich ihr zum Glück nicht. Es war dasselbe Szenario. Er hätte genügend Zeit und Gelegenheit gehabt. Sie war allein. Hier auf dem Parkplatz war sonst niemand, und das Gebiet war dicht bewaldet. Doch er stürzte sich nicht auf sie.

Nein, es ging ihm darum, sie einzuschüchtern. Sloane hatte jedoch nicht die Absicht, dieses Spiel noch länger mitzuspielen. Sie würde herausfinden, wer dieser Scheißkerl war, und zwar heute noch, und dann würde sie sich eine neue Handynummer zulegen.

Scheiß auf die Tankstelle. Sloane hatte nicht vor, ihr Handy wieder einzuschalten und sich von dem Irren belästigen zu lassen. Sie würde im Regen nach einer Notrufsäule suchen und den

Sicherheitsdienst auf dem Campus anrufen. Der würde ihr helfen, den Reifen zu wechseln. Dann würde sie nach Hause fahren und jemanden kontaktieren, der versuchen konnte, die Spur zu ihrem mysteriösen Anrufer zurückzuverfolgen.

Sie warf das Werkzeug in den Kofferraum und schloss ihn ab. Was für ein schöner Tag! Sie sah aus wie ein nasser Lappen, und genauso fühlte sie sich auch. Sie hatte einen Platten, ihre Hand und ihr Arm pochten wie verrückt, und sie wurde von einem Irren belästigt. Viel schlimmer konnte es nicht kommen.

Aber sie irrte sich.

Sie drehte sich um, um loszugehen und ein Telefon zu suchen, und stieß mit Derek zusammen.

»Ärger mit dem Wagen?«, fragte er und zwinkerte ihr zu.

Auch Derek war völlig durchnässt, doch ihn brachte wirklich nichts aus der Ruhe.

»Ich hab einen Platten«, sagte Sloane. »Ein Nagel steckt in einem Reifen. Und ich schaffe es nicht, die verdammten Radmuttern zu lösen.«

»Du lässt dich von ein paar Radmuttern einschüchtern? Das hört sich gar nicht nach dir an. Die Sloane, die ich mal kannte, hätte die Radmuttern mit Gewalt herausgedreht und sie auf die Erde geworfen, wo sie um Gnade gefleht hätten.«

»Das war früher. Jetzt ist es anders. Dinge ändern sich. Wenn du mich jetzt entschuldigen würdest, ich muss jemanden suchen, der mir hilft.« Sloane wischte sich mit dem linken Ärmel den Regen aus den Augen, damit sie wieder etwas sehen konnte. Dann ging sie an Derek vorbei auf die Gebäude zu.

»Warte.« Er packte sie am Arm und hielt sie auf. »Ich helfe dir, den Reifen zu wechseln.« Er brach ab, als Sloane leise zu wimmern begann. »Was ist los?«

Sloane antwortete nicht sofort, sondern knirschte mit den Zähnen, denn sie hatte stechende Schmerzen im Arm. Als sie die Finger krümmte, schossen die Schmerzen durch die ganze Hand.

»Alles in Ordnung«, murmelte sie. »Ich muss nur irgendwie den verdammten Reifen wechseln.«

»Nein, es ist nicht alles in Ordnung.« Als Derek sah, dass sie wieder zusammenzuckte, glitt sein Blick zu dem Arm, den er immer noch festhielt. Plötzlich begriff er, was los war, und ließ sie los. Dann umklammerte er ihr Handgelenk, zog es zu sich heran und drehte die Handfläche nach oben.

Sloane unterdrückte einen Schmerzensschrei.

»Deine ganze Hand ist knallrot«, sagte Derek stirnrunzelnd. »Was zum Teufel hast du gemacht? Hast du eine halbe Stunde mit dem Kreuzschlüssel gekämpft?«

»Ich hab die Zeit nicht gestoppt.« Sloane wollte ihre Hand wegziehen, aber Derek ließ sie nicht los. Er starrte auf ihre verletzte Hand. In diesem Augenblick sah er sie zum ersten Mal.

»Mein Gott«, murmelte er, als er die tiefen Narben entdeckte, die gerötet und geschwollen waren, weil Sloane mit dem Kreuzschlüssel gekämpft hatte. »Deine Hand sieht aus wie ein Schlachtfeld.«

Sloane fühlte eines Eiseskälte in sich. »Herzlichen Glückwunsch. Endlich hast du es kapiert.«

Derek starrte schweigend auf die Hand. Als er schließlich den Kopf hob, spiegelten sich in seinen blauen Augen widersprüchliche Gefühle, die sie nicht einordnen konnte.

»Wir müssen reden«, stellte er nüchtern fest. »Ich fahre dich zur Erste-Hilfe-Station, damit deine Hand verarztet wird. In der Zwischenzeit wechsle ich den Reifen. Dann hauen wir hier ab. Du fährst mit deinem Wagen hinter mir her. Wir fahren zu meinem zauberhaften Best Western. Wir müssen nicht reingehen. Wir können uns ins Auto setzen. Oder wir spazieren unterm Regenschirm über den Parkplatz. Das ist mir auch egal. Aber wir reden richtig miteinander – allein und ohne Unterbrechung.«

Sloane verzog keine Miene. »Derek, ich bitte dich, dazu ist es ein bisschen zu spät. Dreizehn Monate zu spät. Außerdem bin ich nicht in Stimmung. Ich habe furchtbare Schmerzen. Ich friere mich halb tot. Ich bin nass und dreckig. Auf mich warten drei beleidigte Dackel und eine erschöpfte alte Frau, die sich um sie kümmert und die sich eigentlich um sich selbst kümmern sollte. Oh, und ich muss meine Beziehungen spielen lassen, damit meine Handyverbindungen zurückverfolgt werden. Ich will wissen, wer dieser Irre ist, der mich dauernd anruft, ein bisschen stöhnt und dann wieder auflegt. Und der mich auch verfolgt. Was hältst du davon, wenn du mich einfach zur Erste-Hilfe-Station fährst und meinen Reifen wechselst? Dann kannst du in dein Hotel fahren, und wir lassen das Gespräch ausfallen.«

»Warte.« Derek hob die Hand. »Was hast du da gerade gesagt über diese anonymen Anrufe und den Stalker?«

»Ich weiß nicht, ob es ein Stalker ist. Vielleicht will er sich nur mit mir verabreden. Entweder sag ich Ja, oder ich besorge mir eine neue Handynummer. Das kommt drauf an, was für'n heißer Typ das ist.«

»Ich lach mich tot.«

»Ich auch. Aber ich kann sehr gut allein auf mich aufpassen.«

»Und ich habe die richtigen Kontakte, damit deine Anrufe zurückverfolgt werden, ohne dass du einen offiziellen Antrag stellen musst. Dann bekommst du sofort die Infos über deinen Anrufer, und die Nummer wird blockiert.«

Sloane atmete langsam durch. »Wenn du das schaffst, bin ich dir was schuldig. Bis dahin muss ich mich um meine Hand und um mein Auto kümmern.«

»Ich hab doch gesagt, ich helfe dir.«

»Das ist nett von dir. Aber eins ist klar, die Belohnung für deine Hilfe schließt kein vertrauliches Gespräch ein.«

»Falsch. Du hast gesagt, du bist mir was schuldig, vergessen?«

»Nein, ich hab's nicht vergessen. Das hab ich auch so gemeint. Mit einer Ausnahme. Kein persönliches Gespräch. Ich hab kein Interesse, das Ende unserer Beziehung noch einmal zu durchleben.«

»Tut mit leid, aber diese Bedingung akzeptiere ich nicht.«

»Warum nicht?«, fragte Sloane aufgebracht. »Plötzlich hast du das Bedürfnis, dich mit mir auszusprechen? Du bist doch dreizehn Monate lang sehr gut mit dem Schweigen klargekommen.«

»Du meinst, seit du nicht mehr beim FBI bist, mich aus deinem Leben ausgeschlossen hast und einfach weggegangen bist?«

»Weggegangen?« Sloane spürte, dass sie jeden Augenblick die Beherrschung verlieren würde. Die Ereignisse der letzten halben Stunde hatten ihr den letzten Nerv geraubt, und das war jetzt der Tropfen, der das Fass zum Überlaufen brachte. »Wie konnte ich denn *weggehen*, wenn du mich *abgeschoben* hast? Als ich mich nicht mehr so verhalten habe, wie du es gerne gehabt hättest, hast du mich abgeschrieben.« Sie brach ab. Sie wollte auf keine Fall die Fassung verlieren, doch dann gab sie auf.

Die unterdrückte Wut brach wie ein Kanonenfeuer aus ihr heraus. Sloane funkelte Derek an. »An jenem Tag in der Gasse, als dieser Irre mit dem Messer auf mich losgegangen ist, hat sich mein Leben für immer verändert. *Mein* Leben und nicht *deins*. Du wusstest nicht, was ich gefühlt habe. Du wusstest nichts von meinen Schmerzen. Nichts von meiner Angst. Nichts von meiner Einsamkeit. Du wusstest nur, dass der Angreifer geschnappt worden war, und damit war die Sache für dich erledigt. In deinen Augen hätte ich nur einen Weg finden müssen, wieder der Mensch zu sein, der ich vorher war. Dabei hast du ganz vergessen, dass ich dabei hätte draufgehen können. Du hast von mir erwartet, dass ich die Erinnerung an den Überfall einfach abschüttle, dass ich das Trauma überwinde und wieder so stark bin wie vorher. Als ich das nicht geschafft habe, war ich in deinen Augen ein Schwächling. Und fahnenflüchtig noch dazu. Weil ich dich im Stich gelassen habe und das FBI. Immer der Army Ranger, der nur Gesetze und Prinzipien kennt. Du magst der Rebell in eurer Familie sein, der West Point Adieu gesagt hat und nur Reserveoffizier geworden ist, während deine Brüder und Schwestern in die Fußstapfen deines Vaters getreten sind. Aber was das angeht, wäre General Parker stolz gewesen. In dieser Hinsicht bist du genau wie er. Entweder es läuft so, wie du es willst, oder es läuft gar nicht.«

Dereks Gesichtsmuskeln zuckten. Er war wütend. »So siehst du das also? Dass *ich dich* zurückgewiesen habe? Wie erklärst du dir dann die zwei Dutzend Anrufe, auf die du nicht reagiert hast, oder die fünf Versuche, dich zu Hause zu besuchen? Mein Gott, ich wusste genau, dass du zu Hause warst. Ich hab gegen deine Tür gehämmert, ich hab geschrien, du sollst mich reinlassen, und ich hab so viel Krach gemacht, dass deine Nachbarn mich aus dem Haus geworfen haben. Okay. Ich war hart zu dir, vielleicht zu hart. Aber *du* hast *mich* aus deinem Leben ausgeschlossen.«

»Ich bin fast verblutet.«

»Glaubst du, das weiß ich nicht? Glaubst du, ich war nicht da? Als der Anruf kam, bin ich sofort zum Krankenhaus gefahren. Ich hab ein Riesentheater gemacht, weil ich in dein Zimmer wollte, um dich zu sehen. Aber die Ärzte haben mir den Zutritt verweigert, und das konnte ich ihnen nicht mal verdenken. Sie waren damit beschäftigt, die Blutung zu stoppen und dich in den OP zu schieben. Nach der Operation wurde mir gesagt, du wärst psychisch nicht gut drauf, und alle Besucher wurden abgewimmelt. Darum hab ich nur kurz bei dir reingeschaut und bin dann wieder gegangen. Als ich am nächsten Tag anrief, wurde mir gesagt, du wärst vollkommen fertig und wollest keinen sehen.«

»Es ging nicht um dich persönlich. Es war tatsächlich so. Ich brauchte Zeit für mich allein.«

»Gut, okay, danach habe ich dich zwei Mal gesehen – ein Mal zu Hause und ein Mal auf der Arbeit. Beim ersten Mal warst du so mit Schmerzmitteln vollgepumpt, dass du mich kaum wahrgenommen hast. Beim zweiten Mal warst du so distanziert, dass wir kaum ein Wort miteinander geredet haben.«

»Wir haben sehr wohl miteinander geredet. Du hast mir

gesagt, meine Reaktion auf die Ereignisse, nämlich meinen Job beim FBI an den Nagel zu hängen, wäre vollkommen übertrieben.«

Dereks Unterkiefer zuckte immer noch. »Ich fand, das war ein großer Fehler, und der Meinung bin ich auch heute noch. Du hättest dir ein Attest ausstellen lassen und Innendienst machen können, bis du wieder ganz gesund bist. Du warst eine verdammt gute Agentin. Du sprichst mehr Sprachen, als ich zählen kann, und du bist am besten geeignet, bei Geiselnahmen zu vermitteln. Dir gelingt es, jeden Geiselnehmer zur Aufgabe zu bewegen, auch wenn er sich total in die Scheiße geritten hat. Es gab keinen vernünftigen Grund, das FBI zu verlassen. Du hättest bleiben können und dem FBI wertvolle Dienste erweisen. Der einzige Unterschied wäre gewesen, dass du keine Waffe getragen und niemanden verhaftet hättest.«

»Der *einzige* Unterschied? Das ist ein Unterschied wie Tag und Nacht. Hättest du es getan? Niemals. Stell dir mal vor, du beobachtest deine Kameraden von den Army Rangern, die im Mittleren Osten eingesetzt werden, während du hierbleibst und ihnen Ratschläge erteilst. Du würdest verrückt werden, und das würde ich auch. Ein Attest hätte bedeutet, dass ich keine richtige Ermittlerin mehr gewesen wäre. Ich hätte Bleistifte angespitzt und Akten geschleppt. Und in meinem Fall hätte ich dieses Attest nicht nur für ein paar Monate gebraucht, sondern für mindestens ein Jahr und – wie sich jetzt herausstellt – für noch länger.«

Derek antwortete nicht, aber Sloane erkannte an seiner Miene, dass er begriffen hatte, was sie meinte.

»Und außerdem«, fuhr sie fort, »als du gesehen hast, wie ich mich entschieden habe, kam dir da jemals in den Sinn, dass ich mit einer posttraumatischen Belastungsstörung zu kämpfen hatte? Hast du daran gedacht, dass ich größere Schmerzen aushalten musste, als ich es mir je in meinen schlimmsten Albträumen vorgestellt hätte? Oder warst du einfach nur viel zu sauer, weil ich das FBI verlassen hatte?«

»Es ging nicht nur ums FBI.« Jetzt schlug Derek zurück, und Sloane wunderte sich über die unterdrückte Wut in seiner Stimme. »Du hast *mich* verlassen, du hast *uns* verlassen. Kein Streit. Keine Diskussion. Nur Auf Wiedersehen. Natürlich weiß ich, was du durchgemacht hast. Meinst du, ich bin blöd? Ich habe in meinem Leben schon so viele posttraumatische Belastungsstörungen *und* Schmerzen miterlebt, dass es für ein ganzes Leben reicht. Ich wusste, dass du leidest. Aber was hätte ich denn tun sollen? Ich konnte diese Wand, die du um dich herum aufgebaut hattest, nicht einreißen. Sei ehrlich, Sloane. Du warst doch schon weg, bevor du gepackt und Cleveland verlassen hast. Ja, ich war ein starrsinniger Idiot, der sich an seine Prinzipien geklammert hat. Aber ich war bereit, für das zu kämpfen, was wir hatten, und das war im Übrigen was Einmaliges. Du hast uns und deine Karriere einfach aufgegeben. Du warst feige, Sloane. Du hast dich einfach umgedreht und gehofft, die Vergangenheit und den Schmerz auszulöschen, indem du ein neues Leben anfängst. Aber das hat nicht funktioniert, oder? Es ist immer noch da, und es frisst dich auf – und mich auch.«

Dereks Worte drangen durch den Wind und den Regen zu ihr und hingen wie eine große, dunkle Wolke in der Luft.

Jetzt war es heraus. Hart, ungeschminkt, qualvoll. Zum ersten Mal offen ausgesprochen.

Sloane presste die Lippen zusammen und schluckte. Der Regen rann über ihr Gesicht. Sie zitterte. Und der Schmerz in ihrer Hand war so stark, dass sie sie kaum noch spürte.

Das war mehr, als sie ertragen konnte.

»Jetzt nicht, Derek«, sagte sie leise. »Wenn du alte Wunden aufreißen und über alles sprechen willst, okay. Aber später. Ich muss zur Erste-Hilfe-Station. Und ich muss meine Handtherapeutin anrufen. Ich kann es mir nicht leisten, dass die ganze Prozedur wieder von vorn beginnt – nicht noch einmal.«

Derek sah in ihr blasses Gesicht und nickte. »Komm.« Er legte eine Hand auf ihren Rücken und führte sie zum Wagen. »Ich fahre dich zur Erste-Hilfe-Station.«

»Danke.«

»Du brauchst mir nicht zu danken. Wenn ich dich wieder abhole, habe ich den Reifen gewechselt, die Suche nach der Handynummer dieses Stalkers in die Wege geleitet und mein Essen mit McGraw abgesagt. Wenn du wieder in deinem Wagen sitzt, mit deiner Handtherapeutin gesprochen und von ihr grünes Licht bekommen hast, dann reißen wir die alten Wunden wieder auf. Bereite dich schon mal drauf vor. Wir legen alle Karten auf den Tisch und bringen das zu Ende, was wir eben gerade begonnen haben – ein für alle Mal.«

14. Kapitel

Datum: 1. April
Uhrzeit: 21.00 Uhr
Objekt: Tyche

Da war sie. Die Göttin des Glücks, des Wohlstands und des Schicksals.

Heute arbeitete sie lange. Normalerweise konnte man die Uhr nach ihrem Zeitplan stellen. Sie verließ die Kampfsport-Akademie immer um halb neun. Sie wartete, bis der letzte Kurs begonnen und sie ihre Büroarbeiten beendet hatte. Dann ging sie zu ihrem Auto und fuhr zum Campus zurück.

Sobald sie ankam, parkte sie den Wagen. Dann ging sie entweder sofort in ihr Wohnheim, um an ihren Ausarbeitungen für die Uni zu arbeiten, oder sie ging über den Campus, um mit ihren Freunden Karten zu spielen. An solchen Tagen kehrte sie immer gegen zwei Uhr nachts in ihr Zimmer zurück. Nur freitags, wenn ihr wöchentlicher Poker-Marathon stattfand, blieb sie die ganze Nacht lang auf.

Der heutige Abend war nur ein Test. Ich hatte vor, ihr zum Campus zurück zu folgen und mich davon zu überzeugen, dass der gesamte Ablauf meinen Aufzeichnungen entsprach. Eventuelle Änderungen musste ich jetzt vornehmen.

Mir blieben nur noch ein paar Tage.

Und ihr auch.

Best Western Garden State Inn
Absecon, New Jersey
21.20 Uhr

Sloane rollte sich auf die Seite.

Sie öffnete die Augen und blinzelte. Im ersten Augenblick fragte sie sich, wo sie war. Sie kannte den Raum nicht. Es war ziemlich dunkel, doch eine Lampe spendete genügend Licht, sodass sie erkennen konnte, dass sie in einem großen Doppelbett lag und mit einer blau-orange gemusterten Tagesdecke zugedeckt war.

Sie stützte sich auf einen Ellbogen, starrte verwirrt auf diesen typischen blauen Hotel-Teppichboden und versuchte, den Nebel aus ihrem Kopf zu vertreiben. Ihr war übel, und sie hatte Kopfschmerzen. Außerdem hatte sie das Gefühl, ihr Kopf sei voller Watte. Sie hasste diesen Zustand. Er weckte unschöne Erinnerungen an den Tag, als sie nach der Operation im Aufwachraum allmählich zu sich gekommen war.

Danach stand ihr nun wirklich nicht der Sinn.

Sloane strich sich mit der Hand durch die Haare und zuckte zusammen, als Schmerzen durch die Handfläche schossen. Gleichzeitig fühlte sie sich ungewöhnlich steif, ihr Körper wirkte irgendwie taub, und sie konnte sich nicht richtig bewegen. Sie sah auf die Hand und entdeckte den Verband.

Abrupt kam die Erinnerung zurück.

Sie war in Dereks Hotelzimmer. Er hatte sie hierhergebracht, nachdem die Krankenschwester in der Erste-Hilfe-Station in Stockton ihre Hand behandelt hatte. Anschließend hatte sie ihr starke Schmerztabletten gegeben.

Sloane richtete sich auf und warf einen prüfenden Blick auf ihre Kleidung. Sie trug ein viel zu großes olivfarbenes Sweatshirt mit dem Logo der Colorado State University, wo Derek studiert hatte. Sie erinnerte sich vage, wie sie das warme Sweatshirt angezogen hatte, nachdem sie ihren nassen Tahari-Hosenanzug ausgezogen hatte, der jetzt höchstens noch als Putzlappen zu gebrauchen war.

Sloane warf einen Blick auf die Uhr auf dem Nachttisch. Es war schon nach neun. Sie war allein im Hotelzimmer.

Neben der Uhr stand eine volle Flasche Mineralwasser. Sie war offen. Sloane nahm sie in die linke Hand und trank die halbe Flasche leer. Sie war durstig, aber sie wollte auch ihren Wasserverlust ausgleichen. Außerdem hoffte sie, dadurch einen klaren Kopf zu bekommen.

Sie hatte die Flasche gerade wieder auf den Nachttisch gestellt und war dabei zu überlegen, was in den letzten vier Stunden passiert war, als Derek das Zimmer betrat. Er hatte eine Jeans an und ein königsblaues Fleece-Sweatshirt.

»Du bist wach. Gut.« Er ging zum Tisch und stellte die beiden Tüten von Burger King und das Papptablett mit den beiden Bechern ab. Sloanes Magen knurrte, als ihr der Geruch in die Nase stieg.

Derek kicherte. »Wach und hungrig. Kein Problem.« Er ging mit dem Essen zu ihr und stellte alles auf den Nachttisch. »Ich habe dir dein Lieblingsessen mitgebracht – einen Whopper mit Käse, eine große Portion Fritten und eine Cola light Lemon. Ich nehme an, daran hat sich nichts geändert.«

»Nein«, erwiderte Sloane. Ihre Stimme klang krächzend. Vermutlich hatte sie zu lange im strömenden Regen gestanden. »Daran hat sich nichts geändert.«

»Gut. Dann können wir jetzt essen.« Derek runzelte die Stirn, als er sah, wie blass sie war. »Ist der Whopper zu groß? Ich habe auch einen Salat und ein Brötchen mitgebracht, falls du etwas Leichteres essen möchtest.«

»Nein. Ich schlage nie einen Whopper aus. Ich sterbe vor Hunger. Mir ist ein bisschen übel von dem Vicodin. Wenn ich etwas gegessen habe, legt sich das wieder.«

»Auf dem Fläschchen steht, dass man etwas essen muss, wenn man die Tabletten nimmt. Aber du bist so schnell eingeschlafen, dass ich mich nicht mehr darum kümmern konnte.«

»Kein Problem. Ich kenne mich aus mit dem Zeug. Vicodin und ich sind alte Freunde. Ich achte darauf, dass ich es immer nur für kurze Zeit nehme, weil es ein Narkotikum ist, und es haut mich jedes Mal um. Aber es hilft gegen Schmerzen.«

»Die Krankenschwester hat gesagt, sie hätte dir ein paar Cracker gegeben, bevor du die Tablette genommen hast.«

Sloane nickte. Die Erinnerung kam zurück. »Hat sie. Ich habe vier Cracker gegessen.«

»Du musst was Richtiges essen. Greif zu.«

»Warte mal.« Sloane hob die rechte Hand und runzelte die Stirn, als sie spürte, dass die Nerven in ihrer Handfläche kribbelten. Sie konnte den Gedanken, all die Mühe von Dr. Houghton und Connie zunichte gemacht zu haben, nicht ertragen. Nicht schon wieder.

»Ich muss nach Hause«, sagte sie und schob die Decke zurück. »Ich weiß nicht mehr genau, was die Krankenschwester gesagt und was sie gemacht hat. Ich muss zu meiner Handtherapeutin. Und die Dackel ... Ich muss sie abholen.«

»Den Dackeln geht es gut.« Derek drückte Sloane sanft aufs Bett zurück. »Mrs Wagner kümmert sich heute Nacht um sie. Ich hab ihre Nummer auf deiner Kurzwahlliste gefunden«, fügte er hinzu, um ihrer nächsten Frage zuvorzukommen. »Und du gehst jetzt nirgendwohin. Erst morgen früh. Das hat die Krankenschwester mindestens zwanzig Mal gesagt, als sie dir das Vicodin verschrieben hat.«

»Aber meine Hand kribbelt furchtbar.« Sloane bemühte sich, Ruhe zu bewahren. »Ich hoffe nur, die alten Wunden sind nicht aufgeplatzt.«

»Die Nerven sind entzündet. Das ist alles. Und du hast mit dem Kreuzschlüssel das Narbengewebe aufgescheuert. Dank des Eisbeutels ist die Schwellung zurückgegangen. Die Krankenschwester hat ein paar Tests gemacht, und die hast du tapfer überstanden. Du hast mit deiner Handtherapeutin telefoniert und die Krankenschwester auch. Die Handtherapeutin – ich glaube, sie heißt Constance – war zufrieden damit, was die Krankenschwester gemacht hat.«

»Okay.« Erinnerungsfetzen kamen zurück. »Ich habe mit Connie telefoniert. Sie hat gesagt, ich soll den Anweisungen der Krankenschwester folgen, das Vicodin nehmen und morgen um drei Uhr in ihre Praxis in New Jersey kommen.«

»Ganz genau.«

Sloane war erleichtert. Ihre Hand würde sich wieder erholen. Und für die Dackel war gesorgt. »Was ist mit meinem Auto?«, fragte sie.

»Es steht an der Tankstelle. Der Mechaniker flickt deinen Reifen. Morgen ist er so gut wie neu – genauso wie du.« Derek packte Sloanes Cheese-Whopper aus und gab ihn ihr. »Iss jetzt. Aber mit der linken Hand.«

»Das hatte ich vor.« Während Sloane den Burger nahm, runzelte sie immer noch fragend die Stirn. »Wie ist mein Auto zur Tankstelle gekommen?«

»Ich hab es dorthin gefahren, nachdem ich den Reifen gewechselt hatte. Tom hat mich abgeholt und zurück zu meinem Wagen gebracht. Dann ist er nach Hause gefahren, und ich habe dich an der Erste-Hilfe-Station abgeholt.«

»Ich erinnere mich an die Fahrt.« Sloane dachte angestrengt nach. »Ich erinnere mich auch, dass wir auf den Parkplatz gefahren sind und in das Hotel gegangen sind. Ah, ich erinnere mich, dass du mir das hier gegeben hast.« Sloane zog an dem Sweatshirt, das ihr ein paar Nummern zu groß war. »An mehr erinnere ich mich nicht. Ich glaube, ich war ganz schön neben der Spur.«

»Die Schmerztabletten sind sehr stark. Aber du wusstest trotzdem noch ziemlich gut, was Sache war, bis wir im Hotelzimmer waren.« Derek grinste. »So gut, dass du mir die Badezimmertür vor der Nase zugeschlagen hast, als ich reinkommen wollte, um dir zu helfen, deine nassen Sachen auszuziehen. Dann hast du dich ins Bett gelegt und warst sofort weg. Und ab da hast du geschlafen.«

»Wow. Fast dreieinhalb Stunden.«

»Ungefähr. Iss jetzt deinen Whopper. Die Sauce tropft auf mein Bett.«

Sloane senkte den Blick und grinste, als sie die Servietten entdeckte, die Derek vorsorglich auf ihren Schoß gelegt hatte. »Ich wusste, das war eine Lüge. Glaubst du, ich habe es vergessen, Meister Proper?«

»Nein.« Derek biss in seinen Double-Whopper. »Ich wollte nur testen, ob du wieder den Durchblick hast.«

»Es wird von Minute zu Minute besser. Wenn ich erst was gegessen habe, bin ich wieder topfit.« Mit Appetit schlang Sloane ihren Whopper hinunter und aß ihre Fritten. Ab und zu trank sie einen Schluck Cola light.

»Ich hab das mit der Cola light nie verstanden.« Derek trank einen Schluck von seiner Kräuterlimonade. »Wenn du dir den Bauch vollschlägst, ohne auf die Kalorien zu achten, könntest du doch auch was Vernünftiges trinken, oder? Ich glaube, ich hab dich, seit wir uns kennen, vielleicht fünf Mal Fastfood essen sehen. Warum verdirbst du dir das Essen mit einem Getränk, das schmeckt wie verdünnter Colasirup mit scheußlichem Nachgeschmack?«

»Cola light schmeckt echt gut.« Sloane grinste über seine Beschreibung. »Vor allem Cola light Lemon. Und wenn ich mir mal richtig den Bauch vollschlage, warum sollte ich dann Kalorien an das Getränk verschleudern? Dann esse ich lieber noch mehr Fritten.«

»Du könntest dir beides leisten.«

»Alles in vollen Zügen genießen?«

»Ganz genau. Sich mit voller Kraft ins Leben stürzen.«

»Wie du es immer machst.«

»Du doch auch.«

Sloane schwieg einen Moment. »Ich glaube, das kann ich nicht abstreiten. Mein Motto war schon immer: entweder ganz oder gar nicht.«

»Das bringt uns zu unserem Gespräch zurück.«

»Oder auch nicht.« Sloane sah ihn hoffnungsvoll an. »Kann ich nicht Schwäche wegen meiner Verletzung vortäuschen? Oder dass ich durch die Medikamente leicht weggetreten bin? Ich appelliere an deine Logik und sage, dass wir doch auch so gut miteinander auskommen. Warum sollten wir das jetzt aufs Spiel setzen, weil wir über Dinge sprechen, die unweigerlich zum Streit führen?«

»Du könntest es versuchen. Aber ich würde keinen einzigen Vorwand akzeptieren. Dieses Gespräch ist seit dreizehn Monaten überfällig. Und wir werden es jetzt führen.«

Sloane legte die Servietten zur Seite, zog die Knie an und schlang die Arme um ihre Beine. »Wenn du richtig darüber nachdenkst, haben wir dieses Gespräch schon geführt. Heute Nachmittag auf dem Parkplatz am Stockton College.«

»Wir haben ein bisschen was von unserer Wut und von unseren Gefühlen herausgelassen. Aber über das Wesentliche haben wir nicht gesprochen. Es gibt Gründe, warum wir die Argumente des anderen vor einem Jahr nicht verstanden haben, es gibt einen Grund, warum du gegangen bist, und es gibt auch einen Grund, warum wir seitdem keinen Kontakt mehr hatten.«

»Ja, diese Gründe gibt es. Wir sind grundverschieden. Wir gehen mit vielen Dingen unterschiedlich um, wir haben oft unterschiedliche Ansichten, und jeder setzt andere Prioritäten. Noch schlimmer ist aber, dass wir uns teilweise auch sehr ähnlich sind. Und gerade das ist nicht gut für eine dauerhafte Beziehung. Wir sind beide dickköpfig. Wir sind beide stolz. Wir haben beide einen starken Willen. Und alles, was wir machen, machen wir beide mit voller Kraft.«

»Das trifft auch auf unsere Beziehung zu«, meinte Derek trocken.

»Stimmt. Wir sind beide leidenschaftlich – ja, zugegeben, das traf auch auf unsere Beziehung zu. Aber das ist nicht von Belang, denn die großen Probleme können wir nicht wegreden. Wir werden uns niemals einigen, wer wen im Stich gelassen hat, nachdem ich niedergestochen wurde. Keiner von uns wird klein beigeben, niemals. Und wir werden dem anderen niemals verzeihen oder ihm wieder vertrauen. Wir sind in einer Sackgasse gelandet. Im Grunde hat sich nichts geändert. Warum also sollen wir darüber reden?«

»Du hast recht.«

Das, was dann passierte, traf Sloane vollkommen unvorbereitet.

Mit einer schnellen Bewegung schob Derek seine Verpackung von Burger King zur Seite und rutschte aufs Bett. Er packte Sloane an den Schultern und zog sie an sich, bis sie die Wärme seines Körpers durch ihr Sweatshirt spürte.

»Es gibt nichts, worüber wir reden müssen«, sagte er mit rauer Stimme. »Nicht jetzt. Vielleicht nie.« Er wich ein Stück zurück und sah sie an. In seinen blauen Augen loderte ein Feuer. In ihren Augen spiegelten sich Erstaunen und Wachsamkeit. Derek strich mit seinen Daumen über ihren Nacken und spürte, dass ihr Puls schneller ging. Dann zeichnete er ihre Lippen und ihre Wangenknochen nach.

Und plötzlich war aus der Vergangenheit Gegenwart geworden.

»Ich weiß nicht, ob wir es je schaffen, alles aufzuarbeiten«, murmelte Derek, während sein Atem über ihren Mund strich. »Aber du hast recht. Nichts hat sich geändert, jedenfalls nicht, dass ich dich wahnsinnig begehre. Seit du weg bist, bin ich unzählige Male schweißgebadet aufgewacht. Und seit du bei diesem arrangierten Treffen vor zwei Wochen plötzlich vor mir gestanden bist, habe ich nur noch den Wunsch, mit dir zu schlafen. Mein Bauch sagt mir, dass es dir genauso geht. Hab ich recht?«

Sloane war nicht in der Lage, ihm zu antworten. Der Druck von Dereks Brust gegen ihren Busen, der würzige Duft seines Burberry Eau de Cologne, das Feuer in seinen Augen – all das war viel zu erotisch und viel zu vertraut.

Sie wunderte sich nicht, dass ihr Körper sofort auf seine Zärtlichkeiten reagierte, aber dass sie solch eine Leidenschaft in ihr hervorriefen ... Die sexuelle Anziehung zwischen ihr und Derek war immer berauschend gewesen, und sie wusste, dass das Feuer der Leidenschaft nicht erlosch, nur weil die Beziehung nicht funktionierte. Aber das hier? Es war, als wäre ein Damm gebrochen und die reißenden Wassermassen würden sie verschlingen.

»Sloane«, murmelte Derek, der sich kaum noch zurückhalten konnte. »Antworte mir. Hab ich recht?«

»Ja«, stieß Sloane schnell hervor.

Dereks Blick verdunkelte sich. »Scheiß auf unsere unterschiedlichen Charaktere. Scheiß auf unsere Gemeinsamkeiten. Scheiß auf alles außer das hier.« Seine Hände glitten unter ihr Sweatshirt, umspielten ihre Brüste und rieben über die Brustwarzen, bis sie hart wurden.

Sloanes Körper begann zu pochen. So etwas hatte sie seit Cleveland nicht mehr erlebt. Sie bekam kaum Luft und konnte nicht mehr klar denken.

Ihre Hände machten sich selbstständig. Sie glitten unter Dereks T-Shirt und über seine behaarte Brust. Trotz des Verbandes spürte sie wieder das himmlische Gefühl, wie es war, wenn sie ihn berührte. Derek keuchte auf.

»Wir machen einen großen Fehler.« Sloane beugte sich vor und strich mit ihren Lippen über seinen Mund – zuerst in die eine Richtung, dann in die andere. »Einen *sehr* großen Fehler.«

Derek presste seinen Mund fest auf ihre Lippen. »Das ist mir egal.« Er drang mit seiner Zunge in ihren Mund und küsste sie ungestüm. »Und dir?«

»Mir auch.« Sloane gab sich ganz dem Augenblick hin. Als seine Zunge immer tiefer in ihren Mund eindrang und einen Vorgeschmack auf das bot, was gleich passieren würde, wurde jeder klare Gedanke vertrieben. Sloane kniete sich hin, schlang die Arme um seinen Nacken und erwiderte den leidenschaftlichen Kuss.

»Deine Hand«, murmelte er und strich über ihren Verband. »Wir müssen aufpassen.«

Sie zog ihre Hand weg. »Das werden wir, aber nur auf die Hand. Alles andere ist erlaubt.«

»Einverstanden.«

Mehr sagten sie nicht.

Derek zog Sloane das Sweatshirt über den Kopf, wobei er darauf achtete, den rechten Ärmel behutsam über den Verband zu ziehen, und warf es auf den Boden. Er zog seine Jeans aus und warf sie daneben, während Sloane ihm das T-Shirt über den Kopf zog. Derek stellte sich kurz hin und zog Slip und Socken aus. Dabei ließ er Sloane nicht aus den Augen. Sie legte sich auf den Rücken und wartete.

Lange brauchte sie nicht zu warten.

Derek legte sich auf sie und presste sie auf die Matratze. Heiße Schauer liefen über ihre Körper. Sie konnten nicht mehr warten und das Vorspiel länger genießen. Derek presste seine Knie zwischen Sloanes Beine. Sie spreizte sie, hob die Knie an und schlang ihre Beine um seine Hüften. Derek drückte seinen steifen Penis gegen ihr Geschlecht, dann stieß er zu und drang tief in sie ein. Dabei stützte er sich auf den Ellbogen ab und beobachtete sie.

Sloane krümmte den Rücken und schrie auf. Sie klammerte sich an Dereks Nacken und presste ihre Beine noch fester um seine Hüften. Derek stöhnte leise. Auf seiner Stirn glitzerten

Schweißperlen, als ihre Körper miteinander verschmolzen. Er bewegte sich rhythmisch vor und zurück und drang mit schnellen, harten Stößen immer wieder in sie ein. Dann legte er sich auf sie und presste beide Hände auf ihren Po, sodass er bei jedem kraftvollen Stoß noch tiefer in sie eindringen konnte.

Der Höhepunkt kam für Sloane wie eine Explosion. Heiße Krämpfe ließen ihren Körper erzittern, breiteten sich von der Mitte aus und saugten alles aus Derek heraus, als auch ihn der Orgasmus durchzuckte und er sich in ihr ergoss. Er presste ihre Körper aneinander und murmelte heiser ihren Namen. Sloane stieß nur einen leisen Schrei der Erlösung aus und grub ihre Fingernägel in Dereks Rücken.

Als es vorbei war, brach er auf ihr zusammen. Ihr Keuchen war das einzige Geräusch in dem stillen Hotelzimmer.

»Ich hab recht«, murmelte Derek ihr irgendwann ins Ohr. »Nichts hat sich geändert. Die ganze Welt könnte in die Luft fliegen, wenn wir miteinander schlafen, und ich würde es nicht mal bemerken.«

Sloanes zarter Atem strich über seine Schulter. »Die Welt fliegt in die Luft, wenn wir miteinander schlafen. Das ist das Problem.«

»Ich würde das nicht als Problem bezeichnen, sondern als Vergnügen.«

Einen Augenblick lang herrschte Schweigen.

»Vielleicht hast du recht«, räumte Sloane schließlich ein. »Vielleicht ist es ein Vergnügen. Es ist ehrlich. Es ist unkompliziert.«

»Und es ist ein verdammt schönes Gefühl.«

»Das auch.«

»Und du hast vergessen, dass man auf diese Weise wunderbar Stress abbauen kann«, sagte Derek scherzend. »Überleg mal, wie viele Endorphine bei unserem leidenschaftlichen Sex freigesetzt werden.«

»Da muss ich dir zustimmen.«

Derek gab ihr einen Kuss auf den Nacken. »Angel«, murmelte er und atmete tief ein.

»Hm?«

»Dein Parfum. Du benutzt es immer noch. Der Duft macht mich verrückt.«

Sloanes Magen verkrampfte sich. Ja, sie erinnerte sich, wie verrückt es ihn immer gemacht hatte. Sie erinnerte sich auch daran, dass sie es sich auf bestimmte Körperstellen getupft hatte, um genau das zu erreichen.

»Ich hab eine kleine Flasche in meiner Handtasche.« Sie strich mit den Fingerspitzen über seine Wirbel. »Ich kann sie holen.«

»Später«, erwiderte Derek und presste sein Gesicht auf ihre Haut. »Jetzt möchte ich, dass du bleibst, wo du bist.«

Sloane spürte, wie sein Penis wieder steif wurde in ihr. »Ich verstehe.«

»Genau.« Er küsste sie zärtlich und drang mit der Zunge in ihren Mund. »Einwände?«

»Nein.« Sloane war schon wieder außer Atem.

»Ist mit deiner Hand alles in Ordnung?«

»Welche Hand?«

Derek kicherte. »Bin ich genauso gut wie das Vicodin?«

»Besser. Ich bin genauso süchtig nach dir. Vielleicht sogar noch mehr – jedenfalls im Bett.«

»Wir reden nur übers Bett. Über sonst nichts. Okay?«

»Okay.« Mit ihren Händen und ihren Lippen erforschte Sloane Dereks Körper von Neuem.

Derek erschauerte. Wieder presste er beide Hände auf Sloanes Po und drang tief in sie ein. »Ich hoffe, du hast heute Nacht nicht vor, lange zu schlafen.«

»Lange? Wir wäre es mit gar nicht?«

»Gar nicht wäre super.«

15. Kapitel

Datum: 2. April
Uhrzeit: 05.30 Uhr
Objekt: Tyche

Frühling. Die Jahreszeit der Geburt und des Neubeginns.

Die Welt färbt sich grün. Die Bäume beginnen zu sprießen. Das ganze College-Gelände und der Lake Ceva sind in goldenes Licht getaucht, wenn die Sonne aufgeht. Und die nächste zukünftige Göttin strahlt, während sie ihren morgendlichen Dauerlauf genießt.

Tyche.

Die ersten Sonnenstrahlen glitzern auf dem See und auf ihrem Haar. Sie ist jung, und sie läuft in lockerem, gleichmäßigem Tempo um den See herum.

Sie weiß nichts von dem herrlichen Schicksal, das auf sie wartet. Wie sollte sie auch? Im Augenblick ist sie ein ganz normales sterbliches Wesen. Bald wird sie eine Göttin sein.

Kirchenglocken läuten. Das erinnert mich an die Uhrzeit. Es ist besser, wenn ich jetzt gehe. Eine lange Fahrt liegt vor mir. Ich mache mir Sorgen um Gaia. Ich kann sie nicht lange allein lassen. Und ich muss alles für Tyches Ankunft vorbereiten. Die Handys muss ich später entsorgen. Jetzt lasse ich sie noch in meiner Tasche. Wenn ich Tyche habe, werfe ich sie in der Nähe des Drogenhauses in Irvington weg, auf dem Rückweg zu dem Neuen Olymp.

Ich muss mich zwingen, mich zurückzuziehen, aber vorher werfe ich noch einen letzten Blick auf sie.

Ja. Perfekt. Die Wahl. Das Timing. Der Ort.

Bald habe ich sie – sie und all die anderen.

Dann wird es endlich Zeit für mein letztes Opfer. Für meine andere Hälfte, für den Teil von mir, der mir fehlt, seit ich die Widmung in meinem Buch gelesen habe: *Für meinen kleinen Apollo*.

Damals war ich zu jung, um zu verstehen, was das bedeutet. Aber jetzt verstehe ich es. Und ich verstehe auch, was die Götter vorhaben.

Wie lange habe ich gewartet, *sie* heimzubringen. Um *ihr* den Raum zu zeigen, den ich zu ihren Ehren hergerichtet habe. Um ihre Tugend zu retten, indem ich sie mit zu mir nehme.

Sie wird die Welt der Sterblichen verlassen und sich mit den Gottheiten auf dem Olymp vereinen.

Den Zeitpunkt wird Gaia bestimmen.

Eickhoff Hall, New Jersey College
Trenton, New Jersey
07.10 Uhr

Tina Carroll war nervös.

Sie warf sich auf die andere Seite, schob ein Kissen unter ihren Kopf und versuchte, wieder einzuschlafen.

Es klappte nicht.

Sie richtete sich auf und strich sich mit den Fingern durch die Haare. Sie ärgerte sich, dass sie gleich aufstehen musste.

Ihre Vormittage liefen immer nach demselben Schema ab, seit sie im letzten Jahr ins Wohnheim für die höheren Semester gezogen war. Jetzt genoss sie den Luxus eines Einzelzimmers. Sie konnte tun und lassen, was sie wollte. Sie musste keine Kompromisse machen, weil sie das Zimmer mit einer anderen Studentin teilte. Das hieß auch, sie konnte die Nacht zum Tag machen, und das gefiel ihr besonders gut. Sie konnte mit Freunden herumhängen – entweder Partys feiern oder Karten spielen –, bis zum Morgengrauen lernen und dann bei Sonnenaufgang joggen gehen.

Im Gegensatz zu anderen fand Tina diesen Rhythmus entspannend, und er half ihr, gut zu schlafen. Wenn sie vom Joggen zurückkam, duschte sie, legte sich ins Bett und schlief fünf Stunden. Sie hatte ihre ganzen Seminare auf den Nachmittag gelegt, und freitags hatte sie gar keine. Das war der Vorteil, wenn man die ersten Semester hinter sich hatte. Alles war perfekt auf ihre Poker-Nacht von Freitag auf Samstag abgestimmt. Ihre Terminplanung war perfekt, und ihr Leben gefiel ihr gut.

Bis jetzt.

In der letzten Woche hatte sie überall, wo sie sich aufhielt, das mulmige Gefühl gehabt, sie würde beobachtet. Sie spürte es, wenn sie in die Kampfsport-Akademie ging oder wieder herauskam, wenn sie über den Campus lief und sogar morgens beim Joggen. Nie sah sie jemanden, und nie hörte sie ein Rascheln in den Bäumen. Aber sie war ständig angespannt. Zur Sicherheit schloss sie ihre Zimmertür ab, wenn sie zu Hause war. Und sie ließ die Jalousien herunter, wenn sie duschte oder sich umzog. Sie schlief auch nicht mehr nackt, sondern zog ein T-Shirt an.

Trotzdem war sie nervös, und sie war immer darauf vorbereitet, sich im Notfall zu verteidigen.

Da sie seit drei Jahren Krav Maga trainierte, würde das kein Problem sein für sie.

Best Western Garden State Inn
Absecon, New Jersey
10.05 Uhr

Sloane war im Badezimmer und frottierte ihre Haare mit einer Hand. In der Zwischenzeit kam Derek ins Hotelzimmer zurück.

»Frühstück«, sagte er und stellte eine Schachtel mit Dunkin' Donuts auf die Kommode. »Tut mir leid, dass es nur Donuts gibt, aber die Auswahl war nicht besonders groß.«

»Und unsere Frühstückspause wird nicht besonders lang«, erinnerte Sloane ihn. Sie warf ihr Handtuch auf den Boden und kam aus dem Badezimmer. »Wir müssen wieder an die Arbeit. Und es ist mir egal, was ich esse. Ich sterbe vor Hunger. Ich würde alles essen, sogar irgendwelche Kalorienbomben. So, da bin ich.« Dankbar atmete sie den herrlichen Duft ein. »Dunkin' macht den besten Kaffee. Ich kann keine Sekunde länger warten.«

»Brauchst du auch nicht.« Derek drückte ihr einen dampfenden Kaffeebecher in die linke Hand. Er verzog das Gesicht, als er sie musterte. »Sehr elegant. Jetzt würde ich gern ein Foto von dir machen.«

»Wie bitte?« Sloanes Blick glitt über ihr Outfit. Dereks schwarze Jogginghose und sein Sweatshirt waren ihr viel zu groß. Sie hatte beides in der Taille mit einem Gürtel zusammengeschnürt, damit die Hose nicht herunterrutschte. »Kann ich in dieser Aufmachung keine Werbung machen für *Vogue*?«

»Hm ... nein. In meinen Sachen bist du fast unsichtbar. Niemand würde dich finden, um ein Foto von dir zu machen.«

»Apropos, das FBI müsste eigentlich für meinen Hosenanzug aufkommen. Der war von Tahari – eine meiner Lieblingmarken. Der hat ein Vermögen gekostet.«

»Da würde ich mir keine allzu großen Hoffnungen machen. Erstattung von Designer-Kleidung ist im Budget des FBI nicht enthalten.«

»Ich erinnere mich.« Sloane trank einen Schluck Kaffee, setzte sich hin und nahm sich einen Donut mit Marmelade. »Wenn die Klamotten, die man anhat, drei Nummern zu groß sind, kann man sich ruhig den Bauch vollstopfen. Man braucht ihn nicht einzuziehen. Man braucht sich nicht mit Reißverschlüssen herumzuärgern. Man kann essen, was man will. Wenn mich irgendwann die Wirklichkeit wieder einholt, jogge ich ein paar Meilen mehr und lege eine Stunde zusätzliches Krafttraining und Schießübungen mit dem Bogen ein.«

»Ich an deiner Stelle würde mir keine Sorgen machen.« Derek schlang seinen ersten Donut hinunter und nahm sich einen zweiten. »Du hast seit Cleveland kein Gramm zugenommen. Nach unserer gemeinsamen Nacht muss ich es ja wissen.«

Es folgte ein Augenblick angespannter Stille.

»Sollen wir darüber sprechen, was passiert ist?«, fragte Derek schließlich.

»Nicht nötig.« Sloane schüttelte den Kopf. »Es war, was es war.«

»Das klingt sehr rätselhaft. Könntest du das erklären?«

»Da gibt es nichts zu erklären. Du hast selbst gesagt, dass die Chemie zwischen uns im Bett hundertprozentig stimmt. Wenn du mich fragst, ob ich sagen würde, es wäre nichts passiert, dann lautet die Antwort Nein. Es *ist* passiert. Wir wollten es beide. Es war wahnsinnig schön. Es dauerte die ganze Nacht. Und jetzt ist die Nacht vorbei.«

Derek trank zögernd einen Schluck Kaffee. »Willst du damit sagen, dass es eine einmalige Sache war?«

»Damit will ich sagen, wir sollten uns nicht zu viele Gedanken darüber machen. Wir brauchen keine Entscheidungen zu treffen. Wenn wir uns dazu zwingen, wird alles nur kompliziert, und wir wissen nicht mehr, wie wir miteinander umgehen sollen. Das können wir uns nicht leisten, weder beruflich noch privat.«

»Aber die Tür ist nicht geschlossen.«

»Nicht, wenn du es nicht willst.«

»Nein«, erwiderte Derek entschieden. »Ich will nicht, dass sie geschlossen ist. Ich will nicht einmal, dass sie nur einen Spalt offen ist. Ich möchte, dass sie weit offen ist. Dann können wir hindurchgehen, wenn wir beide es wollen. Was ich schon längst tue.«

Sloanes Augen funkelten. »Bin ich so gut, hm?«

»Noch besser.«

»Du auch. Ich hoffe, das steigt dir nicht zu Kopf.«

»Ich werde mich bemühen.« Derek grinste. »Obwohl das schwer ist, wenn ich bedenke, wie oft du mich angefleht hast ...«

»Schluss jetzt!« Sloane hob die Hand. Doch sie lächelte, denn sie war so entspannt wie seit einer Ewigkeit nicht mehr. »Wenn du wissen willst, ob du besser warst als alle anderen Männer, dann verlierst du. Denn dann bin ich gezwungen, dir die Flecken zu zeigen, die du auf meinem Körper hinterlassen hast – *überall* auf meinem Körper –, als du die Kontrolle verloren hast. Ich habe bestimmt eine Woche lang blaue Flecken.«

»Aber ich bekomme Punkte, weil ich Rücksicht auf deine Hand genommen habe«, erinnerte Derek sie. Sein Lächeln erstarb, und er runzelte die Stirn. »Ich habe doch Rücksicht genommen, oder?«

»Ja, hast du.« Sloane sah auf den Verband.

»Hast du noch Schmerzen?«

»Eigentlich nicht. Meiner Hand geht es viel besser. Seit Mitternacht habe ich keine Vicodin mehr genommen. Beruhigt bin ich allerdings erst, wenn Connie einen Blick auf meine Hand geworfen hat. Aber ich glaube, ich bin auf dem Weg der Besserung.«

»Da bin ich aber froh.«

Das Klingeln von Dereks Handy unterbrach ihr Gespräch.

Er stellte seinen Kaffeebecher ab, klappte das Handy auf und meldete sich. »Parker.« Eine kurze Pause. »Sie haben etwas für mich?« Derek sah zu Sloane hinüber und flüsterte ihr zu: »Die Polizei vom Campus.«

»Okay. Im Daten-Archiv.« Derek nickte. »Das macht Sinn. Sind Sie sicher, dass auch die Videoaufnahmen der Überwachungskameras von *diesem* Abschnitt des Lake Fred dabei sind? Vom vierzehnten April letzten Jahres? Perfekt.« Er hielt den Daumen nach oben. »Machen Sie mir Kopien davon. Ich brauche das Filmmaterial von der ganzen Woche vor Penelope Trumans Verschwinden, bis hin zu dem Tag, an dem sie dann tatsächlich verschwunden ist.«

»Zwei«, flüsterte Sloane und hielt zwei Finger hoch. »Er soll zwei Kopien machen.«

»Ich brauche zwei Kopien von den DVDs«, korrigierte er sich. »Eine fürs FBI und eine für Ms Burbank.« Er warf einen Blick auf die Uhr. »Ich hole sie ab, sobald sie fertig sind. *Wie lange?*« Derek presste die Lippen zusammen. »Vier oder fünf Tage? Das geht auf gar keinen Fall. Ja, ich weiß, wie viel Filmmaterial das ist und dass es um eine ganze Woche geht. Ich weiß aber auch, dass es hier möglicherweise um einen Mordfall geht. Ich spreche mit dem Rektor des College. Er wird Ihnen alle Überstunden genehmigen und Ihnen genügend Geräte und Leute zur Verfügung stellen, damit Sie so schnell wie möglich fertig sind.«

Wieder entstand eine Pause. »Was halten Sie von diesem Kompromiss? Sie kopieren das ganze Filmmaterial vom vierzehnten April, sodass mir die ersten DVDs morgen früh zur Verfügung stehen. Den Rest können Sie mir dann nach und nach schicken, sobald die Sachen fertig sind. Ich brauche das Material der ganzen Woche in spätestens drei Tagen. Betteln Sie, leihen Sie sich Geräte oder klauen Sie welche, und arbeiten Sie rund um die Uhr, wenn es notwendig ist. Großartig. Dann haben wir uns verstanden. Ich bin morgen früh um neun Uhr da.«

Derek beendete das Gespräch und sah Sloane an. »Ich glaube, wir haben den richtigen Leuten Feuer unterm Hintern gemacht. Sie haben das Filmmaterial der Überwachungskameras schneller gefunden als erwartet.«

»Und jetzt brauchen sie eine Ewigkeit, um es zu kopieren. Wo ist das Problem?«

»Sie brauchen zusätzliche DVD-Brenner und natürlich mehr Leute. Wir sprechen hier über eine richtige DVD-Sammlung, circa fünfundzwanzig Stück.«

»Könnte hinkommen. Gut, dass du denen Druck gemacht hast, damit wir morgen zumindest das Filmmaterial vom Tag der Entführung bekommen.« Sloane seufzte. »Ich kann mich kaum bremsen, aber das hat auch etwas mit diesem speziellen Fall zu tun. Es geht mir alles nicht schnell genug. Den Trumans natürlich auch nicht. Ich bete, dass wir irgendwas auf diesen verdammten Filmen finden, das uns Antwort gibt auf die vielen Fragen.«

»Am wichtigsten ist es für die Eltern, dass sie endlich einen Schlussstrich ziehen können«, sagte Derek mit Nachdruck.

Sloane funkelte ihn an. »Du hast so viel Feingefühl wie eine Lawine.«

»Ich wollte nur sicherstellen, dass wir uns einig sind.«

»Dann sage ich es jetzt noch mal ganz deutlich, damit du es endlich verstehst«, erwiderte Sloane und sah Derek an. »Seit ich den Fall übernommen habe, weiß ich genauso gut wie du, wie schlecht die Chancen stehen. Es ist ein Jahr her. Es wäre ein Wunder, wenn Penny noch lebt. Ich gehe nicht davon aus, dass ich den Trumans ein Happyend präsentieren kann. Nur ein bisschen Frieden und ein Ende des entsetzlichen Wartens, weil sie nicht wissen, was mit ihrer Tochter passiert ist.«

»Zu wissen, was mit ihr passiert ist, könnte noch schlimmer sein.«

»Das glaube ich nicht. Nicht, nachdem sie sich die ganzen Monate lang ausgemalt haben, was für schlimme Sachen passiert sein könnten.«

»Vielleicht. Aber wenn sie die Wahrheit kennen, müssen sie die Hoffnungen, die sie sich noch gemacht haben, endgültig begraben.«

»Ich weiß, Derek. Und wenn dieser Fall eintritt, brauchen sie vielleicht psychologische Unterstützung. Doch im Augenblick sind das alles nur Spekulationen. Als Erstes müssen wir den Fall lösen. Dann beschäftigen wir uns mit den Folgen. Zurück zu den

Überwachungskameras. Könntest du mir meine Kopien morgen von einem Kurierdienst bringen lassen? Ich möchte sie sofort haben, wenn sie fertig sind.«

»Bezahlst du die Rechnung dafür? Das FBI bezahlt sie mit Sicherheit nicht.«

»Ist mir klar. Ich übernehme die Kosten.«

»Okay, dann lass ich sie dir bringen.«

»Und was ist mit deinen Kopien? Schickst du sie sofort nach Quantico?«

»Mehr oder weniger. Vorher sehe ich alle kurz durch. Vielleicht springt mir etwas ins Auge. Dann schicke ich sie per Express zum FBI-Labor. Die Kollegen dort können erheblich mehr aus den Filmen herausholen als ich.«

»Genauso würde ich es auch machen.« Sloane biss sich auf die Unterlippe und dachte darüber nach, wie sie am schnellsten Ergebnisse erzielen konnten. »Du wirst beim FBI von Spezialisten und High-Tech-Geräten unterstützt. Ich werde für mein Engagement gut bezahlt und genieße den Luxus, mein eigener Boss zu sein. Das heißt, ich bin niemandem Rechenschaft schuldig, wann und wie lange ich arbeite. Ich kann mir die DVDs also rund um die Uhr ansehen. Das sind gute Bedingungen, und die werden uns helfen, etwas zu finden. Es muss so sein.«

Derek öffnete den Mund, um etwas zu erwidern, doch da klingelte sein Handy wieder. Er meldete sich. »Parker.« Er schwieg eine Weile und runzelte konzentriert die Stirn. »Die Tage und die Uhrzeiten stimmen exakt überein? Was ist mit heute? Nichts? Bist du sicher?« Derek atmete aus. »Okay, schick mir alle Ergebnisse deiner Analyse per Mail. Die Telefonnummern schreib ich mir sofort auf.« Er nahm einen Block mit dem Hotel-Logo und einen Stift und notierte sie. »Danke, Chuck. Du hast was gut bei mir.«

Derek beendete das Gespräch und starrte auf den Block. Sloane sah ihn erwartungsvoll an. »Hatte das was mit unserem Fall zu tun?«, fragte sie. »Oder geht mich das nichts an?«

»Doch, das geht dich sehr wohl was an. Es geht um dich.« Derek sah ihr in die Augen. Er wirkte alles andere als glücklich. »Das war der Kollege aus der Kommunikationsabteilung, der deine Handyverbindungen überprüft hat, weil er herausfinden will, woher diese Anrufe mit der unterdrückten Nummer gekommen sind und wer dein mysteriöser Anrufer ist. Offenbar sind die Anrufe von zwei verschiedenen Handys gekommen. Beides Wegwerfhandys. Beide zurzeit ausgeschaltet. Dein Stalker will wohl nicht, dass seine Anrufe zurückverfolgt werden.«

»Logisch. Sonst noch was?«

»Der Zeitpunkt und die Häufung der Anrufe. Es ging los am Montagmorgen in aller Frühe, als du zusätzlich das Gefühl hattest, beobachtet zu werden. Seitdem ruft er immer öfter an. Gestern Nachmittag war der absolute Höhepunkt. Neunzehn Anrufe. Die meisten, während du am Stockton College warst.«

»Es ist nicht das erste Mal, dass ich belästigt werde. Es ist schon ein paar Mal vorgekommen. Meistens wenn die Fälle, an denen ich gearbeitet habe, großes Aufsehen erregt haben in der Öffentlichkeit. Vergiss nicht, dass das FBI dich schützt, indem es dafür sorgt, dass dein Name nicht in den Medien genannt wird. Das funktioniert bei mir nicht. Ich bin private Ermittlerin.«

»Arbeitest du gerade an solchen Fällen?«

»Ja, an mehreren. Teilweise arbeite ich mit den Polizeibehörden zusammen und teilweise nicht. Mehr kann ich dir nicht sagen. Die Liste meiner Kunden ist vertraulich.«

»Welche Fälle hast du vor Kurzem übernommen? Zum Beispiel in den letzten ein oder zwei Wochen?«, wollte Derek wissen. »Fälle, die dazu geführt haben, dass dein Name in den Zeitungen stand und dadurch für jeden zugänglich war?«

Sloane dachte nach. »Ich helfe dem New York Police Department bei seiner Suche nach Cynthia Alexander. Das ist die Studentin, die verschwunden ist und die auf dem Campus des John Jay College zum letzten Mal gesehen wurde. Auf dem ganzen Campus wimmelt es inzwischen von Journalisten. Mein Name wurde in dem Zusammenhang in den Zeitungen erwähnt. Ach ja, mein Name wurde auch genannt, weil ich an dem Tag, bevor Cynthia verschwunden ist, am John Jay College während einer Tagung zum Thema ›Gewalt gegen Frauen‹ einen Vortrag gehalten habe. Und dann ist da natürlich der Truman-Fall. Ronald Truman ist ein renommierter Kardiologe und Autor. Er hat sich ziemlich deutlich dazu geäußert, dass man neue Spuren gefunden hat, dass er mich engagiert hat und dass das FBI den Fall neu aufrollt.«

»Warte mal«, sagte Derek und zählte an seinen Fingern ab. »Eine Tagung zum Thema ›Gewalt gegen Frauen‹. Zwei Vermisstenfälle, und in beiden Fällen geht es um Frauen. Beide sind noch nicht aufgeklärt. Über beide wird ausführlich in den Medien berichtet. Und bei beiden stehst du im Mittelpunkt. Das ist meines Erachtens kein Zufall.«

Sloane dachte kurz nach. »Meines Erachtens auch nicht. Jedenfalls nicht, wenn du es aus diesem Blickwinkel betrachtest. Vielleicht hat der Typ, der mich telefonisch belästigt, meinen Namen in der Zeitung gelesen. Und das, was er gelesen hat, hat ihn entweder angeturnt, oder es hat ihn wütend gemacht. Wahrscheinlich Letzteres. Da draußen laufen immer noch jede Menge Chauvis herum.«

»Meinst du, dieser Typ ist nur ein hysterischer Reporter oder ein Verrückter, der sich dadurch einen Kick verschafft, dass er Frauen, die er aus der Zeitung kennt, in Angst und Schrecken versetzt, indem er ihnen nachstellt und sie mit anonymen Anrufen belästigt?«

»Ich bin nicht blöd, Derek. Ich weiß, dass es ihm um mich persönlich geht. Und dass dieser Typ vermutlich psychisch labil ist und sich nicht mit Telefonterror und Beobachtungen aus der Ferne begnügen wird. Ich bin mir bewusst, dass er sich möglicherweise erst warmläuft und mich eines Tages angreifen könnte. Darum wollte ich auch sofort gegen diese Anrufe angehen. Aber wie schon gesagt, habe ich viele Kunden. Darum bin ich nicht zu demselben Schluss gekommen wie du.«

»Das tust du immer noch nicht. Du stufst diesen Typen als einen verrückten Außenseiter ein. Bist du schon mal auf die Idee gekommen, er könnte ein Insider sein, der in einen Fall verwickelt ist, an dem du arbeitest? Dass er es auf dich abgesehen hat, weil er dich als Bedrohung ansieht, die ausgeschaltet werden muss, indem er dich entweder in Angst und Schrecken versetzt oder dir noch was Schlimmeres antut? Vergiss nicht, dass du einem Angriff viel schutzloser ausgesetzt bist als die Polizei oder das FBI.«

»Da ist was dran.« Anstatt sich jedoch größere Sorgen zu machen, flackerte Hoffnung in Sloanes Augen auf. »Wenn wir deiner Theorie folgen, eröffnen sich uns neue Möglichkeiten, vor allem weil die meisten Anrufe gestern kamen, als ich am Stockton College war. Mein anonymer Anrufer muss sich den größten Teil des Tages auf mich konzentriert haben und auf das, was ich getan habe. Ich habe in Pennys Fall ermittelt. Was ist, wenn es eine Verbindung gibt zwischen ihm und *diesem* Fall? Was ist, wenn er mich verfolgt, weil die Trumans mich engagiert haben, damit ich zusammen mit dir den Fall löse? Das würde zu deiner Theorie passen. Wenn dieser Irre seine Hausaufgaben gemacht hat, weiß er, dass ich eine gute Ermittlerin bin. Dann weiß er auch, dass Penny und ich früher enge Freundinnen waren. So eng, dass ich schneller etwas herausfinden könnte als die Polizeibehörden. Seine gesteigerte Aktivität gestern könnte bedeuten, dass er sich bedroht fühlt, und das könnten wir zu unserem Vorteil nutzen.«

»Wenn wir von einem kleinen Detail absehen, und das ist deine Sicherheit.« Derek verzog das Gesicht. »Du hast es gerade selbst gesagt. Er wird sich vermutlich nicht damit zufriedengeben, dich telefonisch zu belästigen und dich ab und zu zu beobachten, um dir Angst einzujagen. Er verfolgt dich und hinterlässt vielleicht sogar kleine Warnsignale. Denk an den Nagel in deinem Reifen. Er wird mutiger, aggressiver.«

»Und hoffentlich auch unvorsichtiger.«

»Sein nächster Schritt wird sein, dass er direkten Kontakt zu dir aufnimmt.«

»Gut. Vielleicht bekommen wir ihn schneller zu fassen, wenn wir ihn aus der Reserve locken.«

»Vergiss es. Wir benutzen dich nicht als Köder.«

Sloane antwortete nicht, und dieses Schweigen sprach Bände.

»Sloane«, sagte Derek mit einem warnenden Unterton.

Sloane seufzte. »Warten wir ab, bis es so weit ist, falls es überhaupt dazu kommt. Noch ist es nicht so weit. Jetzt mal was ganz anderes. Wann sind wir mit Tom McGraw verabredet? Und wann ist mein Wagen fertig?«

»Wir treffen uns mit Tom um halb zwölf in dem Schnellrestaurant ganz in der Nähe. Er ist jetzt am Stockton College und holt alles ab, was sie bis jetzt herausgesucht haben. Und dein Wagen müsste mittlerweile auch fertig sein. Wir können bei der Tankstelle anrufen, bevor wir den Wagen abholen. Dann haben wir noch genügend Zeit, bevor wir uns mit Tom treffen, um bei Verizon anzurufen und eine Sperre für diese beiden Nummern zu beantragen.«

»Guter Versuch«, erwiderte Sloane trocken. »Aber das kannst du vergessen. Wir ändern nicht den Plan, auch nicht wegen deiner cleveren Theorie. Ich will diesem Kerl nicht die Möglichkeit nehmen, mich telefonisch zu erreichen, und ich will ihn schon gar nicht warnen. Wenn wir das tun, könnte er sich verstecken, bevor wir herausfinden, wer er ist und was er will. Das will ich auf gar keinen Fall, denn er könnte etwas mit Pennys Verschwinden zu tun haben. Der Fall liegt seit fast einem Jahr auf Eis. Diese anonymen Anrufe könnten uns die Chance bieten, ihn zu lösen.«

»Vielleicht. Aber das ist nicht unsere *einzige* Chance. Außerdem wissen wir gar nicht, ob dein Stalker in diesen Fall verwickelt ist.«

»Die Wahrscheinlichkeit ist sehr groß. Der Fall ist zwar alt, aber ich bin erst seit Kurzem in die Ermittlungen einbezogen. Eine Ex-FBI-Agentin, eine Jugendfreundin des Opfers, die ein persönliches Interesse daran hat, den Täter zu schnappen ... Da müssen alle Alarmsirenen bei ihm aufheulen.«

»Okay.« Derek gefiel das ganz und gar nicht. »Noch ein Grund mehr, vorsichtig zu sein. Wer weiß, was dieser Typ mit dir vorhat und wann er zuschlagen will. Ich wiederhole, was ich vorhin schon mal gesagt habe: Wir benutzen dich nicht als Köder.«

»Ich kann gut auf mich allein aufpassen, Derek.«

»Das weiß ich.« Wie beim Militär verschränkte Derek die Arme vor der Brust – eine Haltung, die er sich für solche Situationen aufsparte. »Aber die Umstände haben sich geändert. Du kannst keine Waffe benutzen.«

»Ich brauche keine Waffe, um jemanden auszuschalten. Du hast mich in Aktion gesehen.«

»Ja, das habe ich. Deine Schläge können tödlich sein. Aber Krav Maga hat auch seine Grenzen. Damit kannst du keine Kugel aufhalten, die aus der Ferne auf dich abgeschossen wird.«

»Dann muss ich dafür sorgen, dass es nicht dazu kommt.«

»Wie?«

»Ich benutze Pfeil und Bogen.« Sloane kannte Dereks Ton nur zu gut. Sie ließ sich nicht davon beeindrucken. »Spiel jetzt nicht den Macho, der mich beschützen will. Da mach ich nicht mit. Ich habe drei Dackel. Wenn ich einen Doberman haben wollte, würde ich mir einen kaufen.«

»Und ich biete dir einen Bodyguard an – gratis. Glück für dich. Denn du könntest dir meine Dienste nicht leisten, wenn ich sie dir in Rechnung stellen würde. Ich war Army Ranger. Schon vergessen?«

»Ich weiß.« Sloane schnaubte vor Wut. »Und ich weiß auch, dass du einen ganz schön nerven kannst.«

»Das ist ein Pauschalangebot. Akzeptier es einfach.«

»Keine Chance. Pass auf, Derek. Wir haben heute Nacht miteinander geschlafen. Wir werden wahrscheinlich wieder miteinander schlafen. Aber damit hört es auch schon auf. Sex hat nichts mit Beziehung zu tun. Du gehörst nicht in mein Leben, und ich werde nicht zulassen, dass du durch die Hintertür zu mir reinschleichst. Also vergiss es, den großen Beschützer zu spielen. Ich habe deine Hilfe damals nicht gebraucht, und ich will und brauche sie jetzt auch nicht.« Sloane nahm ihre Handtasche, ging durch das Hotelzimmer und wühlte im Kleiderschrank. »Leih mir eine Jacke. Wir holen meinen Wagen ab und treffen uns mit Tom. Dieses Thema ist für mich erledigt.«

16. Kapitel

Datum: 3. April
Uhrzeit: 21.00 Uhr

Es war ein schöner Zufall, dass mein begehrtestes Opfer sich als meine würdigste Gegnerin erwies.

Artemis. Mein Zwilling.

Sie ist nicht nur hübsch, sondern auch clever und einfallsreich. Sie hat keinen Augenblick gezögert, als sie den platten Reifen entdeckt hat, den ich mit dem Nagel kaputt gestochen hatte, damit sie in meiner Nähe bleibt. Nie hätte ich das getan, wenn ich gewusst hätte, dass es noch regnen würde und dass niemand auf dem Campus ihr seine Hilfe anbietet. Sie hat sich verletzt. Das ist meine Schuld. Ich muss es wiedergutmachen.

Sie ist eine unglaublich raffinierte Jägerin. Wenn die Umstände anders wären, könnte sie sogar genügend Informationen ausgraben, die sie hellhörig machen könnten, sodass sie die Ermittlungen in meine Richtung lenkt.

Aber die Umstände sind nicht anders.

Und sie wird nicht genug Zeit dazu haben.

Hunterdon County, New Jersey
22.30 Uhr

Sloane kämpfte auf verlorenem Posten.

Eine halbe Stunde lang hatte sie mit den Dackeln einen Wettkampf im Tauziehen ausgetragen. Sie war müde, außer Atem und eindeutig die Verliererin. Das Einzige, was noch schlechter in Form war als sie, war das, womit sie Tauziehen gespielt hatten, und das war in diesem Fall eine ihrer Sportsocken. Moe hatte schon drei Löcher hineingebissen. Larry hatte so stark an der Socke gezogen, dass sie nicht mehr als solche zu erkennen war. Und Curly stieß jedes Mal, wenn er an der Socke zog, leise Grunzlaute aus.

»Ich gebe auf.« Sloane ließ die Socke los und streckte sich auf dem Wohnzimmerteppich aus. Sie lachte, als die drei siegreichen Dackel die Socke losließen, auf ihren Bauch sprangen, ihr über das Gesicht leckten und an ihren Haaren knabberten. »Ihr seid zu stark für mich. Übrigens, drei gegen einen ist unfair.«

Sie richtete sich auf und runzelte die Stirn, als ihr Blick auf die Wanduhr fiel. Es war schon fast halb elf, und der Kurier mit den DVDs war immer noch nicht da gewesen. Sloane hatte mindestens fünf Mal draußen nachgesehen, ob der Kurier die DVDs in den Briefkasten geworfen hatte und wieder weggefahren war. Nichts. Leider konnte sie Derek nicht erreichen, um zu fragen, was los war. Seit heute Morgen um zehn versuchte sie, ihn auf dem Handy zu erreichen, aber es meldete sich immer nur die Mailbox.

Sie war sauer, aber sie war auch ein bisschen besorgt. Derek war bekannt für seine Pünktlichkeit. Er hatte garantiert um Punkt neun in der Polizeiwache auf dem Campus in Stockton gestanden. Falls die DVDs nicht fertig gewesen wären, hätte er sich wie ein Feldwebel vor den Polizisten aufgebaut und ihnen Dampf gemacht. Und wenn er stundenlang hätte warten müssen, hätte er sie angerufen, um ihr Bescheid zu sagen.

Es sei denn, er war vollauf damit beschäftigt, einen Mittelweg zu finden, um einerseits das zu bekommen, was das FBI brauchte, und andererseits nicht zu viel Druck auf die College-Verwaltung auszuüben.

Wie Sloane es auch drehte und wendete, glücklich war sie jedenfalls nicht.

Moe begann zu bellen, weil er sich über mangelnde Aufmerksamkeit beklagte. Sloane gab ihrem Drängen nach, kraulte sie hinter den Ohren und gab dann jedem Dackel einen Kuss auf die Schnauze. »Ich danke euch, dass ihr das einzig Verlässliche in meinem Leben seid«, sagte sie zu den Hunden.

In diesem Augenblick klingelte es an der Tür.

»Und danke, dass ihr meine Glücksbringer seid«, fügte sie hinzu und stand auf.

Die drei Dackel kümmerten sich nicht um die Komplimente. Sie rannten sofort los, denn sie interessierten sich einzig und allein für den Besucher, der vor der Tür stand.

Sie waren begeistert, als sie sahen, wer es war.

Sloane war es nicht.

»Burt.« Sie runzelte die Stirn, als sie ihren Nachbarn mit einer zugedeckten Auflaufform in der Hand auf der Schwelle ihres Hauses stehen sah.

Burt schaute sie fragend an. Offenbar war ihm ihr enttäuschter Ton nicht entgangen. »Störe ich? Ich weiß, es ist schon spät, aber normalerweise gehen Sie nicht so früh schlafen, nicht wahr? Tut mir leid. Ich hätte vorher anrufen sollen.«

»Seien Sie nicht albern.« Sloane hatte ein furchtbar schlechtes Gewissen. Burt war in den letzten Wochen ihr Lebensretter gewesen. Immer wieder hatte er sich um ihre Dackel und ihr Haus gekümmert. Jetzt war sie unfreundlich zu ihm, und es hatte gar nichts mit ihm zu tun.

»Kommen Sie doch herein«, bat Sloane. Sie öffnete die Tür und versuchte, die Hunde davon abzuhalten, an Burt hochzuspringen. »Ich muss mich entschuldigen. Ich warte auf eine wichtige Lieferung, die ein Kurier bringen soll. Es geht um einen Fall, an dem ich arbeite, und es ist sehr dringend. Ich dachte, Sie wären der Kurier.« Sie lächelte. »Aber ein freundliches Gesicht ist immer gern gesehen. Nicht nur ich freue mich.« Sloane zeigte auf die Dackel, die sich um den besten Platz stritten, um Burt zu begrüßen. »In diesem Haus haben Sie viele Fans.«

»Gut, zu wissen.« Burt hockte sich auf den Boden und begrüßte die Dackel der Reihe nach. Gleichzeitig hielt er die Auflaufform in die Höhe. »Den hat meine Mutter gemacht. Thunfischauflauf. Sie hatte Angst, Sie würden nichts essen.«

»Keine Sorge. Ich hab gerade ein Steak mit Zwiebeln gegessen. Aber Elsa ist ein Schatz.« Sloane nahm ihm die Auflaufform ab. »*Den* esse ich morgen Abend.« Sie bat Burt herein und schloss die Tür hinter ihm. »Ich stelle das rasch in den Kühlschrank. Darf ich Ihnen etwas anbieten – Limo, Bier, Wein?«

»Was trinken Sie denn?«

»Kräuterlimo«, erwiderte Sloane kleinlaut. »Aber Sie brauchen sich nicht nach mir zu richten. Ich muss Schmerztabletten nehmen, deshalb ist Alkohol für mich tabu.«

»Ach, Kräuterlimo ist gar nicht schlecht. Danke. Ich brauche einen klaren Kopf. Könnte sein, dass ich heute Nacht noch Auto fahren muss.«

Sloane hörte den angespannten Ton in Burts Stimme. Sie musterte ihn, als er aufstand, nachdem er mit den Hunden gerauft hatte. Offenbar hatte er Sorgen. Man sah es ihm an. Sloane wollte ihn schon fragen, hielt sich dann aber zurück. Erstens ging es sie nichts an. Und zweitens wollte sie Burt auf keinen Fall das Gefühl vermitteln, dass zwischen ihnen mehr war als Freundschaft. Sie hatte seine Annäherungsversuche nach der Teestunde neulich bei Elsa nicht vergessen.

»Ich bin gleich wieder da«, sagte sie stattdessen. »Machen Sie es sich bequem.«

Sie ging in die Küche, stellte den Auflauf in den Kühlschrank und nahm zwei Flaschen Kräuterlimonade heraus. Als sie zurückkam, saß Burt in dem gemütlichen Arbeitszimmer gegenüber der Eingangstür auf dem Rand eines Lehnstuhls. Er kraulte Curlys Kopf, doch mit den Gedanken schien er ganz woanders zu sein.

»Bitte.« Sloane reichte ihm die Flasche, setzte sich auf ihr altes Lieblingssofa, lehnte sich an die dicken Polster und sah ihren

Gast an. »Sie und Elsa sind fantastisch«, begann sie. »Ich wüsste nicht, was ich und die Dackel ohne Sie machen würden.«

»Dafür sind Nachbarn da. Ich bin froh, wenn wir Ihnen helfen können.« Burt hob den Kopf. »Was macht Ihre Hand? Sie ist immer noch verbunden. Sind die Wunden aufgegangen?«

»Ein bisschen. Aber es ist schon viel besser als gestern. Ich nehme an, meine Handtherapeutin entfernt den Verband morgen wieder. Sie wollte nur auf Nummer sicher gehen. Das Narbengewebe ist aufgescheuert, und die Nerven und Sehnen sind entzündet. Meine Therapeutin war ganz schön sauer. Und mein Chirurg bringt mich um, wenn ich in zwei Wochen zur Nachuntersuchung zu ihm gehe. Er ist wie ein Künstler. Er mag es nicht, wenn man ihm ins Handwerk pfuscht.«

»Das kann ich gut verstehen. Jede Art von Kunst – auch die eines Chirurgen – ist ein Geschenk. Sie sollte anerkannt und respektiert werden. Vermutlich sage ich das so deutlich, weil ich eine Buchhandlung leite. Künstlerisches Talent flößt mir Respekt ein.« Burt trank einen Schluck Limo und rollte die Flasche nachdenklich zwischen den Handflächen. »Schönheit flößt mir Respekt ein. Sie ist selten. Unschuld ist noch viel seltener. Anstand, Respekt ...« Er schüttelte den Kopf und wirkte bestürzt. »Das alles gibt es praktisch nicht mehr. Darum macht es mich verrückt, wenn ich sehe, wie es abgewertet wird.«

Sloane hatte wieder dieses unbehagliche Gefühl. »Im Leben geht es immer auf und ab«, sagte sie nur. »Doch es gibt immer noch viel Gutes und viel Schönes auf der Welt. Manchmal erkennt man es nur nicht.«

Burt verzog das Gesicht, als er erkannte, dass er Sloane irritiert hatte. »Tut mir leid. Ich bin vorbeigekommen, um Sie aufzumuntern, und stattdessen verderbe ich Ihnen die Laune.« Er räusperte sich. »Heute war ein harter Tag. Ich musste mich mit meiner Exfrau treffen. Es gab noch ein paar Dinge, die wir aufteilen mussten. Es war, gelinde gesagt, eine schwierige Aktion.

Dann bin ich bei meiner Mutter vorbeigefahren. Sie saß zusammengesunken am Küchentisch und war kalkweiß im Gesicht.«

Sloane bekam einen Schreck. »Ist mit Elsa alles in Ordnung?«

»Im Augenblick schon.« Burt trank noch einen Schluck. »Jeden Tag kocht und putzt sie. Aber heute hat sie außerdem noch im Garten gearbeitet und Büsche und Hecken geschnitten. Sie mutet sich einfach zu viel zu. Sie war geschwächt, erschöpft und ganz ausgetrocknet. Ich habe den Arzt gerufen. Er war so freundlich vorbeizukommen, um meiner Mutter die Fahrt in die Notaufnahme zu ersparen.«

»Und?«

»Ihr Blutdruck war im Keller. Sie brauchte Kalium, eine Vitamin-B-Spritze und eine Infusion.«

»Wo ist sie jetzt?«

»Sie schläft. Ich habe eine Pflegerin engagiert, die bleibt heute Nacht bei ihr. Aber das ist keine Lösung auf Dauer. Auf lange Sicht geht das nicht.«

»Falls es sich um ein finanzielles Problem handelt, würde ich Ihnen gern helfen«, bot Sloane spontan an. »Ich kenne Ihre Mutter schon, seit ich ein kleines Kind war. Sie ist nicht nur eine Nachbarin, sondern eine Freundin.«

»Danke, aber das ist nicht nötig.« Burt schüttelte den Kopf. »Das ist sehr nett von Ihnen. Und, glauben Sie mir, ich lehne nicht ab, weil ich zu stolz bin. Wenn es um Geld ginge, würde ich Ihr großzügiges Angebot, ohne zu zögern, annehmen. Aber es geht nicht um Geld. Meine Mutter wird immer schwächer. Ich muss mitansehen, wie ihr Zustand sich allmählich verschlechtert, und ich kann rein gar nichts tun.«

Jetzt verstand Sloane, was er vorhin gemeint hatte. »Ach so, darum wollten Sie kein Bier trinken. Jetzt weiß ich auch, warum Sie gesagt haben, Sie müssten vielleicht noch fahren. Sie haben Angst, dass Elsa ins Krankenhaus muss.«

»Ich will vorbereitet sein – für den Notfall. Wenn alles gut geht und sie morgen früh stabil ist, fahre ich zur Buchhandlung und packe ein paar Sachen ein. Dann kann ich vorübergehend bei ihr wohnen und mich um sie kümmern, solange sich ihr Zustand nicht verschlechtert.«

»Wann geht die Pflegerin nach Hause?«

»Morgen Mittag um eins. Bis dahin habe ich genügend Zeit, um alles zu arrangieren, bevor ich zu ihr fahre. Ich nehme Princess Di mit, damit die Pflegerin sich ganz auf meine Mutter konzentrieren kann.«

Sloane dachte kurz nach. »Um zehn habe ich den Termin bei meiner Handtherapeutin. Am frühen Nachmittag bin ich wieder zurück. Sollte es bei Ihnen Probleme geben, weil Sie im Verkehr feststecken oder keine Vertretung für die Buchhandlung finden, rufen Sie mich einfach an. Dann bleibe ich bei Elsa, bis Sie da sind. Wenn es nötig ist, bringe ich die Dackel mit und bleibe über Nacht.«

»Sie haben doch selbst genug zu tun.«

»Ja, ich kann meine Arbeit aber auch woandershin mitnehmen. Es ist egal, ob ich bei Elsa arbeite oder hier. Zögern Sie also bitte nicht, mir Bescheid zu sagen, wenn Sie Hilfe brauchen.«

Bevor Burt etwas erwidern konnte, klingelte das Telefon.

»Entschuldigen Sie mich bitte eine Minute«, bat Sloane. Sie hob ab und meldete sich. »Hallo.«

»Wie geht es deiner Hand?«

»Connie.« Sloane war gerührt, dass ihre Freundin sich um sie sorgte. Doch sie reagierte verhalten, weil sie mit den Gedanken immer noch bei Elsa war. »Meiner Hand geht es viel besser. Ich halte mich an deine Anweisungen. Du wirst es selbst sehen, wenn du dir meine Hand morgen ansiehst.« Sloane warf schnell einen Blick zu Burt hinüber, der ziemlich besorgt aussah. »Hör zu, mein Schatz. Ich freue mich, dass du anrufst, aber es ist gerade ein bisschen ungünstig. Ich habe Besuch. Wir sehen uns dann morgen früh um zehn, okay? Danke, dass du dich nach meiner Hand erkundigt hast …«

»Moment mal«, unterbrach Connie sie. »Wer ist denn bei dir? Derek, stimmt's? Ich wusste es. Das ist bestimmt kein Zufall. Und das war auch kein One-Night-Stand. Das war ein Neuanfang. Das habe ich dir an der Nasenspitze angesehen.«

»Wie schon gesagt, ist es gerade ungünstig.« Sloane biss sich auf die Zunge, um nicht mehr zu sagen, als sie jetzt sagen wollte. »Wir reden morgen weiter. Mein Nachbar ist hier. Er wollte wissen, wie es mir geht, und er hat mir einen leckeren Auflauf mitgebracht, den seine Mutter gemacht hat. Ihr verwöhnt mich alle.«

In diesem Augenblick klingelte es an der Tür.

»Hört sich an, als wärest du noch beliebter, als du gedacht hast«, meinte Connie am anderen Ende der Leitung.

»Wohl kaum.« Sloane winkte ab, als Burt anbot, die Tür zu öffnen. »Ich gehe schon«, flüsterte sie ihm zu und sagte zu Connie: »Anscheinend ist der Kurier, auf den ich gewartet habe, endlich mit dem Material da, das ich für meinen Fall brauche. Ich muss schnell aufmachen, sonst glaubt er noch, es ist keiner zu Hause, und dann muss ich noch einen Tag auf die Lieferung warten.«

»Okay, aber morgen sprechen wir darüber. Und dann will ich alles ganz genau wissen.«

»Gute Nacht, Connie.« Sloane legte auf und eilte zur Tür. »Endlich«, murmelte sie Burt zu, der die Dackel festhielt, damit sie nicht zur Tür liefen. »Ich dachte schon, der Kurier kommt gar nicht mehr.«

Sie riss die Tür auf, griff gleichzeitig in die Tasche, um dem Kurier Trinkgeld zu geben, und erstarrte.

Derek stand vor ihr.

»Hallo«, begrüßte er sie und schwenkte einen gepolsterten Umschlag. »Sonderlieferung.«

»*Du* bringst mir das vorbei? Warum?«, fragte Sloane erstaunt.

»Und wo hast du den ganzen Tag gesteckt? Was ist mit deinem Handy? Und warum hat es so lange gedauert, bis die DVDs endlich fertig waren?«

»Ich bin den Leuten den ganzen Tag lang auf die Füße getreten und habe mich in Diplomatie geübt. Es stellte sich heraus, dass das Gebiet auf dem Campus zwischen dem Parkplatz und dem Lake Fred von vier verschiedenen Kameras überwacht wird. Genau dort erstreckt sich der Weg, den Penelope unseres Erachtens gegangen ist, und ich wollte die Filme von allen Überwachungskameras haben. Das hat für ziemlich viel Unruhe gesorgt, und die Sache hat 'ne Menge mehr Zeit gekostet. Und mein Handy? Der Akku ist leer, und ich habe das Ladegerät vergessen. Und ich hab keinen Kurier gefunden, der noch so spät hierherfährt. Darum habe ich die DVDs selbst vorbeigebracht. Sonst noch was?«

Sloane atmete langsam ein. »Komm rein.« Sie trat zur Seite. »Wie hast du das Haus gefunden? Es taucht auf keinem GPS auf, das ich kenne.«

»Ich bin clever, und ich hab einen ganz guten Orientierungssinn. Hallo, Jungs, hallo, Mädel.« Derek hockte sich auf den Boden und begrüßte die Dackel, die sich losgerissen hatten und an ihm hochsprangen. Ein breites Lächeln breitete sich auf Dereks Gesicht aus, während er mit den Hunden spielte. »Sieht so aus, als hättet ihr euren alten Freund Derek nicht vergessen. Ich habe euch auch nicht vergessen.« Er zog drei kleine mit Erdnussbutter gefüllte Futterbälle aus seine Jackentasche. »Seid ihr immer noch so scharf drauf?« Er kicherte, als die Dackel sich beinahe gegenseitig über den Haufen rannten, um die Futterbälle zu ergattern. »Ist das okay?« Er drehte sich um und sah Sloane fragend an.

»Na klar.« Sie hob die Arme. »Sie würden mir niemals verzeihen, wenn ich jetzt Nein sage.«

»Habt ihr das gehört, Jungs? Greift zu.« Er verteilte die Futterbälle, worauf sich jeder Dackel einen schnappte und damit in eine Ecke des Wohnzimmers lief, um sich ungestört über den Leckerbissen herzumachen.

»Ich glaube, so was nennt man Bestechung«, sagte Sloane, während sie die Tür schloss.

»Nicht in diesem Fall. Diesmal ist es ein Wiedersehensgeschenk.« Derek schwieg, als er Burt entdeckte. »Störe ich?«

Burt stand auf. »Nein, ich bin einfach so reingeschneit. Sloane hat auf die Lieferung gewartet und gar nicht mit mir gerechnet.«

»Derek, das ist Burt Wagner, mein Nachbar. Er ist Elsas Sohn«, sagte Sloane. »Elsa und Burt haben mir das Leben gerettet, weil sie meine Dackel zu sich genommen haben, als ich mich gestern verletzt habe. Sie kümmern sich immer um die Dackel, wenn ich verreise oder lange unterwegs bin. Ohne sie wäre ich aufgeschmissen. Burt, das ist Special Agent Derek Parker vom FBI. Er ist ein Kollege und gleichzeitig der Kurier, der mir das Päckchen gebracht hat, auf das ich gewartet habe.«

Die beiden Männer begrüßten sich.

»Ein FBI-Agent. Wie aufregend«, sagte Burt. »Arbeiten Sie im Büro in Newark?«

»Nein. In New York«, erwiderte Derek. »Aber die Büros in New York und in Newark arbeiten oft zusammen, wenn es notwendig ist.«

»Das scheint ja so ein Fall zu sein.« Burt drehte sich zu Sloane um. »Ich gehe dann jetzt. Ich muss nachsehen, wie es meiner Mutter geht.«

Sloane nickte und begleitete ihn zur Tür. »Vergessen Sie nicht, was ich gesagt habe. Wenn Elsa mich braucht, komme ich. Rufen Sie einfach an. Morgen schaue ich dann auf jeden Fall vorbei. Sagen Sie ihr, sie soll sich ausruhen, damit sie wieder zu Kräften kommt. Und vielen Dank für den Auflauf.«

»Mach ich. Und vielen Dank für Ihre Hilfe, Sloane.« Burt strich ihr über den Arm. »Es ist schön, wenn man in solchen Zeiten weiß, dass man unterstützt wird.« Er drehte sich zu Derek um. »Hat mich gefreut, Sie kennenzulernen, Agent Parker.«

»Derek«, korrigierte er ihn. »Mich auch.«

Sloane schloss die Tür hinter Burt und drehte sich zu Derek um. Er hatte es sich schon auf dem Sofa bequem gemacht, die Füße auf den Hocker gelegt und die Hände hinter dem Kopf verschränkt. »Dieser Typ ist scharf auf dich«, sagte er, kaum dass Burt gegangen war.

»Wie bitte?« Sloane zog die Stirn in Falten.

»Du hast mich ganz richtig verstanden. Auf seiner Stirn konnte man den Satz lesen: ›Ich will mit Sloane Burbank schlafen.‹«

»Seiner Mutter geht es nicht gut. Er fürchtet, sie könnte schlappmachen. Ich bezweifle, dass er an Sex denkt.«

»Das mit seiner Mutter tut mir leid, aber er denkt definitiv an Sex – und vor allem mit dir.«

Sloane seufzte verärgert. »Okay. Er will Sex mit mir. Danke für den Hinweis.«

»Und was ist mit dir?«

»Was soll mit mir sein?«

»Willst du Sex mit ihm?«

»Herrgott, zuerst übernimmst du die Rolle meines Bodyguards, und jetzt willst du mein Sexleben kontrollieren? Ich dachte, ich hätte mich klar ausgedrückt, dass …«

»Schon gut«, unterbrach Derek sie und grinste selbstgefällig. »Du möchtest nicht mit dem Mann schlafen. Kluge Entscheidung. Er ist nicht dein Typ. Zu hilfsbedürftig. Zu normal. Und ein bisschen seltsam. Ziemlich viel Murks unter der Oberfläche.«

»Danke, Herr Doktor. Sehr beeindruckend. Und das weißt du alles, nachdem du ihn zwei Minuten gesehen hast?«

»Liege ich falsch?«

Schweigen.

»Siehst du? Ich bin ja nicht blöd.« Er zeigte seine strahlend weißen Zähne, als er sie mit diesem sexy Grinsen ansah.

»Es ist verblüffend, wie arrogant du bist«, murmelte Sloane. »Ich wundere mich, dass dich noch kein Kollege von C-6 umgebracht hat.«

»Das ist ein toleranter Haufen.«

»Offenbar.« Sloane sah nachdenklich auf die Tür. »Burt tut mir leid. Er muss ganz allein entscheiden, wie es mit seiner Mutter weitergeht, und er hat niemanden, der ihm mit Ratschlägen zur Seite steht.«

»Ich hoffe, du spielst nicht mit dem Gedanken, dass du ihm diese Ratschläge erteilst.«

»Nein, ich glaube, das wäre nicht gut. Außerdem kenne ich mich nicht gut genug aus. Ich dachte an einen Freund von mir. Er könnte ihm helfen. Ein ausgeglichener, ruhiger Mann. Außerdem hat er eine medizinische Ausbildung, und er macht etwas Ähnliches durch wie Burt.«

»Er?«, fragte Derek neugierig. »Will dieser ›er‹ auch mit dir schlafen?«

Sloane verdrehte die Augen. »Wohl kaum. Vielleicht erinnerst du dich. Ich hab schon mal von ihm erzählt. Luke Doyle. Er arbeitet im Bellevue Hospital als Krankenpfleger.«

»Ist das der Mann, den du am 11. September kennengelernt hast?«

Sloane nickte langsam. »Wenn man so was gemeinsam erlebt – das verbindet. Ab und zu treffen wir uns. Er ist ein netter, anständiger Kerl. Je länger ich darüber nachdenke, desto besser gefällt mir die Idee, dass es gut für Burt wäre, wenn er mit Luke sprechen würde.«

»Doyle«, wiederholte Derek. Er kniff die Augen zusammen und überlegte, woher er den Namen kannte. »Warum kommt mir der Name bekannt vor?«

»Weil die Mutter von Luke, Dr. Lillian Doyle, die Soziologie-Professorin am John Jay College ist, die auch auf der Tagung ›Gewalt gegen Frauen‹ eine Vortrag gehalten hat. Es war nicht die erste Tagung, auf der wir beide zusammen waren.« Sloane seufzte. »Sie hat Krebs, und angeblich bleibt ihr nicht mehr viel Zeit. Luke kümmert sich um sie. Ich glaube, es wäre auch für ihn gut, wenn er sich mit Burt austauschen würde. Dann sieht er, dass er nicht allein ist mit seinem Problem, auch wenn man die beiden Fälle nicht miteinander vergleichen kann.«

»Hört sich gut an«, stimmte Derek zu. »Ruf ihn an – *morgen.*«

Sloane entging Dereks Unterton nicht. Sie verschränkte die Arme vor der Brust und sah auf den Hocker, auf dem Dereks Füße lagen. »Offenbar hast du es dir bequem gemacht. Ich nehme an, du willst dir die DVDs zusammen mit mir ansehen. Oder hast du sie dir schon angesehen?«

Derek schüttelte den Kopf. »Ich hatte kaum Zeit, sie abzuholen, geschweige denn, sie anzusehen. Ich habe nur schnell überprüft, dass es sich um das Filmmaterial von dem richtigen Tag und von dem richtigen Gebiet auf dem Campus handelt. Dann habe ich die DVDs genommen und bin gegangen. Wir können uns die ersten Filme zusammen ansehen.«

»Einverstanden. Ich hole uns ein paar Flaschen Mineralwasser, oder möchtet du ein Bier?« Sloane wartete auf seine Antwort, obwohl sie die schon kannte.

»Nein, nicht bei der Arbeit«, entgegnete Derek. »Daran hat sich nichts geändert.«

»Okay, dann hole ich die Getränke. Du bereitest alles vor. Der Fernseher und der DVD-Player stehen da drüben.« Sloane zeigte auf die Geräte.

»Okay. Sloane, warte mal.« Derek hielt sie auf. »Hast du wieder Anrufe bekommen?«

»Nein«, erwiderte sie beiläufig. »Keinen einzigen.«

Derek musterte sie mit zusammengekniffenen Augen. »Aber irgendwas beunruhigt dich doch. Was ist es? Und erzähl mir nicht, es wäre nichts. Ich weiß es besser.«

Sloane gab auf. Ob es sie nun ärgerte oder nicht, Derek kannte sie einfach zu gut. »Keine Anrufe, aber ich glaube, er hat mich längere Zeit beobachtet. Ich habe allerdings keinerlei Beweise dafür. Es ist nur so ein Gefühl. Ich habe ihn weder gesehen noch gehört, im Haus nicht und auf dem Grundstück auch nicht. Und ich war ein paarmal draußen. Ich habe nach dem Kurier Ausschau gehalten und mich gleichzeitig nach meinem Stalker umgesehen. Er war irgendwo da draußen und hat mich beobachtet. Das habe ich gespürt.«

»Er will herausfinden, wie deine Tage normalerweise ablaufen. Dann entscheidet er, wann der günstigste Zeitpunkt ist, um zuzuschlagen. Kein Problem. Das wird ihm nicht gelingen. Dafür werde ich sorgen.« Sloane öffnete den Mund, um zu widersprechen, aber Derek kam ihr zuvor. »Verschwende deine Zeit nicht mit langen Diskussionen. Ich lasse mich nicht umstimmen, und außerdem sind wir jetzt erst mal stundenlang mit den DVDs beschäftigt. Du solltest übrigens dein Vicodin nehmen. Seit ich hier bin, reibst du dir ständig übers Handgelenk, und jedes Mal zuckst du zusammen. Du bist blass und siehst total mitgenommen aus. Das heißt, du hast Schmerzen.«

Sloane überlegte, ob sie ihm sagen sollte, dass er sich irrte oder dass er sich raushalten sollte. Schließlich entschied sie sich weder für das eine noch für das andere, sondern für die Wahrheit.

»Du hast recht. Ich habe Schmerzen. Aber wenn ich Vicodin nehme, schlafe ich sofort ein.«

»Na und? Dann siehst du dir die Filme eben so lange an, wie du kannst. Wenn du einschläfst, halte ich die DVD an, bis du wieder aufwachst. Ich mache mir ein Sandwich und gehe später mit den Hunden Gassi. Wenn ich mich recht erinnere, wecken sie dich sowieso auf, wenn sie wie aufgekratzt zurück ins Haus stürmen, als hätten sie dich drei Wochen nicht gesehen.«

»Stimmt.« Derek hatte recht. Dennoch hasste Sloane den Gedanken, die Kontrolle über ihr Leben abzugeben, sei es auch nur ein winziger Teil, und schon gar nicht an Derek.

»Nur ein Nickerchen, Sloane.« Derek merkte, dass sie seinem Vorschlag zwiespältig gegenüberstand, auch wenn sie es nicht sagte. »Das heißt nicht, dass du dich auf mich verlässt oder dich wieder auf mich einlässt. Du hast die Grenzen aufgezeigt. Ich hab's kapiert. Aber das, was ich vorgeschlagen habe, bedeutet nicht, dass du nachgibst oder dass dadurch eine emotionale Bindung zwischen uns entsteht. Wir sind Partner, und wir unterstützen uns gegenseitig, um den Fall zu lösen.«

»Klingt gut«, erwiderte sie trocken. »Aber du hast bei deiner mustergültigen Erklärung was Wichtiges vergessen – den wunderschönen Sex. Die meisten Partner schlafen nicht miteinander.«

»Okay, also Partner mit gewissen Vergünstigungen.« Er grinste. »Gefällt dir diese Beschreibung besser?«

Sloane konnte sich ein Lächeln nicht verkneifen. »Ja«, sagte sie und akzeptierte die Tatsache, dass das Vicodin und das Nickerchen wichtiger waren, als sich die ganze Nacht DVDs anzusehen. »Das ist okay.«

Eickhoff Hall, New Jersey College
Trenton, New Jersey
4. April, 12.00 Uhr

Tina war total aufgedreht.

Sie hatte ihre Philosophiearbeit schneller fertig als erwartet und sie im Büro ihres Professors abgegeben. Der Rest ihrer Hausarbeiten war am Wochenende leicht zu schaffen.

Das bedeutete, dass sie ihre Pokernacht doch nicht absagen musste.

Sie war glücklich. Seit ein paar Wochen hatte sie eine Glückssträhne. Wenn das so weiterging, würde sie sich die Krav-Maga-Ausrüstung kaufen können, auf die sie ein Auge geworfen hatte. Im Augenblick waren die Kurse umsonst, dafür arbeitete sie dort Teilzeit im Büro. Aber je besser sie wurde, desto mehr liebte sie den Adrenalinschub und den Aggressionsabbau beim schnellen Kampftraining. Tina wollte die Zahl ihrer Kurse erhöhen. Sie wollte auch gerne Einzelunterricht nehmen, der mehrmals wöchentlich angeboten wurde und bei dem echte Straßenkämpfe mit den Studenten geübt wurden. Dazu brauchte sie die Ausrüstung. Und die war teuer.

Wo konnte sie das Geld besser verdienen als am Pokertisch?

Tina zog eine bequeme Hose an, klappte ihr Handy auf und drückte eine Nummer auf ihrer Kurzwahlliste. »Hallo«, sagte sie zu einem ihre Pokerfreunde. »Heute findet es bei dir zu Hause statt, stimmt's? Gut. Ich kaufe unterwegs noch schnell ein paar Knabbereien und einen Sixpack. Bereite dich schon mal darauf vor, dass ich dich richtig nass mache.«

Bellevue Park South
New York City
4. April, 12.15 Uhr

»Ich freue mich, dass es mit unserem Treffen geklappt hat.« Sloane biss in ihren Hotdog und setzte sich auf die Parkbank beim Spielplatz, der gegenüber vom Krankenhaus lag.

»Kein Problem«, erwiderte Luke. Er zog seinen weißen Kittel aus, damit kein Senf darauf tropfte. »Ich muss mich für das Ein-Sterne-Essen entschuldigen. Aber ich habe nur eine Stunde Zeit.«

»Jetzt mach bloß nicht eine der großen New Yorker Traditionen schlecht«, sagte Sloane grinsend und biss noch einmal ab. »Jeder anständige New Yorker hat schon mal im Freien einen

Hotdog gegessen. Die Jugendlichen machen das doch alle. Und außerdem«, fügte sie in ernstem Ton hinzu, »finde ich es echt klasse, dass du es einrichten konntest.«

»Kein Problem. Ich musste nur über die Straße gehen. Aber du bist extra aus New Jersey gekommen. Also muss es was Wichtiges sein. Ist alles in Ordnung?«

Sloane nickte. »Es war kein großer Umweg für mich. Ich hatte eine Sitzung bei meiner Handtherapeutin. Heute arbeitet sie im Cornell Medical Center, und da war ich.«

Luke zeigte auf ihre Hand. »Ich hätte dich sowieso nach dem Verband gefragt. Was ist passiert? Ich hoffe, es ist nicht wieder schlimmer geworden.«

»Ein bisschen, und das ist meine eigene Schuld. Ich hatte einen Platten, und als ich versucht habe, den Reifen zu wechseln, habe ich mit dem Kreuzschlüssel gekämpft. Kannst du dir das vorstellen?«

Luke kicherte. »Ich kenne dich. Ja, das kann ich mir vorstellen. Ist es schlimm?«

Sloane seufzte. »Die Wunde ist ein bisschen entzündet und sehr empfindlich. Aber ich schlage mich tapfer und richte mich nach den Anweisungen des Arztes. Ich bin schon wieder auf dem Weg der Besserung. Wenn ich es eines Tages schaffe, zuerst mein Gehirn einzuschalten, bevor ich irgendwas mache, bin ich so gut wie neu.«

»Das passiert früher, als du glaubst. Du musst Geduld haben.«

»Ich? Das ist hoffnungslos.« Sloane sah Luke in die Augen. »Wie geht es deiner Mutter? In der letzten Woche war ich mehrmals am John Jay College, aber ich habe sie nicht gesehen. Das hat mich gewundert.«

In Lukes Miene spiegelten sich Traurigkeit und Resignation. »Im Augenblick arbeitet sie nur sporadisch. Sie ist müde. Mal sind die Schmerzen stärker, mal sind sie einigermaßen erträglich. Ich unterstütze sie, so gut ich kann. Sie ist eine Kämpfernatur und beklagt sich nie. Aber es ist schwer, wenn man mitansehen muss, wie sich ihr Zustand immer mehr verschlechtert.«

»Das tut mir wirklich leid«, sagte Sloane leise. Unwillkürlich fragte sie: »Und wie geht es dir?«

»Nicht gut. Sie ist alles, was ich habe ...« Luke schwieg. Er rang um Fassung. »Nichts im Leben bereitet dich darauf vor. Nicht einmal der 11. September.« Er seufzte laut. »Lass uns über was anderes reden. Warum wolltest du dich mit mir treffen?«

Sloane zögerte. »Ich wollte dich um einen Gefallen bitten. Aber wo ich jetzt sehe, wie schlecht es dir geht, ist das vielleicht doch keine so gute Idee.«

»Dann sag mir doch erst mal, worum es geht.«

Sloane nickte und erzählte Luke alles über Burt und Elsa und ihre Idee, dass Luke vielleicht mal mit Burt reden könnte. »Nachdem ich dir alles erzählt habe, wird mir wieder bewusst, in welcher Situation du selbst bist. Ich möchte nicht, dass es noch schwieriger wird für dich, indem du einer fremden Frau hilfst, die auch krank ist. Außerdem geht es Elsa längst nicht so schlecht wie Lillian. Wir sollten die Sache besser zurückstellen.«

»Nein.« Luke schüttelte heftig den Kopf. »Ich würde gerne helfen. Wenn ich mich auf die Probleme anderer Menschen konzentriere, rücken meine eigenen in den Hintergrund.«

»Bist du sicher?«

»Ganz sicher. Herumzusitzen und über den Verlust, der mir bevorsteht, zu lamentieren, das ist eine Sache. Jemandem mit meinen Erfahrungen zu helfen, eine ähnliche Krise durchzustehen, das ist was ganz anderes.«

Sloane drückte seinen Arm. »Du hast dich kein bisschen verändert. Ich kenne kaum einen Menschen, der bei allem so ruhig bleibt und so mitfühlend ist wie du.«

»Das Kompliment kann ich zurückgeben.« Luke biss in seinen Hotdog. »Erzähl mir was von deinem Nachbarn. Ich nehme an, einen Vater gibt es nicht.«

»Der ist schon vor vielen Jahren gestorben. Aber es war nicht so eine traumatische Situation wie für dich. Burt war schon erwachsen, als sein Vater starb. Du warst noch ein Kind. Für Elsa war es natürlich schlimm. Sie war auf ihren Mann fixiert. Und jetzt ist sie auf Burt fixiert.«

»Das ist nicht ungewöhnlich. Und übrigens, danke für dein Mitgefühl, aber das ist unnötig. Der Tod meines Vaters war kein so großer Schlag. Ehrlich gesagt war er nicht oft zu Hause.«

»Geschäftsreisen?«

»Nein, er hat meine Mutter betrogen.«

Sloane zuckte zusammen. »Tut mir leid. Jetzt bin ich wohl ins Fettnäpfchen getreten.«

»Kein Problem.« Luke zuckte mit den Schultern. »Das ist lange her. Damit wollte ich nur sagen, dass Burt vom Verlust seines Vaters vielleicht stärker getroffen war als ich. Und das ist bei Elsa sicherlich der Fall. Meine Mutter war immer eine Kämpferin. Durch die Krebserkrankung hat sich das geändert, aber früher war meine Mutter eine starke, unabhängig Frau. Eine Frau wie Elsa, die in einer traditionellen Ehe gelebt hat, hat sich bestimmt verloren gefühlt, als ihr Mann starb. Darum hat sie sich an ihren Sohn geklammert. Ist Burt ihr einziges Kind?«

»Ja.« Sloane nickte.

»Hat er eine eigene Familie, Frau und Kinder?«

»Nein. Er hat gerade eine hässliche Scheidung hinter sich. Dadurch wird alles noch schlimmer. Er ist wütend und grübelt viel. Und er ist viel zu oft allein. Er braucht jemanden, mit dem er reden kann.«

Luke sah sie ruhig und nachdenklich an. »Und dafür hat er dich ausgewählt. Das beunruhigt dich, weil du fürchtest, er könnte anhänglich werden.«

Sloane lächelte verhalten. »Wie schon gesagt, du hast dich nicht verändert. Dir bleibt nichts verborgen. Ja, ich mache mir Sorgen, dass er unsere Freundschaft falsch interpretiert. Außerdem hast du eine medizinische Ausbildung und dadurch viel mehr Einblick in solche Dinge als ich. Ich hoffe, wenn du mit ihm sprichst und ihm ein paar Tipps gibst, was er konkret unternehmen kann, dass er sich nicht mehr so hilflos fühlt.«

»Gib mir seine Telefonnummer.« Luke zog ein Stück Papier und einen Stift aus der Tasche und schrieb sich die Nummer auf. »Ich rufe ihn an. Es tut mir sicher gut, wenn ich mich auf die Probleme von anderen konzentriere. Ich kann ihm eine Menge Tipps geben, was er tun kann, damit sich die Lage ein bisschen entspannt. Ich weiß aus eigener Erfahrung, dass man sich einfach besser fühlt, wenn man aktiv wird, als wenn man nur rumsitzt und auf das Unvermeidliche wartet. Vor allem, wenn das Unvermeidliche, wie du erzählt hast, noch in weiter Ferne liegen kann.«

»Das hoffe ich. Elsa ist eine wunderbare Frau. Sie war immer so stark. Es ist furchtbar, wenn man mitansehen muss, wie es so schnell mit ihr bergab geht.«

»Was hat sie für eine Krankheit?«

»Das weiß ich nicht. Burt hat mir nie gesagt, was ihr eigentlich fehlt. Ich weiß nur, dass sie schwach ist, Medikamente nehmen muss und jemanden braucht, der sich um sie kümmert. Gestern war eine Pflegerin bei ihr, und als sie ging, habe ich Elsa kurz besucht. Aber ich glaube, sie braucht ab jetzt regelmäßige Pflege. Und Burt will kein Geld von mir annehmen, auch nicht, wenn ich es ihm borge.«

»Ich könnte mich erkundigen, wie es mit der Versicherung aussieht«, bot Luke an. »Manchmal kommt es nicht darauf an, *was* man sagt, sondern *wie* man es sagt, wenn es darum geht, ob die Versicherung zahlt oder nicht. Gib mir ein paar Tage Zeit. Mal sehen, was ich tun kann. Ich rufe Burt an und schlage ihm vor, dass wir uns auf ein Bier treffen. Natürlich habe ich nicht viel Zeit. Aber ein kurzes Treffen bei einem Glas Bier und ein paar Vorschläge, wie er die regelmäßige Pflege für seine Mutter organisieren kann, das müsste gehen. Bis dahin habe ich schon ein paar konkrete Informationen für ihn. Ich glaube, wir können was tun für Burt.«

»Das ist wirklich nett von dir. Vielen, vielen Dank, Luke.«

»Kein Problem.« Er sah auf die Uhr. »Ich muss los. Wir sind unterbesetzt.« Er stand auf und nahm Sloane kurz in die Arme. »Pass auf deine Hand auf. Ich halte dich auf dem Laufenden.«

Nachdem Luke gegangen war, warf Sloane ihre Serviette in den Papierkorb und ging zu ihrem Wagen. Sie war froh, dass sie einen Parkplatz gefunden hatte. Das war in Manhattan immer ein Riesenproblem.

Sie war noch nicht lange unterwegs, als sie wieder dieses Gefühl hatte.

Sloane blieb stehen, ignorierte die verärgerten Passanten, die leise fluchten, weil sie ausweichen mussten, und sie anstarrten. Sie nahm ihre Sonnenbrille ab und sah sich langsam um. Sie spürte, dass ihr Stalker ganz in der Nähe war. Das Gefühl war so deutlich, als könnte sie ihn sehen.

Doch das konnte sie leider nicht.

Aber Sloane wusste ganz genau, dass er da war.

17. Kapitel

Datum: 5. April
Uhrzeit: 05.30 Uhr
Objekt: Tyche

Sie läuft am südlichen Ufer des Lake Ceva entlang. Ich höre die vertrauten rhythmischen Schritte. Sie kommen immer näher.

Gleich werde ich sie sehen können – pünktlich wie immer.

Meine Erregung wächst.

Instinktiv greife ich das Kampfmesser fester. Es fühlt sich gut an in meiner Hand. Das Adrenalin strömt durch meine Adern. Mein Herz klopft laut. Mein ganzer Körper ist angespannt und bereit, zuzuschlagen.

Schnell sehe ich mich noch einmal um, damit ich ganz sicher sein kann.

Zum Glück ist niemand in der Nähe.

Fast wäre es zu einer unerwarteten Begegnung gekommen, weil ein neuer, unbekannter Jogger sich entschlossen hatte, zu dieser Zeit genau hier zu laufen – ausgerechnet heute. Das brachte mich aus dem Konzept und gefährdete meine Pläne. Auf einem College-Gelände ist die Morgendämmerung in der Regel die Zeit, wenn die meisten Studenten zum Schlafen in ihre Wohnheime zurückkehren. Dieser Typ war nicht ganz normal.

Ich dachte gerade darüber nach, wie ich ihn am besten los werden könnte, da löste er selbst das Problem für mich. Er blieb stehen, starrte auf seinen iPod und fummelte daran herum. Offenbar funktionierte das Gerät nicht richtig. Jedenfalls

brach er seinen Waldlauf ab und lief zurück zum Wohnheim. Verärgert schüttelte er seinen iPod, während er umkehrte.

Er hätte nicht so wütend sein sollen. Dieser kaputte iPod hatte ihm das Leben gerettet.

Jetzt war Tyche allein.

Ich konnte sie sehen. Ihr Pferdeschwanz wippte, und sie atmete schnell, während sie sich der Stelle näherte.

Näher.

Näher.

Jetzt.

Wie immer blieb Tina neben derselben knorrigen Eiche stehen und trank einen Schluck Wasser. Zehn Sekunden, um den Wasserverlust auszugleichen und zu verschnaufen, bevor sie weiterlief.

Wie aus dem Nichts sprang ein bedrohlicher dunkler Schatten aus dem Wald auf sie zu. Sofort stand er hinter ihr und schlang seinen rechten Arm um ihren Hals. In seiner Hand blitzte eine große Klinge. Tina zuckte zusammen, als die Klinge ihre linke Schulter streifte.

»Keinen Ton, Tai Kee«, befahl er leise. »Komm mit. Und versuch ja nicht, dich zu wehren. Wenn du es tust, schlitze ich dir die Kehle auf.«

Tina dachte nicht lange nach. Sie hatte nicht umsonst jahrelang Krav Maga trainiert.

Mit beiden Händen ergriff sie das rechte Handgelenk ihres Angreifers und riss seinen Arm nach vorne und weg von ihrer Kehle. Dann drehte sie seine Hand, in der er das Messer hielt, nach oben. Während sie es mit der linken Hand umklammerte, bog sie seine Hand mit einem Ruck nach unten, sodass sein Handgelenk brach. Tina hörte das Knacken. Ein spitzer Schrei folgte und dann ein Zischen, das sich anhörte wie »Bow Za« und »Chao Ji Bei«.

Das Kampfmesser glitt aus seiner Hand und fiel ins Gras, aber Tina war noch nicht fertig mit ihm.

Während sie immer noch mit der linken Hand das verletzte Handgelenk des Angreifers umklammerte, wirbelte sie herum und verpasste ihm mit dem Ellbogen einen Schlag ins Gesicht. Ihre Haarspange löste sich und fiel auf die Erde. Tina achtete nicht darauf. Ihr Blick fiel stattdessen auf den Angreifer. Er war groß und breitschultrig. Ganz in Schwarz gekleidet. Mit einer schwarzen Skimaske.

Sie schlang ihren rechten Arm um seinen Hals und drückte sein Gesicht mit dem Unterarm zur Seite. In einer fließenden Bewegung ließ sie seinen rechten Arm los, packte mit der linken Hand seine rechte Schulter, riss seinen Oberkörper nach unten und rammte ihm ihr Knie in die Leiste. Der Angreifer schrie auf vor Schmerzen. Dann hörte sie ein Klirren und sah, wie zwei silberne Anhänger aus seinem Hemd fielen. Sie hingen an einer Kette, die sie gespürt hatte, als sie seinen Hals umklammert hatte.

Bevor er sich von dem ersten Stoß mit dem Knie erholen konnte, verpasste sie ihm einen zweiten Stoß, diesmal ins Gesicht. Volltreffer. Blut spritzte aus seiner Nase und lief in die Skimaske. Sein Oberkörper kippte vor Schmerzen vornüber, und Tina verpasste ihm mit dem rechten Ellbogen einen Schlag ins Genick. Er beugte sich noch weiter vor, was sie zu ihrem Vorteil nutzte. Sie richtete sich auf, trat ihm mit voller Wucht in die Kniekehle und stieß ihn weg.

Er verlor das Gleichgewicht und fiel auf die Erde. Zwei Dinge rutschten aus seiner Tasche. Eins landeten neben ihm auf der Erde. Das andere flog ins Gebüsch.

Das, was neben ihm auf der Erde lag, war eine Spritze.

»Ta Ma De«, schrie er, presste beide Hände auf seine Leiste, rollte sich hin und her und litt dabei Höllenqualen.

Tina drehte sich um und rannte weg, so schnell sie konnte. Erst in ihrem Zimmer blieb sie stehen.

Als die Tür hinter sich abgeschlossen hatte, rief sie die Polizei an.

Delphi schlug die Tür so fest hinter sich zu, dass das ganze Haus erzitterte.

Die Frauen unten in ihren Räumen sprangen auf und fragten sich ängstlich, was passiert war. Doch noch größere Angst hatten sie davor, was als Nächstes passieren würde.

Erfüllt von unbändiger Wut, rannte er durchs Haus. Er zertrümmerte irgendwelche Gegenstände, stöhnte auf vor Schmerzen und fluchte auf Englisch und Chinesisch.

Eine Stunde verging. Seine Wut legte sich nicht.

Die Göttinnen in ihren Zimmern zuckten zusammen und fragten sich ängstlich, wie dieser Wutausbruch enden würde. Sie begriffen, dass er keine neue Göttin hergebracht hatte. Irgendetwas musste schiefgegangen sein. Und Delphi würde die Wut darüber an ihnen auslassen.

Aber an wem? Und wann? Und wo?

Sie warteten, und die Angst, die dieses Warten begleitete, wurde unerträglich.

Schließlich hörten sie, dass er polternd die Treppe herunterkam. Alle erstarrten und warteten.

Schlüssel klirrten. Es dauerte ein paar Sekunden, bis er wohl den richtigen Schlüssel gefunden hatte. Dann schien er das Schlüsselloch zu suchen.

Erstaunlicherweise war es Hestias Tür, die er aufschloss.

»Du musst mir helfen«, befahl er, als er die Tür hinter sich schloss.

Hestia wich zurück. Sie war von Natur aus ruhig, aber Delphi hatte sie vom ersten Tag an in Angst und Schrecken versetzt. Um nicht ein Opfer ihrer Angst zu werden, hatte sie all seinen Befehlen Folge geleistet und nur selten um etwas gebeten. Ihr Ziel war es, fast unsichtbar zu bleiben – ein Plan, der aufzugehen schien, denn Delphi verbrachte kaum Zeit mit ihr. Und es war noch nie passiert, dass er sie auswählte.

Bis jetzt.

Sie zwang sich, aufzustehen, denn sie wusste, dass er eine Antwort erwartete, und sie fragte sich, welche Reaktion ihn am wenigsten gegen sie aufbringen würde. Noch bevor sie sich entschieden hatte, trat er ins Licht und humpelte unter Schmerzen auf sie zu. Als er nahe genug war, sah sie, in welchem Zustand er war. Seine Nase war blutverschmiert; in der Leiste hatte er einen Eisbeutel auf die Hose geschnürt, und sein rechter Arm war unnatürlich verdreht.

Jetzt verstand sie, warum er gerade zu ihr gekommen war.

»Sie sind schwer verletzt«, sagte sie leise. »Was kann ich für Sie tun?«

»Hestia, die Göttin des Heims und Herdes«, murmelte er. Wahrscheinlich hatte er Tabletten gegen die Schmerzen genommen, und außerdem war er erschöpft von seinem Wutanfall.

»Ja«, erwiderte sie. Sie wollte auf keinen Fall, dass er wieder wütend wurde. »Jetzt bin ich Hestia. Aber früher war ich Krankenschwester. Deshalb sind Sie zu mir gekommen. Sagen Sie mir, wo Sie verletzt sind und wie Sie sich verletzt haben.«

»Tyche, dieses Miststück.« Er murmelte wirres Zeug, aber es war nicht schwer, sich einen Reim darauf zu machen. »Sie hat sich gewehrt. Ausgerechnet gegen mich. Dabei wollte ich sie retten.«

Bravo, dachte Hestia im Stillen. *Was für ein Glück für dich, Tyche, dass du entkommen konntest. Und du hast ihm Schmerzen zugefügt. Ich bete, dass du den Überfall bei der Polizei meldest. Wenn du es tust, gibt es vielleicht noch Hoffnung für uns.*

Laut sagte sie nur: »Zeigen Sie mir Ihre Wunden.«

Als er seinen Ärmel aufrollte, sah sie, dass sein Handgelenk stark geschwollen war und sich verfärbt hatte. Mit der linken

Hand griff er in seine Tasche und zog Verbandszeug heraus. »Ich habe es auf der Rückfahrt mit Eis gekühlt«, sagte er. »Ich habe bei einer Apotheke angehalten und Verbandszeug gekauft. Du musst mein Handgelenk verbinden. Mit einer Hand schaffe ich es nicht.«

Hestia untersuchte die Wunde. »Das Handgelenk ist stark geschwollen. Es könnte gebrochen sein. Es muss geröntgt werden.«

»Ich kann es nicht röntgen lassen, und es ist nicht gebrochen«, erwiderte er. »Ich kühle es weiterhin mit Eis. Ich lege es auch hoch und schone es. Mach mir jetzt einen Verband.«

Sie nahm ihren ganzen Mut zusammen und versuchte es ein letztes Mal. »Es ist zumindest verstaucht. Das könnte bedeuten, dass die Bänder angerissen oder sogar ganz gerissen sind. Die Gelenke könnten entzündet sein. Sie müssen in ein Krankenhaus.«

»Ich habe Nein gesagt!«, brüllte er. *»Du wirst mich so behandeln, wie ich es brauche. Du bist Krankenschwester. Du hast in einem Krankenhaus gearbeitet. Jetzt mach schon.«*

»In Ordnung.« Eingeschüchtert durch seinen Wutausbruch und den verrückten, von Drogen getrübten Ausdruck in seinen Augen, nahm sie den Verband und wickelte ihn mit zitternden Fingern um das verletzte Handgelenk, vom Ansatz der Finger bis fast zum Ellbogen. Sie legte den Verband fachmännisch an und machte ihn so stramm, dass das Handgelenk gestützt, die Blutzirkulation jedoch nicht unterbrochen wurde. »Das sollte helfen«, sagte sie. »Kühlen Sie es alle drei bis vier Stunden zwanzig Minuten mit Eis. Zwei Tage lang. Belasten Sie das Handgelenk so wenig wie möglich. Es muss geschont werden. Und legen Sie es, so oft es geht, hoch. Stützen Sie es beim Schlafen mit einem Kissen ab.«

Er sah auf den fertigen Verband. »Das hast du gut gemacht. Ich wusste, du bist Hestia. Ich hatte recht, als ich dich ausgewählt habe. Ich habe alle meine Göttinnen richtig ausgewählt. Tyche war ein großer Irrtum. Solche Irrtümer erlaube ich mir normalerweise nicht.«

»Natürlich nicht. Sie irren sich nicht.« Hestia betete, dass sie die richtigen Worte fand. »Diese Tyche, die Sie verletzt hat, ist es nicht wert, eine Göttin zu sein. Das ist *ihr* Fehler, nicht Ihrer.«

Die blinde Wut in seinem Blick ließ ein wenig nach. »Du hast recht. Sie ist unzulänglich, nicht ich.«

»Ganz genau.« Hestia war erleichtert. »Sie müssen Ihre Nase von dem Blut säubern und sie mit einem Eisbeutel kühlen. Dann geht die Schwellung zurück. Aber Ihre Leiste könnte ernsthaft verletzt sein. Ich rate Ihnen dringend, einen Arzt aufzusuchen.«

Sein Blick wurde wieder hart. »Ich weiß, worauf ich achtgeben muss. Ich komme schon zurecht.«

»Haben Sie Schmerztabletten?«

»Ich habe alles, was ich brauche.«

»Natürlich.« Mit Sicherheit hatte er mit Drogen zu tun. Hestia erinnerte sich genau an die Spritze in seiner Hand, als er sie mit vorgehaltenem Messer entführt hatte. Sie hatte sich nicht gewehrt, und darum hatte er die Spritze nicht benutzt. Spritzen machten ihr keine Angst. Früher hatte sie den Patienten jeden Tag Spritzen gegeben. Aber als er sie überfallen hatte, wusste sie, dass sie mit einem Betäubungsmittel im Blut gar keine Chance mehr gehabt hätte zu fliehen.

Wie sich herausstellte, hatte sie sowieso keine Chance gehabt. Sie konnte ihm nicht entkommen.

Delphi drehte sich um und humpelte unter Schmerzen zur Tür. »Ich komme wieder, wenn der Verband gewechselt werden muss.«

»In Ordnung. Aber vernachlässigen Sie die anderen Wunden nicht. Und ruhen Sie sich aus.«

Er blieb kurz stehen und musterte sie. »Du wirst belohnt werden für deine Loyalität und dein Mitgefühl.«

Dann verließ er den Raum. Während er die Tür hinter sich schloss, hörte Hestia ihn murmeln: »Und dieses Miststück hat keine Chance mehr. Für sie ist der Olymp verloren. Sie ist eine Hure, wie all die anderen auch. Sie soll in der Hölle schmoren. Dafür werde ich sorgen.«

Kampfsport-Akademie
Flemington, Hunterdon County, New Jersey
6. April, 20.15 Uhr

Sloane fuhr auf den Parkplatz. Sie war froh, dass die Akademie angerufen und sie gebeten hatte, heute Abend den Krav-Maga-Kurs zu übernehmen. Sie brauchte Ablenkung. Tagelang hatte sie sich die Filme der Überwachungskameras angesehen, bis alles vor ihren Augen verschwamm und sie keinen klaren Gedanken mehr fassen konnte. Und sie hatte Penny immer noch nicht entdeckt.

Mindestens drei Mal hatte sie Hoffnung geschöpft, die DVD angehalten, die sie sich gerade ansah, und zurückgespult. Dann hatte sie sich vorgebeugt und den Filmabschnitt in Zeitlupe überprüft. Und jedes Mal war sie enttäuscht wenn, wenn sie feststellte, dass es doch nicht Penny war.

Mittlerweile sahen alle Bilder gleich aus.

Sloane hatte gewusst, dass sie sich eine Menge Filmmaterial ansehen musste, aber sie hätte nie geglaubt, dass es so schwierig sein würde. Allein schon die Zahl der DVDs war erschreckend. Die grelle Mittagssonne, die undeutlichen Gesichtszüge der Menschen, die vorbeiliefen, und die bewaldeten Uferbereiche, die den Blick oftmals versperrten – alles trug dazu bei, dass Sloane allmählich den Mut verlor. Sie hatte damit gerechnet, dass Pennys eleganter roter Hosenanzug zwischen den vielen T-Shirts, dunklen Jogginghosen und Jeans sofort ins Auge fallen würde. Aber das war nicht der Fall – jedenfalls bis jetzt nicht.

Sloane weigerte sich jedoch, aufzugeben.

Derek hatte alle DVDs, die die Campus-Polizei von Stockton ihm gegeben hatte, nach Quantico geschickt, damit die Experten dort genauere Analysen durchführten. Es fehlte noch das Filmmaterial von einem einzigen Tag, aber das FBI und Sloane konzentrierten sich auf den Tag, an dem Penny verschwunden war, und auf die beiden Tage davor, weil der Kidnapper den Campus vermutlich aufgesucht hat, um ein letztes Mal die Lage zu sondieren.

Irgendwann mussten sie etwas finden.

Sloane schaltete den Motor aus, nahm ihre Krav-Maga-Ausrüstung und ging in die Akademie. Sie hoffte, noch ein bisschen Zeit zu haben, um alles vorzubereiten, bevor die Studenten auftauchten.

Als sie durch die Tür trat, wusste sie, dass etwas nicht stimmte.

Die Eingangshalle und das Büro im Erdgeschoss waren voller Menschen, darunter zwei Lokalreporter und ein Fotograf. Es sah aus wie bei einer politischen Pressekonferenz, und nach den Wörtern »Überfall« und »versuchte Entführung« zu urteilen, die sie aufschnappte, hätte man meinen können, am Set eines Fernsehkrimis zu sein.

»Was ist denn hier los?«, fragte Sloane, obwohl sie keine Ahnung hatte, wer ihre Frage beantworten sollte.

Mark Donaldson, einer der besonders eifrigen Kursteilnehmer, der etwas früher gekommen war, kam auf sie zu und hob die Stimme, damit Sloane ihn trotz des Lärms verstehen konnte. »Ich nehme an, Sie haben nicht die Nachrichten gesehen. Tina ist gestern überfallen und mit einem Messer bedroht worden. Sie wird gerade von den Lokalreportern bedrängt. Und auch von den Studenten, die um sieben Uhr ihre Krav-Maga- und Taekwondo-Kurse beendet haben.«

»Ist Tina verletzt?«, fragte Sloane sofort. »Sie ist also überfallen worden ... Wurde sie ausgeraubt oder vergewaltigt?«

»Weder noch. Sie hat sich mithilfe ihrer Krav-Maga-Techniken verteidigt und den Kerl zusammengeschlagen. Cool, was?« Mark wies mit dem Daumen in Richtung Büro. »Sprechen Sie doch selbst mit ihr. Sie sitzt da drin.«

Sloane bahnte sich einen Weg zwischen den zwei Dutzend Menschen hindurch bis zum Büro. Als sie Tinas bedrückte Miene sah, wurde sie sofort aktiv. »Tina gibt keine Interviews mehr«, sagte Sloane. Sie hob beide Hände und sah die Reporter mit durchdringendem Blick an. »Legen Sie Ihre Visitenkarte auf den Tisch neben der Tür. Wenn Ms Carroll Kontakt zu Ihnen aufnehmen möchte, wird sie es tun. Alle, die nicht an Kursen teilnehmen, verabschieden sich jetzt bitte.«

»Nur noch ein paar Bilder«, bettelte der Fotograf.

»Nein«, erwiderte Sloane unnachgiebig. »Ich sage es nicht noch einmal. Ich möchte, dass alle *unverzüglich* das Büro verlassen. Und als Erstes die Presse.« Sie warf einem hartnäckigen Reporter einen bösen Blick zu. »Wenn Sie eine Extra-Einladung brauchen, denken Sie daran, dass ich die Polizei auf meiner Kurzwahlliste gespeichert habe. Zwei von denen besuchen meinen Kurs.«

»Sie sollten besser auf sie hören«, mischte sich Mark Donaldson ein. »Sie ist Ex-FBI-Agentin. Sie sollten Ms Burbank mal in Aktion erleben. Sie können gar nicht so schnell gucken, wie die Sie hochkant rauswirft.«

Mit verärgerter Miene und leise fluchend verließen die Reporter das Büro. Die vielen neugierigen Studenten folgten ihnen.

Sloane wartete, bis alle weg waren. Dann gab sie Mark ein Zeichen, dass sich der Kursbeginn ein wenig verzögern würde, und zog sich ins Büro zurück, wo sie jetzt mit Tina allein war. Sie schloss die Tür hinter sich, ging auf Tina zu, die wie erstarrt an ihrem Schreibtisch saß, und strich ihr freundschaftlich über die Schulter. »Wie geht es Ihnen?«

»Geht so.« Tina bemühte sich um ein Lächeln, aber Sloane erkannte, was sich dahinter verbarg. Das arme Mädchen hatte immer noch einen Schock. »Die Leute haben mich so bedrängt, dass ich ganz durcheinander bin. Der Angriff auf mich kommt mir mittlerweile vollkommen unwirklich vor.«

»Sind Sie verletzt?«

»Nein, nur eine kleine Fleischwunde an der linken Schulter. Das ist passiert, als er mich überfallen und mir das riesige Messer an die Kehle gedrückt hat. Der Schnitt brennt höllisch, aber es ist nicht weiter schlimm. Die Krankenschwester im medizinischen Zentrum hier am College hat die Wunde gereinigt und verbunden und mir Schmerztabletten mitgegeben.«

»Mark hat gesagt, es wäre gestern passiert.« Sloane begann mit dem Wesentlichen, bis sie entscheiden konnte, ob Tina schon in der Lage war, über Einzelheiten zu sprechen. »Waren Sie im Wohnheim?«

»Nein, ich bin gejoggt. Ich laufe jeden Morgen um halb sechs meine Runden um den Lake Ceva. Plötzlich hat sich dieser Typ auf mich gestürzt, wie aus dem Nichts. Er hat mir dieses riesige Messer an die Kehle gedrückt, irgendwas Unverständliches gemurmelt und gesagt, ich soll den Mund halten und mitkommen, oder er schneidet mir die Kehle durch.«

Tina schilderte Sloane, wie sie sich selbst verteidigt hatte. In ihren Augen blitzte ein wenig Stolz auf, als sie die Krav-Maga-Techniken beschrieb, die sie eingesetzt hatte, um den Angreifer zu entwaffnen und kampfunfähig zu machen.

»Gut gemacht«, sagte Sloane. »Besser hätte ich es auch nicht machen können.«

»Danke. Nachdem ich ihn zu Boden geworfen hatte, bin ich jedenfalls losgerannt«, fuhr Tina fort. »Ich hätte nicht gedacht, dass ich so schnell rennen kann.«

»Das ist das Adrenalin. Nichts hilft uns besser, wenn unser Leben auf dem Spiel steht.« Sloane freute sich, dass Tina wieder ein bisschen Farbe bekam. »Sie sind also in Ihr Zimmer zurückgelaufen und haben die Campus-Polizei gerufen?«

»Gleich nachdem ich die Tür abgeschlossen hatte. Zwei bewaffnete Cops waren blitzschnell zur Stelle. Auch drei Männer vom Sicherheitsdienst und die Hälfte der Studenten aus meinem Wohnheim. In meinem Zimmer ging es zu wie in einem Taubenschlag. Ich hatte meine Eltern am Telefon, und die waren ziemlich hysterisch. Und tausend Leute haben mich mit Fragen bombardiert. Einer der Sicherheitsbeamten hat mich zum medizinischen Zentrum gebracht, damit meine Wunde versorgt wird. Ich habe dann auch gleich einen Termin für ein Beratungsgespräch heute Morgen vereinbart. Ich war total von der Rolle. Dann hat mich der Sicherheitsbeamte zurück in mein Zimmer gebracht. Dann habe ich endlos viele Fragen beantwortet. Ich weiß gar nicht mehr genau, was ich alles gesagt habe. Das Ganze kommt mir vor wie ein Albtraum, und ich hoffe, dass ich schnell wieder daraus erwache.«

»Das kann ich mir gut vorstellen«, murmelte Sloane. »Sie hatten ein traumatisches Erlebnis.«

»Es war nicht gerade hilfreich, dass sich die Neuigkeit auf dem ganzen Campus verbreitet hat und plötzlich Reporter und irgendwelche Studenten aufgetaucht sind. Alle wollten die entsetzlichen Details von mir hören. Ich habe versucht, ihnen auszuweichen, aber das war unmöglich. Heute Abend habe ich mich in die Akademie geflüchtet und gehofft, ich würde ein bisschen Normalität und Ruhe finden. Das Glück hatte ich allerdings nicht.« Tina strich sich mit den Fingern durch die Haare. »Es ist verrückt. Als ich heute Abend vom Campus weggefahren bin, habe ich einen Blick auf den Lake Ceva geworfen. Das Gebiet, wo ich angegriffen wurde, ist abgesperrt. Es sieht unwirklich aus, wie ein richtiger Tatort bei *CSI*.«

»Es ist ein richtiger Tatort«, erinnerte Sloane sie. »Auch wenn Sie clever und geschickt genug waren, um zu entkommen, ist und bleibt dieser Angriff trotzdem ein Verbrechen.« Sloane zögerte kurz. »Haben Sie den Mann gesehen, der Sie angegriffen hat?«

Tina schüttelte den Kopf. »Nicht richtig. Er trug eine Skimaske. Ich konnte zwar erkennen, wie groß er war und welche Statur er hatte, und durch den Schlitz in der Maske konnte ich auch seine Augen sehen, aber ich könnte ihn nicht identifizieren. Und er hat nur ein paar Worte gesprochen, aber leise und mit krächzender Stimme. Ich habe kein einziges Wort verstanden.«

»Glauben Sie, es könnte ein Student gewesen sein?«, fragte Sloane.

»Nein. Er kam mir älter vor als ein Student. Seine Statur, seine Stimme, sogar seine Bewegungen – ich hatte nicht das Gefühl, dass es ein ganz junger Typ war. Ich könnte mich natürlich irren. Aber den Eindruck hatte ich jedenfalls.«

»Sie haben gesagt, Sie haben ihm Ihr Knie ins Gesicht gerammt und seine Nase getroffen. Blutete sie stark?«

»Ja. Das Blut sickerte durch die Maske und tropfte auf die Erde.«

»Gut. Dann haben wir DNA-Spuren.«

Tina stieß langsam die Luft aus, um sich zu beruhigen. »Die Polizei hat mir eine Speichelprobe entnommen, damit sie eine DNA-Probe von mir haben und mein Blut von seinem unterscheiden können. Aber das meiste Blut war von ihm. Ich hatte nur Blut auf meinem T-Shirt, wo die Schulterwunde war, und ein paar Tropfen auf meiner Haarspange.«

»Auf Ihrer Haarspange?«

Tina nickte. »Sie hat sich gelöst, als wir gekämpft haben. Sie prallte von meinem T-Shirt ab und landete auf der Erde. Ich erinnere mich, dass ich den Blutfleck darauf gesehen habe, als sie im Gras lag.«

Sloane erstarrte, weil ihr die Parallelen zwischen den beiden Fällen bewusst wurden.

Zwei versuchte Entführungen – die eine erfolgreich, die andere nicht. Beide auf einem College-Gelände. Bei der einen blieb ein blutbeflecktes Haarband und bei der anderen eine blutbefleckte Spange zurück. Beide innerhalb weniger Wochen. Beide im Gebiet von New York und New Jersey.

Zufall?

Niemals.

»Er hatte vor, mich zu betäuben«, fuhr Tina fort. »Als ich ihn zu Boden geschlagen habe, ist eine Spritze aus seiner Tasche gefallen. Die Spritze und noch was anderes. Ich habe gesehen, wie das andere Ding zwischen die Büsche geflogen ist.«

»Tina, hat die Campus-Polizei gesagt, wann sie noch mal mit Ihnen sprechen will?«, fragte Sloane.

»In ein oder zwei Tagen.« Tina tastete besorgt über ihre verletzte Schulter. »Ich bin sicher, das College wird versuchen, die Sache runterzuspielen, damit trotz der ausführlichen Berichte in den Medien keine Panik ausbricht. Immerhin war es ein Einzelfall. Es ist ja nicht so, als gäbe es hier am New Jersey College viele Verbrechen. Daher wird das College die Polizei sicher bedrängen, verantwortlich, aber diskret mit dem Fall umzugehen. Wobei das wahrscheinlich sowieso nichts bringt. Die Story steht in allen Zeitungen und hat sich wie ein Lauffeuer auf dem Campus verbreitet. Die Studentinnen haben furchtbare Angst, denn dieser Kerl läuft irgendwo da draußen herum. Ich kann das gut verstehen. Das muss ein Verrückter sein.« Sie lächelte verkrampft. »Aber ich glaube, ich habe ihn erst mal außer Gefecht gesetzt.«

»Er hat mit Sicherheit ein paar schwere Verletzungen, die behandelt werden müssen«, sagte Sloane zustimmend.

Auch wenn dieses Wissen ihr eine gewisse Genugtuung verschaffte, spendete es keinen Trost. Tina hatte dem Kerl einen ordentlichen Tritt verpasst. Wo er sich auch verstecken mochte und seine Wunden versorgte, es musste irgendwo in der Nähe sein. Er hatte schlimme Verletzungen, und er war bestimmt fuchsteufelswild. Beides bedeutete nichts Gutes.

»Die Polizei hat versucht herauszufinden, ob jemand ein Motiv haben könnte, gerade mich anzugreifen«, sagte Tina. »Aber ich glaube, ich war einfach zur falschen Zeit am falschen Ort. Und es ging ihm mit Sicherheit nicht um Lösegeld. Ich kann gerade mal meine Studiengebühren bezahlen. Mein weniges Geld habe ich beim Pokern gewonnen, und das reicht gerade aus, um mir eine Kampfausrüstung zu kaufen. Meines Wissen habe ich keine Feinde, und ich kenne ganz bestimmt nicht so durchgeknallte Typen.«

»Natürlich nicht.« Sloanes Gedanken überschlugen sich. Sie musste ihre Worte sorgfältig wählen, damit sie Tina keine Angst einjagte. Das arme Mädchen hatte genug durchgemacht. Aber Sloane machte sich nicht nur Sorgen um weitere potenzielle Opfer, sondern auch um Tina. Wenn es zwischen dem Überfall auf sie und dem Überfall auf Cynthia Alexander eine Verbindung gab, hatten sie es mit einem Serienvergewaltiger oder einem Serienkiller zu tun. Und dadurch änderte sich die Situation grundlegend.

Die Fahndung nach dem Täter musste intensiviert werden, und Tina musste geschützt werden. Wenn sie die erste Frau war, die diesem Irren entkommen konnte *und* die ihn überwältigt und somit gedemütigt hatte, war die Gefahr groß, dass seine Wut ihn so weit trieb, dass er zurückkehrte und ihr Gott weiß was antat.

Das würde Sloane nicht zulassen. Sie würde alle Hebel in Bewegung setzen, damit Tina Polizeischutz bekam.

Sloane nahm sich vor, gleich nach ihrem Krav-Maga-Kurs heute Abend Bob Erwin anzurufen. Die Polizei am New Jersey College hatte keinen Grund, eine Verbindung zu der Entführung am John Jay College herzustellen. Bob würde diese Verbindung jedoch herstellen, sobald Sloane ihn informiert hatte. Er musste *alles* wissen über den Angriff auf Tina. Jedes noch so winzige Detail, an das Tina sich erinnerte, könnte dazu beitragen, dass er Cynthias Fall lösen konnte.

Er musste mit Tina sprechen.

»Tina«, fuhr Sloane fort. »Sie wissen, dass ich gute Kontakte zur Polizei habe. Ich möchte, dass das New York Police Department in diesem Fall ermittelt, weil ich wissen will, wie sie den Fall einschätzen. Natürlich halte ich die Campus-Polizei auf dem Laufenden. Aber je mehr Profis sich mit dem Fall beschäftigen, desto größer ist die Chance, dass dieser Kerl geschnappt wird, bevor er noch jemandem was antut.«

»Das verstehe ich.«

»Mein Kollege vom New York Police Department wird Ihnen ein paar Fragen stellen wollen, damit die Jagd nach dem Täter intensiviert werden kann. Ist das okay für Sie?«

Tina kniff die Augen zusammen. »Das New York Police Department? Es geht nicht nur um den Überfall auf mich, oder? Es geht um die junge Frau, die am John Jay College gekidnappt worden ist. Ich habe in der Zeitung darüber gelesen. Gibt es eine Verbindung zwischen ihrem Fall und meinem Fall?«

»Es gibt definitiv Parallelen«, erwiderte Sloane offen. »Aber die andere junge Frau, Cynthia Alexander, wird noch vermisst. Sergeant Erwin vom Revier Midtown North arbeitet rund um die Uhr, um sie zu finden.«

»Dann rufen Sie ihn an. Sagen Sie ihm, dass ich jederzeit mit ihm spreche. Wenn ihm meine Aussage hilft, sie zu finden, schildere ich ihm den Angriff auf mich bis ins kleinste Detail.«

Sloane lächelte Tina dankbar an. »Danke. Das mache ich.«

Wie sich herausstellte, rief Sloane Sergeant Erwin nicht gleich nach Ende des Kurses an, wie sie es eigentlich geplant hatte.

Nachdem sie die Kampfsport-Akademie verlassen hatte, zog

sie ihren Autoschlüssel aus der Tasche und klappte ihr Handy auf. Derek hatte zwei Kurznachrichten hinterlassen.

»Was gibt's?«, fragte sie sofort, als er sich meldete.

»Das musst du mir sagen. Vor einer Stunde habe ich von einem der Wegwerfhandys deines Stalkers einen Anruf bekommen.«

»Er hat es benutzt?« Sloane blieb abrupt stehen. »Von wo hat er angerufen?«

»Vom New Jersey College. Aber *er* war nicht am anderen Ende der Leitung, sondern die Campus-Polizei. Offenbar hatten sie das Handy zwischen den Bäumen am Lake Ceva gefunden, wo gestern eine Studentin überfallen worden ist. Tina Carroll. Aber ich glaube, du weißt viel mehr darüber als ich.«

18. Kapitel

Datum: 7. April
Uhrzeit: 01.30 Uhr

Die Dämonen haben die ganze Nacht lang gebrüllt.

Bei diesem Lärm kann ich nichts hören und nicht klar denken. Mein Schädel droht zu zerspringen. Sie sind hineingekrochen. Sie sind erbarmungslos. Wie ein Vorschlaghammer hämmern sie in meinem Kopf. Die Schmerzen sind unerträglich, und dazu kommen noch meine anderen Verletzungen.

Ich halte es nicht mehr aus.

Und ich kann ihnen nicht entfliehen.

Ich warte darauf, dass das Morphium wirkt. Ich habe es mir zusätzlich gespritzt. Die Sekunden verstreichen so langsam, dass es mir vorkommt wie eine Ewigkeit. Dieses Hämmern muss aufhören.

Ich habe getan, was die Dämonen verlangt haben. Ich habe mir die neuesten Videofilme angesehen. Ich habe mit eigenen Augen die Macht gesehen, die ich ausgeübt habe, den enormen Reinigungsprozess, der mir anvertraut worden ist.

Ich weiß, was ich einer dreckigen *Ji Nv* wie Tyche antun kann.

Die Dämonen haben mir befohlen zu warten. Zuerst die Desinfektion. Dann die Rache.

Aber Tyche wird nicht davonkommen. Sie hat meine Reinigung auf unerträgliche Weise entweiht. Sie wird leiden.

Und sie wird durch meine Hand leiden.

Bis dahin soll die Hure ruhig über den Campus spazieren,

sich mit ihren körperlichen Fähigkeiten brüsten und sich siegreich und sicher fühlen. Aber sie ist clever. Sie wird sich in ihrem Zimmer einschließen, zitternd in einer Ecke sitzen und genau wissen, dass sie nicht in Sicherheit ist.

Bald werden die Dämonen es verlangen. Dem Vergnügen, das ich dabei empfinde, wird nichts Schändliches anhaften. Nicht bei ihr. Ich werde mich an der entsetzlichen Angst in ihren Augen ergötzen, wenn ich sie habe. Wenn sie begreift, dass ich es bin. Wenn sie schließlich begreift, dass es kein Entkommen gibt. Dass die Schändung ihres unwürdigen Körpers nur der Beginn des Albtraums ist. Dass sie sterben wird. Dass sie langsam sterben wird und dass ihrem Tod unerträgliche Schmerzen vorausgehen werden.

Dann erzähle ich ihr, wie es hätte sein können. Sie wird jede Sekunde meine Stimme hören, während ich langsam ihr Fleisch zerschneide. Ohne Betäubung. Nicht bei ihr. Ich möchte, dass sie hellwach ist und bei klarem Verstand. Sie soll jedes Wort verstehen. Jeden Schnitt spüren. All das Blut sehen, das über ihren Körper strömt. Wenn der Tod schließlich eintritt, wird sie ihn begrüßen. Sie wird danach schreien. Darum betteln.

Dieses Bild muss mir ausreichen, bis die Dämonen mir neue Befehle geben.

Jetzt verurteilen sie eine andere *Ji Nv* zum Tode.

Mein Körper muss wieder voll einsatzfähig sein – *jetzt.* Die Schmerzen haben keine Bedeutung. Ich werde sie mit Morphium betäuben. Aber der Rest ... Wie kann ich in meinem jetzigen Zustand alle Aufgaben erfüllen, die sich mir stellen?

Schwäche ist inakzeptabel. Noch einen Tag. Mehr gestehe ich mir für meine Verletzungen nicht zu. Morgen Nacht bringe ich die Dämonen zum Schweigen.

Endlich wirkt das Morphium. Gut. Denn heute Nacht muss ich mich um eine andere, noch wichtigere Aufgabe kümmern.

Ich muss eine Ersatz-Göttin auswählen. Ich muss meine altgriechische Literatur studieren. Die Göttin, die ich auswähle, wird es viel mehr verdienen als die ursprüngliche. Und auch die Frau, die ich auswähle, damit sie diese Göttin verkörpert.

Und schließlich werden sie eins werden.

Starbucks
120 West Fifty-Sixth Street, New York City
09.20 Uhr

Derek brachte ein Tablett mit zwei dampfenden Starbucks-Kaffeebechern und zwei Blaubeermuffins zu unserem Ecktisch.

»Ein großer Cappuccino mit aufgeschäumter Milch und ein großer schwarzer Café Americano«, sagte er, als er den Cappuccino vor Sloane auf den Tisch stellte und ihr einen Blaubeermuffin gab.

»Danke. Ich habe nur einen mittleren Cappuccino bestellt.«

»Ich weiß. Aber ich bin dir was schuldig. Erstens bist du extra durch den Berufsverkehr gefahren, damit wir noch miteinander sprechen können, bevor du nach Midtown North fährst. Und zweitens hast du Erwin überzeugt, dass er einverstanden ist, dass ich bei dem Treffen dabei bin. Normalerweise vermeide ich es, der Polizei auf die Füße zu treten, vor allem in einer solchen Situation, in der ich theoretisch keine Verbindung zu dem Fall habe. Meine Verbindung bist du und außerdem die Tatsache, dass das Handy deines Stalkers am Tatort gefunden wurde. Andererseits haben wir es nach der versuchten Entführung von Tina Carroll nicht mehr mit dem Einzelfall einer vermissten Studentin am John Jay College zu tun, in dem Erwin ermittelt. Es geht um mindestens zwei miteinander in Verbindung stehende Angriffe und möglicherweise um weitere Fälle. Und da die beiden Straftaten, in denen jetzt ermittelt wird, in zwei verschiedenen Staaten verübt wurden, wird das FBI sowieso eingeschaltet.«

»Alles, was du gerade gesagt hast, stimmt. Und darum nehme ich den extragroßen Cappuccino gern an. Ich brauche einen Koffeinschub. Und der Blaubeermuffin ...« Sie sah sich den Muffin an. »Wir haben kürzlich noch darüber gesprochen, wie selten ich Fastfood und Kuchen esse.«

»Aber die Blaubeermuffins von Starbucks isst du für dein Leben gern.«

Sloane lächelte verhalten. »Du hast dir immer zwei gekauft, weil ich behauptet habe, ich esse keinen.«

»Ich weiß. Und du hast nur ein einziges Mal in meinen zweiten Muffin gebissen, und plötzlich war nur noch ein Viertel davon übrig.«

»Die Hälfte«, verteidigte Sloane sich.

»Wenn du meinst.« Derek setzte sich ihr gegenüber an den Tisch und trank einen Schluck Kaffee. »Jetzt zier dich nicht so. Den Rest esse ich dann auf.« Er beugte sich vor, verschränkte die Finger ineinander und schaute ihr in die Augen. »Ich weiß, dass wir gestern Abend endlos am Telefon darüber gesprochen haben. Aber ich möchte versuchen, ein paar Dinge zu verstehen, bevor wir nach Midtown North fahren, und es gelingt mir einfach nicht. Dass die Cops das Handy auf dem Campus gefunden haben, bedeutet, dass dieses Schwein, das dich belästigt, derselbe Mann ist, der Tina Carroll überfallen hat.«

»Es sei denn, der Angreifer hat das Handy meines Stalkers gestohlen, aber das bezweifle ich. Ich begreife das alles auch nicht.« Sloane trank einen Schluck Cappuccino. Die Ereignisse beunruhigten sie genauso wie Derek. »Es gibt eindeutig Parallelen zwischen Cynthias Verschwinden und Tinas missglückter Entführung. Beide studieren an einem College. Beide treiben Sport. Beide wurden dort, wo sie studieren, überfallen, als sich praktisch niemand sonst auf dem Gelände aufhielt. Beide Überfälle haben sich innerhalb weniger Wochen ereignet. Und wir haben in einem Fall Blut auf einem Haarband und im anderen Blut auf einer Haarspange gefunden. Das alles spricht dafür, dass wir es mit ein und demselben Täter zu tun haben. Aber warum stellt er mir nach? Unsere Vermutung, dass diese Belästigungen mit den Ermittlungen in Pennys Fall zusammenhängen, hat keinen Sinn ergeben. Ich war früher eng mit Penny befreundet und kannte sie sehr gut. Daher stelle ich eine potenzielle Gefahr dar. Aber wie passe ich jetzt ins Bild?«

»Du kennst Tina auch«, meinte Derek.

»Flüchtig. Wir arbeiten in derselben Kampfsport-Akademie. Sie hat ein paar meiner Krav-Maga-Kurse übernommen. Und wir haben geplant, dass wir ein paar Taekwondo-Kurse anbieten. Aber ich weiß nichts über ihr Privatleben, über ihre Freunde, ihre Familie, über irgendwas, was mich für den, der sie angegriffen hat, zu einer Bedrohung machen würde.«

»Und wenn er dich gar nicht als Bedrohung ansieht, sondern es auf dich abgesehen hat?«

Sloane verzog das Gesicht. »Derek, du glaubst, dieser Typ ist hinter mir her, und ich gebe zu, dass mich sein sonderbares Verhalten nervös macht. Aber der Angriff auf Tina schwächt deine Theorie, statt sie zu stärken. Dieser Angreifer überfällt seine Opfer, wenn sie allein sind. Wenn er mich überfallen wollte, hätte er tausend Gelegenheiten dazu. Ich gehe zwar nicht aufs College, aber ich jogge jeden Morgen mit den Hunden. Der größte Teil der Strecke liegt im Wald, wo es keine Häuser gibt. Ich *weiß*, dass er mich zu Hause beobachtet. Ich spüre es. Er weiß also ganz genau, wann ich jogge. Warum hat er dann noch nicht zugeschlagen?«

»Vielleicht wartet er ab.«

»Worauf? Auf eine Einladung?«

Derek umklammerte seinen Kaffeebecher. »Ich weiß es nicht. Und das macht mich wahnsinnig. Mein Gefühl sagt mir, dass wir irgendetwas übersehen.« Er zog die Stirn in Falten. »Selbst wenn wir die Frage außer Acht lassen, wie du in dieses Bild passt, müssen wir uns mit dem Gedanken auseinandersetzen, dass wir es mit einem Serienkiller zu tun haben.«

»Das sehe ich auch so. Entweder mit einem Serienvergewaltiger *und* Killer oder mit einem Serienkiller – der sich seiner getöteten Opfer so gründlich entledigt, dass wir sie niemals finden.«

»Da gibt es Methoden zur Genüge. Mit einigen hatten wir es schon zu tun und mit anderen nicht. Ich hoffe, Erwin hat nichts dagegen, wenn ich bei seiner Befragung von Tina dabei bin. Alle Details, an die sie sich erinnert, können uns helfen, ein Profil des Täters zu erstellen.« Derek hatte schon intensiv darüber nachgedacht. »Wenn Tina ihre Aussage gemacht hat, rufe ich einen meiner Kollegen an, der in Quantico als Profiler arbeitet. Wir haben früher schon zusammengearbeitet. Er wird dafür sorgen, dass diesem Fall oberste Priorität eingeräumt wird.«

»Gut. Und ich rufe Larry Clark an. Er ist zwar schon im Ruhestand, aber als er noch aktiv war, hat er auch als Profiler in Quantico gearbeitet. Wir haben beide auf mehreren Tagungen am John Jay College Vorträge gehalten. Er ist unglaublich clever und hat fünfundzwanzig Jahre Berufserfahrung. Ich bin sicher, er kann uns helfen.«

»Gute Idee. Mithilfe meiner und deiner Kontakte erstellen wir ein Täterprofil.« Derek biss in seinen Muffin, kaute schnell und schluckte ihn hinunter. »Jetzt zurück zu dir. Da dieses Handy in dem Wald gefunden worden ist, lasse ich mich auf keine Diskussion mehr ein. Ich habe für dich einen Personenschutz rund um die Uhr arrangiert. Du musst die bittere Pille schlucken – FBI, Polizei oder Privatdetektiv. Ich habe viele Freunde, die mir noch einen Gefallen schulden. Es ist zwecklos, darüber zu diskutieren. Du stimmst mich nicht um.«

»Ich wollte gar nicht mit dir diskutieren. Und ich überlasse dir die Entscheidung, wer die glücklichen Kandidaten sind. Aber unter einer Bedingung: Ich möchte, dass auch Tina rund um die Uhr bewacht wird. Du weißt genauso gut wie ich, dass dieser Irre sich an ihr rächen wird. Sie hat ihn ausgetrickst, ihn zusammengeschlagen und ist abgehauen. Er wird keine Ruhe geben, bis er sich gerächt *und* sich ihrer entledigt hat.«

»Da stimme ich dir zu. Ich habe mich schon darum gekümmert. Als ich mit der Campus-Polizei am New Jersey College gesprochen habe, haben sie sofort zugestimmt, dass Tina Personenschutz bekommt. Sie wird rund um die Uhr bewacht. Es gibt allerdings eine Bedingung. Sie darf das College-Gelände nicht verlassen. Sie darf auch nicht zur Akademie fahren, solange der Angreifer nicht geschnappt worden ist.«

Sloane seufzte erleichtert. »Danke. Tina ist eine tolle Frau. Ich wäre wirklich froh, wenn ihr dieses Trauma erspart geblieben wäre. Und ich möchte nicht, dass es noch länger dauert, weil sie bei jedem Schritt ängstlich über die Schulter zurückschauen muss.«

»Eine polizeiliche Bewachung hat ihre Grenzen. Tina ist erst in Sicherheit, wenn wir diesen Psychopathen geschnappt haben.« Derek sah auf die Uhr. »Es wird Zeit für die Besprechung. Mal sehen, was Sergeant Erwin für uns hat.«

Polizeirevier Midtown North
308 West Fifty-Fourth Street
New York City

Bob Erwin kam mit einer Akte und drei Flaschen Mineralwasser in den Verhörraum, der jetzt als Besprechungszimmer diente, und schloss die Tür hinter sich.

»Bitte.« Er gab Sloane und Derek jeweils eine Flasche, setzte sich auf einen Stuhl und legte die Akte vor sich auf den Tisch. »Ich kann Ihnen nur empfehlen, hier bei uns Mineralwasser statt

Kaffee zu trinken«, sagte er. »Ich habe heute Morgen eine Tasse getrunken, und der hat furchtbar geschmeckt – wie immer.«

»Danke für die Warnung.« Sloane öffnete ihre Flasche und trank einen Schluck. »Wasser ist gut. Ich habe sowieso schon genug Kaffee getrunken.«

»Ich auch.« Derek und Sloane setzten sich Erwin gegenüber. »Ich weiß nicht mehr, wie viele Tassen Kaffee ich seit heute Morgen um fünf schon in mich hineingeschüttet habe.« Er rollte die Flasche zwischen den Händen. »Ich bin froh, dass ich an dieser Besprechung teilnehmen kann, ohne vorher einen offiziellen Antrag zu stellen.«

»Kein Problem«, erwiderte Bob. »Allerdings bin ich neugierig, warum Sie sich für den Fall interessieren. Sie arbeiten doch in der Sondereinheit C-6 und haben mit Gewaltverbrechen nichts zu tun. Ich weiß, dass Sie mit Sloane im FBI-Büro in Cleveland gearbeitet haben, aber in zwei verschiedenen Abteilungen. Geht es hier nur um ihre Freundschaft, oder hat das FBI einen bestimmten Grund, warum es Sie auf diesen speziellen Fall angesetzt hat?«

Das war eine klare Frage, und Derek beantwortete sie so ehrlich wie möglich.

»Das FBI weiß, dass ich hier bin, aber dieser Fall wurde mir nicht offiziell zugeteilt. Und Sie haben recht. Ich arbeite jetzt in C-6. Davor habe ich im Bereich Gewaltverbrechen ermittelt. Ich leite immer noch einige dieser Fälle, und einen davon versuche ich jetzt endlich zum Abschluss zu bringen. Im Augenblick bin ich in Atlantic City eingesetzt, weil diesem Fall oberste Priorität eingeräumt wird. Sloane arbeitet zufällig auch an diesem Fall. Ich bin sicher, Sie haben davon gehört. Es stand in allen Zeitungen.«

»Der Truman-Fall.« Sergeant Erwin nickte. »Ich erinnere mich, dass Penelope Truman irgendwann verschwunden ist. Diese Entführung hat für große Schlagzeilen gesorgt. Seltsam, dass ihre Leiche auch nach einem Jahr noch nicht gefunden worden ist.« Er sah Sloane fragend an. »Gibt es einen bestimmten Grund, warum die Trumans Sie engagiert haben?«

»Penny und ich waren seit der Vorschule befreundet. Die Trumans klammern sich an einen Strohhalm. Ich bin für sie die letzte Hoffnung«, erklärte Sloane. »Ich habe ein paar Tage, bevor Cynthia am John Jay College gekidnappt wurde, mit den Ermittlungen begonnen. Erschwerend kommt hinzu, dass ich von dem Zeitpunkt an, seit ich in beide Fälle verwickelt bin, telefonisch belästigt werde. Ich habe keine Ahnung, welchem dieser beiden Fälle ich die anonymen Anrufe zu verdanken habe. Wir haben die Handynummer meines anonymen Anrufers zurückverfolgt. Es war ein Wegwerfhandy. Daher gab es nur die Möglichkeit herauszufinden, wer er ist und wo er sich aufhält, wenn er das Handy wieder benutzen würde. Der nächste Anruf von dieser Nummer kam von der Campus-Polizei am New Jersey College.«

»Das Handy, das die Polizei dort gefunden hat, wo Tina Carroll angegriffen wurde.« Bob presste die Finger zusammen und stützte das Kinn auf den Fingerspitzen ab. »Der Fall wird immer komplizierter. Bei diesem Überfall und bei den Indizien und den Umständen von Cynthia Alexanders Verschwinden gibt es zu viele Übereinstimmungen. Das kann kein Zufall sein.«

»Aber es gibt noch zu viele Fragen, auf die wir keine Antwort wissen.« Sloane beugte sich vor. »Waren Cynthia und Tina die einzigen Opfer dieses Täters? Wie wählt er sie aus? Und wenn es noch andere gibt, wie viele sind es dann? Über welche Zeitspanne sprechen wir hier? Und da wir bisher keine Leichen gefunden haben, stellt sich die Frage, was er mit seinen Opfern gemacht hat.«

»Sie haben eine Frage vergessen. Gehört Penelope Truman auch zu seinen Opfern?«

Sloane dachte kurz nach. »Wie kommen Sie darauf? Penny hat sich vor ihrem spurlosen Verschwinden auf einem College-

Campus aufgehalten, aber wir sprechen über einen Fall, der ein Jahr zurückliegt. Außerdem war sie keine Studentin mehr, und sie hat auch nie am Richard Stockton College studiert. Sie ist am helllichten Tag verschwunden, als auf dem Campus viel los war, und es wurden keine Spuren gefunden. Außerdem kann der Entführer die Tat nicht geplant haben, da Penny nur zu Besuch da war.«

»Ich bin mir bewusst, dass es Unterschiede zwischen dem Truman-Fall und den beiden anderen Fällen gibt. Trotzdem, vielleicht sollten wir unsere Ermittlungen nicht auf ein paar Fälle begrenzen. Sie haben gerade selbst gesagt, dass wir keine Ahnung haben, seit wann der Entführer zuschlägt und ob einige oder alle seine Opfer Studentinnen waren. Vielleicht hat der Kerl ein Faible fürs College. Vielleicht hat er auch eine Vorliebe für Wasser, denn eine Frau hat er unmittelbar nach dem Schwimmtraining entführt und eine andere an einem See auf dem Campus.«

»Und auch Penny war vor ihrem spurlosen Verschwinden an einem See auf einem Campus«, murmelte Sloane. »Am Lake Fred. Das passt zu Ihrer Wasser-Theorie.« Sloane spreizte die Finger und hob die Hände. »Aber dass dieser Kerl unbesonnen handelt, glaube ich nicht. Er ist clever. Er plant alles ganz genau. Er weiß, wann er zuschlagen muss, um nicht erwischt zu werden. Penny wurde nicht in den frühen Morgenstunden oder in den Frühjahrsferien oder zu irgendeinem anderen Zeitpunkt entführt, als auf dem Campus nur wenig Betrieb herrschte. Angenommen, der Entführer war zufällig am Stockton College und hielt nach einem Opfer Ausschau, als Penny dort spazieren ging ... Angenommen, er hat sie entdeckt, und sie hat ihm gefallen ... Warum hat er sie dann mitten am Tag entführt, als sich unendlich viele Zeugen dort aufgehalten haben müssen? Warum sollte er so dumm sein und ein so großes Risiko eingehen?«

»Ich weiß es nicht«, erwiderte Bob offen. »Ich bin kein Experte, was den Geisteszustand eines Serienkillers angeht.

Aber wir dürfen die Aspekte, die zu seinem Profil passen, nicht außer Acht lassen: eine attraktive junge Frau, ein College-Campus und die Nähe zum Wasser.«

»Das Motiv«, meinte Derek.

»Was?« Sloane schaute ihn fragend an.

»Er würde ein Risiko eingehen, wenn seiner Tat ein bestimmtes Motiv zugrunde liegt. Vielleicht ging es ihm gar nicht um irgendeine Frau. Vielleicht hatte er es genau auf Penelope abgesehen.«

»Warum?«

»Wegen ihrer Beziehung zu dir.«

»Derek ...«

»Denk dran, was Bob gerade gesagt hat«, bat Derek sie. »Und denk an die persönlichen Beziehungen, die die Fälle miteinander verbinden. Deine langjährige Freundschaft zu Penelope. Deine Beziehung zu Tina, die du durch die Kampfsport-Akademie schon sehr lange kennst. Die Tatsache, dass das Handy, das benutzt wurde, um dich telefonisch zu belästigen, dem Kerl gehörte, der Tina angegriffen hat. Diese Fakten weisen alle in deine Richtung. Und wenn Bobs Vermutung dann auch noch richtig ist und Penelopes Verschwinden mit den anderen Fällen zusammenhängt, dann sind wir wieder bei unserer Theorie, dass der Täter sich wegen des Truman-Falls durch dich bedrängt fühlt.«

»Welche Theorie?«, fragte Bob.

»Dass Sloanes Wissen über Penelope Truman zu einer Spur führen könnte, die die Polizei und das FBI übersehen könnten. Und dass genau diese Tatsache dem Täter große Angst einflößt. Er hat Penelope vor einem Jahr entführt. Er hat sich sicher gefühlt, und er hatte das Gefühl, unentdeckt zu bleiben. Und plötzlich engagiert die Familie des Opfers völlig unerwartet Sloane – eine Ex-FBI-Agentin und eine enge Schulfreundin des Opfers –, damit sie in dem Vermisstenfall ihrer Tochter ermittelt. Das würde erklären, warum er Sloane belästigt und sie verfolgt. Und das ist nur ein Teil des Motivs – der unpersönliche Teil. Es steckt noch mehr dahinter. Wir haben ein Muster, und Sloane steht im Mittelpunkt.«

»Bevor wir dieser Theorie nachgehen, würde mich eins interessieren«, sagte Sloane. »Wie passt Cynthia Alexander ins Bild, wenn du glaubst, dass alle Entführungen letztendlich einen Bezug zu mir haben? Ich habe diese Frau noch nie im Leben gesehen.«

»Stimmt.« Sergeant Erwin schob ihr die Akte zu. »Aber wenn Derek recht hat, müssen Sie das auch nicht. Es gibt mehr als eine Möglichkeit für einen Täter, eine Verbindung zwischen seinem Opfer und der Person herzustellen, die im Mittelpunkt seines Interesses steht. Im Fall von Cynthia Alexander würde ich sagen, ist es eher die Ähnlichkeit mit Ihnen als irgendeine Beziehung. Es ist Ihnen selbst aufgefallen. Als Studentin müssen Sie ihr ziemlich ähnlich gewesen sein. Die gleichen Interessen, derselbe Universitätssport, und auch Sie waren Kapitän der Schwimmmannschaft und eine ehrgeizige und engagierte Studentin. Zudem stammt sie aus Cleveland, wo Sie noch vor nicht allzu langer Zeit gewohnt haben. Sie studiert am John Jay College, und da haben Sie kürzlich einen Vortrag gehalten.«

»Das ist alles ziemlich vage.«

»Wenn dieser Irre auf dich fixiert ist, dann ist das nicht vage«, kommentierte Derek nüchtern und wandte sich Bob zu. »Ich glaube, Sloane stellt für den Täter mehr als nur eine Bedrohung dar. Ich glaube, er ist von ihr besessen. Ich bin mir aber nicht sicher, ob der Grund für diese Besessenheit darin zu suchen ist, dass er Sloane idealisiert oder dass er sie ermorden will. Darum müssen wir ein Profil von ihm erstellen. Die Profiler aus Quantico werden uns dabei helfen. Aber je mehr Informationen wir den Kollegen geben können, desto besser. Wir müssen uns mit jedem Vermisstenfall in den betreffenden drei Staaten in den letzten Jahren beschäftigen, der auch nur im Entferntesten Parallelen zu diesen drei Fällen aufweist. Und wir müssen so viele Details wie möglich von der einzigen Person erfahren, die Kontakt zum Täter hatte.« Er sah Bob an. »Das führt mich zu meiner nächsten Bitte.«

»Sie möchten dabei sein, wenn ich mit Tina Carroll spreche.«

»Ja.«

»Das habe ich mir gedacht.« Bob schob seinen Stuhl zurück. »Ich habe sie von einer Streife in die Stadt bringen lassen. Sie müsste inzwischen da sein. Ich hole sie rein.«

19. Kapitel

Datum: 7. April
Uhrzeit: 10.30 Uhr

Ich dachte, ich hätte Gaia unter Kontrolle. Das war ein Irrtum.

Es geht alles viel zu schnell.

Ich kann mich nicht an Hera wenden. Ich kann mich nicht an irgendeine Göttin wenden. Und ich kann mich nicht an meine Mutter wenden, wie ich es damals als Kind getan habe. O mein Gott, wie ich diese Zeiten vermisse. Sie hatte für jedes Problem die richtige Lösung. Wenn ich Angst hatte oder verstört war, las sie mir Geschichten über die großen griechischen Göttinnen und ihre heroischen Schicksale vor. Apollo, der Sonnengott. Artemis, die Mondgöttin. Ihre Welt bot mir die Möglichkeit, der Wirklichkeit zu entfliehen.

Ich vermisse meine Kindheit. Damals gab es nur uns beide. Das Leben hatte noch keine Schattenseiten. Sie hat mich in allem so weise und so gut unterrichtet.

Das kann sie nicht mehr. Ich werde in eine Ecke gedrängt, aus der es kein Entkommen gibt.

Noch schlimmer ist, dass die Dämonen keine Ruhe geben. Ihre Schreie werden von Tag zu Tag lauter und kräftiger.

Ich spüre, dass die Wände mich immer enger umschließen. Schweiß rinnt mir über Gesicht und Körper. Das Morphium kann die Schmerzen betäuben, aber es kann die Panik nicht besiegen.

Ich werde von allen Seiten bedrängt.

Midtown North
New York City
11.05 Uhr

Tina sah aus wie ein verstörtes Kind, während sie Sergeant Erwin in den Raum folgte. Ihre Augen waren weit aufgerissen, und ihr Blick wanderte unruhig hin und her. Sloane wurde wieder einmal daran erinnert, wie jung man mit einundzwanzig noch war und was Tina durchgemacht hatte.

»Kommen Sie herein und setzen Sie sich«, sagte Bob freundlich zu ihr. »Ich kann Ihnen Wasser, Cola oder Kaffee anbieten. Was hätten Sie gerne?«

»Eine Cola wäre toll. Danke«, erwiderte sie leise.

Bob nickte und ging, um die Cola zu holen. In diesem Augenblick entdeckte Tina Sloane, und man merkte, wie erleichtert sie war, sie hier zu sehen. »Sloane«, sagte sie und beugte sich über den Tisch, um sie zu begrüßen. »Ich bin froh, dass Sie hier sind.«

Sloane stand auf, beugte sich vor und strich Tina über den Arm. »Ich habe extra auf Sie gewartet. Ich wollte für Sie da sein. Sie müssen aber wissen, dass Sie mich theoretisch bitten könnten, den Raum zu verlassen. Dies ist eine polizeiliche Ermittlung, in die ich offiziell nicht eingebunden bin. Es liegt an Ihnen. Sagen Sie mir, ob es Ihnen lieber ist, wenn ich gehe.«

»Nein, bitten bleiben Sie.« Tina schluckte. »Ich dachte, ich wäre stärker, aber ich bin kurz vor einem Zusammenbruch.«

»Ich bleibe hier. Sie sind stark, und sie werden nicht zusammenbrechen. Setzen Sie sich und atmen Sie mehrmals tief durch. Ich verspreche Ihnen, Sergeant Erwin ist ein ausgesprochen freundlicher Polizist. Er will nur den Scheißkerl schnappen, der Sie angegriffen hat und der das möglicherweise noch anderen Frauen angetan hat, die sich nicht so erfolgreich verteidigen konnten wie Sie und die nicht entkommen konnten.« Sloane zeigte auf Derek, der aufgestanden war und schweigend wartete. »Das ist

Special Agent Derek Parker vom FBI. Er ermittelt auch in diesem Fall. Ich garantiere Ihnen, er beißt nicht. Als ich noch beim FBI war, haben wir beide in demselben FBI-Büro gearbeitet.«

Tina lächelte verhalten. »Guten Tag, Agent Parker.«

»Ich freue mich, Sie kennenzulernen, Tina.« Derek drückte ihr die Hand. »Es ist furchtbar, was Sie erlebt haben. Das tut mir wirklich leid. Aber Sloane hat mir erzählt, dass es Ihren Angreifer schlimmer erwischt hat als Sie. Sie haben ihn übel zugerichtet.«

»Nicht übel genug.« Tina verzog das Gesicht. »Die Polizei hat alle Krankenhäuser in der Gegend überprüft. Ein Mann mit den Verletzungen, die ich ihm zugefügt habe, ist nirgendwo aufgetaucht.«

»Das heißt nicht, dass seine Wunden nicht behandelt werden müssen. Es bedeutet nur, dass er sie nirgendwo hat behandeln lassen, wo sein Besuch ordnungsgemäß dokumentiert wird.«

»Daran habe ich nicht gedacht.«

Bob kam mit der Cola zurück, woraufhin alle Platz nahmen.

»Ich weiß, dass Sie schon ein Dutzend Mal mit der Polizei vor Ort darüber gesprochen haben. Aber erzählen Sie uns bitte noch einmal, was am Samstagmorgen passiert ist«, begann Bob.

Tina berichtete detailliert über den Angriff auf sie. Sie begann bei der kurzen Trinkpause an der Eiche und schilderte dann den Angriff auf sie und wie sie ihre Selbstverteidigungstaktiken eingesetzt hatte, um den Angreifer kampfunfähig zu machen.

»Ich bin beeindruckt«, sagte Bob lächelnd. »Ich kenne Cops, die den Angreifer nicht so schnell ausgeschaltet hätten, jedenfalls nicht, ohne ihre Waffe zu ziehen.« Er machte sich ein paar Notizen und fuhr dann fort: »Können Sie das Messer beschreiben, dass er Ihnen an die Kehle gedrückt hat? Es war jedenfalls groß genug, um Ihre Schulter zu verletzen.«

»Ja, es war groß und sah Furcht erregend aus. Die Klinge war mindestens fünfzehn Zentimeter lang und ziemlich breit. Sie bestand aus dickem Stahl und hatte eine gebogene Spitze. Der Griff war dunkel und hatte Fingermulden. Ach ja, und dann gab es noch ein kleines, schmales Querstück zwischen Griff und Klinge. So eine Art Schutz für den Benutzer, damit er sich nicht selbst verletzt.«

»Hört sich nach einem Bowie an«, meinte Derek. »Die sind äußerst robust und vielseitig einsetzbar. Die großen Bowie-Messer können so lang wie ein Schwert sein. Und die Messer mit dem Sägeschliff auf dem Klingenrücken wurden jahrzehntelang beim Militär benutzt. Eine gute Wahl des Täters und ein Messer, das man sich problemlos beschaffen kann.«

Tina hob den Kopf. »Da fällt mir noch was ein. Ich glaube, er muss mal beim Militär gewesen sein.«

»Wie kommen Sie darauf?«

»Als ich ihn an der Schulter gepackt habe, glitt meine Hand über eine Kette, die er um den Hals trug. Und als sein Oberkörper nach meinen Schlägen nach vorn kippte, rutschte eine Erkennungsmarke aus seinem Hemd, die an der Kette hing.«

Bob machte sich wieder Notizen. »Haben Sie etwas erkannt auf der Erkennungsmarke?«

»Nein. Es ging alles viel zu schnell. Der ganze Kampf dauerte vielleicht dreißig Sekunden.«

Derek dachte nach. »Sie haben gesagt, er hat Ihnen befohlen, mitzukommen, oder er schneidet Ihnen die Kehle durch. Sie haben auch gesagt, er hätte irgendetwas gemurmelt, das Sie nicht verstehen konnten. Hat er zu leise gesprochen, oder wurde sein Ton durch die Maske gedämpft?«

»Weder noch. Die Wörter, die er gesagt hat, klangen nicht englisch. Ich weiß nicht, was für eine Sprache das war. Als er mich angegriffen hat, hat er etwas gesagt, was wie ›tai kee‹ klang. Wenn er mir nicht das Messer an die Kehle gedrückt hätte, hätte ich geglaubt, er spricht mich mit dem Namen einer anderen Person an.«

»›Tai kee‹.« Bob sah Sloane an. »Sie sprechen Mandarin. Wissen Sie, was das heißen könnte?«

Sloane runzelte die Stirn. »*Tai ji* heißt ›Muttermal‹, aber das ergibt in diesem Zusammenhang keinen Sinn. Vielleicht war es auch ein chinesischer Dialekt. Dann weiß ich nicht, was es heißt.«

»Was hat er noch gesagt?«, fragte Bob Tina.

»Als ich ihn angegriffen habe, hat er ein paarmal irgendetwas geschrien. Vermutlich hat er geflucht.« Sie kniff die Augen zu und versuchte, sich zu erinnern. »*Bow za* hat er geschrien. Und *chao ji bei*. Ah, und zum Schluss hat er *ta ma de* gebrüllt.«

»Ja, er hat tatsächlich geflucht«, sagte Derek. »Selbst ich weiß, was *ta ma de* heißt. Es heißt ›Scheiße‹. Und dieses *bow za*, das Sie gehört haben, schreibt sich *biao zhi*.« Er buchstabierte es. »Das heißt ›Schlampe‹. *Chao ji bei* muss auch irgendwas sehr Schmeichelhaftes heißen, aber das habe ich noch nie gehört. Ich erkundige mich bei meinen Kollegen oder einem unserer Sprachexperten, was *chao ji bei* und *tai kee* heißt.«

»Seit wann kannst du Chinesisch?«, fragte Sloane überrascht.

»Ich kann kein Chinesisch. Ich kann nur fluchen auf Chinesisch.« Derek lächelte verkniffen und wandte sich wieder Tina zu. »Sie haben gesagt, Sie konnten die Augen Ihres Angreifers durch die Augenschlitze seiner Maske kurz sehen. Würden Sie sagen, er sah aus wie ein Asiate? Und was ist mit seiner Stimme? Könnte er eine asiatische Sprache gesprochen haben?«

»Nein, nein.« Tina schüttelte den Kopf. »Seine Augen waren rund und nicht mandelförmig. Und sie waren hell. Seine Haut auch. Ich habe sein Handgelenk gesehen, als ich ihm das Messer aus der Hand geschlagen habe. Es war auf jeden Fall ein Weißer. Und er sprach akzentfreies Englisch. Das war auch die Sprache, die er abgesehen von den Flüchen benutzt hat.«

»Er könnte Amerikaner der zweiten oder dritten Generation sein«, meine Sloane. »Seine Familie könnte ursprünglich aus Fernost stammen.«

»Oder er war hier stationiert.« Derek trank noch einen Schluck Wasser. »Die Erkennungsmarke beweist, dass er beim Militär war. Dort hat er bestimmt auch das Fluchen gelernt. Aber ich verstehe nicht, warum er auf Chinesisch flucht, wenn seine Opfer – übrigens alle seine Opfer bisher – Amerikanerinnen sind.«

»Noch etwas, das wir beim Täterprofil berücksichtigen müssen.«

Dereks Handy klingelte. Er sah aufs Display und stand auf. »Entschuldigt mich bitte kurz«, sagte er und entfernte sich schnell in die hinterste Ecke des Raumes.

Er meldete sich, drehte sich zur Wand um und redete leise. »Was hast du für mich?«

Joe Barbados, einer der besten Videotechniker des FBI aus Quantico, rutschte auf seinem Stuhl ein Stück nach vorn. »Ich habe mir alle DVDs angesehen, eine nach der anderen«, erwiderte er. »Aber ich habe mich in erster Linie auf das Filmmaterial konzentriert, das wir von dem Tag und von der ungefähren Zeit haben, als Penelope Truman verschwunden ist. Ich habe mir das Material von allen vier Kameras angesehen, die diesen Bereich vom Lake Fred überwachen.«

»Und?«

»Und auf einem Filmausschnitt der Kamera, die auf den Wald hinter dem See gerichtet ist, habe ich einen Lichtschimmer entdeckt. Er passt dort irgendwie nicht hin, weil er aus der unteren Hälfte des Bildes kommt. Daher habe ich ihn isoliert und ein bisschen dran gearbeitet, um zu sehen, was es ist oder woher der Schimmer kommt. Ich bin nicht hundertprozentig sicher, aber für mich sieht es wie ein Messer aus. Und zwar ein ziemlich großes.«

»Ja«, flüsterte Derek, dann sagte er laut: »Gute Arbeit, Joe. Kannst du mir ein oder zwei Bilder mailen?«

»Klar. Ich bin mit der Analyse noch nicht ganz fertig, aber ich schicke dir, was ich bis jetzt habe, und den Rest, wenn ich fertig bin. Die ersten Bilder kommen innerhalb einer Stunde und die endgültigen morgen früh.«

»Großartig. Und vergiss die Zeiteinblendung nicht.«

»Mach ich.«

»Danke.« Derek legte auf und ging zu den anderen zurück. »Verzeihung. Habe ich was verpasst?«

Sloane warf ihm einen Seitenblick zu. Er hatte eine Spur. Sie spürte es, auch wenn er keine Miene verzog. Das Adrenalin strömte durch seine Adern. Er hatte von dem Anrufer einen konkreten Hinweis bekommen. Sie würde ihm die Details später entlocken. Offenbar waren sie nicht für die Ohren aller Anwesenden bestimmt.

Sie wandte ihre Aufmerksamkeit wieder der Befragung zu.

Southern New Jersey Medical Center
Trenton, New Jersey
14.30 Uhr

Der Unterricht an der Highschool auf der anderen Straßenseite ist zu Ende. Die Schüler drängeln zum Ausgang, um schnell zum Training oder zum nächsten Einkaufszentrum zu kommen.

Niemand hat bemerkt, wie ich das Krankenhaus durch die Notaufnahme betreten habe. Die Krankenschwestern der Frühschicht haben gerade ihre Arbeiten am Computer beendet und die Übergabe an die Mittagsschicht vorbereitet, die in einer halben Stunde beginnen wird. Die einen arbeiten fleißig, die anderen warten ungeduldig auf den Feierabend. An der Aufnahme herrscht großer Andrang. Das Personal sieht gestresst aus und ist bemüht, allen neuen Patienten zu helfen und ihnen den Weg zu den entsprechenden Stationen zu zeigen.

In der Menge untertauchen. Unsichtbar sein. Mich ganz normal benehmen. Den Überwachungskameras ausweichen. Die körperlichen Schmerzen und die ohrenbetäubenden Stimmen der Dämonen verdrängen. Mich konzentrieren. Mit dem Putzwagen und in der Arbeitskleidung, die ich mir »geliehen« habe, falle ich überhaupt nicht auf.

In der Fensterscheibe erhasche ich einen Blick auf mein Spiegelbild. Ich sehe furchtbar aus. Das sind die Schmerzen. Sie machen mich verrückt. Meine Haare sind schweißnass, und auf meiner Stirn glitzern Schweißperlen. Ich sehe aus wie ein Junkie oder wie ein Wahnsinniger. Ich bin weder das eine noch das andere. Ich gehöre zu den wenigen geistig gesunden Menschen, die es noch gibt – geistig gesund und anständig. Ein Mann, der richtig von falsch unterscheiden kann.

Deshalb bin ich ausgewählt worden.

Ich brauche das Morphium.

Tief einatmen. Langsam und tief einatmen. Ich schaffe es.

Ich taste über die Taschen meines Sweatshirts und vergewissere mich, dass nichts herausgefallen ist. Den Wagen lasse ich unten an der Treppe stehen und steige die Stufen hoch. Ich habe meine Hausaufgaben gemacht. Ich weiß, wohin ich gehen muss.

Ich muss auf jedem Treppenabsatz eine Pause machen, um wieder zu Kräften zu kommen. Die Stimmen der Dämonen sind so laut, dass mein Schädel zu platzen droht.

Irgendwie schaffe ich es bis in den dritten Stock. Im Schwesternzimmer dieses abgelegenen Traktes halten sich wahrscheinlich nur wenige Krankenschwestern auf. Je weniger Leute, desto größer die Chance, unentdeckt zu bleiben.

Ich musste ein Krankenhaus in der Nähe vom New Jersey College auswählen. Sie sollen glauben, dass die Person, die Tyche überfallen hat, auch für das verantwortlich ist, was gleich geschehen wird. Sie sollen glauben, dass ich in der Nähe bin, dass die Schmerzen mich umbringen und dass ich mir das Morphium in meinem Versteck selbst spritze.

Wenn der Anruf bei der Polizei eingeht, werde ich schon meilenweit entfernt sein und die Entführung meiner Ersatz-Göttin planen, um die Dämonen zufriedenzustellen.

Ketamin habe ich genug. Wenn es notwendig ist, kann ich mir irgendwo auf den Straßen immer was von dem Zeug besorgen. Aber die anderen Medikamente, die brauche ich unbedingt.

Ich hole einen neuen Putzwagen aus der kleinen Kammer und gehe damit den Korridor entlang, bis ich das Schwesternzimmer sehen kann. Gut. So habe ich mir das vorgestellt. Zwei Krankenschwestern. Beide sitzen vor ihrem Computer. Beide am Ende des Schreibtisches. Ich kann weitergehen, ohne dass sie mich entdecken.

Dann entdecke ich mein Opfer. Ein älterer Mann, der entweder starke Beruhigungsmittel bekommen hat oder im Koma liegt. Er ist an eine Beatmungsmaschine angeschlossen, und er hat keinen Besuch. Ich lasse meinen Wagen stehen, betrete geräuschlos den Raum und ziehe leise den Stecker der Beatmungsmaschine heraus. Meine Aktion löst den Alarm aus. Blitzschnell verlasse ich das Zimmer.

Als ich mit dem Wagen in die Richtung zurückgehe, aus der ich gekommen bin, schreien Krankenschwestern laut »Notfall«, um den heulenden Alarm zu übertönen. Sofort rennen alle verfügbaren Pflegekräfte in das Zimmer des alten Mannes. Außer einer, die läuft ins Schwesternzimmer.

Es ist die Schwester, die den Schlüssel für den Medikamentenschrank hat. Er hängt an einer Kette um ihren Hals. An ihrem Kittel ist ein Namensschild befestigt, auf dem in Großbuchstaben ihre Stellung als Oberschwester vermerkt ist. Ihren Namen kann ich nicht lesen, aber der interessiert mich auch nicht. Mit ihrer kräftigen Statur, den kurzen Beinen, dem arroganten, ein bisschen watschelnden Gang und ihrer mürrischen Miene sieht sie aus wie eine zerknitterte alte Bulldogge. Ihre Patienten werden es ohne sie besser haben. Die Kollegen auch. Sobald sie tot ist, kann die Pflegeleitung sie durch eine würdige, mitfühlende Krankenschwester ersetzen. Einen mütterlichen Typ, der sich um diejenigen kümmert und sorgt, die es nötig haben. So sollte es sein.

Ich ziehe meine Latexhandschuhe an und beobachte die Bulldogge, wie sie um die Ecke verschwindet. Es besteht kein Zweifel, wohin sie geht und was sie vorhat.

Ich habe nur ein Ziel, und nichts wird mich aufhalten. Das, was ich vorhabe, löst keine Gewissensbisse aus in mir. Es geht ums Überleben, es geht nicht um die Götter und auch nicht um die Dämonen.

In fünf Minuten ist alles erledigt, und ich bin wieder verschwunden.

Und die Bulldogge gibt es dann nicht mehr.

Ich bewege mich schnell und geräuschlos. Sekunden später bin ich nur noch wenige Schritte vom Medikamentenschrank entfernt. Die Bulldogge konzentriert sich darauf, den Schrank aufzuschließen und zu öffnen. Ich warte, bis sie die Tür aufzieht. Sie greift hinein. Ich sehe mich um. Keiner da.

Ich greife in eine der vielen Taschen meines Sweatshirts und ziehe das Messer heraus, auf das ich mich immer verlassen kann. Nur ein Schritt, und ich bin bei ihr.

Sie hört mich nicht. Ich packe sie, umklammere sie von hinten, schlitze ihr die Kehle auf und durchtrenne die Halsschlagader. Sie sackt in sich zusammen. Aus der Wunde spritzt Blut und bildet eine Lache rund um ihren toten Körper. Der Aufprall ihres Körpers auf den Boden ist kaum zu hören, denn der Alarm heult immer noch.

Flüchtig überprüfe ich meine Kleidung und stelle erfreut fest, dass mein Sweatshirt und mein Arbeitsanzug nichts abbekommen haben. Nur die Handschuhe und das Messer sind blutverschmiert. Und die wird niemand finden.

Ich packe mein Messer weg und mache einen großen Schritt

über die Leiche hinweg. Es ist eine Herausforderung, der Blutlache auszuweichen, die sich immer weiter auf dem Boden ausbreitet. Doch ich achte darauf, dass ich keine Fußabdrücke hinterlasse. Ich ziehe die schwarze Plastiktüte aus meiner Tasche und packe alles ein, was ich brauche. Morphium, Demerol, Nembutal, Fentanyl, OxyContin und eine Hand voll Spritzen. Dann mache ich wieder einen Schritt über die Leiche hinweg, ziehe die Handschuhe aus und spähe um die Ecke.

Ich werfe die Tüte auf meinen Wagen und gehe langsam zur Treppe. Auf den Gängen herrscht Stille. Offenbar haben die Pflegerinnen alles getan, was sie ohne die Medikamente, die die Bulldogge holen sollte, tun konnten. Das verwirrt mich. Ob der alte Mann tot ist? Das hätte er nicht verdient. Als ich an dem Zimmer vorbeikomme, schnappe ich ein paar Wortfetzen von den Pflegerinnen auf. Sie sind aufgeregt, weil sich jemand an der Beatmungsmaschine zu schaffen gemacht hat. Der alte Mann lebt. Ich bin erleichtert.

An der Treppe lasse ich den Wagen stehen, nehme meine Tüte und zwinge mich, die Stufen zügig hinunterzugehen. Ich verfluche Tyche, dass sie mir diese wahnsinnigen Schmerzen in der Leiste zugefügt hat. Schließlich erreiche ich das Erdgeschoss und nehme den Wagen, den ich vorhin hier stehen gelassen habe. Ich schiebe ihn zur Rückseite des Krankenhauses und durch den ruhigeren Hintereingang. Ich ziehe meine Arbeitsjacke aus, stopfe sie in den Wagen und verschwinde mit meiner schwarzen Plastiktüte.

Während ich wegfahre, frage ich mich, wie die Kollegen reagieren werden, wenn sie die Bulldogge entdecken. Wenn ihr Charakter ihrem Aussehen entspricht, werden sie eher jubeln als schluchzen.

Aus irgendeinem Grund finde ich das amüsant.

14.45 Uhr

Die Krankenschwester Kate Reilly hatte eigentlich Feierabend, doch der unerwartete Notfall machte ihr einen Strich durch die Rechnung. Als sie zum letzten Mal nach Mr Remis gesehen hatte, ging es ihm den Umständen entsprechend gut. Er erholte sich von einer Kopfverletzung, die er sich bei einem Autounfall zugezogen hatte. Seine Werte waren stabil. Die Beatmungsmaschine funktionierte perfekt. Sie hatte zwei Mal überprüft, dass sie richtig angeschlossen war.

Es war nicht schwierig, die Beatmungsmaschine anzuschließen. Aber dass jemand den Stecker herausgezogen hatte, das war entsetzlich. Wer würde einem Kranken so etwas antun? Und dann auch noch Mr Remis, einem so netten Mann mit einer netten Familie, mit wenig Geld und einem guten Herz. Der ganze Vorfall war wie ein Albtraum.

Obendrein machte sie sich Sorgen um Oberschwester Gertrude Flyer. Gertrude war für ihre Pünktlichkeit und ihr verantwortungsvolles Handeln bekannt. Sie feierte nie krank, vernachlässigte nie einen Patienten und gab immer ihr Bestes. Als der Alarm ausgelöst wurde, war sie losgelaufen, um Medikamente zu holen, die Mr Reims möglicherweise brauchte. Aber im Krankenzimmer warteten sie vergebens auf sie. Das hatte es noch nie gegeben.

Besorgt machte Kate sich auf die Suche nach Gertrude. Als sie am Schwesternzimmer vorbeikam, fiel ihr Blick in den hinteren Teil des Raumes.

Sie blieb abrupt stehen, und alle Farbe wich aus ihrem Gesicht.

Sie schrie nicht. Sie stand nur da, presste die Hände auf den Mund und starrte auf das entsetzliche Bild, das sich ihr bot.

Ein Rinnsal aus Blut kroch über den Boden Richtung Tür. Und vor dem geöffneten Medikamentenschrank lag die übel zugerichtete Leiche von Gertrude Flyer.

FBI-Büro New York
26 Federal Plaza, New York City
15.45 Uhr

Sloane ging in Dereks Büro hin und her.

»Okay, du hast mich gebeten, dich nach der Befragung von Tina in dein Büro zu begleiten. Jetzt bin ich schon seit Stunden hier, während du versucht hast, deine Sprachexpertin und deinen Partner aufzutreiben. Könntest du mir vielleicht endlich mal verraten, was sie gesagt haben und was ich hier mache?«

»Ich hab dir was zum Mittagessen spendiert«, erinnerte Derek sie. Er setzte sich an den Computer und rief seine E-Mails ab. »Und zum Frühstück auch. Das heißt, ich habe dir für jede Stunde, die du gewartet hast, eine Kleinigkeit spendiert. Meiner Meinung nach sind wir jetzt quitt.«

»Derek.« Sloane stellte sich neben ihn, verschränkte die Hände vor der Brust und funkelte ihn an. »Ich bin stinksauer, und ich kann darüber nicht lachen. Nicht nur, weil du mich den ganzen Nachmittag hingehalten hast, sondern auch wegen heute Morgen. Wer hat dich angerufen, als wir mit Tina gesprochen haben? Ich hab sofort gewusst, dass es etwas mit dem Fall zu tun hat. Ich hab's gespürt, als du zu uns zurückgekommen bist. Du hast fast gezittert.«

»Du bist verdammt clever«, spottete Derek leise. »Dir kann man nichts vormachen.« Er sah auf den Monitor. »Nein, nein, nein ... ja. Da ist sie ja.« Er klickte zwei Mal auf die Mail von Joe und öffnete sie.

Hier das unscharfe Foto, las er. *Gib mir kurz Bescheid, was du davon hältst. Genauere Version morgen früh.*

Derek sah sich ungeduldig nach einem Stuhl um. Er zog ihn heran, stellte ihn neben sich und gab Sloane ein Zeichen, sich zu ihm zu setzen.

»Erstens konnte ich weder Jeff noch meine Sprachexpertin

Yan Dié erreichen«, erwiderte er. »Ich habe beiden eine Nachricht hinterlassen. Die Übersetzung der chinesischen Ausdrücke liegt uns in Kürze vor. Und der Anruf, den ich während unserer Besprechung bekommen habe, kam aus Quantico. Es war der Videotechniker, der für mich die Qualität der Videofilme verbessert. Er hat was gefunden.« Derek erklärte ihr, was genau er von Joe erfahren hatte. »Dann wollen wir uns das mal anschauen.«

Sloane beugte sich vor und starrte auf den Monitor, als Derek die Bilddatei öffnete. Das Bild wurde langsam aufgebaut, es war tatsächlich unscharf und grobkörnig. Doch der Lichtschimmer war eindeutig zu erkennen und der Schatten darum herum auch. Und beides hatte deutlich erkennbare Formen.

»Dieser Lichtschimmer ist ein Messer«, stellte Sloane fest. »Ein langes, breites Messer, wie Tina es beschrieben hat. Und der Schatten ringsherum könnte ein Mann sein.«

»Du hast recht. Und Joe auch, zumindest was das Messer angeht. Er verbessert die Bildqualität noch für uns, damit wir ganz sicher sein können. Morgen früh schickt er mir die endgültige Version in einer JPG-Datei. Wenn sich herausstellt, dass wir mit dem Messer *und* mit dem Mann richtig liegen – und davon gehe ich aus –, bitte ich Joe, dass er das entsprechende Filmmaterial von dem Weg rund um den See überprüft. Vielleicht haben wir Glück. Vielleicht hat eine der Kameras nicht nur unseren Täter, sondern auch Penelope eingefangen.«

»Sieh mal auf die Zeiteinblendung«, sagte Sloane und zeigte darauf. »Elf Uhr neunundzwanzig. Das stimmt genau mit der Zeit überein, die Deanna Frost für Pennys Spaziergang um den Lake Fred angegeben hat.«

»Ja. Wenn Joes endgültige Version des Bildes so aussieht, wie ich es hoffe, haben wir unseren Täter am Tatort von Penelope Truman. Dann haben wir auch mehr als genug Parallelen zwischen den drei Frauen – und dir –, um ein Muster zu erkennen. Es wird Zeit, unsere Profiler einzuschalten.«

»Der Meinung bin ich auch.« Mit nachdenklicher Miene strich Sloane sich durch die Haare. »Aber eine Sache lässt mir keine Ruhe. Woher wusste der Täter, dass Penny an diesem Tag am Stockton College war und genau um diese Zeit am Lake Fred spazieren gehen würde? Tina und Cynthia hatten Gewohnheiten, die er problemlos auskundschaften konnte. Aber Pennys Angewohnheit war es, mit der U-Bahn zur Arbeit zu fahren. Woher wusste er ...« Sloane brach ab, weil ihr eine Idee kam.

»Was ist?«, fragte Derek und musterte sie.

»Warte mal kurz. Ich muss schnell etwas überprüfen. Es ist eine vage Spur, aber sie könnte unsere Frage beantworten.« Sloane schlug ihre Akte auf und überflog die Notizen. »Da«, murmelte sie und legte einen Finger auf die Stelle. Dann klappte sie ihr Handy auf und wählte die Nummer.

»Sekretariat Doug Waters«, meldete sich eine monotone weibliche Stimme.

»Hier ist Sloane Burbank. Ich muss sofort mit Mr Waters sprechen.«

»Er ist in einer Besprechung, Ms Burbank. Wenn Sie mir Ihre Telefonnummer geben, unter der er Sie erreichen kann ...«

»Ist die Besprechung bei Ihnen im Haus?«, unterbrach Sloane sie.

»Ja schon, aber ...«

»Piepen Sie ihn an«, befahl Sloane ihr. »Sagen Sie ihm, dass es nur drei Minuten dauern wird. Er kann sich entschuldigen, dass er kurz austreten muss, und wenn die anderen ihre Kaffeetassen nachgefüllt haben, ist er schon wieder da. Tut mir leid, wenn ich Ihnen Unannehmlichkeiten bereite, aber das FBI braucht seine Hilfe. Es geht wirklich nicht anders.«

»Natürlich.« Die arme Frau hörte sich an, als würde sie gleich in Ohnmacht fallen. »Bleiben Sie bitte kurz am Apparat. Ich versuche, ihn zu erreichen.«

»Natürlich. Und vielen Dank.«

»Mann, wenn du was erreichen willst, kennst du kein Pardon, oder?«, murmelte Derek. »Die Frau schluckt jetzt bestimmt eine Beruhigungspille.«

»Sehr lustig.« Sloane funkelte ihn an. »Es geht darum, einen Serienmörder zu schnappen. Das ist ja wohl wichtiger als eine Besprechung bei Merrill Lynch.«

»Es ist gut, dass du nie davon geträumt hast, in der freien Wirtschaft zu arbeiten. Diplomatie ist wirklich nicht deine Stärke.«

»Deine auch nicht.« Sloane wandte ihre Aufmerksamkeit wieder dem Telefon zu, als sie hörte, dass jemand den Hörer in die Hand nahm.

»Doug Waters. Da bin ich.«

»Hallo, Doug. Hier ist Sloane Burbank.«

»Das hat meine Sekretärin schon gesagt, als sie mich aus einem wichtigen Kundengespräch herausgerissen hat.«

»Tut mit leid. Aber das FBI und ich haben neue Informationen über Pennys spurloses Verschwinden. Ich glaube, es ist wichtiger, dass wir herausfinden, was ihr zugestoßen ist, als wenn Sie drei Minuten bei Ihrer Besprechung fehlen, auch wenn es wichtige Kunden sind und es für Ihr Unternehmen um Millionengewinne geht.«

»Natürlich ist es das.« Dougs Ton wurde freundlicher. »Haben Sie sie gefunden?«

»Nein, aber wir kommen der Sache näher. Ich habe nur ein oder zwei Fragen an Sie. Dann können Sie sofort in Ihre Besprechung zurück und Ihre nächste Million machen.«

»Schießen Sie los.«

»Bei unserem letzten Gespräch haben wir über die Vorlesungsreihe über klassische Literatur gesprochen, die am Richard Stockton College stattfand. Jeden Monat, immer an einem Samstagnachmittag, wurde eine Vorlesung gehalten. Sie haben erwähnt, dass Penny die Besuche am Stockton College richtig genossen hat und fast immer an den Vorlesungen teilgenommen hat. Sie haben auch erwähnt, dass sie das Datum dieser letzten Vorlesung, den vierzehnten April, schon Monate vorher in ihrem Terminkalender notiert hatte. Hat sie das immer so gemacht? Und dann noch etwas. Sie hat doch mehrere von diesen Vorlesungen besucht. Könnten Sie mir sagen, ob bei Penny von der Anmeldung bis zur Teilnahme alles nach einem gewissen Schema ablief? Mich interessiert besonders, ob sie sich an den Tagen, wenn die Vorlesungen stattfanden, immer in einer bestimmten Weise verhalten hat.«

»Klar. Die Antwort auf Ihre erste Frage lautet Ja. Penny hat immer großen Wert auf eine gute Organisation gelegt. Und da sie sich im Voraus angemeldet hat, hat sie die Daten auch im Voraus in unseren Kalender geschrieben. Und Ihre andere Frage ...« Doug schwieg und dachte kurz nach, weil er Sloanes Frage möglichst genau beantworten wollte. »Bei unserem letzten Gespräch habe ich Ihnen gesagt, dass diese Vorlesungen über klassische Literatur nicht mein Ding sind. Aber Penny war ganz begeistert. Sie hatte die Broschüre immer in ihrer Handtasche, um andere Verpflichtungen möglichst auf die Vorlesungen abzustimmen. Ein paar Vorlesungen konnte sie nicht besuchen, weil sie arbeiten musste oder weil sie etwas anderes vorhatte, aber meistens ist sie hingefahren.« Doug stieß laut die Luft aus. »Diese Tage liefen immer nach einem bestimmten Schema ab. Sie hat immer denselben Frühbus von der Port Authority genommen. Sie wusste, dass sie dann viel zu früh in Stockton ankam, aber das wollte sie auch. Sie war ein Stadtmensch durch und durch. Sie müssten das wissen. Sie sind mit ihr zusammen aufgewachsen.«

»Sie haben recht. Das war sie.«

»Aber ab und zu hielt sie sich gerne auf dem Land auf und genoss die Weite dort und die frische Luft.«

»Ja, das stimmt«, erwiderte Sloane leise. Dougs Schilderung ließ alte Erinnerungen lebendig werden. Sie und Penny hatten viele glückliche Wochenenden in dem Cottage in Hunterdon verbracht, wo Sloane jetzt wohnte. Penny liebte es, Äpfel zu pflücken, lange Spaziergänge zu machen und die unberührte Natur zu genießen, die es in der Großstadt nicht gab.

»Ich langweile mich auf dem Land«, sagte Doug. »Daher hat Penny solche Ausflüge immer allein unternommen. Sie hat die Zeit vor die Vorlesung zu einem langen Spaziergang genutzt, sich an den Vögeln und an der Landschaft erfreut. Und ganz besonders hat sie diesen großen See geliebt. Ich erinnere mich nicht an den Namen.«

»Fred«, sagte Sloane. »Lake Fred.«

»Richtig. So hieß er. Sie ist entweder um den See herumspaziert, oder sie hat die Enten gefüttert.«

Sloane kniff kurz die Augen zu, um die Erinnerungen zu verdrängen. Außerdem hatte sie jetzt die Antwort, die sie gesucht hatte. Es war genauso einfach, Pennys Gewohnheiten in Erfahrung zu bringen, wenn sie am Stockton College war, wie Cynthias oder Tinas Gewohnheiten herauszubekommen. Es war also kein Zufall gewesen, dass der Täter sich im Wald versteckt hatte, als Penny um den See spaziert war. Er wusste, dass sie kommen würde. Und er lag auf der Lauer.

»Danke, Doug«, sagte Sloane. »Sie haben mir sehr geholfen.«

»Das freut mich.« Er räusperte sich. »Vielleicht habe ich kein Recht, darum zu bitten, aber würden Sie mich anrufen, wenn der Fall gelöst ist? Beziehungen sind eine schwierige Sache. Auch wenn Penny und ich nicht mehr zusammen sind, mag ich sie immer noch sehr. Ich möchte wissen, was passiert ist und wer dafür verantwortlich ist.«

»Das verstehe ich. Ich rufe Sie sofort an, sobald ich etwas weiß, was ich Ihnen mitteilen darf.«

»Das wäre sehr nett.«

Sloane schaltete ihr Handy aus und sah zu Derek hinüber. »Wenn Penny zu einer Vorlesung über klassische Literatur nach

Stockton gefahren ist, lief das immer nach dem gleichen Schema ab. Die Termine waren lange im Voraus bekannt, und jede Vorlesung wurde an einem bestimmten Samstag im Monat gehalten. Sie ist immer frühzeitig dorthin gefahren und hat dann einen Spaziergang rund um den Lake Fred gemacht. Obwohl es helllichter Tag war und viele Studenten dort waren, hat der Täter gewusst, dass er hier die größte Chance hatte, Penny in seine Gewalt zu bringen. Das war keine spontane Tat. Sie war geplant. Und er hat die Sache durchgezogen.«

»Ich kenne mich mit dem Geisteszustand eines Serienkillers nicht aus«, erwiderte Derek. »Ich weiß aber, dass sie normalerweise clever sind, methodisch vorgehen und ihre Taten zielstrebig verfolgen. Der Täter hatte es mit Sicherheit auf Penelope abgesehen. Er hat sie so lange verfolgt, bis er sie hatte.«

»Um was mit ihr zu machen? Um sie zu töten? Um sie vorher zu vergewaltigen und zu foltern? Aber wo ist ihre Leiche? Wir müssen sie finden. Und wir müssen *ihn* finden – diese Bestie, die das getan hat«, sagte Sloane mit zitternder Stimme. Sie senkte den Kopf und rang um Fassung. »Wenn es bei all den Fällen in Wirklichkeit um mich geht, dann ist es meine Schuld, dass er Penny in seine Gewalt gebracht hat.«

»Du weißt, dass das Unsinn ist«, widersprach Derek ihr ruhig, aber entschieden. »Wir haben es bei unserem Täter mit einem Irren zu tun. Und dieser Irre ist auf dich fixiert. Das macht dich selbst zu einem Opfer. Du hast diese Verbrechen nicht ausgelöst. Dich trifft keine Schuld.«

Eine Zeit lang herrschte Schweigen.

Dann atmete Sloane tief ein und hob den Kopf. Sie hatte sich wieder gefangen. »Du hast recht. Tut mir leid, dass ich die Kontrolle verloren habe. Wie wir beide wissen, bin ich nicht objektiv, wenn es um Penny geht, und ich verliere schnell die Fassung.«

»Du brauchst dich nicht zu entschuldigen. Das ist doch

menschlich. Du und Penelope, ihr seid zusammen aufgewachsen. Für dich ist das nicht irgendein Fall.« Derek zögerte, dann nahm er Sloanes unverletzte Hand in seine. »Wir kriegen ihn. Das verspreche ich dir.«

Sloanes Blick glitt auf die Hand, die Derek festhielt, doch anstatt sie wegzuziehen, womit Derek gerechnet hatte, lächelte sie ihn dankbar an. »Ich weiß. Trotzdem danke ich dir für dein Versprechen. Ich danke dir auch für …« Sie schwieg kurz und suchte nach den richtigen Worten. »… für dein Engagement und für deine Unterstützung.«

Das war mit ziemlicher Sicherheit nicht alles, was sie sagen wollte. Derek wusste das genauso gut wie Sloane. Doch bevor er näher darauf eingehen konnte, klingelte sein Handy.

Verärgert klappte er es auf und meldete sich barsch: »Parker.«

Innerhalb von Sekunden verwandelte sich seine Verärgerung in Frustration und Wut. »Verdammt!«, rief er. Dann schwieg er eine Weile und hörte aufmerksam zu. Seine Miene wurde immer grimmiger. »Ja, ich hab verstanden. Southern Jersey Medical Center in der Hamilton Road. Bin schon unterwegs.« Er klappte das Handy zu, steckte es ein und stand auf.

»Was ist passiert?«, fragte Sloane.

Er sah sie an. »Offenbar hat Tina ihrem Angreifer schlimmere Verletzungen zugefügt, als ihr bewusst ist. Aus einem Medikamentenschrank in einem Krankenhaus in Trenton, keine zehn Meilen vom New Jersey College entfernt, wurde gerade 'ne Menge Betäubungsmittel gestohlen. Der Täter hat den Alarm ausgelöst, indem er bei einem Patienten den Stecker der Beatmungsmaschine rausgezogen hat. Die Oberschwester wollte die notwendigen Medikamente holen. Als sie den Medikamentenschrank aufgeschlossen hatte, wurde sie getötet.«

»Wie?«

»Ihr wurde die Kehle aufgeschlitzt. Das Schwein hat ihre

Halsschlagader durchtrennt. Sieht so aus, als hätte er ein kleines Bowie-Messer benutzt.« Derek riss seine Jacke von der Stuhllehne. »Ich fahre sofort nach Trenton.«

Sloane war auch schon aufgesprungen und sammelte ihre Sachen zusammen. »Ich komme mit.«

20. Kapitel

Datum: 8. April
Uhrzeit: 08.30 Uhr

Albträume. Schweiß. Bilder von Tyche blitzen vor meinem geistigen Auge auf, wie sie durch meine Hand stirbt. Die Hölle öffnet sich. Halluzination oder Wirklichkeit. Das weiß ich nicht mehr. Ich kann mein anderes Leben nicht weiterführen. Ich muss meine ganze Kraft einsetzen, um den Dämonen zu dienen und meine Vorbereitungen abzuschließen. Dann werden die Göttinnen und ich gemeinsam auf den Olymp steigen.

Bisher habe ich mir für sie nur ewige Schönheit in ihrem nächsten Leben gewünscht. Jetzt flehe ich um Frieden für mich. Und für Artemis. Ich brauche Artemis. Sie wird meine Schmerzen lindern und sich in meiner Herrlichkeit mit mir vereinen. Gestern habe ich sie vermisst. Ich bin an ihrem Haus vorbeigefahren. Ich muss sie sehen. Dafür würde ich alles tun. Aber sie ist nicht zu Hause. *Wo ist sie?*

Und wenn etwas passiert ist? Sie könnte verletzt worden sein … geschändet … Nein. Sie kann sich gegen alles zur Wehr setzen. Sie war eine FBI-Agentin. Sie verbringt zu viel Zeit mit ihm. Ich kann nicht zulassen, dass er ihren Charakter verdirbt.

Es gibt auf dieser Erde keinen Ort, der einer Göttin wie Artemis angemessen ist. Ihre Stärke, ihre Schönheit und ihre Reinheit sind auf dieser Welt verloren.

Auf dem Olymp wird man diese Werte zu schätzen wissen.

Ich muss sie warnen.

Das konnte ich gestern nicht. Ich habe versucht zu warten, aber mir wurde übel von dem Morphium. Ich musste würgen. Ich habe geschwitzt. Wenn ich nicht schnell nach Hause gefahren wäre, hätte ich die Besinnung verloren.

Tyche. Es ist ihre Schuld. Alles ist ihre Schuld. Diese dreckige Schlampe. Diese unwürdige Hure.

Männer sind Schachfiguren. Gefangene der Nutten, mit denen sie das Bett teilen. Es gibt keinen Anstand, keine Ritterlichkeit und keine Beschützer mehr. Alles ist zerstört durch die Unmoral und durch die Entartung der Gesellschaft. Zerstört durch die Huren, die die Gesellschaft regieren.

Biao zhi. Sie hat mich infiziert mit ihrer schwarzen Seele. Sie hat mich von Artemis und von meiner Mission ferngehalten. Rache und Hass nagen an mir. Ich muss mich rächen. Doch das Heulen der Dämonen lähmt mich. Ich muss sie beschwichtigen ... sie zum Schweigen bringen. Und es gibt nur eine Möglichkeit, das zu erreichen.

Ich muss früh aufbrechen und die Dämonen zufriedenstellen. Dann lassen sie mich lange genug in Ruhe, damit ich Tyche vernichten kann. Ich kann mich reinigen und meine Mission fortsetzen. Alle Rechnungen müssen beglichen werden. Alle Göttinnen müssen an der Opferstätte stehen. Und das muss ich auch.

Das ist *ihr* Wille. Und der Wille der Götter.

Hunterdon County, New Jersey
09.15 Uhr

Derek und Sloane hatten den Tatort gestern schweigend und mit grimmiger Miene verlassen. Die arme Oberschwester war auf grausame Weise ermordet worden. Sogar nachdem die Leiche weggebracht worden war, blieb die Erinnerung an den Anblick zurück – Gertrude Flyer in einer großen Lache ihres eigenen Blutes, mit aufgeschlitzter Kehle, ganz zu schweigen von dem Bild der Waffe, mit der sie getötet worden war. All das hatte Sloane viel stärker zugesetzt, als sie erwartet hatte.

Um sich zu entspannen, hatte sie sich ein oder zwei Gläser Merlot und eine heiße Dusche gegönnt. Eigentlich hatte sie geplant, allein zu duschen, doch es war anders gekommen.

Dereks anschließende Massage trug ihren Teil zur Entspannung bei.

Und eine lange Liebesnacht sorgte für einen erfolgreichen Abschluss.

Im Augenblick presste Derek seine Hände auf Sloanes Hüften und hielt sie fest, während sie sich beide dem Orgasmus näherten. Sloane saß rittlings auf ihm und presste ihre Oberschenkel gegen seine Hüften. Sie zitterte vor Anstrengung. Ihr Körper hob und senkte sich immer schneller.

»Jetzt ...«, stammelte sie. Sie grub ihre Fingernägel in Dereks Schultern, weil sie es nicht mehr aushalten konnte. *»Jetzt!«*

Er umklammerte sie so fest, dass es fast schmerzte, und sein Unterkörper bäumte sich so heftig auf, dass er Sloane in die Luft hob. Genau das hatte sie gebraucht. Sein Penis drang so tief in sie ein und erfüllte sie, dass sie beinahe den Verstand verlor. Der Orgasmus kam wie eine Explosion. Es war kein sanftes Beben. Es waren heiße, ungehemmte, triebhafte Gefühle, die sich in den Tiefen ihres Seins bildeten, dann hervorbrachen und jede Pore ihres Körpers erfassten.

Sie keuchte auf, doch ihr Keuchen wurden von Dereks Schrei übertönt, als der Höhepunkt ihn erlöste und er sich in ihr ergoss.

In diesem Strudel der Gefühle begegneten sich ihre Blicke einen kurzen Augenblick lang, und beide erkannten die Intensität – und die Verletzlichkeit – in den Augen des anderen.

Schon war der Augenblick vorbei.

Sloane ließ sich auf Dereks Brust fallen, ihr ganzer Körper bebte. Sie fühlte sich, als hätte sie einen Marathonlauf hinter sich. Sie hatte keine Kraft mehr in den Muskeln, ihr Körper erschlaffte. Ihr Kopf lag auf Dereks Brust, und sie hörte sein Herz schlagen. Er war so sehr außer Atem, dass er kaum Luft bekam. Ihre Körper waren schweißüberströmt. Sloane schloss die Augen und fragte sich, ob sie sich jemals wieder würde bewegen können.

»War ich erfolgreich?«, fragte Derek heiser und strich mit den Fingern durch die Haare.

»Das kommt drauf an. Was war denn dein Ziel?«

»Dich von den Telefonen abzulenken, die noch nicht geklingelt haben, von den Ergebnissen der DNA-Analyse, die wir noch nicht bekommen haben, und von den JPG-Dateien, die noch nicht angekommen sind.«

»Was das angeht, ja. Da warst du auf jeden Fall erfolgreich.« Sloane legte ihr Kinn auf seine Brust. »Dann warst du seit gestern Abend schon vier Mal erfolgreich.«

»Gib mir fünfzehn Minuten und einen Powerriegel. Dann erhöhe ich auf fünf.«

Sloane lachte. »Ich gebe dir eine halbe Stunde. So lange brauche ich, bis ich meine Muskeln wieder bewegen kann und um auch einen Powerriegel zu essen.«

»Wir machen einen Kompromiss. Zwanzig Minuten, für jeden einen Powerriegel, und dann übernehme ich die ganze Arbeit. Du brauchst nur auf dem Rücken zu liegen und es zu genießen.«

»Okay, *das* schaffe ich.« Sloane atmete zufrieden durch. »Es ist schon erstaunlich, wie gut es mit uns beiden klappt … im Bett«, fügte sie schnell hinzu.

Derek wusste genau, was Sloane damit sagen wollte, aber er ging nicht darauf ein. »Nur *gut*? In dem Fall brauchen wir wirklich eine fünfte Runde. Dann beweise ich dir, dass es *traumhaft* gut klappt.«

Er zog ihren Kopf zu sich herunter. Ihre Lippen berührten sich und verschmolzen, als sie sich leidenschaftlich küssten. Dereks Zunge drang immer tiefer in Sloanes Mund ein, und er dachte, zum Teufel mit den zwanzig Minuten und dem Powerriegel ... Plötzlich schien das Bett sich zu bewegen. Sloanes Mund wurde zur Seite gestoßen und von einer kalten, nassen Schnauze ersetzt. Derek taumelte zurück und sah in Moes gefühlvolle braune Augen.

Als Moe erkannte, dass sie Dereks Aufmerksamkeit gewonnen hatte, stieß sie ihn mit der Schnauze an und bellte.

Ein Mal. Das war das Signal für die beiden anderen Dackel, die auf der Stelle durchs Haus rannten. Einen Augenblick später saßen alle drei Dackel auf dem Bett, sprangen auf die Kissen und bellten. Dabei versuchten sie, sich zwischen Sloane und Derek hindurchzuquetschen.

Larry sprang als Erster vom Bett, rannte zur Schlafzimmertür, drehte sich um und warf Sloane einen eindringlichen Blick zu.

»Sie müssen raus«, sagte Sloane und unterdrückte ein Lachen, als sie Dereks Gesicht sah. Er sah aus wie ein begossener Pudel. »Normalerweise jogge ich in aller Frühe mit ihnen. Ihre Runde mit mir ist also schon längst überfällig. Larry will uns sagen, dass sie sich zurückgehalten haben, dass sie aber jetzt mit ihrer Geduld am Ende sind. Nur zu deiner Information: Lange halten sie es nicht mehr aus. Sonst muss ich bald die Pfützen aufwischen. Larry ist am direktesten. Er stellt ein Ultimatum. Curly ist da viel raffinierter. Er hüpft auf meinem Rücken herum und fängt an zu scharren, als wollte er einen Knochen ausgraben. Und Mona täuscht Geduld vor und hält sich zurück, damit sie mit dir flirten kann.«

»Verstehe.« Derek kratzte Moe hinter den Ohren, worauf sie ihm als Belohnung zwei Minuten lang übers Gesicht leckte. »Ich hatte fast vergessen, wie es morgens mit den dreien ist.«

Sloane spürte einen Stich, als die Erinnerungen lebendig wurden. Die Hunde waren noch Welpen gewesen. Es war ein besonders kalter Wintermorgen in Cleveland gewesen, und der Schnee war in dicken Flocken vom Himmel gefallen.

Es war der Tag gewesen, als die Dackel zum ersten Mal mit Schnee in Berührung kamen.

Sie waren mit den drei Dackeln nach draußen gegangen und hatten entzückt zugesehen, wie die drei ausgelassenen Welpen das Wunder des Schnees entdeckten. Sloane und Derek tobten mit den Hunden herum und lachten, bis sie Seitenstiche bekamen. Es war zu komisch, wie Moe, Larry und Curly ihre Schnauze in den Schnee stießen und ganz weiße Nasen bekamen. Anschließend rannten die Dackel durch den Schnee und versuchten abwechselnd, mit der Zunge Schneeflocken zu fangen. Mit ihren kurzen Beinen versanken sie im kalten Schnee …

Es schien eine Ewigkeit her zu sein.

»Ich würde zu gerne wissen, was du gerade denkst.« Mit diesen Worten holte Derek sie in die Gegenwart zurück.

»Hm?« Sloane hob den Kopf. »Ach, ich hab nur gedacht, dass es wohl besser ist, wenn ich sofort mit ihnen rausgehe. Ich hab keine Lust, das ganze Haus zu putzen.« Sie wusste, dass Derek ihr nicht glaubte, aber mehr sagte sie nicht. »Verschieben wir die fünfte Runde?«

»Klar. Dann verschieben wir die nächsten Runden.« Derek drang nicht weiter in sie ein. Doch er hielt sie auf, als sie aus dem Bett steigen wollte. »*Ich* gehe mit den Hunden raus. *Du* kochst eine Kanne Kaffee.«

»Okay. Ich hab gestern ein paar Blaubeermuffins gekauft. Die gibt es zum Frühstück.« Sloane sah Derek nachdenklich an, während er sich anzog. »Ich weiß, warum du das machst. Du möchtest nicht, dass ich allein durch den Wald laufe.«

»Richtig. Ich habe dir eine Bewachung rund um die Uhr versprochen. Und heute bin ich an der Reihe.«

»Ach so. Du machst das großartig. Erinnere mich daran, dass ich ein gutes Wort beim FBI für dich einlege.«

Derek blieb an der Tür stehen und warf Sloane einen Blick zu. Sie ging mit den Hunden an ihm vorbei, um die Leinen zu holen.

»Mach ich.« Er zwinkerte ihr zu. »Eine Bitte. Wenn du das gute Wort für mich einlegst, lass bitte die *fantastischen* Höhepunkte meiner Bewachung aus.«

Eine halbe Stunde später saßen Sloane und Derek beim Frühstück, tranken Kaffee und aßen Muffins. Die Dackel, die ihr Frühstück verschlungen und Wasser getrunken hatten, lagen auf dem Küchenboden und schliefen.

»Es ist schon nach zehn. Warum hat sich noch keiner gemeldet?«, fragte Sloane ungeduldig.

Derek sah auf die Uhr. »Ich hab Joe angerufen, als ich mit den Dackeln draußen war. Er ist ein Perfektionist, und deshalb dauert es ein paar Minuten länger. Doch spätestens bis elf haben wir seine endgültige Version der Bilder vorliegen. Und meine Sprachexpertin Yan Dié kommt erst gegen Mittag. Sie beschäftigt sich dann sofort mit unseren Flüchen. Bill Mann, mein Kollege aus der Profiler-Abteilung, hat den ganzen Morgen Besprechungen. Er meldet sich nach dem Essen. Und die DNA, die am Tatort sichergestellt wurde, wird zurzeit analysiert.«

»Ich weiß.« Sloane verzog das Gesicht. »Ich wünschte, wenigstens Larry Clark würde zurückrufen. Dann könnte ich ihn schon mal mit den Fällen vertraut machen. Er hat jahrelang Täterprofile erstellt.«

»Und jetzt ist er im Ruhestand und lebt auf einer Ranch in Virginia. Vielleicht macht er gerade einen Ausritt. Oder er liegt in einer Hängematte und schläft.«

»Du hast ja recht.« Sloane biss in ihren Muffin. »Ich versuche ja, mich zu gedulden.«

»Gute Idee.« Mit der typischen Falte zwischen den Augenbrauen starrte Derek nachdenklich in seinen Kaffeebecher.

»Hast du noch was auf dem Herzen?«, fragte Sloane.

»Ehrlich gesagt, ja.« Derek hob den Kopf und schaute sie an. »Du hast mich gebeten, ich soll die Vergangenheit ruhen lassen, und ich habe vor, deinen Wunsch zu respektieren – jedenfalls größtenteils. Aber es gibt ein paar Dinge, die ich wissen muss, weil wir zusammenarbeiten und weil ich einschätzen muss, wo deine physischen und psychischen Grenzen sind.«

»Was willst du wissen?«

»Gestern zum Beispiel. Du denkst, ich hätte deine Reaktion am Tatort im Krankenhaus nicht bemerkt. Du irrst dich. Ich habe sie bemerkt. Du bist eine starke, unabhängige Frau. Und du kannst ausgezeichnet verbergen, wie verletzlich du bist. Aber ich habe gesehen, dass du kalkweiß geworden bist, als du auf den blutverschmierten Boden gestarrt und zugehört hast, was die Polizei zu den Umständen des Mordes gesagt hat. Und an einer Stelle bist du tatsächlich zusammengezuckt. Messer versetzen dich immer noch in Panik. Das soll um Gottes willen keine Kritik sein«, stellte Derek schnell klar, »aber ich möchte dich bitten, mir genau zu sagen, was in jener Nacht passiert ist, als du verwundet wurdest, und welche Schäden zurückgeblieben sind – nicht nur an deiner Hand, sondern auch an deiner Seele.«

Sloane dachte über seine Bitte nach und nickte dann. Ja, er hatte ein Recht, es zu erfahren. »Ich habe diese Geschichte oft genug erzählt. Normalerweise dürfte ich dabei nicht mehr die Fassung verlieren. Das passiert mir aber immer wieder. Und ich muss dich warnen, denn sie macht nicht gerade Appetit auf ein Frühstück.«

»Keine Sorge. Das Thema, das mir den Appetit verdirbt, muss noch erfunden werden.«

»Stimmt.« Sloane schob ihren Teller zur Seite und verschränkte die Finger auf dem Tisch, während sie an den Tag zurückdachte, der ihr Leben für immer verändert hatte. »Ich weiß nicht, was du schon alles weißt. Damals hat deine Abteilung mit drei anderen FBI-Büros zusammengearbeitet, um die Serie der Familienmorde aufzuklären.«

»Soviel ich weiß, war in einer Kleinstadt in Ohio bei einem Banküberfall irgendwas schiefgegangen. Mehrere unschuldige Menschen wurden von den Bankräubern mit der Waffe in Schach gehalten, und ein Kriseninterventionsteam wurde gerufen.«

»Zehn«, korrigierte Sloane ihn. »Zehn unschuldige Menschen wurden als Geiseln genommen – der Wachmann, der Filialleiter, zwei Schalterbeamte und sechs Kunden. Ja, die Bank lag in der tiefsten Provinz. Aber wir waren das nächstgelegene FBI-Büro mit einem Kriseninterventionsteam. Unser Team – Laurie, Jake, Andy und ich – fuhr mit einer SWAT-Sondereinheit, dem Sheriff und der örtlichen Polizei zum Tatort. Die Bankräuber waren bis zu den Zähnen bewaffnet, und sie gerieten in Panik. Ihr Anführer wollte nicht verhandeln. Er und seine beiden Kumpane hatten schon mehrere Banken in Ohio, Kentucky und Tennessee überfallen, und bei einem Überfall hatte er einen Wachmann erschossen. Ich wollte verhindern, dass so etwas noch einmal passiert, wenn ich dabei bin.«

Sloane schwieg, nahm die Wasserflasche, die hinter ihrer Kaffeetasse stand, und öffnete sie. »Ich war diejenige, die mit dem Anführer verhandeln sollte«, fuhr sie fort, nachdem sie Wasser getrunken hatte. »Ich habe fünfeinhalb Stunden mit diesem Scheißkerl telefoniert. Mein Team war die ganze Zeit vollauf damit beschäftigt, Geheiminformationen zu sammeln, Kontakt zu allen FBI-Büros aufzunehmen, die schon mit den Bankräubern zu tun gehabt hatten, und mit dem SWAT-Team und den lokalen Polizeibehörden zusammenzuarbeiten, damit ich alles zur Verfügung hatte, was ich brauchte. Dank ihrer und meiner harten Arbeit konnten wir die Zeitbombe entschärfen. Die Geiseln wurden befreit, alle Ermittler und Cops gingen nach Hause, und alle drei Täter wurden verhaftet – am Schluss.«

»Ich nehme an, mit diesem ›am Schluss‹ spielst du darauf an, dass einer von ihnen dir die Hand aufgeschlitzt hat.«

»Ja.« Das war der unangenehme Teil ihrer Erinnerungen, denn Sloane würde sich immer Vorwürfe machen, dass sie ihren Angreifer unterschätzt hatte. »Am Schluss stürmte das SWAT-Team die Bank. Sie legten zwei Tätern Handschellen an. Auch diesem widerlichen Anführer. Der Jüngste der Truppe – ein schmaler, drahtiger Typ, der noch keine achtzehn war – versuchte zu fliehen. Er quetschte sich durch das Toilettenfenster und rannte weg. Ich sah ihn als Erste und rannte hinter ihm her. Unterstützung war in dem Augenblick keine da. In einer Gasse, ein paar Blocks von der Bank entfernt, konnte ich ihn in die Enge treiben. Ich rief ihm zu, er solle die Waffe auf den Boden legen und sich hinknien, und er folgte meiner Aufforderung. Ich ging zu ihm. Erst bevor ich ihm die Handschellen anlegte, steckte ich meine Waffe in den Holster.«

Sie entschuldigte sich nicht, und sie versuchte auch nicht, ihr unbesonnenes Handeln herunterzuspielen. »Ich hätte auf Jake warten müssen, damit er mir Deckung gibt. Das hab ich aber nicht getan. Ich dachte, ich hätte alles im Griff. Aber ich habe mich geirrt. Der drahtige Typ war schnell. Er zog ein Schnappmesser aus seinem Stiefel, sprang auf und stürzte sich auf mich. Dann schlitzte er mir die rechte Hand auf, sodass ich die Handschellen fallen lassen musste. Doch dann hörte er noch nicht auf, sondern stach mehrmals mit dem Messer zu. Dabei verletzte er ein paar Adern. Die Schmerzen waren unerträglich. Meine Hand war blutüberströmt, und ich war so schwach, dass ich mich nicht bewegen konnte. Er rannte an mir vorbei bis zum Ende der Sackgasse und versuchte, abzuhauen.«

Sloane trank noch einen Schluck Wasser und sah auf ihre vernarbte Handfläche, bevor sie den Rest der Geschichte erzählte. »Ich zog meine Waffe mit der linken Hand und feuerte drei Schüsse ab. Die letzte Kugel traf den Scheißkerl in den Rücken.

Ich sah, dass er nach hinten fiel und zusammenbrach. Sekunden später kam Jake um die Ecke gerannt. Genau in diesem Augenblick habe ich die Besinnung verloren.«

»Und?«

»Und dieser Scheißkerl hat die Operation gut überstanden. Besser als ich.« Sloane presste die Lippen zusammen. »Sie haben die Kugel aus seiner Lunge rausgeholt. Er ist wieder gesund und sitzt hinter Gittern. Ich habe bei seinem Prozess ausgesagt. Aber wenn Jake eine Sekunde früher um die Ecke gekommen wäre, hätte ihn eine meiner Kugeln erwischen können. Ich könnte es mir niemals verzeihen, wenn er was abbekommen hätte. Ich kann gar nicht glauben, wie dumm und leichtsinnig ich war. Das passiert mir *nie wieder.*«

Derek runzelte die Stirn. »Du solltest nicht so hart mit dir ins Gericht gehen. Der Junge hatte ein Messer in der Hand. Er hätte Jake niederstechen können, als er um die Ecke bog. Und was diesen kleinen Scheißkerl angeht, der wäre jetzt tot, wenn ich an deiner Stelle gewesen wäre.«

»Nein, wäre er nicht.« Sloane lächelte verhalten. »Ich kann mit links besser schießen als du. Du hättest ihn gar nicht getroffen.«

»Wahrscheinlich hast du recht.« Derek musterte sie. »Und während du ohnmächtig warst, haben sie dich ins nächste Krankenhaus gefahren, wo du sofort notoperiert worden bist.«

»Hm. Den Rest der Geschichte kennst du ja.«

»Nicht ganz. Ich weiß, wo das Krankenhaus war, weil ich dich besuchen wollte. Und ich erinnere mich an die wenigen Informationen, mit denen du auf dem Parkplatz am Stockton College herausgeplatzt bist.«

»Ich finde, das sollte jetzt reichen. Es bringt nichts, wenn ich über die Operationen und Therapiesitzungen eines ganzen Jahres berichte. Ich glaube, ich habe deine Frage beantwortet, warum mich Messer immer noch in Panik versetzen. Ob du es verstehst oder nicht, bleibt dir überlassen.«

»Und ob du aufhörst, dir die Schuld daran zu geben oder nicht, bleibt dir überlassen.«

Sloane funkelte ihn an. »Ich war eine gute Polizistin *und* eine gute Vermittlerin bei Geiselnahmen. Ich hab 'nen guten Riecher. Und ich bin clever. Aber in dem Fall war ich es nicht. In dem Fall habe ich auf der ganzen Linie versagt. Ich hätte auf Unterstützung warten müssen. Weil ich es nicht getan habe, hat sich mein ganzes Leben verändert. Das Leben eines Kollegen war in Gefahr. Und ich ... Lassen wir das.«

Bevor Derek etwas erwidern konnte, meldete sich sein Laptop.

»Eine E-Mail.« Derek sprang auf und eilte zum Couchtisch, wo der Laptop stand.

»Ist es die Mail von dem Videotechniker?«, fragte Sloane, die ihm gefolgt war.

»Ja. Und sie hat einen Anhang. Das muss die letzte Version des Bildes sein.« Derek wartete, bis Sloane auf der Stuhllehne neben ihm saß, erst dann öffnete er Joes Mail.

Joe schrieb:

Hi Derek. Besser habe ich es nicht hinbekommen. Der Lichtschimmer ist definitiv ein Messer. Der Form und der Größe nach zu urteilen, würde ich sagen, es ist ein Bowie. Und der Größe und den Umrissen nach zu urteilen, würde ich sagen, der Schatten ist ein Mann. Auf dem Standbild erkennt man es nicht so gut, aber in dem Film sieht es aus, als würde er ein Messer aus der Scheide ziehen. Du hast also einen Täter und eine Waffe. Ich hoffe, das hilft dir weiter. Melde dich, wenn du noch etwas brauchst. Joe.

»Öffne den Anhang«, drängte Sloane ihn.

Derek klickte auf die JPG-Datei. Beide starrten auf den Monitor und beobachteten, wie sich das Bild aufbaute.

»Er hat recht«, stellte Derek fest. »Kein Zweifel. Das ist der Kidnapper mit seiner Waffe.«

»Hundertprozentig.« Sloane kniff die Augen zusammen und betrachtete das Foto.

»Jetzt wollen wir es aber ganz genau wissen.« Derek beugte sich vor und klickte auf Antworten.

Schnell schrieb er:

Großartige Arbeit, Joe. Super. Würdest du mir noch einen Gefallen tun? Könntest du auch die Bilder der Kameras überprüfen, die den See überwachen? Es geht um die Zeit zehn Minuten vor bis circa zehn Minuten nach dieser Aufnahme. Wenn unser Täter sein Messer aus der Scheide zieht, könnte das heißen, dass er sein Opfer entdeckt hat. Ich hoffe, das lässt sich machen.

Hier noch ein paar Angaben: Penelope Truman ist mittelgroß und hat schulterlange schwarze Haare. Sie war sehr gestylt und schicker angezogen als die Studentinnen. Sie trug einen roten Hosenanzug, in dem sie auffallen müsste. Falls du sie entdeckst, schau dir das ganze Material genau an. Vielleicht können wir den Ort lokalisieren, wo der Täter sie überfallen hat. Die Gegend ist bewaldet. Nimm die Baumgruppen und die einsameren Abschnitte des Spazierweges am See unter die Lupe. Melde dich, wenn du was findest. Danke. Derek.

»Gute Idee.« Sloane stand auf. »Aber auch ohne zusätzliche Indizien haben wir definitiv drei Opfer. Das heißt, dass unsere Profiler zwei der Frauen als Mordopfer einstufen können, auch wenn noch keine Leichen gefunden worden sind, und unseren Täter als Serienkiller.«

Sloanes Handy klingelte. Sie hob ab und hoffte, dass Larry endlich zurückrief. »Hallo?«

»Sloane? Ich bin's, Burt. Störe ich?«

»Burt.« Mit ihm hatte Sloane am wenigsten gerechnet. »Nein, natürlich nicht. Ich bin nur ein bisschen neben der Spur, weil ich in Arbeit ersticke. Gibt es Probleme mit Ihrer Mutter?«

Burt zögerte kurz. »Ja, leider. Ihr geht es gar nicht gut. Und der Arzt ist über die Verschlechterung ihres Zustandes sehr unglücklich. Ich war heute mit meiner Mutter bei ihm. Er hat ein paar Untersuchungen gemacht. Jetzt hoffen wir, dass die Ergebnisse Aufschluss geben, was ihr fehlt. Jetzt hat er ihr erst mal strikte Bettruhe verordnet. Ich muss heute Abend in der Buchhandlung Inventur machen und komme erst gegen halb elf zurück. Die Pflegerin bleibt nur bis sieben Uhr bei meiner Mutter. Sie hat einen Auflauf in den Kühlschrank gestellt, aber meine Mutter schafft es nicht, sich das Essen zu wärmen und es unten in der Küche zu essen. Und es ist keiner da, der mit Princess Di Gassi geht und ihr Futter gibt. Ich wollte Sie fragen, ob Sie vielleicht ...«

»Klar«, unterbrach Sloane ihn. »Ich gehe zu Elsa um kurz vor sieben, wenn die Pflegerin noch da ist. Ich behaupte, ich wollte nur mal Hallo sagen, damit sie sich nicht vorkommt wie eine Last. Während die Pflegerin sich um Ihre Mutter kümmert, gehe ich mit Princess Di raus und gebe ihr was zu fressen. Wenn die Pflegerin geht, wärme ich den Auflauf auf und esse mit Ihrer Mutter gemütlich oben im Wohnzimmer. Bleiben Sie in der Buchhandlung, bis Sie mit der Inventur fertigt sind. Ich kümmere mich um Elsa, bis Sie nach Hause kommen.«

Burt seufzte erleichtert. »Danke, Sloane. Ich kann Ihnen gar nicht sagen, wie dankbar ich bin. Vielen, vielen Dank.«

»Sie brauchen sich nicht zu bedanken. Ich weiß schon gar

nicht mehr, wie oft Sie mir geholfen haben. Ich bin froh, wenn ich auch mal einspringen kann. Machen Sie in Ruhe Ihre Inventur. Bis später dann.«

Sie legte auf.

»Was wollte der denn von dir?«, fragte Derek.

Sloane sagte es ihm.

»Tut mir echt leid, dass es Elsa so schlecht geht. Ich weiß, wie sehr du an ihr hängst. Aber dieser Burt ...« Derek runzelte die Stirn. »Dieser Typ ist ein bisschen sonderbar. Ich bin nicht begeistert, wenn du allein bist mit ihm, auch wenn seine kranke Mutter oben im Bett liegt und dein Bodyguard vor dem Haus parkt.«

Sloane fegte Dereks Bedenken beiseite. »Du hast recht. Er ist ein bisschen sonderbar, aber er hat gerade eine hässliche Scheidung hinter sich. Seine Mutter ist alles, was er hat, und sie baut ab. Ich glaube, er hat Angst.«

»Der ist doch scharf auf dich.«

»Ich hab's bemerkt.«

»Meiner Meinung nach ist ein frisch geschiedener, verletzbarer Mann, der ein bisschen seltsam ist und gerne was anfangen würde mit dir, nicht gerade die ideale Gesellschaft für dich.«

»Ich werde es mir merken.« Sloane lächelte. »Aber mach dir keine Sorgen. Burt weiß, wie gut ich mich verteidigen kann. Ich habe ihm und Elsa mal eine Kostprobe gegeben von meinen Krav-Maga-Techniken, als ich die Dackel abgeholt habe. Er hat mich auch schon beim Bogenschießen beobachtet. Mit Pfeil und Bogen kann ich andere ganz schön einschüchtern. Es klappt von Tag zu Tag besser. Im Augenblick treffen meine Pfeile immer den roten Ring, und das ist schon ganz nah am mittleren Kreis. Ehrlich gesagt glaube ich, Burt findet mich toll, und er hat gleichzeitig ein bisschen Angst vor mir. Er ist kein Macho. Er würde mir nichts tun.«

Derek sah sie amüsiert an. »Wenn du es so siehst, sollte ich vielleicht auch Angst haben.«

»Solltest du vielleicht.«

Wieder klingelte es. Diesmal war es Dereks Handy. Er drückte auf die Sprechtaste.

»Parker«, meldete er sich. »Mrs Truman.« Er warf Sloane einen fragenden Blick zu. »Ich wollte Sie sowieso heute oder morgen anrufen. Ja, wir haben ein paar neue Informationen, aber ich wollte warten, bis uns alle Fakten vorliegen, bevor ich Sie anrufe.«

»Sag ihr, dass wir sie auf dem Festnetz zurückrufen. Dann können wir uns über die Freisprechanlage unterhalten«, flüsterte Sloane ihm zu.

Derek nickte. »Ich verstehe. Sie beide sind verständlicherweise sehr besorgt. Ich bin in diesem Augenblick damit beschäftigt, zusammen mit Sloane Burbank die neuesten Informationen zu überprüfen. Ich schlage vor, wir rufen Sie gleich auf dem Festnetz zurück. Dann können wir alle an dem Gespräch teilnehmen. Gut. Geben Sie uns fünf Minuten.« Er schaltete das Handy aus. »Dr. Truman ist auch da«, sagte er zu Sloane. »Wir machen also eine Telefonkonferenz zu viert und hören uns ihre Vorwürfe und ihre Fragen an. Möchtest du die Leitung des Gesprächs übernehmen?«

»Ja, aber nur, weil ich sie kenne. Vielleicht kann ich die Situation ein bisschen entkrampfen.« Sloane verzog das Gesicht. »Meine Neuigkeiten werden kein Trost sein für sie. Sie deuten darauf hin, dass es zum Schlimmsten gekommen sein könnte. Das ist eine Scheißsituation. Aber es ist dein Fall«, räumte sie ein. »Ich hab gesagt, dass ich dir nicht auf die Füße trete, und das tue ich auch nicht. Wenn du ihnen lieber selbst sagen möchtest, was wir herausgefunden haben ...«

»Nein, ich glaube, du solltest es ihnen sagen«, erwiderte Derek mit Nachdruck. »Ich trage die offiziellen Fakten bei und betone, dass das FBI-Labor in Quantico und unser Videotechniker eine wichtige Rolle spielen bei den Ermittlungen. Ich sage ihnen auch, dass wir noch auf die endgültigen Ergebnisse des Videotechnikers warten. Die Trumans müssen die Gewissheit haben, dass alle Möglichkeiten des FBI genutzt werden, um aufzuklären, was Penelope zugestoßen ist.«

»Und mir fällt die Aufgabe zu, ihnen zu sagen, dass sich ihre größten Ängste zu bestätigen scheinen. Denn auch wenn ich um den heißen Brei herumrede und es ihnen schonend beibringe, werden sie denselben Schluss ziehen wie wir – dass Penny tot ist.«

21. Kapitel

Datum: 8. April
Uhrzeit: 15.30 Uhr

Mit glasigen Augen und geweiteten Pupillen ging sie direkt an mir vorbei. Ihr Interesse galt einzig und allein der Plastiktüte in ihrer Tasche. Nervös fummelte sie daran herum und konnte es kaum erwarten, sich mit dem Zeug, das sie gerade ergattert hatte, einen Schuss zu setzen.

Sie war so unsicher auf den Beinen, als sie das vierstöckige Wohnhaus betrat, dass sie beinahe das Gleichgewicht verlor. Angesichts der vielen Spritzen, die sie sich vermutlich in dieser Woche schon gesetzt hatte, war das kein Wunder.

Sie sah nervös aus. Das bedeutete, dass sie nicht so high war, wie sie hätte sein sollen. Das war gut. Dann würde sie empfindlicher auf die Schmerzen reagieren.

Das war am wichtigsten. Sie *musste* jeden Schnitt meines Messers spüren, mit dem ich ihr Leben auslöschen würde.

Zum dritten Mal erbrach ich mich auf der Straße. Ich hatte zu viel Morphium genommen. Ich wusste, dass mir übel werden würde, aber ich hatte keine andere Wahl. Wie sonst sollte ich die Schmerzen betäuben, damit ich hierherfahren und die Dämonen zufriedenstellen konnte?

Normalerweise tue ich das hier nie tagsüber. Und nie im Freien. Aber ich bin verzweifelt. Die Dämonen lassen mich nicht schlafen, bis ich ihnen das gegeben habe, was sie fordern. *Jetzt.*

Ich weiß, dass sie allein ist. Ihre beiden »Kolleginnen«, mit denen sie sich das Zimmer teilt, machen einen Einkaufsbummel. Sie werden eine Weile unterwegs sein. Doch hier achtet sowieso keiner auf irgendetwas. Es interessiert niemanden, wer in diesem Schuppen, den sie »Wohnheim« nennen, ein und aus geht. Ein netter Euphemismus für das Kellergeschoss, wo Huren wohnen, wenn sie nicht arbeiten. Spät abends gehen sie ihrem »Beruf« nach, wenn sie in das protzige Bordell auf dem East Broadway gehen und den Männern zu Diensten sind.

Aber diese *ji nv* nicht. Nicht heute Nacht. Sie wird nicht mehr leben, um irgendjemandem zu Diensten zu sein.

Ich weiß nicht, warum die Dämonen sie ausgewählt haben, und es interessiert mich auch nicht. Ich habe sie ein Dutzend Mal beobachtet, als sie in das Bordell hineingegangen und als sie wieder herausgekommen ist, und ich bin ihr sogar zwei Mal hierher gefolgt. Sie macht diesen Job von allen am längsten. Die Dämonen müssen das gewusst haben, und darum wurde sie ausgewählt, um bestraft zu werden. Und der Überbringer der Strafe bin ich.

Trotzdem bin ich wütend, dass sie mich in diese Situation gebracht hat. Meine Hände beginnen zu zittern. Die Wut strömt durch meinen Körper. Verdammt, ich hasse sie von Sekunde zu Sekunde mehr. Ich kann es kaum erwarten, sie zu zerstückeln.

Ich gebe ihr noch eine Minute – genug Zeit, um sich hinzusetzen, den Schuss vorzubereiten und sich vielleicht sogar den Arm abzubinden. Aber nicht genug Zeit, um sich das Heroin zu spritzen. Ich will sie lebend, hellwach, bei vollem Bewusstsein und wahnsinnig vor Angst.

Und dann schicke ich sie in die Hölle.

Es ist Zeit.

Ich gehe die Eldridge Street entlang, an ein paar Punkern vorbei, die genauso schäbig aussehen wie die Häuser hier. Überall liegt Müll herum. Die dürren Jugendlichen verschwinden in den Hauseingängen, vermutlich um sich Ecstasy zu holen, das sie heute Nacht verkaufen wollen. Sie sind selbst total zugedröhnt, und sie würden sich nicht einmal an mein Kapuzensweatshirt oder meine schwarze Sporttasche erinnern, wenn sie über mich stolpern würden.

In dem Haus stinkt es fürchterlich – eine Mischung aus Sex, Dreck und Drogen. Ich muss würgen, doch es kommt nur noch Galle hoch. Die Kellertreppe ist von Spritzen übersät. Damit habe ich gerechnet, denn ich bin ihr schon einmal hierhergefolgt. Die Dämonen mussten mich vorbereiten.

Wie erwartet, finde ich sie im Keller. Mit dem Rücken an der Wand kauert sie auf dem Boden und bereitet alles für ihren nächsten Schuss vor. Es herrscht Totenstille.

Ich streife mir die Latexhandschuhe über. Dann mache ich die Eingangstür hinter mir zu und schließe sie ab.

Sie hebt den Blick. Sie ist nicht überrascht. Keine Reaktion. Keine Gefühle in diesen mandelförmigen dunklen Augen.

»Nein«, sagt sie zu mir. Sie lallt, den Rest murmelt sie auf Fukienesisch. Aber ich verstehe genug. Sie bittet mich, ins Bordell zu kommen und nach »Susie« zu fragen. Sie ist sogar so dreist, mir zu sagen, dass sie sehr beschäftigt ist und nur Bargeld akzeptiert.

Meine Wut und meine Abscheu kennen keine Grenze mehr.

»Ich bin kein Kunde«, erwidere ich in ihrer Sprache. In aller Ruhe öffne ich den Reißverschluss meiner Tasche und packe meine Fotoausrüstung aus. Ich ziehe die Beine des Stativs heraus, stelle es auf und befestige oben die Videokamera. Dann richte ich die Kamera so aus, dass ich alles aufnehmen kann.

Sie sieht ein bisschen verwirrt aus und fragt, wer ein Foto von ihr haben möchte.

»Ich.« Ich drücke auf Aufnahme und beende diesen Teil des Rituals. Dann gehe ich zu ihr, ziehe die aufgezogene Spritze heraus und spritze ihr das Ketamin in den Oberschenkel.

Sie öffnet den Mund, um zu schreien. Ich stopfe ihr einen Knebel in den Mund. Dann drücke ich sie gegen die Wand und warte, bis das Ketamin wirkt.

Sie kämpft wie ein wildes Tier. Ich halte mich zurück, denn ich weiß, dass ich alle Zeit der Welt habe, um meiner Wut Luft zu machen. Doch sie hebt die Arme und kratzt mit den Fingernägeln über meinen Hals. *Meinen* Hals. Keine von ihnen hat mich jemals berührt. Ich war zu stark und zu konzentriert. Daran ist das Morphium schuld – und diese Schlampe.

Sie kratzt mich noch einmal. Jetzt drehe ich durch. Die Wut, die mich erfüllt, ist stärker als mein Wille. Es ist mir egal, dass das Ketamin noch nicht richtig wirkt. Sie hat mich berührt. Sie hat es gewagt, mit ihren dreckigen Händen meinen Körper zu berühren. Übelkeit steigt in mir auf.

Ich schlage ihr mit dem Handrücken ins Gesicht und sage ihr, was sie ist. »*Chao ji bei*«, knurre ich wütend und schlage noch einmal mit dem Handrücken zu. Sie stürzt sich wie ein Tiger auf mich, kratzt mich und versucht, aufzuspringen und zu fliehen.

Ich ziehe mein Kampfmesser heraus und schlitze ihr Brust, Hals und Arme auf.

Ein leiser Schrei dringt aus ihrem Mund, denn der Knebel dämpft den Ton. Sie starrt auf das Blut, das über ihren Körper rinnt, und dann auf mein Messer.

Jetzt sehe ich Angst. Angst und Schmerzen.

Als das Ketamin wirkt, verkrampfen sich ihre Muskeln, und sie bewegt sich nicht mehr. Sie hat wahnsinnige Angst. Auch wenn ihr Blick glasig ist, weiß sie es. Sie spürt es.

Genau das habe ich gewollt. So muss es sein.

Ich packe sie an den Beinen und ziehe sie hinunter auf den dreckigen Boden, wo sie hingehört. Wie eine Küchenschabe, die gleich zertreten wird, liegt sie ausgestreckt auf dem Rücken.

Dann beginnt der zweite Teil des Rituals. Ich zerschneide ihre Kleidung, Stück für Stück, und werfe sie zur Seite. Ich gestatte mir nicht, dass primitive Lust in mir aufsteigt. Ich spreize ihre Beine, binde das eine Fußgelenk an die Heizung und das andere an ein Wasserrohr. Sie hat eine hübsche, straffe Figur mit leichten Rundungen.

Wie Artemis.

Dieser Gedanke macht mich so wütend, dass ich innerlich fluche. Wie kann ich es wagen, eine Nutte wie die hier mit meiner reinen, kostbaren Artemis zu vergleichen? Das muss an dem Morphium liegen. Sonst wäre mir das niemals passiert.

Ich ziehe den Reißverschluss meiner Hose herunter. Ich ziehe mich nie aus, bei keiner von ihnen. Dadurch würde ich mich erniedrigen. Ich zucke zusammen, als ich mich berühre. Trotz des Morphiums habe ich immer noch starke Schmerzen in der Leiste. Wie immer ziehe ich ein Kondom aus der Tasche – auch eine absolute Notwendigkeit. Sie ist eine Brutstätte für Keime, Krankheiten und das Böse.

Ich kann das Bild von Artemis nicht aus meinem Kopf vertreiben. Das ist falsch, so falsch. Ich hasse mich dafür. Aber ich kann es nicht verdrängen. Das wird mir erst gelingen, wenn es diese Hure nicht mehr gibt.

Ich reiße die Verpackung auf. Mein Penis wird nicht steif genug, um das verdammte Kondom überzustreifen. Das ist die Verletzung. Nein, das sind die Dämonen. Sie kennen meine unreinen Gedanken über die reinste aller Frauen. Das jagt mir furchtbare Angst ein und steigert meine Wut. Ich reibe kräftig über meinen Penis. Vergebens. Ich habe wahnsinnige Schmerzen in den Hoden. Und die Dämonen verfluchen mich, bedrohen mich, verspotten mich.

Ich drehe durch. Ich schiebe das Kondom über meinen schlaffen Penis. Es ist ihre Schuld. Ihre und Tyches Schuld. Zwei *biao zhis*.

Ich lege mich auf sie und presse sie mit meinem Gewicht auf den Betonboden. Ich hebe meinen Körper nur leicht an, um mich in sie hineinzuzwängen und zuzustoßen. Es klappt nicht. Immer wieder versuche ich verzweifelt, in sie einzudringen. *Ich schaffe es nicht. Ich schaffe es nicht.*

Schweiß bedeckt meinen Körper. Bei jedem erfolglosen Stoß durchzucken mich Schmerzen. Ihr Blut klebt auf meinem Sweatshirt. Das ist mir egal. Ich kralle mich in ihrem Haar fest, damit ich mehr Druck ausüben kann. Es klappt trotzdem nicht. Nichts funktioniert.

Ich lasse ab von ihr und ergreife mein Kampfmesser.

Ich werde sie so oder so bezwingen und den Dämonen geben, was sie verlangen.

Die ersten Schnitte sind tief, sie durchtrennen Muskeln, Gewebe und Blutgefäße und verletzen ihre Organe. Es ist ein euphorisches Gefühl, das die Wut verdrängt und die Gier nach mehr hervorruft.

Erregung und Macht durchströmen mich – diese Gefühle, die mich erfüllen, wenn ich sie schände. Immer wieder steche mit dem Messer zu, ich bin wie von Sinnen. Die Schnitte werden von mal zu mal tiefer. Zeit und Ort hören auf zu existieren. Ich nehme nichts mehr wahr, nur das Gefühl der Lust, das all meine Sinne erfüllt. Es wird stärker und stärker.

Ich unterdrücke einen Schrei, als mein Körper erzittert und der Höhepunkt mich bis ins Innerste erschüttert. Ich schließe die Augen, ein Gefangener meiner Gefühle, und mein Körper bäumt sich wieder und wieder auf, während ich meinen Samen in das Kondom spritze, das locker auf meinem schmerzenden Penis sitzt.

Meine Muskeln erschlaffen. Ich rolle mich auf den Rücken, lasse die Augen geschlossen, entspanne mich und lege mich dann bequem auf eine Seite. Tief atme ich ein und aus.

Als ich die Augen öffne, sehe ich sie oder das, was übrig

geblieben ist von ihr. Blutig. Übel zugerichtet. Bis zur Unkenntlichkeit verstümmelt.

Ich spucke in ihr zerfetztes Gesicht. Dann nehme ich die Münze, die ich mitgebracht habe, und lege sie in die klebrige Blutlache.

Die Schmerzen in meinem Handgelenk, in meiner Nase und in meinen Hoden spüre ich kaum noch.

Der Rausch ist viel stärker. Denn jetzt verstehe ich, warum die Dämonen in meinem Schädel gehämmert haben.

Das ist die reinste Form des Vergnügens. Lieber das Böse genießen, als sich von der Versuchung auffressen zu lassen.

Ein wahrer Sieg. Ein Sieg, den ich genießen muss. Und von dem ich lernen werde.

Hunterdon County, New Jersey
16.15 Uhr

Wie sich herausstellte, mussten Sloane und Derek noch eine Telefonkonferenz zu viert abhalten. Diesmal mit dem Leitenden Special Agent des FBI William Mann und dem ehemaligen Special Agent Lawrence Clark. Die beiden Männer hatten vor Larrys Pensionierung fünfzehn Jahre lang als Profiler des FBI in Quantico zusammengearbeitet. Und sie waren gern bereit, diese Zusammenarbeit fortzusetzen. Sie hörten aufmerksam zu, als Sloane und Derek den Fall detailliert schilderten.

»Wie sollen wir vorgehen?«, fragte Bill anschließend in seiner gewohnt direkten Art. »Wenn Sie offiziell um Hilfe der Profiler in Quantico anfragen, muss diese Bitte um Unterstützung theoretisch entweder von Derek in seiner Funktion als Special Agent oder von Sergeant Erwin vom Revier Midtown North kommen. Wenn Sie einen offiziellen Antrag aber lieber umgehen möchten und Larry sich als unabhängiger Berater allein darum kümmern soll, ist das auch okay. Dann bekommen Sie den Besten, den es gibt, und jeder von Ihnen kann ihn um Hilfe bitten.«

»Es gibt aber einen Unterschied«, warf Larry in seiner gutmütigen Art ein. »Da ich jetzt privater Ermittler bin, muss ich auch bezahlt werden. Richtiges Geld, wissen Sie, kein Gehalt wie beim FBI.«

Bill kicherte.

»Wir hätten Sie gern beide dabei«, sagte Sloane. »Darum habe ich Kontakt zu Ihnen aufgenommen, Larry, und Derek hat Bill gefragt. Dieser Fall zieht immer weitere Kreise. Wir können Ihre Erfahrungen und die Hilfsmittel des FBI sehr gut gebrauchen. Larry, die Trumans haben angeboten, jede Summe zu bezahlen, die Sie ihnen in Rechnung stellen, und für alle Spesen aufzukommen. Die einzige Bedingung ist, dass dieser Fall oberste Priorität für Sie genießt.«

»Das heißt, ihnen wäre am liebsten, wenn ich gestern schon angefangen hätte.«

»Genau.«

Er holte tief Luft und dachte kurz nach. »Ich muss noch einen anderen dringenden Fall abschließen. Das müsste ich bis morgen geschafft haben. Sobald ich fertig bin, komme ich zu Ihnen. In der Zwischenzeit kann ich hier schon mal anfangen. Wenn Sie mir die Ermittlungsunterlagen mailen oder faxen, schaue ich sie mir umgehend an. Dann verlieren wir keine Zeit. Ich würde sowieso einen Tag brauchen, um mich mit den Details des Falles vertraut zu machen.«

»Wird sofort erledigt.« Sloane war erleichtert und dankbar. »Ich weiß das wirklich zu schätzen.«

»So schnell kann ich nicht anfangen«, sagte Bill ehrlich. »Ich ersticke in Arbeit, denn wir sind gerade mit ein paar sehr heiklen Fällen beschäftigt. Es wäre klasse, wenn Larry nach New York kommen und die Ermittlungsarbeit übernehmen könnte. Er könnte die Tatorte überprüfen, die Profile der Opfer mit Ihnen durchgehen und die Sache ins Rollen bringen. Da mir Dereks offizielle Bitte um Unterstützung vorliegt, können Sie sich auf die Kooperation unserer Abteilung für Täterprofile verlassen. Wenn ich mit anderen Fällen beschäftigt bin, können Sie mit meiner Partnerin sprechen. Sie ist eine ausgezeichnete Profilerin. Ich maile Ihnen ihre Telefonnummern und ihre E-Mail-Adresse. Dann weihe ich sie und unsere Spezialisten für besondere Fälle ein. Bei denen sind Sie in guten Händen. Und ich stehe Ihnen, so oft es möglich ist, persönlich zur Verfügung. Wir könnten unsere erste Videokonferenz auf den siebzehnten festlegen.«

»Das ist okay für mich«. sagte Larry. »Sollen wir zehn Uhr sagen?«

»In Ordnung. Der Termin steht schon in meinem Kalender.«

»Ich reserviere den Raum für Videokonferenzen in New York, und wir halten uns den Termin frei«, sagte Derek, nachdem Sloane genickt hatte.

»Bevor wir auflegen«, warf sie rasch ein. »Könnten Sie uns vielleicht einen Tipp geben, was wir hier tun können, bis Larry nach New York kommt?«

»Schicken Sie Larry alles, was Sie haben. Führen Sie auf Grundlage Ihres jetzigen Informationsstandes erste Recherchen in den Datenbanken VICAP und CODIS durch. Derek, bitten Sie einen der Detectives der Sondereinheit C-6, Ihnen Zugang zur Datenbank des NYPD zu verschaffen, und führen Sie dann im RTCC auch erste Recherchen durch. Wenn Larry nach New York kommt, berichten Sie ihm alle Ergebnisse, bevor er mit seinen Ermittlungen beginnt. Am siebzehnten besprechen wir alles und überprüfen, ob sich aus den Straftaten oder der Person des Täters weitere Muster ableiten lassen. Vielleicht gelingt es uns dann, ein konkreteres Täterprofil zu erstellen.«

Sloane fand das nicht sehr ermutigend, und Derek wusste auch, warum. Alle Datenbanken, die Bill genannt hatte, waren nur so nützlich wie die Daten, die die Ermittlungsbeamten lieferten. Wenn wichtige Gewaltverbrechen nicht eingegeben worden waren, konnte man sie in VICAP auch nicht finden. Wenn ihr Täter keine Vorstrafen hatte, gab es wahrscheinlich auch keine DNA von ihm in CODIS. Und was das RTCC betraf, die Datenbank des NYPD, das angelegt war, um Straftaten vorzubeugen, indem Parallelen ermittelt wurden, so konnte es vielleicht ein paar nützliche Informationen liefern. Könnte ihnen das weiterhelfen? Vielleicht. Aber ein Patentrezept war das natürlich auch nicht.

»Führen irgendwelche Details, die wir genannt haben, dazu, dass Sie in eine ganz bestimmte Richtung denken?«, fragte Sloane.

Bill seufzte. »Ich verstehe, dass Sie frustriert sind. Ich will Ihrer Frage auch nicht ausweichen, aber sie ist schwer zu beantworten. Wir haben nicht genügend Anhaltspunkte, und jeder Fall ist anders. In diesem Fall haben wir es jedenfalls immer mit attraktiven Frauen zu tun, die auf dem Gelände verschiedener Colleges mit vorgehaltenem Messer entführt worden sind. Hinzu kommt die Tatsache, dass keine von ihnen lebend wieder aufgetaucht ist. Daraus leite ich ab, dass wir es mit zwei Morden ohne Leichen und einem Mordversuch zu tun haben und dass es sich bei dem Täter um einem Seriensexualmörder handelt.«

»Was ist mit der Tatsache, dass alle Opfer Sloane kannten oder irgendeine Verbindung zu ihr haben?«, fragte Derek. »Weicht das nicht von Ihren Basisprofilen ab?«

»Es ist das Besondere an diesem Fall, ja«, sagte Larry. »Aber wir können Ihnen erst eine vollständige Analyse über die Bedeutung dieses Sachverhalts liefern, wenn ich meine Ermittlungen durchgeführt habe. Normalerweise haben Serienkiller, die Sexualmorde verüben – einschließlich Morde ohne Leichen –, keine direkte Verbindung zu ihren Opfern. Sie wählen sie nach der Verfügbarkeit, Verletzbarkeit und beziehungsweise oder nach ihrer Attraktivität aus. Wenn es eine Abweichung gibt von diesem Profil – nämlich die Verbindung der Opfer zu Sloane –, müssen wir das sehr gründlich überprüfen. Über diesen Täter wissen wir aber schon, dass er intensiv über seine Taten nachgedacht hat. Seine Angriffe waren geplant, und er hatte es speziell auf diese Opfer abgesehen. Da das dritte Opfer entkommen konnte, liegt uns eine Beschreibung seiner äußeren Erscheinung vor. Und wir vermuten, dass er beim Militär gedient hat, dass er ein Weißer ist und dass er irgendeinen chinesischen Dialekt spricht ...«

»Fukienesisch«, unterbrach Derek ihn. »Alle Ausdrücke, mit denen sich unsere Sprachexpertin von C-6 beschäftigt hat, waren entweder Mandarin oder Fukienesisch. Sie arbeitet noch dran. Vielleicht hat Tina ihn auch falsch verstanden.«

»Gut. Wir wissen, dass Fukienesisch ein viel seltener gesprochener Dialekt ist als zum Beispiel Kantonesisch. All diese Faktoren fließen in unsere Analyse ein. Bis dahin können wir Ihnen nur die allgemeinen Erkenntnisse liefern, die Sie bereits kennen. Unser unbekannter Täter ist ein Weißer, er benutzt ein Kampfmesser als Waffe, und er hat vermutlich lebhafte sexuelle Fantasien, auch Gewaltfantasien. Die Morde dienen seiner sexuellen Befriedigung. Täter, die in diese Kategorie fallen, wählen in der Regel unterschiedliche Orte für ihre Angriffe, auch für die Ermordung und die Beseitigung der Leichen. Wir wissen, dass unser Täter seine Opfer auf dem Gelände von Colleges angreift, aber wir wissen nicht, wo er sie tötet und wo er die Leichen beseitigt.«

»Wir kennen auch sein Motiv nicht«, murmelte Sloane.

»Oder das, was seine Taten auslöst«, fügte Bill hinzu. »Irgendetwas hat ihn veranlasst, zu einem bestimmten Zeitpunkt zu handeln, etwas, das einen starken emotionalen Druck auf ihn ausübt. Bevor wir jedoch nicht mehr über ihn wissen, kann niemand sagen, was das sein könnte. Sobald Larry bei Ihnen ist, füllen wir diese Lücken.«

»Hm, hier ist eine Lücke, die wir füllen können«, sagte Derek. Er beugte sich über seinen Laptop und las die E-Mail, die gerade angekommen war. »Das ist keine große Überraschung, aber eine interessante Information. Die Ergebnisse der DNA-Analyse der Schweißflecken und der Haare, die auf der Arbeitskleidung der Reinigungsfirma gefunden wurden, sind gerade gekommen. Sie stimmen mit der DNA der Blutspritzer überein, die an Tina Carrolls Tatort sichergestellt wurden. Und das Blut auf der Arbeitskleidung stammt von der ermordeten Krankenschwester. Wir wissen also jetzt, dass der von uns gesuchte Täter noch weitere Verbrechen begangen hat – Mord und Diebstahl von Betäubungsmitteln. Er hat Morphium, Nembutal, Fentanyl und OxyContin mitgehen lassen, dazu einen Haufen Spritzen.«

»Das Morphium muss gegen seine Schmerzen sein«, meinte Bill. »Nembutal ist ein ziemlich starkes Barbiturat, das schnell wirkt. Vermutlich spritzt er das den Frauen, die er überfällt, um sie zu betäuben.«

»Bill ... denk an die Besprechung um fünf«, rief jemand im Hintergrund.

»Hören Sie, wir haben genügend Ansatzpunkte, um anfangen zu können«, sagte Derek abschließend. »Wir sind sehr froh, dass Sie sich beide die Zeit genommen haben und uns helfen wollen. Larry, ich schicke Ihnen alles zu, was wir über den Fall haben. Bis bald.«

»Sobald ich die Unterlagen habe, arbeite ich mich in den Fall ein. Ich freue mich auf das Treffen mit Ihnen, Derek. Und natürlich auch mit Ihnen, Sloane«, erwiderte Larry.

Nachdem sie aufgelegt hatten, wandte Sloane sich Derek zu. »Das lief gut. Ich wünschte, wir könnten mehr tun, aber zumindest habe ich jetzt das Gefühl, als würden wir *endlich* ein bisschen weiterkommen.«

»Stimmt. Und die E-Mail, die ich gerade bekommen habe, bestätigt das.«

»Ich hatte noch keine Gelegenheit, dich zu fragen, was deine Sprachexpertin herausgefunden hat.«

Derek verzog das Gesicht. »Sie hat das, was wir schon kennen, bestätigt. Jetzt zu den anderen Begriffen. *Chao ji bei* ist ein abwertender fukienesischer Ausdruck für bestimmte Frauen. Man könnte ihn als ›stinkende Hure‹ übersetzen. Und dieses *ji bei* ist ein ordinärer Ausdruck für ein weibliches Geschlechtsorgan. Dabei sollten wir es belassen.«

»Reizend«, sagte Sloane trocken. »Und nichts über *tai kee*?«

»Nur über ähnlich klingende Wörter. Sie hat das Wort bestätigt, das dir dazu eingefallen ist und das auf Mandarin ›Muttermal‹ heißt. Der einzige Ausdruck, der ähnlich klingt, ist *tai chee*, und das heißt ›zu spät‹ auf Kantonesisch.«

»*Zu spät* klingt wie ein Omen. Vielleicht meinte er, es ist zu spät für Tina.« Sloane runzelte die Stirn. »Aber das passt nicht in den Kontext. Tina hat gesagt, er hätte es wie einen Eigennamen benutzt.«

»Es bringt nichts, dass wir uns den Kopf zerbrechen«, meinte Derek. »Wenn es was zu finden gibt, dann wird Yan Dié es finden.« Er stand auf und reckte sich. »Es ist fast fünf. Ich möchte Joe noch mal anrufen und ihn fragen, ob er irgendwas in den Videoaufnahmen gefunden hat. Danach fahre ich zurück in die Stadt und schicke Larry die Akte. Mal sehen, ob ich dann mit der Suche in den Datenbanken anfangen kann.«

»Musst du nicht nach Atlantic City?«

»Nicht, wenn ich einer Spur im Truman-Fall nachgehe, die meine Anwesenheit in New York erfordert. Ich muss einen meiner Kollegen in der Sondereinheit, einen ehemaligen Detective vom New York Police Department, bitten, mir den Zugang zum RTCC zu ermöglichen.« Derek sah auf die Uhr. »Du könntest doch deine Notizen, die du dir zu dem Fall gemacht hast, fotokopieren. Dann schicke ich sie Larry gleich mit. Und schreib alles auf, was ich bei meiner Suche in den Datenbanken berücksichtigen soll. Ich liste auch alle Kriterien auf, die mir einfallen, damit ich wirklich nichts vergesse bei der Recherche. Jetzt rufe ich erst mal Joe an. Ich habe das Gefühl, er hat was für mich. Seine letzte E-Mail ist vor zwanzig Minuten gekommen, und die klang optimistisch.«

»Dann ruf ihn an«, drängte Sloane. »Ich fotokopiere meine Notizen und mache diese Liste. Du fragst Joe, was er herausgefunden hat, fährst dann in die Stadt und fängst an.«

»Der Sicherheitsbeamte, der mich ablöst, ist schon unterwegs nach hier«, sagte Derek. »Er heißt Manny Gomez. Ein großartiger Bursche. Ehemaliger Sergeant des NYPD. Er war im Ruhestand, kam dann in Teilzeit zurück, weil er fast verrückt geworden ist, und leitet jetzt ein kleines Sicherheitsunternehmen. Er hat Top-Leute, die für ihn arbeiten. Bei ihm bist du in guten Händen. Er müsste um sechs hier sein. Ich warte auf ihn, mache euch miteinander bekannt und fahre dann los. Sobald du so weit bist, fährt Manny dich zu Elsa.«

»Okay.« Sloane war nicht in der Stimmung, darüber zu diskutieren. Eigentlich gefiel ihr der Gedanke ganz gut, dass ein Detective für ihre Sicherheit sorgte. Solange sie mit ihrem Zeigefinger nicht auf den Abzug drücken konnte, war sie nicht in der Lage, einen bewaffneten Killer zu erschießen, auch wenn sie gute Reflexe hatte. Sie war schnell, aber eine Kugel war schneller.

Sie holte ihre Akte, und Derek ging zum Telefon.

»Joe«, hörte sie ihn sagen. »Hast du den roten Schimmer, den du entdeckt hast, inzwischen isoliert?« Eine kurze Pause. »Klar, ich warte eine Minute – wenn sich das Warten lohnt.« Eine längere Pause. »Ja, ich sitze vor meinem Laptop. Schick die Bilder los.«

Eine Minute später kam eine neue E-Mail an. Sloane hörte den Doppelklick, als Derek die JPG-Datei öffnete.

»Du bist wirklich gut«, sagte er. »Sekunde. Ich rufe nur schnell Sloane. Mal sehen, ob sie die Frau identifizieren kann.«

»Da bin ich.« Sloane kam zurück ins Wohnzimmer, beugte sich vor und starrte auf das Bild auf dem Monitor. Eine in Rot gekleidete Frau stand schräg hinter einem Baum und trank aus einer Wasserflasche. Das Bild war unscharf, und es zeigte die Frau nicht von vorne, aber Sloane erkannte das Profil sofort.

Die Jahre schmolzen dahin, und ihr Magen verkrampfte sich. »Das ist Penny«, bestätigte sie, ohne zu zögern.

»Bist du sicher?«

»Ganz sicher.«

»Okay, wir haben die Bestätigung für die Identität des Opfers. Jetzt wollen wir mal sehen, was wir sonst noch haben.« Derek öffnete die nächste JPG-Datei.

Auf diesem Foto hatte Penny die Wasserflasche weggesteckt und bewegte sich zurück auf den Weg. Ihr Kopf zeigte Richtung Kamera. Sie sah verwirrt aus, als hätte jemand im Wald ihren Namen gerufen.

Derek hob den Blick, als Sloane gequält aufstöhnte. »Alles in Ordnung?«

»Klar.«

»Bereit für das nächste Bild?«

»Nein, aber öffne es trotzdem.« Sloane biss die Zähne zusammen.

Das dritte Foto erschien auf dem Monitor.

Eine dunkle Gestalt mit einer Kapuze auf dem Kopf hatte den rechten Arm um Pennys Hals gelegt und die linke Hand auf ihren Mund gepresst. Beide Gesichter waren von der Kamera abgewandt, und die Lichtverhältnisse waren schlecht. Er schien sie tiefer in den dichten Wald hineinzuziehen, daher waren kaum Details zu erkennen. Da er einen so abgeschiedenen Ort ausgewählt hatte, war es kein Wunder, dass keiner der Studenten, die den Pfad entlangliefen, etwas bemerkte oder in ihre Richtung sah. Die beiden waren praktisch unsichtbar.

Sloane starrte konzentriert auf den Monitor. Der Mann stand

hinter Penny, und der silberne Schimmer des Messers, das er Penny an die Kehle presste, was zweifelsfrei zu erkennen.

Es war ein langes Kampfmesser, wahrscheinlich ein Bowie.

Sloane schmeckte Galle im Mund. Mit eigenen Augen zu sehen, was ihrer Schulfreundin passiert war, war etwas ganz anderes, als es sich nur in Gedanken auszumalen.

»Bist du okay?«, fragte Derek leise.

Sloane presste die Lippen zusammen und nickte. »Wir werden dieses Schwein kriegen«, sagte sie hart und entschlossen. »Und wenn wir ihn haben, wird er sich wünschen, er wäre nie geboren worden.«

22. Kapitel

Datum: 10. April
Uhrzeit: 16.00 Uhr

Ich will nicht denselben Fehler machen wie beim letzten Mal. Diesmal werde ich mein Betäubungsgewehr benutzen. Kein direkter Kontakt. Keine Bedrohung mit dem Messer. Ich weiß genau, wie es ablaufen wird. Aus einer bestimmten Entfernung schieße ich einen einzigen Betäubungspfeil ab. Dann zerre ich sie in den Wald, fessele sie und binde ihre Beine an zwei Bäume. Ich warte, bis sie zu sich kommt, und dann lasse ich sie die Schmerzen ihres Verrats spüren.

Ich hob meine Waffe – und hielt inne.

Sie machte ein paar Dehnübungen, bevor sie zu ihrem täglichen Dauerlauf rund um den Lake Ceva startete. Zwei kräftige Kerle kamen dazu. Der eine setzte sich mit einem Lehrbuch ans andere Ende des Sees, und der andere schlenderte am Ufer entlang und atmete die frische Luft ein. Dann tauchte ein dritter Mann in Shorts und T-Shirt auf und lief in gemächlichem Tempo neben Tyche her.

Ihre Verkleidungen waren jämmerlich. Selbst ein Idiot hätte erkannt, dass das Cops waren.

Daher entfernte ich mich unbemerkt. Ich komme mit meinem Betäubungsgewehr zurück, wenn die Seminare beendet sind und sie in ihr Wohnheim zurückgegangen ist.

Biao zhi.

Campus-Polizisten, die sich als Studenten ausgeben, sitzen im Eingangsbereich aller Gebäude.

Ich beobachte die richtigen Studenten, die schimpfend das Gebäude verlassen. Der Sicherheitsdienst, der rund um die Uhr vor Tyches Tür Wache hält, versaut ihnen ihre Freizeit. Ihre Partys fallen vorläufig ins Wasser. Keiner riskiert es, Alkohol an den Cops vorbeizuschmuggeln. Darum müssen sie in andere Wohnheime ausweichen, wenn sie feiern wollen. Und das geht ihnen allmählich gehörig auf die Nerven.

Fast hätte ich laut gelacht über ihre Sorgen.

Ich wundere mich über meine Reaktion. Ich müsste wütend sein, dass ich meine Zeit vergeude und mir überlegen muss, wie ich die Cops austricksen und in ihr Zimmer gelangen kann.

Ich bin aber nicht wütend.

Sie ist es einfach nicht wert. Jetzt weiß ich mehr und verstehe alles besser.

Es ist nicht das wahre Böse, das durch Tyches Blut strömt. Es ist Ignoranz und Unwürdigkeit. Sie ist kein Stück Dreck wie die *ji nv*, die ich gestern Abend ausgeschaltet habe. Sie ist einfach eine dumme *biao zhi*, die niemals erfahren wird, was sie geopfert hat.

Sie wird einen Verlust erleiden. Soll sie doch bleiben in dieser grässlichen Welt voller kranker, seelenloser Menschen, während ich und die wahren Göttinnen zum Olymp aufsteigen.

Letztendlich ist das die größte Strafe, die ich ihr zufügen kann.

FBI-Büro New York
26 Federal Plaza, New York City
17.15 Uhr

Jeff bog um die Ecke und ging auf Dereks Arbeitsplatz zu. Sein Partner saß an seinem Schreibtisch und beugte sich über die Tastatur.

»Ich habe gerade einen Anruf vom Fünften Revier bekommen«, sagte Jeff. »Schon wieder ist eine Prostituierte ermordet worden. Sie soll richtig abgeschlachtet worden sein. Einzelheiten zum Tathergang liegen noch nicht vor. Es scheint aber dieselbe Mordmethode gewesen zu sein. Nackt, gefesselt, die Kehle aufgeschlitzt und die Münze genau neben der Leiche. Der Gerichtsmediziner legt den Todeszeitpunkt auf Dienstag zwischen zwei und fünf Uhr nachmittags fest. Die Leiche lag in einem Wohnhaus in der Eldridge Street – keine Lagerhalle diesmal, sondern ein Wohnheim. Eine anonyme Anruferin hat die Polizei auf die Leiche aufmerksam gemacht. Sie sprach nur ein paar Brocken Englisch.«

»Eine Freundin, Kollegin oder Mitbewohnerin des Opfers«, sagte Derek grimmig. »Und wenn die Cops sie in einem Wohnheim in der Eldridge Street gefunden haben, wissen wir, dass es eins von Xiao Longs Mädchen ist.« Wütend warf er seinen Kugelschreiber auf den Tisch. »Scheiße! Das hat uns gerade noch gefehlt. Xiao Long war drauf und dran, seine Gang auf die Black Tigers zu hetzen. Beim letzten Mal konnten wir den Bandenkrieg gerade noch verhindern. Diesmal müssen wir viel mehr Aufwand treiben, um den Schaden zu begrenzen. Da kommt was auf uns zu.«

»Ich weiß.« Jeff nickte mit ernster Miene. »Der Gerichtsmediziner hat versprochen, die Obduktion so schnell wie möglich durchzuführen. Sie untersuchen das Blut auf Ketamin, das er allen anderen Opfern gespritzt hat. Und sie überprüfen, ob der Täter sie sexuell missbraucht hat, und falls ja, ob er dabei genauso brutal vorgegangen ist wie bei dem Mord. Wie ich schon sagte, diesmal hat er mit entsetzlicher Brutalität zugeschlagen.«

»Unser Psychopath hat zu viel Zeit verstreichen lassen zwischen den Morden«, sagte Derek hämisch. »Er hat seinen Hass aufgestaut und sein Sperma aufgespart.« Er knurrte angewidert.

»Im Augenblick hab ich es nur noch mit Psychopathen zu tun. Und ich komme keinen Schritt weiter.« Derek sah auf den Monitor. Er loggte sich aus der Datenbank aus. Ihm war bewusst, dass er den Truman-Fall vorläufig auf Eis legen musste. »Mit dieser Sache müssen wir uns das ganze Wochenende beschäftigen«, sagte er zu Jeff.

»Dachte ich mir. Als ich mit dem Fünften Revier telefoniert habe, habe ich um polizeiliche Hilfe gebeten. Wenn wir die Red Dragons und die Black Tigers nicht davon überzeugen können, dass keiner von beiden in diese Morde verwickelt ist, müssen wir aus Chinatown einen Polizeistaat machen.«

»Und uns mit den Konsequenzen herumschlagen.« Derek griff zum Telefon. »Ich rufe Sloane an und sage ihr, dass ich an diesem Wochenende nicht aus dem Büro rauskomme und wir uns nicht sehen können.«

»Ja, ich sollte auch telefonieren.« Jeff ging weg. »Bin gleich wieder da.«

»Okay.« Derek wählte Sloanes Nummer auf seiner Kurzwahlliste.

Er runzelte die Stirn, als sich sofort die Mailbox meldete. Dann erinnerte er sich, dass Sloane noch einen Termin bei Connie hatte, bevor sie sich mit Larry am John Jay College treffen wollte. »Hallo, ich bin's«, sagte er nach dem Piepton. »Hör zu, ich muss unsere Wochenendpläne canceln. Gerade ist ein dringender Fall auf meinem Schreibtisch gelandet. Ich werde morgen und das ganze Wochenende damit beschäftigt sein. Ich rufe dich an, sobald ich kann.«

Hospital für orthopädische Chirurgie
New York Weill Cornell Medical Center
East Seventieth Street, New York City
17.30 Uhr

»Danke, dass ich noch so spät kommen durfte.« Sloane setzte sich an den Therapietisch. »Ich treffe mich um acht Uhr mit einem Kollegen am John Jay College. Meine Dackel sind Kummer gewohnt, aber alles lassen sie sich auch nicht bieten. Meine Nachbarin, die sich normalerweise um sie kümmert, ist krank. Deshalb habe ich meine Termine in Manhattan auf heute Abend gelegt.«

»Mir hat das auch ganz gut gepasst.« Connie setzte sich auf ihren Hocker, schob die Übungsgeräte zur Seite und untersuchte Sloanes Handfläche. Bevor sie mit Kraftübungen begann, wollte sie sich davon überzeugen, dass die Wunde planmäßig heilte und es keine Komplikationen gab, die man auf den ersten Blick vielleicht nicht sah. »Ich habe heute um halb sieben ein Date in einem Restaurant in Midtown. Darum ist das Timing ideal. Wir beide haben eine Stunde Zeit, und dann habe ich immer noch eine Stunde, um mich aufzubretzeln und mit dem Taxi zum Restaurant zu fahren.«

»Ein heißes Date, hm? Ken, der Anwalt?« Sloane zwinkerte ihr zu.

»Ja.« Connie grinste. »Im Augenblick gehe ich nur mit ihm aus. Mal sehen, wie er sich in der Probezeit macht.«

»Du bist ziemlich kritisch.«

»Und du schläfst wieder mit Derek.« Connie stützte ihre Ellbogen auf den Tisch und musterte Sloane. »Man sieht es an deinen strahlenden Augen. Wahnsinn. Ich hätte nicht gedacht, dass es so schnell geht.«

»Ich auch nicht.« Connie kannte sie gut, und Sloane versuchte erst gar nicht, es abzustreiten. »Bei uns stimmt einfach die Chemie. Wenn man so was in einem Roman lesen würde, würde man sagen: ›Im wahren Leben gibt es so was nicht.‹ Aber es ist so, und keiner von uns beiden kann sich dagegen wehren.«

»Warum solltest du auch?« Connie steckte sich eine blonde Strähne hinters Ohr. »Hört sich an nach himmlischem Sex. Habt ihr geredet?«

»Jeden Tag«, erwiderte Sloane und zuckte lässig mit den Schultern. »Wir arbeiten zusammen an einem Fall.«

»Wen interessiert das? Habt ihr über eure Trennung geredet? Wer hat was gesagt, was gefühlt, was gemacht und warum? Das ist die einzige Möglichkeit, die Sache aus der Welt zu schaffen.«

»Ich habe ihm alles über die Messerattacke erzählt. Vor lauter Wut haben wir uns gegenseitig unsere verletzten Gefühle vorgeworfen. Das war mehr als genug. Ich hab keine Lust, die ganze Sache bis ins kleinste Detail zu analysieren. Das, was jetzt zwischen uns läuft, ist herrlich unkompliziert. Wenn wir anfangen, in der Vergangenheit zu graben, führt das nur zu Stress, Wut und gegenseitigen Schuldzuweisungen. Und das würde unser großartiges Verhältnis nur zerstören.«

»Dann gibt es in deiner neuen Beziehung nur Sex?«

»Nein, nicht nur«, versicherte Sloane ihr. »Wunderschönen Sex, der süchtig macht.« Sie warf Connie einen spöttischen Blick zu. »Seit wann stört dich so was?«

»Es stört mich nicht. Ich finde wunderschönen Sex, der süchtig macht, klasse. Aber in diesem Fall wird das nicht funktionieren.«

»Warum nicht?«

»Weil du verliebt bist in diesen Mann.« Connie legte ihre Hände flach auf den Tisch und sah Sloane in die Augen. »Du bist seit Cleveland in ihn verliebt. Und auch wenn du total sauer auf ihn bist, sind diese Gefühle da. Es gelingt dir nicht, sie wegzureden.«

Sloane kniff die Lippen zusammen. »Vielleicht gelingt es mir nicht. Aber ich kann es versuchen. Ich lasse nicht zu, dass mich einer noch mal so verletzt. Ich komme einfach nicht damit klar, wie so was so plötzlich zu Ende gehen kann.«

»Wie ist es denn zu Ende gegangen?«, fragte Connie. »Das kapiere ich nicht. Ich weiß, dass er deine Entscheidung, das FBI zu verlassen, nicht gut fand. Ich weiß, dass seine Reaktion dich sehr verletzt hat. Aber er hat dein Vertrauen nicht missbraucht. Er hat dich nicht im Stich gelassen, als du im Krankenhaus gelegen hast und fast verblutet wärst. Er hat dich nicht darum gebeten, seine Anrufe zu ignorieren. Er hat dich nicht gebeten, deine Sachen zu packen und wortlos zu gehen. Also, woher kommt deine Wut?«

»Mein Job beim FBI hat mir alles bedeutet«, stieß Sloane erregt hervor. »Ich wollte schon immer Special Agent werden. Derek wusste das. Das hat er respektiert, oder zumindest dachte ich, er hätte es getan. Aber er erwartet immer noch von mir, dass ich wegen meiner eingeschränkten Einsatzfähigkeit meine Waffe zurückgebe und Innendienst mache, und das hat mich total überrascht. Und je ausführlicher ich es ihm erklärt habe, desto weniger hat er es verstanden. Er hat mich tatsächlich einen Feigling und Drückeberger genannt. Dieser Dickschädel hat einfach nicht kapiert, wie sehr ich unter meinen Schmerzen und unter meinen psychischen Problemen gelitten habe.«

»Vielleicht brauchte er nur Zeit, um ...«

»Kein *vielleicht*. Hinter seinem charismatischen Äußeren steckt der Army Ranger. Derek ist Soldat durch und durch. Du kennst das Motto: ›Die Ranger sind die Anführer.‹«

»Das steckt wohl in den Genen. Dagegen kannst du nur schwer was machen, wenn deine ganze Familie die Militär-Akademie in West Point besucht hat«, erinnerte Connie sie.

»Eigentlich sollte es leichter sein. Ja, Dereks Vater und seine Geschwister waren alle in West Point. Aber Derek nicht. Er hat sich für eine Ausbildung als Reserveoffizier entschieden, um sich andere Möglichkeiten offenzuhalten. Und seitdem ist er das schwarze Schaf in der Familie. Sein Vater hat ihm *immer noch* nicht verziehen – nicht ganz jedenfalls. Ich weiß, dass Derek das nach all den Jahren noch zu schaffen macht. Er hat eine Entscheidung getroffen, die sein Vater nicht verstanden hat und mit der er nicht einverstanden war. Aber er hätte seinen Sohn unterstützen müssen. Das verstehe ich unter Liebe. Und nachdem er selbst solche Erfahrungen machen musste, hätte Derek der Erste sein müssen, der *meine* Entscheidung akzeptiert und *mich* unterstützt. Doch als ich mich entschlossen hatte, das FBI zu verlassen, löste sich diese Unterstützung seltsamerweise in Luft auf. Er wollte oder konnte sich nicht in meine Lage versetzen. Er war stur und gefühllos, und er hat sich total blöd benommen. Ja, und da bin ich gegangen. Oder um es genau zu sagen, er hat mich weggeschoben.«

Sloane kniff die Lippen zusammen, und als sie fortfuhr, hatte sie Mühe, nicht die Beherrschung zu verlieren. »Ich verliebe mich nicht so schnell. Aber in Derek habe ich mich Hals über Kopf verliebt. Bis über beide Ohren. Ich habe an ihn geglaubt, und ich habe ihm vertraut. Er hat mich fallen lassen. Und deshalb kann meine Liebe zu ihm niemals zu einer engen Beziehung werden. Wir sind einfach zu verschieden.«

»Oder ihr seid euch zu ähnlich.«

»Ja, in mancher Hinsicht stimmt das vielleicht. Und keiner von uns gibt nach. Jetzt haben wir eine wunderbare Affäre, aber alles andere ist ausgeschlossen.«

»Wenn du meinst«, sagte Connie, die nicht überzeugt zu sein schien.

»Ja, das meine ich. Und jetzt würde ich das Thema gern beenden.« Sloane streckte Connie ihre Hand hin. »Wir müssen uns um meine Hand kümmern.«

Connie umfasste Sloanes Handgelenk und betrachtete die Innenfläche der Hand. »Die Entzündung und die Schwellung sind weitgehend zurückgegangen. Ich glaube, wir können ein paar leichte Übungen machen. Aber zuerst massiere ich das Narbengewebe.« Connie verteilte Lotion auf dem Massageball, und Sloane begann mit leichten Rollbewegungen.

»Schmerzen?«

»Bis jetzt geht's«, erwiderte Sloane und versuchte, die Hand nicht instinktiv zurückzuziehen oder zu verkrampfen. Sie spürte, dass sie wieder einmal dazu neigte, und sie hasste sich dafür. In der Zeit nach der Attacke hatte sie ihre Hand bei der geringsten Berührung unwillkürlich zurückgezogen. Doch im Lauf der Therapie bei Connie hatte sie wieder Vertrauen aufgebaut, bis sie diese Schutzreaktion nach ein paar Monaten schließlich nicht mehr zeigte. Bis heute. Heute fiel sie wieder in das alte Verhaltensmuster zurück, und das nur, weil sie so dumm gewesen war, mit dem Kreuzschlüssel zu kämpfen und sich diese Entzündung zu holen.

»Ist okay«, sagte Connie, die Sloanes Gedanken gelesen hatte. »In solchen Situationen ist Selbstschutz ein natürlicher Instinkt. Entspann dich. Wir kriegen das wieder hin.«

Die Tür flog auf, und Dr. Houghton stürmte in seiner OP-Kleidung in den Raum. Mit den Gedanken war er wohl noch bei seiner letzten Operation. »Die Notoperation ist beendet«, sagte er zu Connie. »Sie war noch schwieriger, als ich vermutet hatte. Die Verletzungen sind erheblich. Zum Glück konnte ich die Blutung stoppen und alle seine Finger retten. Aber Nerven, Knochen und Sehnen sind beschädigt. Das passiert, wenn man seine Hand in einen laufenden Rasenmäher steckt. Er liegt jetzt im Aufwachraum. Ich muss den vorläufigen Therapieplan mit Ihnen durchsprechen. Da Sie noch arbeiten, können wir das auch jetzt gleich machen.«

Connie räusperte sich und wies mit dem Kinn in Sloanes Richtung.

Dr. Houghton runzelte die Stirn und riss erstaunt die Augen auf, als er realisierte, dass noch jemand im Raum war. Er warf

Sloane einen eindringlichen Blick zu. »Oh, ich habe Sie gar nicht bemerkt«, sagte er in eisigem Ton. »Apropos Leichtsinn. Sie haben Glück, dass Constance so talentiert ist. Sonst wären Sie vielleicht auch wieder auf dem Operationstisch gelandet.«

Sloane blinzelte. Sie wusste nicht, was sie erwidern sollte.

Connie sprang für sie ein. »Das wird zum Glück nicht passieren. Sloane hat Ihre Anweisungen hundertprozentig befolgt. Ihre Hand heilt gut. Wir fangen schon wieder an, mit der Knetmasse mittlerer Stärke zu arbeiten. Sie hatte Glück im Unglück.«

»Wenn sie weiterhin ihre Gesundheit gefährdet, weil sie so leichtsinnig ist und meint, einen Reifen wechseln zu müssen, lässt das Glück sie eines Tages im Stich.« Dr. Houghton trat an den Tisch, betrachtete Sloanes Hand und nickte kurz. Offenbar freute ihn das, was er sah. »Vergessen Sie nicht, dass Sie noch nicht wieder beim FBI sind. Und wenn Sie möchten, dass die Wunde optimal verheilt, müssen Sie auf Ihren gesunden Menschenverstand hören.« Er wandte sich ab und warf Connie einen Blick zu. »Ich brauche Sie heute noch eine halbe Stunde, bevor Sie nach Hause gehen.«

»Kein Problem.« Connie blieb ruhig und geduldig. »Sloane und ich sind gegen halb sieben fertig. Dann komme ich sofort in Ihr Büro.«

»Wenn ich nicht da bin, bin ich im Aufwachraum. Piepen Sie mich an.«

»Mach ich.«

Ohne sich zu verabschieden, verließ Dr. Houghton den Raum und schloss laut die Tür hinter sich.

Sloane sah Connie verwirrt an. »Was war denn das für eine Vorstellung? Dr. Houghton ist nicht gerade für seinen Charme bekannt, aber so unfreundlich ist er normalerweise auch nicht. Ist er wütend, weil meine Wunde sich entzündet hat?«

»Das hat damit nichts zu tun.« Connie seufzte und fuhr fort, Sloanes Hand zu massieren. »Er ist total überlastet. Er ist ein hervorragender Chirurg und stürzt sich mit voller Energie in seinen Job. Die Hand des Mannes, den er gerade operiert hat, war so übel zugerichtet, dass er normalerweise mindestens zwei seiner Finger hätte verlieren müssen. Dr. Houghton hat Stunden im Operationssaal verbracht und die Finger gerettet. Er ist ein erstklassiger Chirurg, aber manchmal ist er kaum auszuhalten. Und im Augenblick ist er ziemlich nervös. Es fehlen einfach zu viele Leute, und darum ist er gezwungen, Aufgaben des Pflegepersonals zu übernehmen. Für die Arbeiten im Aufwachraum, für Infusionen und Antibiotika ist er normalerweise nicht zuständig. Aber er hat nicht genügend Krankenschwestern, denen er so sehr vertraut, dass er Verantwortung an sie abgibt. Deshalb ist er gestresst, und das lässt er andere spüren. Und wie du ganz richtig bemerkt hast, ist er nicht gerade besonders umgänglich.«

Sloane dachte darüber nach. »Ist es so schwierig, mit ihm auszukommen? Haben deshalb so viele Schwestern hier aufgehört?«

»Nein.« Connie schüttelte den Kopf. »Seine Krankenschwestern und Handtherapeuten arbeiten seit Jahren mit ihm zusammen. Wie schon gesagt, ist er schwierig, aber er ist ein hervorragender Chirurg. Wenn man ihn bei der Arbeit beobachtet, ist es fast so, als würde man einem begnadeten Bildhauer zuschauen. Im ganzen Krankenhaus gab es ziemlich viel Wechsel beim Personal, aber besonders in unserer Abteilung. In den letzten sechs Monaten hat Dr. Houghton zwei seiner besten Krankenschwestern verloren. Marsha Brown, die zehn Jahre auf seiner Station gearbeitet hat, hat in dieser Woche aufgehört. Ihr Mann hat einen Aufstieg gemacht, und er hat einen tollen Job in Kalifornien bekommen. Also sind sie nach Palo Alto gezogen. Dank einer fantastischen Beurteilung von Dr. Houghton hat Marsha einen Job am Stanford University Hospital bekommen. Masha ist also weg. Und dass Lydia weg ist, weißt du ja schon. Sie ist im Dezember gegangen. Jetzt haben wir nur noch zwei erstklassige Krankenschwestern mit der notwendigen Erfahrung.«

»Finden keine Vorstellungsgespräche von neuen Krankenschwestern statt?«

»Doch, aber alle potenziellen Kandidatinnen müssen den Segen von Dr. Houghton bekommen. Und seine Ansprüche sind unglaublich hoch. Bis jetzt hat ihn noch keine Krankenschwester überzeugt, die sich auf Lydias Posten beworben hat. Schon seit vier Monaten laufen Vorstellungsgespräche. Darum mache ich mir keine allzu großen Hoffnungen, dass wir bald Ersatz für Marsha bekommen.«

Sloane dachte über die Situation nach und nickte. »Da ich selbst auch Perfektionistin bin, kann ich Dr. Houghtons Frust verstehen. Marsha habe ich nicht kennengelernt, aber Lydia war die beste Krankenschwester, die ich je hatte. Wie geht es ihr eigentlich?«

»Keine Ahnung.« Connie runzelte die Stirn, während sie ein paar passive Widerstandsübungen mit Sloanes Fingern durchführte. »Keiner von uns hat was von ihr gehört. Und das passt gar nicht zu Lydia. Sie ist ein so warmherziger Mensch, und unsere Abteilung ist wie eine große Familie. Vor allem Lydia und ich haben uns sehr gut verstanden. Wir haben so eng mit Dr. Houghton zusammengearbeitet, dass sich unsere Arbeitsgebiete überschnitten haben. Daher haben wir uns oft gesehen. Außerhalb der Arbeit haben wir uns zwar nicht getroffen, aber ich würde sie trotzdem als Freundin bezeichnen. Auch wenn sie Probleme in ihrer Ehe hat, bin ich ganz schön sauer, dass sie sich noch nicht bei mir gemeldet hat. Ich habe mich auch bei dem Kollegen in der Verwaltung erkundigt. Der hat gesagt, Lydia hätte weder Bescheid gesagt noch eine Adresse für ihre letzte Gehaltszahlung angegeben. Ihn scheint ihr Ausscheiden genauso zu überraschen wie uns. Ihr Mann muss ihr ganz schön zugesetzt haben, sodass sie einfach abgehauen ist.«

»Aber selbst wenn es so wäre, wäre das ein ziemlich drastischer Schritt. Ich hatte nicht den Eindruck, dass Lydia dazu neigt, unüberlegt zu handeln. Eigentlich genau das Gegenteil.« Die Ermittlerin in Sloane meldete sich zu Wort. »Was ist mit ihrem Mann? Hat einer von euch mit ihm gesprochen?«

»Michael, einer unserer Pfleger, hat tatsächlich vor Kurzem mit ihm gesprochen. Lydias Mann, Nick, hat sehr traditionelle Vorstellungen. Daher dachten wir, es wäre einfacher, wenn Michael von Mann zu Mann mit ihm spricht. In einer Frau hätte er vielleicht nur eine neugierige Tussie gesehen. Aber auch Michael hat nicht viel aus ihm herausbekommen. Nick ist sofort in Verteidigungshaltung gegangen. Er hat behauptet, er und Lydia würden ihre Eheprobleme schon selbst lösen. Er hat gesagt, Lydia wäre eines Tages zur Arbeit gefahren und nicht nach Hause zurückgekommen. Angeblich hat er sich Sorgen gemacht und hat auf der Suche nach ihr mit dem Auto ein paar Runden ums Krankenhaus gedreht. Er hat sich sogar an der Rockefeller University umgesehen, weil sie dort gern die East-River-Fähren beobachtete, die an der Dreiundsechzigsten Straße anlegen. Entweder hat er gelogen, oder an den Gerüchten über Gewalt in der Ehe, die hier im Krankenhaus kursieren, ist etwas Wahres dran, und es lief so schlecht, dass Lydia tatsächlich abgehauen ist, ohne Nick ein Wort zu sagen.«

Die Details dieser Geschichte kamen Sloane so bekannt vor, dass ihr Magen sich verkrampfte. Sie wollte keine voreiligen Schlüsse ziehen, aber andererseits konnte sie auch nicht einfach darüber hinweggehen. »Rockefeller University? Lydia hat sich gern dort herumgetrieben?«

»›Herumtreiben‹ kann man das nicht nennen.« Connie warf ihr einen seltsamen Blick zu. »Sie ging nur dorthin, um die Fähren zu beobachten, wie sie am Anlegesteg festmachen. Die Universität liegt in der Dreiundsechzigsten Straße. Wahrscheinlich ist sie in eins der oberen Stockwerk gegangen, um aus dem Fenster zu sehen, oder sie ist in einen der nahe gelegenen Parks gegangen.«

»Okay. Um auf den East River zu schauen.«

»Nein, um die Fähren zu beobachten. Und diese Information stammt nicht von mir, sondern von Nick.« Connie legte Sloanes Hand auf den Tisch und sah Sloane verwundert an. »Was ist los? Und warum stellst du mir so komische Fragen?«

Das ist Zufall, beruhigte Sloane sich. *Es muss so sein.*

»Was hat Nick sonst noch gesagt?«, fragte sie.

»Nichts von Bedeutung. Das hat Michael jedenfalls gesagt. Allerdings hatte er auch Probleme, Nick zu verstehen. Er spricht Englisch mit einem starken griechischen Akzent. Oh, Nick hat gesagt, er hätte die Polizei angerufen – was wir schon wussten –, aber sie haben nichts rausgefunden.«

»Ich möchte mit Michael sprechen«, sagte Sloane und stand auf. »Hat er heute Dienst?«

»Ja, du findest ihn am Ende des Gangs.« Auch Connie stand auf und legte die Übungsgeräte zur Seite. »Aber du sprichst erst mit ihm, wenn du mir gesagt hast, was los ist und warum wir die Therapie mittendrin abbrechen.«

»Noch eine Frage. Du hast gesagt, du warst mit Lydia befreundet.« Sloane ignorierte Connies Bitte. »Hat Lydia Angehörige hier? Ich meine nicht nur in New York, sondern in den Staaten?«

»Nein. Sie hat zwei Schwestern, aber die leben genauso wie ihre Eltern in Griechenland.«

»Was ist mit Freunden außerhalb des Krankenhauses? Bei wem hat sie während der Trennung gewohnt?«

»Diese Frage kann ich dir beantworten. Lydias Familie ist streng religiös. Sie hatte Angst, sie könnten anrufen und herausfinden, dass sie und Nick sich getrennt hatten. Deshalb ist sie ins Gästezimmer gezogen.«

»Dann ist sie also gar nicht abgehauen. Und keiner weiß, wo sie ist.« Sloane strich sich durch die Haare und zwang sich, Ruhe zu bewahren. »Connie, ich verspreche dir, dass ich dir alles erkläre. Aber zuerst muss ich mit Michael sprechen. Und ich brauche die Adresse und die Telefonnummer von Nick Halas.«

Zwanzig Minuten später verließ Sloane das Krankenhaus. Es war wichtig, dieses Gespräch zu führen, bevor sie sich mit Larry traf. Denn es war gut möglich, dass sie mehr mit ihm zu besprechen hatte, als es noch vor einer Stunde der Fall gewesen war.

Sie überprüfte ihr Handy. Gut. Endlich ein vernünftiger Empfang.

Sie gab Bobs Nummer im Revier Midtown North ein.

»Sergeant Erwin«, meldete er sich.

»Bob, hier ist Sloane Burbank. Bin ich froh, dass ich Sie erwische.«

»Da haben Sie mehr Glück als meine Frau. Denn seit die Medien Wind bekommen haben, dass das Verschwinden von Cynthia Alexander möglicherweise auf das Konto eines Serienkidnappers geht, schlafe ich praktisch hier.«

»Ich fürchte, ich trage nicht dazu bei, dass sich daran was ändert«, erwiderte Sloane kleinlaut. »Sie müssen mir einen Gefallen tun. Überprüfen Sie bitte eine Vermisstenmeldung, die im vergangenen Jahr am fünften Dezember in Ihrem Revier eingegangen ist. Die Frau heißt Lydia Halas. Ihr Ehemann Nick Halas müsste sie als vermisst gemeldet haben.« Sie gab Bob Adresse und Telefonnummer und die Details, die sie gerade von Connie und Michael erfahren hatte.

»Ich glaube, mir gefällt nicht, was Sie damit andeuten wollen.«

»Mir auch nicht. Hören Sie, es könnte auch Zeitverschwendung sein. Ich möchte keine Panik auslösen – noch nicht. Andererseits passt das Profil. Es wäre möglich, dass Lydia Halas ein weiteres Opfer unseres Serienmörders ist.«

23. Kapitel

Datum: 14. April
Uhrzeit: 16.00 Uhr

Endlich. Ihr Schlafzimmer.

Ich überschreite die Schwelle mit dem Respekt, der einer Göttin gebührt, besonders dieser bedeutendsten aller Göttinnen. Ich atme tief ein. Ich rieche ihren Duft. Kein Parfum, sondern den reinen, natürlichen Geruch ihrer Haut.

Der Raum ist einfach, aber geschmackvoll eingerichtet. Genau so, wie ich es erwartet habe. Hier liegen nur die sehr persönlichen Dinge herum, die sie zu Artemis machen.

Ich muss Teil dieser Dinge sein. Die Handschuhe erlauben mir, in ihr Leben einzutauchen, ohne mir Sorgen machen zu müssen, ohne Fingerabdrücke zu hinterlassen in einem Raum, den ich niemals hätte betreten dürfen, und auf Dingen, die ich niemals hätte berühren dürfen.

Ich nehme ein Foto von der Kommode und lächle, als ich sie zwischen zwei Personen stehen sehe, die offenbar ihre Eltern sind. Wie ihre Mutter ist auch sie zierlich, und beide haben dasselbe Lächeln, dieselben feine Gesichtszüge und dieselbe schmale Statur. Ihr kastanienbraunes Haar und die goldbraunen Augen hat sie von ihrem Vater geerbt. Und auch das unbeugsame Kinn. Doch sie strahlt eine Stärke und eine Leidenschaft aus, die nur sie besitzt.

Die drei halten einen Pokal in die Höhe, den sie auf dem College beim Bogenschießen gewonnen hat. Wie gut das zu meiner Artemis passt. Ihre Eltern sind so stolz, dass sie übers ganze Gesicht strahlen. Sie werden noch stolzer sein, wenn sie erfahren, wo ihre Tochter die Ewigkeit verbringen wird.

Ich stelle das Bild wieder zurück und gehe zu ihrem Nachttisch. Dort liegen verschiedene Gummibälle und ein paar Geräte aus Kunststoff. Das sind die Übungsgeräte für ihre Hand.

Mich überkommt Mitleid, während ich jedes Gerät in die Hand nehme und es betrachte. Schon so oft wollte ich die Hand nach ihr ausstrecken und ihr sagen, dass ihre Verletzung auf dem Olymp nicht mehr existieren wird. Sie wird nur Ehrerbietung und Freude spüren – keine Schmerzen und kein Leid. Nur die Heiligkeit des ewigen Lebens.

Ich lege die Geräte zurück und schaue auf ihr ordentlich gemachtes Bett.

Der Drang, ihr nahe zu sein, ist zu groß. Ich kann mir dieses eine irdische Vergnügen nicht versagen.

Meine Schuhe habe ich bereits ausgezogen, als ich das Haus betreten habe. Auf diese Weise hinterlasse ich keine Abdrücke, und ich trage keinen Schmutz von draußen in ihr persönliches Reich.

Behutsam lege ich mich auf ihr Bett und rutsche in die Mitte. Die Matratze ist weich, und ich sinke ein. Das Kissen unter meinem Kopf duftet nach ihrem Haar. Ich könnte ewig hier liegen bleiben. Hier gehöre ich hin.

Eine halbe Stunde lang gönne ich mir dieses Vergnügen. Wie gern würde ich länger bleiben, doch ich spüre, dass ich einzuschlafen drohe. Das kann ich nicht riskieren. Es wäre eine Katastrophe, wenn man mich jetzt entdecken würde. Ich hatte noch nicht die Gelegenheit, ihr die heilige Stätte zu zeigen, die ich ihr zu Ehren gebaut habe. Sobald ich das getan habe, wird sie es verstehen.

Sie wird so bald nicht nach Hause zurückkommen. Man braucht kein Hellseher zu sein, um das vorherzusagen. Wenn sie zu Hause ist oder jeden Moment nach Hause zurück-

kommt, steht entweder der schwarze Ford Focus oder der silberfarbene Toyota Corolla vor dem Haus. In den Autos sitzt immer einer ihrer beiden Bodyguards. Sie gehen immer dorthin, wo sie ist. Genau nach Plan. Der Corolla am Tag, der Focus in der Nacht. Von acht Uhr morgens bis acht Uhr abends; von acht Uhr abends bis acht Uhr morgens. Man kann die Uhr danach stellen.

Doch ich gehe kein Risiko ein. Mr Ford Focus kann jeden Moment auftauchen.

Ich stehe wieder auf. Jetzt bin ich bereit zu gehen. Einen Augenblick lang verharre ich noch an der Tür und genieße den Blick auf jedes Detail.

Ich verlasse das Haus auf demselben Weg, auf dem ich hereingekommen bin.

Als ich hinausgehe, höre ich die Dackel winseln.

FBI-Büro New York
26 Federal Plaza, New York City
16.35 Uhr

Jetzt wusste auch Derek, was der Ausdruck »zum Umfallen müde sein« bedeutete.

Sein Kopf lag auf dem Schreibtisch, sein Magen knurrte, und sein Mund war ganz trocken. Er versuchte, sich zu erinnern, wann er zum letzten Mal etwas gegessen hatte. Er wusste es nicht. Er fragte sich auch, ob er die Kraft haben würde, sich eine Flasche Wasser zu holen, denn er wusste, dass er unbedingt etwas trinken musste. Sein Körper war vollkommen ausgetrocknet. Doch die Müdigkeit siegte. Offenbar brauchte er den Schlaf dringender als das Wasser.

Er hatte genauso wie alle Kollegen der Sonderkommission C-6 das ganze Wochenende gearbeitet. Jeder Mann wurde gebraucht, um die Bombe zu entschärfen, bevor sie explodierte. Obwohl überall in der Szene verbreitet wurde, dass ein Psychopath für die Ermordungen der Mädchen verantwortlich war und nicht Lo Mas Gang, würde nämlich genau das passieren, wenn Xiao Long beschloss, die Information zu ignorieren.

Das Vertrauen, das er seinen Informanten entgegenbrachte, hatte Grenzen. Vor allem dann, wenn sie ihm keine konkreten Beweise anbieten konnten, die ihre Behauptungen unterstützten. Derek war sich sicher, dass Xiao Long seinen Killern befohlen hatte, auf Abruf bereitzustehen. Sie mussten ihm unbedingt handfeste Beweise liefern. Bis jetzt hatten sie noch keine gefunden.

Das Wochenende war das reinste Vergnügen gewesen. Die ganze Mannschaft von C-6 war unterwegs gewesen, hatte sich mit ihren Kontaktleuten getroffen und sich bemüht, diese Explosion zu verhindern. Gleichzeitig waren Sicherheitsmaßnahmen ergriffen worden, falls alle Anstrengungen scheitern sollten.

Das New York Police Department hatte praktisch an jeder Straßenecke in Chinatown Cops in Position gebracht. Infolgedessen waren die Straßen wie leer gefegt, und Chinatown glich einer Geisterstadt. Die Restaurantbesitzer wetterten, die Geschäftsinhaber wetterten, die Obsthändler wetterten. Alle, die ein Geschäft in diesem Bezirk hatten, wetterten *und* verlangten Antworten. Zuallererst vom Fünften Polizeirevier, dann von der Zentrale des NYPD und schließlich vom Bürgermeisterbüro. Vom fünften Revier bekamen sie die lapidare Antwort *Befehl von ganz oben*, und die großen Tiere vom NYPD sowie die Presseabteilung des Bürgermeisterbüros speisten sie ab mit der unverschämten Bemerkung *Kein Kommentar.*

Derek kam sich vor wie eine Ratte, die durch ein endloses Labyrinth läuft und immer wieder zum Ausgangspunkt zurückgeführt wird.

Das Telefon auf seinem Schreibtisch klingelte. Am liebsten

hätte er das Klingeln ignoriert. Das hatte ihm jetzt gerade noch gefehlt, dass er sich von jemandem vollquatschen lassen musste.

Dereks Verantwortungsbewusstsein siegte. Er tastete nach dem Telefon und presste den Hörer ans Ohr. »Parker.«

Eine Sekunde später hob er den Kopf und hatte ganz vergessen, wie erschöpft er war. Es war der Gerichtsmediziner.

»Sie haben was für mich?«

»Ja«, antwortete der Gerichtsmediziner am anderen Ende.

»Sagen Sie mir, dass uns das bei den Ermittlungen helfen wird.«

»So sehr, dass Sie mir und meiner Frau einen Urlaub spendieren können – und nicht am Ufer des Jersey, sondern auf einer Insel in der Karibik.«

Dereks Puls ging schneller. »Und?«

»Unser Täter wird leichtsinnig. Entweder das, oder die verstümmelte Frau hat sich gewehrt wie eine Wahnsinnige. Wir haben seinen Speichel auf ihrem zerfetzten Gesicht gefunden und Haut- und Gewebepartikel unter ihren Nägeln.«

»Und Sie haben so lange gebraucht, um das …«

»Immer mit der Ruhe. Wir wollten die Obduktion und die Laboranalysen erst abschließen, bevor wir Sie anrufen. Bei der Blutuntersuchung wurde eine hohe Konzentration von Ketamin festgestellt, und die Art der Wunden, die er ihr zugefügt hat, stimmt mit denen der anderen Prostituierten überein. Aber in diesem Fall ist er viel brutaler vorgegangen. Er hat sie fast bis zur Unkenntlichkeit verstümmelt.«

»Das weiß ich.«

»Aber Sie wissen nicht, warum. Alle vorherigen Opfer wurden mehrfach sexuell missbraucht. Offenbar trug er ein Kondom und war sehr vorsichtig, sodass wir nie Spuren von Sperma gefunden haben. Der Vaginalkanal war jedoch immer extrem geschwollen und wies Risse auf, die zum Teil sogar blutig waren. Seine bisherigen Opfer hat er brutal vergewaltigt …«

»Und dieses hier?«

»Bei diesem Opfer haben wir nichts gefunden. Keine Schwellung, keine Risse, nicht einmal eine Rötung. Ich gehe davon aus, dass er gar nicht in die Frau eingedrungen ist.«

»Er hat keinen hochgekriegt«, vermutete Derek. »Darum muss er auch so wütend geworden sein. Die Wut hat er an seinem Opfer ausgelassen und es abgeschlachtet.«

»Genau.« Er machte eine kurze Pause. »Möchten Sie den Rest auch hören?«

»Welchen Rest? Haben Sie noch was für mich?«

»O ja. Ich habe doch gesagt, Sie könnten mich für die Informationen mit einem Urlaub in der Karibik belohnen. Das war mein Ernst.«

»Sagen Sie schon.«

»Den letzten Test, den wir durchführen mussten, bevor ich Sie angerufen habe, war der DNA-Test.«

»Sie haben etwas in CODIS gefunden. Sie wissen, wer dieser Psychopath ist.«

»Ja und nein. Wir haben etwas in CODIS gefunden. Es ist Ihr Job, herauszufinden, wer das ist.«

»Ich verstehe nicht.«

»Wir haben etwas im kriminaltechnischen Register gefunden. Zwei verschiedene Einträge. Einen in New York und einen in New Jersey.«

Mittlerweile saß Derek kerzengerade auf seinem Stuhl, und jede Spur von Müdigkeit war wie weggeblasen. »Ich bin gespannt.«

»Natürlich sind Sie das.«

Drei Minuten später stürmte Derek in Antonio Sanchez' Büro. »Tony, wir müssen reden. Sofort.«

Sein erschöpfter Vorgesetzter hob den Blick von einem Stapel unbeantworteter Telefon-Mitteilungen. Er wollte Derek gerade antworten, dass er im Augenblick überhaupt keine Zeit hatte, als er dessen Miene sah.

»Du hast eine Spur?«, fragte er.

»Noch besser.«

Auf dem Gesicht seines Vorgesetzten spiegelte sich Erleichterung. »Für diese Neuigkeit lasse ich alles andere liegen. Komm rein und schließ die Tür.«

Derek blieb stehen, während er seinem Boss mitteilte, was er gerade eben erfahren hatte. Er war so aufgeregt, dass er gar nicht auf die Idee kam, sich hinzusetzen. »Ich habe nicht nur eine Spur, die dafür sorgen wird, dass in Chinatown wieder normale Verhältnisse einkehren«, sagte er zu Tony. »Sondern ich kann dieselbe Spur möglicherweise auch nutzen, um den Truman-Fall zu lösen – und noch eine Hand voll anderer Fälle. Sind das nicht gute Neuigkeiten?«

Tony starrte ihn an. »Das musst du mir erklären.«

Derek teilte seinem Boss alle Fakten und Vermutungen mit, ohne etwas auszulassen.

»Verdammt.« Tony schüttelte erstaunt den Kopf. »Ich bin platt.« Er dachte angestrengt nach. »Ich muss sofort das Police Department anrufen und sicherstellen, dass sie kooperieren.«

»Machst du Scherze? Die werden feiern. Nach dem Wochenende, das sie gerade hinter sich haben, machen die die Sixpacks auf, noch bevor du aufgelegt hast.«

»Nicht, bevor sie ein Flugblatt auf Mandarin und auf Englisch geschrieben haben, auf dem steht, dass eine fukienesische Frau in der Eldridge Street ermordet worden ist und dass die Polizei um Mithilfe bittet.« Tony machte sich Notizen. »Auf dem Flugblatt wird nachdrücklich versichert, dass es sich bei dem von der Polizei gesuchten Täter um einen Weißen handelt ...« Er sah Derek fragend an.

»Ja, um einen Weißen mit hellen Augen, mittelgroß bis groß, kräftig, wahrscheinlich zwischen Mitte dreißig und vierzig«, sagte Derek. »Bewaffnet und gewalttätig. Sag ihnen, sie sollen ganz Chinatown mit dem Flugblatt pflastern. Es soll vor Restaurants und Geschäften verteilt und an Telefonmasten geklebt werden. Und wenn es sein muss, sollen sie es den Leuten auf den Arsch kleben.«

Tony kicherte. »Sobald das erledigt ist, spreche ich mit den Stadtvätern, damit die Bonzen uns in Ruhe lassen. Die Informationen werden sich wie ein Lauffeuer verbreiten. Inzwischen sprecht ihr mit euren Informanten. Sagt ihnen, sie sollen die Nachricht an den richtigen Orten verbreiten und den richtigen Leuten zuspielen. Wir beide kümmern uns um den offiziellen Weg. Wir setzen uns mit der Pressestelle in Verbindung und sorgen dafür, dass eine Presseerklärung rausgegeben wird. Es wird keinen mehr geben in den drei Staaten, der die Beschreibung der physischen und psychischen Merkmale des Täters, den wir suchen, nicht kennt.«

»Einschließlich Xiao Long. Das müsste ausreichen, damit er einsieht, dass die Black Tigers nicht verantwortlich sind für die Ermordung seiner Mädchen. Und übrigens auch keine andere rivalisierende Bande. Dann wird er sich zurückziehen. Die Spannungen zwischen den Gangs werden sich legen. Und in Chinatown kann wieder Normalität einkehren.«

»Worauf wartest du?«, fragte Tony grinsend und griff zum Telefon. »Sag den Kollegen Bescheid. Du hast noch jede Menge zu tun, bevor du wieder nach Atlantic City fährst, um den Truman-Fall aufzuklären.«

John Jay College für Strafrechtspflege
New York City
16.55 Uhr

Larry stand auf, nachdem er den Rasen untersucht hatte – ein kleines zertrampeltes Stück –, der mit Flatterband abgesperrt war und offiziell als Cynthia Alexanders Tatort galt.

»Die Kriminaltechniker haben gründlich gearbeitet«, sagte er zu Sloane. »Der Täter muss Cynthia Alexander attackiert haben, nachdem sie das Gebäude verlassen hatte. Es gab einen Kampf. Das sieht man an dem zertretenen und herausgerissenen Gras. Wenn es Winter gewesen wäre, hätten die Kriminaltechniker mit Sicherheit den Abdruck eines Schuhs oder eines Stiefels im Schnee sicherstellen können. Aber jetzt haben wir nichts, was uns weiterhilft. Nur das Blut und das Haarband, und beides wurde bereits analysiert.«

»Kein Wunder. Die Kriminaltechnik der New Yorker Polizei ist die beste, die es gibt.« Sloane strich sich erschöpft durch die Haare. Sie und Larry hatten das ganze Wochenende Wege rekonstruiert, Tatorte besichtigt und an den Profilen der Opfer gearbeitet. Sie hatten sogar Tina Carroll noch einmal befragt. Larry hatte ihr ein paar Fragen zum Verhalten des Täters, zu seiner Wut und seiner Aggression gestellt.

Dann hatte er mit Tina über das äußere Erscheinungsbild und die körperlichen Merkmale gesprochen, an die sie sich erinnerte, und über jedes Wort, das ihr Angreifer auf Chinesisch und auch auf Englisch gesagt hatte. Larry hörte aufmerksam zu, als Tina ihm genauso wie der Polizei eine ausführliche Schilderung des Angriffs auf sie gab. Doch damit gab Larry sich nicht zufrieden. Er wollte mehr wissen.

Hatte ihr Angreifer etwas gesagt oder eine Andeutung gemacht, der zu entnehmen war, wohin er sie bringen wollte? In die Stadt, aufs Land oder an den Stadtrand? Hatte sie, als er direkt hinter ihr stand und ihr das Messer an die Kehle presste, irgendwelche Gerüche wahrgenommen – nach Heu, nach Abgasen, nach einem frisch gemähten Rasen –, die einen Hinweis darauf liefern könnten? Hatte er die ganze Zeit im Plural gesprochen, was darauf hinweisen könnte, dass er schon andere Frauen gekidnappt hatte? Hatte sie vielleicht sogar einen flüchtigen Blick auf seinen Wagen geworfen, den er im Wald versteckt haben musste? Hatte sie in den Tagen unmittelbar vor dem Angriff das Gefühl gehabt, beobachtet oder verfolgt zu werden, und das nicht nur auf dem Campus, sondern überall, wo sie sich aufgehalten hatte?

Bei der letzten Frage hatte Tina eine Reaktion gezeigt.

Bis dahin hatte sie immer wieder den Kopf geschüttelt. Aber plötzlich hielt sie inne. »Ich habe der Polizei gesagt, ich hätte das Gefühl gehabt, dass ich mich jeden Morgen, wenn ich joggen ging, beobachtet gefühlt habe. Damals habe ich nur an den Ort gedacht, an dem ich überfallen wurde. Jetzt weiß ich aber, dass ich dieses Gefühl ständig hatte. Nicht nur am Lake Ceva oder an der Uni, sondern auch in der Kampfsport-Akademie. Wenn ich zu meinem Wagen gegangen bin oder kurz frische Luft geschnappt habe, habe ich immer dieses seltsame Gefühl gehabt, beobachtet zu werden. Sogar während der Fahrt zurück zum Wohnheim habe ich immer wieder in den Rückspiegel gesehen, weil ich dieses Gefühl hatte, verfolgt zu werden. Nie habe ich etwas Verdächtiges bemerkt, und ich dachte schon, ich wäre paranoid. Wenn Sie mich jetzt so konkret darauf ansprechen, glaube ich, er hat mich nicht nur auf dem Campus beobachtet. Vielleicht ist er mir ständig gefolgt, um herauszufinden, wo er mich am besten überfallen kann.«

»Vielleicht«, stimmte Larry ihr leise zu.

Jetzt hatten sie eine Bestätigung für das, was er und Sloane schon vermutet hatten. Der Täter überfiel seine Opfer nicht wahllos. Er wählte sie sorgfältig aus. Und die einzigen Gemeinsamkeiten bisher waren das Geschlecht der Opfer, die Orte, wo sie attackiert wurden, und ihre Verbindung zu Sloane.

Sie und Larry beschäftigten sich schon seit Tagen mit dem Fall, und Sloane hatte ein flaues Gefühl im Magen. Es kam ihr vor, als wären sie überhaupt noch nicht vorangekommen.

»Wir haben bis zum Erbrechen über die Fälle und die Opfer gesprochen«, stellte Sloane nüchtern fest, während sie und Larry zu ihren Autos zurückgingen. »Wir haben jeden Schritt rekonstruiert, den der Täter gegangen sein könnte, jeden Aspekt der Entführungen überprüft, alle Tatorte besichtigt und jeden potenziellen Zeugen noch einmal vernommen. Haben wir *irgendetwas* Neues erfahren?«

»Wir haben herausgefunden, dass dieser Täter sich in verschiedener Hinsicht von einem typischen Sexualmörder unterscheidet. Er attackiert seine Opfer nicht wahllos. Er hat kein Interesse daran, mit seinen großartigen Fähigkeiten und seiner Intelligenz zu prahlen, denn er hat uns nicht kontaktiert. Er hat auch nicht mit seinen Verbrechen geprotzt, indem er uns zu den Leichen seiner Opfer geführt hat. Möglicherweise beobachtet er uns, und er freut sich maßlos, dass wir nicht weiterkommen. Aber das reicht nicht aus, damit er sein Bedürfnis nach Macht und Überlegenheit stillen kann. Er wird von unterdrückten Aggressionen gequält, die ein Ventil benötigen, damit er nicht explodiert.«

»Er könnte seine Opfer foltern, bevor er sie ermordet.«

»Stimmt. Aber wenn das der Fall wäre, könnte er sich Opfer aussuchen, die er problemlos in seine Gewalt bringen kann. Warum geht er das Risiko ein, ganz bestimmte Opfer auszuwählen? Nein, Sloane, dieser Täter hat einen konkreten Plan. Wir müssen herausfinden, was genau sein Ziel ist. Solange wir seine Motivation nicht kennen, kommen wir nicht weiter.«

»Aber wie machen wir das? Wo sollen wir anfangen?«

»Bei Ihnen.«

»Wie bitte?«

»Es wird immer deutlicher, dass Sie eine zentrale Figur für den Täter darstellen. Anstatt ein Profil von *ihm* zu erstellen, sollten wir ein Profil von *Ihnen* erstellen. Ich schlage vor, wir fahren in mein Hotel, bestellen uns etwas zu essen, damit wir nicht umfallen, und nehmen Ihr ganzes Leben unter die Lupe. Wer könnte es auf Sie abgesehen haben? Wer könnte ein Auge auf Sie geworfen haben, ohne jemals einen Versuch unternommen zu haben, Sie näher kennenzulernen? Mit wem haben Sie im vergangenen Jahr zum ersten Mal Kontakt geknüpft? Mit wem haben Sie schon seit Jahren Kontakt, aber so flüchtig, dass sie keinen einzigen Gedanken an ihn verschwendet haben? Ihr Postbote, Ihr Gärtner, der Mann vom Pizzaservice? Solche Leute.«

»Mit anderen Worten, ich soll alle Menschen auflisten, die ich kenne.«

»Genau.« Larry sah sie fragend an. »Sind Sie bereit dazu?«

»Natürlich.« Bei dem Gedanken, etwas Produktives zu tun, stieg Hoffnung in Sloane auf. »Wenn es sein muss, erstelle ich eine Liste aller Menschen, die ich kenne. Ich mache ein Sternchen hinter den Namen derjenigen, die meiner Meinung nach einen zweiten Blick verdienen. Ich beantworte Ihnen jede Frage, die Sie mir stellen. Und ich lasse auch die Frauen nicht aus, denn die meisten von ihnen haben Ehemänner oder Freunde, die ich größtenteils auch kenne. Wenn Sie meinen, es könnte helfen, gehe ich heute Nacht sogar die Jahrbücher vom College und von der Highschool durch.«

»Sie haben eine natürliche Begabung für diese Art der Ermittlungsarbeit«, sagte Larry lächelnd. »Wenn Sie sich entschließen, zum FBI zurückzukommen, sollten Sie vielleicht in Erwägung ziehen, sich mit Täterprofilen zu beschäftigen.«

»Es ist nicht allein meine Entscheidung, ob ich zum FBI zurückkomme«, erwiderte Sloane. »Die Entscheidung trifft allein das FBI. Und es hat hiermit zu tun.« Sie zeigte ihm ihre rechte Hand.

»Sie schaffen das. Ich bin ganz sicher.«

Sloanes Handy klingelte. Sie blieb stehen und zog es aus ihrer

Tasche. »Das könnte Bob Erwin sein«, sagte sie zu Larry. »Er versucht herauszufinden, ob Lydia Halas auch ein Opfer unseres Täters sein könnte. Das wird immer wahrscheinlicher.«

Larry hob eine Hand. »Kein Problem. Sprechen Sie mit ihm.«

Sloane meldete sich. »Sloane Burbank.«

»Ich bin's.«

Sie runzelte die Stirn, als sie Dereks Stimme hörte. »Ich dachte, du erstickst in Arbeit.«

»So war es auch. Jetzt nicht mehr. Ist Larry bei dir?«

»Ja. Wir sind gerade fertig am John Jay. Warum?«

»Weil wir die DNA von dieser Prostituierten vorliegen haben, die in Chinatown brutal ermordet wurde.«

»Warte mal. Jetzt bin ich ein bisschen verwirrt. Ich habe über die ermordete Prostituierte gelesen, und ich habe gedacht, du hättest unsere Wochenendpläne wegen dringender Ermittlungen in diesem Fall abgesagt. Ich wusste aber nicht, dass DNA-Spuren gefunden worden sind. Und ich weiß nicht, warum das für Larry und mich interessant sein sollte.«

»Weil die DNA des Täters mit der DNA der am Tatort von Tina Carroll sichergestellten Blutspritzer übereinstimmt. Und sie stimmt auch mit der DNA von dem Schweiß und den Haaren überein, die wir auf der ›Arbeitskleidung‹ im Southern New Jersey Medical Center gefunden haben. Du weißt schon, dieser Arbeitsanzug, den der Typ getragen hat, der die ganzen Medikamente gestohlen und der Krankenschwester die Kehle aufgeschlitzt hat.«

Sloane blieb wie angewurzelt stehen und lehnte sich gegen einen Baum. »Willst du damit sagen, dass wir es bei beiden Serienverbrechen mit ein und demselben Täter zu tun haben?«

»Ja. Wir wissen definitiv, dass derselbe Täter für die drei Verbrechen verantwortlich ist, über die ich gerade gesprochen habe. Was den letzten Mord betrifft – die Verstümmelung dieser fukienesischen Prostituierten –, musst du wissen, dass es in den letzten

Monaten in Chinatown eine Reihe von Verbrechen gab, die alle dasselbe Muster aufweisen. Und was die Entführungen angeht, haben wir – wie wir beide wissen –, handfeste Beweise, dass der Täter, der Tina attackiert hat, auch für das Verschwinden von Penelope Truman und Cynthia Alexander verantwortlich ist.«

»Und für das spurlose Verschwinden von Lydia Halas«, fügte Sloane tonlos hinzu.

»Von wem?«

»Sie war Krankenschwester im Cornell Medical Center, als ich dort operiert worden bin. Seit vier Monaten ist sie verschwunden, ohne jemandem ein Wort zu sagen und ohne im Krankenhaus gekündigt zu haben. Und das Muster ...« Sloane schilderte die näheren Umstände. »Bob ermittelt jetzt in diesem Fall. Aber ich habe kein gutes Gefühl.«

»Scheiße.« Derek seufzte frustriert. »Da stellt sich die Frage, wie viele Opfer er noch in seine Gewalt gebracht hat, von denen wir nichts wissen.« Er machte eine kurze Pause. »Und wie viele er noch in seine Gewalt bringen will – einschließlich dir.«

»Mit diesem Problem wollen Larry und ich uns jetzt auseinandersetzen«, erklärte Sloane ihm. »Offenbar spiele ich eine zentrale Rolle bei diesen Entführungen. Wir haben vor, das Pferd von hinten aufzuzäumen. Statt ein Profil des Täters zu erstellen, erstellen wir eins von mir. Wir fahren in sein Hotel und stellen einen detaillierten Überblick über mein ganzes Leben zusammen. Vielleicht finden wir dann heraus, was diesen Psychopathen antreibt.« Sloane dachte kurz nach. »Das, was ich gerade von dir erfahren habe, ist eine große Hilfe. Es beantwortet eine der wichtigsten Fragen, die Larry nicht aus dem Kopf geht: Wo hat unser Täter ein Ventil für seine unterdrückte Gewalt gefunden?«

»Das wisst ihr jetzt.«

Larry hatte ein bisschen was von dem Gespräch aufgeschnappt, und er wusste, worum es ging. Er winkte Sloane zu.

»Derek, eine Sekunde.« Sie sah Larry fragend an.

»Fragen Sie Derek, ob wir die Akten von den ermordeten Prostituierten haben können. Alles, was nicht der Geheimhaltung unterliegt, bis hin zu den kleinsten Details. Das könnte eine große Hilfe sein.«

»Ich hab gehört, was Larry gesagt hat. Mach ich«, erwiderte Derek. »Ich lasse die Akten sofort in Larrys Hotel bringen. Ich schicke sie auch zu Bill nach Quantico. Ich habe gerade mit ihm telefoniert. Durch diese aktuelle Entwicklung stehen wir vor einer ganz neuen Situation. Bill will unsere Konferenz erst einmal verschieben, bis er und Larry beide die Möglichkeit gehabt haben, alles zu überprüfen und darüber zu sprechen.« Derek brach ab, weil Jeff ihm im Hintergrund etwas zurief. »Ich muss Schluss machen«, sagte er zu Sloane. »Ich muss tausend Dinge erledigen. Ich ruf dich sofort an, wenn sich die Lage hier entspannt hat. Viel Glück mit deinem Profil.«

Hunterdon County, New Jersey
22.15 Uhr

Sloane war so erschöpft, als sie in ihre Einfahrt fuhr, dass sie sich kaum noch konzentrieren konnte. Sie war noch nie so tief in ihr eigenes Leben eingedrungen wie heute. Sie hatte das Gefühl, ihr Gehirn wäre aufgeweicht.

Zudem hatte Bob Erwin sie angerufen und darüber informiert, dass ihr Bauchgefühl offenbar richtig gewesen war. Das spurlose Verschwinden von Lydia Halas, die angeblich ihren Ehemann verlassen hatte, war in der Tat sonderbar und warf zahlreiche Fragen auf. Im Polizeibericht stand tatsächlich, dass Nick Halas eine Vermisstenmeldung gemacht hatte, nachdem seine Frau verschwunden war. Die Cops hatten Nick und die Nachbarn befragt. Die Paare, die auf derselben Etage wohnten wie sie, berichteten, sie hätten mehrmals lauten Streit zwischen

Nick und Lydia gehört. Während der Streitereien hatten sie auch dumpfe Schläge vernommen, die sie allerdings nicht identifizieren konnten. Es war möglich, dass Nick mit den Fäusten gegen Wände geboxt hatte, es war aber auch möglich, dass er seine Frau verprügelt hatte. Die Nachbarn hatten zwar keine Beweise, dass er sie geschlagen hatte, aber sie waren nicht überrascht, als sie weggegangen war. Und da es keine Hinweise auf ein Verbrechen gab, aber genügend Hinweise, dass die Ehe kaum noch zu retten war, waren die Ermittlungen eingestellt worden.

Doch jetzt hatte Bob intensiver recherchiert. Lydia, die zwanzig Jahre lang als Krankenschwester gearbeitet hatte und immer zuverlässig gewesen war, hatte ihren Job nicht gekündigt. Sie hatte auch weder mit Dr. Houghton noch mit irgendeinem Kollegen über ihre Absicht gesprochen, ihren Job aufzugeben. Ihre Kleidung, ihren Schmuck und ihre persönlichen Dinge hatte sie zurückgelassen. All das könnte bedeuten, dass eine verängstigte Frau ihrem Ehemann davongelaufen war. Oder aber sie war entführt worden. Zudem war keine ihrer Kreditkarten seit ihrem Verschwinden im Dezember benutzt worden. Noch ein Detail, das mit Pennys Fall übereinstimmte.

Es gab so viele Parallelen, dass Bob sich entschlossen hatte, Lydias Angehörige in Griechenland zu kontaktieren. Keiner von ihnen hatte etwas gehört von Lydia.

Wenn man das alles mit den anderen Umständen von Lydias spurlosem Verschwinden kombinierte – der College-Campus, die Nähe des Wassers, die Verbindung zu Sloane –, war Bob bereit, Lydia auf die Liste der potenziellen Opfer zu setzen.

Sloane stieg aus, nahm ihre Handtasche und die Akten aus dem Auto und schob die Tür mit dem Knie zu. Sie blieb kurz stehen, um ihrem Bodyguard zuzuwinken. Hank Murphy, der ihr gefolgt war, saß in seinem Ford Focus vorn an der Straße.

Er schaltete die Scheinwerfer aus und winkte zurück.

Sloane ging den Weg hoch und wühlte in ihrer Tasche nach

den Schlüsseln. Als sie an der Haustür ankam, hatte sie sie gefunden. Sie steckte den Schlüssel ins Schloss und stieß die Tür mit dem Ellbogen auf. Dabei fielen ihr beinahe die Akten aus der Hand. Sie schaltete das Licht in der Diele ein und warf die Akten auf den Tisch.

In dem Augenblick, als das Licht anging, wusste sie intuitiv, dass etwas nicht stimmte. Doch es war nicht nur ein Bauchgefühl, denn auch die Hunde rannten ihr nicht entgegen, um sie an der Tür zu begrüßen.

Vorsichtig näherte sie sich der verschlossenen Kommode, in der ihre Privatwaffe lag. Leise nahm sie den Schlüssel aus dem Versteck, öffnete die Schublade und nahm die Glock 27 heraus. Sie war kleiner und leichter als die Glock 22, die beim FBI benutzt wurde, aber sie erfüllte auch ihren Zweck.

Plötzlich hörte Sloane die Dackel winseln und kratzen. Sie umklammerte die Waffe und rief: »Moe, Larry, Curly. Ich bin wieder da. Wo seid ihr?«

Die Dackel begannen zu bellen und kratzten an der Tür zum Gästezimmer. Mit vorgehaltener Waffe ging Sloane langsam in diese Richtung, drückte die Klinke herunter und schob die Tür auf.

Die drei Dackel stürmten heraus und sprangen an ihr hoch. Sie sahen ein bisschen verwirrt aus, aber sie waren unversehrt, und sie freuten sich riesig, sie zu sehen.

Sloane hockte sich auf den Boden und drückte jeden Dackel fest an sich, ohne den Kopf oder die Waffe zu senken. Sie war so erleichtert, dass sie fast geweint hätte. Den Dackeln war nichts passiert. Das war das Wichtigste. Jetzt musste sie überprüfen, wer hier gewesen war und ob dieser Jemand noch da war.

Das Licht in der Küche brannte. Sloane ließ es immer brennen, damit die Dackel nicht im Dunkeln allein zurückblieben. Dennoch begann sie hier. Mit erhobener Waffe überprüfte sie langsam Raum für Raum im ganzen Haus, und sie war bereit zu schießen, falls es notwendig war.

Es schien nichts gestohlen und nichts durchwühlt worden zu sein.

So sah es jedenfalls aus. Dann betrat sie das Schlafzimmer.

Er war in diesem Raum gewesen. Sie spürte es. Die Dackel offenbar auch, denn sie rannten an ihr vorbei und beschnupperten den Boden des Schlafzimmers.

Sloane schaltete das Licht ein und ließ ihren Blick blitzschnell durch den Raum gleiten, die Waffe immer noch im Anschlag. Es war keiner mehr da.

Doch sie sah sofort, dass das gerahmte Bild anders stand als vorher. Auch ihre Übungsgeräte für die Hand lagen anders, und eins ihrer Kopfkissen auf dem Bett lag eine Idee höher als das andere. Ein schwacher, aber deutlich erkennbarer Abdruck auf ihrer Bettdecke verriet zudem, dass jemand dort gelegen hatte.

Sloanes Blick wanderte weiter durch das Schlafzimmer, während sie den Notruf wählte. Mit klaren, präzisen Worten meldete sie den Einbruch, nannte ihren Namen, ihre Adresse und ihre Telefonnummer. Sie fügte hinzu, dass keiner verletzt worden sei und dass der Täter sich nicht mehr im Haus aufhalte.

Anschließend wählte sie die Nummer des Festnetzanschlusses von Gary Lake, einem Special Agent, der mit ihr zusammen seine Ausbildung in Quantico absolviert hatte und der jetzt im FBI-Büro Newark arbeitete. Zu seinen Sonderaufgaben gehörte die Spurensicherung am Tatort.

Er meldete sich nach dem zweiten Klingeln.

»Gary?«, sagte Sloane. »Hier ist Sloane. Ich hoffe, ich hab dich nicht geweckt.«

»Hallo.« Er schien überrascht zu sein. »Nein. Ich muss noch ein bisschen arbeiten, bevor ich ins Bett gehe. Was für ein Zufall, dass du gerade jetzt anrufst. Ich habe mit Tom McGraw über dich gesprochen. Ich habe ihm gesagt, dass das FBI dich braucht. Du bist eine fantastische Ermittlerin.«

»Er hat es erwähnt. Danke für die Blumen. Hör zu, Gary, du

musst mir einen Gefallen tun. Jemand ist in mein Haus eingebrochen.«

»Bist du okay?« Gary schaltete sofort um. Vergessen war das freundschaftliche Geplänkel, und er war wieder ganz Profi und besorgter Kollege.

»Ja, alles in Ordnung. Zum Glück ist meinen Dackeln und mir nichts passiert. Ich habe die Polizei schon angerufen. Sie ist unterwegs. Aber es handelt sich vermutlich nicht um einen normalen Einbruch. Ich habe Grund zu der Annahme, dass der Einbrecher vom FBI und vom NYPD gesucht wird, und das nicht wegen eines Einbruchs. Es geht um Medikamentendiebstahl, Kidnapping und mehrere Morde. Ich weiß, dass du zwanzig Minuten bis zu mir brauchst. Aber ich brauche dich hier. Vielleicht findest du eine winzige Spur, einen Fingerabdruck, einen Fußabdruck, irgendetwas, das beweist, dass es derselbe Täter ist. Würdest du das tun?«

»Bin schon unterwegs.«

»Danke, Gary.« Sloane war erleichtert. »Du hast was gut bei mir. Ich nehme die Hunde an die Leine und gehe mit ihnen raus, damit wir nicht noch mehr Spuren am Tatort verwischen. Und wenn die Polizei kommt, sage ich denen, dass ich dich angerufen habe.«

»Ich bin in zwanzig Minuten da«, sagte Gary und legte auf.

Als Sloane mit den drei Dackeln das Haus verließ, öffnete Hank die Wagentür, um sich zu erkundigen, was los war.

»Alles in Ordnung, Hank«, rief Sloane ihm zu. »Irgendwer ist in mein Haus eingebrochen, während ich in der Stadt war.«

Hank sprang aus dem Focus, zog seine Waffe und kam die Einfahrt herauf.

»Der Einbrecher ist verschwunden«, versicherte Sloane ihm, als er die Treppe zur Eingangstür heraufkam. »Ich habe die Polizei gerufen. Kein Grund zur Panik. Keiner ist verletzt, und es wurde fast nichts berührt.«

Hank knurrte. »Warum sind Sie nicht rausgekommen und haben mich gerufen, als Sie den Einbruch bemerkt haben?«

Sloane lächelte verlegen. »Das ist die FBI-Agentin in mir. Ich bin ausgebildet, um eine Situation schnell und sicher zu klären. Ich habe meine Waffe geschnappt und das Haus durchsucht. Und ich habe sofort gesehen, dass der Einbrecher verschwunden war. Außerdem musste ich mich vergewissern, dass meinen Dackeln nichts passiert war. Zum Glück geht es ihnen gut.«

»Beim nächsten Mal sagen Sie mir Bescheid. Darum bin ich hier.« Hank zog sein Handy heraus. »Ich rufe Derek an.«

»Nein.« Sloane legte eine Hand auf seinen Arm, um ihn zurückzuhalten. »Derek kann nichts tun, und es besteht kein Grund, ihm einen Schrecken einzujagen. Wie schon gesagt, der Einbrecher ist verschwunden, und alles ist in Ordnung. Und da sind auch schon die Cops.« Sloane zeigte Richtung Straße. Ein Streifenwagen raste auf das Haus zu und bog in die Einfahrt ein.

Wie aufs Stichwort begannen die Hunde, wie wild zu bellen.

»Aus!«, schimpfte Sloane. »Aus!« Sie wandte sich wieder Hank zu. »Ich habe auch jemanden von der Spurensicherung aus dem FBI-Büro in Newark angerufen. Wie Sie sehen, habe ich alles in die Wege geleitet. Es sind mehr als genug Polizisten hier. Derek steckt mitten in einem schwierigen Fall. Ich informiere ihn, sobald ich mehr weiß.«

Hank zögerte. Offenbar überlegte er, was er tun sollte.

»Ich übernehme die volle Verantwortung«, fügte Sloane hinzu. »Bitte, Hank. Ich bin kein kleines Mädchen mehr. Und ich bin ausgebildete FBI-Agentin, auch wenn ich nicht mehr beim FBI bin. Ich weiß, was ich tue. Sie können gern dabei sein, wenn die Polizei mich befragt. Es wäre mir sogar ganz lieb. Sie können wichtige Hinweise liefern, falls ich etwas vergesse. Ich bin sicher, die Polizei wird ohnehin mit Ihnen sprechen wollen.«

»Okay.« Hank gab nach. Zwei uniformierte Polizisten kamen auf Sloane zu, um ihre Aussage aufzunehmen.

In diesem Augenblick fuhr Gary in die Einfahrt.

»Das ist ein FBI-Agent«, erklärte sie den Cops. »Ich habe ihn angerufen. Er arbeitet bei der Spurensicherung.« Als Sloane sah, dass die Polizisten alles andere als erfreut reagierten, fuhr sie fort: »Es ist möglich, dass der Mann, der in mein Haus eingebrochen hat, vom FBI und vom New York Police Department gesucht wird. Darum wird Special Agent Lake mein Haus auf Spuren untersuchen. In der Zwischenzeit mache ich meine Aussage. Und das hier ist Hank Murphy, mein Bodyguard. Er hat mich den ganzen Tag begleitet, aber er wird Ihre Fragen gern beantworten.«

Das schien sie zu besänftigen. Sloane begrüße Gary, bedankte sich bei ihm und bat ihn, sich im Haus umzusehen. Sie blieb mit den Hunden draußen bei Hank und den Cops und berichtete ausführlich über alles, was ihr aufgefallen war, als sie das Haus am Abend betreten hatte. Von dem Einbrecher gab es keine Spur. Er war gekommen und gegangen, als nur die Dackel im Haus waren, und die hatte er ins Gästezimmer gesperrt. Niemand war verletzt. Nichts war gestohlen oder beschädigt worden.

Dann begann die Befragung. Sloane kannte das Procedere und beantwortete alle Fragen so gewissenhaft, wie es ihre Müdigkeit erlaubte. Hank ergänzte ein paar Details, und Sloane war ihm dankbar dafür. Sie hatte das Gefühl, als spielte sich alles in Zeitlupe ab. Der hohe Adrenalinspiegel, der den ganzen Tag für Höchstleistungen gesorgt hatte, sackte ganz plötzlich ab. Sloane hatte keine Ahnung, wie viel Zeit vergangen war oder wie lange sie schon vor dem Haus stand und die Fragen der Polizisten beantwortete.

Nein, sie glaubte nicht, dass jemand ihr einen Streich gespielt hatte. Ja, sie schloss ihre Eingangstür immer ab. Ja, sie glaubte ganz sicher, dass der Einbrecher es auf sie persönlich abgesehen hatte. Und ja, sie war ganz sicher, dass es einen Zusammenhang gab zwischen diesem Einbruch und den anderen Verbrechen, in denen ermittelt wurde.

Nachdem fast eine Ewigkeit vergangen war, kam Gary auf die Veranda heraus.

Sloane drehte sich zu ihm um. »Hast du was gefunden?«

»Ja.« Er hielt eine Beweistüte hoch. »Keine Finger- oder Fußabdrücke. Aber auf deinem Kissen lagen ein paar Haare, die nicht von dir sein können. Ich lasse sie sofort analysieren.«

»Großartig. Und wenn du das getan hast, gib die DNA in CODIS ein. Vielleicht findest du sie ja im kriminaltechnischen Register.«

Gary nickte. »Ich melde mich bei dir.«

»Und wissen wir dann, wen wir festnehmen müssen?«, fragte einer der Polizisten.

»Noch nicht, aber bald«, entgegnete Sloane.

Nachdem Gary weggefahren war, verabschiedeten sich auch die Polizisten. Hank wartete, bis Sloane sich und die Dackel sicher im Haus eingeschlossen hatte, dann ging er zu seinem Wagen zurück, um Wache zu halten.

Sloane setzte sich auf den Teppich, kraulte die Dackel und nahm sie nacheinander in den Arm. Sie ließen es sich aber nur kurz gefallen, denn schon bald rannten sie ins Schlafzimmer, um den sonderbaren fremden Geruch zu erforschen.

Während Sloane allein auf dem Boden saß, spürte sie das Pochen in ihrer Hand und im Zeigefinger. Sie senkte den Blick und sah, dass sie die Pistole immer noch in der Hand hielt.

Und Sloane wusste, dass sie notfalls auch geschossen hätte, ohne auf die Schmerzen in ihrer Hand zu achten.

24. Kapitel

Datum: 16. April
Uhrzeit: 09.00 Uhr

Ich hatte eine gute Wahl getroffen. Die richtige Göttin, um Tyche zu ersetzen.

Linda Crowley, Professorin für Ostasienstudien in Princeton. Artemis hatte bei ihr im letzten Herbst als Gasthörerin einen Kurs in Mandarin für Fortgeschrittene besucht. Professor Crowley, die abends immer in forschem Tempo um den Carnegie Lake ging und sich an den Wundern der Natur erfreute. Sie wäre eine ideale Demeter gewesen.

Doch als ich dort ankam, patrouillierten Cops auf den Straßen und schwärmten über den Campus. Auf dem gesamten Universitätsgelände herrschte höchste Alarmstufe.

Das ganze Gelände war wie ausgestorben. Keiner machte am Carnegie Lake oder woanders einen Spaziergang. Der Erfolg hatte mich im Stich gelassen.

In aller Eile verließ ich Princeton und fuhr, so schnell ich konnte, nach Hause.

Und dann traf es mich wie ein Schlag.

Durch die Einbeziehung des FBI und der Police Departments von ganz New York und von New Jersey war ich aus meinen vertrauten Revieren hinausgedrängt worden. Die Universitätsgelände in beiden Staaten glichen Hochsicherheitsgefängnissen. Ich konnte meine Mission unmöglich erfüllen.

Als ich das begriff, verlor ich die Fassung. Ich bin sicher, niemand kann mir die Schuld daran geben, nicht einmal die Götter. Ich saß in der Falle. Gefangen in einer unmoralischen Welt und machtlos, den Olymp zu erreichen.

Vor lauter Wut fuhr ich so leichtsinnig, dass ich nur mit Glück heil zu Hause ankam. Kaum hatte ich das Haus betreten, zertrümmerte ich alles, was ich in die Hände bekam – Stühle, Tische und die Vase, die ich für Demeters Blumen gekauft hatte. Ich habe sogar mit der Faust ein Loch in die Wand geschlagen. Die Wunden, die ich mir dabei zuzog, waren mir egal. Ich spielte tatsächlich mit dem Gedanken, zurück nach Queens zu fahren und dort jede Nutte abzuschlachten, nur um den Cops eins auszuwischen.

Ich stellte mir die Nutten bildlich vor. Ihre verstümmelten Körper und Gesichter, nachdem ich sie abgeschlachtet hatte. Ich sank auf die Knie, stieß mein Messer immer wieder in den Teppich und riss ein Stück heraus. Ich sah ihre blutenden, zerfetzten Körper vor mir und brüllte dabei lauter Obszönitäten. Ich packte das Möbelstück, das in meiner Nähe stand, und schleuderte es gegen die Wand. Das Holz zerbrach wie die Knochen und Rippen ihrer Körper.

Plötzlich bekam ich keine Luft mehr. Der Raum begann sich zu drehen, und als der Schwindel nachließ, blitzten dunkle Flecken vor meinen Augen auf. Ich sank der Länge nach auf den Boden und hechelte nach Luft. Eine entsetzliche Minute lang dachte ich, ich würde sterben, und dies sei die Strafe der Götter, weil ich ihre Erwartungen nicht erfüllt hatte. Der Tod, auf den die Hölle folgte. Nein. Bitte nicht. Das können sie nicht gewollt haben.

Dann dämmerte die Erkenntnis. Ich musste beweisen, dass ich es wert war, von ihnen ausgewählt worden zu sein. Sie testeten mich. Ich konnte und würde sie nicht enttäuschen.

Ich kroch in die Küche, nahm eine Papiertüte und atmete hinein, bis das Hyperventilieren nachließ.

Ich würde nicht sterben. Ich musste einen anderen Weg finden, um meine Mission zu erfüllen.

Auf der Suche nach Inspiration ging ich in den Raum, den ich für Artemis hergerichtet hatte, und nahm mein wertvolles Kinderbuch in die Hand. Ich setzte mich auf den Boden damit, blätterte langsam die Seiten um und las wie immer mehrmals die liebevolle Widmung. Ich las weiter, verharrte bei der Geschichte von Demeter und konzentrierte mich dann auf die Bilder von Artemis und Apollo. Der Gott und die Göttin, die beide mit Pfeil und Bogen abgebildet waren.

Da erinnerte ich mich an das Bild, das ich auf ihrer Kommode gesehen hatte.

Und plötzlich stieg wieder Hoffnung in mir auf.

Jetzt lächeln die Götter wieder auf mich herab. Mein neuer Plan, wie ich einen Ersatz für Tyche herbeischaffe, übertrifft den ursprünglichen bei Weitem. Professor Crowley war eine exzellente Wahl. Aber das hier ist ein wahrer Glücksfall.

Ich lächle, als ich an den uralten Werbeslogan denke: »Kaufen Sie eins, dann bekommen Sie eins gratis dazu.« Ich wünschte, ich könnte dem Erfinder des Slogans mitteilen, dass mein Slogan viel besser ist. Meiner lautet: »Kaufen Sie keins, und Sie bekommen zwei gratis dazu.«

Hunterdon County, New Jersey
11.00 Uhr

Sloane war frustriert und nervös.

Sie und Larry waren mit der umfangreichen Liste aller Menschen, deren Lebenswege sich irgendwann mit dem von Sloane gekreuzt hatten, immer noch nicht fertig. Obwohl sie die Namen schon ein Dutzend Mal analysiert und überprüft hatten, waren sie nicht weitergekommen. Sloane hatte gar nicht gewusst, wie viele Menschen sie kannte. Und die Liste wurde immer länger. Keine dieser Personen schien jedoch in das Profil eines Serienkillers zu passen.

Natürlich hatte es ein paar zwielichtige und auch gewalttätige Typen gegeben, zu deren Verurteilung Sloane während ihrer Tätigkeit im Büro des Staatsanwalts beigetragen hatte. Larry überprüfte alle, die vor Kurzem aus der Haft entlassen worden waren. Ihre Zeit beim FBI war nur kurz gewesen. Zudem hatte sie sich mit Wirtschaftskriminalität beschäftigt und nicht mit Gewaltverbrechen. Wenn nicht gerade einer der Kriminellen, die sie während einer Geiselnahme überzeugt hatte, aufzugeben, aus dem Gefängnis entlassen worden war, war das eine Sackgasse.

Ihre jetzige Arbeit als private Ermittlerin lieferte auch keine potenziellen Verdächtigen. Die Kunden, die ihre Dienste in Anspruch nahmen, waren entweder Unternehmen oder Polizeibehörden. Und bei den Polizeibehörden bestand ihre Aufgabe darin, Vorträge zu halten oder bei Ermittlungen zu helfen. Sie war keine FBI-Agentin mehr, und sie besaß weder die Kraft noch die Geschicklichkeit, so schnell und zielgenau, wie sie es sich wünschte, den Abzug einer Waffe zu betätigen. Daher war sie an der Festnahme von Kriminellen nicht mehr aktiv beteiligt.

Larry hatte sie auch nach den Männern gefragt, mit denen sie entweder schon lange oder erst seit Kurzem befreundet war. Er wollte wissen, mit welchen Männern sie mal was gehabt hatte und welche Männer ihre Krav-Maga-Kurse besucht hatten. Sie sprachen über alle Kollegen, Bekannten und Nachbarn in New York, in Cleveland und hier. Angefangen bei Andy Zarelli, ihrem Friseur, bis zu Luke Doyle, ihrem Freund vom 11. September, waren alle auf die Liste gesetzt und wieder gestrichen worden.

Dabei ging es auch um Burt. Larry hatte ein Sternchen neben

seinen Namen gemacht. Er war geschieden und ein bisschen seltsam, und er war zweifelsohne an Sloane interessiert.

Sloane war inzwischen so durcheinander, dass sie nicht mehr wusste, was sie glauben sollte.

Als sie auf Elliot zu sprechen kamen, wurde ihr bewusst, dass sie sich schon eine Weile nicht mehr bei ihm gemeldet hatte. In der vergangenen Woche war sie mehrmals am John Jay College gewesen, hatte sich aber voll und ganz auf die Ermittlungen konzentriert. Darum hatte sie nicht daran gedacht, bei Elliot vorbeizuschauen. Mit Sicherheit saß er an seinem Schreibtisch, dort, wo er immer saß, und arbeitete mit Feuereifer an dem Software-Programm, das er entwickelte und das der Aufklärung von Computerverbrechen diente. Und zwischendurch warf er bestimmt einen Blick aus seinem Bürofenster und zuckte jedes Mal zusammen, wenn er die Polizisten auf dem Campus sah, die in seine Privatsphäre eindrangen, und er fragte sich ängstlich, was Cynthia Alexander zugestoßen war.

Er war vielleicht ein bisschen seltsam, aber er war ein herzensguter Mensch. Okay, er war nicht James Bond. Ein Gewaltverbrechen wie dieses hier, das auch noch ganz in seiner Nähe verübt worden war, beunruhigte ihn sehr und jagte ihm Angst ein. Er fühlte sich dem Angreifer schutzlos ausgeliefert, und die Journalisten, die ständig auf dem Campus herumliefen, nahmen ihm die Luft zum Atmen. Aber vor allem machte er sich Sorgen um Cynthia. Elliot lag das Wohl anderer Menschen sehr am Herzen und ganz besonders das seiner Studenten.

Sloane nahm den Hörer ab, um sich mit ihm zu verabreden. Während sie seine Nummer wählte, kam ihr eine interessante Idee.

Elliot war ein Genie auf seinem Fachgebiet. Das war schon immer so, und das würde immer so sein. Seine Arbeit bedeutete ihm alles, und er fühlte sich den Geldgebern gegenüber, die seine Arbeit finanzierten, verantwortlich. Hinzu kam sein lang gehegter Wunsch, seine Talente so zu nutzen, dass sie der Gesellschaft dienten.

Als Sloane darüber nachdachte, fragte sie sich, ob das Programm, das Elliot entwickelte und das versteckte Muster bei Geldtransaktionen aufdecken sollte, auch in anderen Bereichen angewendet werden könnte.

Um das möglichst schnell in Erfahrung zu bringen, verabredete Sloane sich noch am selben Tag mit Elliot. Sie hatte versprochen, gegen drei in seinem Büro zu sein und dann zusammen mit ihm irgendwohin auf einen Drink zu gehen.

Während Sloane durch die Küche ging und die Wassernäpfe der Hunde füllte, schaute sie zum zehnten Mal durchs Fenster zu Elsas Haus. Sie hatte gehofft, sie würde den Wagen von Burt sehen. Sie wollte ein wenig mit ihm plaudern. Er hatte sie noch in der Nacht des Einbruchs angerufen und gefragt, ob alles in Ordnung sei. Danach hatte sie nichts mehr von ihm gehört. Das war seltsam, weil er sich im Augenblick ständig um Elsa kümmerte.

Vielleicht sollte sie zu den Wagners fahren und sich erkundigen, ob alles in Ordnung war.

Sloane wollte das Haus gerade verlassen, als ihr Telefon klingelte. Sie eilte zurück und hob ab. »Hallo?«

»Sloane? Hier ist Gary.«

»Gary.« Sloane spürte Gewissensbisse. Seit zwei Tagen hatte sie vorgehabt, ihren Freund anzurufen und sich bei ihm zu bedanken, dass er so schnell gekommen war. Immerhin war es schon elf Uhr abends gewesen. Aber die Zusammenarbeit mit Larry hatte sie so auf Trab gehalten, dass sie es vollkommen vergessen hatte.

»Ich bin froh, dass du anrufst.« Sloane freute sich wirklich darüber. »Obwohl *ich* dich eigentlich hätte anrufen müssen. Tut mir echt leid. Dieser Fall macht mich noch ganz verrückt. Ich habe alles andere ganz vergessen. Aber das ist keine Entschuldigung. Ich bin dir total dankbar, dass du neulich so schnell gekommen bist.«

»Du brauchst dich nicht zu entschuldigen. Ich weiß, dass du viel um die Ohren hast. Außerdem hast du jetzt noch einen Grund mehr, mir zu danken.«

Sloane spitzte die Ohren. »Schieß los.«

»Deine Dackel sind aus dem Schneider«, sagte Gary leichthin. »Die Haare, die ich auf deinem Kissen sichergestellt habe, stammen definitiv von einem Menschen.«

Sloane lächelte. »Dann dürfen sie auch in Zukunft im Schlafzimmer schlafen – aber nicht auf meinem Bett.«

Gary wurde wieder ernst und gab Sloane die Information, auf die sie wartete. »Ich habe die Ergebnisse der DNA-Analyse vorliegen. In CODIS gab es keine Übereinstimmung mit bekannten Straftätern. Ich habe die DNA aber, wie du verlangst hast, durch das kriminaltechnische Register laufen lassen. Es gab drei Treffer. Ein Fall des NYPD und zwei Fälle aus New Jersey.«

Sloane biss sich auf die Unterlippe. Ein Serienkiller war in ihrem Haus gewesen und hatte auf ihrem Bett gelegen. Das war zwar beunruhigend, aber aus rein beruflicher Sicht war es ein Glücksfall. Der Täter, der diese abscheulichen Verbrechen verübt hatte, war jetzt durch die DNA als der Mann identifiziert worden, der sie verfolgte und der in ihr Haus eingedrungen war. Dieser Einbruch lieferte ein weiteres wertvolles Puzzleteil, das ihnen helfen könnte, den unbekannten Täter zu überführen.

»Du hast recht. Du hast ein großes Dankeschön verdient«, erwiderte Sloane. »Ursprünglich wollte ich dich zu einem Drink einladen. Jetzt wird eine Essenseinladung draus. Du darfst das Restaurant auswählen.«

»Hört sich gut an. Gib mir einen Tag Zeit, damit ich alle Gourmetführer studieren kann. Ich suche mir das teuerste Restaurant in New Jersey heraus.«

»Lass dir ruhig Zeit. Ach, Gary, noch was. Diese DNA-Übereinstimmung mit einem Fall des NYPD müsste auch das fünfte Revier interessieren. Könntest du die Ergebnisse auch an Sergeant Bob Erwin in Midtown North und an Special Agent Derek Parker von der Sondereinheit C-6 im FBI-Büro New York schicken? Es gibt Verbindungen zwischen diesen Verbrechen und ihren laufenden Fällen.«

»Kein Problem. Ich kümmere mich sofort darum.«

»Aber erst nachdem du alles per Mail an mich geschickt hast.«

»Klar doch.« Gary kicherte. »Ich werde doch die Königin des Krav Maga nicht verärgern.«

Sloane wartete, bis sie Garys Anhang ausgedruckt und die gesamte Mail an Larry geschickt hatte, damit er die neuen Informationen möglichst schnell zur Verfügung hatte. Dann ging sie Gassi mit den Hunden. Als sie nach Hause zurückkamen, legten die Dackel sich im Wohnzimmer auf die Couch und schliefen. Sloane sammelte alles zusammen, was sie für ihre nächste Sitzung mit Larry brauchte. Anschließend verließ sie das Haus und stieg in ihren Wagen. Denny Sparks, der sie tagsüber bewachte und auf der anderen Straßenseite parkte, startete seinen silbernen Toyota Corolla, winkte ihr zu und gab ihr zu verstehen, dass er startklar war. Sloane winkte zurück.

Als Erstes zu Elsa, dachte sie, während sie zum Nachbarhaus fuhr. Sie wollte wissen, wie es ihrer Nachbarin ging und warum sie in den letzten Tagen allein gewesen war.

Sloane fuhr in die Einfahrt der Wagners, stieg aus und klingelte.

Eine rothaarige Frau mit freundlichem Lächeln und korrektem Auftreten öffnete ihr die Tür. Natürlich kam auch Princess Di sofort angelaufen und bellte angriffslustig, bis sie Sloane erkannte. Dann sprang sie hoch, legte die Vorderpfoten auf Sloanes Beine, wedelte mit dem Schwanz und bettelte um Aufmerksamkeit.

»Wie ich sehe, sind Sie keine Fremde«, sagte die rothaarige Frau mit einem Augenzwinkern. »Guten Tag.«

»Guten Tag. Ich bin Sloane Burbank.« Sloane zeigte auf ihr Haus, während sie sich hinunterbeugte und Princess Di hinter den Ohren kraulte. »Ich wohne gleich nebenan. Und Sie sind …?«

»Charlene DeSoto. Ich bin Krankenschwester. Mr Wagner hat mich eingestellt, damit ich mich halbtags um seine Mutter kümmere, wenn er in der Buchhandlung ist.«

»Ah, verstehe.« Das erklärte auch, warum sie Burts Wagen nicht gesehen hatte. »Geht es Mrs Wagner schlechter?«, fragte Sloane. »Braucht sie etwas? Ich fahre nämlich in die Stadt und könnte Lebensmittel, Medikamente oder auch Futter für Princess Di mitbringen.«

»Das ist nicht nötig, Sloane.« Elsas schwache, aber zuversichtliche Stimme drang aus dem Wohnzimmer. »Und es geht mir nicht schlechter. Höchstens besser. Ich habe nicht mehr so starke Schmerzen, und ich habe heute sogar geschafft, die Treppe hinunterzusteigen. Machen Sie sich also keine Sorgen. Kommen Sie doch bitte rein.«

Charlene trat zur Seite und bat Sloane ins Haus. Princess Di folgte Sloane ins Wohnzimmer.

»Wie Sie sehen, fühle ich mich besser, auch wenn ich noch nicht ganz auf der Höhe bin.« Elsa lag auf dem Sofa. Sie war mit einer gehäkelten Decke zugedeckt. Sie sah blass, müde und abgespannt aus. »Burt macht sich ständig Sorgen um mich. Er mag es nicht, wenn ich allein im Haus bin. Und Ihr Freund Luke war so freundlich, uns bei der Suche nach einer ausgezeichneten Krankenschwester zu helfen. Die Kosten werden von der Versicherung übernommen.«

Sloane entspannte sich. »Ich freue mich, dass Sie nicht mehr im Bett liegen und schon wieder viel besser aussehen. Aber Sie dürfen Burt keine Vorwürfe machen, weil er sich Sorgen macht. Ich mache mir auch Sorgen. Warum hat er mich nicht angerufen, damit ich mal nach Ihnen sehe? Ich wäre gern herübergekommen und hätte Ihnen Gesellschaft geleistet.«

»Nach allem, was Sie in dieser Woche durchgemacht haben? Da wollten wir Sie nicht auch noch belästigen. Ehrlich gesagt, ich mache mir Sorgen um *Sie* und nicht um mich.« Elsa zuckte vor Schmerz zusammen, als sie versuchte, sich aufzurichten.

Charlene eilte zu ihr, half Elsa geschickt, sich hinzusetzen, und stopfte ihr ein Kissen in den Rücken. »Mrs Wagner geht es tatsächlich viel besser«, versicherte sie Sloane.

»Ja, mir geht es wirklich besser«, pflichtete Elsa ihr bei. »Ich muss nur mehrmals täglich zu ganz bestimmten Zeiten verschiedene Schmerzmittel einnehmen, und mein Blutdruck muss regelmäßig gemessen werden. Darum dachte Burt, es wäre am besten, wenn sich eine Krankenschwester um mich kümmert.«

»Verstehe«, sagte Sloane.

Elsa nickte Charlene dankbar zu. »Ich habe am Montagabend das Durcheinander vor Ihrem Haus mitbekommen. Burt hat mir erzählt, er hätte einen Streifenwagen in Ihrer Einfahrt gesehen. Er hat Sie angerufen, nicht wahr? Sie haben gesagt, bei Ihnen wäre eingebrochen worden, aber es wäre niemand verletzt worden, und es wäre auch nichts gestohlen worden. Stimmt das?«

»Ja.« Sloane würde Elsa auf keinen Fall durch unnötige Details in Aufregung versetzen. »Ein paar Dinge standen anders als vorher, und die Dackel waren im Gästezimmer eingesperrt. Das hat ihnen gar nicht gefallen. Aber das war auch schon alles. Soviel ich weiß, sollen es zwei Jugendliche gewesen sein, die sich einen Jux erlaubt haben.«

»Gott sein Dank ist sonst nichts passiert.« Elsa seufzte erleichtert. »Ich hatte gehofft, dass Burt mir nichts verschweigt. Das hat er wohl nicht. Ich habe übrigens Charlene und Burt gefragt, ob sie am Montag jemanden hier haben herumschleichen sehen. Haben sie aber nicht.«

»Keine Menschenseele«, bestätigte Charlene. »Ich war mehrmals mit Princess Di draußen. Und Mr Wagner auch, als er wieder hier war.«

»Ich danke Ihnen für Ihre Wachsamkeit«, sagte Sloane. »Hier in der Gegend gibt es viel Wald, und deshalb ist es leicht für jemanden, sich hier herumzutreiben, ohne dass er gesehen wird.«

»Burt behält Ihr Haus immer im Auge, wenn er hier ist«, fügte Elsa hinzu. »Jetzt ist er in der Buchhandlung, aber am späten Nachmittag kommt er nach Hause. Heute geht es zum Glück etwas ruhiger zu. Er hat so viele Überstunden gemacht, da braucht er mal eine Pause.« Elsa sah sie fragend an. »Sie haben gesagt, dass Sie jetzt wegfahren. Bleiben Sie lange weg? Burt würde sich sicher gern um die Dackel kümmern. Er könnte sie holen und mitbringen. Princess Di würde sich über Gesellschaft freuen.«

Sloane wollte das Angebot schon ablehnen, doch da fiel ihr ein, dass sie viel zu erledigen hatte in der Stadt und dass sie erst spät zurückkommen würde. Außerdem hätte sie dann auch die Gelegenheit, mit Burt zu sprechen.

»Eigentlich wäre ich sehr froh darüber, *aber nur*, wenn es Burt nichts ausmacht.«

»Natürlich nicht. Sie wissen doch, wie sehr er Ihre Dackel liebt. Er wird gut auf sie aufpassen. Und wenn Sie spät nach Hause kommen, rufen Sie an, dann können die drei bis morgen bleiben.«

»Danke, Elsa.« Sloane stand auf. »Ich melde mich später bei Burt. Und passen Sie gut auf sich auf.«

»Das mache ich.« Sie lächelte zuversichtlich. »Das sagen mein Arzt und mein Sohn auch immer. Wenn sich so viele Menschen um mich sorgen, dann muss ich ja bald wieder fit sein.«

Ein paar Minuten später verabschiedete sich Sloane und fuhr los. Sie war froh, dass Elsa in guten Händen war.

Wie schade, dachte sie, dass der Einbrecher nicht aufgetaucht war, als Princess Di ausgeführt worden war. Vielleicht hätte Charlene oder Burt ihn bemerkt.

Holland-Tunnel
13.45 Uhr

Sloane hatte eine Zeit lang im dichten Verkehr festgesteckt. Sie war erleichtert, als sie endlich das Ende des Tunnels erreichte und in Manhattan ankam. Jetzt musste sie sich nur noch durch den Verkehr bis zum John Jay College quälen.

Zwanzig Minuten später und zwei Straßen weiter klingelte ihr Handy.

Sloane nutzte ihre Freisprechanlage und meldete sich. »Sloane Burbank.«

»Wann wolltest du mir eigentlich sagen, dass unser Serienkiller in dein Haus eingebrochen ist und dein Bett getestet hat?«, fragte Derek ohne Einleitung.

Sloane stand nicht der Sinn nach einer von Dereks Macho-Predigten.

»Ich wusste nicht, dass ich dir über alles Rechenschaft ablegen muss, was in meinem Leben passiert«, erwiderte sie. »Ich habe alles gemacht, was in einer solchen Situation erforderlich ist. Und ich habe sogar dafür gesorgt, dass du eine Kopie des Berichts bekommst. Offenbar hast du den jetzt vorliegen. Lass deine Wut bloß nicht an Hank aus. Ich hab ihn gebeten, dich nicht anzurufen. Ich kann mich selbst um meine Angelegenheiten kümmern. Das habe ich immer getan. Und es ist nicht ja so, als wären die Ergebnisse der DNA-Analyse eine Riesensensation. Du hast von Anfang an meinen Stalker verdächtigt und geglaubt, dass ich im Mittelpunkt seines Interesses stehe. Du hattest also recht. Ich dachte, du würdest dich freuen, aber stattdessen meckerst du mich an.«

»Da hast du dich getäuscht.« Derek war immer noch verstimmt. »Bist du okay?«

»Ja, wenn man davon absieht, dass ich die Steppdecke und den Läufer drei Mal waschen musste, damit die Hunde endlich aufhören, daran herumzuschnüffeln, ist alles okay.«

»Gut.« Derek atmete auf. »Sloane, ich weiß, dass wir schon tausend Mal darüber gesprochen haben, aber du scheinst nicht zu begreifen, dass dieser Psychopath es letztendlich auf *dich* abgesehen hat. Ich möchte, dass du dein Haus verlässt. Zieh in ein Hotel oder zu einer Freundin. Du kannst auch zu mir ziehen. Sei doch nicht so verdammt stur.«

»Wenn ich zu dir ziehe, gibt's Mord und Todschlag«, erwiderte Sloane trocken. Sie überholte einen BMW und versuchte gleichzeitig, diese fruchtlose Debatte zu beenden. »Ich habe dir gesagt, dass ich mich von diesem Kerl nicht einschüchtern lasse. Ich kremple nicht mein ganzes Leben *und* das der Dackel um, um irgendwo hinzuziehen, wo ich nicht auch sicherer bin als zu Hause. Dieser Psychopath interessiert sich nicht für mein Haus, sondern für mich. Er wird mich finden, egal, wohin ich gehe. Hier zu Hause kenne ich mich aus. Schon als ich die Haustür geöffnet habe, habe ich gewusst, dass jemand eingebrochen hatte. Ich habe meine Pistole aus der Kommode genommen, und ich hätte sie auch benutzt.«

»Ich glaube dir. Aber wenn du joggen gehst, nimmst du deine Pistole nicht mit. Meinst du, der Täter kennt deine Strecke noch nicht?«

»Natürlich tut er das. Und wenn ich die Strecke ändern würde, würde er auch die in kürzester Zeit kennen. Ich muss alles so lassen, wie es ist. Er ist auf mich fixiert. Wir haben schon dafür gesorgt, dass er mich telefonisch nicht mehr erreichen kann, und das hat er sicher bemerkt. Ich möchte nicht noch mehr unternehmen, damit er nicht total durchdreht.«

»Ja, okay. Und wenn du ihn aus seinem Versteck lockst, indem du alles beim Alten lässt, umso besser.«

»Wenn es dazu führt, dass wir ihn schnappen, wäre ich begeistert.« Sloane fuhr schnell fort, damit er sie nicht unterbrechen konnte. »Ich sag dir was. Ab sofort bitte ich Hank, das Haus zu durchsuchen, bevor ich es betrete. Er verfolgt mich schon mit dem Fernglas, wenn ich jogge. Hast du denn irgendwelche Neuigkeiten für mich?«

Derek knurrte. Er wusste genau, dass sie ihn beschwichtigen wollte, und das gefiel ihm ganz und gar nicht. Für ihn war das Thema noch lange nicht erledigt. Doch im Augenblick gab er sich damit zufrieden. »Unser Täter ist ein wahrer Houdini. Er ist einfach nicht zu fassen, und keiner weiß, wie er es macht. Ich habe mich in der Eldridge Street in der Lower East Side mal umgehört. Die Frauen, die mit dem Opfer das Zimmer geteilt haben, sprechen kaum ein Wort Englisch. Und sie haben große Angst. Ich habe auch ein paar Junkies getroffen, die sich an einen Typen in einem Sweatshirt mit Kapuze erinnern, der vor dem Wohnheim herumgelungert hat. Natürlich haben sie sein Gesicht nicht gesehen. Außerdem waren die total zugedröhnt. Das mindert natürlich den Wert ihrer Aussage.«

»Kluge Entscheidung.« Sloane drückte auf die Hupe, als sie von einem Taxifahrer geschnitten wurde. »Ich bin auf dem Weg zum John Jay College. Mir ist da eine Idee gekommen, und ich will überprüfen, ob sie umsetzbar ist. Dann fahre ich zu Larrys Hotel, und wir beginnen mit der zweiten Runde: ›Sloane Burbank, das ist Ihr Leben‹.«

»Was soll das denn sein?«

Sloane verzog das Gesicht. Derek überhörte nie etwas, auch wenn man es nur ganz nebenbei erwähnte. »Das sag ich dir, wenn die Sache spruchreif ist. Du wirst übrigens der Erste sein, den ich anrufe.«

»Ah, das gibt mir das Gefühl, dass ich gebraucht werde.«

»Vielleicht ein bisschen. Aber wenn du mich unterstützt, könnte ich es einrichten, dass ich dich auf eine besondere Weise brauche, die dir ganz bestimmt gefallen wird.« Sloane konnte fast hören, wie Dereks Körper reagierte.

»Du machst mich richtig neugierig«, sagte er. »Du weißt aber, dass du damit einen FBI-Agenten erpresst und sexuell belästigst.«

»Stimmt. Aber ich biete ihm nicht nur wunderschöne Fantasien, die er genießen kann. Ich verspreche ihm, dass die Realität noch viel besser sein wird.«

»Versprochen?«

»Großes Pfadfinderehrenwort.«

»Dann bin ich Wachs in deinen Händen.«

Es war kurz vor drei, als Sloane an Elliots Bürotür klopfte.

»Komm rein«, rief er wie üblich in seiner zerstreuten Art.

Sloane betrat Elliots Büro. »Hallo, Fremder.«

»Hallo, Skippy.« Elliot drehte sich auf seinem Stuhl um und verschränkte die Finger hinter dem Kopf.

Sloane verzog das Gesicht, als sie ihren Spitznamen aus alten Highschool-Zeiten hörte. Damals war sie ständig im Aktion gewesen und hatte als Sportlerin einen großen Bedarf an Proteinen und Elektrolyten gehabt. Sandwiches mit Erdnussbutter und Bananen hatte sie am liebsten gegessen. Elliot und seine hochintellektuellen Freunde hatten das urkomisch gefunden und ihr in Anspielung darauf den Spitznamen »Skippy« verpasst.

»Sehr witzig«, erwiderte sie. »Nur zu deiner Information. Wenn du mehr Erdnussbutter und weniger Dunkin' Donuts gegessen hättest, wärst du bei unserer Krav-Maga-Demonstration vielleicht nicht so schreckhaft gewesen.«

»Okay, der Punkt geht an dich. Allerdings möchte ich klarstellen, dass ich auf Krispy Kremes umgestiegen bin. Die produzieren viele Endorphine. Wenn ich die esse, bin ich immer total glücklich.« Elliot reagierte mit einer weiteren Stichelei. »Ich fühle mich geehrt, dass Nancy Drew ein paar Minuten ihrer kostbaren Zeit erübrigt, um mich zu besuchen.«

»Ich besuche dich gern – meistens«, erwiderte Sloane grinsend. Der lockere, vertraute Schlagabtausch mit Elliot war immer wieder ein Vergnügen. »Apropos Nancy Drew. Sie hatte es leicht. Sie hatte immer nur einen Fall. Ich dagegen habe in ein Wespennest gestochen.«

»Klingt interessant.«

»Es ist anstrengend. Ich wäre froh, wenn wenigstens was dabei herauskäme. Aber jeden Tag tauchen neue Fragen auf, auf die wir keine Antworten finden.« Ihr Ton wurde ernst. »Und wie geht es dir?«

»Gut«, versicherte Elliot. »Ehrlich. Ich habe mich an die Reporter gewöhnt, die draußen herumlaufen. Und was Cynthias spurloses Verschwinden angeht, so sind die Erfolgsaussichten zwar ziemlich mager, aber ich gebe nicht auf. Ich habe für sie gebetet. Ich glaube immer noch daran, weißt du. Seltsam für einen Computerfreak, nicht wahr?«

»Nein. Ich glaube auch daran. Und ich bin Ex-FBI-Agentin. Manchmal können wir nur noch beten.« Sloane schloss laut die Tür hinter sich und setzte sich auf den Stuhl vor Elliots Schreibtisch.

»Ah.« Elliot musterte sie argwöhnisch. »Jetzt reden wir aber nicht mehr übers Beten. Du bist bestimmt nicht nur zu mir gekommen, um Hallo zu sagen. Was ist los?«

»Was soll die Frage? Ich hab dir die Wahrheit gesagt. Ich hab an dich gedacht und wollte wissen, wie es dir geht. Außerdem vermisse ich, mit dir rumzuhängen und zu versuchen, deinen Fachjargon zu verstehen.«

»Ich glaube dir. Übrigens habe ich dich auch vermisst. Aber das ist nicht der einzige Grund, warum du hier bist. Du machst meine Tür nie so laut zu. Ich nehme an, du willst etwas Vertrauliches mit mir besprechen, etwas, das mir nicht gefallen wird.«

Sloane begann zu lachen. »Gut beobachtet«, sagte sie lobend. »Hast du schon mal daran gedacht, ein Software-Programm zu schreiben, das die Körpersprache analysiert?«

»Nein.« Elliot warf kurz einen Blick auf seinen Monitor. »Ich überlasse es dir, Mimik und Gestik der Leute zu interpretieren.

Ich hab so schon genug zu tun. Meine Seminare und dann noch die Forschungsarbeit, das schafft mich ganz schön.« Elliot bewegte die Maus und klickte dann auf irgendein Fenster. »Dieses Projekt ist eine noch größere Herausforderung, als ich am Anfang gedacht habe. Es beherrscht mein ganzes Leben. Ich bezweifle, dass ich überhaupt noch zu was anderem zu gebrauchen bin.«

»Was hältst du davon, wenn du das Arbeitsgebiet deines Projekts erweiterst? Könntest du das? Darum habe ich die Tür nämlich so laut zugemacht.« Sloane grinste, als sie sah, dass in Elliots Augen Interesse aufflackerte. »Siehst du? Wenn ich die Tür *mit Nachdruck* zumache, heißt das nicht unbedingt, dass ich ein Thema zur Sprache bringe, das dir nicht gefällt.«

»Der Punkt geht wieder an dich. Und was für eine Erweiterung schwebt dir vor?«

Sloane atmete tief durch. »Unser Gespräch ist streng vertraulich. Du musst mir versprechen, dass alles, was ab jetzt gesagt wird, unter uns bleibt.«

»Versprochen.«

»Du musst auch wissen, dass alles, was ich dir gleich erklären werde, ganz allein auf meinem Mist gewachsen ist. Vorläufig ist das alles rein hypothetisch. Ich habe noch mit keinem darüber gesprochen. Wenn ich es tue, brauchen wir eine Menge Genehmigungen, damit die Sache läuft. *Falls* es überhaupt klappt. Und jetzt zu meiner Idee. Nur du kannst sie beurteilen. Lässt sie sich realisieren, oder handelt es sich nur um ein großartiges Konzept, das Lichtjahre von der Realität entfernt ist?«

»Das kann ich dir erst sagen, wenn ich weiß, um was es geht. Dann schieß mal los.« Erwartungsvoll rutschte Elliot auf seinem Stuhl hin und her. Um seine Nervosität zu bekämpfen, stand er auf, nahm zwei Flaschen Mineralwasser aus dem kleinen Kühlschrank, gab Sloane eine und setzte sich wieder hin.

»Danke.« Sloane öffnete die Flasche und trank einen Schluck.

»Ich bin in die Details deiner Forschungsarbeit nicht eingeweiht. Weil sie geheim ist und weil es sich um ein heikles Thema handelt. Und ich würde sie auch nicht verstehen, wenn du sie mir erklären würdest. Aber ich glaube, es geht darum, in einem Meer von Finanztransaktionen Merkmale von Internetverbrechen zu identifizieren. Dein Programm soll in einer Riesenmenge an Daten, die scheinbar nichts miteinander zu tun haben, schwer zu erkennende Muster aufspüren. Ich erinnere mich auch an einen ganz bestimmten Freund auf der Highschool, der einen großen Traum hatte: Er wollte seine bemerkenswerten Talente dazu nutzen, der Gesellschaft einen großen Dienst zu erweisen. Ich nehme an, Leben zu retten würde auch dazugehören, oder?«

Elliot brauchte gar nichts zu sagen. Seine Antwort stand ihm ins Gesicht geschrieben.

»Hier meine hypothetische Frage«, fuhr Sloane fort. »Könnte dein Programm bei Gewaltverbrechen dasselbe erreichen wie bei Internetverbrechen? Wenn ich dir alle möglichen Fakten liefern würde, könnte dein Programm dann Muster herausfinden, die wir als Ermittler übersehen würden? Muster, die uns, sagen wir, zu einem Serienkiller führen könnten?«

Elliot starrte sie an. Er blinzelte und dachte angestrengt nach. »Wahnsinn. Wenn du was Großes vorhast, dann ist es wirklich was Großes«, sagte er und rieb sich über die Wange. »Mit anderen Worten, du versorgst mich mit Fakten und Vermutungen zu euren Fällen. Ich gebe sie in mein Programm ein, und dann schauen wir, welche Verbindungen dabei herauskommen.«

»So ungefähr.«

»Offenbar sprechen wir über das Schwein, das Cynthia Alexander entführt hat.« Elliot rollte seinen Stift zwischen den Händen. »Wenn man glaubt, was die Presse verbreitet hat, dann wurde die Tochter dieses berühmten Kardiologen Dr. Ronald Truman im letzten April von demselben Irren entführt, der auch Cynthia entführt hat. Ich habe das alles nur für Sensationsmache gehalten. Aber da du jetzt von *Serienkiller* sprichst, frage ich mich natürlich, ob das nicht vielleicht doch stimmt. Ist Dr. Trumans Tochter auch ein Opfer dieses Täters?«

»Ich glaube, ja.« Sloane nickte. »Im Augenblick kann ich dir nicht viel sagen. Mir sind die Hände gebunden. Aber uns liegen Indizien vor, die auf eine Verbindung zwischen den beiden Verbrechen hinweisen.«

»Uns?«, wiederholte Elliot. »Bist du in diese Ermittlung verwickelt?«

»Penny Truman war meine beste Schulfreundin. Du kennst sie nicht, weil sie auf einer andere Highschool gewesen ist als wir. Aber ich kenne sie seit der Grundschule. Ja, ich bin eingeweiht in bestimmte Bereiche der laufenden Entwicklungen.«

Elliot legt den Stift wieder auf den Tisch. »Du bist also entweder vom FBI oder von ihren Eltern engagiert worden, um bei der Suche nach ihr zu helfen?«

»Kein Kommentar.«

»Kein Kommentar ist auch ein Kommentar.«

Sloane trank noch einen Schluck Wasser und überlegte sich genau, was sie als Nächstes sagte. Sie bewegte sich auf dünnem Eis und musste abwägen, welche Informationen an die Öffentlichkeit gelangen durften und welche geheim bleiben mussten.

»Du hast sicher auch von dem Überfall auf Tina Carroll gelesen«, fuhr sie fort.

»Diese Studentin, die am New Jersey College überfallen worden ist und die ihren Angreifer verletzt und in die Flucht geschlagen hat? Klar habe ich das gelesen. Die hat wirklich Schwein gehabt.«

»Das hat sie in der Tat. Dank ihrer heftigen Gegenwehr konnte die DNA des Angreifers am Tatort sichergestellt werden. Kürzlich wurde festgestellt, dass sie übereinstimmt mit der DNA des Mannes, der im Southern New Jersey Medical Center die Oberschwester ermordet und auf ihrer Station Medikamente gestohlen hat.«

»Scheiße.« Elliot wurde blass. »Es war also kein Scherz, als du von einem Serienkiller gesprochen hast. Gibt es noch weitere Opfer?«

Sloane nickte. »Ja, es gibt tatsächlich noch weitere Opfer, und es gibt potenzielle Opfer.«

»Potenzielle Opfer? Du meinst, ihr kennt Frauen, die als Nächste auf seiner Liste stehen könnten?«

Sloane hob eine Hand. »Ich zum Beispiel.«

»Du?« Elliot sprang auf.

»Ich.« Sloane berichtete kurz über ihren Stalker und das Handy, das sie an Tinas Tatort gefunden hatten. Sie erzählte ihm auch, dass jemand in ihr Haus eingebrochen war und dass dessen DNA mit der übereinstimmte, die an den anderen Tatorten sichergestellt worden war.

»Scheiße!«, sagte Elliot noch einmal, während er zurück auf seinen Stuhl sank.

»Das ist alles, was ich dir im Augenblick sagen kann.«

Elliot presste die Lippen zusammen, rutschte auf seinem Stuhl ein Stück nach vorn und stützte die Ellbogen auf den Schreibtisch. Sloane konnte förmlich beobachten, wie sich der ängstliche Computerfreak in einen entschlossenen Wissenschaftler verwandelte.

»Was hast du für eine Theorie? Wie hängen diese Fälle zusammen?«, fragte er.

»Erstens haben alle Opfer, die wir suchen und zu schützen versuchen, eine Verbindung zu mir. Und alle auf ganz unterschiedliche Weise – von einer engen Freundin bis hin zu einer Studienanfängerin, die ähnliche Interessen und einen ähnlichen Lebensstil hat wie ich damals als Studentin. Wie soll man solche Daten in VICAP eingeben? Das geht nicht. Das ist zu abstrakt. Und hier ist noch eine Tatsache, die genauso abstrakt ist und mit der VICAP nichts anfangen könnte: Alle Opfer wurden an Seen auf College-Geländen oder in der Nähe davon gekidnappt.

Toll! Siebzig Prozent der Erdoberfläche bestehen aus Wasser. Diese Information ist also real, sie bringt uns aber nicht weiter. Wir können mit dieser Art von Fakten nichts anfangen. Und du?«

»Ich schon«, erwiderte Elliot, ohne zu zögern. »Was du beschrieben hast, ist genau das, worauf mein Programm abzielt. Vereinfacht ausgedrückt, verbindet es die Fähigkeiten des Gehirns, innerhalb scheinbar nicht miteinander verbundener Daten Muster zu finden, mit der Fähigkeit eines Computers, Unmengen von Daten schnell zu analysieren. Das Ziel ist es, kriminelle Aktivitäten aufzuspüren, lange bevor es zu verheerenden Auswirkungen kommt. Dabei kann es um hohe finanzielle Verluste gehen, aber auch um Rufschädigung oder um das Erstarken des organisierten Verbrechens – oder schlimmstenfalls um Terroristen.«

»Du hast gesagt, dein Programm zielt genau darauf ab«, wiederholte Sloane. »Ist dein Programm denn auch schon dazu in der Lage? Hast du es schon so weit entwickelt, dass du solche Ergebnisse erzielen kannst?«

»Ich habe ein paar Tests mit Datensätzen durchgeführt, deren Ergebnisse bekannt waren. Die Resultate waren ermutigend. Ich feile immer noch an dem Programm herum, damit es sich dynamisch an jeden speziellen Datensatz anpassen und die präzisesten Ergebnisse liefern kann. Aber danach hast du nicht gefragt. Eigentlich willst du wissen, ob ich mein Programm so verändern kann, dass es deine speziellen Datensätze analysieren und Muster in den Opferprofilen finden kann und vielleicht sogar Verbindungen zum Täter selbst.«

»Okay.« Sloane winkte ungeduldig ab. »Genau das will ich wissen.«

»Die Antwort lautet, dass ich es nicht weiß, bevor ich es nicht getestet habe. Willst du meine Meinung hören? Ich halte es durchaus für möglich. Als Erstes brauche ich eine detaillierte Zusammenfassung aller Daten von jedem Opfer und von dem Täter selbst, einschließlich der Charakteristika, die du kennst oder vermutest und welche Bedeutung du ihnen zumisst. Dann brauche ich alle wichtigen Daten, die du gesammelt hast, auch wenn sie nichts miteinander zu tun haben. Und ich muss Zugang zu den großen Datenbanken der Polizeibehörden bekommen – VICAP, CODIS – und zum RTCC, zur Datenbank des NYPD. Wenn das alles zur Verfügung steht und ich ein paar Änderungen an meinem Programm vornehme, müssten wir alles haben, was wir brauchen. Die Analyse ist in vielerlei Hinsicht so ähnlich wie bei meinen Analysen. Wir wissen, es gibt eine Nadel im Heuhaufen. Die Frage ist, wie schnell wir sie finden können. Vielleicht müssen wir einen langen Atem haben, aber ich würde verhalten optimistisch sagen, ja, das ist zu schaffen.«

Sloane kannte Elliot. Er war immer sehr kritisch, auch sich selbst gegenüber. Wenn er also glaubte, das hier durchziehen zu können, dann genügte ihr das. »Wie lange wird es dauern, bis du Ergebnisse hast, und welchen Zugang brauchst du?«

Elliot dachte kurz nach. »Ich würde sagen, etwa zehn Tage. Der größte Teil der Arbeit wird darin bestehen, Schnittstellen zwischen VICAP, CODIS, dem RTCC und meinem System herzustellen.« Elliot runzelte die Stirn. »Rein hypothetisch könnte ich schon beginnen, während du für die Genehmigungen sorgst und die richtigen Leute mit ins Boot holst.«

»Meine Aufgabe wäre es also, diese Genehmigungen für dich zu besorgen.« Sloane verzog das Gesicht. »Das wird nicht ganz so einfach sein.«

»Ich habe durch mein Projekt über Internetverbrechen schon Kontakte zu FBI, NYPD und NSA und die notwendige Sicherheitsfreigabe. Sie kennen mich, und sie kennen meine Arbeit. Ich kann diese Quellen anzapfen und sie um einen Gefallen bitten. Ich gebe dir die Namen meiner Kontakte, dann kannst du mit ihnen und den zuständigen Vorgesetzten sprechen, damit ich Zugang zu den Polizeiakten bekomme, die ich dazu brauche. Ich rufe auch meine Kontaktleute an und informiere sie vorab, damit wir die Genehmigungen möglichst schnell bekommen.«

»Das wäre großartig. Jede Kleinigkeit hilft uns weiter.«

»Es wäre toll, wenn ich das hier machen könnte.« In Elliots Stimme schwang Stolz mit. »Ich würde mit meinem Programm dabei helfen, Gewaltverbrecher gleich am Anfang ihrer kriminellen Karriere zu fassen. Wir müssten nicht warten, bis genügend Zeit verstrichen ist und bis es genügend Opfer gibt, damit die Polizeibehörden bei ihren Ermittlungen einer Spur folgen können, um Scheißkerle wie diesen Typen zu schnappen und zu verurteilen. Ich könnte unmittelbar Leben retten und nicht nur den Killern das notwendige Kapital entziehen, das sie für ihre Verbrechen brauchen.«

»Ja, das könntest du.« Sloane musterte Elliot, sein selbstbewusster Ton entging ihr nicht. »Das ist jetzt nicht mehr rein hypothetisch, nicht wahr?«, fragte sie frei heraus.

»Nein«, lautete seine entschiedene Antwort. »Nicht, wenn es dir gelingt, die richtigen Leute ins Boot zu holen.«

Sloane sah ihn herausfordernd an. »Hast du schon mal erlebt, dass ich etwas nicht bekomme, was ich will?«

»Noch nie.«

»Siehst du? Und das wird diesmal auch nicht der Fall sein.« Sloane stand auf und gab Elliot über den Schreibtisch hinweg die Hand, um ihre Zusammenarbeit zu besiegeln. »Ich leite alles in die Wege, was ich tun kann. Bist du dabei?«

Elliot zögerte nicht und drückte Sloanes Hand. »Da kannst du deinen süßen Arsch drauf verwetten.«

25. Kapitel

Datum: 21. April
Uhrzeit: 07.00 Uhr
Objekte: Persephone und Demeter

Das Wochenende war ein großer Erfolg. Ich war großartig. Die Götter standen mir bei. Ihr Jubel übertönte die Schreie der Dämonen. Die Dämonen können mich nicht länger aufhalten. Und die Sterblichen auch nicht. Die Götter lassen es nicht zu. Sie werden meine Zuverlässigkeit nie wieder infrage stellen. In wenigen Tagen werden sie mich und die Göttinnen auf den Olymp führen.

Ich habe Demeter und Persephone. Das war mein größter Triumph.

Ich kam pünktlich an der Penn State University an. Wie immer verbrachten Professor Helen Daniels und ihre Tochter Abby den Sonntagmorgen gemeinsam. Sie gingen in die Kirche, machten dann ein Picknick im Erholungsgebiet Stone Valley, dann folgte eine lange Wanderung rund um den Lake Perez.

Ich wusste genau, zu welcher Zeit sie durch das abgelegene Waldstück gehen würden. Der Rest war ein Kinderspiel. Beide Frauen waren schlank, daher war es einfach, sie festzuhalten, während das Betäubungsmittel wirkte. Außerdem flößte das Kampfmesser ihnen wahnsinnige Angst ein, sodass sie kaum einen Laut von sich gaben.

Ich habe sie zusammen in einen Raum gesperrt, damit sie sich schneller an die neuen Lebensumstände anpassen. Das

war richtig so. Außerdem hat Demeter dadurch die Möglichkeit, ihre Tochter zu beruhigen. Persephone kann die Vorteile genießen, die nur eine Mutter bieten kann, und das wiederum wird Demeter beruhigen. Der gegenseitige Trost wird beiden helfen, ihr Schicksal möglichst schnell zu akzeptieren.

Fast alles war vorbereitet. Ich musste nur noch Gaia hierherbringen und endlich meine Artemis einfordern.

Büro von Professor Elliot Lyman
John Jay College für Strafrechtspflege
New York City
8.10 Uhr

Nach einer schlaflosen Nacht verließ Elliot im Morgengrauen seine Wohnung im East Village. Er hastete in die U-Bahn und fuhr zum Columbus Circle. Dort stieg er aus und ging die beiden Straßen bis zum John Jay College zu Fuß.

Die Sonne ging gerade auf, und die Gänge waren noch menschenleer, als er sein Büro aufschloss. Die meisten hielten ihn wahrscheinlich für verrückt, weil er so besessen war von seinem Projekt. Aber da die langwierige Vorarbeit abgeschlossen war und er dem Programm nur noch den letzten Schliff geben musste, bevor er sein System testen konnte, platzte er beinahe vor Ungeduld.

Sloane hatte sich für die Sache eingesetzt, wie sie es versprochen hatte. Ihr FBI-Kollege, Special Agent Derek Parker, hatte sich eingeschaltet und umgehend mit einigen von Elliots Kontaktleuten beim FBI gesprochen. Diese hatten ihre Verbindungen zum Justizministerium genutzt, damit Elliot Zugang zu den Datenbanken VICAP und CODIS erhielt.

Schwieriger war es gewesen, die Erlaubnis vom New York Police Department zu bekommen. Nicht nur Elliot und Sergeant

Erwin, sondern auch Erwins Vorgesetzte in Midtown North führten tagelang Gespräche mit den zuständigen Leuten, damit Elliot auch Zugriff auf das Real Time Crime Center, RTCC, bekam. Da in der umfangreichen Datenbank des NYPD alle Kriminellen und alle in New York begangenen Straftaten erfasst wurden, waren die Bosse nicht gerade begeistert, dass sie einem Computerprofessor unbeschränkten Zugang gewähren sollten.

Die Unterstützung durch das Revier Midtown North war eine große Hilfe gewesen. Die durchweg negative Publicity im Fall von Cynthia Alexanders Verschwinden vom Gelände des John Jay College und die täglichen Anrufe des Bürgermeisters beim Polizeipräsidenten, der auf Aufklärung drängte, schadeten auch nicht.

Elliot lehnte sich auf dem Stuhl vor seinem Computer zurück und seufzte erleichtert. Erst gestern hatte er mithilfe eines zuverlässigen Studenten, der kurz vor dem Examen stand, die letzten Fallakten eingegeben – eine detaillierte Sammlung von Fakten, Zahlen und Beschreibungen jedes Verbrechens. Bevor Elliot gestern Abend nach Hause gefahren war, hatte er einen verschlüsselten Befehl eingegeben, damit die externen Daten eingelesen wurden und die Datenbank seines Systems mit Informationen zu Gewaltverbrechen wie Vergewaltigung, Mord und Raubüberfall der letzten Jahre gefüttert wurde. Es hatte die ganze Nacht gedauert, bis dieser Vorgang beendet war. Das perfekte Timing. Als er sein Büro betreten hatte, war die Datenübertragung gerade abgeschlossen. Es dauerte zwei Stunden, bis er alles noch einmal überprüft und ein paar kleine Änderungen vorgenommen hatte.

Jetzt wurde es Zeit, sein Lebenswerk zu testen.

Voller Anspannung tippte Elliot drei einfache Wörter ein: *Finde ähnliche Verbrechen*. Dann ging er auf Enter. Es würde Stunden dauern, bis Ergebnisse vorlagen. Die Besprechung mit Sloane, dem FBI und dem New York Police Department fand erst um ein Uhr statt. Anstatt hier herumzusitzen und sich verrückt zu machen, nahm er seine Jacke und beschloss, zu Krispy Kreme in der West Seventy-Second Street zu gehen. Er wollte ein paar Dutzend Donuts kaufen für sich und seine Studenten, sich dann im Central Park an den See setzen, Donuts essen und nachdenken.

So oder so würde es ein sehr langer Tag werden.

Hunterdon County, New Jersey
10.15 Uhr

»Brauchst du eigentlich gar keinen Schlaf?«, murmelte Sloane und presste ihr Gesicht ins Kissen.

Derek grinste und strich ihre Haare zur Seite, damit er ihren Nacken küssen konnte. »Wenn du neben mir im Bett liegst? Keine Chance.«

Sloane öffnete ein Auge und schaute auf die Uhr. »Es ist schon nach zehn. Musst du als Army Ranger nicht im Morgengrauen dein Fitnesstraining absolvieren oder zumindest ein paar Liegestütze machen?«

»Ich hab mein Fitnesstraining um fünf Uhr gemacht, als du tief und fest geschlafen hast. Aber noch ein paar Liegestütze könnten tatsächlich nicht schaden.« Derek strich ihr mit der Hand über die Seite, die Hüfte und den Oberschenkel. Langsam kreisend näherten sich seine Fingerspitzen dem Ziel. »Übrigens«, murmelte er. »Ich bin zwei Meilen mit den Dackeln gelaufen. Wenn sie sich beschweren, dann lügen sie. Achte gar nicht auf sie. Ich genieße es, wenn ich gebraucht werde. Du hast versprochen, die Wirklichkeit würde meine Fantasien übertreffen. In der Nacht hast du großen Eindruck gemacht auf mich, aber dann bist du eingeschlafen. Das heißt, du stehst immer noch in meiner Schuld. Du musst den Rest abzahlen.«

Sloane begann zu lachen, legte sich auf den Rücken und sah zu ihm hoch. »Du bist unmöglich.«

»Das ist eine meiner besten Eigenschaften.«

»Nein, das ist deine Ausdauer.« Sloane strich mit den Händen über seine Oberarme, dann über seine behaarte Brust und seinen Waschbrettbauch. »Mm. Ich fühle die Hitze. Gutes Training.«

»Danke.« Derek nahm ihre Hand und zog sie über seinen Bauch nach unten, dorthin, wo er sich die Hand wünschte. »*Jetzt* spüre ich die Hitze auch.«

»Das ist nur der Anfang«, versicherte sie ihm mit leuchtenden Augen. »Ich fange gerade erst an. Noch bevor ich fertig bin, gehst du in Flammen auf. Ich habe dir mein Pfadfinderehrenwort gegeben.«

»Ja, das hast du.« Derek biss die Zähne zusammen, als sie zart über seinen Penis strich.

»Warst du bei den Pfadfindern?«, murmelte er.

»Hm.« Sloane umfasste seinen Penis und ließ ihre Hand vor und zurück gleiten. »Jahrelang.«

Derek krümmte sich, und sein Körper wurde starr. »Gott sei Dank.«

Das Vorspiel dauerte nicht lange. Dann schob Derek die Arme unter ihre Knie, hob sie hoch, spreizte ihre Beine breit und drang tief in sie ein.

Jetzt würde er ihr zeigen, dass sie im Bett nicht nur gut, sondern traumhaft gut harmonierten.

Die einzigen Geräusche in dem Raum waren ihr heiseres Stöhnen und Keuchen und das Quietschen des Bettes, das bei jeder Bewegung lauter wurde. Schließlich prallte das Kopfteil regelmäßig gegen die Wand.

Sie hörten es beide nicht.

Derek presste Sloane mit seinem ganzen Gewicht aufs Bett, während er tief und von animalischer Lust getrieben in sie eindrang. Sloane schlang die Beine um seine Hüften und bewegte sich im gleichen Rhythmus wie Derek.

Kurz bevor Derek kam, umklammerte er Sloanes Hände, zog

sie hoch über ihren Kopf und verschränkte seine Finger in ihre. Sie zog ihre Hände nicht weg.

Sie wollte es auch nicht.

Sloane klammerte sich fester an ihn, als der Orgasmus ihren Körper erschütterte. Sie schrie auf und zuckte immer wieder zusammen, während Derek sich in ihr ergoss und dabei einen noch leidenschaftlicheren Höhepunkt erlebte als nur wenige Stunden zuvor.

Es war überwältigend gewesen, viel überwältigender, als es Sloane lieb war. Nicht nur der Sex, sondern das ganze Drumherum. In ihre sexuelle Beziehung mischten sich allmählich Gefühle. Aber vielleicht hatte es diese Gefühle ja schon immer gegeben. Vielleicht spielten sie beide eine wohldurchdachte Charade, um sich gegenseitig etwas vorzugaukeln, was es in der Wirklichkeit gar nicht gab. Wenn das der Fall war, okay. Im Augenblick hatte Sloane keine Lust, darüber nachzudenken. Und sie war erst recht nicht bereit, darüber zu sprechen.

Derek offenbar auch nicht. Seine Muskeln entspannten sich, und er ließ sich auf sie sinken. Er bedeckte Sloanes Körper mit seinem und stieß ein erschöpftes Knurren aus, das sich anhörte, als hätte er gerade einen Schiffbruch überlebt.

Sloane lächelte. Ihr Körper zitterte immer noch. »Bedeutet dieses Knurren, dass ich jetzt alles abbezahlt habe?«

»Ich glaube, ich bin tot.«

»Bist du nicht. Das kann ich bezeugen.«

»Gut zu wissen.« Dereks Stimme klang gedämpft, weil er sein Gesicht auf ihre Schulter presste. Ihre Finger waren immer noch ineinander verschlungen, und keiner von ihnen machte den Versuch, daran etwas zu ändern. »Du bist so verdammt sexy«, murmelte Derek schläfrig. »Ich werde verrückt, wenn ich mit dir schlafe.«

»Das habe ich bemerkt.« Sloane zögerte kurz. »Mir geht es genauso.«

»Ich weiß.« Mehr sagte Derek nicht, dann gähnte er. »Jetzt wäre ein Nickerchen gut.«

»Nein, wir müssen uns für unsere Besprechung fertig machen«, erinnerte Sloane ihn.

Derek knurrte wieder. »Wir schicken einfach Vertreter hin.«

Sloane lachte. Es war ein schönes Gefühl, zu lachen und sich träge und gleichzeitig lebendig zu fühlen. Die letzten Wochen waren ein einziger frustrierender, harter Kampf gewesen. Zu allem Übel waren noch zwei Frauen entführt worden. Eine Professorin und ihre Tochter. Gekidnappt an der Universität, an der Sloane studiert hatte.

Mit Sicherheit würde es eine lange und anstrengende Besprechung werden.

»In Anbetracht der Lage bezweifle ich, dass wir uns vertreten lassen können«, meinte Sloane. »Aber ich rechne dir hoch an, dass du es versucht hast.« Sie wurde unruhig. »Ich muss duschen. Du übrigens auch.«

»Nur noch zwei Minuten.« Seine Stimme klang, als würde er gleich einschlafen. »Nein, du hast deine Schulden noch nicht ganz bezahlt. Das war nur eine Anzahlung.«

»Eine Anzahlung?« Sloane starrte ihn ungläubig an. »Nach unserem nächtlichen Sexmarathon willst du noch mehr? Mein Gott, du bist ein Sexmonster und ein Kredithai.«

»Aber ein heißer Typ.«

»Okay, ein heißer Typ, aber auch wahnsinnig eingebildet.«

»Stimmt«, nuschelte Derek schläfrig. »Und das ist auch gut so. Mit dir käme nämlich kein anderer Mann klar. Weder im Bett noch sonst. Ich bin der Einzige, der qualifiziert ist für diesen Job.«

Bevor Sloane etwas erwidern konnte, klingelte ihr Handy.

»Scheiße!«, murmelte Derek. »Lass ihn auf den Anrufbeantworter quatschen.«

»Das kann ich nicht machen. Vielleicht geht es um unsere Besprechung heute.«

»Hast recht.« Derek schüttelte den Kopf, um wach zu werden. Er ließ eine von Sloanes Händen los und gab ihr das Handy, das auf dem Nachttisch lag. »Fass dich kurz«, sagte er und legte sich wieder auf ihren Bauch.

»Mach ich.« Sloane nahm das Handy. »Aber nicht, damit du wieder auf Touren kommst. Wir müssen in die Stadt.«

»Okay, okay, ich hab's kapiert.«

Sloane lächelte über Dereks brummigen Ton und. »Sloane Burbank«, meldete sie sich.

»Sloane? Hallo, ich bin's, Luke. Störe ich?«

»Nein, überhaupt nicht. Schön, dass du anrufst.« Sloane spürte, wie ihr Magen sich ein wenig verkrampfte. Sie hoffte, Luke rief an, um über sein Gespräch mit Burt zu berichten. Sie mochte gar nicht daran denken, was er sonst für einen Grund haben könnte, sie anzurufen.

»Bist du sicher?«, hakte er nach. »Du hörst dich an, als hätte ich dich geweckt.«

»Nein. Ich bereite mich auf eine Besprechung vor.« Sloane stellte ihm die Frage, vor der sie sich fürchtete, und wünschte gleichzeitig, sie müsste es nicht tun. »Deine Mutter ...«

»Ihr Zustand ist stabil«, versicherte er ihr schnell. »Und sie ist unglaublich tapfer. Sie ist gerade bei mir.«

Sloane verstand, was er eigentlich sagen wollte. Lillian ging es nicht gut. Sie hatte Krebs im Endstadium. Doch Luke würde in ihrer Gegenwart nicht darüber sprechen. Das, was er sagte, sollte möglichst optimistisch klingen.

»Ich rufe dich aber auf ihre Bitte hin an«, fuhr er fort. »Sie wollte dich eigentlich selbst anrufen, aber sie hat leichte Schmerzen.«

»Entschuldige dich bitte bei Sloane«, rief Lillian im Hintergrund. Sloane erkannte an ihrer Stimme, dass die »leichten Schmerzen« ziemlich stark sein mussten. »Ich verstehe einfach nicht, wie es zu diesem Versehen kommen konnte«, fügte Lillian hinzu. »Ich bin fassungslos.«

»Was denn für ein Versehen?«, fragte Sloane.

»Dein Name.« Luke holte tief Luft. Er klang so erschöpft, dass Sloane Mitleid mit ihm bekam. »Du weißt sicher, dass meine Mutter etwas früher als geplant in den Ruhestand geht. Und das College gibt ihr zu Ehren am achtundzwanzigsten April um neunzehn Uhr eine kleine Party am John Jay College.«

»Ja, ich weiß. Und ich ...«

»Du weißt es?«, unterbrach Luke sie. Jetzt hörte sogar er sich fassungslos an. »Dann ist es ja noch peinlicher. Du hast so viele Jahre mit meiner Mutter zusammengearbeitet und auf vielen Tagungen zusammen mit ihr Vorträge gehalten. Sie hat großen Respekt vor dir und bewundert dich sehr.«

»Das Kompliment kann ich nur zurückgeben.« Sloane wusste überhaupt nicht, was los war.

»Ehrlich gesagt, dein Name wurde versehentlich von der Gästeliste gelöscht. Ich weiß nicht, warum. Auf der ersten Liste stand dein Name. Ich habe gesehen, dass meine Mutter ihn eingegeben hat, bevor sie die Liste ans Sekretariat ihres Fachbereichs am John Jay College geschickt hat. Als die Einladungen verschickt wurden, muss irgendwas schiefgegangen sein. Plötzlich fehlte dein Name. Darum hast du die Einladung nicht bekommen. Du hast ja gerade selbst gehört, dass meiner Mutter das wahnsinnig peinlich ist. Sie hofft, du akzeptierst ihre Entschuldigung und kommst zu der Party. Ich gabe dir jetzt das Datum, den Ort und die Uhrzeit. Eine neue Einladung ist unterwegs.«

Sloane blinzelte verständnislos. Derek hatte sich inzwischen auf die Ellbogen gestützt und starrte sie fragend an.

»Luke, ich weiß nicht, wovon du sprichst«, sagte Sloane. »Falls es ein Versehen gab, wurde es offenbar behoben. Ich habe meine Einladung am Samstag bekommen und die Zusage sofort zurückgeschickt. Sag Lillian bitte, dass mein Name wohl nur auf der letzten Einladungsliste gefehlt hat. Natürlich komme ich. Das ist doch selbstverständlich.«

»Großartig. Meine Mutter wird sich wahnsinnig darüber freuen.« Luke schien genauso verwirrt zu sein wie Sloane. »Wie das passieren konnte, weiß ich wirklich nicht. Ich habe die letzte Gästeliste gesehen. Und auf der fehlte dein Name jedenfalls.«

»Computer führen ein Eigenleben. Vielleicht hat der Drucker eine Zeile ausgelassen. Wer weiß? Jedenfalls gibt es weder für dich noch für deine Mutter einen Grund, euch bei mir zu entschuldigen. Ich weiß, dass ihr mich nicht vergessen habt, und ich fühle mich geehrt.«

»Danke, Sloane.« Luke schien sehr erleichtert zu sein. Lillian hatte dieser Vorfall offenbar arg mitgenommen. Und das war das Letzte, was sie jetzt brauchen konnte. »Ich sage es ihr sofort. Dann geht es ihr bestimmt gleich besser.«

»Was willst du mir sagen?«, hörte Sloane Lillian fragen.

»Es ist alles in Ordnung, Mutter«, rief er ihr zu. »Sloane hat die Einladung bekommen, und sie kommt zu der Party. Den Rest erzähle ich dir gleich.«

»Luke, das ist jetzt wahrscheinlich nicht der beste Zeitpunkt«, mischte Sloane sich schnell ein. »Ich will dich auch nicht aufhalten. Aber ich möchte mich bei dir bedanken, dass du Elsa und Burt geholfen hast. Elsa fühlt sich schon viel besser.«

»Ich hoffe, ich konnte auch Burt helfen. Jedenfalls ist er jetzt über die Möglichkeiten informiert, die er hat, und er kommt besser mit der Situation zurecht«, erwiderte Luke. »Er ist schwer zu durchschauen, und es ist nicht ganz einfach, mit ihm zu sprechen.«

»Du hast es versucht. Das ist alles, was zählt.«

»Hoffen wir es. Manchmal reicht ein Versuch, manchmal nicht.«

Sloane schluckte. »Ich nehme an, bei euch hat sich die Lage verschlechtert.«

»Schneller als erwartet«, antwortete Luke leise, damit Lillian nichts hörte. »Ihr Zustand ist jeden Tag anders. Ich versuche, die Schmerzen meiner Mutter zu lindern, und sorge dafür, dass wir beide den Mut nicht verlieren. Ich habe Urlaub genommen«, fügte er dann in normaler Lautstärke hinzu. »Meine Mutter und ich waren in den vergangenen Jahren so intensiv mit unseren Jobs beschäftigt, dass wir uns kaum gesehen haben. Jetzt können wir die gemeinsame Zeit endlich genießen.«

»Deine Mutter kann stolz auf dich sein. Das ist mit Sicherheit eine große Erleichterung für Lillian.« Sloane hatte Tränen in die Augen. »Wir können unser Gespräch ja auf der Abschiedsparty fortsetzen. Da haben wir bestimmt die Gelegenheit, einen Moment ungestört miteinander zu sprechen. Und du kannst dich jetzt um deine Mutter kümmern.«

»Das wäre wohl das Beste. Im Augenblick stehst du sicher unter Zeitdruck. Bereite dich auf deine Besprechung vor. Du kannst mir auf der Abschiedsparty erzählen, wie es Elsa geht.«

»Verstehe.« Sloane wunderte sich, dass Luke so tat, als drängte *sie* ihn, das Gespräch zu beenden. »Ach übrigens, sag Lillian, dass ich einen Erdbeer-Käsekuchen mitbringe, den sie so gerne isst.«

»Mach ich«, erwiderte Luke dankbar. »Darüber wird sie sich sehr freuen. Dann bis zum achtundzwanzigsten.«

Sloane beendete das Gespräch.

»Was war denn das?« Derek richtete sich auf.

Sloane sagte es ihm.

»Das tut mir leid«, sagte er freundlich. »Ich weiß, dass du Lillian sehr magst.«

»Was soll ich sagen? Manchmal ist das Leben echt beschissen.« Sloane blinzelte, um die Tränen zurückzudrängen.

»Du hast mir gar nichts von ihrer Abschiedsparty erzählt. Und auch nicht, dass du hingehst.«

»Nachdem die beiden Frauen entführt worden waren, gab es ziemlich viel Hektik, und da habe ich es wohl vergessen.«

»Kein Problem.« Derek dachte nach. »Ich nehme an, es wird eine Feier im kleinen Kreis, an der nur Kollegen von Lillian teilnehmen, mit denen sie eng zusammengearbeitet hat.«

»Ich schätze, ja.« Sloane runzelte die Stirn. »Worauf willst du hinaus?«

»Ich möchte mitgehen.«

»Wie bitte?«

»Ich begleite dich. Dann kann ich die Leute kennenlernen, mit denen du auf Tagungen am John Jay College Vorträge hältst. Und ich kann Hank eine Nacht freigeben.«

»Du willst mich als mein Bodyguard begleiten«, stellte Sloane klar.

»Als dein Bodyguard *und* als dein Begleiter.«

Sloane funkelte ihn an. »Ich brauche keinen Bodyguard. Und was deine Begleitung angeht, so solltest du eigentlich wissen, dass die meisten Männer eine Frau um eine Verabredung *bitten*. Sie stellen sie nicht einfach vor vollendete Tatsachen.«

»Ich glaube, das habe ich schon mal gehört.« Derek zuckte mit den Schultern. »Aber ich bin nicht wie die meisten Männer.«

»In der Tat.« Sloane stand auf und ging zum Badezimmer. »Sei froh, dass du eine Kanone im Bett bist«, rief sie ihm über die Schulter zu. »Sonst würdest du hier rausfliegen.«

»Danke für die Warnung.« Derek folgte ihr ins Bad. »Du hast Glück, denn ich bin auch unter der Dusche eine Kanone.« Er beugte sich vor und drehte das Wasser in der gekachelten Dusche auf. »Ich beweise es dir noch schnell, während wir uns für die Besprechung fertig machen.«

Konferenzraum 531T
John Jay College für Strafrechtspflege
New York City
13.00 Uhr

»Wir sollten keine Zeit vergeuden«, begann Derek. Sein Blick wanderte über die Teilnehmer – Sloane, Elliot, Bob Erwin und Larry Clark –, die rund um einen ovalen Tisch saßen. »Auf uns wartet jede Menge Arbeit. Es sind alle da. Alle haben sich miteinander bekannt gemacht. Auf dem Buffet stehen zwei große Kannen Kaffee, und in dem kleinen Kühlschrank daneben liegen zwei Dutzend Flaschen Wasser.« Er zeigte dorthin. »Bill, wie siehst es bei Ihnen aus?«, fragte er und wandte sich dem Telefon zu. »Sind Sie bereit?«

»Es kann losgehen«, bestätigte Bill laut und deutlich aus Quantico.

»Gut. Dann lasst uns anfangen.« Derek überflog seine Notizen. »Punkt eins. C-6 überwacht ganz Chinatown. Wir hoffen, dass wir unseren Seriensexualmörder schnappen, der nun als ›Schlächter vom East Broadway‹ bezeichnet wird.«

»Entzückend«, meinte Bob trocken.

»Ja, dieser entzückende Name ist alles, was wir bisher haben«, fuhr Derek mit finsterer Miene fort. »Es ist uns gelungen, einen drohenden Bandenkrieg in Chinatown zu verhindern. Und es sind bis jetzt keine weiteren Prostituierten ermordet worden. Aber die Anwohner sind nervös. Und das sind die Geschäftsinhaber auch. Die Lage ist extrem angespannt. Wir hoffen sehr, dass wir den Mörder dank der verstärkten Überwachung entdecken. Das ist unsere größte Chance, ihn zu schnappen, denn er geht bei der Ermordung der Prostituierten leichtsinniger vor als bei den Entführungen. Vor allem bei der letzten Tat. Zusätzlich zu seiner üblichen Python-Münze hat er seine DNA dagelassen.«

Derek zog eine Pressemitteilung aus seiner Aktenmappe. »Sie alle wissen, dass am Sonntag wieder zwei Frauen entführt worden sind. Und beide Entführungen tragen die Handschrift unseres Täters. Um alle von uns auf denselben Stand zu bringen, hier noch einmal die Fakten.«

Derek nahm den Ausdruck in die Hand und las vor: »Dr. Helen Daniels und ihre Tochter Abby wurden zwischen halb zwölf mittags und drei Uhr nachmittags im Naherholungsgebiet Stone Valley entführt. Dieses Gebiet liegt vierzehn Meilen vom University Park der Penn State University entfernt. Dr. Daniels ist Professorin für Gartenbaukunst am Institut für Landwirtschaft. Ihre Tochter Abby ist Studentin am Institut für Bildende Kunst und strebt zusätzlich einen Bachelor-Abschluss in Jura an.«

»Das ist derselbe Abschluss, den Sloane ...«, rief Elliot und brach abrupt ab.

»Richtig«, sagte Derek. »Sloane hat an der Penn State University studiert, und ihr erster Abschluss war genau das, was Abby Daniels in gut einem Jahr anstrebt.«

»Entschuldigen Sie bitte die Unterbrechung.« Elliot errötete.

»Kein Problem«, versicherte Derek ihm. »Sie haben recht, und diese Tatsache unterstützt unsere Theorie, dass wir es mit einem intelligenten Täter zu tun haben, der über Sloanes ganzes Leben bestens informiert ist.«

Elliot warf Sloane einen besorgten Blick zu. Sie saß kerzengerade und mit aufmerksamem Blick auf ihrem Stuhl.

»Zurück zu den Entführungen«, fuhr Derek fort. »Helen und Abby Daniels hatten sich angewöhnt, jeden Sonntagmorgen in die Kirche zu gehen, dann im Stone Valley zu picknicken und anschließend einen ausgedehnten Spaziergang am Lake Perez zu machen, einem See in jenem Erholungsgebiet. Abby wollte um drei Uhr ihren Freund besuchen. Ihre Mutter wurde um diese Uhrzeit von ihrem Ehemann zu Hause erwartet. Beide Frauen sind aber nicht aufgetaucht. Aufgrund der Entführungen in New York und in New Jersey hat die Campus-Polizei den Fall sehr ernst genommen und sofort das FBI-Büro in Philadelphia eingeschaltet. Ermittler aus dem kleinen FBI-Büro des State College haben gemeinsam mit der Staatspolizei und der Polizei vor Ort Ermittlungen eingeleitet. Ihre Suchhunde haben sie zu einem Waldstück neben dem Wanderweg geführt, wo tatsächlich Spuren eines Kampfes sichergestellt werden konnten. Und die Polizei hat zwei Spritzen am Tatort gefunden. Die Ermittlungen dauern an. Es steht aber jetzt schon fest, dass unser Täter wieder zugeschlagen hat, und somit gehören diese beiden Entführungen offiziell zu den Fällen, in denen unsere Sondereinheit ermittelt.«

»Er wird allmählich unvorsichtig«, warf Bill am anderen Ende des Telefons ein. »Er macht Fehler, wird leichtsinnig und lässt Beweisstücke zurück. Und er entfernt sich von seinem vertrauten Revier, das bislang auf New York und New Jersey begrenzt war. Hoffen wir, dass uns das weiterhilft und dass sein Leichtsinn uns zu seiner Festnahme führt.«

»Das hoffe ich auch.« Derek nickte. »Hat jemand neue Informationen für uns?«

»Ich habe zwei«, sagte Larry. »Während meiner Ermittlungen im Fall des spurlosen Verschwindens von Lydia Halas habe ich genügend ungeklärte Details entdeckt, die Sloanes Theorie unterstützen. Ich bin überzeugt davon, dass Lydia Halas auch ein Opfer des von uns gesuchten Täters ist.«

»Großartig«, murmelte Derek.

Larry verteilte Kopien eines zusammengehefteten Berichts an alle Anwesenden. »Um Zeit zu sparen, habe ich die wichtigsten Punkte zusammengefasst. Wenn jemand Fragen hat, bin ich gern bereit, sie zu beantworten.« Er wandte sich Sloane zu. »Meine zweite Information betrifft diese umfangreiche Liste, die wir erstellt haben und auf der fast jeder erfasst ist, den Sie in ihrem Leben irgendwann mal kennengelernt haben. Ich habe die Namen überprüft und etwas entdeckt, was Lauren Majors betrifft.«

»Wer ist Lauren Majors?«, fragte Bob.

»Meine Maklerin«, erwiderte Sloane. »Sie hat sich um die Hypothek gekümmert, als ich das Sommerhaus von meinen Eltern gekauft habe.« Sie warf Larry einen argwöhnischen Blick zu. »Ich traue mich kaum zu fragen, was Sie entdeckt haben.«

»Lauren Majors ist seit dem zwölften September letzten Jahres verschwunden. Zu damaligen Zeitpunkt hat sie ihre Schwester an der Rutgers University besucht. Sie wurde zum letzten Mal gesehen, als sie am Raritan River spazieren ging. Die Polizei vor Ort erstickte damals in Arbeit, und darum hat die Schwester einen Privatdetektiv engagiert. Er hat keine Hinweise auf ihren Verbleib gefunden. Er hat jeden ihrer Schritte rekonstruiert. Meiner Meinung nach ist sie nicht freiwillig verschwunden. Es war eine Entführung, und die Handschrift passt genau zu unserem Täter.«

»Das glaube ich nicht.« Sloane strich sich mit den Fingern durch die Haare. Sie hatte Mühe, die Fassung zu wahren. »Als würde dieses Schwein mein ganzes Leben ausspionieren. Dann entführt er unschuldige Frauen, nur weil sie irgendwann mal meinen Weg gekreuzt haben. Warum? Das ergibt doch überhaupt keinen Sinn. Ich kenne Lauren kaum. Wir haben uns vielleicht vier oder fünf Mal gesehen.«

»Da wir diese Frage nicht beantworten können – jedenfalls bis jetzt noch nicht – und da wir uns alle einig sind, dass du ständig in Gefahr schwebst, bis der Fall aufgeklärt ist, haben wir um die Unterstützung von Professor Lyman gebeten.« Dereks Ton war genauso grimmig wie seine Miene. »Alle Anwesenden sind in das System des Professors eingeweiht. Er wird uns nun die Einzelheiten erläutern.« Er nickte Elliot zu. »Sie haben das Wort, Professor Lyman.«

Elliot hatte sich eifrig Notizen gemacht, während alle um ihn herum über Fakten, Beobachtungen und ihr Bauchgefühl gesprochen hatten. Ihm wurde immer bewusster, wie ungeheuer groß seine Verantwortung in diesem Fall war. Es ging nicht länger darum, den Wert seines Systems zu beweisen. Es ging darum, Menschenleben zu retten – auch das von Sloane. Er durfte nicht versagen.

Er versuchte, sich zu beruhigen, und begann dann mit seinen Erläuterungen.

»Das, was ich jetzt beschreibe, klingt sicherlich ein wenig utopisch. Doch das traf früher auf jeden technischen Fortschritt zu. Ich bitte Sie nur, aufmerksam zuzuhören, ohne Vorbehalte. Und ich möchte betonen, dass es nicht darum geht, die Leistungen der Polizeibehörden zu schmälern.«

Kurz und prägnant beschrieb Elliot die Grundlagen seines Systems. Dabei versuchte er, so wenig Fachausdrücke wie möglich zu benutzen.

Er schloss seinen kurzen Bericht mit den Worten ab: »Mein Modell ahmt die Denkprozesse eines erfahrenen Detectives nach. Ich habe unzählige Stunden mit den besten Leuten der New Yorker Polizei verbracht, um ihr Wissen, ihre Erfahrungen und ihr Talent in mein Künstliches Intelligenzsystem einzuspeisen.« Er lächelte verhalten. »Sogar als ihr Instinkt nach sechs Runden Bier bei der ›Chorprobe‹ ein wenig getrübt war, waren die Cops, mit denen ich zusammengearbeitet habe, besser bei der Aufklärung von Verbrechen, als es jeder Computer jemals sein könnte. Doch – wie schon gesagt – mit deren Input kommt mein Computer ihnen ziemlich nahe.«

Einige kicherten, worauf Sloane Elliot nach seinen Fortschritten fragte.

»Die Dateneingabe ist fast abgeschlossen«, antwortete er. »Ich gebe die Informationen von dieser Besprechung heute Abend ein. Danach muss ich noch ein wenig an dem System feilen, eventuelle Fragen beantworten und, falls notwendig, noch mehr Informationen eingeben. Ich kann nicht sagen, wie lange das alles dauern wird, und ich kann nicht sagen, wohin uns das führt. Aber ich hoffe, es führt uns zu dem Mörder.«

Elliot sah die Anwesenden der Reihe nach an. »Und falls jemand von Ihnen meinen sollte, das Ganze sei Bockmist, denken Sie daran, dass es nur um eine zusätzliche Möglichkeit zu Ihren klassisch ablaufenden Ermittlungen geht. Wir haben nichts zu verlieren.«

»Dem kann ich nicht widersprechen«, sagte Bill durch den Lautsprecher. »Ich meine, wir sollten es versuchen.«

»Der Meinung bin ich auch.« Bob Erwin nickte. »Ich gehöre zu den Cops, deren Gehirn Elliot angezapft hat. Er ist ein echter Experte. Nichts von dem, was er tut, hat mit irgendeiner *Unheimlichen Begegnung der Dritten Art* zu tun.«

Alle lachten, und die Anspannung fiel von ihnen ab.

»Elliot hat recht. Wir haben nichts zu verlieren«, pflichtete Larry ihm bei. »Wir alle setzen unsere Ermittlungen fort, während Elliot sein Glück mit seinem Programm versucht. Das ist kein Wettkampf, bei dem es Sieger und Verlierer gibt. Wir haben alle dasselbe Ziel. Wir wollen den Serienmörder schnappen.«

»Wir sind uns also einig«, sagte Derek. »Die Marschroute ist festgelegt. Dann sollten wir jetzt einen Termin für die nächste Besprechung festlegen.«

»Lillians Abschiedsparty ist am achtundzwanzigsten«, warf Sloane ein. »Diesen Tag sollten wir nicht nehmen, da einige von uns eingeladen sind.«

»Am neunundzwanzigsten habe ich einen Termin und bin den ganzen Tag nicht erreichbar«, sagte Bill. »Würde der dreißigste passen?«

»Wir werden ihn passend machen«, stieß Derek hervor. »Dieselbe Zeit, derselbe Ort?« Er sah in die Runde.

Alle stimmten zu.

»Vielleicht brauchen wir gar keine zweite Besprechung mehr«, murmelte Sloane. Sie wusste nicht, ob sie die anderen in dem Raum oder vielmehr sich selbst überzeugen wollte. »Vielleicht haben wir den Kerl dann schon mithilfe von Elliots Programm geschnappt.«

»Vielleicht.« Dereks biss die Lippen zusammen. »Aber bis dahin wird deine Bewachung verstärkt.«

Büro von Professor Elliot Lyman
John Jay College für Strafrechtspflege
New York City
21.00 Uhr

Es war ein langer Tag gewesen, das bewiesen auch die vielen Donutkrümel auf Elliots Computertisch und leider auch in den Ritzen der Tastatur.

Die Besprechung hatte bis ungefähr vier Uhr gedauert. Danach hatte Elliot noch mit Sloane über die Entführungen an der Penn State University gesprochen und mit ihr über eine Suchstrategie für sein Programm diskutiert.

Als er in sein Büro zurückgekehrt war, war es schon fast halb sechs gewesen. Ihm schwirrte der Kopf von seinem kurzen Vortrag und den unzähligen Informationen, die er verarbeiten musste. Obendrein machte er sich wahnsinnige Sorgen um Sloanes Sicherheit.

Elliot wollte einen Augenblick lang allein sein, um sich zu entspannen.

Er schloss die Tür hinter sich, schluckte zwei Aspirin und schloss die Augen, um neue Kräfte zu sammeln. Anschließend wollte er einen Donut mit Marmeladenfüllung essen, um neue Energie für die Arbeit zu tanken.

Offenbar war er doch eingenickt.

Er sprang auf und spürte sofort, dass viel zu viel Zeit verstrichen war. Tatsächlich. Die Uhr auf seinem Schreibtisch zeigte 20:40 Uhr an. Verdammt! Drei Stunden vergeudet!

Elliot sah auf den Monitor. Noch nichts.

Er aß die restlichen Donuts. Und tatsächlich sorgte der hohe Zuckergehalt dafür, dass er sich anschließend wieder fit und munter fühlte. Jetzt konnte es losgehen.

Plötzlich öffnete sich auf dem Monitor ein neues Fenster und zeigte erste Ergebnisse an:

Deutliche Parallelen. Vergewaltigungen, angezeigt am 13. März, 23. Juni, 3. September. Opfer afroamerikanische Frauen, Alter 20, 27 und 30. Orte: Cypress Hills Houses, Blake Avenue, East New York, Brooklyn, New York. Edenwald Houses, East 229th Street, Bronx, New York. 143rd Street, Jamaica, Queens.

Diese Verbrechen waren vor drei Jahren verübt worden. Das New York Police Department hatte den Täter erst vor sechs Monaten verhaftet. Wie gut wäre es gewesen, wenn die Polizei die Verbrechen schon innerhalb von drei Monaten aufgeklärt hätte und nicht erst nach drei Jahren. Wie viele Frauen hatte dieser Scheißkerl in der Zwischenzeit vergewaltigt? Wie vielen Opfern wären die lebenslangen Wunden, die durch dieses traumatische Erlebnis verursacht worden waren, erspart geblieben?

Elliot wurde aus seinen Gedanken gerissen, als auf dem Monitor ein neuer Befehl auftauchte: *Drücken Sie Y, um fortzufahren, oder N, um eine neue Operation zu starten.* Elliot drückte auf N und auf Enter.

Die letzten Entführungen waren in die Datenbank eingefügt worden.

Professor Helen Daniels und ihre Tochter Abby. Zwei Opfer gleichzeitig. Ein See in der Nähe eines College-Campus. Spritzen. Penn State University.

Sorgfältig überprüfte Elliot ein letztes Mal seine Notizen, die er sich während der langen Besprechung heute Nachmittag gemacht hatte, und kreiste die letzten Schlüsselinformationen ein, die er eingeben musste. Es war ein vorläufiges Profil des unbekannten Täters, das die Profiler entwickelt hatten. Vorsichtig fügte Elliot das Profil der Zielperson in sein System ein.

Männlich, weiß. Mitte bis Ende dreißig. Vermutlich ein Einzelgänger. Kann keine normale sexuelle Beziehung zu Frauen aufbauen. Abnormes Verhalten, das vermutlich aus einer krankhaften Vorstellung von den Beziehungen zwischen Mann und Frau resultiert, die er während seiner Kindheit entwickelt hat. Zielgruppe: Prostituierte, Opfer, mit denen ein hohes Risiko und eine starke Öffentlichkeit verbunden sind. Entweder ältester Sohn oder Einzelkind. Glaubt fest daran, dass er intelligenter ist als die große Masse und dass er sich nicht an soziale Normen halten muss. Vermutlich hat er beim Militär gedient und war im Fernen Osten stationiert. Kenntnisse in Mandarin und Fukienesisch. Bevorzugte Mordmethode: Kehle durchschneiden, erstechen, aufschlitzen. Kupfermünze mit einer Python auf einer Seite und einer Göttin auf der anderen wird an jedem Tatort zurückgelassen.

Als Elliot zufrieden festgestellt hatte, dass alle Informationen richtig strukturiert waren, schrieb er den Satz: *Ergebnisse filtern, indem Skippy als Zielperson eingesetzt wird.*

Trotz seiner Sorge um Sloanes Sicherheit musste er grinsen. Sie hatte ihm mit dem Ellbogen einen Stoß in die Seite versetzt, weil er ihren Spitznamen benutzt hatte. Vielleicht hatte er es gerade deshalb getan. Vielleicht griff er nach etwas Tröstendem, nach einem Hauch von Humor, um sich in diesem albtraumartigen Szenario an etwas Menschliches zu klammern.

Das System antwortete: *Ergebnisse werden gefiltert, indem Skippy als Zielperson eingesetzt wird.*

Elliot gab den letzten Befehl ein: *Finde Verbindungen zwischen den Opfern.*

Das Statusfenster zeigte an: *Die Suche läuft …*

Es hatte keinen Zweck, hier herumzusitzen und erwartungsvoll auf den Monitor zu starren. Elliot wusste nicht, wie lange sein System brauchen würde, bis Ergebnisse vorlagen. Es konnte Stunden, Tage oder Wochen dauern, bevor der Monitor etwas anzeigte. Falls er überhaupt etwas anzeigte. Er verdrängte diesen Gedanken mit einem Schulterzucken. Nein, auf keinen Fall. Er musste positiv denken.

Sein System musste rund um die Uhr überwacht werden. Elliot hatte mit seinen beiden zuverlässigsten Studenten einen Einsatzplan ausgearbeitet und ihn ins Netz gestellt. Er musste immer über Handy erreichbar sein. Sobald etwas angezeigt wurde, musste ihm sofort Bericht erstattet werden. Es war ein komplizierter Prozess. Manchmal zeigte das System nur einen Suchpfad an, manchmal auch mehrere. Dann mussten Entscheidungen getroffen werden: Welcher Pfad sollte verfolgt werden? Oder sollten alle verfolgt werden? Sloane und ihre Kollegen würden ihr Gespür als Ermittler beisteuern. Für den Rest war Elliot verantwortlich.

Entscheidend war die Zeit.

Und genauso wichtig war es, dass sie alles richtig machten.

26. Kapitel

Datum: 28. April
Uhrzeit: 08.00 Uhr

Der Salbungsraum ist gereinigt und steht bereit.

Die Göttinnen spüren die Aufregung. Sie kennen den Grund nicht, aber sie werden ihn bald erfahren. Jede einzelne von ihnen hat sich so vollständig in die Göttin verwandelt, deren Namen sie trägt, dass alle Übergänge friedlich und natürlich ablaufen werden. So habe ich es geplant. Ich bin stolz darauf, dass ich eine so hervorragende Arbeit geleistet habe. Ich hatte Angst um Gaia. Diese Angst hat sich gelegt.

Ich hatte auch befürchtet, dass Demeter und Persephone zu spät hier angekommen sind, um sich noch richtig in ihre Rollen einzufinden. Ihre Fortschritte erstaunen mich genauso wie Demeters Kenntnisse über Pflanzen, Früchte und Gemüse und wie diese den Geist wachsen und blühen lassen.

Welch einen großartigen Beitrag wird sie als neue Göttin des Ackerbaus für den Olymp leisten.

Und Persephone ist wie der Beginn des Frühlings. Jung, frisch und voller Versprechen. Sie erinnert mich sehr daran, wie Artemis in diesem Alter gewesen sein muss.

Es schmerzt mich, dass ich nicht in der Lage war, Artemis schon damals diese Gelegenheit zu bieten, als sie so jung und naiv war wie Persephone heute. Wenn es anders gelaufen wäre, hätte sie ihr Leben nicht in dieser schändlichen Ödnis vergeuden müssen, hätte sie sich ihren Weg nicht erst durch den Morast verderbter Sterblicher erkämpfen müssen, bevor sie ihren endgültigen Bestimmungsort erreicht.

Ich werde es wiedergutmachen. Hier auf dem Neuen Olymp bin ich Delphi. Das ist das perfekte Pseudonym. Delphi, Apollos heilige Stätte, ein Heiligtum, das nur für ihn bestimmt ist, aber vorher auch für Gaia. Sobald ich in den richtigen Olymp aufgestiegen bin, nehme ich meinen rechtmäßigen Platz als Apollo ein. Meine erste Amtshandlung wird darin bestehen, dass ich einen prächtigen Tempel für Artemis erbauen lasse, einen Tempel, der den in Ephesus, der ihr einst geweiht war, bei Weitem übertrifft. Alle werden sie in ihrer heiligen Stätte verehren, genauso wie sie Gaia in Delphi verehren werden.

Und ich werde von Freude erfüllt sein. Denn niemand könnte einer dieser beiden Göttinnen jemals größere Verehrung entgegenbringen als ich.

Der Aufstieg steht nahe bevor.

Und sobald der Neue Olymp seinen Zweck erfüllt hat, wird es ihn nicht mehr geben. Unsere Seelen werden längst von unseren Körpern getrennt sein und über den leeren Hüllen aufsteigen. Diese Hüllen werden in einem herrlichen Opferfeuer verbrennen, und nichts als Asche wird zurückbleiben.

Mein provisorisches Denkmal für die Götter wird es nicht mehr geben.

Der Staub – alles, was von jeder Hülle übrig bleibt – wird in die Akten der Polizeibehörden eingehen und schließlich in Vergessenheit geraten.

Aber die Göttinnen und ich werden leben bis in alle Ewigkeit.

Jetzt muss ich nur noch Artemis hierherbringen, damit sie ihren rechtmäßigen Platz in unserer Mitte einnehmen kann.

Unsere Feinde sind immer noch da draußen. Wie eine Python sind sie entschlossen, uns zu töten und unsere Reise in die Ewigkeit zu verhindern.

Wie dumm sie sind. Alles, was sie tun, spielt keine Rolle. Artemis vertraut mir. Sie wird bereitwillig herkommen.

Noch teilen wir unsere besondere Beziehung nur in meinen Träumen.

In wenigen Tagen werden diese engen Bande für immer bestehen.

John Jay College für Strafrechtspflege
Mehrzweckraum
New York City
19.05 Uhr

Der karge Mehrzweckraum am John Jay College, der an eine Cafeteria erinnerte, war in einen wunderschönen Festsaal verwandelt worden. Gerade eben brach die Abenddämmerung herein. Das schummerige Licht, das durch die Fenster hereinfiel, sorgte für das Flair eines richtigen Festes und nicht nur einer akademischen Abschiedsfeier. Klassische Musik hallte durch den festlich geschmückten Raum, große Gefäße mit Punsch, Platten mit Vorspeisen und Behälter mit warmen Speisen standen bereit. Alles erinnerte ein wenig an ein privates Esszimmer in einem exklusiven Club und nicht an einen Mehrzweckraum in einem City College.

Ungefähr zwanzig Personen – größtenteils Mitglieder der Fakultät, Kollegen von den Polizeibehörden, die auf Tagungen am John Jay Vorträge hielten, und ein paar enge Freunde von Lillian – gingen hin und her, plauderten und bedienten sich am Buffet.

»Richtig nett«, murmelte Sloane. Sie und Derek waren an der Eingangstür stehen blieben. Auf dem Fest herrschte eine ungezwungene Atmosphäre. Sloane trug eine hellblaue Seidenbluse und eine schwarze Seidenhose. Derek hatte ein blau gestreiftes Hemd ohne Krawatte und eine marineblaue Hose angezogen.

»Finde ich auch.« Er nickte. Sein geschulter Blick glitt über die Gäste. »Das College hat sich richtig angestrengt. Und da dieser Raum nicht allzu groß ist, kann man alles gut im Auge behalten.«

»Derek, unser Täter ist kein Idiot«, murmelte Sloane. »Er wird nicht hier hereinstürzen, mir in der Öffentlichkeit eins über den Schädel geben und mich entführen. Hör also auf, wie ein Berglöwe in der Nähe der Tür herumzulungern, als wolltest du jemandem an die Kehle springen.«

Derek grinste über ihren Vergleich und entspannte sich. »Du hast recht. Ich lasse den Berglöwen an der Tür zurück.« Er sah sich noch einmal um, diesmal entspannter und freundlicher. »Kennst du alle Leute hier?«

»Nein.« Sloane schüttelte den Kopf. »Ein paar kenne ich flüchtig durch meine Besuche hier und die Tagungen.«

»Da ist Elliot.« Derek wies mit dem Kinn zum Buffet.

»Der steht immer da, wo es was zu essen gibt«, erwiderte Sloane, während sie Dereks Blick folgte. »Die attraktive Rothaarige, mit der er spricht, ist Lux Andrews. Sie ist Professorin für Soziologie hier am College, genauso wie Lillian. Beide halten gemeinsam ein Seminar über das Thema ›Sexualität und Kultur‹.« Sloane brach ab, weil ihr der Anlass dieses Festes wieder bewusst wurde. »Ich weiß nicht, ob dieses Seminar jetzt ausfällt oder ob Lux es allein weiterführt.«

»Sie sieht aus wie eine selbstbewusste und energische Frau. Ich schätze, sie ist in der Lage, das Seminar allein zu leiten, vorausgesetzt, sie möchte es.«

Dereks freimütige Bemerkung überraschte Sloane. Weil sie nicht wusste, wie sie sie interpretieren sollte, drehte sie sich zu ihm um und musterte ihn. »Möchtest du sie kennenlernen?«, fragte sie leichthin. »Sie ist clever, und sie ist Single. Sie hat sich gerade von ihrem Freund getrennt. Könnte traumhaft gut passen. Was meinst du? Soll ich euch bekannt machen?«

Derek runzelte die Stirn. »Ich finde das nicht lustig. Und ich bin nicht interessiert.«

»Schade. Sie wäre beeindruckt, wenn ich ihr sage, dass du FBI-Agent bist. Und wenn du ihr deine Glock zeigst, ist sie bestimmt *richtig* beeindruckt.«

»Verlockend.« Derek zuckte mit den Schultern. Seine Augen funkelten. »Ich brauche nicht zu protzen mit meinen Vorzügen. Du kannst es drehen und wenden, wie du willst, ich bin nun mal ein toller Typ. Die Frauen können einfach nicht die Finger von mir lassen. Es ist wie ein Fluch. Aber ich lerne, damit zu leben.« Er kicherte, als Sloane ihm mit dem Ellbogen in die Rippen stieß. »Du hast mich gefragt.«

»Vielleicht. Aber das heißt nicht, dass mir deine Antwort auch gefallen muss.«

»Stimmt.« Derek legte den Arm um sie und führte sie in den Raum. »Weißt du was?«, sagte er. »Du bist ein bisschen eifersüchtig, oder?«

»Bilde dir bloß nichts ein.«

»Tu ich auch nicht. Das war nur eine Feststellung. Die macht mich übrigens richtig an.« Er streichelte über ihren Rücken, und die Wärme seiner Finger drang durch die kalte Seide ihrer Bluse.

Sloane spürte, wie ihr ein heißer Schauer über den Rücken lief. Derek spürte es auch.

»Diese Party ist gar nicht so schlecht«, sagte er und führte sie zum Buffet. »Komm, wir holen uns was zu essen und zu trinken.« Er blinzelte ihr zu. »Sobald ich mich gestärkt habe, kann ich die Frauen hier reihenweise flachlegen. Punsch?«

»Führ mich nicht in Versuchung.«

Derek kicherte. »Ich doch nicht. Ich meine den Punsch. Möchtest du ein Glas?«

»Gern.« Sloane wünschte sich, sie würde sich nicht so ärgern über Dereks Art. Sie wünschte sich auch, es wäre ihr egal, mit wem er ins Bett ging. Sie wünschte sich einfach, ihr wäre alles egal.

Derek beugte sich vor und füllte zwei Gläser mit Punsch. »Reg dich nicht auf«, flüsterte er ihr ins Ohr. »Du bist alles, was ich will. Wenn du das immer noch nicht weißt, dann kann ich entweder dein Bedürfnis nach Liebe nicht stillen, oder du bist schwer von Begriff.«

Seine Worte trafen Sloane bis ins Mark, und das ärgerte sie noch mehr.

»Immer noch sauer, hm?« Derek grinste, als er ihr das Glas gab. »Wenn ich mich an deine Regeln halte, bist du sauer. Wenn ich dir sage, ich möchte nur dich, bist du auch sauer. Im Grunde wünschst du dir, dass du mich nicht willst. Das wird nicht passieren. Es ist unvermeidlich. Finde dich damit ab.«

»Nein.«

»Okay. Das ist deine Entscheidung.« Mit einem lässigen Schulterzucken gab Derek ihr sein Punschglas, damit er die Hände frei hatte für zwei Teller, weil er sich am Buffet bedienen wollte. »Du bist einfach nie zufrieden, Sloane Burbank«, sagte er leise. Sein Atem strich über ihre Haare. »Nur im Bett. Da treffe ich anscheinend genau ins Schwarze.«

»Wenn du das noch lauter sagst, bringe ich dich um«, sagte Sloane warnend. Sie nahm den Teller und trat demonstrativ einen Schritt zur Seite.

»Danke für die Warnung. Ich werde nur noch flüstern, wenn es um intime Sachen geht.«

»Hallo, ihr zwei.« Elliot kam mit seinem bis zum Rand gefüllten Teller auf sie zu.

»Keine Donuts?«, fragte Sloane. »Dein Magen wird einen Schock bekommen.«

»Nein. Donuts esse ich nur bei der Arbeit. Auf Partys esse ich was Richtiges.«

»Wo ist Lillian?«, fragte Sloane und ließ ihren Blick durch den Raum wandern.

»Auf der Toilette. Luke wartet vor der Tür auf sie.« Als Elliot Sloanes Miene sah, strich er ihr freundschaftlich über die Schulter. »Heute hat sie einen guten Tag. Ich habe Lillian seit Wochen nicht mehr so energiegeladen gesehen. Ich glaube, es gefällt ihr, der Ehrengast zu sein.«

Wie aufs Stichwort fuhr Luke seine Mutter im Rollstuhl in den Raum.

Sloane musste Elliot zustimmen. Obwohl sie blass war und stark abgenommen hatte, wirkte es so, als hätte Lillian keine Schmerzen und als wäre sie gut gelaunt. Mehrmals bat sie Luke, stehen zu bleiben, sodass sie mit den Gästen plaudern konnte. Als sie Sloane entdeckte, drehte sie sich zu Luke um und sagte es ihm.

Er lächelte verhalten, während er seine Mutter dorthin schob, wo Sloane, Derek und Elliot standen.

Luke war innerhalb weniger Tage gealtert. Er sah furchtbar abgehärmt aus, als hätte er seit Wochen nicht geschlafen. Unter seinen Augen waren dunkle Schatten, und zwischen den Augenbrauen hatte sich eine tiefe Falte gebildet. Sloane hatte ihn noch vor Kurzem gesehen. Auf einmal ließ er die Schultern hängen, als trüge er die Last der ganzen Welt. Vielleicht stimmte das ja sogar.

»Hallo«, begrüßte er sie. »Schön, dich zu sehen.«

»Ich freue mich auch.« Sie beugte sich vor und gab ihm einen Kuss auf die Wange. Dann beugte sie sich hinunter und begrüßte auch Lillian mit einem Kuss auf die Wange. »Sie sehen fantastisch aus, Lillian«, sagte Sloane. »Ich weiß nicht, ob man Ihnen erlauben sollte, jetzt schon in Ruhestand zu gehen.«

»Und ich weiß nicht, ob ich schon gehen will«, erwiderte Lillian mit der Miene eines Menschen, der mit dem Leben abgeschlossen hat. »Aber Gott hat andere Pläne. Daher vertraue ich auf seine Entscheidung.«

Sloane bewunderte ihren Mut. »Derek«, sagte sie laut. »Diese bewundernswerte Frau hier ist der Ehrengast des heutigen Abends, Dr. Lillian Doyle. Ihr Begleiter, der zufällig auch ein Freund von mir ist und dazu ein sehr netter Mensch, ist ihr Sohn Luke.« Sie zeigte auf Luke und Lillian und dann auf Derek. »Das ist Special Agent Derek Parker. Wir waren Kollegen im FBI-Büro in Cleveland, und wir haben ein paarmal hier in New York zusammengearbeitet.«

»Das hört sich faszinierend an.« Lillian zwinkerte Derek zu, während sie seine Hand schüttelte. »Gern würde ich Ihnen Fragen zu diesen Fällen stellen, denn die Ermittlungsarbeit interessiert mich brennend. Aber ich weiß, das darf ich nicht. Sloane hat mir im Laufe der Jahre erklärt, dass die Fälle entweder vertraulich behandelt werden oder sogar ganz geheim sind. Beides bedeutet, dass ich mich da rauszuhalten habe.«

Derek lachte und gab Luke die Hand. »Wir versuchen, es diplomatischer auszudrücken, aber ja, ich fürchte, in diesem Job ist das so.«

Lillian wurde ernst. »Da wir gerade beim Thema sind … Gibt es Neuigkeiten im Fall von Cynthia Alexander? Oder dürfen Sie nichts sagen?«

»Doch, wir dürfen was sagen«, erwiderte Sloane behutsam. »Fast alles steht in den Zeitungen. Spuren sind immer gut, wenn sie zu Ergebnissen führen. Aber das ist im Augenblick leider nicht der Fall. Aber wir arbeiten dran.«

»Das macht dich doch bestimmt verrückt«, warf Luke ein. »Ich weiß, du hasst es, auf der Stelle zu treten, auch wenn es nicht um eine so furchtbare Sache geht.«

»Stimmt«, gab Sloane zu. »Manchmal war es ziemlich hart. Vor allem, als ich Cynthias Mutter über die aktuelle Situation berichtet habe. Die arme Frau wollte natürlich wissen, was mit ihrer Tochter passiert ist. Und ich konnte ihr überhaupt nicht helfen.«

»Das glaube ich nicht«, widersprach Luke. »Ich habe selbst gesehen, wie du mit Menschen umgehst, und das in Situationen, die noch schlimmer und noch hoffnungsloser waren als diese hier. Du hast eine ganz besondere Art, Zugang zu Menschen zu gewinnen. Da macht dir keiner was vor.«

»Danke«, erwiderte Sloane. »Ich hoffe, du hast recht.«

»Hat er«, bestätigte Derek barsch. »Darum bist du auch eine so hervorragende Vermittlerin bei Geiselnahmen und ein so hervorragender Detective. Und darum war es auch ein so großer Verlust für das FBI, als du ausgeschieden bist.«

Sloane sah Derek überrascht an. Er gehörte nicht zu den Menschen, die mit Komplimenten um sich schmeißen. Und es war mehr als verwunderlich, dass er dieses heikle Thema in Gesellschaft anderer anschnitt. Warum?

»Es war bestimmt auch für Sloane betrüblich, ihre Dienstmarke zurückzugeben.« Der arme Luke bewegte sich direkt aufs Minenfeld zu. Und er wusste nicht, dass er jeden Augenblick auf eine Mine treten würde. »Sie waren damals noch in Cleveland und wussten nicht, wie sehr dieser Schritt sie mitgenommen hat.«

»Drei Operationen und eine regelmäßige physikalische Therapie, ja, ich hab's gehört.«

»Ich meinte nicht ihre Hand«, erwiderte Luke. »Obwohl sie mit wahnsinnigen Schmerzen zu kämpfen hatte und sich fast nie beklagt hat. Nein, ich meinte ihr ganzes Leben. Sie war mit Leib und Seele FBI-Agentin. Und plötzlich hatte sie diesen Job nicht mehr. Es ist nie einfach, ganz neu anzufangen. Aber sie hat es geschafft. Sie hat einen eisernen Willen.«

»Das weiß ich«, sagte Derek freundlich, doch in seinem Gesichts zuckte es so stark, dass Sloane Angst hatte, er würde jeden Augenblick explodieren. »Ich weiß auch, dass sie ihre Dienstmarke nicht gern zurückgegeben hat. Ich wusste aber nicht, dass ihr beide so eng befreundet seid.«

Sloane zuckte zusammen. Sie spürte, dass Derek Mühe hatte, sich zurückzuhalten. Am liebsten würde er seinen typisch männlichen Besitzanspruch zur Schau stellen. Das war nicht nur unnötig, sondern auch peinlich und dumm.

Elliot kam ihr zu Hilfe. »Für mich und Sloane war es dadurch einfacher, enge Freunde zu bleiben. Ich habe hier Tausende ihrer Highschool-Geheimnisse gespeichert.« Er tippte gegen seinen Kopf. »Wenn alle Stricke reißen, kann ich sie kurzerhand erpressen.« Er strich Sloane freundschaftlich über den Arm. »Bisher brauchte ich das aber nicht zu tun. Sie ist eine verdammt gute Freundin.«

»Stimmt.« Lukes Blick wanderte von Elliot zu Derek. Offenbar dachte er darüber nach, wie er seine Freundschaft zu Sloane beschreiben konnte. Und er hätte wohl auch gern gewusst, was für eine Beziehung zwischen Sloane und Derek bestand.

Schließlich entschied er sich, ein paar persönliche Worte mit Derek zu wechseln. »Sloane hat erwähnt, dass Sie Army Ranger waren, bevor Sie zum FBI gegangen sind.«

»Stimmt«, sagte Derek nur.

»Ich war auch bei der Armee, aber nicht bei so einer Elitetruppe wie den Rangern. Ich war im Camp Casey in Südkorea stationiert und als Sanitäter eingesetzt. Da habe ich mehr gelernt als während meiner ganzen Ausbildung und meiner langjährigen Arbeit im Krankenhaus.«

»Das glaube ich Ihnen gern.«

»Jetzt habt ihr lange genug über die Armee gesprochen«, unterbrach Lillian sie abrupt und umklammerte den Arm ihres Sohnes. »Ich denke nicht gern an diese Zeit zurück. Ich habe mir furchtbare Sorgen gemacht, als Luke in Übersee war.«

»Jetzt bin ich ja hier.« Luke ließ das Thema sofort fallen, denn er wollte auf keinen Fall, dass seine Mutter sich aufregte. Er warf einen Blick auf die Uhr. »Du musst deine Tabletten nehmen«, sagte er zu ihr und strich ihr kurz über die Schulter. »Ich hole ein

Glas Wasser und ein bisschen was zu essen. Du hast seit heute Mittag nichts mehr gegessen.« Er sah Sloane, Derek und Elliot fragend an. »Kann ich jemandem was mitbringen?«

»Nein, danke. Wir haben uns schon bedient«, erwiderte Sloane. »Das Essen schmeckt sehr gut, und im Punsch ist gerade so viel Alkohol, dass man einen Schwips bekommt.« Sie lächelte. »Aber wenn mein Erdbeer-Käsekuchen serviert wird, dann werdet ihr Augen machen. Der stellt alles andere in den Schatten.«

»Darauf freue ich mich schon die ganze Woche«, versicherte Lillian ihr.

»Okay, ich bin gleich zurück.« Luke entfernte sich, um seiner Mutter etwas zu essen zu holen.

»Danke, dass du mir aus der Patsche geholfen hast«, murmelte Sloane Elliot zu, während er sein Essen hinunterschlang. »Du hast was gut bei mir.«

»Luke auch«, murmelte er zurück. »Der arme Kerl hat sich viel zu weit aus dem Fenster gelehnt, und er hat es nicht gewusst. Er hat nur gespürt, dass Derek ihm jeden Augenblick einen Faustschlag verpassen würde. Ach übrigens, zu deiner Information: Falls du genauso ahnungslos sein solltest wie Luke, sag ich es dir noch einmal ganz deutlich. Derek ist verrückt nach dir.«

»Verrückt ist er mit Sicherheit.«

»Okay, dann beides.«

Sloane und Elliot lachten, als Luke mit einem Glas Wasser und einem Teller zu ihnen zurückkam.

»Habe ich was verpasst?«, fragte er.

»Ich hab nur einen Scherz über Elliots Essgewohnheiten gemacht«, sagte Sloane schnell. »Wenn er seinen Kopf über den Teller beugt, sieht er aus wie ein Pferd, das seinen Hafer in sich hineinschlingt.«

Jetzt lachten alle.

»Und was machen Sie so, Fremder?«, fragte Lillian Elliot, nachdem sie die Tabletten, die ihr Sohn ihr gegeben hatte, mit einem Schluck Wasser hinuntergeschluckt hatte. »Ich habe Sie schon eine Weile nicht mehr gesehen.«

»Das Übliche. Ich sitze vor meinem Computer und schufte.« Elliot grinste. »Dank meiner Highschool-Freundin hier habe ich die Chance bekommen, die ich mir immer gewünscht habe. Ich verändere mein neues Computerprogramm, um Bösewichter zu schnappen. Das ist ein richtiger Nervenkitzel.« Er blinzelte Lillian zu. »Ich würde Ihnen gern mehr erzählen, aber die Sache ist geheim. Richtig cool, wenn man so was sagen kann. Ich komme mir vor wie ein Gaststar in *Criminal Minds*.«

Lillian riss die Augen auf. »Arbeiten Sie mit an dem Entführungsfall Cynthia Alexander? Ich habe nämlich gelesen, dass es sich nicht nur um eine einzige Entführung handeln soll.«

Elliot bemerkte Dereks verstimmte Miene. »Dazu kann ich nichts sagen«, stieß er schnell hervor. »Wenn es um irgendwas geht, was das FBI als streng geheim einstuft, dann wird man getötet, wenn man darüber spricht.«

Lillian kicherte. »Das kann ich natürlich nicht zulassen. Sie sind unentbehrlich. Aber ich wünsche Ihnen Glück.« Ein neuer Gast auf der anderen Seite des Raums fesselte Lillians Aufmerksamkeit. Sie freute sich, ihn hier zu sehen. »Jetzt haben wir gerade über die Ermittlungen gesprochen, und da ist auch schon Detective O'Donnelly. Wie nett von ihm, zu meiner Party zu kommen. Er ist schon seit Jahren im Ruhestand. Ich war sicher, er hätte was Besseres zu tun gehabt, als den Abend mit einem Haufen Akademiker zu verbringen.«

»Er mag Sie sehr, Lillian«, sagte Sloane. »Erinnern Sie sich an die Diskussion nach unserer letzten Tagung? Er ist bestimmt gekommen, um dieses Gespräch fortzusetzen.« Sloane drehte sich zu Derek um. »Jimmy O'Donnelly hat beim Dezernat für Sexualstraftaten gearbeitet.«

»Wir kennen uns«, erwiderte Derek und verschlang einen appetitlichen Happen.

»Ah, dann brauche ich euch nicht vorzustellen.«

»Luke, ich würde ihn gern begrüßen. Ist es dir recht?« Lillian drehte sich zu ihrem Sohn um.

»Kein Problem. Ich nehme deinen Teller und dein Glas, und dann fahren wir zu ihm.«

»Danke.« Sie gab ihm das Glas und den Teller. »Würden Sie uns bitte entschuldigen?«, fragte sie.

»Natürlich«, erwiderte Sloane. »Wir haben Sie lange genug in Beschlag genommen.«

»Das hat mich sehr gefreut.« Lillian wartete, bis Luke ihr Weinglas vorsichtig in das Netz hinten am Rollstuhl gestellt hatte. Das war ein bisschen riskant, aber für den kurzen Weg müsste es gehen. Dann nahm Luke den Teller mit dem restlichen Essen in die linke Hand und schob den Rollstuhl mit dem linken Unterarm und der rechten Hand auf Detective O'Donnelly zu.

Dem Weinglas mit dem Wasser passierte nichts.

Dem Porzellanteller auch nicht.

Auf halbem Weg ging ein Mitarbeiter der Catering-Firma an Luke vorbei und stieß gegen seinen Arm.

Der Teller mit den Essensresten rutschte ihm aus der Hand, prallte gegen den Stahlrahmen des Rollstuhls und fiel zu Boden. Luke griff schnell nach den Scherben, damit seine Mutter nicht getroffen wurde. Zwei der größeren Scherben konnte er auffangen, ließ sie aber sofort fallen, weil die scharfen Kanten in seine Handfläche schnitten.

»Verdammt«, murmelte er. Blut tropfte aus den Schnittwunden.

»Luke?« Lillian begriff erst jetzt, was passiert war. Sie drehte sich zu ihrem Sohn um und wurde blass, als sie das Blut sah.

»Es ist nicht weiter schlimm, Mutter. Nur kleine Schnitte.« Automatisch beruhigte Luke sie, während er die tiefen Schnitte in seiner Hand betrachtete, um zu prüfen, ob Porzellansplitter in den Wunden steckten.

»Kann ich was tun?«, fragte Sloane leise. Sie bemühte sich, nicht die Nerven zu verlieren, während sie auf die Wunden in seiner Hand starrte, erinnerten sie sie doch lebhaft an die Messerattacke auf sie.

»Vielleicht kannst du mir ein paar Servietten und ein bisschen Wasser holen«, bat er. »Die Schnitte sind sauber. Es stecken keine Splitter mehr drin. Wenn ich mit einer Serviette auf die Wunden drücke, müssten sie aufhören zu bluten. Ich gehe auf die Toilette und kümmere mich darum. Dann mache ich mir einen provisorischen Verband, und wir können die ganze Sache vergessen.«

Sloane lief zum Tisch mit dem Buffet, nahm schnell ein paar Servietten und ein Glas Wasser und brachte beides zu Luke. »Hier.«

»Danke.«

»Blutet es noch?«, fragte Lillian besorgt.

»Nein.« Luke log, denn das Blut sickerte schon durch die unterste Serviette. »Es hört langsam auf.«

»Wasch die Wunde mit Wasser und Seife aus.« Lillian kramte in ihrer Handtasche und gab Luke ein kleines Verbandsset mit Pflaster, Mullbinden und einer Tube mit antibiotischer Salbe. »Du musst die Wunde desinfizieren und sie verbinden.«

»Mach ich.«

Luke entfernte sich, um seine Hand zu verbinden, und Elliot übernahm den Rollstuhl und schob Lillian zu Jimmy O'Donnelly. Die beiden waren mitten in einer erhitzten Diskussion, als Luke zu ihnen zurückkam.

»Gott sein Dank.« Elliot zog verzweifelt die Augenbrauen hoch. »Ich hatte schon Angst, Ihre Mutter und Detective O'Donnelly würden gleich aufeinander losgehen.« Er warf einen Blick auf Lukes sorgfältig verbundene Hand. »Alles in Ordnung?«

»So gut wie neu«, versicherte Luke ihm. »Ich übernehme dann wieder.«

»Großartig. Mein BlackBerry vibriert gerade. Das heißt, ich werde in meinem Büro erwartet.«

»Kein Problem. Ich komme schon klar.«

Elliot ging quer durch den Raum und blieb kurz in der Nähe des Eingangs stehen, wo Sloane und Derek sich einen erhitzten und nicht sehr freundlich klingenden Schlagabtausch lieferten. »Ich laufe schnell hoch in mein Büro und überprüfe die Fortschritte des Programms«, sagte er und hielt sein BlackBerry hoch. »Wenn Deborah, das ist meine Studentin, die Stellung hält, packe ich mir ein Lunchpaket – natürlich mit einem großen Stück von deinem Erdbeer-Käsekuchen –, fahre nach Hause und lege mich ein bisschen aufs Ohr. Morgen früh habe ich die erste Schicht. Dann möchte ich hellwach sein.«

»Und denk an unsere zweite Besprechung«, sagte Sloane.

»Erinnere mich nicht daran. Ich habe genug Druck. Mein ganzes Leben besteht nur noch darin, dass ich auf den verdammten Monitor starre und bete, dass er nützliche Ergebnisse anzeigt.«

»Sie tun alles, was Sie können«, versicherte Derek ihm. »Das tun wir alle. Irgendwas wird dabei rauskommen.« Er räusperte sich. »Ich weiß, wie viel Energie Sie in Ihr Programm stecken, um mit dessen Hilfe diese Verbrechen aufzuklären. Aber ich muss noch mal in aller Deutlichkeit betonen …«

»Ja, ich weiß, ich hätte mein Maul nicht so weit aufreißen dürfen«, beendete Elliot den Satz für ihn. »Sie haben recht. Es tut mir leid. Es kommt nicht wieder vor.«

»Okay«, sagte Derek. »Zum Glück haben Sie sich nur sehr vage ausgedrückt, und wir sind hier unter Freunden.«

»Ich bin froh, dass ich noch mal ungeschoren davonkomme.« Elliot sah ihn ein wenig verlegen an. »Ab sofort halte ich den Mund.« Sein Blick glitt von einem zum anderen. »Jetzt könnt ihr euer Streitgespräch fortsetzen. Wenn ihr nichts von mir hört, heißt das, dass es nichts Neues gibt. Wir sehen uns dann übermorgen.«

Vier Stunden später hatte Elliot sein Lunchpaket genossen und schlief tief und fest, als es an seine Wohnungstür klopfte.

Im Halbschlaf schlüpfte er in einen Morgenmantel und ging zur Tür. Wie immer warf er einen Blick durch den Spion und öffnete erst danach die Tür.

»Hab ich was vergessen?«, fragte er, als er seinen Namen auf dem großen Umschlag las, den der Besucher mitgebracht hatte.

»Du hast nur vergessen, auf Löschen zu drücken.« Der Besucher schloss die Tür hinter sich, griff in den Umschlag und zog ein großes Kampfmesser heraus. »Aber keine Sorge«, sagte der Mann, in dessen Augen der Wahnsinn schimmerte. »Ich kümmere mich darum.«

27. Kapitel

Datum: 30 April
Uhrzeit: 06.00 Uhr

Bei dieser Fahrt verschlägt es mir jedes Mal den Atem.

Die Kittatinny Mountains sind im Frühjahr besonders schön. Ihr üppiges Grün überragt die Täler. Ich umklammere das Lenkrad, schaue aus dem Fenster und bewundere die schöne Landschaft und den Sonnenaufgang über den Bergen. Ich schalte herunter und zwinge den Wagen, den steilen Berg hinaufzufahren. Das ist der Berg, auf dem, verborgen hinter dichten Bäumen, der Neue Olymp steht.

Ich bin diese Strecke in Dutzenden von Monaten Hunderte Male gefahren. Aber dieses Mal ist es anders. Dieses Mal kehren Gaia und ich endgültig nach Hause zurück.

Meine lange Reise ist fast zu Ende. Wie vor mir Odysseus werde ich in den Geschichten weiterleben, die man über meine glorreichen Schlachten gegen die Mächte des Bösen erzählen wird. Wenn das böse FBI und sein unbedeutender Bote, das New York Police Department, das Heiligtum finden, das ich gebaut habe und zurücklasse, werden Gaia, Artemis, die weniger bedeutenden Göttinnen und ich zum Olymp auffahren.

Niemand und nichts kann mich aufhalten.

Deshalb bin ich so glücklich, dass ich die neue Schlange entdeckt habe, diese Python, die geschickt wurde, um meine Pläne zu durchkreuzen. Das habe ich zu verhindern gewusst. Trotz ihrer Cleverness ist die Python gescheitert. Sie ist gestorben,

wissend, dass sie verloren hat, und wissend, dass die Tugend gesiegt hat. Das Böse muss ausgerottet werden.

Das habe ich getan.

Bei Gaia muss ich ununterbrochen Wache halten. Ich möchte ihr nichts von Artemis erzählen – noch nicht. Es soll eine Überraschung werden. Heute wecke ich sie nur, um sie mit ihrem Raum bekannt zu machen und ihr die herrliche Aussicht auf den Himmel zu zeigen. Diese Aussicht kann sie zuerst am Tag und später dann in der Nacht genießen.

Es ist von größter Wichtigkeit, dass sie von Frieden und Freude erfüllt ist, damit ihre Seele im Einklang mit ihrem Schicksal aufsteigt, wenn der Zeitpunkt für sie gekommen ist, ruhig aus dieser Welt in die Ewigkeit überzugehen.

Sobald sie sich eingewöhnt hat, wird alles vorbereitet sein.

Dann müssen wir nur noch warten, bis Artemis sich zu uns gesellt.

FBI-Büro New York
26 Federal Plaza, New York City
07.45 Uhr

Derek bekam den Anruf von Bob Erwin, gerade als er sich hinsetzte, um seine Notizen durchzulesen und seine dritte Tasse Kaffee zu trinken.

Er hörte nur das Wesentliche. Das reichte ihm. Derek hatte das Gefühl, eine Dampfwalze würde über ihn hinwegrollen. Langsam stellte er die Tasse auf den Schreibtisch, und dort blieb sie stehen und wurde vergessen. Schließlich war der Kaffee eiskalt. Derweil schilderte Bob die Details, wann, wo und wie es passiert war. Das alles beantwortete die Frage nach dem Täter.

Warum, das wusste Derek schon längst.

»Die Kriminaltechnik ist vor Ort und sichert Spuren«, fuhr

Bob fort. »Sie wussten nicht, dass das FBI für diese Mordermittlung zuständig ist, bis sie meine Karte auf seinem Schreibtisch gefunden haben und mich angerufen haben. Tut mir leid.«

»Das ist jetzt nicht wichtig. Mir sind diese Formalitäten egal. Rufen Sie sie an und sagen Sie, die Leiche soll nicht abtransportiert werden, bevor ich am Tatort bin.«

»Schon geschehen. In der Wohnung war niemand außer den Polizisten, die auf den Notruf reagiert haben, den Sanitätern, den Detectives vom neunten Revier und von der Kriminaltechnik. Die Wohnung ist versiegelt. Alle wissen, dass Sie die Ermittlung leiten. Niemand sonst betritt die Wohnung, bis Sie da sind.«

»Gut.« Derek zog einen Stift und einen Block aus der Tasche. »Wie lautet die Adresse?« Er schrieb sie sich auf. »Ich bin schon unterwegs.«

»Derek?«, rief Bob schnell. »Wie sollen wir das Sloane beibringen? Sie weiß es noch nicht. Ich dachte, Sie würden es ihr gern selbst sagen ...«

»Ich sage es ihr.« Derek rieb sich übers Gesicht und dachte an Sloane. Ja, sie war zäh. Zäh und stark. Trotzdem würde das einer dieser Augenblicke sein, den sie niemals würde vergessen können, einer dieser Augenblicke, der sie für immer verändern würde. Derek kannte so eine Situation, und er wusste, wie beschissen das war.

»Sie ist zu Hause«, sagte er zu Bob. »Wahrscheinlich bereitet sie sich auf die Besprechung vor, die jetzt natürlich ausfällt. Ich möchte nicht, dass sie es am Telefon erfährt. Ich fahre vom Tatort aus sofort zu ihr.«

»Die Besprechung – stimmt. Die hätte ich fast vergessen. Ich sage Bill und Larry Bescheid, dass sie ausfällt. Sie müssen sowieso von der Sache erfahren.«

»Ja.« Derek war schon aufgesprungen. Es sah so aus, als würde das große Finale bevorstehen. Mit jeder Minute, die verging, hatte der Täter Zeit, noch mehr Morde zu begehen. Und auch das Risiko, dass Sloane von jemand anders erfuhr, was passiert war, wurde größer.

Da fiel Derek etwas ein.

»Was ist mit der Fakultät am John Jay?«, fragte er Bob. »Wissen die es schon?«

»Noch nicht. Nur die Studentin, die uns angerufen hat.«

»Das soll auch so bleiben, bis ich mit Sloane gesprochen habe.«

»Ich gebe Ihnen so viel Zeit, wie ich kann. Rufen Sie mich sofort an, wenn Sie es ihr gesagt haben. Und Derek, sagen Sie Sloane, ich …«

»Mach ich.« Derek legte auf. Während er die Akte und seine Jacke nahm, stellte er sich mal wieder die uralte Frage nach dem Leben und nach dem Tod, auf die es keine Antwort gab. Er trank noch einen Schluck kalten Kaffee und verließ dann eilig das Büro.

»Hallo«, rief Jeff, als er Derek auf dem Gang entdeckte und sah, wie blass er im Gesicht war. »Was ist los? Du siehst total beschissen aus.«

»So fühle ich mich auch.« Derek schilderte Jeff kurz, was passiert war. »Ich fahre zum Tatort und anschließend zu Sloane.«

»Kann ich irgendwas tun?«, fragte Jeff.

»Ja, kannst du. Könntest du für mich bei der Spurensicherung anrufen? Ich brauche die Kollegen am Tatort.« Dereks Gedanken überschlugen sich. Er fragte sich, wie er am schnellsten Antworten auf seine Fragen bekam. Die Kollegen von der Spurensicherung des FBI an den Tatort zu beordern war sicherlich der erste Schritt. Die Kriminaltechniker des NYPD waren schon vor Ort, sie würden mit der Spurensicherung des FBI zusammenarbeiten, damit die Sache schnell über die Bühne ging. Das in Tüten verpackte Beweismaterial sollte anschließend mit einem Strichcode versehen und mit dem Hubschrauber ins Labor nach Quantico geflogen werden, wo die Techniker es sofort untersuchen würden.

Jeff nickte kurz. »Fahr du zum Tatort und zu Sloane. Ich rufe die Kollegen von unserer Spurensicherung sofort an und informiere Tony. Er wird sich darum kümmern und die Ermittlungen hier bei uns koordinieren. Wenn das FBI, das NYPD und die örtlichen Polizeireviere bei der Jagd auf den Täter zusammenarbeiten, hat der Scheißkerl keine Chance. Wir werden ihn schnappen.«

»Ja. Ich hoffe nur, dass wir ihn schnappen, bevor die Liste seiner Morde noch länger wird.«

Hunterdon County, New Jersey
11.25 Uhr

Sloane füllte die Wassernäpfe der Dackel mit frischem Wasser. Dann überzeugte sie sich, dass ihre drei Lieblinge zusammen mit ihren Decken und ihrem Spielzeug gemütlich auf dem Sofa lagen. Am liebsten hätte sie sich zu ihnen gelegt, eine Runde geschlafen und die verdammte Besprechung ausfallen lassen.

Es gab keine einzige neue Spur. Wenn Elliot etwas herausgefunden hätte, hätte er sie angerufen. Das FBI und das Police Department hätten dasselbe getan. Das bedeutete, dass die zweite Besprechung zu nichts führen würde.

Seit zwei Tagen hatte Sloane nicht richtig geschlafen. Die ständigen Streitereien mit Derek seit Lillians Party und das ungute Gefühl, dass irgendetwas nicht stimmte, führten dazu, dass sie sich in den Nächten von einer Seite auf die andere geworfen hatte. Sie fühlte sich hundeelend. Der Streit mit Derek war nicht beigelegt. Und das ungute Gefühl legte sich auch nicht.

Mit einem tiefen Seufzer hängte sie sich die Umhängetasche über die Schulter, nahm den Autoschlüssel von der Küchentheke und verließ das Haus.

Sie schloss die Haustür ab und wollte gerade zur Einfahrt

gehen, als sie mit jemandem zusammenstieß. Automatisch holte sie mit dem Ellbogen zum Schlag aus.

Jemand umklammerte ihren Arm. »Stopp, Killer. Ich bin's nur.«

»Mein Gott, Derek. Schleich dich doch nicht so an. Du weißt doch, wie gut ich mich verteidigen kann und wie schnell ich reagiere. Ich hätte dir die Nase brechen können.« Ihre Muskeln entspannten sich, und sie strich sich mit den Fingern durch die Haare. »Was machst du eigentlich hier? Denny steht auf der anderen Straßenseite und macht seinen Job. Die Dackel sind so angriffslustig, dass sie jedem, der sich mir nähert, die Kehle durchbeißen. Ich brauche keine Eskorte nach Manhattan. Und ich möchte nicht Runde drei – oder ist es schon Runde vier? – unseres Streits darüber austragen, wie blöd du dich auf Lillians Party benommen hast.«

»Darum bin ich nicht hier. Die Besprechung wurde verschoben.«

»Warum?«, fragte Sloane.

Derek atmete tief durch. »Können wir reingehen und drinnen weiterreden? Ich habe nicht viel Zeit, und ich möchte nicht hier draußen mit dir sprechen.«

Als Sloane seine finstere Miene sah und seinen düsteren Ton hörte, schnürte sich ihr die Kehle zu. Wahrscheinlich würde das, was sie gleich erfahren würde, die Unruhe erklären, von der sie in den letzten Tagen gequält worden war. Sloane stellte Derek keine Fragen. Sie drehte sich einfach um, schloss die Haustür wieder auf und stieß sie auf.

Die Dackel, die auf der Couch geschlafen hatten, sprangen auf und rannten los, um Sloane zu begrüßen, als wäre sie eine Woche und nicht nur drei Minuten weg gewesen. Als sie Derek entdeckten, sprangen sie ihn an und bettelten um seine Aufmerksamkeit.

Er hockte sich auf den Boden, kraulte sie abwesend hinter den Ohren und wartete, bis sie sich wieder beruhigt hatten, damit er das tun konnte, was er tun musste. Dann stand er auf, nahm vorsichtig Sloanes Hand und führte sie ins Wohnzimmer. Er wartete, bis sie sich auf die Couch gesetzt hatte, und setzte sich neben sie.

»Was ist los?« Sloane war erstarrt. »Was immer es auch ist, es ist schlimm. Derek, sag es mir.«

Er redete nicht lange um den heißen Brei herum. Das würde den Schock nicht mildern und die Qual nur hinauszögern.

»Es geht um Elliot. Er ist gestern nicht am John Jay College aufgetaucht – weder um im Büro zu arbeiten noch um das Computerprogramm zu überwachen. Er hat nicht mal angerufen, um sich nach den Fortschritten zu erkundigen. Seine Studenten haben versucht, ihn über Handy zu erreichen, doch es meldete sich nur die Mailbox. Heute Morgen war Deborah so besorgt, dass sie die Cops angerufen hat.«

Sloane war leichenblass geworden. »Und?«

»Ich habe einen Anruf von Bob Erwin bekommen. Das neunte Revier vom East Village hat Elliot in seiner Wohnung gefunden.«

Sloane wusste, was das bedeutete. »Ist er geschlagen worden? Niedergestochen? Noch schlimmer?«

»Es tut mir leid«, sagte Derek leise.

Einen Augenblick lang herrschte Totenstille.

»Er ist tot?«, stammelte Sloane schließlich.

»Der Tod muss Dienstagnacht gegen ein Uhr eingetreten sein. Es gibt keine Spuren eines Einbruchs. Entweder kannte Elliot den Mörder, oder er hat ihm im Halbschlaf die Tür geöffnet und ihn reingelassen.«

Sloane schluckte. Sie versuchte, die Tränen zurückzuhalten. »Du warst am Tatort?«

Derek nickte. »Ich komme gerade von dort.«

»War es der Killer, den wir suchen?«

»Es besteht kein Zweifel. Er hat seine Handschrift hinterlassen.«

»O mein Gott.« Sloane kniff die Augen zu und presste die Fingerspitzen auf die Lider, um die Bilder zu vertreiben, die sie sah. »Er hat Elliot mit einem Kampfmesser zerstückelt. Wer weiß, wie lange er auf ihn eingestochen hat. Wer weiß, wie lange Elliots Todeskampf gedauert hat. Hat dieses Schwein ihn gezwungen, um sein Leben zu betteln. Was rede ich da? Am Ende hat er sicher nicht mehr um sein Leben gebettelt, sondern nur darum, endlich sterben zu dürfen.«

Sloane redete weiter, als würde sie ein Selbstgespräch führen. »Elliot ist ein so sanfter Mensch. Er hat Angst vor Spinnen und vor Horrorfilmen, und er wurde immer leichenblass, wenn ich über meinen Job geredet habe. Gewalt hat ihm wahnsinnige Angst eingejagt. Er muss total in Panik geraten sein. Und die qualvollen Schmerzen ... das Entsetzen, als er begriffen hatte, dass er sterben würde ... Ich kann es mir nicht vorstellen ...«

»Lass es sein.« Derek zögerte kurz, dann zog er Sloane an sich. »Es ist schnell gegangen, und er hat nicht lange leiden müssen. Es war nicht so, wie du es dir vorstellst. Der Mörder hat sich nicht ausgetobt, er hat Elliot die Halsschlagader durchtrennt. Er hat sich nicht viel Zeit genommen und die Wohnung schnell wieder verlassen. Er wollte nicht seine Macht demonstrieren, sondern eine Gefahr ausschalten.«

»Die Halsschlagader«, wiederholte Sloane. »Wie viele Schnitte?«

»Mehrere«, erwiderte Derek ausweichend.

Sloane gab sich damit nicht zufrieden. »Mit anderen Worten, mindestens drei. Er wollte sicher sein, dass Elliot wirklich tot war. Das heißt, der ganze Raum ist voller Blut. Aber er wurde nicht lange gefoltert.« Sloane lachte freundlos auf. Dann schlug sie plötzlich mit der Faust gegen Dereks Brust – ein Mal, zwei Mal. Erst dann zwang sie sich aufzuhören. »Das ist nicht fair. Verdammt, das ist einfach nicht fair. Elliot war ein guter, anständiger Mensch. Und ich habe ihn in die Sache reingezogen. Und er hat mitgemacht, trotz seiner Ängste, weil er Leben retten wollte. Und am Ende hat er sein Leben verloren. Warum? Warum passieren solche Dinge?«

»Diese Frage kann ich nicht beantworten.« Dereks Blick wanderte in die Ferne. »Ich verstehe es auch nicht besser als du. Ich habe mir diese Frage schon unzählige Male gestellt und nie eine Antwort darauf gefunden.«

»Vielleicht gibt es gar keine Antwort auf diese Frage. Im Augenblick spüre ich nur Leere und Übelkeit. Und mich quälen wahnsinnige Schuldgefühle.« Sloane, die sonst so hart im Nehmen war, schien jeden Augenblick zusammenzubrechen. Sie begann zu weinen und fuhr mit tränenerstickter Stimme fort: »*Ich* war diejenige, die Elliot um Hilfe gebeten hat, und jetzt ist er tot. *Tot.* Und dieser Psychopath läuft da draußen frei herum.«

»Du hast einen Schock«, sagte Derek, während er zärtlich über Sloanes Rücken strich, um sie zu beruhigen. »Du musst das erst mal verdauen. Aber du darfst nicht glauben, dass das deine Schuld ist. Tu das nicht. Ja, du hast Elliot diese Zusammenarbeit vorgeschlagen. Aber er hat sich entschlossen, es zu tun, und er war total begeistert. Sein Tod ist eine entsetzlich grausame Tat, doch dafür ist der Mörder verantwortlich und nicht du.«

»Ich weiß«, erwiderte Sloane, und ihre Stimme brach. Sie schluchzte so stark, dass ihr ganzer Körper zitterte. »Ich habe ihn seit der Highschool gekannt. Wir haben zusammen studiert. Wir haben ziemlich viel Blödsinn gemacht. Er hat mir Nachhilfe gegeben im Programmieren und ich ihm in Spanisch. Er war ein bisschen verschroben und trottelig, aber er hatte ein Herz aus Gold. Und jetzt ist er tot. Ich werde ihn nie wieder sehen. Niemals. Ich kann das einfach nicht begreifen.«

Derek wünschte sich, er würde die richtigen Worte finden, um sie zu trösten. Doch sie wussten beide, dass es diese Worte nicht gab. Daher sagte er das, was er in dieser Situation sagen konnte. »Es tut mir so leid, mein Schatz.«

Sloane presste ihr Gesicht gegen sein Hemd und nickte.

Dann schwiegen sie lange. Sloane weinte, und Derek hielt sie in seinen Armen.

Plötzlich richtete sie sich auf und wischte sich die Tränen von den Wangen. »Das hat Elliot nicht verdient. Ich kann nicht hier rumsitzen und heulen. Ich *muss* was tun. Und wenn ich dabei draufgehe. Ich werde diesen Scheißkerl finden und ihn mit seinem eigenen Kampfmesser aufspießen.«

Dereks Magen verkrampfte sich. Er wusste, dass Sloane es ernst meinte. Es war ihm zwar egal, wie dieser Scheißkerl starb, aber er würde nicht zulassen, dass Sloane Selbstjustiz übte und am Ende noch ihr eigenes Leben gefährdete.

»Du bist nicht allein«, versicherte er ihr. »Wir alle wollen ihn schnappen. Keiner von uns wird Ruhe geben, bis wir dieses Schwein geschnappt haben.« Derek beschloss, die Trauer wegzudrängen, indem er über die Fakten sprach. »Die Spurensicherung vom FBI hat zusammen mit den Kriminaltechnikern der Polizei eine Reihe von Beweisen gefunden und gesichert – einschließlich Fingerabdrücke, Haare und natürlich Blut. Sie haben sogar zwei Schuhabdrücke in dem ganzen Blut gefunden. Alle Beweise sind inzwischen in Quantico. Die Kollegen dort werden was finden.«

»Das Blut und die Fingerabdrücke sind bestimmt von Elliot. Das weißt du genauso gut wie ich. Dasselbe gilt auch für die Haare. Das viele Blut wird bestätigen, dass Elliots Hauptschlagader durchtrennt wurde. Selbst wenn der Täter unvorsichtig war, dauert ein DNA-Profil zwei Tage. So lange können wir nicht warten.« Sloane atmete tief durch. »Was ist mit Nachbarn? Gibt es einen Portier? Hat keiner was gesehen?« Sie sprang auf. »Ich möchte zu der Wohnung fahren. Ich möchte jeden Bewohner des Hauses befragen. Irgendjemand muss doch was gesehen haben.«

»Sloane, warte.« Derek stand auf und fasste sie an den Schultern. »Du kannst nicht einfach hinfahren und den Leuten Fragen stellen. Du bist nicht beim FBI und nicht bei der Polizei. Wenn du deine Kompetenzen überschreitest, könntest du alles gefährden.«

Sloane knirschte mit den Zähnen. Sie wusste verdammt gut, dass Derek recht hatte. »Du weißt, was das bedeutet, nicht wahr? Wenn der Täter wusste, woran Elliot gearbeitet hat, muss es jemand sein, der sich am John Jay College herumtreibt. Vielleicht sogar jemand, der dort arbeitet. Das kann jeder sein, angefangen bei einem Professor über einen Verwaltungsangestellten bis hin zu einem Haustechniker.«

»Es könnte auch jemand gewesen sein, der auf Lillians Party war«, meinte Derek. »Wenn er da war und gehört hat, dass Elliot daran arbeitete, die Entführungen mithilfe seines neues Computerprogramms zu analysieren, ist er bestimmt ausgerastet.«

»Du hast recht.« Sloane nickte. »Wir müssen alle Mitarbeiter vom John Jay College befragen und jeden Gast, der auf der Party war. Wir müssen auch von jedem eine Speichelprobe nehmen.«

»Das werden wir auch tun. Ich habe längst alles in die Wege geleitet. Auch die Liste der Leute, die befragt werden müssen, ist schon in Arbeit. Larry und Bill sind auch schon informiert und helfen uns bei den Ermittlungen. Wir tun alles, was in unserer Macht steht. Wir *werden* den Täter finden.«

»Bevor er noch jemanden entführt oder tötet?« Sloane sah Derek eindringlich an. »Das passt gar nicht zu dir. Du leitest den Fall. Du hast tausend Dinge zu tun, und es ist ein Wettlauf mit der Zeit. Warum also sitzt du hier und spielst den Babysitter, anstatt irgendwas zu tun?«

»Ich spiele nicht den Babysitter«, erwiderte Derek offen. »Ehrlich gesagt, ich würde am liebsten sofort zum John Jay College fahren und alle befragen, angefangen mit Elliots Studenten, die vermutlich die Letzten waren, die ihn lebend gesehen haben. Aber ich habe Bob gebeten, das John Jay College erst dann zu informieren, wenn ich mit dir gesprochen habe.«

»Das verstehe ich nicht.«

»Warte eine Sekunde.« Derek hob den Zeigefinger und zog sein Handy aus der Jackentasche. »Ich muss gerade Bob anrufen. Deborah wurde zum Schweigen verdonnert. Sobald ich mit Bob gesprochen habe, kann er Deborah von ihrer Schweigepflicht entbinden und dem College Bescheid geben. Die Verwaltung wird dann ihrerseits die Mitarbeiter und Studenten informieren.«

Sloane blinzelte. »Am John Jay College weiß es noch keiner?«

»Nein. Ich habe Bob gebeten, zu warten, weil ich nicht wollte, dass du es von einem anderen erfährst.«

Plötzlich begriff Sloane, was Derek alles auf sich genommen hatte – für sie. Er hatte den Tatort verlassen und die Ermittlungen unterbrochen, um zu ihr zu fahren und hier mit ihr zu sitzen und ihre Tränen zu trocknen. Obendrein hatte er für eine Informationssperre gesorgt, damit sie Zeit hatte, über den ersten Schock hinwegzukommen. »Ich habe gar nicht daran gedacht …« Sie seufzte. »Danke.«

»Kein Problem.«

»Du wusstest, dass ich dich brauchte.«

»Ich weiß meistens, was gut für dich ist.« Derek klappte sein Handy auf. »Ich kenne dich, Sloane«, sagte er und wählte Bobs Nummer. »Ich kenne dich wirklich. Und auch wenn jetzt nicht der richtige Zeitpunkt ist, darüber zu sprechen, ist das der Grund, warum wir gestritten haben«, fügte er hinzu, während er darauf wartete, dass Bob sich meldete.

Sloane runzelte die Stirn und versuchte, die Sache herunterzuspielen. »Ach ja? Ich dachte, wir hätten uns gestritten, weil du so ein besitzergreifender Idiot bist.«

»Haben wir das?« Derek lachte nicht. »Oder haben wir uns gestritten, weil wir eine Beziehung vortäuschen, die nichts mit der Wirklichkeit zu tun hat und an der wir nur festhalten, weil dich der Gedanke an eine feste Beziehung zu Tode erschreckt?«

Bob Erwin meldete sich. »Bob, ich bin's. Ich bin bei Sloane.« Eine kurze Pause. »Genauso, wie Sie es erwartet haben. Aber sie ist zäh, das wusste ich. Sie ist entschlossen, zum John Jay College zu fahren, um ein paar Mitarbeiter und Studenten von Elliot zu befragen. Ich glaube, das ist eine gute Idee. Jetzt haben wir noch das Überraschungsmoment auf unserer Seite. Je weniger Zeit die Leute haben, sich darauf vorzubereiten, desto wahrscheinlicher ist es, dass sie etwas sagen, was sie lieber nicht gesagt hätten – vorausgesetzt, dass überhaupt jemand was zu verschweigen hat.«

Er schwieg kurz. »Ja, wir fahren zusammen – in meinem Auto und mit mir am Steuer. Wir wollten jetzt losfahren. Bleibt Ihnen genug Zeit, um der Verwaltung Bescheid zu geben, sodass die die Mitarbeiter und Studenten informieren und sich um Schadensbegrenzung bemühen kann?« Derek hörte zu. »Gut. Dann treffen wir uns vor Ort.« Er hob den Blick, als Sloane ihm ein Zeichen gab, ihr das Telefon zu geben. »Bob, einen Moment bitte. Sloane möchte mit Ihnen sprechen.« Er gab ihr das Handy.

»Hallo, Bob. Es ist nett, dass Sie sich Sorgen um mich machen, aber ich komme schon klar. Ich fahre mit Derek, aber nicht, weil ich ein emotional am Ende bin und am Steuer zusammenbreche, sondern weil es Blödsinn ist, mit zwei Autos zu fahren, wenn wir dasselbe Ziel haben.«

Sloane schluckte. »Ich wollte noch kurz mit Ihnen sprechen, um Ihnen ein paar Informationen zu geben, die Ihnen Zeit und Mühe ersparen. Elliots Familie ist nicht groß. Er hat eine Schwester, Patty, die lebt in Portland in Maine. Seine Eltern sind von New York nach Conway in South Carolina, gezogen, als er mit dem Studium begonnen hat. Sie wohnen immer noch dort. Es müsste also einfach sein, sie ausfindig zu machen. Bis nachher.«

Sie legte auf und sah Derek an. »Bob hat gesagt, du hättest Neuigkeiten?«

»Zwei Detectives haben mit der Befragung der Bewohner des Hauses begonnen, in dem Elliot gewohnt hat. Bob setzt die Leute unter Druck, die am John Jay College das Sagen haben, damit wir die Genehmigung bekommen, noch heute mit den Speichelproben zu beginnen.«

»Gut. Je früher, desto besser.«

Derek ging auf Sloane zu und legte einen Finger unter ihr Kinn. »Ich leite die Ermittlungen, wie du gesagt hast. Ich kann mich darum kümmern und dich dann später informieren. Bist du sicher, dass du das selbst tun willst?«

»Im Augenblick weiß ich gar nichts mehr. Aber ich *werde* es tun. Komm jetzt.« Sloane wollte schon zur Tür gehen, blieb dann aber stehen und warf Derek einen wachsamen, leicht irritierten Blick zu. »Was hast du vorhin damit gemeint, dass wir eine Beziehung vortäuschen, die nichts mit der Wirklichkeit zu tun hat?«

»Das führt jetzt nur zu weiteren Diskussionen. Vielleicht sollten wir die auf später verschieben.«

Sloane nickte. »Du hast recht. Wir müssen uns um die Ermittlungen kümmern.«

»Das ist nicht der Grund. Auch wenn wir am liebsten sofort beginnen möchten, müssen wir Bob ein bisschen Zeit lassen, damit er die Verwaltung des John Jay College informieren und sich um Schadensbegrenzung bemühen kann. Ich hatte eher an dich gedacht. Du hast gerade einen guten Freund verloren. Du hast einen Schock.« Derek zögerte kurz. »Aber vielleicht gibt es gar keinen Grund, dieses Gespräch zu verschieben. Wir haben es schon viel zu lange verschoben.«

»Stimmt«, erwiderte Sloane und sah ihn erwartungsvoll an. »Dann schieß los.«

»Das habe ich vor.« Derek musterte sie mit seinen blauen Augen. »Aber diesmal halte ich mich nicht zurück. Das Leben ist kurz, zu kurz. Das zeigen uns Tragödien wie Elliots Ermordung.

Wir müssen jeden Augenblick ergreifen und dürfen nicht im Sumpf versinken. Die Vergangenheit ist passé. Und hinter der Zukunft steht ein dickes Fragezeichen. Die Gegenwart ist alles, was wir haben. Ja, du und ich, wir haben die Sache in Cleveland vermasselt. Du hattest unrecht, und ich hatte unrecht. Wer der größere Idiot war von uns beiden, ist unwichtig. Wir haben beide dafür gebüßt. Wir haben über ein Jahr verloren und eine Beziehung mit Füßen getreten, die sich nur einmal im Leben bietet – wenn überhaupt. Und wenn das Schicksal oder die Umstände uns jetzt einen zweiten Versuch zugestehen, warum sollten wir das Angebot dann zurückweisen?«

»Wir haben ja nicht …«

»Doch, wir haben das Angebot zurückgewiesen. Wir treten diese Beziehung jedes Mal mit Füßen, wenn wir behaupten, im Bett klappt es zwar wunderbar, ein paar andere Dinge sind auch ganz nett, und wir blicken zurück auf eine tolle Vergangenheit. Warum, zum Teufel, werden wir nicht langsam vernünftig und sagen, was es ist?«

»Weil ich, wie du ganz richtig gesagt hast, wahnsinnige Angst habe davor«, gestand Sloane.

»Du musst deine Angst überwinden. Wenn du es nicht tust, dann bist du wirklich der Feigling, der das FBI verlassen hat.«

»Das ist gemein.«

»Nein, das ist ehrlich. Damals habe ich unrecht gehabt. Jetzt bin ich mir nicht sicher. Lass es uns herausfinden.« Derek legte seine Hände auf ihre Wangen. »Ich liebe dich. Ich habe dich damals geliebt, und ich liebe dich jetzt. Du bist eine furchtbare Nervensäge, die immer bestimmen will und die nie auch nur einen Zentimeter zurückweicht, wenn sie glaubt, sie hat recht, und das ist immer der Fall. Allerdings trifft das auch auf mich zu. Und deshalb werden wir uns oft streiten, und wir werden uns oft versöhnen. Aber ich möchte diese Pseudobeziehungsscheiße nicht mehr. Ich will dich ganz, ich will nicht nur deinen unglaublich verführerischen Körper. Diese Gefühle sind echt, und sie lösen sich nicht in Luft auf, ob wir nun darüber reden oder nicht. Vielleicht waren sie für uns zu selbstverständlich, vielleicht hätte ich mehr Zeit damit verbringen müssen, das Trauma zu verstehen, das du durch die Messerattacke erlebt hast. Und du hättest mich zwingen müssen, zuzuhören, anstatt mir die Tür vor der Nase zuzuschlagen und dann wegzurennen. Aber wie schon gesagt, das ist Vergangenheit. Jetzt ist die Gegenwart. Du möchtest, dass ich mich nicht wie ein eifersüchtiges Arschloch benehme, wenn wir auf Partys sind? Dann gibt mir einen Grund dazu.«

Er breitete die Arme aus, als wollte er betonen, dass er nichts verschwiegen hatte. »Das ist alles. Mehr kann ich dir nicht anbieten. Ich habe alle Karten auf den Tisch gelegt. Jetzt bist du dran. Sag mir, bist du ein Feigling oder nicht?«

»Nein«, stieß Sloane hervor, ohne mit der Wimper zu zucken. Nachdem sie gerade erst dem Tod ins Gesicht gesehen hatte, schien das Leben noch wertvoller zu sein, viel zu wertvoll, um sich von dummen Ängsten den Weg versperren zu lassen. »Du möchtest eine Antwort? Okay. Ich liebe dich. Ich gebe sogar zu, dass du recht hast, zumindest in diesem Punkt. Ich habe meine wahren Gefühle hinter einer Fassade versteckt. Ich hatte wahnsinnige Angst, dass ich noch einmal durch diese Hölle gehen müsste, wie damals, als unsere Beziehung zerbrach. Aber nachdem ich heute diesen Faustschlag in den Magen bekommen habe, sehe ich ein, dass es keine Garantie gibt.« Sie seufzte. »Das Leben ist ein Geschenk. Es ist viel zu schnell vorbei, und darum ist dieser Selbstschutz nur Zeitvergeudung. Das Leben stellt uns vor Entscheidungen. Ich entscheide mich für dich, auch wenn du mich manchmal in den Wahnsinn treibst.«

Ein zartes Lächeln umspielte Dereks Mundwinkel, doch es kam aus tiefstem Herzen. »Das ist alles, was ich hören wollte.«

28. Kapitel

Datum: 1. Mai
Uhrzeit: 06.23 Uhr
Objekt: Artemis

Ich muss zugeben, ich bewundere Artemis' Dackel. Sie mögen Mr Ford Focus nicht. Immer wenn er neben ihnen gejoggt hat, haben sie geknurrt, bis er schließlich Abstand gehalten und sie durchs Fernglas beobachtet hat.

Sicher, die Dackel sind klein, sie sind keine so stattlichen Jagdhunde, wie sie in meinen Bänden über griechische Mythologie immer mit Artemis abgebildet sind. Aber dennoch sind sie treue, furchtlose Beschützer. Sie wissen genau, wer und was gut ist für ihre Herrin.

Eines Tages werden auch sie uns auf den Olymp folgen. Davon bin ich überzeugt. Und Artemis wird sie wie zu Hause begrüßen.

Sie macht gerade ihre letzte Runde. Das heißt, Mr Ford Focus ist schon ziemlich entspannt.

Heute ist das sein Fehler.

Sloane keuchte, während sie und die Dackel zur letzten Runde starteten. Heute lief sie aggressiver als sonst. Für sie war das Joggen eine gute Möglichkeit, den Stress abzubauen, mit dem sie zu kämpfen hatte.

Bei den endlosen Ermittlungen gestern war nichts herausgekommen. Keiner von Elliots Mitbewohnern hatte etwas Ungewöhnliches gesehen. Keiner am John Jay College hatte sich verdächtig verhalten. Und keiner hatte sich geweigert oder sich gesträubt, eine Speichelprobe abzugeben.

Die Analysen aus Quantico würden morgen kommen. Dann hätten sie den Beweis dafür, was Sloane schon wusste. Für diese Serienverbrechen war ein und derselbe Scheißkerl verantwortlich.

Das lag auf der Hand. Aber den unbekannten Täter zu finden, das war eine große Herausforderung. Und dieser Herausforderung würde sie sich stellen, komme, was da wolle.

Jetzt wird Mr Ford Focus die Überraschung seines Lebens erleben.

Ich lege mein Betäubungsgewehr an, nehme ihn ins Visier und drücke ab.

Hank spürte einen Schmerz in seinem Hinterteil, fuhr herum und blickte hektisch in alle Richtungen. Er zog den Pfeil heraus und untersuchte ihn. Er wusste, was das war und was gleich passieren würde.

Er hatte nur wenig Zeit. Er musste den Angreifer finden, und zwar schnell.

Hank zog seine Pistole und suchte mit wachsamem Blick das ganze Gebiet ab. Niemand war zu sehen.

Die Büsche auf der anderen Straßenseite raschelten.

»Kommen Sie raus, mit erhobenen Händen!«, befahl Hank.

Keine Reaktion.

»Ich weiß, dass Sie da sind. Kommen Sie raus!«

Wieder keine Reaktion.

Hank hörte das leise Brummen eines Automotors ein Stück die Straße hinunter. Nein, es war lauter und dumpfer, eher wie ein Lastwagen oder wie ein Lieferwagen. Das Geräusch kam näher, und das Fahrzeug natürlich auch.

Mit der Pistole im Anschlag drehte er sich um und wollte schon schießen. Aber worauf, auf das Fahrzeug oder auf die Büsche?

Plötzlich spürte er, wie er das Gefühl in den Beinen verlor und wie sein ganzer Körper erstarrte. Schließlich fehlte ihm die Kraft, seine Arme oben zu halten. In seinem Kopf drehte sich alles. Er rieb sich die Augen und versuchte, den Nebel zu vertreiben. Verdammt. Er musste den Kerl schnappen, bevor das Betäubungsmittel ihn außer Gefecht setzte.

Hank sah wieder zu den Büschen, aber die bewegten sich nicht mehr. Auch das Motorgeräusch war weg. Er hatte keine Ahnung, wo der Irre sich aufhielt.

Er musste Sloane warnen, bevor der Angreifer ihr zu nahe kam, sodass sie nicht mehr entkommen konnte. Und er musste Verstärkung rufen. Die Polizei aus dem Ort wäre in wenigen Minuten da.

Hank drehte sich in die Richtung um, aus der Sloane sich ihrem Haus näherte. Er bewegte sich wie in Zeitlupe. Er spürte das. Und Sloane war immer noch weit weg im Wald, zu weit, um ihn zu entdecken, wenn er sie nicht irgendwie auf sich aufmerksam machte.

Hank versuchte zu schreien, doch es drang kein Laut aus seiner Kehle. Seine Glieder waren taub, und er konnte sich nicht mehr bewegen. Der Schwindel wurde immer stärker. Er tastete verzweifelt nach dem Handy, aber er spürte seine Finger nicht mehr. Er wusste nicht, ob er es festhalten konnte.

Er versuchte, den anderen Arm zu heben, um Sloane ein Zeichen zu geben, doch es gelang ihm nicht.

Mit einem erstickten Schrei fiel er auf die Knie. Dann brach er bewusstlos zusammen.

Ich sehe, dass Mr Ford Focus auf der Straße zusammenbricht. Jetzt weiß ich, dass ich freie Bahn habe.

Ich drücke aufs Gaspedal, fahre schnell zu Artemis' Haus und parke neben der Einfahrt.

Keine Zeit vergeuden. Ich springe aus dem Lieferwagen und laufe zu dem kräftigen Bodyguard, der zusammengesackt auf der Straße liegt. Ich packe ihn an den Beinen und ziehe ihn zu seinem Wagen. Der Scheißkerl ist ganz schön schwer. Doch ich schaffe es.

Nachdem ich ihn in den Wagen gesetzt habe, trete ich ein Stück zurück und bewundere mein Werk. Für einen Passanten sieht es aus, als würde Mr Ford Focus ein Schläfchen machen.

Das macht er auch. Ein langes Schläfchen.

Sloane war in Gedanken versunken, als sie um die letzte Kurve bog. Unvermittelt begannen die Dackel zu bellen und zu winseln. Sie liefen hin und her, bis sich ihre Leinen total verheddert hatten. Sloane hockte sich auf den Boden, um das Durcheinander zu entwirren, und runzelte verwundert die Stirn. Normalerweise waren ihre Dackel nicht so aufgedreht. Vor allem nicht, wenn sie drei Meilen gelaufen waren. Irgendetwas stimmte hier nicht.

Sie hob den Kopf und schaute sich um.

Neben der Einfahrt parkte ein fremder Lieferwagen, aber das war nicht ungewöhnlich. Arbeiter von Landschaftsgärtnereien und von anderen Betrieben, die hier in der Gegend zu tun hatten, stellten ihre Wagen oft hier ab. Von ihrem Standort aus konnte Sloane nicht erkennen, zu welcher Firma der Lieferwagen gehörte, aber es sah so aus, als würde niemand hinter dem Steuer sitzen.

Dennoch wusste Sloane, dass sie vorsichtig sein musste. Langsam näherte sie sich dem Wagen, ging um ihn herum und sah, dass tatsächlich niemand darin saß. Sie spähte durch die getönten Scheiben und schirmte ihre Augen mit den Händen ab, sodass sie besser sehen konnte. Es gab aber nicht viel zu entdecken. Das übliche Zeug, das man im Kofferraum verstaute: eine Sporttasche, etwas, das aussah wie ein kaputtes Fahrrad, ein paar Werkzeuge, eine Kühltasche und zwei Kisten Wasser. Nichts Bedrohliches.

Sloane warf einen Blick über die Straße. Hank saß in seinem Wagen. Er war nach den langen Sprints offenbar zu müde, um sie durchs Fernglas zu beobachten. Der arme Kerl. Eine Zwölf-Stunden-Schicht als Bewacher einer streitlustigen Nervensäge, das war wirklich anstrengend.

Hank war ein Profi. Bestimmt hatte er den Lieferwagen überprüft, bevor er zu seinem Wagen zurückgegangen war. Also sah er darin auch keine Gefahr.

Die Dackel hatten sich immer noch nicht beruhigt. Angespannt knurrten sie. Doch sie sahen weder auf den Lieferwagen noch auf Hanks Auto, sondern auf irgendetwas auf der Straße. Hank hatte mit Hunden nichts am Hut, daher hatte ihr Verhalten keine besondere Bedeutung für ihn. Aber Sloane wusste es besser. Sie wusste, wie gut ihre Instinkte waren. Sie würde die Warnungen der Dackel nicht ignorieren, auch nicht, wenn es sich nur um ein Stinktier handelte, das sie gleich anspritzen würde.

Sloane trat vom Lieferwagen zurück, umklammerte die Leinen und ging aufs Haus zu.

Sie hatte gerade die Einfahrt erreicht, da spürte sie einen Stich in ihrem linken Oberschenkel. Sie zuckte zusammen und dachte zuerst, eine Biene hätte sie gestochen. Es brannte so stark, dass sie das Gefühl hatte, der Stachel würde noch stecken.

Vorsichtig tastete Sloane über die Einstichstelle und stieß gegen etwas, das größer und dicker war als der Stachel einer Biene.

Es war einer dieser Pfeile, die mit einem Betäubungsgewehr abgeschossen wurden.

Jemand wollte sie betäuben. Und dieser Jemand konnte nur eine ganz bestimmte Person sein.

Instinktiv griff Sloane nach ihrer Waffe. Vergebens. Sie hatte keine bei sich. Das passierte in letzter Zeit öfter.

Sloane drehte sich zu Elsas Haus um und versuchte, durch die Bäume, die die beiden Grundstücke trennten, etwas zu erkennen. Nichts. Niemand. Aber sie erinnerte sich, dass Burts Wagen in der Einfahrt gestanden hatte, als sie vorhin dort vorbeigelaufen war.

Könnte er tatsächlich der unbekannte Täter sein?

Sloane spürte, dass ihr schwindelig wurde, und sie wusste, sie vergeudete wertvolle Zeit. Sie wickelte die Hundeleinen um ihr Handgelenk und torkelte auf Hanks Wagen zu. Sie brauchte Hilfe, und zwar sofort. Schon bewegte sie sich wie in Zeitlupe, bald würde sie die Besinnung verlieren. Das durfte auf gar keinen Fall passieren, denn hier, in dieser einsamen Gegend, könnte ihr Angreifer sie entführen, ohne dass jemand es mitbekam.

»Sloane.«

Jemand rief ihren Namen. Sie blinzelte, um den Schleier vor ihren Augen zu vertreiben. Ein Mann kam auf sie zu. Er lächelte und winkte.

Luke? Ja, es war Luke. Gott sei Dank. Ein Freund.

»Sloane!«, rief er noch einmal.

»Ich bin verletzt«, stammelte sie mühsam. »Ich brauche Hilfe.«

»Ich weiß.« Mit einem verständnisvollen Nicken kam er auf sie zu. »Ich bin hier, um dir zu helfen.«

Vielleicht war es die seltsame Antwort, vielleicht war es sein unnatürlicher Ton. Vielleicht war es auch der sonderbare Ausdruck in seinen Augen. Oder vielleicht war es die Tatsache, dass alle drei Dackel wie aufs Stichwort die Zähne fletschten und knurrten.

Ihr sträubten sich die Nackenhaare.

Und plötzlich wusste sie es.

Noch bevor ihr Blick auf den silbernen Gegenstand fiel, den sie im Innenfutter von Lukes geöffneter Lederjacke aufblitzen sah, und noch bevor sie begriff, dass es ein Messer war, ging sie automatisch in Verteidigungshaltung.

Das Betäubungsmittel wirkte jedoch zu schnell. Sie war wie benommen. Ihre Muskeln erstarrten, und ihr Körper reagierte nicht mehr auf ihre Befehle. Sie hatte keine Chance.

Nur Sekunden später umfasste Luke ihre Taille, sodass sie das Gleichgewicht nicht verlor, und führte sie zu dem Lieferwagen. »Es ist alles in Ordnung«, sagte er, um sie zu beruhigen. »Ich bringe dich nach Hause.«

»Nach Hause?« Sloane wünschte sich, sie könnte klar denken. »Ich bin zu Hause.«

Als sie die Straße erreichten, fiel ihr verschwommener Blick auf den Ford Focus. Hank saß immer noch auf dem Fahrersitz und lehnte immer noch am Fenster. »Hank«, murmelte sie. »Was hast du mit ihm gemacht?«

»Er schläft«, erwiderte Luke. »Er kommt wieder zu sich. Zurück bleiben nur eine starke Benommenheit, höllische Kopfschmerzen und Schuldgefühle. Wir müssen gehen.«

Luke löste die Leinen von Sloanes Handgelenk und warf sie auf die Erde, während er die Tür des Lieferwagens öffnete. »Haut ab. Lauft zurück zum Haus«, befahl er den Dackeln.

Sie reagierten nicht, sondern bellten und knurrten und bissen in seine Schuhe. »Ich verstehe«, sagte Luke so geduldig, als würde er mit drei verstörten Kindern sprechen. »Ihr werdet sie vermissen. Aber es dauert nicht lange. Bald kommt ihr zu uns auf den Olymp. Artemis wird es befehlen. Sie braucht ihre Jagdhunde.«

Olymp? Artemis? Sloane versuchte, irgendetwas davon zu begreifen. Was immer das auch bedeutete, Luke war verrückt. Kein Zweifel.

Sie kämpfte verzweifelt gegen die drohende Ohnmacht an und dachte nach, wie sie sich verteidigen könnte. Ihre Krav-Maga-Techniken würden ihr nicht weiterhelfen. Sie hatte keine Kraft mehr und konnte die Bewegungen nicht mehr koordinieren. Sie brauchte irgendeine Waffe. Sloane spähte in den Lieferwagen und hoffte, dort etwas zu finden, was sie als Waffe benutzen konnte.

Das Werkzeug. Nein. Das war zu weit entfernt. Die Kühltasche. Nein. Sie würde sie nicht richtig anfassen können, und ihr fehlte die Kraft, sie Luke gegen den Kopf zu schlagen.

Es blieb nur das kaputte Fahrrad, das – wie sie jetzt feststellte – auf dem Rücksitz lag und nicht auf der Ladefläche. Und es war viel zu groß und sperrig. Plötzlich erkannte sie, dass das, was sie für ein kaputtes Fahrrad gehalten hatte, ein Rollstuhl war. Lillians Rollstuhl.

Benommen erinnerte Sloane sich an die Abschiedsparty. Luke hatte ein Weinglas in die Netztasche hinten am Rollstuhl gesteckt.

Sloane wusste nicht, ob ihr das helfen könnte, aber etwas anderes fiel ihr nicht ein. Vielleicht könnte es ihr später von Nutzen sein, wenn er am Steuer saß oder mit etwas anderem beschäftigt war.

Sie warf Luke einen kurzen Blick zu und überzeugte sich, dass er sie nicht beobachtete. Er warf Stöcke auf die Wiese, denen die Dackel hinterherjagen sollten, und knurrte sie an, sie sollten mit dem Bellen aufhören und abhauen. Sloane wusste, dass er alle drei mit einem Schlag töten könnte. Aber aus irgendeinem Grund schien er sie als göttlich anzusehen, und er weigerte sich, ihnen etwas anzutun. Sloane dankte Gott dafür.

Seine Geduld würde jedoch nicht ewig dauern. Sogar in ihrem

benommenen Zustand erkannte Sloane, dass er allmählich ungeduldig wurde. Sie musste handeln, die letzten klaren Momente nutzen, um ihre Dackel zu retten, und dann musste sie versuchen, ihr eigenes Leben zu retten. Sie griff in die Bauchtasche ihres Jogginganzugs, tastete nach dem Handy und schaltete es aus. Dann steckte sie es in die Netztasche hinten am Rollstuhl.

Zum Glück fiel das schwarze Handy in der schwarzen Netztasche kaum auf. Und es war winzig. Jetzt konnte sie nur beten, dass Luke es nicht entdeckte.

»Lauf, Moe«, stammelte sie, damit die Hunde endlich wegliefen. »Larry, Curly – ihr auch. Erdnussbutter ... Futterbälle ... im Haus ...«

Sloane sah, dass sie zum Haus liefen, und sie hörte ihr aufgeregtes Jaulen.

Dann brach sie auf dem Boden des Lieferwagens zusammen, und die Welt um sie herum versank in tiefe Dunkelheit.

Seit Burt wieder bei seiner Mutter eingezogen war, ging er morgens immer zum Briefkasten unten am Weg, um die Zeitung zu holen. Während er zurückging, hörte er die Hunde bellen. Sie machten einen Riesenradau, aber es hörte sich nicht an, als würden sie ausgelassen herumtoben. Es war ein grelles, wütendes Bellen, und sie kratzten wie von Sinnen an Sloanes Haustür.

Was machten sie da draußen, und warum wurden sie nicht ins Haus gelassen?

Burt ging auf das Haus zu. »Moe? Larry? Curly?«, rief er, während er durch das kleine Waldstück ging.

Als die Dackel Burts Stimme hörten, sprangen sie auf ihn zu und schleiften ihre Leinen hinter sich her. Ihr lautes, eindringliches Bellen konnte nur bedeuten, dass hier etwas nicht stimmte.

»Wo ist Sloane?«, fragte er sie und bückte sich, um die drei Leinen in die Hand zu nehmen. Sofort zogen die Dackel ihn über den Rasen zur Haustür.

Burt klingelte drei Mal. Keine Reaktion. Dann klopfte er so stark, dass seine Fingerknöchel weiß hervortraten. Wieder keine Reaktion. Schließlich nahm er den Ersatzschlüssel, den Sloane ihm und seiner Mutter gegeben hatte, damit sie ins Haus kamen, wenn sie die Dackel versorgten. Er schloss auf und stieß die Tür auf. »Sloane?«, rief er.

Stille.

Burt sah in allen Räumen nach, doch es war niemand da. Auf dem Küchentisch stand ein Kaffeebecher, und daneben lag die Zeitung von heute. Die Kaffeemaschine, die auf halb sieben programmiert war, hatte vier Tassen Kaffee gekocht.

Burt zögerte keine Sekunde länger. Er eilte zum Telefon und rief die Polizei.

FBI-Büro New York
26 Federal Plaza, New York City
07.05 Uhr

Derek war nicht glücklich. Er wollte die vergangene Nacht mit Sloane verbringen. Sie war zwar gefasst, aber Elliots gewaltsamer Tod hatte sie völlig aus der Bahn geworfen. Nachdem sie den ganzen Tag Leute befragt und die grausamen Details gehört hatte, brauchte sie Trost. Sie wollte nicht in Begleitung eines Bodyguards mit dem Zug nach Hause fahren und die Nacht allein mit den Dackeln verbringen. Derek hatte aber noch zu tun. Hektische Besprechungen, Telefonate und Papierkram hatten ihn bis drei Uhr nachts aufgehalten. Er war gar nicht nach Hause gefahren, sondern hatte im Büro ein paar Stunden geschlafen, anschließend geduscht und seine Kleidung gewechselt.

Jetzt saß Derek wieder an seinem Schreibtisch und sah auf die Uhr. Sloane müsste mittlerweile zurück sein vom Joggen. Er wollte sie anrufen und hören, wann sie sich am John Jay College treffen würden, um wieder Speichelproben zu nehmen und Leute zu befragen. Gleichzeitig wollte er wissen, wie es ihr ging. Doch genau in diesem Augenblick klingelte sein Telefon.

»FBI«, sagte er schnell.

»Agent Parker?«, fragte eine junge Frau zögernd.

»Ja, Parker. Mit wem spreche ich?«

»Deborah Culmen. Ich bin – ich *war* – eine von Dr. Lymans Assistenten. Wir haben ihm zu zweit geholfen, sein System zu überwachen. Er hat uns gleich am Anfang, als das Programm gestartet wurde, angewiesen, Sie anzurufen, falls wir Ergebnisse haben und er selbst nicht erreichbar ist.«

»Sie haben Ergebnisse?« Derek beugte sich vor und wartete gespannt auf die Antwort.

»Das System hat gerade ein Modell ausgespuckt, das auf den Informationen basiert, die Dr. Lyman eingegeben hat. Ich glaube, Sie sollten herkommen und sich das sofort ansehen.«

»Bin schon unterwegs.«

Derek verließ das FBI-Gebäude und fuhr in Rekordzeit zum John Jay College. Er lief die Treppe hoch und stürmte in Elliots Büro.

Deborah wartete auf ihn. Sie war aschfahl im Gesicht. Mit zitternder Hand gab sie ihm den Ausdruck.

Derek brauchte drei Sekunden, um zu verstehen, warum.

Auf dem Ausdruck war eine Tabelle abgedruckt:

Name der Göttin	Merkmale	Tag der Entführung	Name des Opfers
Aphrodite	Schönheit	14. April	Penelope Truman
Hera	Mutter	02. Juni	Eve Calhoun
Astraea	Wohlstand	12. September	Lauren Majors
Hestia	Heim & Herd	05. Dezember	Lydia Halas
Athene	Kriegerin	19. März	Cynthia Alexander
Tyche	Schicksal, Glück & Wohlstand	05. April	Tina Carroll
Demeter	Fruchtbarkeit	20. April	Prof. Helen Daniels
Persephone	Frühling	20. April	Abby Daniels
Artemis	Jagd, Bogenschießen, Hüterin der Jagdhunde	01. Mai	Sloane Burbank?

Anmerkungen:

(1) Die Münze weist auf den Kampf zwischen dem Guten (Göttinnen) und dem Bösen (Python).

(2) Apollo tötete die Schlange Python und übernahm wieder den Schutz von Delphi (griechische Mythologie).

(3) Tai Kee ist die phonetische Aussprache von Tyche, der Göttin des Schicksals, des Glücks und des Wohlstands.

Die Erkenntnis war wie ein Faustschlag in die Magengrube.

Doch die grausame Wahrheit löste tausend neue Fragen aus. Fragen, auf die die Profiler schon längst eine Antwort suchten.

Dereks Blick haftete auf der letzten Zeile, und was er dort las, ließ ihm das Blut in den Adern gefrieren.

Der Name des letzten Opfers: Sloane Burbank.

Und noch schlimmer war das »Datum der Entführung«: 1. Mai.

Das war heute.

Er klappte sein Handy auf und wählte Sloanes Nummer auf seiner Kurzwahlliste. Sofort meldete sich die Mailbox. Verdammt! Derek legte auf und versuchte es auf ihrem Festnetzanschluss. Der Anrufbeantworter. Sie musste längst zurück sein vom Joggen. Stand sie unter der Dusche? War sie draußen?

Derek klammerte sich an einen Strohhalm, und das wusste er nur zu gut.

Er presste die Lippen zusammen und sah auf die Uhr. Hank war noch im Dienst. Er müsste seine Fragen beantworten können. Hank ließ Sloane nie aus den Augen.

Das Handy von Hank klingelte und klingelte. Niemand hob ab. Schließlich meldete sich die Mailbox.

Der Empfang musste gestört sein. Hank meldete sich immer, wenn er im Dienst war. Es sei denn, er steckte in Schwierigkeiten.

Nein. Derek weigerte sich, diesen Gedanken weiterzudenken. Er würde eine Minute warten und es dann noch einmal versuchen. Dann würde Hank sich melden.

Auf seiner Stirn und in seinem Nacken bildeten sich Schweißperlen.

Und dann klingelte sein Handy.

»Hank?«, rief er.

Es war nicht Hank. Es war die Polizei der Stadt, in der Sloane wohnte. Burt Wagner, Sloanes Nachbar, hatte den Polizisten gebeten, ihn anzurufen.

Derek hörte angespannt zu.

Zwischendurch erteilte ein paar kurze Befehle.

Dann rief er Deborah, gab ihr Jeffs Telefonnummer und bat sie, ihn anzurufen und ihm den Ausdruck zu faxen. Dieser wiederum sollte die Tabelle an Bill Mann in Quantico und an Larry Clark in seinem New Yorker Hotel faxen. Danach stürmte Derek noch schneller, als er gekommen war, aus dem Büro.

Als er bei Sloane ankam, war die Polizei noch vor Ort. Ein Polizist verhörte Burt im Haus, drei Polizisten suchten draußen auf dem Grundstück und auf der Straße nach Spuren.

Hanks Auto stand an seinem üblichen Platz. Die Cops hatten Derek bereits am Telefon mitgeteilt, der Bodyguard hätte durch einen genau platzierten Betäubungspfeil die Besinnung verloren. Jetzt lag er im Krankenhaus, wo er behandelt wurde und hoffentlich bald wieder zu sich kam.

Derek hatte vor, anschließend direkt zum Krankenhaus zu fahren.

Jetzt betrat er Sloanes Haus. Burt war mit den Dackeln in der Küche. Sie winselten, weil sie genau spürten, dass etwas Schlimmes passiert war. Burt war erleichtert, als er Derek sah. Die Polizisten warteten, bis Burt Dereks Fragen beantwortet hatte.

Die Antworten waren allerdings keine Hilfe. Sie bestätigten nur die Fakten, die Derek bereits kannte.

Sloane wurde vermisst.

Und er war zu spät gekommen, um den Serienkiller aufzuhalten, der sie entführt hatte.

29. Kapitel

Datum. 01. Mai
Uhrzeit: 11.45 Uhr

Sie sieht so friedlich aus auf diesem Bett, und sie passt so gut in diesen Raum, den ich für sie gestaltet habe. Ja, hier gehört sie hin bis zu unserem Aufstieg. Ich weiß, dass ich sie hier wegbringen muss, aber sie in eine kalte Zelle zu sperren kostet mich beinahe zu viel Kraft.

Aber ich habe keine andere Wahl. Solange ich nicht weiß, was sie vorhat, darf ich mein Urteilsvermögen nicht durch Gefühle beeinflussen lassen. Ich muss sie in Schach halten und dafür sorgen, dass sie nicht erfährt, wo sie ist. Vor allem aber muss ich verhindern, dass sie flieht, und ich muss dafür sorgen, dass sie nichts in die Hände bekommt, was sie benutzen kann, um sich zu rächen.

Sie ist hochintelligent, und sie beherrscht viele Tricks. Zudem ist sie eigensinnig und stark. Das trifft auf ihren Willen genauso zu wie auf ihre Kraft. Als Göttin widmet sie sich der Jagd, und sie wird alles tun, um mich zu überlisten und ihre Freiheit zurückzugewinnen.

Auch wenn sie Schwierigkeiten macht, muss ich ihr zeigen, dass ich Geduld mit ihr habe. Sie versteht es noch nicht. Sie sieht immer noch einen Feind in mir.

Ich muss sie davon überzeugen, dass ich ihr Retter bin.

Sloanes Haus
Hunterdon County, New Jersey
01.05 Uhr

Sloanes Wohnzimmer diente Derek, Jeff, Bill und Larry als Besprechungsraum. In den letzten beiden Stunden hatten sie Beweismaterial überprüft und sich auf ihre Strategie konzentriert und darauf, was sich aus den Informationen, die Elliots Computersystem ausgesucht hatte, herauslesen ließ.

Auf Dereks dringende Bitte hin war Bill unverzüglich nach New Jersey geflogen, um zum Ermittlerteam dazuzustoßen.

Auch Jeff hatte sich dem Team angeschlossen. Tony hatte Derek über seine Entscheidung informiert, und Derek hatte nichts dagegen einzuwenden gehabt. Tony hatte recht. Durch die jüngsten Entwicklungen war nicht mehr gewährleistet, dass Derek objektiv dachte und handelte. Außerdem waren Jeffs Erfahrungen, was Gewaltverbrechen anging, von großem Vorteil.

Derek war einzig und allein daran interessiert, den unbekannten Täter zu schnappen, bevor er Sloane etwas antat.

Falls er das nicht schon getan hatte.

Derek verdrängte diesen Gedanken und zwang sich, seiner Aufgabe als Special Agent gerecht zu werden und sich auf die Ermittlungen zu konzentrieren. Das war er nicht nur Sloane, sondern auch seinen Kollegen schuldig.

»Okay, wir kennen jetzt alle Frauen auf dieser Liste«, sagte Larry, nachdem er sein Telefonat beendet hatte. »Mir liegen jetzt alle Informationen über Eve Calhoun vor, unsere einzige Unbekannte.« Er zählte an den Fingern auf: »Sie hat am Anfang von Sloanes Karriere zusammen mit ihr bei der Staatsanwaltschaft in Manhattan gearbeitet. Jetzt arbeitet sie als Familienrichterin. Sie wurde zum letzten Mal gesehen, als sie im Schwimmbad an der New Yorker Universität ihre Bahnen zog. Geschieden, keine

Familie. Nur eine Anwaltskanzlei, die stinksauer ist. Das Opferprofil passt genau ins Bild.«

Bill nickte nachdenklich. Er presste die Fingerspitzen zusammen, beugte sich auf der Couch nach vorn und las bestimmt zum zehnten Mal sein Exemplar der Tabelle. »Eve Calhoun passt als Familienrichterin gut zu Hera, die die ›Mutter‹ verkörpert. Sie ist nicht nur die Königin der Göttinnen, sondern auch die Göttin der Liebe und der Ehe.« Er sah nachdenklich auf die Kopie. »Der Täter hat die Frauen, die er entführt hat, mit Sicherheit sorgfältig ausgewählt. Aber es gibt mehr als nur einen mütterlichen Typ. Das Muster zeigt eine Fixierung auf die Mutter.«

»Das sehe ich auch so.« Larry saß auf einer Sessellehne. »Ich kenne mich nicht so gut aus mit der griechischen Mythologie, aber ich habe recherchiert. Als Königin der Göttinnen kommt Hera eine besondere Bedeutung zu. Ich vermute, dass unser Täter Hera als eine starke Führungskraft braucht. Und seine ›Hestia‹, Lydia Halas, ist die ruhige Göttin des Heims und des Herdes. Im richtigen Leben ist Lydia Halas eine Heilerin, eine Krankenschwester. Unser Täter braucht sie für seine Sicherheit und als seinen Trost.«

»Wir haben also zwei mütterliche Figuren hier. Die eine übernimmt die Rolle der Ernährerin, und die andere übernimmt die Rolle der Mutter«, meinte Bill.

»Was ist mit den anderen Opfern?«, fragte Jeff. »Ich verstehe diesen Mutterkomplex, auf den Sie sich beziehen. Aber das erklärt nur zwei der acht Frauen, die unser Täter gekidnappt hat.«

»Hört zu, Leute«, mischte Derek sich ein, bevor Larry oder Bill etwas dazu sagen konnten. »Das ist ja alles hochinteressant. Aber uns läuft die Zeit davon. Inwiefern helfen uns diese psychologischen Analysen dabei, unseren Täter oder seine Opfer zu finden?«

»Was schlagen Sie vor?«, fragte Bill. Er sah Derek ruhig an. »Sollen wir mit gezogener Waffe wild durch die Gegend rennen?

Mithilfe der Analysen können wir den unbekannten Täter viel gezielter jagen, und das führt uns schneller zum Erfolg. Wenn wir wissen, wer dieser Täter ist, wie er denkt und was ihn antreibt, können wir uns auf ihn und seine Absichten konzentrieren.«

»Aber was haben wir denn bisher an soliden Informationen herausgefunden?«

»Erstens wissen wir, dass die Chance, dass die gekidnappten Frauen noch leben, größer ist, als wir anfangs vermutet haben. Die Münze, die der Täter an jedem Tatort zurücklässt, beweist, wie genau er unterscheidet in seinem Denken zwischen schlechten Frauen, die er ermordet – die ›Pythons‹ –, und guten Frauen, die er kidnappt – die ›Göttinnen‹. Wenn er das Gefühl hat, diese Göttinnen zu brauchen, dann hält er sie fest und tötet sie nicht.«

»Und warum hält er sie fest? Und wie lange?«

»Diese Frage kann ich nicht beantworten – *noch nicht*. Aber es muss einen Auslöser geben, der ihn zwingt, eine Prostituierte zu töten oder eine Göttin zu entführen. Die Prostituierten bieten ihm ein Ventil für seine sexuellen Fantasien. Der Auslöser könnte also ein aufgestautes sexuelles Bedürfnis sein, das er hasst und für das er sich schämt, das er aber nicht kontrollieren kann. Er versucht, dieses Bedürfnis zu befriedigen, indem er die Prostituierten auf eine besonders brutale Weise tötet, nachdem er mit ihnen fertig ist. Im Gegensatz dazu sind die Göttinnen ein Faktor, der nur schwer einzuschätzen ist. Es ist kein Harem, sondern eine bestimmte Gruppe verehrungswürdiger und tugendhafter Frauen, die alle eine Beziehung zu Sloane haben. Ich wette, sobald wir herausgefunden haben, warum der Täter sie entführt, kommen wir auch seinem Plan, seinem Zeitplan und vielleicht sogar dem Ort auf die Spur, wo er seine Opfer festhält.«

»Wir stimmen also alle überein, dass der Schlüssel in dieser Liste der griechischen Göttinnen zu finden ist«, murmelte Larry nachdenklich. »Wir brauchen detaillierte Informationen. Das kostet uns Zeit. Vielleicht können wir das Ganze verkürzen.« Er sah Derek fragend an. »Ich hoffe, Sie halten mich jetzt nicht für gefühllos, aber könnten Sie vielleicht Lillian Doyle kontaktieren? Ich weiß, dass sie todkrank ist. Und ich weiß auch, dass sie Soziologie-Professorin ist, aber diese Frau kennt sich in Alter Geschichte aus. Sie hat umfangreiche Abhandlungen über die Wurzeln der Gewalt in der frühen Zivilisation geschrieben. Ob sie auch eine Expertin für griechische Mythologie ist, weiß ich nicht. Ich weiß nur, dass sie sich mehr als ein Mal während der Tagungen am John Jay College, an denen wir beide teilgenommen haben, darauf bezogen hat. Vielleicht erkennt sie eine Verbindung oder kennt zumindest jemanden, der eine Verbindung sehen könnte.«

»Ein Anruf kann nicht schaden.« Derek wählte eine Nummer. »Bob«, sagte er, als sich der Sergeant meldete. »Ich weiß, dass Sie alle Hände voll zu tun haben, die Dozenten und Studenten am John Jay College zu befragen. Aber Sie haben alle privaten Telefonnummern der Dozenten des John Jay College vorliegen. Ich brauche eine dieser Telefonnummern, und zwar sofort.«

»Welche?«, fragte Bob, der genauso erschöpft war wie alle anderen.

»Die von Professor Doyle. Ich brauche auch die Handynummer von ihrem Sohn Luke. Ich glaube, er nimmt ihre Anrufe entgegen.«

Bob gab ein Brummen von sich. »Ich kann Ihnen die Nummern geben, aber die werden Ihnen nicht weiterhelfen. Weder Dr. Doyle noch ihr Sohn Luke sind über den Festanschluss oder über Handy erreichbar. Ich habe es schon mehrmals versucht. Ich hoffe, dass ist kein schlechtes Omen, weil Dr. Doyle ja sehr krank ist.«

»Haben Sie auf der Mailbox und dem AB eine Nachricht hinterlassen?«

»Nein. Beide waren voll.«

»*Beide?* Seltsam.« Derek wunderte sich. Und wenn er ein komisches Gefühl hatte, ging er dem auch nach. »Wissen Sie den Namen des Arztes von Dr. Doyle oder ihres Onkologen, bei dem sie in Behandlung sein muss? Ich könnte dort anrufen und mich nach ihrem Zustand erkundigen.«

»Tut mir leid. Auf ihre medizinischen Daten habe ich keinen Zugriff. Aber es dürfte nicht schwer sein, das herauszubekommen. Dr. Doyle wohnt in der 171st Street West in der Nähe vom Broadway. Ich nehme an, die Apotheke, wo sie ihre Medikamente kauft, liegt in der Nähe. Warten Sie bitte kurz.« Bob rief jemandem etwas zu, der ihn bat, in den Verhörraum zurückzukommen. »Ich muss los«, sagte er zu Derek. »Ich rufe später noch mal an. Informieren Sie mich bitte, wenn Sie Dr. Doyle erreicht haben.«

»Mach ich.« Derek legte auf. Dann rief er Tony an und sagte ihm, was er brauchte.

»Was erhoffst du dir davon?«, fragte Jeff, nachdem Derek aufgelegt hatte.

»Ich weiß es nicht«, brummte Derek. »Aber ich habe ein komisches Gefühl. Am Telefon erfahre ich nicht das, was ich wissen will, weil kein Apotheker und kein Arzt Informationen über Patienten preisgeben, wenn kein Gerichtsbeschluss vorliegt. Tony schickt jemanden hin.«

Die nächste halbe Stunde verbrachte Derek im Internet mit der Suche nach Experten für griechische Mythologie.

Er wollte gerade einen Kollegen anrufen, als sein Handy klingelte.

»Hi, Tony, hast du was für mich?« Derek hörte ihm zu. Er krauste die Stirn und legte schließlich auf.

»Was ist los?«, fragte Jeff.

»Der Mitarbeiter, den Tony losgeschickt hat, hat Dr. Doyles Apotheke und ihren Onkologen ausfindig gemacht. Offenbar kauft sie keine neuen Medikamente mehr. Sie ist auch nicht mehr in Behandlung bei ihrem Onkologen, auch nicht bei irgendeinem anderen Onkologen.«

»Seit wann?«, fragte Bill.

»Seit gestern. Nach Aussage ihres Onkologen, der übrigens sehr entgegenkommend war, als er hörte, worum es ging, hat sie ihm das am Telefon mitgeteilt. Für ihn war das ein richtiger Schock. Sie hatte sich strikt an seine Therapie gehalten, seit er bei ihr Krebs diagnostiziert hatte, aber das war leider viel zu spät. Sie war nicht regelmäßig zur Vorsorgeuntersuchung gegangen, sonst hätte man den Krebs viel früher erkennen können.«

»Was hat sie für einen Krebs?«

»Das darf der Arzt nicht sagen. Aber Tony sagt, der Mitarbeiter konnte einen Blick in die Patientenakte werfen, während der Onkologe sie durchgeblättert hat. Die meisten Krankenberichte stammten von einem Gynäkologen.«

»Verstehe.«

»Nach Aussage ihres Onkologen hatte Lillian immer einen unglaublich starken Lebenswillen, und das sogar noch kürzlich, als die Krankheit sich rapide verschlimmerte. Daher kamen ihr Anruf und ihre Entscheidung, plötzlich aller Therapiemaßnahmen abzubrechen, wie aus heiterem Himmel. Er hat ihr ins Gewissen geredet und gesagt, dass wäre eine voreilige, unvernünftige Entscheidung, vor allem was die Schmerztherapie angeht. Aber sie ließ sich nicht umstimmen. Sie hat gesagt, sie hätte sich entschieden, in ihr Landhaus zu fahren und dort ihre letzten Tage in Frieden zu verbringen. Keine Medikamente. Keine Ärzte.« Derek hob den Kopf, und seine Augen leuchteten auf. »Nur mit ihrem Sohn.«

Nach diesen Informationen ähnelte Derek einem Hund, der einen Knochen riecht. Er hatte eine Spur. Jetzt brauchte er Beweise und möglichst viele Verdachtsmomente, um alles zu bekommen, was er brauchte.

Neunzig Minuten später wurde Bob Erwin aus einer Besprechung ans Telefon gerufen.

»Erwin«, meldete er sich.

»Bob, schicken Sie sofort einen Detective zu Lillian Doyles Wohnung«, wies Derek ihn an. »Der Vermieter lässt ihn rein, denn die Wohnung steht offiziell leer. Sie brauchen keinen Durchsuchungsbeschluss. Dr. Doyle hat ihren Mietvertrag gekündigt. Nach Aussagen des Vermieters haben sie und ihr Sohn die Schlüssel zurückgegeben und genügend Geld für die noch ausstehenden Mietzahlungen hinterlassen. Dann sind sie Hals über Kopf ausgezogen. Unsere Leute sind schon unterwegs, um nach Spuren zu suchen und eine DNA-Probe von Lukes Kamm oder von seiner Zahnbürste zu nehmen und sie mit dem Hubschrauber nach Quantico zu fliegen.

Und noch was. Luke Doyle hat im Bellevue keinen Urlaub genommen, er hat gekündigt. Er hat gesagt, er wolle umziehen mit seiner Mutter. Zufällig ist am selben Tag eine große Menge Morphium und Nembutal verschwunden. Aber diesmal sind Fingerabdrücke sichergestellt worden. Wenn man vorhat, zu verschwinden, hält man es wohl nicht mehr für nötig, Handschuhe anzuziehen. Sein Fehler. Unser Glück. Die Gerichtsmediziner haben diese Fingerabdrücke mit denen an Luke Doyles Kaffeetasse und an seinem Stethoskop verglichen. Volltreffer. Wir haben genügend Beweise, ihn zu verhaften.« Derek knirschte mit den Zähnen. »Jetzt müssen wir ihn nur noch finden.«

30. Kapitel

In schmerzhaften Wogen kam das Bewusstsein zurück. Sie drehte den Kopf so weit wie möglich zur Seite, um nicht den widerlichen Gestank der Matratze einzuatmen, auf der sie lag.

Wo war sie?

Ganz allmählich kamen auch die Erinnerungen zurück.

Luke. Die ganze Zeit war es Luke gewesen. Ein mehrfacher Sexualmörder. Ein Stalker. Ein Wahnsinniger.

Ihre erste Reaktion war überschäumende Wut.

Luke Doyle hatte Elliot ermordet. Und vielleicht auch Penny. Und Lydia. Und Cynthia. Und wer weiß, wen sonst noch. Und auch irgendwelche hilflosen Asiatinnen, die zur Prostitution gezwungen und dann von ihrem guten Freund Luke brutal ermordet worden waren.

Ihre Wut wurde von Selbstvorwürfen verdrängt. Wie konnte sie das übersehen? Warum hatte sie nichts bemerkt? Wenn sie früher darauf gekommen wäre, könnten all diese Menschen noch leben.

Normalerweise hatte sie eine ausgeprägte Menschenkenntnis. Aber die hatte diesmal versagt. Allerdings hatte Luke sich in ihrer Gegenwart nie sonderbar verhalten. Sie hatten gemeinsam gegessen, Spaziergänge gemacht und die Katastrophe vom 11. September gemeinsam durchlebt.

Aber wenn sie genauer darüber nachdachte, musste sie sich sagen, dass sie doch nicht so viel Zeit miteinander verbracht hatten. Und wie oft hatten sie richtig miteinander gesprochen?

So viele Gespräche waren es gar nicht gewesen. Nur selten waren sie dabei allein gewesen, und die Gespräche waren auch nicht gerade tiefschürfend gewesen.

Er war Krankenpfleger. Er pflegte Kranke. Sie hatte es mit eigenen Augen gesehen. Er war engagiert, liebevoll und mitfühlend.

Und derselbe Mann, der mit seinen behutsamen Händen Verwundete versorgt hatte, hatte den Frauen die Kehle aufgeschlitzt und ihren Körper verstümmelt. Wie war das möglich?

Alles an ihm war widersprüchlich. Er hatte sein früheres Leben aufgegeben, um sich ganz um seine Mutter zu kümmern. Er war sogar bei ihr eingezogen, um sie zu betreuen. Er hatte praktisch alles aufgegeben, um ihr das Ende zu erleichtern.

Aber was für ein Leben hatte er geführt?

Auf einmal war ihr alles klar. Wenn sie und Luke sich unterhalten hatten, dann immer nur über die Arbeit, über den 11. September und über ihre Handverletzung. Nie war ein Wort gefallen über seine Freunde, über eine Verabredung oder über seine Vergangenheit.

Und in letzter Zeit war es immer nur um Lillian gegangen.

Denn Lillian war sein Leben.

In Gedanken ging Sloane das Profil durch, das Larry von ihrem Serienkiller entwickelt hatte.

Eine abnorme Bindung an die Mutter. Eine verkorkste Beziehung zu anderen Frauen, die er in »gut« und »schlecht« einteilt. Eine aufgestaute Wut, die nur einen Auslöser braucht, um auszubrechen.

Dieser Auslöser war Lillians Krebserkrankung.

Das ergab einen Sinn. Als bei Lillian Krebs diagnostiziert wurde, verlor Luke seine Selbstkontrolle. Die Folge war Pennys Entführung. Andere folgten. Dann hatte sich Lillians

Zustand verbessert, und er hatte keine Frau mehr entführt. Das war die klassische »Abkühlphase« von Serienkillern, wenn es für sie keinen Stressfaktor mehr gab. Und als er erfuhr, dass die Krebserkrankung seiner Mutter das Endstadium erreicht hatte und er sie für immer verlieren würde, drehte er durch.

Das erklärte das Warum. Alles andere, was hier vor sich ging, musste sie noch entschlüsseln.

Sloane bewegte sich und versuchte, ihre Position zu ändern, um sich die Umgebung genauer anzusehen. Doch vergebens. Plötzlich begriff sie, warum sie sich nicht bewegen konnte. Ihre Arme und Beine waren gefesselt. Offenbar vertraute Luke ihr nicht.

Er war clever.

Er wusste genau, wie gut sie sich verteidigen konnte. Er ging kein Risiko ein, vor allem jetzt nicht mehr, nachdem Tina ihn zusammengeschlagen hatte.

Mit eisernem Willen kämpfte Sloane gegen die allmählich nachlassende Betäubung an und bemühte sich um einen klaren Kopf. Viel konnte sie nicht sehen, aber sie erkannte, dass sie allein war. Diesen Luxus musste sie nutzen. Sie musste sich ein Bild von ihrer Umgebung machen, von ihren Möglichkeiten und ihren Grenzen, und sie musste sich eine Strategie ausdenken, bevor Luke zurückkam.

Ein dunkler, enger Raum. Ein verdunkeltes Fenster, das sie von der Außenwelt abtrennte. Eine Stehlampe spendete gedämpftes Licht. Ein Holzstuhl. Ein Betonboden. Eine dreckige Matratze. Eine kratzige Wolldecke. Das war definitiv nicht das Ritz-Carlton.

Irgendetwas, was ihr helfen könnte? Nichts.

Jede Menge Behinderungen. Die Fesseln. Die stechenden Schmerzen in ihrer Hand. Ein Serienkiller hielt sie gefangen, und er hatte zweifellos etwas Bestimmtes mit ihr vor.

Eine normale Flucht war ausgeschlossen. Luke hatte ein

Kampfmesser. Er hatte garantiert eine Menge Drogen, und er war verrückt. Wenn sie sich wehrte, würde er ihr die Kehle aufschlitzen oder sie unter Drogen setzen. Sie würde so oder so innerhalb weniger Minuten sterben.

Sie hatte nur eine Chance zu überleben, wenn sie herausfand, was Luke plante. Nicht nur mit ihr, sondern auch mit den anderen Opfern, die möglicherweise noch lebten. Sloane musste ihm das Gefühl vermitteln, dass es die Freundschaft, die zwischen ihnen bestanden hatte, immer noch gab. Vielleicht schenkte er ihr dann ein kleines bisschen Vertrauen. Und vielleicht bekam sie dann die Informationen, die sie brauchte, um die Lage einzuschätzen und die einzige Gelegenheit zu nutzen, um zu fliehen.

Sloane hörte Schritte draußen auf dem Gang, dann drehte sich ein Schlüssel im Schloss.

Sloane atmete tief durch. Das FBI hatte sie in Quantico zu einer Spezialistin für Verhandlungen bei Geiseldramen ausgebildet. Sie hatte gelernt, genau zuzuhören.

Jetzt konnte sie zeigen, was sie draufhatte.

Dieses Mal ging es um ihr eigenes Leben.

Luke betrat den Raum. Sein Blick wanderte sofort zu Sloane. Bevor er die Tür hinter sich schloss, fiel das Licht des Korridors auf ihn, sodass er für Sloane gut zu erkennen war. In diesem Augenblick erkannte Sloane eine trübe Leere in seinen Augen, die ihr sagte, dass es den Luke, den sie gekannt hatte und der geistige Gesundheit zumindest hatte vortäuschen können, nicht mehr gab.

»Du bist aufgewacht«, stellte er fest und setzte sich auf einen Stuhl. »Ich wollte hier sein, wenn du zu dir kommst, damit du keine Angst hast. Aber Gaia brauchte mich. Sie hatte Schmerzen. Ich musste ihr helfen. Das verstehst du sicher.«

»Natürlich.« Sloane nickte. »Darf ich fragen, wer Gaia ist?«

Ein sanftes Lächeln umspielte Lukes Lippen. »Die höchste Göttin. Die Göttin der Erde, der Mittelpunkt aller Schöpfungen. Sie herrscht über den Himmel, die Berge und das Meer.«

»Die höchste Göttin«, wiederholte Sloane, als wäre das die normalste Erklärung der Welt. »Und du sagst, sie hat Schmerzen. Sprichst du von deiner Mutter? Ist Lillian Gaia?«

»Ja, in dieser Welt. Aber das wird sich bald ändern.«

»Konntest du ihre Schmerzen lindern? Geht es ihr jetzt besser?«

Luke musterte sie erstaunt, und in seinem Blick spiegelten sich Dankbarkeit und Freude. Das war keine Überraschung, wenn Sloane bedachte, wie sehr er an seiner Mutter hing.

»Es ist sehr nett von dir, dass du fragst«, erwiderte er. »Ja, sie schläft jetzt. Ich musste ihr zusätzlich Morphium spritzen.« Eine kurze Pause folgte, und Sloane glaubte, einen letzten Funken Verstand in seinen Augen zu erkennen. »Ich habe nicht damit gerechnet, dass es so schnell geht. Natürlich habe ich alles vorbereitet, aber ...« Er zuckte mit den Schultern. Sloane erkannte, dass er vollkommen den Verstand verloren hatte. »Die Natur macht, was sie will. Ich kann nicht mehr tun, als ihre Schmerzen zu lindern, an ihrer Seite zu sitzen und ihr zu sagen, wie kostbar sie ist. Aber die Gewissheit, dass ihr Leben hier auf der Erde zwar zu Ende geht, dass es aber auf dem Olymp bis in alle Ewigkeit dauern wird, gibt mir Trost.«

Sloane verstand nicht, was die Hinweise auf den Olymp zu bedeuten hatten, aber sie hatte vor, es herauszufinden.

»Gaia hat großes Glück, dass sie einen Sohn hat, der sich um sie sorgt und der gleichzeitig als Krankenpfleger ausgebildet ist, sodass er ihre Schmerzen lindern kann«, sagte sie laut.

»Ich bin gesegnet. Ich bin froh, dass aus mir ein Sohn geworden ist, der ihrer würdig ist. Gaia hat ihr Leben geopfert, um mich zu unterweisen. Anderen Menschen hat sie konventionelles Wissen vermittelt, aber mich hat sie den Unterschied zwischen Gut und Böse gelehrt. Und sie hat besonderen Wert gelegt auf die Eigenschaften, die wichtig sind, damit ich meinen verdienten Platz auf dem Olymp einnehmen kann.«

Die Erwähnung des Olymp weckte eine vage Erinnerung in Sloane. Luke hatte etwas gesagt, bevor sie die Besinnung verloren und er die Hunde weggejagt hatte.

Ihr werdet sie vermissen, hatte er zu ihnen gesagt. *Aber es dauert nicht lange. Bald kommt ihr zu uns auf den Olymp. Artemis wird es befehlen. Sie braucht ihre Jagdhunde.*

Artemis. Gaia. Der Olymp.

Sloane hatte einen ersten Ansatz.

»Ich kenne mich in der griechischen Mythologie nicht so gut aus«, sagte sie wahrheitsgemäß. »Aber du hast mehrmals den Olymp erwähnt. Und ich erinnere mich, dass du mich heute Morgen Artemis genannt hast. Hat das mit meinem Bogenschießen und mit den Hunden zu tun?«

Diese Frage beantwortete er mit Stolz und Freude. »Eigentlich ist es andersherum. Weil du so handelst, wie du handelst, und weil du das tust, was du tust, bist du Artemis. Aber ich bin froh, dass du die Beziehung erkannt hast.«

»Ist das hier der Olymp?«

Die Frage schien Luke zu belustigen. »Kaum. Das hier ist ein Kerker. Es tut mir leid, dass ich dich hier einsperren musste, aber du musst hier nicht lange bleiben. Sobald ich sicher sein kann, dass ich dir vertrauen kann, bringe ich dich in dein Zimmer.«

»Mein Zimmer?«

»Die anderen Göttinnen sind in Kellerräumen wie diesem hier untergebracht. Aber du stehst über ihnen. Genauso wie ich. Artemis und Apollo. Sobald wir den Olymp erreichen, sitzen wir zu Füßen Gaias, und die anderen werden uns bedienen.«

Die anderen? Sloane bemühte sich, den Hoffnungsschimmer, der in ihr keimte, zu verbergen.

»Wer sind die anderen?«, fragte sie vorsichtig.

»Das sind die Göttinnen, die eine geringere Bedeutung haben. Diejenigen, die uns auf unsere Reise begleiten.«

»Ah, ich verstehe. Und sie sind jetzt alle hier? Keine ist uns vorausgegangen?«

»Natürlich nicht.« Diese Frage schien ihn zu erstaunen. »Keine Göttin geht Gaia voraus. Alle Göttinnen und ich müssen warten, bis sie den Weg anführt. Bis sie geht, was vermutlich in ein oder zwei Tagen geschieht, werden alle Göttinnen hier mit uns warten. Du bist als höchste Göttin meine letzte Errungenschaft, die perfekte Ergänzung, um gemeinsam mit mir Gaia zu dienen. Wir werden bereit sein, sobald sie bereit ist.«

Gott sein Dank. Das bedeutete, dass die entführten Frauen noch lebten. Auch Penny.

Sloane bemühte sich, dass man ihr nicht ansah, wie erleichtert sie war. Sie musste noch mehr in Erfahrung bringen. Als erfahrene Vermittlerin bei Geiselnahmen spürte sie, dass Luke sehr emotional reagierte und dass seine gute Stimmung rasch umschlagen könnte. Daher hielt Sloane es für besser, erst einmal abzuwarten und keine heiklen Fragen zu stellen.

»Apollo. Soll ich dich mit diesem Namen ansprechen?«

»Noch nicht.« Er entspannte sich wieder. »Erst wenn wir aufsteigen. Hier bin ich Delphi.«

Delphi. Sloane dachte angestrengt nach. Wenn sie sich recht erinnerte, war Delphi ein griechischer Tempel oder eine heilige Stätte, die vermutlich Apollo, Artemis oder Gaia geweiht war. Das ergab Sinn. Luke sah sich selbst als zentrale Kraft, durch die der Aufstieg zum Olymp erst möglich wurde.

»Du bist böse.« Luke schloss das entweder aus ihrem Schweigen oder aus ihrer nachdenklichen Miene. »Und ich weiß auch, warum. Professor Lyman. Es tut mir wirklich leid, dass ich dir Kummer bereitet habe. Aber es tut mir *nicht* leid, dass ich ihn getötet habe. Er hat dich getäuscht. Er hat dich glauben lassen, dass er dein Freund ist. Das war er nicht. Er war der Bote von Python, der bösen Schlange, die geschickt wurde, um die Reinheit unserer Reise zu zerstören. Ich hatte keine andere Wahl, ich musste ihn töten.«

Sloane hielt es kaum noch aus. Am liebsten hätte sie Luke die Augen ausgestochen für das, was er Elliot angetan hatte. Aber sie konnte sich ja nicht wehren. Und was hätte es auch gebracht, jetzt auf ihn loszugehen? Das hätte ihren Freund nicht wieder lebendig gemacht und außerdem sie und die anderen Frauen zum Tode verurteilt.

»Ich verstehe deine schwierige Situation«, sagte sie ruhig. »Und ich bin nicht wütend, nur verwirrt. Ich glaube dir das mit Python. Aber wer sind denn diese anderen, unbedeutenderen Göttinnen?«

Seine Miene verhärtete sich, und Sloane begriff, dass sie ihn verärgert hatte. »Du weißt, wer die anderen Göttinnen sind. Du hast mich und sie seit Wochen verfolgt. Spiel nicht mit mir, Artemis. Das dulde ich nicht.«

»Ich spiele nicht mit dir«, beteuerte Sloane. »Es ist also so, dass die anderen Göttinnen die Frauen sind, die wir als Entführungsopfer eingestuft haben?«

»Sie wurden nicht entführt. Sie wurden gerettet. Alle außer Tyche, dieser Schlampe. Sie hat die Götter verschmäht, und sie wird zu einem Leben in der Hölle verurteilt. Ich wollte sie büßen lassen für das, was sie mir angetan hat. Aber die Götter haben entschieden, das sie sich darum kümmern, nachdem ich gegangen bin. Dann soll es so sein.«

Tai Kee. Sie hatten angenommen, es handele sich um einen Ausdruck in Mandarin oder Fukienesisch. Doch es war genau so, wie Tina gesagt hatte. Es klang wie ein Name.

»Verzeih mir meine Unwissenheit«, bat Sloane kleinlaut. »Aber was ist Tai Kee für eine Göttin?«

»Sie heißt Tyche«, korrigierte er ihre Aussprache und buchstabierte den Namen. »Sie ist die Göttin des Schicksals, des

Glücks und des Wohlstands. Oder vielmehr war sie das. Jetzt ist sie eine dreckige Schlampe, genau wie die anderen.«

Es war das erste Mal, dass Sloane die brutale Seite von Luke kennenlernte, des Mannes, der ein Serienkiller war. Seine Augen waren fast schwarz, und eine so abgrundtiefe Wut verzerrte seine Gesichtszüge, dass sein ganzer Körper zu zittern schien. Diese Verwandlung erschreckte sie.

»Wenn diese Tyche unwürdig ist, dann ist es gut, dass sie nicht mit uns und den anderen aufsteigt«, sagte Sloane vorsichtig.

»Du hast recht. Ich habe mit den Göttern gesprochen, und sie haben dasselbe gesagt.« Jetzt war er nicht mehr der Serienkiller, sondern wieder Delphi mit dem leeren Blick.

»Das hört sich an, als hätten die Götter dich gut behandelt.«

»Immer. Es waren die von Hades ausgesandten Dämonen, die mich gezwungen haben, diese schmutzigen, ekelhaften Dinge zu tun.« Luke presste seine Finger auf die Schläfen und schüttelte mehrmals heftig den Kopf. »Ich möchte nicht daran denken. Die Dämonen sind weg. Sie haben den harten Kampf verloren.«

Luke sprach über die Prostituierten, die er vergewaltigt und ermordet hatte. Man brauchte kein Psychologe zu sein, um das zu erahnen.

Sloane nutzte die Gelegenheit, um ein Thema anzuschneiden, für das Luke jetzt empfänglich sein könnte. Vielleicht gelang es ihm dann, durch etwas, das er als angenehm und schön empfand, die dunklen Stimmen aus seinem Kopf zu vertreiben. »Kannst du mir unseren Aufstieg genauer schildern? Es hört sich interessant an.«

»Der Aufstieg an sich ist nebensächlich. Das Ziel ist wichtig.« Luke senkte die Arme, doch er war so erregt, dass er immer noch zitterte.

»Du meinst den Olymp.«

»Er ist rein, unverdorben, perfekt. Ich habe mein ganzes Leben lang Geschichten über den Olymp gehört.«

»Von Gaia?«

»Ja. Jeden Abend hat sie mir lange Geschichten vorgelesen über die Herrlichkeit und das ewige Leben. Du hättest sehen sollen, wie sie strahlte, wenn sie mir die Geschichten vorgelesen hat. Dann war sie vollkommen verändert. Ich habe mir immer geschworen, diese Begeisterung noch einmal auf ihr Gesicht zu zaubern, für immer.«

»Du machst es ihr leicht.« Sloane lächelte. »Was für ein liebevoller Sohn du bist.«

»Ich versuche es.«

»Weiß Gaia, wie sich der Aufstieg vollzieht?«

»Nein. Ich möchte sie überraschen. Niemand weiß etwas, selbst Hera nicht. Mit ihr bespreche ich manches. Aber in diesem Fall habe ich beschlossen, es nicht zu tun.«

»Hättest du Lust, diese Dinge mit mir zu besprechen?«, fragte Sloane. »Ich würde es gern hören.«

Luke wurde ganz ruhig, und ein sanftes, eigentümliches Lächeln umspielte seine Lippen. »Du bist immer eine gute Zuhörerin. Sogar wenn ich nicht spreche, hörst du mich. Ich habe dich nur angerufen, weil ich deine sanfte Stimme hören wollte. Ich war dieser Freude beraubt, seit ich wusste, dass deine FBI-Freunde meine Handys geortet hatten. Darum habe ich deinen Namen von der Gästeliste für Gaias Abschiedsparty gestrichen. Ich brauchte einen Grund, um dich anzurufen. Um mich mit meinem Zwilling zu verbinden. Und um sicherzustellen, dass du kommst. Ich musste meine Verbindung zu dir stärken, obwohl ich wusste, dass wir bald für alle Ewigkeit miteinander verbunden sein würden. Darum war ich bei dir zu Hause und habe auf deinem Bett gelegen. Verstehst du das?«

»Ja.« Sloane täuschte Verständnis vor. »Bitte sprich mit mir über deine Pläne, damit wir auf diese Weise unsere Verbindung stärken. Erzähl mir von unserem bevorstehenden Aufstieg.«

Luke dachte über ihre Bitte nach. »Ich bin noch nicht so weit, dass ich dir voll und ganz vertraue. Ich glaube aber, dass du ein Geheimnis für dich behalten kannst. Und du bist sehr stark. Du bekommst nicht so schnell Angst. Als mein Zwilling glaube ich daher, dass du die Richtige bist, um das alles mit mir zu teilen.« Er musterte sie. »Aber zuerst brauchst du einen Chiton. In deinem Schrank oben hängen mehrere. Ich bringe einen herunter, denn du kannst noch nicht in das andere Zimmer umziehen. Und ich bringe dir etwas zu essen. Du hast geschlafen, als das Essen serviert wurde.«

»Wie spät ist es jetzt?«

»Viertel vor vier. Das Essen wird immer um zwölf Uhr serviert, wenn ich im Haus bin. Wenn ich nicht da bin, treffe ich Vorkehrungen.«

Die Matratze, auf der Sloane lag, war uneben und unbequem. Sie zappelte hin und her. Plötzlich zuckte sie zusammen. »Delphi, ich verstehe, warum du mir noch nicht ganz vertraust. Aber gibt es keine andere Möglichkeit, mich ohne diese Fesseln gefangen zu halten? Sie schneiden mir ins Fleisch und in meine verletzte Hand.«

Das schien ihn zu quälen. »Deine Verletzung. Daran habe ich nicht gedacht. Okay. Wenn ich zurückkomme, bringe ich etwas anderes mit, das die Fesseln ersetzt.« Sein Blick wurde wieder härter. Er ballte die Fäuste, als müsste er sich mühsam beherrschen. »Eins ist klar: Ich weiß, wie intelligent du bist. Und ich weiß auch, wie gut du die Selbstverteidigungstechniken beherrschst. Im Grunde weiß ich alles über dich. Fordere mich nicht heraus. Nicht jetzt. Nicht, wenn ich zurückkomme. Überhaupt nicht. Du wirst nichts erreichen, und es würde mir das Herz brechen, wenn ich dich töten müsste. Doch zweifle nicht daran, dass ich es tun würde, *wenn* du mich dazu zwingst.«

»Das habe ich nicht vor«, versicherte sie ihm. »Ich bin erfinderisch, aber ich bin nicht dumm.«

»Sehr gut. Ich komme gleich zurück.«

Lillian Doyles Wohnung
West 171st Street, New York City
16.55 Uhr

Derek zog Handschuhe an und betrat die Wohnung. Die Spurensicherung des FBI hatte mit der Arbeit begonnen. Irgendwo in der Wohnung spielte Musik. Der Kanon von Pachelbel, Sloanes Lieblingsstück. Derek steuerte darauf zu. Er blieb stehen, als ein Kollege der Spurensicherung auf ihn zukam.

»Parker, das glauben Sie nie«, sagte er und zeigte zu einem der Räume. »Sehen Sie sich das mal an. Ich habe nichts angefasst, damit nichts von der Wirkung verloren geht.«

Derek betrat das Gästezimmer, aus dem die Musik kam. Es war fast leer, nur ein Schreibtisch stand genau gegenüber der Tür. Doch das, was der Schreibtisch zu bieten hatte, war hochinteressant.

Derek blieb wie angewurzelt stehen und starrte auf die Bilder auf dem Laptop.

Es war eine mit Musik untermalte Diashow. Nur Bilder von Sloane. Sloane bei der Arbeit, Sloane zu Hause, Sloane überall. Nicht nur aktuelle Fotos, sondern auch ältere. Angefangen bei ihrer Zeit beim Bezirksstaatsanwalt. Offenbar war Luke besessen von ihr, seit ihrer ersten Begegnung. Als unsichtbarer Zuschauer hatte er Monat für Monat ein digitales Fotoalbum mit all ihren Aktivitäten und all ihren Treffen mit Freunden erstellt. Ob sie mit ihren Dackeln herumtollte oder auf dem Bogenschießstand Schießübungen machte, alles hatte er festgehalten.

Er hatte sogar Fotos von ihr aus Cleveland – bei der Arbeit und in der Freizeit. Und er hatte sie gefilmt, als sie in Quantico angekommen und wieder weggefahren war. Dieser Psychopath war ihr überallhin gefolgt. Er hatte ihr Leben gelebt und es für die Nachwelt festgehalten.

Es waren sogar ein paar Bilder von Sloane und Derek dabei,

wie sie spazieren gingen, wie sie sich unterhielten und lachten. Derek war durch einen großen weißen Fleck unkenntlich gemacht worden. Zum Glück hatte Luke keine intimen Fotos geschossen. Doch als Derek bewusst wurde, dass er in seiner Besessenheit Sloane all die Jahre verfolgt hatte, hätte er sich beinahe übergeben.

Die Fotoserie endete mit einem leeren Rahmen, unter dem nur stand: *Für Artemis.*

Die nächste Fotoserie begann.

Für Derek sah es aus wie ein Special von Discovery Channel, das über Viren berichtete, die gesunde Zellen befallen. Dann zeigte der Monitor ein schneeweißes Bild, als hätte jemand ein flüssiges Desinfektionsmittel hineingegossen, um den Inhalt zu »bleichen«. Dann folgten Bilder, wie Luke die asiatischen Prostituierten ermordete und verstümmelte. Am Schluss standen die Worte: *Für Gaia, in Liebe.*

Luke beendete die Show mit einem kurzen Vortrag, den er von einem Blatt ablas:

»Willkommen, ihr Schlangen. Wenn ihr das hier seht, ist es zu spät, um den Aufstieg aufzuhalten. Gaia, Artemis, die unbedeutenderen Göttinnen und ich sind auf den Olymp gestiegen und lassen diese scheußliche, kranke Welt für Python und seine FBI-Handlanger zurück. Verbeugt euch vor euren Vorgesetzten und akzeptiert eure Niederlage.«

Mit diesen Worten ging das letzte Bild in Flammen auf, und alle Bilder setzten sich zu einer Pyramide wieder zusammen. Ganz oben an der Spitze war ein Bild von Lillian, als sie jünger, kraftvoll und bei bester Gesundheit war, und darunter stand nur: *Gaia*. Darunter folgten Bilder von Sloane und Luke, die hier die Namen *Artemis* beziehungsweise *Apollo* trugen. Den Boden der Pyramide bildeten Abbildungen aller entführten Frauen, versehen mit dem Namen der Göttinnen, die sie symbolisierten.

Nach einem kurzen Augenblick begann die Diashow von Neuem.

Derek, der Mühe hatte, ruhig zu bleiben, ging auf den Schreibtisch zu und sah sich alles genauer an. Neben dem Laptop lag noch etwas – ein Kinderbuch über griechische Mythologie. Derek nahm es in die Hand und schlug es auf. Die Widmung lautete: *Für meinen kleinen Apollo*. Offenbar ein Geschenk von Lillian an Luke, als er noch ein kleiner Junge war. Das Buch war abgegriffen, was bewies, dass oft darin gelesen worden war. Über jede Göttin gab es ein Kapitel mit einer Abbildung. Es war wie ein Lehrbuch aufgebaut, aber in einer einfachen Sprache geschrieben, sodass es auch Grundschulkinder verstanden.

Derek hatte alle Beweise, die er brauchte. Das Labor in Quantico hatte inzwischen angerufen und bestätigt, dass die DNA übereinstimmte. Jetzt hatten sie Fingerabdrücke *und* einen DNA-Beweis. Und nun auch noch diese kranke Diashow eines Wahnsinnigen.

Allerdings hatte Derek nicht die leiseste Ahnung, wo Luke Doyle sich aufhielt.

Der Scheißkerl war clever. In dieser Wohnung gab es nicht die winzigste Information über ihn, die Derek nicht schon auf anderen Wegen bekommen hatte: seine Armeepapiere, seine Schulzeugnisse, sein Arbeitsvertrag vom Bellevue. Absolut nichts, was Aufschluss über seinen Aufenthaltsort geben könnte.

Das Gleiche galt für seine Telefonlisten, die sie per Gerichtsbeschluss erhalten hatten. Weder Lukes Handy noch das von Lillian lieferten irgendeinen Hinweis. Seit Sloanes Entführung waren sowohl über ihren Festanschluss als auch über ihre Handys weder Gespräche geführt noch welche entgegengenommen worden.

Auch die Überprüfung der Kreditkarten von Mutter und Sohn brachte keine Hinweise.

Keine Adresse, die das FBI nicht schon längst kannte. Wenn

dieses Landhaus wirklich existierte, konnte weder Luke noch Lillian der Käufer sein. Ein Haufen Rechnungen sowie Kreditkartenabrechnungen lag in der Küche, und auf allen stand in großen roten Buchstaben: BEZAHLT. Keine ausstehenden Rechnungen. Nichts.

Es sah aus, als hätten die Doyles alle ihre Schulden beglichen. Es war richtig unheimlich.

Dieses Gefühl von Endgültigkeit jagte Derek kalte Schauer über den Rücken.

31. Kapitel

Ihnen blieb nicht mehr viel Zeit.

Gemessen an der Menge Morphium, die Luke seiner Mutter spritzte, und an seiner eigenen Aussage, dass er in ein oder zwei Tagen mit ihrem Tod rechnete, stand fest, dass es mit Lillian seit der Abschiedsparty sehr schnell bergab ging. Und man brauchte kein Hellseher zu sein, um zu wissen, dass Gaia bald sterben würde und dass die anderen ihr rasch in den Tod folgen würden.

Sie würden in einem feierlichen Ritual geopfert und zweifellos mit dem Kampfmesser verstümmelt werden. Luke hatte bei den Morden an den Prostituierten gelernt, geschickt mit dem Messer umzugehen. Und die Tatsache, dass er Sloane als einzige der Göttinnen für stark genug hielt, sich die Einzelheiten ihres Aufstiegs anzuhören, ließ nichts Gutes erahnen.

Sloane brach der kalte Schweiß aus, als sie sich die große Klinge eines Bowie-Messers vorstellte und sich vor Augen führte, was es anrichten konnte. Viel größere Schäden als ein Schnappmesser.

Lebhafte Erinnerungen wurden wach. Die stechenden Schmerzen, als die scharfe Klinge ihre Hand aufritzte und Nerven und Blutgefäße durchtrennte. Die unerträgliche Qual, der widerliche Anblick des Blutes, das aus den Wunden rann und auf die Erde tropfte, bis sie zuletzt die Besinnung verlor. Es war ein Albtraum, den sie niemals würde vergessen können.

Und das war nur ihre Hand gewesen. Diesmal würde bei dem Tötungsritual nicht nur ein Kampfmesser zum Einsatz kommen, sondern es würden auch lebenswichtige Organe verletzt werden, und ein qualvoller, langsamer Tod würde folgen.

Hör auf. Sloane durfte nicht darüber nachdenken. Diese Gedanken würden sie nur lähmen. Sie hatte nicht mehr viel Zeit. Keine einzige Frau in diesem Haus würde sterben. Sie würde einen Weg finden, wie sie diesem Irren entkommen konnten. Es musste ihr gelingen.

Sie hatte beim FBI die beste Ausbildung der Welt absolviert. Doch kein Lehrbuch, keine Ausbildung, keine angeborenen Fähigkeiten und auch keine jahrelangen Erfahrungen bei der Krisenintervention hatten sie auf eine solche Situation vorbereiten können. Jetzt ging es um ihr eigenes Leben und um das Leben anderer, und es war keiner da, der ihr helfen konnte. Sie hatte das Gefühl, als würden die Ereignisse sich überschlagen. Und Lillians baldiger Tod stellte eine klare, aber nicht fassbare Deadline dar. Es war wie bei einer Bombe, deren Zeitzünder tickte, aber man wusste nicht genau, wann die Bombe hochging. Sie hatte keinen Spielraum, um sich irgendwelche Fehler zu leisten.

Im Geist ging Sloane die wichtigsten Punkte bei der Krisenintervention durch, speziell die Techniken, die auch in größten Stresssituationen funktionierten. Sie betete, dass ihr die richtigen Lösungen einfielen.

Sie dachte an ihr Handy, das sie in die Tasche hinten in Lillians Rollstuhl stecken konnte, bevor Luke sie entführt hatte. Während der Fahrt war sie nicht in der Lage gewesen, es zu benutzen. Das Handy musste noch in der Tasche stecken. Wenn Luke es entdeckt hätte, hätte er ihr bestimmt schon die Kehle durchgeschnitten. Die Frage war, ob er den Rollstuhl ins Haus gebracht hatte. Stand er in Lillians Zimmer? Sloane musste es herausfinden. Sie musste in Lillians Zimmer gelangen. Das klappte aber nur, wenn sie Luke überzeugen konnte, sie dorthin zu bringen.

Er hatte ihr anvertraut, dass er oben einen Raum für »Artemis« eingerichtet hatte, doch sie musste sich erst sein Vertrauen verdienen, bevor sie dorthin umziehen durfte. Sloane war sich sicher, dass Lillians Zimmer auf derselben Etage lag. Wenn sie Luke davon überzeugen konnte, sie in ihr Zimmer zu bringen, wäre sie einen Schritt weiter, um an den Rollstuhl und das Telefon zu gelangen.

Sie musste sehr geschickt vorgehen, auch wenn sie nur noch wenig Zeit hatte. Vielleicht konnte sie Luke um einen kurzen Besuch bei Lillian bitten, um sie aufzumuntern. Das würde ihr mit Sicherheit Pluspunkte einbringen.

Doch Luke würde sie niemals mit Lillian allein lassen, selbst wenn ihr es gelingen würde in deren Zimmer zu gelangen. Er würde jeden ihrer Schritte im Auge behalten. Sie musste unbedingt das Handy an sich bringen und einen Ort finden, wo sie es unbemerkt benutzen konnte, und sie musste beten, dass an dem Ort auch eine Verbindung zustande kam.

Das nächste Problem war, das Handy wieder zu verstecken. Sie hatte zwar noch nie einen Chiton gesehen, sie nahm aber an, dass er keine Taschen hatte. Also musste sie das Handy irgendwo verstecken, wo Luke es nicht fand, *und* er durfte natürlich auch nichts davon mitbekommen.

Die Hindernisse schienen unüberwindbar zu sein.

Doch sie musste das Unmögliche möglich machen. Wenn ihr das nicht gelang, wartete der Tod auf sie.

Luke kam zurück und brachte ein Tablett und eine kleine Sporttasche mit. Das Tablett stellte er neben Sloane auf die Matratze. Das Essen bestand aus einer Tasse Tomatensuppe, einem gemischten grünen Salat und zwei Sandwiches mit gegrilltem Käse.

»Es tut mir leid, dass es so lange gedauert hat«, sagte er. »Du musst völlig ausgehungert sein. Es ist schon Viertel nach fünf.

Du hast seit zwölf Stunden nichts gegessen, seit diesem Müsliriegel vor dem Joggen. Es tut mir wirklich leid.«

Es wurde immer unheimlicher, wie viele Details er über sie wusste.

»Du brauchst dich nicht zu entschuldigen. Ich nehme an, dich hat etwas Wichtiges aufgehalten.« Sloane warf ihm einen besorgten Blick zu. »Ging es um Gaia?«

Luke setzte sich auf den Stuhl und presste die Fingerspitzen gegeneinander. »Manchmal ist sie schon nicht mehr ganz bei sich, und dann bittet sie mich plötzlich, ein Bad nehmen zu dürfen. Sie kann nichts mehr bei sich behalten, und die Augenblicke, in denen ihr Geist klar ist, werden immer seltener ...« Er verschränkte die Finger ineinander und presste die Hände zusammen. »Ich bin nicht in der Lage ...«

Er brach abrupt ab, als er begriff, dass er viel mehr verriet, als er eigentlich wollte. »Ich hoffe jedenfalls, dass dir das Essen schmeckt. Ich weiß, dass du gern Käse isst. Vor allem Cheddar. Deshalb habe ich ein Stück weißen Cheddar gekauft. Damit habe ich die Sandwiches belegt.«

»Das war sehr aufmerksam von dir. Danke.« Sloane beugte sich vor und griff, ohne nachzudenken, nach dem Tablett. Diesmal konnte sie einen leisen Schrei nicht unterdrücken. Ihre Hand pochte wie verrückt. »Delphi, bitte, könntest du zuerst meine Fesseln lösen? Ich habe kein Gefühl mehr in Armen und Beinen, und meine Hand tut höllisch weh.«

Ein Blick in ihr weißes Gesicht bestätigte ihm, dass sie die Wahrheit sagte.

»Natürlich.« Luke kniete sich vor ihr auf den Boden und zog den Reißverschluss der Sporttasche auf. »Es ist gut, dass wir uns um die Fesseln kümmern. Schließlich kannst du mit gefesselten Händen nichts essen und dich nicht umziehen.«

Als Erstes zog er eine Pistole aus der Tasche und steckte sie in seinen Gürtel. »Ich möchte die Pistole nicht benutzen. Aber ich bin ein ausgezeichneter Schütze. Ich bitte dich, nichts zu tun, was mich zwingt, das unter Beweis zu stellen. Glaub mir, es ist besser für uns beide.«

»Wie ich schon sagte, das habe ich nicht vor.«

Er nickte, zog einen Schlüssel heraus und schloss die Arm- und Beinketten auf. »So. Besser?«

»Viel besser.« Sloane rieb über ihre Handgelenke, beugte die Finger und machte schnell ein paar Übungen, die Connie ihr beigebracht hatte. »Danke. Ich hatte schon richtig Angst. Nach allem, was ich mit meiner Hand durchgemacht habe, bin ich immer darauf bedacht, sie zu schützen.«

»Das verstehe ich. Aber du brauchst keine Angst zu haben, und du brauchst deine Hand auch nicht zu schützen.« Er lächelte verhalten, und als Sloane den entrückten Blick in seinen Augen sah, bekam sie eine Gänsehaut. »Deine Verletzung wird heilen, wenn wir auf den Olymp steigen. Dort gibt es keine Schmerzen mehr, nur noch Freude.«

Dann zog er ein unförmiges weißes Kleidungsstück aus der Tasche. Es war aus Leinen und ähnelte einer Tunika. »Dein Chiton«, sagte er. »Zieh ihn bitte an, bevor du isst.«

»Okay.« Sloane nahm das Kleidungsstück, stand auf und zog ihre Joggingjacke aus.

Auch Luke stand auf, drehte sich um und starrte gegen die Wand. »Sag mir Bescheid, wenn du fertig bist.«

»Mach ich.« Interessant. Lukes Hochachtung vor seinen Göttinnen ging so weit, dass er ihre Intimsphäre respektierte und ihre Tugend ehrte.

Vielleicht könnte ihr das helfen.

Wenn er nicht zusehen konnte, wie die Göttinnen sich umzogen, wie sollte er sich dann überwinden, seine Mutter zu baden? Das konnte er nicht. Darum hatte Lillian auch um ein Bad gebeten.

Ihre Idee nahm Gestalt an. Als Sloane den weißen Gürtel um den Chiton schlang, war ihr Plan fertig.

Sloane schob ihren Jogginganzug ans Ende der Matratze. »Ich bin so weit«, sagte sie.

Luke drehte sich um und lächelte anerkennend. »Ausgezeichnet. Jetzt setz dich hin und iss.«

Sloane gehorchte und aß einen Löffel Suppe. »Es schmeckt ausgezeichnet. Möchtest du nicht auch etwas essen? Ich habe es immer genossen, mit dir gemeinsam zu Mittag zu essen.«

Er lächelte. »Das habe ich auch. Aber ich habe schon gegessen.«

»Dann erzähl mir etwas von unserem Aufstieg, während ich dieses köstliche Mahl genieße, das du für mich zubereitet hast.«

Luke setzte sich wieder hin, stützte die Ellbogen auf die Knie und starrte in die Ferne. »Gaia nähert sich dem Ende ihres Lebens und dem Beginn der Ewigkeit. Wenn der Zeitpunkt kommt, werden alle Göttinnen in einen Raum geführt, wo sie baden und festliche Roben anziehen. Dann führe ich sie nach oben, wo sie sich um Gaias Bett versammeln, während sie aufsteigt. Spirituelle Musik erklingt, und Wein wird gereicht. Wir trinken alle und segnen Gaia, wenn sie in die Unsterblichkeit eingeht. Dann folgen die Göttinnen ihr nach, eine nach der anderen, und zwar in der Reihenfolge, wie sie hier angekommen sind. Durch die Gnade meines Messers werden ihnen die notwendigen prachtvollen Symbole eingeritzt. Sie verlassen diesen elenden Planeten und steigen auf zu den Wundern des Olymp, wo sie Gaia dienen und mit der Freude eines ewigen Lebens belohnt werden.«

Sloane zwang sich, Ruhe zu bewahren und ihre Suppe zu löffeln. »Die unbedeutenderen Göttinnen gehen uns voraus?«

»Ja.«

Sloane legte den Suppenlöffel aufs Tablett und runzelte die Stirn. »Ich weiß von sechs außer mir.«

»Es sind sieben.«

»Und dann folge ich.«

»Ja, und dann ich. Da ich als Letzter aufsteige, werde ich die heiligen Opferrituale an mir selbst vollziehen. Ich muss auf einige der rituellen Schnitte verzichten, da ich meinen eigenen Übergang sicherstellen muss. Aber ich bin gut gerüstet. Schon seit über einem Jahr bereite ich mich darauf vor. Als Letztes folgt unser Scheiterhaufen. In einem prächtigen Inferno werden alle Überreste unserer weltlichen Existenz verbrennen.«

Inferno? Sloane versuchte, ein Sandwich hinunterzuwürgen. Ihr Magen verkrampfte sich, aber sie musste etwas essen. »Wie eine Feuersäule? Wie willst du das machen, wenn wir alle aufgestiegen sind?«

»Mit einem Zeitzünder. Ich zünde den Scheiterhaufen genau auf dem Höhepunkt unserer Zeremonie an.«

Er plant, den Brand mit einem Zeitzünder auszulösen. Scheiße.

»Das hört sich an wie ein außergewöhnliches Ereignis, das Gaia würdig ist.« Sloane zwang sich, diese Worte ruhig auszusprechen, und sie hoffte, dass ihr das Essen nicht hochkam.

Luke lächelte, ja, er strahlte sogar. »Ich wusste, dass du es verstehst. Ich wusste es. Den anderen würde es Angst einflößen, aber dir nicht. Du weißt, dass ich niemals etwas tun würde, was dir nicht die endgültige Freude bringen würde. Das ist eine Rettung und nicht der Tod.«

»Ich verstehe.« Sloane legte das zweite Sandwich zurück aufs Tablett. »Würdest du mir den Olymp beschreiben?«

Sloane hörte kaum zu, während Luke zu einer ausführlichen Beschreibung von herrlichen Bauwerken und Marmorwegen ansetzte. Sie war viel zu sehr damit beschäftigt, an den Details ihres Plans zu feilen.

Er hatte ihr eine große Chance geboten.

Sie durfte sie nicht ungenutzt verstreichen lassen.

»Du bist sehr ruhig«, sagte er und musterte sie.

Er hatte seine Beschreibung beendet, und Sloane zeigte nicht die gewünschte Reaktion.

»Verzeih mir. Es sind sehr viele Eindrücke, die ich verarbeiten muss.« Sloane sah ihn wehmütig an. »Es ist schwer für mich, mir einen so herrlichen Ort vorzustellen und zu akzeptieren, dass ich es wert bin, dort zu leben.«

Luke setzte seine Fantastereien fort. »Das bist zu. Ich verstehe auch, dass es sehr viele neue Eindrücke sind für dich. Ich hatte viele Jahre lang Zeit, mir den Olymp vorzustellen. Du hörst zum ersten Mal davon.« Plötzlich brach Luke ab. Er starrte zu Boden und biss sich auf die Unterlippe, als überlegte er, ob er etwas sagen sollte oder nicht.

»Sag mir, worüber du nachdenkst«, bat Sloane. »Wir hatten immer ein so entspanntes Verhältnis zueinander.«

Luke lächelte. »Genau daran habe ich gedacht. Wie schön es ist, all das mit dir zu erleben. Ich wusste vom ersten Augenblick an, als ich dich sah, dass es so sein würde. Du warst anders als die anderen. Du hattest ein reines Herz. Du warst freundlich, anständig und gut. Gemeinsam haben wir den Opfern geholfen und Familien zusammengeführt. Damals habe ich gedacht, was für ein grausamer, hässlicher Ort diese Welt geworden ist und dass jemand wie du etwas Besseres verdient hat. Du hast es verdient, verehrt zu werden und immer von Schönheit umgeben zu sein.«

»Deine Selbstlosigkeit und dein Einfühlungsvermögen an jenem Tag haben mir großen Respekt eingeflößt«, hörte Sloane sich sagen. »Vor allem den Kindern gegenüber. Ich habe noch nie einen so freundlichen, liebenswürdigen Menschen kennengelernt. Was du getan hast, war göttlich.« Diese Bemerkung war ein bisschen ironisch gemeint, aber sie war auch wahr. Luke hatte Unglaubliches geleistet. Wie ein Mensch so krasse Gegensätze in sich vereinen konnte, war Sloane ein Rätsel.

Seine nächsten Worte kamen völlig überraschend. »Du denkst über die Dinge nach, die ich getan habe – nicht mit den Göttinnen, sondern mit den Huren. Und du wunderst dich über diesen Gegensatz.«

Das klang wie eine Feststellung und nicht wie eine Frage. Sloane antwortete ehrlich und fügte ihrer Antwort eine neutrale Frage hinzu, ohne ihn zu verurteilen. »Ja. Und ich würde es gern verstehen. Kannst du mir dabei helfen?«

Er seufzte und ließ die Schultern sinken. »Ich habe die Götter um Absolution für meine Schwäche gebeten. Es gibt keine Entschuldigung dafür, dass ich den schändlichen, sündhaften Trieben eines sterblichen Mannes erlegen bin. Meine einzige Entschuldigung ist, dass die Dämonen sich nicht erweichen ließen. Sie hämmerten Tag und Nacht in meinem Kopf, bis ich das tat, was sie mir befahlen. Ich schäme mich, dass ich nachgegeben habe. Aber meine Taten an sich? Die vollständige Vernichtung dieser dreckigen, unmoralischen Huren, das war meine Mission. Sie wurde mir von den Göttern übertragen.«

Sloane beobachtete ihn, während er sprach. Er schämte sich wirklich für seine triebhaften Taten, aber er glaubte allen Ernstes, von höheren Mächten aufgefordert zu sein, diese armen asiatischen Frauen zu schänden und bis zur Unkenntlichkeit zu verstümmeln.

Es war unfassbar.

»Darum hast du das getan, was die Götter dir befohlen haben«, formulierte sie vorsichtig.

»Ja. Aber ich habe auch das getan, was *ich mir* befohlen habe. Ich habe es für mich getan. Und für Gaia.«

Sein Verhalten änderte sich wieder. Sein Gesicht war zu einer Maske blanken Hasses erstarrt, und eiskalte Bitterkeit schwang in seinen Worten mit.

»Warum war es für dich und für Gaia ein Trost, diese Frauen zu töten?«

»Gaia brauchte keinen Trost. Sie hat das liebevollste und versöhnlichste Herz der Welt. Aber ich brauchte ihn für sie. Und für mich. Ich war jung, aber so jung nun auch wieder nicht. Damals verstand ich viel mehr als nur das, was man mir erzählte. Er war ein gefühlloser, unmoralischer Scheißkerl. Bei all seiner vorgetäuschten Tapferkeit war er ein Schwächling. Er hat uns zerstört, und er ist gestorben, ohne für seine Taten zu leiden. Mein einziger Wunsch ist, dass er mit dem Gesicht nach unten im Fluss Styx liegt und in das dunkle Reich des Hades verbannt wurde.«

Sloane hörte ihm zu und fragte dann: »Sprichst du über deinen Vater?«

»Weißt du, dass der Fluss Styx der Fluss des Hasses ist?«, fragte Luke, als hätte er Sloanes Frage überhört.

»Nein, das wusste ich nicht. Wie alt warst du, als dein Vater starb?«

»Zwölf.« Luke lachte freudlos. »Es stimmt, dass er zur Hälfte für mein Werden verantwortlich war. Aber mein Vater? Nein. Deshalb nenne ihn bitte nicht so.«

»Okay. Ich verstehe, dass du ihn hasst. Es gibt anscheinend einen Grund dafür. Hat er dich missbraucht?«

»Wenn du meinst, ob er in mein Bett gekrochen ist und perverse sexuelle Handlungen an mir vorgenommen hat, dann ist die Antwort Nein. Er hob sich seine sexuellen Perversionen für Gaia auf.«

Sloane atmete tief durch. »Er hat deine Mutter sexuell missbraucht?«

»Ja. Den Rest der Zeit hat er sie gedemütigt und zu einem Nichts reduziert.« In Lukes Augen spiegelte sich blanker Hass. »Meinem sogenannten Vater war eine konventionelle Ehe lästig.« Er stieß das Wort *Vater* hasserfüllt hervor. »Er war krankhaft auf Nutten fixiert. Vor allem auf asiatische Nutten. Er hat sein halbes Leben bei ihnen verbracht und ihre Krankheiten verbreitet. Ihre Verderbtheit machte ihn süchtig. Das alles hat er dann mit nach Hause gebracht, zu Gaia.«

An Lukes Schläfe pulsierte eine Ader. »Sie ist eine liebende, eine reine Frau. Und er hat sie für seine Perversitäten missbraucht. Warum, glaubst du wohl, hat sie Krebs bekommen?

HPV. Eine Virusinfektion, die ihr so peinlich war, dass sie nicht zum Arzt gegangen ist. Eine Dame wie meine Mutter sollte jemandem anvertrauen, dass ihr Ehemann sie betrogen und angesteckt hatte? Niemals. Eines Tages konnte sie nicht länger die Augen davor verschließen, wie krank sie war. Sie konnte es auch vor mir nicht mehr verheimlichen, weil sie wusste, dass ich sie zwingen würde, zum Arzt zu gehen. Doch da hatte der Krebs sich schon in ihrem ganzen Körper ausgebreitet. All ihre Schmerzen, all ihr Leid hatte sie ihm zu verdanken.«

Die arme Lillian, dachte Sloane, als sie die Wahrheit erkannte. Ein psychisch gestörter Sohn und ein Ehemann, der sie sexuell missbraucht hatte. Durch sein abartiges Verhalten war sie an Gebärmutterhalskrebs erkrankt, woran sie nun sterben würde. Luke hatte eine Erklärung für seine wahnsinnigen Taten.

»Das tut mir schrecklich leid«, beteuerte Sloane aufrichtig. »Du und deine Mutter, ihr habt etwas Besseres verdient.«

»Er hätte ein schmerzvolles, langes Siechtum verdient gehabt, doch das blieb ihm erspart«, fuhr Luke fort und ballte seine Hände zu Fäusten. »Der Scheißkerl starb an einem Herzanfall. Er war sofort tot. Er spürte keine Schmerzen. Das Schlimmste war, dass er mit einer seiner asiatischen Huren im Bett lag, als es passierte. Ironie des Schicksals. Er hätte leiden müssen. So wie sie leidet. *Er hätte leiden müssen!*« Luke sprang auf, nahm den Holzstuhl hoch und schmetterte ihn gegen die Wand, sodass er zerbrach.

Keuchend starrte er auf die Trümmer, und erst allmählich fasste er sich wieder.

»Verzeih mir«, sagte er und drehte sich zu Sloane um, als wäre er nicht gerade erst vollkommen durchgedreht. »Ich hoffe, du hast keinen Schreck bekommen.«

»Habe ich nicht«, log sie. »Du hast mir geholfen, dich besser zu verstehen.«

Luke musterte sie intensiv. »Ich habe das noch nie jemandem erzählt.«

»Ich fühle mich geehrt.« Sloane sah ihn an. »Apollo und Artemis sind Geschwister. Zwillinge. Es ist ganz natürlich, dass wir Geheimnisse teilen.«

Luke nickte kurz. »Ja, ich wusste sofort, dass du anders bist als die anderen. Ich habe wirklich geglaubt, alle Frauen außer Gaia wären Huren. Aber du warst so gut, so stark, so anständig und so schön. Ich wusste vom ersten Augenblick an, dass sich unsere Schicksale irgendwann in der Zukunft für immer ineinander verflechten würden.«

Als Sloane seine Worte hörte und wie inbrünstig er sie sagte, wusste sie, dass jetzt ihre Chance gekommen war.

»Darf ich dir auch ein Geheimnis anvertrauen?«, fragte sie.

»Bitte.«

»Seit das mit meiner Hand passiert ist, habe ich entsetzliche Angst vor Messern. Ich kann kaum eine Tomate schneiden, ohne dass ich zu zittern anfange. Ich weiß, es ist unsinnig, aber ich kann nichts daran ändern.« Sie beugte sich vor, als wollte sie die Freundschaft zwischen ihnen besiegeln. »Ich hoffe, ich kann diese Phobie überwinden, bis wir in den Olymp aufsteigen.«

»Das wirst du«, versicherte Luke ihr. »Dort gibt es keine Angst.«

Sloane zögerte zunächst, doch dann ließ sie die nächsten Worte hervorsprudeln, als würde es ihr schwerfallen, diese Bitte an ihn zu richten. »Ich möchte dich um etwas bitten. Ich wäre dir unendlich dankbar, wenn du sie mir erfüllen könntest.«

Argwohn blitzte in Lukes Augen auf. »Sag nur.«

»Der feierliche Aufstieg, den du beschrieben hast, ist schön. Ich würde nichts daran ändern. Leider bedeutet die Zeremonie auch, dass ich meiner größten Phobie ins Auge sehen muss. Wäre es wohl möglich, mich zu betäuben, sodass ich den Schmerz der Klinge nicht spüre? Das würde meine Angst lindern.«

Der Argwohn in Lukes Augen erlosch. »Natürlich. Ich würde

alles tun, um dir den Übergang zu erleichtern. Ich erfülle dir jeden Wunsch.«

»Danke. Vielen Dank.« Sloane schenkte ihm ein strahlendes Lächeln. Dann sah sie ihn nachdenklich an. »Ich glaube, eine gequälte Seele ist es nicht wert, auf den Olymp zu steigen. Auch Gaia verdient einen friedlichen Übergang, den sie mit einer Gruppe ängstlicher Frauen, die sich um sie versammeln, nicht erleben könnte. Vielleicht solltest du auch die anderen Göttinnen betäuben. Dadurch stellst du sicher, dass sie sich nicht wehren, und du brauchst sie nicht zu fesseln. Gaia wird einen noch glanzvolleren Aufstieg erleben, und das Ereignis wird reibungslos und viel ruhiger ablaufen.«

Luke schürzte nachdenklich die Lippen. »Dein Vorschlag ist sinnvoll. Und die Rituale des Übergangs werden nicht verletzt. Es ist eine gute Idee. Ich bereite die notwendigen Medikamente heute Abend vor.«

»Das ist wunderbar. Alle Göttinnen werden diese Freundlichkeit zu schätzen wissen.« Sloanes erster Sieg hatte keinen großen Wert. Sie hatte erreicht, dass alle gekidnappten Frauen während dieses vermeintlichen Aufstiegs in die Ewigkeit weniger Schmerzen erleiden mussten. Doch das wäre nur dann notwendig, wenn es ihr nicht gelang, die Frauen zu retten, wenn sie alle zum Sterben verdammt waren.

Im Grunde war es gar kein Sieg.

»Delphi, deine Moral und dein Anstand sind bewundernswert«, lobte sie ihn. Nun musste sie endlich ihr Ziel ansteuern. »Nicht nur uns gegenüber, sondern, was viel wichtiger ist, auch Gaia gegenüber. Ich verstehe, dass dir schon der Gedanke, deine eigene Mutter zu baden, anstößig erscheint. Ich verstehe das sehr gut, und ich stimme dir zu. Aber ich weiß auch, dass eine Frau sich viel besser fühlt, wenn sie sauber ist und gepflegt. Wenn es dir recht ist, würde ich Gaia das Bad ermöglichen, um das sie gebeten hat. Ich bin eine Frau, und ich bin keine Fremde für sie.

Gaia kennt mich. Sie sollte mich noch besser kennenlernen, bevor ich zu ihren Füßen neben dir sitze, wenn wir zum Olymp aufsteigen. Ich verspreche dir, allen deinen Anweisungen zu folgen.« Sloane versuchte mit allen Mitteln, ihn zu überzeugen, und so zeigte sie auf die Pistole, die in Lukes Gürtel steckte. »Und wenn du während des Badens die Waffe auf mich richten möchtest, würde ich es verstehen. Ich möchte nur helfen, dass Gaia sich wohlfühlt.«

In Lukes Augen blitzte ein fast kindliches Entzücken auf. »Was für ein liebevolles, gütiges Angebot. Gaia wird begeistert sein. Sobald wir beide oben sind, machen wir einen kleinen Umweg, damit ich dir dein Zimmer zeigen kann. Ich habe es eigens für dich eingerichtet. Du wirst von jetzt an bis zum Aufstieg dort wohnen. Es ist nur ein paar Schritte von Gaias Zimmer entfernt, und es wird für dich dort viel angenehmer sein als in dieser Zelle. Du hast mir voll und ganz bewiesen, dass ich dir vertrauen kann.« Er streckte die Hand aus und half Sloane, von der Matratze aufzustehen. Doch gleich darauf ließ er sie wieder los. »Komm. Lass uns diesen Raum verlassen.«

Sloane fiel auf, dass er sie nur ungern berührte. Auch wenn sie weiche Knie hatte, spürte sie, wie Adrenalin durch ihren Körper strömte. Sie hatte Lukes Vertrauen gewonnen. Und sie würde Zugang zu Lillians Zimmer bekommen.

Jetzt musste es ihr nur noch gelingen, das Handy an sich zu bringen.

32. Kapitel

Ich bin so stolz auf Artemis.

Ich weiß, wie schwer es ihr fällt, ihre Freiheit aufzugeben und sie gegen das Paradies einzutauschen. Sie hat keinen Grund, zu glauben, dass es dieses Paradies nicht gibt. Es sind einzig und allein meine Worte, die sie davon überzeugt haben und denen sie vertraut.

Ich fühle mich geehrt.

Und ich werde sie nicht enttäuschen.

Wenn ich gewusst hätte, dass sie daran denkt, Gaia zu baden, wäre ich viel früher zu ihr zurückgegangen. Gaias Bitte, sie möchte gebadet werden, hat mir das Herz gebrochen. Aber ich konnte weder meine Mutter entkleiden und ihren Körper berühren noch ihre Bitte ignorieren. Daher war ich in einer Zwickmühle gefangen.

Artemis hat mich gerettet.

Sie war so perfekt, wie ich vermutet hatte. Die perfekte Artemis. Ich habe eine ausgezeichnete Wahl getroffen.

Bevor wir zu Gaia gingen, wollte ich ihr den Palast zeigen, den ich für sie erschaffen hatte.

Ich konnte mir nicht vorstellen, wie ich ihr meine Gefühle besser beweisen konnte.

Luke folgte ihr auf den Fersen. Sloane spürte seine Nähe, während sie die Treppe hochgingen. Daher täuschte sie eine fröhliche Stimmung vor und ging unbeirrt Stufe für Stufe hoch. Das Betäubungsmittel wirkte noch ein bisschen, aber insgesamt fühlte sie sich gut.

Das Haus – zumindest das, was sie davon gesehen hatte – erinnerte sie an ein altes Herrenhaus, das schon eine Ewigkeit lang nicht mehr bewohnt wurde. Es strömte diesen typischen moderigen Geruch eines Hauses aus, das lange Zeit leer gestanden hat. Und die schaurige Stille wies darauf hin, dass der größte Teil dieses großen Hauses nicht genutzt wurde. Der Keller, wo Sloane gewesen war und wo die anderen Frauen vermutlich eingesperrt waren, lag ganz unter der Erde, und darum hatte sie sich dort gefühlt wie in einem Grab. Das Erdgeschoss war sauber, aber nur spärlich möbliert. Als Luke sie zur Treppe in den ersten Stock geführt hatte, hatte Sloane einen Blick in das Wohnzimmer und Esszimmer werfen können, in denen nur wenige Möbelstücke standen. Dahinter schienen noch andere Räume zu liegen. Sloane fragte sich spontan, was in diesen Räumen untergebracht war, doch im Grunde war es ihr lieber, wenn sie es gar nicht erfuhr. Es sei denn, er hatte dort die Bombe mit dem Zeitzünder untergebracht, die er gebaut hatte, um dieses Haus dem Erdboden gleichzumachen.

Luke hielt sie auf, als sie den ersten Stock erreichten.

»Gaias Zimmer ist dort.« Er wies mit dem Arm zu einem kurzen Korridor, der nach links führte und an dem zwei Zimmer lagen. Sloane schätzte, dass ein Zimmer Lillian gehörte und das andere Luke. »Dein Zimmer ist gleich gegenüber auf der rechten Seite.«

Natürlich. Luke würde niemals zulassen, dass Menschen, die unter seiner Obhut standen – ob er sie nun liebte oder ob er sie gefangen hielt –, sich zu weit von ihm und seinem wachsamen Blick entfernten.

Er führte sie dorthin und blieb vor einer polierten Mahagonitür stehen.

»Ich kann dir gar nicht sagen, wie lange ich auf diesen Augenblick gewartet habe«, gestand er ihr, während er die Tür aufschloss und sie öffnete. »Tritt ein. Schau dir die wunderschönen Räume an, die ich für dich gestaltet habe.«

Sloane trat über die Schwelle und riss die Augen auf. Weiße Marmorböden. Verzierte Wände, die mit Gemälden von Artemis mit ihren Jagdhunden und ihrem Bogen mit dem Köcher voller Pfeile dekoriert waren. Polierte, verzierte Mahagonimöbel, die vermutlich alle antik waren und einen hohen Wert besaßen. Ein Himmelbett mit einer Tagesdecke, einem Baldachin aus lindgrüner Seide und den dazu passenden Zierkissen. Und auf beiden Seiten des Bettes standen große, handbemalte Vasen.

»Das gibt's doch nicht«, murmelte Sloane.

Luke, der ihre Reaktion als Ausdruck der Freude interpretierte, drängte sie, sich das Badezimmer anzusehen. Sloane gehorchte, und als sie den angrenzenden Raum betrat, staunte sie noch mehr. Vom Boden bis zur Decke bestand alles aus zartrosafarbenem Marmor. In der Mitte des Raumes stand eine antike Badewanne aus Alabaster. Ein kleinerer abgeteilter Bereich war mit einem Marmorwaschbecken mit goldenen Wasserhähnen und einer Marmorkommode ausgestattet – beides in zartem Rosa. Antike griechische Skulpturen standen auf beiden Seiten der Badewanne.

Sloane wusste nicht, was sie sagen sollte. Luke hatte Unsummen an Geld und unendlich viel Zeit und Mühe investiert, um einen Raum zu gestalten, der niemals benutzt werden würde. Sloane würde bestenfalls ein oder zwei Nächte hier verbringen. Wenn Lukes Plan aufging, wäre sie anschließend tot und würde in der ewigen Herrlichkeit des Olymp leben. Und von dieser weltlichen Pracht wäre nur noch ein Haufen Asche übrig.

Luke betrachtete diese Räume als sein Meisterwerk.

Sloane überkam das kalte Grausen.

»Du bist erstaunt«, sagte er mit einem breiten Grinsen.

»Ich bin sprachlos.« Sie führte ihre Maskerade fort. »Das alles hast du für mich gemacht?«

»Ja, alles.« Luke ging auf und ab und berührte ehrfurchtsvoll alle Möbelstücke und alle Keramikaccessoires, als handelte es sich um etwas von unschätzbarem Wert. »Ich habe viele Tage hier verbracht, um die Räume zu gestalten und um mir deine Reaktion vorzustellen, wenn du sie siehst. Es war mein Rückzugsort, der Ort, an dem ich Trost gefunden habe. Selbst wenn die Dämonen drohten, mich zu verschlingen, habe ich hier, wo ich deine Gegenwart gespürt habe, ein wenig Frieden gefunden. Verstehst du das?«

»Natürlich.« Sloane wurde übel, und sie hatte Mühe, sich nicht zu übergeben. Sie sah ihn an und zauberte einen Ausdruck grenzenloser Ehrfurcht auf ihr Gesicht. »Danke. Ich kann dir gar nicht sagen, wie dankbar ich bin. Ich weiß wirklich nicht, was ich sagen soll.«

»Sag nichts. Dich in diesem Raum zu sehen und deine Freude zu erkennen ist mehr als genug. Heute wirst du in den seidenen Decken schlafen. Das Wissen, dass du von dem Luxus umgeben bist, der dir zusteht, wird mir eine ruhige Nacht bescheren.« Er zeigte auf die Tür. »Sollen wir jetzt zu Gaia gehen?«

»Ja.«

Lillian sah nicht so schlecht aus, wie Sloane befürchtet hatte. Doch Luke hatte recht, wenn er betonte, dass das Leben seiner Mutter sich dem Ende näherte.

Lillian, die in einem großen Bett lag und in den dicken Federkissen beinahe versank, sah klein und zerbrechlich aus, aber sie war wach und bei klarem Verstand. Sie war aschfahl, und ihr Atem ging unregelmäßig. Aber immerhin atmete sie noch selbstständig, ohne Hilfe eines Beatmungsgerätes. Neben ihrem Bett standen nur ein Ständer mit einer Infusion, die vermutlich das Morphium enthielt, und ein Toilettenstuhl.

Doch Sloane sah noch etwas, und als sie erkannte, was es war, hätte sie vor Erleichterung fast geweint. Es war Lillians Rollstuhl. Er stand am Fußende des Bettes, ein Stück vom Infusionsständer entfernt, *und* er war von der Tür aus nicht zu sehen.

Sloane kam es wie ein Durchbruch vor.

»Mutter, wir haben einen Gast«, sagte Luke.

Sloane bemerkte, dass er sie nicht Gaia nannte. Das hätte sie sicherlich sehr verwirrt, und das wusste er wohl.

»Einen Gast?« Lillian wandte ihren Kopf zur Tür, und ihr schmerzverzerrtes Gesicht hellte sich auf, als sie Sloane erblickte. Aber sie sah auch verwundert aus. »Sloane. Was für eine schöne Überraschung. Ich wusste gar nicht, dass Sie mich besuchen. Sind Sie extra den weiten Weg hierhergefahren?«

Sloane wählte ihre Worte sorgfältig aus. »Nein, Luke hat mich abgeholt. Er wusste, dass ich Sie gerne besuchen würde, und darum hat er mich mitgenommen.«

Lillian strahlte. »Mein Sohn ist wirklich einmalig.« Sie hob einen Arm und zeigte auf einen mit Samt bezogenen Stuhl. »Luke, würdest du ihn bitte ans Bett stellen, damit Sloane sich hinsetzen kann und wir ein bisschen plaudern können?«

Luke sah Sloane hilflos an.

»Ich wollte Ihnen eigentlich einen Vorschlag machen, bevor wir plaudern«, warf Sloane schnell ein. »Luke hat mir erzählt, dass Sie gern baden würden. Es wäre mir eine Freude, wenn ich diese Aufgabe übernehmen dürfte.« Sie beugte sich vor, als wollte sie sich mit Lillian verschwören. »Sie wissen ja, dass sich die Männer mit den ganzen Pflegesachen nicht auskennen. Meistens verwechseln sie Shampoo und Badeschaum oder Badeschaum und Körperlotion. Am Ende hat man einen eingecremten, aber ungewaschenen Körper, oder die Haare wurden zwar mit einer Pflegespülung behandelt, aber vorher nicht gewaschen.«

Lillians schmerzverzerrte Gesichtszüge entspannten sich ein wenig und sie stieß ein leises Lachen aus. »Sie haben recht. Und außerdem ist Luke viel zu höflich. Jeden Tag behandelt er seine Patienten, aber seine eigene Mutter kann er nicht baden. Ich glaube, ich habe bei meiner Erziehung zu viel Wert auf gutes Benehmen gelegt.«

»Man kann sich gar nicht gut genug benehmen. Sie haben Luke wunderbar erzogen. Er ist ein feiner Kerl.«

»Vielen Dank, meine Liebe, für das Kompliment und für Ihr Angebot.« Lillian nahm es gerne an. »Sie sind sehr freundlich. Ich wäre so froh, wenn ich mich wieder frischer fühlen würde. Und es macht Ihnen wirklich nichts aus, mir beim Baden zu helfen?«

»Auf keinen Fall. Ich freue mich, dass ich etwas tun kann. Und dabei können wir ein bisschen plaudern.«

Lillian war überzeugt. Sie hob den Kopf und sah zu ihrem Sohn hinüber. »Die Gesellschaft einer Frau und ein Bad, wie sehr ich mich darüber freue.«

»Natürlich.« Luke sah so erleichtert aus, dass Sloane beinahe Mitleid bekam mit ihm. »Ich lasse warmes Wasser in die Badewanne und stelle sie dann mit Seife, Schwamm und Handtüchern neben das Bett.« Er lächelte verhalten. »Und ich bringe alle Pflegesachen mit, damit Sloane die richtigen auswählen kann.«

Sloane bemerkte, dass er ihren richtigen Namen benutzte und sie nicht Artemis nannte. Auch wenn er nicht bei Sinnen war, wusste er sehr genau, was er sagen musste.

Ein paar Minuten später war das Bad vorbereitet, und Luke verließ beinahe fluchtartig den Raum.

»Ich warte vor der Tür«, sagte er zu den beiden Frauen, doch sein Blick haftete dabei auf Sloane.

Sie verstand die Botschaft. Er vertraute ihr, aber er ging kein Risiko ein, und schon gar nicht, wenn es um Gaia ging.

»In Ordnung«, erwiderte Sloane ruhig. »Wir sagen dir Bescheid, wenn wir fertig sind.«

Endlich verließ er das Zimmer. Er ließ die Tür einen Spalt offen, sodass »Delphi« jedes Wort hören konnte, das sie wechselten.

Sloane hatte damit gerechnet. Es war egal, was er alles hörte, nur sehen durfte er nicht alles.

Sloane stellte sich ans Fußende des Bettes, wo der Rollstuhl stand, und bereitete alles für das Bad vor. Je schneller sie das Handy an sich bringen könnte, desto besser. Sie hatte Luke gebeten, die Wanne genau dorthin zu stellen, und so beugte sie sich hinunter und tauchte den Schwamm ins Wasser.

»Welche Seife sollen wir nehmen?«, fragte Sloane laut, während sie die Pflegeprodukte durchsah und mit einer Hand in die Netztasche des Rollstuhls griff. »Wir haben Lavendel und Vanille. Und eine Waschlotion mit Kokosnussduft.«

Bingo. Sloanes Finger umklammerten das Handy.

Blitzschnell zog sie es heraus und beugte sich vor, sodass ihr Körper fast ganz vom Bettrahmen verdeckt wurde. Sie klappte das Handy auf, schob es unter ihren Chiton, dann unter den vorderen Verschluss ihres BHs und klappte es wieder zu.

Ihr Handy war dünn und klein. Unter dem bauschigen Chiton war es gut versteckt.

Der nächste Teil ihrer Mission war erfüllt.

»Lavendel ist so entspannend«, sagte Lillian. »Ich glaube, das würde ich gern nehmen.«

»Das ist eine gute Wahl.« Sloane richtete sich mit dem nassen Schwamm und der Lavendelseife in den Händen wieder auf. »Es ist bekannt, dass Lavendel die Sinne entspannt und Stress abbaut.«

Sie kleidete Lillian aus und badete sie so behutsam und würdevoll, wie es dieser armen, im Sterben liegenden Frau gebührte. Die ganze Zeit plauderte Sloane mit ihr, erzählte Lillian, was sich ereignet hatte und was in den letzten Folgen ihrer Lieblingsserie passiert war. Sloane freute sich, dass sie ein kleines bisschen dazu beitragen würde, dass Lillian in Frieden sterben konnte. Sie hatte in ihrer Ehe viel durchgemacht, und Sloane war erleichtert, dass sie sterben würde, ohne jemals zu erfahren, dass ihr wundervoller Sohn in Wahrheit den Verstand verloren hatte.

»Sind die Berge nicht wunderschön?«, murmelte Lillian. »Hier habe ich das Gefühl, Gott näher zu sein.«

Zum ersten Mal nahm Sloane ihre Umgebung wahr. Sie hatte sich so sehr darauf konzentriert, das Handy an sich zu bringen, dass sie kaum etwas mitbekommen hatte.

Das Schlafzimmer war sehr geräumig und mit all den Dingen dekoriert, die Lillian am Herzen lagen, angefangen von Fotos ihres Sohnes bis zu Geschenken, die sie von ihren Kollegen am John Jay College bekommen hatte. Das Bett stand mit dem Kopfteil an der Wand neben der Tür, sodass Lillian durch die großen Panoramafenster schauen konnte, die sich über die gesamte gegenüberliegende Wand erstreckten. Ihr bot sich ein atemberaubender Blick auf hohe, grüne Berge. Sloane drehte sich zu den Fenstern um, nicht nur, um höflich auf Lillians Frage zu antworten, sondern auch, um nach irgendetwas Ausschau zu halten, das ihr Aufschluss darüber geben konnte, wo sie war.

»Ich verstehe, dass Sie sich Gott näher fühlen«, erwiderte sie. »Die Berge sind wunderschön.« In der Ferne entdeckte Sloane etwas, das wie eine kleine Washington-Statue aussah. Was auch immer es war, es war jedenfalls ein wichtiger Orientierungspunkt.

Kurz darauf beendeten sie das Bad. Lillian sah furchtbar erschöpft aus. Aber gleichzeitig glücklicher und friedlicher, als Sloane erwartet hatte. Sie strahlte übers ganze Gesicht, obwohl sie im Sterben lag. Sloane war nicht dumm. Lillian blieb nicht mehr viel Zeit. Und doch freute sie sich, dass ihre Haare und ihre Haut sauber waren. Und darüber freute sich wiederum Sloane.

»Komm rein, Luke!«, rief sie, als sie Lillians Haare getrocknet und gekämmt hatte.

Sofort öffnete Luke die Tür und kam herein. Er warf einen Blick auf seine Mutter, und sofort erhellte sich sein Gesicht.

»Du siehst schön aus«, sagte er. »Zehn Jahre jünger.«

Lillian lächelte verhalten. »Dann sollte ich vielleicht häufiger baden.« Sie wandte sich Sloane zu. »Ich danke Ihnen vielmals für das Bad und für die nette Unterhaltung. Das habe ich vermisst …« Ihre Lider wurden schwer.

»Ich bleibe heute Nacht hier«, erwiderte Sloane. »Wir haben noch Zeit genug, um miteinander zu plaudern.«

»Wirklich?« Obwohl Lillian die Augen beinahe schon zufielen, lag ein Hoffnungsschimmer darin.

»Wirklich. Ruhen Sie sich aus. Ich besuche Sie heute Abend wieder.«

Draußen auf dem Gang drehte Luke sich zu Sloane um. »Ich habe sie seit der Abschiedsparty nicht mehr so glücklich gesehen. Ich kann dir gar nicht genug danken.«

»Ihre Freude zu sehen war Dank genug. Aber ich habe eine Bitte.« Sloane täuschte Verlegenheit vor. »Ich war den ganzen Tag noch nicht im Bad. Und ich fühle mich so schmutzig, nachdem ich die vielen Stunden unten in dem Keller verbracht habe. Wäre es dir recht, wenn ich das prächtige Badezimmer benutze, das du für mich eingerichtet hast?«

Luke runzelte die Stirn. »Wie unhöflich und gedankenlos von mir. Natürlich darfst du es benutzen. Und ich möchte, dass du ein Bad nimmst.« Er zögerte kurz. »Ich muss das Abendessen vorbereiten. Darum kann ich nicht Wache stehen vor der Tür. Ich muss sie abschließen. Aber keine Sorge. Ich sehe bald wieder nach dir.«

»Das ist gut. Vergiss nicht, dass ich später gegessen habe als du und die anderen. Darum bin ich noch nicht so hungrig. Ich genieße mein Bad, bis du zurückkommst.«

Fünf Minuten später war Sloane in Artemis' Zimmer eingeschlossen. Sie ging sofort ins Badezimmer, benutzte die Toilette und ließ gleichzeitig Wasser in die Badewanne laufen.

Diese Geräusche übertönten das Piepen ihres Handys, als sie es einschaltete.

Verdammt. Kein Netz.

Sie ging im Badezimmer hin und her und näherte sich dem Fenster, um zu prüfen, ob es dort besser ging. Nein.

Sie musste es versuchen. Wegen der schlechten Verbindung wäre ihre Stimme allerdings verzerrt. Aber vielleicht würde es mit einer SMS klappen.

Schnell rief sie im Menü die Textmitteilungen auf und tippte den folgenden Text ein:

luke. 12–24 std. zu leben. berge. wash.-statue im osten. BOMBE

Sie wählte Dereks Nummer und drückte auf Senden.

Die Chance, dass Derek die SMS erhielt, war nur gering.

Sie musste einen Weg finden, ins Freie zu gelangen, um die Nachricht noch einmal zu verschicken, wenn die Verbindung besser war.

Und sie hatte auch schon eine Idee, wie ihr das gelingen könnte.

33. Kapitel

Ich dachte, Artemis hätte vielleicht Lust, gemeinsam mit mir zu Abend zu essen. Nicht eingeschlossen in ihrem Zimmer, sondern unten im Esszimmer. Ich hatte dort noch nie gegessen. Welche Gelegenheit konnte besser sein?

Daher ging ich hoch zu ihr, um sie einzuladen.

Ich klopfte an ihre Zimmertür, und als niemand reagierte, schloss ich auf und öffnete die Tür einen Spaltbreit. »Artemis?«

Keine Antwort.

Jetzt machte ich mir Sorgen. Ich stieß die Tür auf und ging hinein. Einerseits war ich besorgt, dass ihr etwas zugestoßen war, andererseits geriet ich in Panik, dass sie versucht haben könnte, zu fliehen.

Gerade wollte ich sie noch einmal rufen, da wurde die Badezimmertür aufgestoßen, und Artemis kam herein. Sie hatte nur ein Badetuch um ihren Körper geschlungen. Sie hatte nichts entblößt, aber das entschuldigte nicht, dass ich ihre Privatsphäre verletzt hatte.

Ich erstarrte.

Sie riss die Augen auf und umklammerte automatisch den Knoten oben in dem Badetuch. »Delphi, ich habe nicht mit dir gerechnet. Ich …«

Sie war gekränkt. Und das konnte ich ihr nicht verübeln. Sie war die Göttin der Tugend, jungfräulich in jeder Beziehung. Es grenzte an Gotteslästerung, dass ein Mann den Raum betrat und sie beim Baden störte.

Allmählich erholte ich mich von meinem Schock und wich

ihrem Blick aus. Ich schämte mich grenzenlos. Ich senkte den Kopf, verließ den Raum und schloss die Tür hinter mir.

»Es tut mir furchtbar leid«, beteuerte ich durch die geschlossene Tür. »Ich wusste nicht, dass ich ungelegen komme. Ich habe dich gerufen. Als du nicht reagiert hast, habe ich mir Sorgen gemacht. Eine andere Entschuldigung gibt es nicht.«

»Das macht nichts, Delphi«, versicherte sie ihm ruhig. »Ich vertraue dir. Ich weiß, du würdest niemals indiskret sein. Es war ein Missverständnis, von mir genauso wie von dir. Ich hätte auf dein Klopfen achten müssen. Stattdessen habe ich das Bad in der herrlichen Badewanne genossen. Ich habe dich wohl nicht gehört, weil das Wasser durch den Abfluss rauschte.«

Ich senkte den Kopf und spürte Erleichterung und Achtung zugleich. Sie war so nachsichtig und so gütig. Ich hatte wirklich Glück.

»Ich danke dir für dein Verständnis. Ich bin froh, dass du weißt, dass ich niemals in deine Privatsphäre eindringen würde. Niemals.«

»Das weiß ich. Lass uns den Vorfall vergessen. Außerdem«, fügte sie hinzu, »ist mir eine Idee gekommen, und ich wollte dich fragen, was du davon hältst.«

»Sag es mir.«

»Ich habe in Gaias Zimmer Geräusche gehört. Ich nehme an, sie ist aufgewacht.«

»Ja. Leider kann sie wegen der Schmerzen nicht lange schlafen. Die Geräusche, die du gehört hast, waren mein Versuch, ihr etwas zu essen zu geben. Aber sie hat keinen Appetit. Und nur wenig Kraft. Ihre einzige Freude waren dein Besuch, dass sie baden konnte und der Blick auf die Berge.«

»Dann ist meine Idee perfekt.« Artemis' Stimme war überschwänglich, und ich hörte ein Rascheln, als sie einen frischen Chiton aus dem Schrank nahm. »Wir könnten doch einen Spaziergang mit Gaia machen. Was meinst du? Die frische

Luft wird ihr sehr guttun. In der Abenddämmerung bieten die Berge einen atemberaubenden Anblick.« Sie machte eine kurze Pause. »Und es wäre eine wunderschöne letzte Erinnerung, die sie mit auf den Olymp nehmen könnte.«

Ein Spaziergang. Warum war ich nicht selbst darauf gekommen? Gaia liebte die Natur, und sie hatte sie, seit wir hier waren, nicht mehr genießen können. Artemis hatte recht. Als Göttin der Erde verdiente Gaia eine schöne letzte Erinnerung an diesen Planeten, die sie mitnehmen konnte.

»Deine Idee *ist* perfekt«, lobte ich Artemis. »Gaia wird sich freuen. Hinter dem Haus erstreckt sich ihr Lieblingsgarten. Ich schlage es ihr sofort vor.«

»Wenn sie Lust dazu hat, könnte ich in zwei Minuten fertig sein«, rief Artemis zurück. »Ich trage den Rollstuhl, und du trägst Gaia. Draußen kann sie sich in den Rollstuhl setzen und die Natur genießen.«

Ich war so ungeduldig, es Gaia zu erzählen, dass ich mich kaum beherrschen konnte. »Ich komme sofort zurück«, versprach ich Artemis. »Dann sage ich dir, wie sie sich entschieden hat.«

»Ich verspreche dir, dass ich diesmal sofort reagiere, wenn du klopfst.«

Als Sloane hörte, dass er wegging, atmete sie erleichtert auf. Jetzt konnte sie nur hoffen, dass Gaias Wunsch, ein letztes Mal die Natur zu erleben, größer war als ihre Schwäche durch die Krankheit, an der sie sterben würde.

Sloane hatte ihren Chiton angezogen, den Gürtel um die Taille geschlungen und ihre Haare getrocknet und gebürstet, als Luke wieder vor der Tür stand.

»Wir sind fertig«, sagte er und klopfte an die Tür.

»Ich auch.« Sloane versteckte das Handy in ihrer Faust. »Gaia freut sich riesig«, sagte er, während sie über den Korridor auf Gaias Zimmer zugingen. »Ich bin so froh, dass du diese Idee hattest. Sie ist so schwach, dass sie kaum sitzen kann, und dennoch lächelt sie. Sie kann es kaum erwarten, durch den Garten geschoben zu werden und den Duft der Blumen einzuatmen. Und es ist ein herrlicher Abend. Die Luft ist klar und warm, und der Vollmond leuchtet uns den Weg.«

»Das hört sich perfekt an. Es sollte wohl so sein.«

Das Handy in den Rollstuhl zu legen war einfacher, als Sloane erwartet hatte. Luke war so intensiv damit beschäftigt, seine Mutter aus dem Bett zu heben, die Infusion vom Ständer zu lösen und mit hinunterzutragen, um sie draußen am Rollstuhl zu befestigen, dass er fast gar nicht auf Sloane achtete. Sie schob das Handy in die Netztasche des Rollstuhls, klappte ihn zusammen und trug ihn die Treppe hinunter.

Kurz darauf spazierten sie durch den Garten. Lillian bat Sloane, den Rollstuhl zu schieben. Sloane wunderte sich darüber, tat es aber gern.

»Luke ist erschöpft«, erklärte Lillian ihr und zeigte auf sein müdes Gesicht. »Schon seit Wochen kümmert er sich rund um die Uhr um mich. Nie macht er eine Pause, es sei denn, jemand ist bei mir, dem er vertraut. Ich weiß, dass er Ihnen vertraut. Würden Sie ihn bitte ablösen bei diesem Spaziergang? Ich wäre sehr froh darüber.«

»Natürlich.« Sloane warf Luke einen Blick zu, um sich zu vergewissern, dass er einverstanden war.

Er nickte, strich aber über seine Jacke, um sie daran zu erinnern, dass er seine Waffe bei sich trug.

Daran brauchte er sie nicht zu erinnern.

Luke setzte sich auf eine Steinbank und beobachtete sie wachsam. Sie musste genauso vorsichtig sein, als würde er neben ihnen hergehen. Fast. Einen winzigen Vorteil hatte sie dadurch, dass sie sich ein Stück von ihm entfernte.

Sloane schob Lillian durch den blühenden Garten, den die ältere Frau besonders liebte, bis zu einem schönen, ruhigen Plätzchen. Sie stellte den Rollstuhl so hin, dass Lillian den Duft der Blumen einatmen und gleichzeitig auf die Berge ringsherum sehen konnte.

»Kennen Sie diese Berge?«, fragte Lillian mit schwacher Stimme. Das viele Morphium und der Krebs forderten ihren Tribut. »Sie sind so majestätisch, so hoch und so herrlich grün. Im Winter sind sie mit Schnee bedeckt. Mir hat es hier immer sehr gut gefallen. Als wäre man dem Himmel ein Stück näher.«

»Sie haben recht. Es ist wunderschön hier.« Sloane griff in die Netztasche hinten am Rollstuhl, zog das Handy heraus und klappte es auf. Endlich hatte sie einen besseren Empfang.

Sie versteckte die Hände vor ihrem Körper, sodass Luke nichts sehen konnte, rief das Menü auf, ging dann auf Textnachrichten und auf Ausgang. Dann klickte sie die letzte gesendete Nachricht an, drückte auf Optionen und verschickte sie noch einmal.

Das Ganze dauerte keine dreißig Sekunden.

Sloane hoffte, dass es diesmal klappte.

Sie hoffte es nicht nur, sondern schickte ein Stoßgebet zum Himmel.

Egal, ob die Nachricht diesmal verschickt worden war oder nicht, sie musste das Handy loswerden, bevor Luke es fand. Am besten war es, es eingeschaltet zu lassen und es irgendwo hier draußen zu verstecken. Hierher kam keiner mehr, und der Empfang war sehr gut. Sobald Derek ihre Nachricht bekommen hatte, würde er mithilfe der Telefongesellschaft versuchen, ihr Handy zu orten.

Sloane sah sich schnell um. Luke hatte seine rechte Hand in die Tasche gesteckt und lehnte sich auf der Bank zurück. Sein Blick wanderte von Sloane zu Lillian und zu dem herrlichen Sonnenuntergang über den Bergen.

Sloane wartete den richtigen Augenblick ab. Als Luke den Blick zum Himmel hob, warf sie das Handy in die Büsche.

Geschafft. Jetzt brauchte sie nur noch ein bisschen Glück.

Second Avenue, New York City
2. Mai, 00.30 Uhr

Derek hatte kein Auge zugemacht. Er hatte sich nicht mal hingesetzt.

Er wollte sich nicht ausruhen. Er hatte auch nicht vor, aufzugeben oder sogar vom Schlimmsten auszugehen. Er war immer dann am besten, wenn er aktiv war und irgendetwas tat, um einen Fall zu lösen.

Es war nicht seine Stärke, hilflos herumzusitzen.

Verdammt, er wurde allmählich verrückt.

Sein Handy, das auf dem Nachttisch lag, piepte kurz. Derek nahm es in die Hand und sah aufs Display. Er hatte eine SMS bekommen. Er klappte das Handy auf und öffnete die SMS.

Sein Herz klopfte wie verrückt, während er die Nachricht las.

luke. 12–24 std. zu leben. berge. wash.-statue im osten.
BOMBE

Sloane lebte. Es war ihr gelungen, ihr Handy zu benutzen. Sie versuchte, ihm die Informationen zu geben, die er brauchte, um sie zu finden.

Derek verschwendete keine Zeit, indem er den Dienstweg einhielt.

Er rief den obersten Boss des FBI-Büros New York an – zu Hause. Es war ihm scheißegal, wie spät es war und welche Vorschriften er damit missachtete. Sloane hatte die Nachricht um halb acht verschickt. Das war fünf Stunden her. Seitdem konnte alles Mögliche passiert sein. Es war ein Wettlauf mit der Zeit. Und er würde weder Sloane noch die anderen Frauen im Stich lassen.

Derek klärte den stellvertretenden Direktor über die Situation und den Inhalt der SMS auf.

»Was brauchen Sie?«, lautete dessen Antwort.

»Zunächst ein SWAT-Team und ein Bombenräumkommando. Dann brauche ich ortskundige Leute aus New York, New Jersey und Pennsylvania«, sagte Derek offen heraus. »Außerdem Ranger, die für die Parks und Erholungsgebiete dort zuständig sind. Die ehemalige Agentin Sloane Burbank teilt uns mit, dass sie irgendwo in den Bergen ist und im Osten etwas erkennt, das wie eine Washington-Statue aussieht.«

»Um ein Uhr nachts? Das wird nicht so einfach sein.«

»Entschuldigen Sie, Sir, aber es ist mir egal, wie kompliziert das ist. Es ist mir egal, wenn wir die Gouverneure aller drei Staaten aufwecken müssen. Es geht um einen Serienkiller, der ein halbes Dutzend Frauen brutal vergewaltigt und abgeschlachtet hat. Er hat sieben Frauen entführt und in seiner Gewalt. Wahrscheinlich leben alle, aber höchstens noch ein paar Stunden. Eine dieser Frauen ist eine von uns.«

»Ich kümmere mich darum.«

Datum: 2. Mai
Zeit: Morgendämmerung

Sloane hatte die ganze Nacht wach im Bett gelegen. Beim kleinsten Geräusch war sie aufgesprungen, weil sie hoffte, dass es ein SWAT-Team war, das die Türen aufbrach, um sie zu retten.

Doch als das erste schwache Sonnenlicht ins Zimmer drang, wusste Sloane, dass ein neuer Tag begonnen hatte und dass sie wieder auf sich allein gestellt war.

Das Schlimmste war, dass sie die ganze Nacht gehört hatte, wie Luke in Lillians Zimmer ein und aus ging. Seine schnellen Schritte und die vielen Besuche bei seiner Mutter konnten nur bedeuten, dass Lillians Leben zu Ende ging.

Wenn nicht bald ein Rettungsteam zur Stelle war, musste Sloane allein und ohne Waffe den Kampf gegen Lukes wahnsinniges Opferritual und den vielfachen Mord an ihnen allen aufnehmen.

Sie richtete sich auf, als sie Lukes schnelle Schritte hörte. Er hastete die Treppe hinunter, und sie fragte sich, was der Grund dafür sein könnte.

Sicherheitshalber ging sie zur Toilette, putzte sich im Badezimmer die Zähne und ließ ein bisschen Wasser in die Badewanne, sodass sie sich waschen konnte. Sie war kurz davor, den Verstand zu verlieren, denn ihre Instinkte sagten ihr, dass Luke allmählich die Kontrolle verlor. Und das bedeutete, dass sie auf alles gefasst sein musste.

Die Göttinnen sind geweckt worden und befinden sich im Salbungsraum, wo sie baden und sich ankleiden.

Jetzt muss ich die letzte Phase meines Plans in Angriff nehmen.

Ich hatte schon alles vorbereitet. Ich hatte gewusst, dass ich sehr aufgerüttelt sein würde, wenn der Zeitpunkt gekommen war.

Und genauso ist es auch.

Meine Hände zittern, während ich den Heizkessel ausschalte. Eine notwendige Vorsichtsmaßnahme. So kann nichts vorzeitig in Brand geraten. Rechts neben dem Ofen steht

die Tonne für den Plastikmüll, die ich aus der Garage geholt habe. Ich schütte den ganzen Inhalt des Fünfzig-Liter-Fasses Chlorgranulat hinein, das ich bei einem Zulieferer für Poolausrüstung gekauft habe. Dann fülle ich einen leeren Zwei-Liter-Eiscremebehälter mit mehreren Kannen billiger Bremsflüssigkeit, klebe einen elektrischen Grillanzünder an die Seite und stelle den Eiscrembehälter in die Mülltonne auf das Chlorgranulat.

Einen Augenblick lang verharre ich und zwinge mich, mehrmals tief durchzuatmen, um mich zu beruhigen. Eine Pause kann ich mir nicht leisten. Jede Sekunde zählt, denn Gaia liegt im Sterben.

Zitternd setze ich meine Arbeit fort.

Ich verbinde die Drähte des Grillanzünders mit einem digitalen Zeitschalter. Dann stelle ich den Zeitzünder ein.

Der Countdown läuft.

Da Gaia bald sterben wird, darf ich keine Zeit vergeuden. Ich muss mich beeilen. Sie braucht mich.

Ich beende meine letzten Vorbereitungen, verteile drei Propangasflaschen symmetrisch im Raum und öffne alle Ventile, bis ich höre und rieche, dass das Propangas entweicht.

Der Scheiterhaufen ist bereitet.

Sloane band die Kordel um ihren goldgesäumten festlichen Chiton, den Luke in ihren Schrank gelegt hatte, und versuchte, das Bild zu verdrängen, wie der Stoff sich langsam mit Blut durchtränken würde. Plötzlich hörte sie Lukes eilige Schritte auf der Treppe. Dann folgte eine kurze Pause. Vermutlich warf er einen Blick in Lillians Zimmer, dann hörte sie wieder schnelle Schritte. Sie wurden immer lauter.

Er hämmerte gegen die Tür.

»Artemis? Artemis, bitte wach auf.«

Sloane wusste, dass der Augenblick der Wahrheit gekommen war. Es war kein Rettungsteam angerückt, um sie und die anderen Frauen zu befreien und diesem Irren das Handwerk zu legen.

Das Leben von sieben Frauen stand auf dem Spiel. Wenn sie die Gefangenen nicht rettete, waren sie verloren. Dieses Wissen musste ihr Kraft und Entschlossenheit verleihen.

»Ich bin wach«, erwiderte sie, während sie zur Tür ging. »Ich bin auch schon angezogen.«

Mit zitternden Händen steckte Luke den Schlüssel ins Schloss, schloss die Tür auf und öffnete sie.

Offenbar war er auch in seinem Zimmer gewesen, denn er war frisch rasiert und tadellos gekleidet. Er trug einen langen Chiton, der ebenfalls mit einer Goldkante gesäumt war. Im Gürtel steckte die Pistole. Doch sein Gesicht war weißer als der Chiton, und er sah furchtbar mitgenommen aus.

»Es ist Zeit«, sagte er. Seine Stimme zitterte, auch wenn er sich um Fassung bemühte. »Die Göttinnen sind alle im Salbungsraum. Sie waschen sich und kleiden sich an. Ich habe sie auf das, was vor uns liegt, vorbereitet.« Er schluckte. »Du hast recht. Ich werde sie betäuben müssen. Einige von ihnen weinen hysterisch, und andere setzen sich zur Wehr. Ich kann nicht zulassen, dass Gaia dieser negativen Energie ausgesetzt wird. Es muss ein friedlicher, ehrwürdiger Übergang sein.«

Er warf einen Blick zu Gaias Zimmer. »Ich muss zurück zu ihr. Alles steht bereit – die Musik, die Kerzen und die Weinkelche. Aber ich …« Er wandte sich wieder Sloane zu. »Du musst dich auch vorbereiten. Dich waschen und dich anziehen.«

»Ich bin schon fertig.« Sloane sprach leise und ehrerbietig, der besonderen Situation angemessen. »Ich habe deine eiligen Schritte gehört. Ich nehme an, Gaia hat dich gebraucht. Daher bin ich aufgestanden, habe gebadet und den festlichen Chiton angezogen, den du in meinen Schrank gelegt hast.«

Erst jetzt schien Luke zu begreifen. »Du wusstest es. Ich sollte mich nicht wundern. Du siehst wie eine Göttin aus.«

»Ich wollte noch meine Haare flechten.«

»Ja. Gut. Das ist eine gute Idee«, murmelte Luke gedankenverloren. »Die Götter werden mir die Kraft geben, die ich brauche. Ich möchte Gaia nicht mehr allein lassen.«

»Natürlich nicht.« Sloane überlegte kurz, ob sie ihm über den Arm streichen sollte, ließ es dann jedoch sein. »Delphi«, sagte sie und schaute in seine leeren, ausdruckslosen Augen.« Möchtest du, dass ich mit dir zusammen an Gaias Bett sitze, bis es Zeit ist, die anderen Göttinnen zu holen? Ich könnte mit dir gemeinsam Wache halten. Das könnte Gaia den Übergang erleichtern.«

Es war einer dieser Augenblicke, in denen noch ein Funken Verstand in Lukes Augen aufblitzte. »Das würde mir gefallen. Und Gaia auch. Sie fühlt sich eng verbunden mit dir. In ihren lichten Momenten spricht sie immer nur über den Spaziergang, den du gestern Abend mit ihr gemacht hast. Du hast sie glücklich gemacht. Und das bringt mir mehr Freude, als du dir vorstellen kannst«, sagte er. Einen Augenblick lang stand er da wie ein verlorener Junge.

»Sieh nach, wie es Gaia geht«, drängte Sloane ihn. »Dann musst du die Göttinnen betäuben. Sie sollen im Salbungsraum bleiben, bis sie sich beruhigt haben und nach oben kommen müssen. Ich flechte meine Haare. Wenn du zurückkommst, bin ich fertig.«

»Gut.« Wie ein Roboter schloss Luke die Tür und verriegelte sie.

Sloane sank auf ihr Bett. Es war ihr gelungen, noch ein wenig Zeit herauszuschlagen. Diese Zeit und Lukes Kummer musste sie zu ihrem Vorteil nutzen. Sobald Lillian gestorben war, würde es Luke nicht mehr geben, und Delphi würde an seine Stelle treten. Dieser würde alle Göttinnen töten, eine nach der anderen, dann sie und dann sich selbst. Kurz darauf würde das ganze Herrenhaus ebenso wie ihre sterblichen Überreste in Flammen aufgehen, und nichts als Asche würde zurückbleiben.

Auch wenn Luke eine Pistole bei sich trug, musste sie ihre letzte Chance nutzen, um sich und die anderen Frauen zu retten.

High Point State Park
Kittatinny Mountains
Sussex County im Nordwesten von New Jersey
2. Mai, 07.05 Uhr

»Da ist das Denkmal«, sagte einer der Staatspolizisten von New Jersey. Er gehörte zu einem Dutzend Polizisten, die den FBI-Suchtrupp unterstützten. »Es liegt über fünfhundert Meter über dem Meeresspiegel und ist der höchste Punkt in New Jersey. Von da oben hat man eine meilenweite Sicht.«

Derek trug seine vierzig Pfund schwere SWAT-Weste, eine Schutzausrüstung, ein Sturmgewehr und eine Pistole, die in einem am Oberschenkel befestigten Holster steckte. Die anderen fünfzehn Mitglieder der New Yorker SWAT-Elitetruppe, die jetzt unter dem Befehl von John McLeod standen, waren genauso ausgerüstet. Zum Team gehörten auch zwei Spezialisten vom Bombenräumkommando. Sie standen auf Abruf bereit und waren mit den Geräten ausgerüstet, die sie brauchten, um eine Bombe zu entschärfen. Sobald der Befehl erging, würden sie ihre schweren EOD-9-Bombenschutzanzüge anziehen.

»Wir gehen von Haus zu Haus und überprüfen die Bewohner. Wir beginnen mit den Häusern, die westlich des Denkmals stehen«, sagte McLeod zu der Truppe. »Derek, klären Sie uns über das Gebiet auf.«

Derek nickte. Er war wahnsinnig froh, dass es Sloane gelungen war, ihr Handy einzuschalten, sodass die Telefongesellschaft das Gebiet eingrenzen konnte, wo sie und die anderen Opfern gefangen gehalten wurden.

»Hier gibt es fast nur kleine Farmen, und die liegen alle weit verstreut«, erklärte er den anderen. »Einige liegen versteckt hinter Bäumen. Für die sollten wir uns besonders interessieren. Unser Täter hat sein Versteck so gewählt, dass keiner es finden soll. Aber wir werden es finden, und zwar *schnell.*« Derek warf einen Blick auf die Uhr. »Es ist ein Wettlauf gegen die Zeit. Los, Jungs.«

Sloane beugte sich übers Bett. Sie zog Lillian die Bettdecke bis ans Kinn und sprach in sanftem Ton mit ihr. Luke stand rechts neben Sloane, nah am Kopf seiner Mutter. Mit beiden Händen hielt er ihre Hand fest und murmelte irgendetwas über Ewigkeit und Schönheit und Ehrerbietung.

Seit eineinhalb Stunden saßen sie hier, und Lillian atmete mal schwer, mal unregelmäßig und mitunter so flach, dass Sloane auf ihren Brustkorb starrte, um sich zu überzeugen, dass sie noch lebte.

Es war eine Qual.

Auch für Luke.

Seine Stimmungsschwankungen ängstigten Sloane. Der mitleidsvolle liebende Sohn verwandelte sich schlagartig in den wahnsinnigen griechischen Gott. Im nächsten Augenblick war er der gewalttätige, wütende Mörder, der Rache an einer Welt üben wollte, die ihm den einzigen Menschen nahm, den er jemals wirklich geliebt hatte und der immer für ihn da gewesen war.

Diese Stimmung machte Sloane am meisten Angst.

Wenn die Wut aus Luke hervorbrach, hielt ihn der Irrsinn gefangen, und er war nicht mehr erreichbar für sie. Er ging im Zimmer auf und ab, schwenkte die Pistole und das Kampfmesser und redete irgendeinen Unsinn über Gerechtigkeit und Anstand und über die Vernichtung der Gesellschaft. Sein Gesicht war von roten Flecken übersät. Er trat gegen Möbelstücke und schilderte in den grellsten Farben, wie er Menschen auf grausame Weise ermordet hatte. Und er würde noch mehr Menschen auf noch grausamere Weise töten. Sloane glaubte ihm. Sie hatte wahnsinnige Angst, dass ein falsches Wort, etwa eine trotzige Bemerkung einer der anderen Göttinnen, dazu führen könnte, dass er mit seiner Pistole und seinem Kampfmesser einen Amoklauf begann und seinen eigenen Aufstieg auf den Olymp verschob, um woanders weiterzumorden.

Während dieser Augenblicke, wenn Luke rasend vor Wut durch den Raum hastete, verhielt Sloane sich mucksmäuschenstill. Sie strich Lillian übers Haar und richtete ihr die Kissen. Zum Glück war die arme Frau nicht mehr bei Bewusstsein, sodass sie den Irrsinn ihres Sohnes nicht bezeugen musste.

Wenn es Sloane nicht gelang, Luke im richtigen Augenblick anzugreifen und zu überwältigen, würde das hier kein gutes Ende nehmen.

Nach wenigen Minuten endeten diese Wutausbrüche abrupt, und Luke verwandelte sich wieder in Delphi, der endlos über die hehre Gesellschaft auf dem Olymp schwafelte und über das, was sie dort erwartete.

Und ab und zu war es Luke, der neben Sloane stand und mit Tränen in den Augen zusah, wie seine Mutter langsam starb.

Seltsamerweise war es während einer von Lukes Schimpftiraden, als Lillian plötzlich die Augen aufschlug und deutlich seinen Namen sagte: »Luke.«

Er fuhr herum, starrte aufs Bett und erkannte den kurzen Augenblick der Klarheit in den Augen seiner Mutter.

Abrupt ließ er das Messer und die Pistole sinken, ging um Sloane herum und nahm seinen Platz am Kopfende des Bettes wieder ein. »Ich bin hier, Mutter.« Er legte das Messer und die

Pistole auf den Boden, nahm ihre Hand und hielt sie mit beiden Händen fest.

Ein Ausdruck des Staunens legte sich auf ihr Gesicht. »Es ist wunderschön. Auf der anderen Seite ist es wunderschön.« Lillian amtete zitternd ein. »Sei nicht traurig. Meine Zeit ist gekommen.« Langsam fielen ihr die Augen zu. »Ich werde immer bei dir sein. Vergiss das nicht. Und vergiss nicht ... wie sehr ich dich liebe.«

Sie schloss die Augen und starb.

Von Trauer gelähmt, starrte Luke ungläubig auf seine Mutter. Dann beugte er sich so weit vor, bis er auf dem leblosen Körper seiner Mutter lag. »Ich liebe dich auch«, sagte er unter Tränen, während er am ganzen Körper zitterte. »Verlass mich nicht ... Ich will nicht allein hierbleiben.« Er schluchzte laut und rutschte zurück auf die Knie. Sein Oberkörper lag immer noch auf dem toten Körper seiner Mutter. Er umklammerte die Decke, die Sloane Lillian bis zum Kinn hochgezogen hatte.

Sloane wusste, dass ihre Chance gekommen war. Luke stand unter Schock, und die Trauer lähmte ihn.

Sie hätte versuchen können, die Waffe an sich zu reißen, um ihn auszuschalten, ohne ihm noch mehr Schmerzen zuzufügen. Doch dann murmelte er: »Ich komme bald, Mutter. Wir alle kommen bald. Um dir auf dem Olymp zu dienen.«

Das war das Stichwort.

Sloanes Selbsterhaltungstrieb brach sich Bahn. Sie war bestens trainiert in Selbstverteidigungstechniken, und jetzt konnte sie es beweisen.

Sloane ballte die linke Hand zur Faust und schlug mit voller Wucht auf Lukes Nacken, genau dorthin, wo der Hirnstamm lag. Übergangslos folgte ein Schlag mit dem rechten Ellbogen auf dieselbe Stelle. Sloane konnte sein Gesicht nicht sehen, aber sie wusste, was passiert war: Sie hatte Luke außer Gefecht gesetzt.

Er rutschte vom Bett, was ihr die nächsten Schritte erleichterte. Sie packte ihn an den Schultern, bevor er auf dem Boden landete. Jetzt zählte jede Sekunde. Sie wusste nicht, wie lange er bewusstlos war.

Mit der ganzen Kraft, die sie während ihres jahrelangen Trainings zu mobilisieren gelernt hatte, zog Sloane Luke zum Fußende des Bettes und lehnte ihn gegen den Bettpfosten. Dann knotete sie die Kordel auf, die sie um ihren Chiton gebunden hatte. Zum Glück war sie dick und stabil. Damit band sie Lukes Fußgelenke zusammen. Darauf legte sie seine Arme um den Bettpfosten, knotete die Kordel von seinem Chiton auf und fesselte damit seine Handgelenke.

Anschließend stand sie auf und betrachtete ihr Werk. Selbst wenn Luke wieder zur Besinnung kam, konnte er den Raum nicht verlassen, ohne das ganze Bett hinter sich herzuziehen.

Schnell nahm sie Lukes Messer und die Pistole an sich und rannte in Lukes Zimmer. Die Schlüssel lagen auf seinem Nachttisch. Er hatte sie dort abgelegt, um seinen festlichen Chiton anzuziehen. Sie nahm den Schlüsselbund und rannte zurück.

Luke war immer noch bewusstlos.

Einen kurzen Augenblick lang verharrte Sloane neben dem Bett. »Ruhe in Frieden, Lillian«, murmelte sie. »Luke wird die Hilfe bekommen, die er braucht.«

Dann verließ Sloane den Raum und machte die Tür hinter sich zu. Sie legte das Messer und die Pistole auf den Boden, probierte jeden Schlüssel, bis sie den passenden gefunden hatte, und schloss die Tür ab.

Sicherheitshalber drückte sie die Klinke herunter, um zu kontrollieren, ob die Tür wirklich verschlossen war.

Hastig hob sie die beiden Waffen vom Boden auf und lief die Treppe hinunter. Sloane wusste, auf welche Zeit Luke den Zünder eingestellt hatte. Sie musste die Frauen so schnell wie möglich hier herausbringen, bevor das ganze Haus in die Luft flog.

Als sie das Erdgeschoss erreichte, hörte sie einen ohrenbetäubenden Knall. Gleich darauf erbebte das ganze Haus. Die Tür flog aus den Angeln, und dann stürzte ein Swat-Team ins Haus.

»Gas!«, schrie jemand.

Die Bombenspezialisten liefen zur Kellertreppe, um den Heizkessel zu suchen, denn erfahrungsgemäß war die Bombe dort deponiert.

»Die Hälfte von euch geht mit in den Keller und befreit die Opfer«, befahl John McLeod seinem SWAT-Team. Inzwischen waren die gedämpften Hilfeschreie der Frauen zu hören. »Der Rest von uns teilt sich auf und überprüft das Erdgeschoss und die oberen Stockwerke.«

»Oben ist alles sauber«, sagte Sloane, die inzwischen die unterste Stufe der Treppe erreicht hatte, zu Special Agent McLeod. Um zu zeigen, dass sie keine Bedrohung darstellte, hob sie die Hände. Die Pistole und den Schlüsselbund hielt sie in einer Hand und das Kampfmesser in der anderen. »Ich bin Sloane Burbank«, sagte sie. »Der Täter ist bewusstlos und gefesselt. Er liegt im ersten Stock im ersten Zimmer auf der linken Seite. Hier ist der Schlüssel.« Sie klimperte mit dem Bund. »Darf ich?«

»Natürlich«, sagte Derek, und Sloane freute sich riesig, seine Stimme zu hören. »Nimm die Hände runter, Sloane.«

»Danke.« Sie lächelte erschöpft. Dann legte sie die Waffen auf den Boden und übergab dem Leiter des SWAT-Teams Lukes Schlüsselbund mit dem passenden Schlüssel zu Lillians Zimmer.

»Sie sagen, der Täter ist bewusstlos?«, fragte McLeod.

»Als ich das Zimmer verlassen habe, war der Täter bewusstlos. Meiner Einschätzung nach dürfte er nicht so schnell wieder aufwachen. Ich habe ihm zwei harte Schläge auf den Hirnstamm verpasst.«

»Mit seiner Waffe?«

»Mit meiner Faust und mit meinem Ellbogen.«

»Verstehe.« McLeod staunte. Sloane sah, dass Derek grinste.

»Die Mutter des Täters, Lillian Doyle, liegt im selben Zimmer«, fuhr Sloane fort. »Sie ist tot. Natürliche Todesursache. Krebs.«

»Gute Arbeit«, meinte McLeod. Er befahl ein paar seiner Männer, in den ersten Stock zu gehen und den gefesselten Täter und seine verstorbene Mutter aus dem Haus zu bringen. Dann wandte er sich wieder Sloane zu. »Sind Sie verletzt? Oder ist das eine dumme Frage?«

»Ich bin okay.« Sloane eilte auf die Kellertreppe zu. »Da unten sind sieben gefangene Frauen, die mit einem Betäubungsmittel ruhig gestellt wurden und die wahnsinnige Angst haben, jeden Augenblick abgeschlachtet zu werden.«

»Sloane, bleib hier«, befahl Derek, während er mit den anderen an ihr vorbeilief. »Lass uns das machen. Wir bringen die Opfer raus. Die Bombenspezialisten kümmern sich um den Zeitzünder. Sieh zu, dass du hier rauskommst.«

»Ich weiß nicht, wie viel Zeit uns noch bleibt«, rief Sloane hinter ihm her. Sie blieb wie angewurzelt stehen.

»Dann müssen wir uns beeilen.« Derek ging mit seinen Kollegen die Treppe hinunter. »Leben alle?«, rief er Sloane über die Schulter zu.

»Ja«, rief Sloane zurück. »Haltet euch rechts. Folgt den Stimmen.«

»Kommen Sie mit, Ms Burbank.« Einer der Staatspolizisten führte sie zum Ausgang. »Wir müssen das Haus räumen, damit das SWAT-Team seinen Job machen kann.«

Zögernd folgte sie ihm. Sie hörte, wie die Männer der Spezialeinheit alle Räume überprüften, während sie sich den Frauen näherten.

Die Bombenspezialisten hatten die Propangasflaschen entdeckt und gingen vorsichtig auf die Mülltonne zu. Sie versuchen, sich ein Bild von der Bombe zu machen, und funkten die Kollegen an, damit ihnen umgehend ein Disrupter gebracht wurde, eine spezielle Vorrichtung zur Zerstörung von Zeitzündern. Wenn die Anzeige auf dem Zeitzünder stimmte, blieb ihnen nicht mehr viel Zeit.

Nachdem ihnen der Disrupter gebracht worden war, befestigten sie ihn vorsichtig an der einfachen Bombe, die Luke gebaut hatte, und zerstörten den Zeitzünder. Danach nahm einer der Bombenspezialisten vorsichtig den Eiscremebehälter aus der Mülltonne. Er achtete darauf, dass er nichts von dem Inhalt verschüttete. Als die Bombe und ihre einzelnen Bestandteile gesichert waren, schlossen sie die Ventile der Propangasflaschen und lüfteten den Kellerraum, damit die explosive Gasmischung abziehen konnte, die sich hier gebildet hatte.

Dann suchten die Bombenspezialisten nach einer weiteren Bombe. Erst danach gingen sie zurück zu Special Agent McLeod und gaben ihm grünes Licht.

»Gute Arbeit, Jungs«, lobte McLeod sie.

Wenig später hörte Sloane, dass Derek mit den Opfern sprach. »FBI. Wir holen Sie hier raus. Gehen Sie von der Tür weg.« Dann folgte ein lauter Knall, als die Tür mit der Ramme aufgebrochen wurde.

Eine Frau nach der anderen wurde die Treppe hinauf und in die Freiheit geführt.

Sloane stellte sich neben dem Ausgang auf die Veranda, zählte die Frauen und verglich ihre Namen mit den Gesichtern. Sofort erkannte sie Lydia Halas an dem auffallenden südländischen Teint und den klaren Gesichtszügen, doch das Martyrium hatte seine Spuren hinterlassen. Sie sah erschöpft und abgemagert aus. Dennoch war sie immer noch dieselbe freundliche Krankenschwester, die Sloane im Krankenhaus gepflegt hatte. Sogar in diesem Zustand, benommen und unter Drogen gesetzt, schenkte Lydia Sloane ein schwaches Lächeln, während ein Polizist sie ins Freie führte.

Einer zweiter eilte zu ihnen. »Ich habe die Krankenwagen gerufen. Sie sind in zehn Minuten hier und bringen die Frauen ins Krankenhaus, damit sie dort untersucht werden.«

Als Nächste kam Cynthia Alexander, die Sloane nur von den Fotos kannte. Sie zitterte wie Espenlaub. »Meine Eltern …«, flüsterte sie mit Tränen in den Augen.

»Ihre Mutter ist in New York, seit Sie entführt worden sind«, versicherte Derek ihr. »Ich rufe sie an und schicke einen Streifenwagen hin, der sie abholt. Sie wird im Krankenhaus auf Sie warten.«

»Danke«, stammelte Cynthia.

Die nächsten drei Opfer kannte Sloane nicht. Zwei waren etwas älter und reifer als die anderen. Bei der dritten handelte es sich um eine Studentin.

»Eve Calhoun«, sagte Derek, während er die nächste Frau ins Freie führte. »Ihr habt beide zur selben Zeit beim Bezirksstaatsanwalt gearbeitet. Helen Daniels und ihre Tochter Abby. Eine Professorin und eine Studentin der Penn State University.«

»Meine erste Arbeitsstelle … die Uni, an der ich studiert habe …« Sloane schüttelte ungläubig den Kopf.

»Du kannst dir nicht vorstellen, wie verrückt Luke Doyle wirklich ist.«

»Ich glaube, doch«, erwiderte Sloane leise. »Das ist Lauren Majors«, murmelte sie. Eine Frau Ende zwanzig wurde ins Freie gebracht. Sie machte einen völlig verstörten Eindruck.

»Eine ist noch unten«, sagte der Polizist, der Lauren hinausführte. »Sie ist in sehr schlechter Verfassung. Obwohl ihr ein Beruhigungsmittel gespritzt wurde, kauert sie in einer Ecke.«

Derek warf Sloane einen Blick zu. »Ich gehe.«

»Ich komme mit.«

Derek widersprach ihr nicht. Die beiden gingen ins Haus zurück, die Treppe hinunter und in den Salbungsraum.

Zitternd drückte Penny sich in die hinterste Ecke. Ihr Blick war abwesend, sie hatte die Arme um ihren Körper geschlungen. Nach einem Jahr Gefangenschaft war sie stark traumatisiert.

Sloane ging zu ihr und redete leise auf sie ein. »Penny. Ich bin's, Sloane. Ich freue mich, dich zu sehen. Es ist eine Ewigkeit her.« Sie hockte sich neben ihre Freundin auf den Boden. »Wir haben uns viel zu erzählen. Ich habe neulich mit deiner Mutter Tee getrunken. Sie hat mir Löffelbiskuits angeboten. Wie in guten alten Zeiten. Sie sieht toll aus. Aber sie macht sich große Sorgen um dich. Dein Dad auch. Können wir dich zu ihnen bringen?«

Langsam drehte Penny den Kopf zur Seite und starrte Sloane an. In ihren Augen lag ein winziger Hoffnungsschimmer. »Sloane?«

»Es ist vorbei, Penny«, sagte sie und strich ihr zärtlich übers Haar. »Wir haben ihn. Du bist frei. Der Albtraum ist zu Ende.«

Tränen liefen Penny über die Wangen. »Wirklich?«

»Ich verspreche es dir. Wir können dich jetzt hier rausbringen.«

Penny starrte Sloane immer noch an, und es war ihr anzumerken, dass sie immer noch nicht richtig begriff, was hier vor sich ging. Sie hatte ein starkes Betäubungsmittel bekommen, und hinter ihr lag die lange Zeit der Gefangenschaft. Doch das Zittern hörte auf, und sie akzeptierte Sloanes Hilfe. »Okay.«

Ihre Stimme klang wie die eines Kindes. Es brach Sloane fast das Herz. Doch sie dachte sich, dass noch etwas viel Schlimmeres hätte passieren können. Penny lebte. Sie lebte, und sie war körperlich unversehrt. Mit der richtigen Therapie würde mit der Zeit auch ihre Seele wieder heilen.

Sloane und Derek fassten sich an den Händen, um einen Sitz zu bilden, und so trugen sie Penny nach draußen. Penny krallte sich die ganze Zeit an Sloanes Chiton fest.

»Du hast es geschafft, Penny«, versicherte Sloane ihrer Freundin. »Und die anderen Frauen auch. Es ist alles gut.«

Sloanes Worte wurden von den Sirenen der sich nähernden Krankenwagen übertönt.

»Gutes Timing.« Sloane wartete, bis die Krankenwagen vor dem Haus hielten. Dann trugen Derek und sie Penny zu einem Sanitäter, der sie ins Krankenhaus bringen würde. »Ich rufe deine Eltern an«, versprach sie ihrer Freundin. »Bestimmt chartern sie einen Hubschrauber, damit sie so schnell wie möglich bei dir sind.«

Penny lächelte verhalten. Es war die erste menschliche Regung seit ihrer Befreiung.

»Kommen Sie, Ma'am?«, fragte der Sanitäter Sloane.

Sie schüttelte den Kopf.«Nicht nötig. Ich bin okay.«

»Sie kommt später«, warf Derek ein. »Ich werde sie persönlich bringen.«

»Sind jetzt alle draußen?«, fragte einer der Polizisten.

Derek nickte. »Ja, alle sind draußen.«

Der Polizist trat zurück. Die Krankenwagen fuhren los, und allmählich fiel die Anspannung von ihnen ab.

Während die Sirenen in der Ferne verhallten, drehte Derek sich zu Sloane um. Ihre Zöpfe hatten sich gelöst, und ihre Haare hingen zerzaust herunter. Das lächerliche tunikaartige Gewand sah ohne Gürtel aus wie ein Bettlaken. Sie sah furchtbar aus, aber für Derek war es der schönste Anblick der Welt.

»Du hast meine Nachricht also bekommen.« Sloane atmete erleichtert auf.

Derek schlang die Arme um sie und drückte sie fest an seine Brust. »Ist wirklich alles in Ordnung?«, fragte er mit rauer Stimme.

»Jetzt ja.« Sie schmiegte sich an seine SWAT-Weste und schlang die Arme um seine Taille.

»Du hast mir eine Scheißangst eingejagt.«

»Soll nicht wieder vorkommen.«

»Ich hoffe, du hältst dich dran.«

»Mach ich.« Sloanes Adrenalinspiegel, der während der ganzen Aktion in die Höhe geschossen war, sank rapide, als sie begriff, was sie durchgemacht hatte. »Wenn ich verspreche, mich heute noch im Krankenhaus untersuchen zu lassen, könnten wir dann jetzt erst mal nach Hause fahren? Ich muss dem FBI und dem NYPD sowieso noch tausend Fragen beantworten. Im Augenblick sehne ich mich nur nach einer heißen Dusche, damit ich mir die letzten neunundzwanzig Stunden vom Körper waschen kann. Und ich träume von einem Nachmittag im Bett mit einer großen Packung Eis, den drei Dackeln und mit dir.«

»Weißt du was?«, überlegte Derek laut. »Ich finde, ich habe großartige Arbeit geleistet. Ich werde um ein paar Urlaubstage bitten. Die werden sie mir bestimmt genehmigen.«

»*Du* hast großartige Arbeit geleistet?« Sloane ließ ihn los und wich ein Stück von ihm ab. Fassungslos starrte sie ihn an. »*Ich* war diejenige, die ...«

Derek presste seine Lippen auf ihren Mund und küsste sie zärtlich. »Schon gut. Du weißt doch, was für ein arroganter Mistkerl ich bin. Ich habe einen Ruf zu verteidigen.«

»Stimmt.« Sloane funkelte ihn verschmitzt an. »Du hast einen Ruf zu verteidigen. Aber du musst nicht nur dem FBI beweisen, was in dir steckt, sondern auch mir. Aber ich warne dich. Meine Ansprüche sind noch höher als die vom FBI. Glaubst du, dass du dem gewachsen bist?«

»Auf jeden Fall. Außerdem liebe ich Herausforderungen.«

»Also gut, Special Agent Parker. Dann zeig, was du kannst.«